dtv

Wann haben Sie zuletzt gelacht? Über was können wir in Deutschland überhaupt noch lachen? Und worüber wurde einmal in Deutschland gelacht? Welche Witze wurden weitergegeben und wie reagiert der deutsche Witz auf Zeitströmungen?
Fragen über Fragen – Antworten und viele Beispiele finden sich in diesem Doppelband der erfolgreichen Witzebücher ›Ganz Deutschland lacht‹ und ›Kennen Sie den ...?‹.

Peter Jamin, geboren 1951, arbeitet als Schriftsteller, Journalist und Filmemacher in Düsseldorf.
Michael Lentz (1926–2001) war Professor an der Kunsthochschule für Medien in Köln.
Chris Howland, geboren 1928 in London, kam als Soldat nach Deutschland und startete seine Karriere beim BFN in Hamburg. Bekannt wurde er als Humorist, Sänger und Schauspieler.
Dieter Thoma, geboren 1927, Journalist, Kabarettist und freier Schriftsteller, war lange Jahre Chefredakteur und Moderator verschiedener Sendungen beim WDR.

Die Witzekiste

Ganz Deutschland lacht!
und
Kennen Sie den…?

Zwei Bestseller
in einem Band

Von Peter Jamin, Michael Lentz, Chris Howland
und Dieter Thoma

eutscher Taschenbuch Verlag

Ausführliche Informationen über unsere
Autoren und Bücher
finden Sie auf unserer Website
www.dtv.de

Ungekürzte Ausgabe 2010

Umschlagkonzept: Balk & Brumshagen
Umschlagmotiv: Michael Sowa
Satz: Fotosatz Reinhard Amann, Aichstetten
Gesetzt aus der Aldus 9,45/12,2'
Druck und Bindung: Druckerei C. H. Beck, Nördlingen
Gedruckt auf säurefreiem, chlorfrei gebleichtem Papier
Printed in Germany · ISBN 978-3-423-21241-0

Ganz Deutschland lacht!

50 deutsche Jahre
im Spiegel ihrer Witze

Inhalt

Dieter Thoma: Ein Vorwitzwort
9

Chris Howland: Neandertal oder
Die Entstehung des Witzes
15

Lentz/Thoma: 1945–1949
19

Chris Howland: Bestimmt
42

Lentz/Thoma: 1950–1959
46

Chris Howland: Deutscher Humor
79

Lentz/Thoma: 1960–1969
81

Chris Howland: Prüdes – Prüde Menschen – Prüderie
111

Lentz/Thoma: 1970–1979
114

Chris Howland: Gott
145

Lentz/Thoma: 1980–1989
148

Chris Howland: Witze erzählen
172

Lentz/Thoma: 1990–1998
177

Zugaben

Michael Lentz: Drei Riesen
211

Dieter Thoma: Die Tochter des Gastgebers
213

Michael Lentz: Jiris Erzählungen
216

Dieter Thoma: Fröhliche Nachrufe
218

Quellennachweis
223

Dieter Thoma

Ein Vorwitzwort

Es gibt kaum eine schlechtere Idee, als ein Buch über Witze zu schreiben. Schlechter wäre nur, kein Buch über Witze zu schreiben. Sie würden dann nur im kleinen Kreis bekannt.

Aufgeschrieben jedoch fehlt dem Witz eine Dimension. Es ist wie beim räumlichen Sehen und bei der Fotografie. Der Witz braucht einen, der ihn erzählt, einen, der ihn hört, und mindestens einen Dritten, der mitlacht. Die drei oder mehr bilden eine geschlossene Gesellschaft. Sie sind Vertraute der Heiterkeit. Das Buch, die Platte oder CD, Fernsehen und Radio können nur zwei Dimensionen bieten. Deswegen haben es Witze dort vergleichsweise schwerer. Sie müssen entsprechend ausgewählt werden.

Es können ja auch nie alle über dasselbe lachen, dieselbe Pointe witzig finden. Wer Witze erzählt hat, kennt das. Was in der einen Runde einen sensationellen Lacherfolg verbucht, fällt in einer anderen durch, als habe der Erzähler chinesisch gesprochen.

Sigmund Freud hat gesagt, Witze mache man nicht, sie ereigneten sich. Das können wir leider nicht bieten. Was wir wollen und hoffentlich erreichen, ist, Witz mit Ereignissen zu verknüpfen. Für uns selber konnten wir dabei diese dritte Dimension schaffen. Wir haben jeden Witz zu dritt laut vorgetragen, in seiner Wirkung überprüft und dann erst aufgeschrieben. Wie sagte die Mottenmutter zu ihren Sprösslingen: »Und jetzt zeige ich euch mal, wie man Rotweinflecken entfernt!«

Das Wort Witz kommt von Wissen. Wenn wir noch sagen: »Der Witz der Sache ist …«, so gehen wir damit auf die ursprüngliche Bedeutung ein. Aber die zwanziger Jahre, als Witze sogar zum Kulturgut gehörten, sind sehr lange vorbei.

Welche Witze wurden erzählt in den jetzt fünfzig Jahren der Bundesrepublik Deutschland? Und wann? Vielleicht wird der eine oder andere sagen, dass er einen Witz, den wir den Jahren nach 1960 zugeordnet haben, schon früher gehört hat. Es sei ihm gegönnt. Wir können nur unsere eigenen Hörerinnerungen verwerten. Vielleicht waren wir dann gerade hinter unserer Zeit zurück. Auch die Internationalisierung des Witzes führt gelegentlich zu Zeitsprüngen. Manche Details, die unserer Erinnerung entfallen waren, haben wir dann wie gewissenhafte Restauratoren ergänzt.

Viele beklagen oder bestaunen, wie rasant sich unsere Welt und damit unser Leben verändert. Sie sollten aber auch nicht übersehen, was sich in fünfzig Jahren Bundesrepublik schon alles bewegt hat. Das Fernsehen im Wohnzimmer ersetzte das Familienleben. Das Auto als Verkehrsmittel für jedermann revolutionierte Freizeitgewohnheiten. Der Kunstbegriff wurde völlig neu interpretiert. Wenn wir weitere Beispiele, wie Waschmaschinen, Ölheizungen, Massentouristik und das Zusammenwachsen der Welt durch Flugreisen und nicht zuletzt die »Pille« einbeziehen, hat sich in diesen fünfzig Jahren, in der Zeit eines Menschenlebens, mehr verändert als je zuvor in friedlichen Zeiten.

Es kommt uns nur nicht mehr so vor, weil wir derzeit in der größten technischen Transformation der Menschheitsgeschichte leben und die Wandlungen der Vergangenheit schon für ein behagliches Zwischenspiel halten. Manchmal hört man vom Fortschritt sogar in fröhlichen Verkürzungen, so durch den Freund, der einem erzählt: »Meine Frau hat jetzt Servolenkung!«

Wer 1949 jung war, erinnert sich an »Sonntagsanzüge« und familiäre Hausmusik, an häusliche Essordnungen, die ein Stück Fleisch höchstens für den Sonntag vorsahen und Wurst unter Luxus verbuchten; an den wöchentlichen Waschtag der Hausfrau; an nächtliche Fußmärsche in Nachbarstädte, weil sogar ein Fahrrad als Transportmittel fehlte; an das Erstaunen über den alltäglichen Luxus, der ja zunahm, obwohl so unvorstellbar gespart wurde. Eine Tante, bei der ich als Junge zu Besuch war, rief immer, wenn ich zur Toilette mit der neu installierten Wasserspülung ging: »Zieh nicht ab, ich muss auch noch!«

Verzicht, noch nicht Anspruch, prägte unseren Alltag, Prüderie beengte jeden Versuch auf Freizügigkeit. Fast alles galt als unmoralisch und verwerflich, was wir inzwischen als selbstverständliche Lebensbedingungen einplanen.

Der Witz überlebt solche hektischen Zeiten wie in einem Museum, scheint als Kunstform vor Verfall geschützt zu sein. Über die meisten Witze der fünfziger Jahre können wir auch heute noch lachen. Lediglich Scherze über vergilbte Gesellschaftsformen haben sich überlebt. Schnoddrige Offiziere, Dienstboten und alte Jungfern, die Jungfräulichkeit als Wert, das waren einmal bevorzugte Themen. Witzblätter des vorigen Jahrhunderts und der zwanziger Jahre beweisen, welch »andere Zeit« damals war.

Vor allem ein Thema hat die fünfzig Jahre unverändert aktuell überstanden: »Thema eins« des Witzes war immer der Sex. Mit Potenzprotzen und Nymphomanie (deutsche Übersetzung: »zwangsläufig«), Ehebruch und Entdeckung, Heimlichkeit und Verbot. Die Tabugrenzen haben sich nur insoweit geändert, als solche Witze heute in aller Öffentlichkeit erzählt werden.

Einen Toleranzschub können wir alle fast auf ein Datum genau festlegen: Die Diskussion um die Potenzpille »Viagra« hat auch Witze über das vorher tabuisierte Thema an den Familientisch geholt.

Wie Witz auf Zeitströmungen reagiert, auf Pille, abstrakte Kunst, Computer und moderne Technik, auch daran erinnern wir uns vielleicht noch alle. Auch an die Dummenwitze, an Ostfriesen, Manta-Fahrer, Blondinen etc. Aber solche Scherze gab es auch schon bei den alten Griechen. Und das beeinträchtigt ihren zeitgeschichtlichen Wert.

Die meisten Witze warten irgendwo wie unsterbliche Wegelagerer auf ihre Opfer. Viele Jahre und Jahrzehnte lang bleiben sie verschollen, bis sie sich plötzlich an eine Person oder Situation binden, mit der sie wieder ins Leben zurückkehren. Wirklich neue Witze hören wir selten. Auch wenn Friedrich Torberg vielleicht übertrieben hat, wenn er versichert, es gebe überhaupt nur zehn bis zwölf »Fundamentalwitze«. Sie würden stets aus einem aktuellen Anlass »neu eingekleidet«. Sie tun nur wie neu. Vorurteile helfen ihnen dabei. Der Besucher sagt dem Beamten am Schreibtisch: »Sie haben aber viele Fliegen hier.« – »Ja«, erwidert der, »374.«

Je größer die Übereinstimmung mit der aktuellen Situation zu sein scheint, desto schwerer können die Lacher erkennen, dass sie denselben Witz in einem anderen Zusammenhang schon einmal gehört haben. Über das ›Neue Deutschland‹, die Parteizeitung der DDR, wurde z.B. behauptet, sie veranstalte ein Preisausschreiben für den besten politischen Witz. Erster Preis: zehn Jahre Zwangsarbeit. Dieser Witz wurde aber schon über das nationalsozialistische Parteiblatt ›Das Reich‹ erzählt und auch über die Moskauer ›Prawda‹.

Witze über Diktatoren erhalten sich oft ohne Namen. Die können dann einfach eingefügt werden. Der Kabarettist Werner Finck erzählte die Geschichte von dem Mann, der einen verhassten Tyrannen vor dem Ertrinken rettet. Gefragt, welchen Wunsch er zur Belohnung erfüllt haben möchte, antwortet er: »Sagen Sie ja niemandem, wer Sie gerettet hat!«

Dass dieser Text inzwischen auch Helmut Kohl zugeschrieben wurde, beweist, wie wenig sich manche Witzsucher um Treffsicherheit bemühen. Die Gefahr des primitiven Nachplapperns ist beim politischen Witz besonders groß.

Es wurde schon mal die Frage gestellt: »Welches ist das dünnste Buch der Welt?« Die Antwort lautete: »Zweitausend Jahre deutscher Humor«.

Haben wir Deutschen Humor? Der Vorwurf, keinen Humor zu haben, beunruhigt vor allem den Teil unseres Volkes, der Humor besitzt. Wer keinen Humor hat, vermisst ihn auch nicht. Der Wiener Kritiker und Schriftsteller Alfred Polgar urteilte: »Der deutsche Humor trägt eine Tarnkappe. Immerzu schreit er: ›Hier bin ich!‹, und keiner sieht ihn.«

Der polnische Romancier Thadäusz Nowakowski erzählte, er sei, als er 1956 von London nach Deutschland kam, von Heinrich Böll gewarnt worden: »Erzählen Sie nur keinen Witz bei uns. Zuerst wird er mit herzlichem Beifall quittiert, aber kurz danach wird jemand im Saal aufstehen und die Frage stellen: ›Was wollten Sie eigentlich damit sagen?‹«

Was uns fehlt, ist vermutlich der englische »sense of humour«, der den ganzen Alltag prägt und schon in der Schule eingeübt wird. Er schafft in Debatten und Unterhaltungen jene besondere Atmosphäre, in der keiner mehr übelnimmt und den Saal verlässt, sondern in der Bonmots und Treffer der anderen Seite mit beklatscht werden.

Das »Volk der Dichter und Denker« sei zu ernst für Humor, habe ich oft gehört. Bei uns prallen immer gleich Weltanschauungen aufeinander, gilt jemand, der lustig ist, nicht als seriös. Dabei meinte schon Schopenhauer: »Je mehr der Mensch des ganzen Ernstes fähig ist, desto herzlicher kann er lachen.«

Und die deutsche Literatur ist gewiss nicht humorlos. Heinrich Heine, Jean Paul, Wilhelm Busch, Karl Valentin, Christian Morgenstern, Joachim Ringelnatz und Eugen Roth waren brillante Humoristen, von Karl Kraus und Kurt Tucholsky gar nicht zu reden.

Marcel Reich-Ranicki hat mal versichert, er halte den Mephisto im ›Faust‹ für die am stärksten mit Humor gesegnete Figur der Weltliteratur. Manche möchten einwenden, es handele sich eher um Ironie und Witz. Aber wenn Humor die Fähigkeit ist, über sich selber zu lachen, sich selber witzig zu finden, dann kann man diese Wertung verstehen. Obwohl ich die Iren immer noch um Shaw und Oscar Wilde beneide.

Deshalb ist in unserem Team der Engländer Chris Howland als Sammler und Autor persönlicher Erfahrungen dabei. Und deswegen soll dieses Buch auch ein Versuch sein, der deutschen Ernsthaftigkeit und dem weltanschaulichen Ballast eine vergnügliche Perspektive zu geben.

Sie sollten dann allerdings auch darüber lachen können, dass dem Amt Blank in Bonn, dem Vorläufer des späteren Verteidigungsministeriums, bis 1953 die Telefon-Nummer 1870/71 zugeteilt worden war. Es war die Jahreszahl des einzigen Krieges, den das deutsche Reich gewonnen hat.

Was unterscheidet Witz und Humor? Humor heißt lateinisch Feuchtigkeit, ist einer der Körpersäfte, die Temperament und Charakter bestimmen. Otto Julius Bierbaum wird gern zitiert mit seinem Spruch: »Humor ist, wenn man trotzdem lacht.« Demnach wäre Humor nicht viel mehr als Resignation.

Jean Paul jedoch sieht im Humor das »umgekehrt Erhabene«. Das ist eine Definition, die auch für den Witz zutrifft. Und schon Karl Kraus hat ja festgestellt: »Es gibt keinen Humor ohne Witz«.

Horaz witzelt in seinen Satiren: »Lieber einen guten Freund verlieren als einen guten Witz.« Wie entsteht Witz? Vor allem durch die Fähigkeit, Ereignisse aus einer inneren Distanz zu sehen, ruhig zu beobachten, wie sich andere aufregen. Man darf sich nur nicht selber aus der Fassung bringen lassen. So werden schreiende Vorgesetzte zu komischen Figuren, wandelt sich Hektik zu Slapstick-Szenen, wird man selber überlegen.

Der Mann, der das Telefon abhebt, als es klingelt, und gefragt wird: »Ist da Rothschild?« Er antwortet: »Meine Güte, haben *Sie* sich verwählt!«

Das Lachen gleiche dem Triumphgeschrei der Gänse, meinte der Verhaltensforscher Konrad Lorenz. Cicero hielt Lachen für Hochmut. Nietzsche sagte, der Mensch leide so tief, dass er darum das Lachen erfinden musste.

Lacht der Mensch künftig allein am Computer, wenn er übers Internet Witze abruft? Oder bleibt dann nur noch eine Dimension von den drei gewünschten übrig, und als trauriger Rest ein Konsument, dem das Lachen vergangen ist?

Kommen Witze als Kunstform deswegen aus der Mode? Das wäre schade, und ich glaube es auch nicht. Wie sagte der Betrunkene, der für jeweils fünfzig Pfennig das 38. Brötchen aus dem Automaten zog: »Stören Sie mich ja nicht! Wo ich gerade so schön am Gewinnen bin!« Ich kenne einen berüchtigten Witzeerzähler, dessen Erfolg vor allem darin besteht, dass er selber immer am stärksten über die Pointe lacht, sooft er sie erzählt. Er brüllt so lauthals und mitreißend los, dass er die Zuhörer ansteckt wie ein Lachsack. Das kann dann auch schlechten Scherzen zum Erfolg verhelfen. Diese Chance haben wir nicht. Unser Lachen bleibt ungedruckt. Wenn wir den Geschmack unserer Leser nicht treffen, können wir auch die Frivolität des Erzählten nicht mehr schönlachen.

Über Geschmack lässt sich nicht streiten, heißt es im Sprichwort. Aber das ist sprichwörtlicher Unsinn, denn über nichts wird so viel gestritten wie über Geschmacksfragen. Deswegen haben wir uns bei unserer Auswahl streng an Fritz Kortner gehalten, von dem der Ausspruch stammt: »Sie haben einen Adlerblick für das Unwesentliche!«

Chris Howland

Neandertal oder Die Entstehung des Witzes

Angefangen hat es mit einer Bananenschale, achtlos weggeworfen von einem prähistorischen Affen. Sie landete zwischen den riesigen Füßen eines unserer Ahnherren. Der Vorfahr, behaart und mit buschigen Brauen, trat auf die Bananenschale und rutschte aus. Augenzeuge seines spektakulären Sturzes war einer seiner Zeitgenossen, der seine Keule fallen ließ, sich die Seite hielt und ein seltsames Geräusch von sich gab.

Es war das erste menschliche Lachen.

Später erzählte der zweite Höhlenmensch die Geschichte einem behaarten Freund, fügte aber ein paar Tupfer hinzu, damit sie farbiger wurde. Als er sie hörte, ließ auch der behaarte Freund seine Keule fallen, schlug sich auf die Knie und gab dieses seltsame neue Geräusch von sich. Ohne es zu wissen, hatte er an einem Ereignis von großer Tragweite teilgenommen.

Er hatte den ersten Witz der Welt gehört.

Bald verließen die behaarten Männer ihre Bäume und Höhlen und bauten sich Hütten aus Steinen und Lehm. Sie lebten in Gruppen, um sich vor wilden Tieren zu schützen, und wählten Anführer. Eigentlich stimmt das so nicht. Die Anführer wählten sich in der Regel selbst, indem sie alle übrigen Aspiranten mit der Keule totschlugen. Dies rief natürlich heftige Kritik hervor, aber niemand beklagte sich. Aus Angst, er würde wie die anderen kurzerhand ins Jenseits befördert.

Bis dann eines Tages ein behaarter Mann, der einen Tick mutiger war als der Rest, bei einer Stammesversammlung aufstand und mit dem Kopf wackelte. Und zwar genau so, wie der Anführer mit *seinem* Kopf wackelte.

Sekundenlang herrschte Stille, während sich die beiden Männer kopfnickend und kopfwackelnd gegenüberstanden. Dann hörte der Anführer auf. *Jetzt passiert's,* dachten die zitternden Untertanen. Aber nein. Der Anführer glotzte, schluckte und bog sich vor Lachen.

Und da erhob sich der ganze Stamm und fiel in sein Lachen ein. Sie prusteten, schlugen sich auf die Rippen und kugelten sich vor Vergnügen auf der Erde.

Das politische Kabarett war geboren.

(Später zog der Anführer den Imitator hinter einen Felsen und knüppelte ihn tot. Somit etablierte er den Sachverhalt, dass diese Art Humor denjenigen, der ihn auszuüben wagt, sehr teuer zu stehen kommt.)

In jener Zeit war das Leben einfacher, weil es nur zehn Regeln gab, eine für jeden Finger. Aber auch für einfingrige Stämme galt die eine Grundregel: *Hände weg von meiner Frau!*

Daher war es unvermeidlich, dass eines Tages ein behaarter Mann, neugieriger als die anderen, einem Paar in den Wald folgte. Hinter einem Baum versteckt, sah er gebannt zu, wie die beiden alle möglichen akrobatischen Übungen vollzogen, auf die ausnahmslos – nach Regel vier oder Regel eins, je nach Anzahl der Finger – die Todesstrafe stand.

Er konnte es kaum abwarten, seinen behaarten Freunden von seiner köstlichen Entdeckung zu berichten; und ebenso wenig konnte er widerstehen, die Schilderung aus Gründen der Dramaturgie weiter auszuspinnen.

Jubel, Trubel, Heiterkeit. Die ausschließlich männlichen Zuhörer (in jenen Tagen hatte noch niemand von Alice Schwarzer gehört) benahmen sich so, als wäre etwas Sensationelles passiert.

Das war auch der Fall. Der *schmutzige* Witz war auf der Welt.

(Diese Art Witz unterscheidet sich übrigens von den beiden anderen, weil er sich seit seiner Entdeckung zur Zeit der Neandertaler um keinen Deut entwickelt hat.)

Später, als Dörfer zu Städten und Stämme zu Nationen wurden, lachten die Männer dieser Erde in vielen verschiedenen Enklaven. Um mündig zu werden, musste der Witz emanzipiert werden; er musste von seiner geografischen Lage und Sprache befreit werden und seinen Platz auf einem internationalen Markt einnehmen. Die

Lösung kam nach dem Zweiten Weltkrieg. Und zwar in Gestalt des Flugzeugs.

Flugreisen wurden Anfang der fünfziger Jahre populär – und mit ihnen ging der Witz auf Reisen. Piloten schnappten in Hamburg eine Geschichte auf, und 18 Stunden später lachten Leute in New York darüber. Genauso ging's in umgekehrter Richtung.

Flughäfen wurden rasch zum Zentrum des internationalen Humors. Piloten, Stewardessen und Passagiere ließen ihre Koffer fallen, schlugen sich auf die Knie und lachten.

Sie brachten uns Witze aus Australien. Beispielsweise den von dem Känguru …

…das plötzlich anfängt, sich den Bauch zu kratzen. Schließlich zieht es ein Kängurubaby heraus, schüttelt es wild und schreit: »Wie oft habe ich dir schon gesagt, du sollst im Bett keine Kekse essen?«

Oder die Geschichte von der afrikanischen Elefantendame.

Sie war auf einen Strauch getreten, und nun steckte ein langer Dorn in ihrem Fuß. »Kann ich dir helfen, Schätzchen?«, fragte eine kleine Maus. Die Elefantendame hob den Fuß. »Könntest du das bitte herausziehen?« Die kleine Maus machte sich an die Arbeit und hatte den Dorn nach kurzer Zeit mit den Zähnen herausgezogen. Voller Dankbarkeit fragte die Elefantendame:
»Gibt es etwas, das ich für dich tun kann?«
»Ich würde gern mit dir schlafen«, sagte die Maus.
»In Ordnung«, entgegnete die Elefantendame.
Die kleine Maus kletterte hoch und gab sich redliche Mühe, aber die Elefantendame spürte, natürlich, überhaupt nichts. Nach einigen Minuten wurde ihr langweilig, und sie lehnte sich an eine Kokospalme. Da löste sich eine Kokosnuss und fiel der Elefantendame auf den Kopf.
»Huu-huu-huu!«, schrie sie.
Die kleine Maus war äußerst besorgt.
»Tut mir leid, Schätzchen. Tu ich dir weh?«

Aus dem Norden Kanadas:

In diesem Teil der Welt wird ein Mann erst dann als echter Mann angesehen, wenn er zwei Aufgaben bewältigt hat: Er muss (a) einen Bären gefangen und (b) mit einer Frau geschlafen haben. Unser Kandidat marschiert also in den Schnee hinaus und kehrt wenige Tage später in schrecklichem Zustand zurück. Sein Gesicht ist zerkratzt, die Kleider hängen in Fetzen herab, überall hat er blaue Flecken.
»Was ist denn mit dir passiert?«, fragt sein Freund.
»Die erste Aufgabe mit dem Bären habe ich erledigt«, antwortet der Möchtegernmann, »aber ich hab vergessen, was ich mit der Frau machen muss.«

Wer hat nur all diese Witze erfunden?

Auf der Erde leben heute annähernd 5,4 Milliarden Menschen. Einmal angenommen, jeder zehntausendste erfindet einmal in seinem Leben einen neuen Witz. Das würde heißen, es gibt etwa alle 70 Jahre 540000 neue Witze, und das wiederum bedeutet jeden Tag 21 neue Witze. Gar nicht so viel, oder?

Lentz/Thoma

1945–1949

1945, im Wonnemonat Mai, fuhr ein russischer Panzerspähwagen durch die Straßen Berlins. Auf seinem Dach hatte ein Offizier der Roten Armee ein Koffer-Grammophon montiert, darauf kreiste eine alte Schellack-Platte. Das dünne Stimmchen des UFA-Stars Lilian Harvey war zu hören; der ›Blonde Traum‹ sang ein Lied aus dem Film ›Der Kongress tanzt‹, das die Aufpasser des Propaganda-Ministeriums aus guten Gründen verboten hatten: »Das gibt's nur einmal, das kommt nicht wieder …«

Da stiegen die Berliner aus ihren Kellern und Bunkern, denn der fröhliche Schlager signalisierte ihnen: Der Krieg ist aus, die Verbote der Nazis gelten nicht mehr.

Eines der blassen Kellerkinder stand damals vor der endlosen Trümmerlandschaft und witzelte beim Anblick der zerstörten Häuser sarkastisch:

Berlin ist die Stadt der Warenhäuser. Da war 'n Haus, da war 'n Haus, da war 'n Haus …

Vielleicht der erste Witz der Stunde null.

Frühling 1945 – die Niederlage kam bei strahlendem Wetter. Energisch, doch viel zu früh, schlugen die Bäume aus, und vom blauen Himmel lachte die Sonne. Sie schenkte den besiegten Deutschen, die damals nichts zu lachen hatten, jene Wärme, die sie zur Heilung ihrer Blessuren so dringend benötigten. Auch die erste Parole der neu organisierten Gewerkschaften gab sich wolkenlos und ermunternd: »Ein neues Leben blüht aus den Ruinen« lautete die Botschaft, obwohl sich im Land aus Schutt und Asche, das von den Siegermächten schnell in vier Besatzungszonen aufgeteilt wurde, zunächst nur Veilchen und Löwenzahn regten.

Aber dann besannen sich die verarmten Deutschen auf ihre gründlichste Tugend: den Fleiß. In den Städten räumten die Trümmerfrauen auf. Wer noch die Kraft hatte, Ziegelsteine, Speisvögel (Tragekästen) und Zementsäcke zu schleppen, begann mit dem Wiederaufbau. Doch der Hunger machte den Arbeiterkolonnen zu schaffen, er verschonte nur die Schwarzhändler, die neureichen Schieber und die Bauern. Also fuhren die darbenden Deutschen in überfüllten Zügen aufs Land, um zu »hamstern«. Sie boten an den Türen der Bauernhöfe ihre letzte Habe an, tauschten Teppiche, Schmuck, Familiensilber gegen Kartoffeln, Speck, Eier. Den Landwirten wäre es nach der Währungsreform 1948 leichtgefallen, einen schwungvollen Teppichhandel aufzumachen.

Apropos Eier. Auch das Federvieh hatte es in den ersten Nachkriegsjahren nicht leicht. Der Spruch »Da lachen ja die Hühner« traf nicht mehr zu, weil hungrige Hamsterer oder streunendes Gesindel Hahn und Henne zu nachtschlafender Zeit in ihren Ställen enthaupteten und als Beute heimwärts trugen.

In jenen himmelblauen, hühnerlosen Tagen zog die leichte Muse ihre ersten, auf dem Schwarzmarkt eingekauften Nylonstrümpfe an, überholte ihr Akkordeon und spielte in Dorfkneipen und notdürftig reparierten Sälen zum Tanz auf. Sie besang den Frühling und die Liebe – was sonst? Die Schlagertexter hatten der Muse bald nach dem Krieg die ersten einschmeichelnden Produkte ihrer Phantasie zugeliefert: »Mich hat der Frühling wachgeküsst«, »Rosemarie, wann kommst du wieder, der weiße Flieder blüht schon für dich«. Oder – eine schöne Erfindung des Liederschreibers Robert Gilbert:

»Es wird in hundert Jahren wieder so ein Frühling sein,
genauso schön, mein Schatz, wie heut,
vielleicht steht unsere Bank dann immer noch im Sonnenschein,
doch die da sitzen, das sind leider and're Leut.«

Mit ›Wenn bei Capri die rote Sonne im Meer versinkt‹ schenkte die leichte Muse ihren Zuhörern einen langlebigen »Ohrwurm«; sie weckte damit die Sehnsucht nach südlichen Gestaden, die für »Otto Normalverbraucher« damals noch nicht erreichbar waren. »Otto Normalverbraucher« war die leibhaftige Karikatur des Nachkriegsdeutschen, die Günter Neumann und Robert A. Stemmle für ihre geistreiche Film-Satire ›Berliner Ballade‹ erfunden hatten. Der damals noch spindeldürre Gert Fröbe spielte ihn als hinfälligen Kauz, der durch die Ruinen Berlins stiefelte. Der Wind pfiff ihm durch die Backen, und er trug eine alte Wehrmachtsmütze auf dem Kopf, die vom Volksmund »Arsch mit Griff« genannt wurde.

Am 8. September 1945 eröffnete mit ›Orpheus und Eurydike‹ in Berlin das erste Opernhaus, München folgte am 18. November mit ›Fidelio‹, und am 10. Dezember öffneten die Hamburger Kammerspiele den reparierten Vorhang.

Wo blieb der Witz? Schlief er noch im Luftschutzkeller, weil sein Hauptlieferant, der Volksmund, nichts zu lachen hatte? Es gab ein paar zeitbezogene Miniaturen.

Tünnes trifft Schäl am Bahnhofsvorplatz in Köln.
»Wo kommst du her?«, fragt Tünnes.
»Du, ich war in Düsseldorf.«
»Gibt's da was Neues?«
»Ja, stell dir vor«, sagt Schäl, »sie haben den Adolf-Hitler-Platz in Graf-Adolf-Platz umbenannt.«
»Na ja«, meint Tünnes, »das hat er schließlich auch verdient.«

War Tünnes ein unverbesserlicher Parteigenosse?

»Ein neues Leben blüht aus den Ruinen« – auch das Kabarett wurde neu geboren. Das »Kom(m)ödchen«, die »Lach- und Schießgesellschaft«, die »Amnestierten«, die »Insulaner«. Auch über alte Profis wie Werner Finck kehrte der Witz via Kleinkunstbühne in unser Leben zurück. Im Düsseldorfer »Kom(m)ödchen« wurden seit dem 29. März 1947 Witze gespielt und klangen so:

Zwei Freunde betrachten ein Klassenfoto.
»Das ist doch Erwin, was macht der denn jetzt?«
»Erwin ist für Hagenbeck in Indien und fängt Tiger.«
»Und da, Alfred, was tut der?«

»Alfred reist für ›Bayer‹ durch Lateinamerika. Er fängt Schlangen, presst denen das Gift aus und lässt sie wieder laufen. Das Gift wird für Heilmittel gebraucht.«
»Und Hannes?«
»Hannes ist hier im Lande geblieben.«
»Ja«, sagt der andere nachdenklich, »der war ja schon immer so eine Abenteurernatur!«

Kurze Zeit nach dem Waffenstillstand verbot die amerikanische Militär-Regierung ihren in Deutschland stationierten Soldaten, sich mit den Besiegten zu verbrüdern. Aber nur die wenigsten GIs hielten sich daran. Allein oder mit anderen versuchten sie, die Objekte ihrer Begierde – entgegenkommende deutsche Fräuleins – mit all den begehrten Sachen zu ködern, die auch der Hollywood-Star Tyrone Power in Billy Wilders Film ›Zeugin der Anklage‹ der schönen Marlene Dietrich in der Rolle einer Hamburger Barsängerin anbot: Seidenstrümpfe, Schokolade, Bohnenkaffee, Whisky, Zigaretten.

Hinz aus der Ostzone trifft seinen Vetter Kunz aus der Westzone in einer Berliner Kneipe.
»Na, wie geht es denn so?«, erkundigt sich Kunz.
»Wir können nicht klagen«, sagt Hinz. »Abends, wenn wir mit der Arbeit fertig sind, fahren uns die Russen sogar mit Lastwagen nach Hause. Und wie sieht's bei euch im Westen aus?«
»Sagenhaft«, meint Kunz. »Man wird von den Amerikanern mit Luxusautos abgeholt und in eine Villa gefahren. Dort gibt es Sekt, Zigaretten, ein heißes Bad. Und nach der Arbeit wird man wieder nach Hause gefahren.«
»Toll«, sagt Hinz, »und das passiert dir jeden Tag?«
»Mir nicht«, antwortet Kunz, »aber meiner Schwester.«

Kleine Scherze zur Lage. Chris Howland hat sie besungen, die »Frolleins«.

Die meisten Witze, die nach 1945 vorwiegend unter Männern erzählt wurden, lagen unterhalb der Gürtellinie und waren altersschwach. Es gab aber auch Beispiele eines leiseren Humors, der mit seinen weniger eindeutigen Pointen und absurden Zwischentönen aus der Provinz weitergereicht wurde, aus den Kleinstädten und Dörfern. Oder die Flüchtlinge aus Schlesien oder Ostpreußen hatten sie mitgebracht.

Mutter Frintrop kommt mit ihren dreizehn Kindern zum Fotografen, um ein Familienfoto zu bestellen. Der Meister bringt die Gruppe in Position und drückt auf den Auslöser.
Einige Tage später kommt er bei Mutter Frintrop vorbei und zeigt ihr die Bilder. Die gute Frau betrachtet die Fotos aufmerksam. Plötzlich stutzt sie und sagt: »Das ist ja alles schön und gut, aber unser Hännesken ist nicht mit drauf.«
»Doch, doch«, sagt der Fotograf, »euer Hännesken ist schon mit drauf. Er steht hinter dem Jupp. Der Jupp hat ihn nur verdeckt.«
»Na, dann ist ja alles in Ordnung«, meint Mutter Frintrop. »Hauptsache, er ist drauf!«

Zwei Ostpreußen treffen sich. Sagt der eine: »Weißt du zufällig, was es Neues in Insterburg gibt?«
»Oh«, sagt der andere, »da gibt es gar nichts Neues in Insterburg, rein gar nichts.«
»Wirklich überhaupt nichts?«
»Na ja, höchstens ... dem Tantchen sein Hundchen ist gestorben.«
»Dem Tantchen sein Hundchen ist gestorben? Ja sach mal, wieso ist das denn gestorben? Wie kommt denn das?«
»Das Hundchen ist überfahren worden.«
»Das ist überfahren worden? Ja sach mal, womit denn überfahren worden? Wie kommt denn das?«
»Das ist mit dem Leichenwagen überfahren worden.«
»Mit dem Leichenwagen? Ja, da muss doch einer gestorben sein. Sach mal, wie kommt denn das? Wer ist denn gestorben?«
»Na ja, das Tantchen ist gestorben.«
»Das Tantchen ist gestorben? Ja, woran ist es denn gestorben? Wie kommt denn das?«
»Das hat sich geärgert.«
»Was, das Tantchen hat sich so geärgert, dass es gestorben ist? Worüber hat es sich denn so geärgert?«
»Den Onkel haben sie eingesperrt.«

»Was, den Onkel haben sie eingesperrt? Dann muss er doch was verbrochen haben. Sach mal, wie kommt denn das?«
»Der Onkel hat Geld gefälscht.«
»Der Onkel hat Geld gefälscht? Nu, das hat er doch schon öfters gemacht. Das ist doch nichts Neues.«
»Na ja, sag ich doch. Es gibt nichts Neues in Insterburg!«

Das Großbauern-Ehepaar Prechtel aus Pfaffenhofen hat acht gesunde Kinder. Nur der Nachkömmling Gustl kann im Alter von fünf Jahren immer noch nicht sprechen. Alle Ärzte und auch einige befragte Heilpraktiker stehen vor einem Rätsel, denn die Organe des Jungen sind in Ordnung.
Eines schönen Tages sitzt die Familie am Mittagstisch und löffelt eine Leberknödelsuppe. Plötzlich verzieht Gustl angewidert das Gesicht und sagt mürrisch: »Die Suppe ist versalzen.« Die Familie ist zunächst sprachlos vor Glück. Dann springen alle auf und umarmen den Kleinen.
»Mein Sohn, mein Sohn«, jubelt der glückliche Vater, »du kannst ja sprechen! Warum hast du denn nicht schon eher ein Wort gesagt?«
»Bis jetzt hatte ich nichts auszusetzen«, antwortet Gustl.

In jenen Tagen, als die Deutschen mit aller Kraft das Wirtschaftswunder vorbereiteten, hatten die Kirchen bedeutenden Einfluss. Sogar in der Schule wurde darauf geachtet, dass die katholischen Kinder zur Beichte gingen.

Im Unterricht stellt die Lehrerin ihren Schülern eine Frage:
»Was ist das? Es ist klein, braun, hat spitze Ohren, einen buschigen Schwanz und isst gern Nüsse.«
Da meldet sich der Sohn einer Flüchtlingsfamilie und sagt:
»Wenn man mir diese Frage in meiner Heimat gestellt hätte, würde ich antworten: das ist ein Eichhörnchen. Aber wie ich den Laden hier so kennengelernt habe, ist es sicher wieder das liebe Jesuskind.«

Gleichzeitig hatten die Wunderheiler Hochkonjunktur. Wer ihnen glaubte, ließ sich auch Trephon-Eier, angebrütete Eier, aufschwatzen. Sie wurden von ihren Vermarktern als Allheilmittel gegen alle nur denkbaren Krankheiten angepriesen. Wie die Kinder im Märchen hinter dem Rattenfänger von Hameln herliefen, pilgerten die Wundergläubigen damals zu einem Mann mit langer Mähne, der in Rosenheim seine heilenden Hände speziell auf Frauenscheitel legte: Bruno Gröning. Über solche Zeiterscheinungen machten die Spötter ihre Witze.

Großer Menschenauflauf am Marktplatz von Hattingen. Die Musik spielt einen Tusch, der Wunderheiler Jablonski erscheint und breitet auf der Bühne segnend die Arme aus. Er verkündet:
»Meine Damen und Herren, die Presse hat in letzter Zeit sehr böse über mich geschrieben. Man wirft mir vor, ich sei ein Scharlatan und nur hinter eurem Geld her. Um zu beweisen, dass das nicht stimmt, werde ich heute meine ersten beiden Heilungen umsonst ausführen.«
Der Wunderheiler winkt einem Mann aus der ersten Reihe zu, der sich mühsam an zwei Krücken voranschleppt. Und aus dem Hintergrund kommt in Windeseile ein Junge auf die Bühne gelaufen.
»Ihr Problem ist klar«, sagt der Wunderheiler Jablonski zu dem Ersten. »Aber was ist mit dir, Junge? Du scheinst doch ganz gesund zu sein.«
»B…b..bin ich a…a…auch, bis auf d..d…das Sto.. Sto… Stottern.«
»Also gut, ich will eure Namen nicht wissen, jeder bleibt anonym. Sie mit den Krücken nenne ich ›Nummer 1‹ und dich mit dem Sprachfehler ›Nummer 2‹. Und jetzt geht bitte hinter den Vorhang.«
Die beiden verschwinden, der Wunderheiler konzentriert sich, schließt die Augen und ruft: »Nummer 1, werfen Sie jetzt Ihre linke Krücke über den Vorhang!«
Die Krücke kommt geflogen, fällt auf die Erde.
Die Menge jubelt, die Musik spielt einen Tusch.
»Ruhe bitte«, befiehlt Jablonski. »Und jetzt, Nummer 1, werfen Sie Ihre zweite Krücke über den Vorhang!«

Die zweite Krücke kommt auf die Bühne geflogen, großer Beifall, Tusch.
»Und jetzt werde ich Nummer 2 heilen«, sagt Jablonski. Er schließt wieder die Augen, breitet die Arme aus, und ruft: »Nummer 2, sag uns bitte laut und deutlich, was soeben passiert ist!«
Pause. Dann kommt die Antwort: Nu…Nu…Nummer 1 ist g…g…gerade unhei…heimlich auf d…d…die F…F… Fresse gefallen.«

Eine Variante des Witzes vom stotternden Jungen hört sich so an:

Eine Familie aus Aachen hat dreizehn Söhne, einer davon kann nicht sprechen. Kein Arzt kann dem Jungen helfen. Da beschließt der Vater, mit ihm zum Wallfahrtsort Lourdes zu fahren. Dort angekommen, taucht er den Kopf des Jungen in die Heilquelle. Der schüttelt sich und schreit: »Mensch, Papa, hör auf mit dem Scheiß. Das Wasser ist eiskalt!«
Der Vater macht Luftsprünge vor Freude, rennt zum Telefon, ruft seine Frau an und sagt: »Stell dir vor, Mutter, es ist ein Wunder geschehen! Unser Junge kann sprechen!«
»Das glaub ich auch«, antwortet die Frau, »du Idiot hast den Falschen mitgenommen.«

Ein Lahmer, ein Blinder und ein Tauber beschließen, gemeinsam eine Wallfahrt nach Lourdes zu machen. Der Lahme sitzt in einem Wägelchen, der Blinde schiebt ihn, und der Taube weist den Weg. Sie kommen mit einiger Mühe auch an die wundertätige Quelle, drängen sich in der Schlange langsam vor, bis sie vornan stehen.
Der Blinde betupft als Erster seine Augen mit dem Wasser. Dann starrt er, noch ungläubig, auf seine Gefährten: »Halleluja«, ruft er aus, »halleluja, ich kann sehen!«
Der Taube nimmt nun auch Wasser und lässt es in seine Ohren fließen. »O Himmel«, jubelt er dann, »ich kann hören, ich kann hören!«
Jetzt wird der Lahme in seinem Wägelchen ganz nervös. »Hebt mich rein«, schreit er, »schnell, hebt mich rein!«

Das tun die beiden anderen. Nach einer Weile holen die beiden Freunde des Lahmen das Wägelchen wieder aus der Wunderquelle. »Gratuliere«, rufen sie wie aus einem Mund, »vier neue Reifen!«

Es gab auch Witze in der Nachkriegszeit, die unter die Haut gingen. Sie wurden in den Besatzungszonen zuerst von Juden und Emigranten erzählt, waren aber an die Adresse der ehemaligen Volksgenossen gerichtet, die sie nur zögernd und mit schlechtem Gewissen zur Kenntnis nahmen.

Mit einem jüdischen Witz, der die abgestandene Figur des preußischen Herrenmenschen geistreich veräppelt, hatten die Deutschen allerdings noch keine Probleme.

Moische sitzt in einem Eisenbahnabteil erster Klasse und liest. Kommt ein hochgewachsener, blonder Preuße ins Abteil: Stiernacken, Schmisse auf der Backe, Monokel im Auge.
Der Mann wuchtet seinen Koffer ins Gepäcknetz und fragt Moische: »Sagen Se mal, fahren wir schon?«
Moische lässt die Zeitung sinken und sagt: »Nein, wegen Ihnen schieben se vorbei die Häuser.«

Bei anderen jüdischen Witzen, die mit ihren melancholischen oder traurigen Pointen auch zum Kapitel »Vergangenheitsbewältigung« gehörten, blieb einem das Lachen im Halse stecken.

In einer Nacht schleicht ein alter Jude durch die Straßen des Warschauer Ghettos. Als er um die Ecke biegt, hinter der seine Behausung liegt, stellt sich ihm ein SS-Offizier in den Weg und sagt: »Ich werde dich jetzt erschießen!«
Während der SS-Offizier seine Pistole entsichert, fährt er fort: »Ich gebe dir aber noch eine Chance, dein Leben zu retten. Ich habe ein Glasauge, es ist von einem richtigen Auge allerdings nicht zu unterscheiden. Wenn du herauskriegst, welches das Glasauge ist, lasse ich dich leben.«
Der Jude schaut den SS-Offizier lange an. Dann sagt er: »Es ist das rechte Auge.«

Verblüfft steckt der SS-Mann seine Pistole ein. »Richtig, Jude«, sagt er, »aber jetzt erklär mir mal, woran du das erkannt hast.« Der alte Jude zögert. Nach einer Weile sagt er: »Es blickt so menschlich.«

Als Hitler in Deutschland die Macht übernahm, wanderte Aaron nach Amerika aus. Dort baute er sich eine gutgehende Firma auf. Nach Kriegsende sorgte er dafür, dass sein Bruder Moische, den regimefeindliche Deutsche in ihrer Hamburger Wohnung versteckt hatten, in die Vereinigten Staaten einreisen konnte. In Aarons Wohnung umarmen sich die Brüder. Da fällt Moisches Blick auf ein Bild an der Wand. Es ist ein Porträt Adolf Hitlers. Moische erbleicht und fragt: »Gott der Gerechte, Aaron, warum haste dir bloß aufgehängt dieses Bild?«
»Gegen das Heimweh«, sagt Aaron.

Zwei Juden gehen durch die Trümmerlandschaft Berlins. In einem ausgebombten Kaufhaus entdecken sie ein Schild mit der Nazi-Parole »Die Juden sind unser Unglück«.
Sagt der eine zum anderen: »Schön wär's.«

Um 1947/48 machte in den Westzonen eine Kollektion von Witzen die Runde, die dem eher vordergründigen deutschen Humor ein Schnippchen schlugen. Sie waren nicht jedermanns Sache, mit Vorliebe wurden sie von Studenten und Pennälern erzählt. Ihr Kennzeichen war der pure Nonsens, und ihre Wurzeln lagen eindeutig in England und Amerika. Besatzungssoldaten, die aus dem Heimaturlaub in ihre Kasernen zurückkehrten, importierten sie nach Westdeutschland. Shaggy-Dog-Stories war ein Gattungsbegriff, der sich wörtlich mit verwahrloster oder ungekämmter Hund übersetzen lässt. Gemeint ist damit aber eine Geschichte, bei der es mehr um den gut erzählten Inhalt geht als um die verrückte Pointe. »Jetzt geht's rund«, sagte der Spatz, als er in den Ventilator flog. Die Shaggy-Dog-Stories aber kamen auf Taubenfüßen.

Ein Mann sitzt im Park auf einer Bank. Eine Taube kommt geflogen, setzt sich auf die Lehne und sagt: »Es ist angenehm warm heute.«
Der Mann wundert sich: »Du kannst ja sprechen!?«
»Warum nicht?« fragt die Taube.
»Das glaubt mir kein Mensch«, sagt der Mann, »würdest du mir einen Gefallen tun? Ich habe heute Abend eine kleine Gesellschaft bei mir, gute Freunde, kannst du da mal vorbeikommen?«
»Aber gern«, sagt die Taube, »wenn du mir die Adresse gibst …«
Sie verspricht, gegen acht Uhr dreißig da zu sein.
Der Mann erzählt seinen Freunden, dass gleich eine sprechende Taube zu Besuch kommen werde. Die sehen ihn an, als habe er schon zu viel getrunken. Es wird halb neun, es wird neun Uhr und halb zehn, der Gastgeber ist ganz unglücklich.
»Nun hör doch endlich mit deiner blöden Taube auf«, schimpfen die Freunde. Da klingelt es.
Draußen steht die Taube. »Ich bitte meine Verspätung zu entschuldigen«, sagt sie, »aber es war so schönes Wetter, da bin ich den ganzen Weg zu Fuß gegangen!«

Ein Mann geht an der Isar spazieren. Da taucht ein Kopf aus den Fluten auf und fragt: »Verzeihen Sie, bin ich hier richtig auf dem Weg nach München?«
»Immer geradeaus«, sagt der Spaziergänger, »Sie können sich gar nicht vertun.«
Der Kopf bedankt sich und verschwindet.
Der Mann geht weiter. An einer Gabelung des Flusses taucht der Kopf erneut auf. »Mal eine Frage«, sagt der Schwimmer. »Muss ich hier rechts oder links abbiegen?«
»Nach rechts. Aber Sie müssen sich beeilen! Es wird gleich dunkel, und bis München sind es noch vierzig Kilometer.«
»Das macht nichts«, antwortet der Kopf, »ich hab ein Fahrrad.«

Kommt ein Mann zum Arzt und sagt: »Herr Doktor, ich hab da 'ne Wunde hinterm linken Ohr, können Sie die mal behandeln?«
Der Doktor sieht sich die Wunde an und fragt kopfschüttelnd: »Donnerwetter, wie ist das denn passiert?«

Sagt der Patient: »Mich hat gestern jemand geärgert, und da habe ich mich vor Wut hinters Ohr gebissen.«
»Sie haben sich hinters Ohr gebissen? Reden Sie doch keinen Quatsch!«
»Doch, doch, Herr Doktor, Ehrenwort, ich hab mich hinters Ohr gebissen.«
»Dann erklären Sie mir doch mal, wie Sie das gemacht haben.«
»Ganz einfach«, sagt der Mann, »ich bin auf'n Stuhl gestiegen.«

In einem Holzfällerlager mitten im Bayerischen Wald taucht ein Fremder auf. Ein schmales Handtuch, nicht größer als ein Meter sechzig. Der kleine Mann geht zum Vorarbeiter, stellt sich vor und fragt: »Kann ich bei Ihnen arbeiten, Chef?«
Der mustert den Winzling mit einem breiten Grinsen und meint: »So wie Sie aussehen, können Sie ja nicht mal 'n Beil halten. Schauen Sie sich doch mal meine Kerle dahinten im Wald an. Von denen fällt jeder 'ne Eiche in 'ner halben Stunde.«
»Das schaff ich schneller«, sagt der kleine Mann.
Der Vorarbeiter zieht die Stirn kraus, holt eine Axt, drückt sie dem Fremden in die Hand und sagt: »Na, dann zeigen Sie mal, was Sie können.«
Die beiden gehen in den Wald, und der Vorarbeiter deutet auf eine umfangreiche Eiche. Das Männlein nickt, zieht eine Feile aus der Tasche, feilt damit die Schneide der Axt messerscharf und schlägt zu. Nach genau einer Viertelstunde fällt die Eiche um.
Die Holzfäller, Männer wie Bäume, stehen da mit offenen Mündern. Auch ihr Chef ist fassungslos. Er schlägt dem Kleinen begeistert auf die Schulter und ruft: »Toll, so was habe ich ja noch nie gesehen. Selbstverständlich können Sie sofort bei uns anfangen. Aber sagen Sie mir doch bitte mal eins: Wo haben Sie bis jetzt gearbeitet?«
»In der Sahara«, sagt der schmächtige Mann.
»Was? In der Wüste? Da gibt es doch gar keine Bäume.«
»Jetzt nicht mehr«, sagt der Kleine.

Der beträchtliche Aberwitz solcher Späße gibt auch einem verwandten Genre die Würze: dem Irrenwitz. Die entsprechenden absurden Fundsachen wurden wiederum aus den angloamerikanischen Ländern nach Deutschland eingeschleust, wo die »geistig Behinderten«, wie sie heute genannt werden, keinen Zutritt zur Gesellschaft hatten. Sie wohnten in abgelegenen Irrenanstalten, den »Klapsmühlen«, und der Volksmund bezeichnete ihre Insassen als plemplem, ballaballa, bekloppt oder verrückt. Der Irrenwitz bescheinigte ihnen Hintersinn und Schlagfertigkeit.

Ein Mann wird in ein Irrenhaus eingeliefert. Er sieht eine Uhr über dem Eingang und fragt den Wärter: »Sagen Sie, tickt die Uhr richtig?«
»Natürlich«, antwortet der Wärter.
»Und warum ist sie dann hier?«

Eine Gruppe von Irren steht im Anstaltshof und beobachtet, wie einer von ihnen die Fahnenstange hochklettert, oben einen Zettel anbringt und wieder herunterkommt. Voller Neugier fragt sich die Gruppe, was wohl auf dem Zettel stehen könnte. Einer nach dem anderen klettert auch hoch, nickt ernst mit dem Kopf und rutscht wieder herunter. »Jetzt schauen Sie mal nach, was auf dem Zettel steht«, befiehlt der Anstaltsleiter einem Wärter.
Der holt eine Leiter, steigt hoch, nickt auch und kommt wieder zurück.
Der Anstaltsleiter ist ungeduldig. »Was zum Teufel steht denn da?«
»Ende der Fahnenstange«, antwortet der Wärter.

Die meisten Witze aus der Zeit nach 1945 wurden aus der untersten Schublade der Vergangenheit geholt, und ihre konstanten Hauptfiguren, die Inhalt und Pointe oft in Reimen weitergaben, bildeten eine große Familie. Was ihre Mitglieder sich einfallen ließen, hatte nur selten mit höherem Blödsinn zu tun. Sie verband eine Vorliebe für die Fäkalsprache und rücksichtslose Zoten. Oberst von Zitzewitz, Bonifazius Kiesewetter, Graf Bobby, Marjellchen oder auch die namenlose Frau Wirtin »sauigelten« gern, wie man damals sagte.

Der unsterbliche Oberst von Zitzewitz könnte eine Erfindung jener Soldaten gewesen sein, die in den Regimentern Kaiser Wilhelms II. dienten. Sicher wollten sie sich am Typ des adeligen preußischen Offiziers rächen, der sie mit schnarrender Stimme über die Truppenübungsplätze gescheucht hatte. Also statteten sie ihre Witzfigur von Zitzewitz mit Eigenschaften aus, die sie karikierend überzeichneten: Hochnäsigkeit, Standesdünkel und einer gehörigen Portion Begriffsstutzigkeit. Das Spielfeld, auf dem sich der Oberst lächerlich machte, lag zwischen Manöverball und Offizierskasino.

Oberst von Zitzewitz wird im Offizierskasino gefragt: »Gestatten Herr Oberst eine Scherzfrage?«
Er antwortet etwas mürrisch: »Von mir aus, aber nichts Unanständiges, wenn ich bitten darf!«
»Selbstverständlich nicht, Herr Oberst. Die Frage lautet: Wo sind die Eier am wärmsten?«
»Und wo?«
»Die Antwort ist: in der Bratpfanne.«
Da lacht der Oberst kurz auf und fragt: »Sagen Sie, welcher Idiot setzt sich denn mit dem Arsch in die Pfanne?«

Vor dem Auszug ins Manöver erklärt von Zitzewitz seinen Rekruten die Bedeutung des Kommandos »Helm ab zum Gebet«.
»Also, wenn der Befehl kommt«, sagt der Oberst, »nehmen alle Haltung an, setzen den Helm ab und zählen langsam bis fuffzehn. Es gibt Kompanien, die zählen bis fünfundzwanzig. Halt ich aber für Frömmelei …«

Von Zitzewitz fragt seinen Friseur: »Sagen Sie mal, haben Sie nich' was Witziges auf Lager, das ich heute meinen Kameraden im Kasino erzählen kann?«
»Vielleicht eine Scherzfrage«, erwidert der Friseur, »die geht so: Es ist nicht mein Vater oder meine Mutter, nicht mein Bruder oder meine Schwester, nicht Onkel oder Tante, nicht Neffe oder Nichte – und doch mein eigen Fleisch und Blut. Wer ist das?«
»Keine Ahnung«, stellt von Zitzewitz fest, »nun sagen Sie schon:

Wer ist es?«
»Das bin ich selber«, erklärt der Friseur.
»Na, fabelhaft!« Von Zitzewitz ist begeistert und gibt abends die Frage an seine Kameraden weiter.
»Das sind Sie selber«, rät einer der Offiziere sofort richtig.
»Quatsch«, schnauzt von Zitzewitz, »das ist mein Friseur in der Bahnhofstraße!«

Bonifazius Kiesewetter, »dieses alte Rübenschwein«, war da von anderem Kaliber als sein trotteliger adeliger Verwandter von Zitzewitz. Schlagfertig, schlitzohrig und tückisch gab er sich als Bruder im Geiste des braven Soldaten Schweyk zu erkennen. Viele seiner Verse waren »staatsfeindlich« und im »Dritten Reich« deshalb streng verboten, weil sie das Regime und dessen Gefolge auf die Schippe nahmen. Nach dem Krieg wurden sie besonders gern von ehemaligen Parteigenossen zitiert, die mit ihren Kenntnissen subversiver Kiesewetter-Witze beweisen wollten, dass sie mit Hitler und seiner Partei nie etwas verbunden habe. Ein Beispiel:

Einst auf einem Reichsparteitag,
wo die Hitler-Fahnen wehten,
war auch Bonifazius
als SA-Mann angetreten.
Doch als dann die große Menge
dreimal laut »Sieg Heil« gebrüllt,
schrie er dreimal kräftig »Scheiße!«,
was dort als verboten gilt.
Doch wie staunte erst die Kripo,
als er beim Verhör erklärt,
dass die viele braune Farbe
ihm total den Sinn verstört.
Moral:
Nicht jeder, der laut »Scheiße« schreit,
zeigt damit Volksverbundenheit.

Graf Bobby kam aus Wien und näselte den Dialekt seiner Heimat. Man muss ihn sich als trottelhaften Adeligen mit Monokel und goldverzierter Uniform vorstellen; vermutlich haben sich schon der alte Kaiser Franz Josef und die halbe k.u.k.-Monarchie über seine Scherze amüsiert. Sie liefen meistens auf die schlicht verkleidete Ferkelei hinaus, spielten manchmal aber auch mit dem absurden Hintergedanken.

Graf Bobby sitzt in der Opernloge und beobachtet mit einem Fernglas die Reihen der Besucher. Plötzlich stutzt er und sagt zu seinem Freund Rudi: »Schau, da unten in der ersten Reihe sitzt die Gräfin Esterhazy.«
»Ach, geh her«, meint der Rudi, »die ist doch schon seit fünf Jahren tot.«
»So, so«, sagt Bobby, »aber eben hat sie sich noch bewegt!«

Als Graf Bobby vierzig geworden ist, wünscht sich seine Mutter, dass er endlich heiratet. Sie schlägt verschiedene junge Damen vor, die er alle mit der Begründung ablehnt: »Du hast gut reden, Mama. Du hast einfach den Papa geheiratet, und mir mutest du zu, einen wildfremden Menschen zu nehmen!«

Das ostpreußische Marjellchen – jüngstes Mitglied der Witzfiguren-Familie – war die sprichwörtliche Unschuld vom Lande. Der frühreife Teenager setzte gegen die sexuellen Angriffe der Männer, die seinem kleinen Leben schon früh zu schaffen machten, eine Waffe ein, die wahrhaft entwaffnend war: seine Naivität. Marjellchen dürfte ein »Dienstmädchen« gewesen sein, wie man das damals nannte.

Eines Tages geht Marjellchen mit der gnädigen Frau zum ersten Mal auf Reisen. Sie übernachten in einem Gasthof. Dort hat die gnädige Frau für sich eine Suite bestellt und Marjellchen in einer Kammer untergebracht. Am nächsten Morgen treffen sich die beiden beim Frühstück. Die gnädige Frau erkundigt sich: »Nu sach mal, Marjellchen, wie war es denn heute Nacht?«
»Och«, sagt die, »eigentlich war nichts weiter. Bisschen fremd war es schon, aber geschlafen habe ich gut.«
»Ja, und sonst ist gar nichts passiert in der Nacht?«
»Nee«, sagt Marjellchen, »och ja, höchstens, da war ich schon eingeschlafen, so um Mitternacht rum. Kommt doch wahrhaftig

so ein Lorbass in mein Zimmerchen. Na, was soll ich sagen? Der zieht sich die Hose aus, zieht sich die Jacke aus, legt sich bei mich bei, bedient sich einmal, bedient sich zweimal, bedient sich dreimal … Na ja, dann geht er wieder raus aus dem Bettchen, zieht sich Hose und Jacke an und schleicht aus dem Zimmerchen. Und nu sagen Sie mir mal eins, gnädige Frau, was wollte der eigentlich?«

Es mag nur auf den ersten Blick verwundern, dass diese einleuchtende Pointe in fast allen regionalen Witzsammlungen von Tünnes und Schäl bis Klein Erna in irgendeiner Variation ihren Platz gefunden hat.

Die gnädige Frau fährt mit Marjellchen zu einem Fest bei Verwandten, wo sie auch übernachten. Während der Rückfahrt fragt sie: »Sag, Marjellchen, hat man dich denn auch als Dame behandelt?»
»O ja, gnädige Frau«, bestätigt sie, »zweimal auf der Treppe und dreimal auf der Terrasse!«

Ein ganz besonderes Prachtexemplar war die »Frau Wirtin«, um die es in den letzten Jahren sehr still geworden ist – wahrscheinlich aus Altersgründen. Sie wirkte in einem Wirtshaus an der Lahn, und man kann sich vorstellen, dass sie dort als pralle Schankmamsell die Gäste bediente – nicht nur mit Bier und Wein. Vermutlich war sie unverheiratet, vielleicht auch Witwe, weil ihr Mann aus Kummer über den lockeren Lebenswandel seiner besseren Hälfte früh verstorben war.

In ihren auch gesungenen Reimen hatte »Frau Wirtin« oft nur die Funktion einer Stichwortgeberin, die ihre Einfälle an alle möglichen Partner weitergab und ihnen auch die Formulierung des gedankenvoll ausklingenden Schlusssatzes überließ. Aber zu Anfang ihrer Frivolitäten gab sie immer den Ton an.

Frau Wirtin hatt' auch einen Inder,
der war im Bett ein großer Sünder,
doch selbst im schärfsten Lustgekeuche
behielt er seinen Turban auf –
so streng sind da die Bräuche.

Frau Wirtin hatt' auch einen aus Wien,
der furzte Schlagermelodien,
›Deutschmeister‹, ›letzte Rose‹,
nur ›Donauwellen‹ konnt' er nicht –
da schiss er in die Hose.

Frau Wirtin hatt' auch einen aus Meißen,
der konnte Blumenmuster scheißen,
und einst auf einem Gartenfeste
schiss er Girlanden auf den Tisch –
wie staunten da die Gäste!

Das Hauptwort Scheiße bildete in den Nachkriegsjahren den Humus, auf dem viele Pointen wuchsen. Auch Bonifatius schmückte seinen Schwank vom großen Unbekannten, der Kiesewetters Trompete als Klosett benutzt hatte, sodass die Exkremente seinen Gästen beim ersten Trompetenstoß um die Ohren flogen, mit dem tiefsinnigen Nachsatz: »Scheiße im Trompetenrohr, kommt Gott sei Dank nur selten vor …«

Einsichten wie diese wurden zu geflügelten Worten und gingen damals auch in den deutschen Sprachgebrauch ein, ohne dass sich die Erzähler die nicht standesgemäße Herkunft klarmachten. Die Zitate verflüchtigten sich aber wieder, als ihre Erfinder das Rentenalter erreicht hatten oder das Zeitliche segneten.

Scherze aus der untersten Schublade gehörten auch zu den bescheidenen Mitbringseln, die von den entlassenen deutschen Kriegsgefangenen nach Hause getragen wurden. Kaum genesen, hochgepäppelt von Frau oder Mutter, machten sie es sich nach des Tages Müh' in jener Bleibe gemütlich, die – auferstanden aus Ruinen – neben den eigenen vier Wänden ihr liebster Zufluchtsort war: in der Kneipe am Stammtisch.

Hier war die Welt noch mit Dachpappe zugenagelt, floss ein Dünnbier aus den Zapfhähnen, von dem selbst ausgepichte Zecher nur den Schaum abtranken. Aber unter den Theken hatten die Wirte ihre selbstgebrannten Schnäpse versteckt, und die handgedrehten Zigaretten, Marke Eigenbau, qualmten mit den Kanonenöfen um die Wette.

Was hatten sich die Kriegsheimkehrer, die Flüchtlinge aus dem Osten und die alten Kameraden, die den Krieg hinter wichtigen Schreibtischen überstanden hatten, am Tresen oder Stammtisch zu erzählen?

Thema 1: Die Erlebnisse an der Front.
Thema 2: Der auf den Wiesen bolzende, neugeborene Fußballverein.
Thema 3: Die altbackenen Witze der Firma Frau Wirtin – Marjellchen – Kiesewetter & Co.

Schüttelreime brachten die ehemaligen Landser mit in die Kneipe, harmlose und happige Zweizeiler.

Oft hängt bei einem forschen Mädchen
die Tugend nur am morschen Fädchen.

Zum Dank, dass er sie stets gefickt,
hat sie ihm einen Fez bestickt.

Selbst auf das erhabene Volkslied nahm die schmutzige Phantasie der Stammtischbrüder, womöglich auch ihrer Zechkumpanen aus den Studentenverbindungen und Abiturienten-Jahrgängen keine Rücksicht.

Es waren zwei Königskinder,
die hatten miteinander viel Müh,
sie konnten zusammen nicht kommen,
denn er kam immer zu früh.

An den Theken und Stammtischen gab es bis zu der von den Besatzungsmächten verordneten Sperrstunde keine Tabus mehr. Doch was da unter Männern von Mund zu Mund ging, durfte offiziell in der obersten Etage der »feinen Leute« nicht über die Türschwelle.

Seltsam genug war, dass solche »Herrenwitze« und Parodien während ihrer Wanderung durch Restdeutschland auch den Frauen zu Ohren kamen. Zumal bei den wenig prüden Damenkränzchen, die nach dem Wiederaufbau der Kegelbahnen eine ruhige Kugel schoben, waren Bonifazius Kiesewetter und Frau Wirtin gerngesehene Gäste. Und als 1946 Kurt Schumacher zum Vorsitzenden der SPD gewählt wurde, meldete sich Frau Wirtin von der Lahn mit folgendem Reim:

Frau Wirtin trieb's selbst mit der SPD,
im Winter notfalls auch im Schnee,
doch nur mit jungen Bengels.
Die Alten standen stumm herum
und lasen Marx und Engels.

Noch im selben Jahr begann in Wolfsburg die Serienproduktion des Volkswagens. Der Volksmund stellte die Frage:

Wie bringt man vier Elefanten in einem VW unter?
Antwort: Ganz einfach, zwei hinten und zwei vorne.

Im Juni 1948 machte die Währungsreform für die »Eingeborenen von Trizonesien«, wie ein Karnevalsschlager die Westdeutschen nannte, den lange herbeigesehnten »Luxus« schrittweise möglich. Wer das Geld hatte oder erwartete, kaufte in Reihenfolge und oft auf Raten: das elektrische Bügeleisen, die Waschmaschine, Radio, Eisschrank, Musiktruhe und, als der Güter höchstes, den Kleinwagen. Der Schwarzhandel meldete Konkurs an.

Im September 1949 wurde Konrad Adenauer erster Bundeskanzler der neuen »Bundesrepublik Deutschland«. Ihm und der CDU verdankte die Republik unter anderem die freie Marktwirtschaft, den sozialen Wohnungsbau, die Wiederbewaffnung und die Prüderie. Ein geistreicher Kabarettist reimte seinerzeit im Stil der englischen Limericks:

Es hallte im Land ein Protestschrei,
dass Bonn jetzt als Hauptstadt wohl fest sei.
Man entgegnet den Tadlern
darauf, dass bei Adlern
der Stammsitz ja immer ein Nest sei.

Ein warmes Nest zu finden, war für die Verliebten der Nachkriegsjahre nicht leicht. In Hotels und Studentenbuden blieb die Liebe ohne Trauschein streng verboten. Wer sich selbst und hoffentlich auch seiner Freundin einen Gefallen tun wollte, musste mit ihr im Grünen lustwandeln.

Im Oktober 1949 wurde in Ostdeutschland die »Deutsche Demokratische Republik« gegründet. Wilhelm Pieck, Otto Grotewohl und Walter Ulbricht hießen ihre Repräsentanten. In der neuen DDR witzelte man:

Das Skatspiel wird verboten. Pik darf nicht gereizt werden.

Die anonymen Spaßmacher des »Arbeiter- und Bauernstaates« nahmen sich schnell drei Ziele für ihre verbotenen Giftpfeile vor:

a) die Politik der roten Führungskräfte und ihre Abhängigkeit von Moskau
b) die wirtschaftliche Notlage
c) den Staatssicherheitsdienst (Stasi) und seine Machenschaften.

Der Fahrdienstleiter des Leipziger Hauptbahnhofs ist von der Stasi verhaftet worden. Er hat bei der Ankunft von Walter Ulbrichts Sonderzug gerufen: »Zurücktreten! Bitte sofort zurücktreten!«

Ein DDR-Bürger geht mit einem großen Kranz über den Marktplatz.
Ein Freund begegnet ihm und fragt, wer denn gestorben sei. Sagt der Mann mit dem Kranz: »Gestorben ist keiner, aber Kränze gab's heute morgen zufällig im HO-Laden.«

»HO« war die Abkürzung für »Handelsorganisation«, und so hießen die Geschäfte der staatlichen Ladenketten in der DDR.

Der 80. Geburtstag des großen Genossen Lenin wurde in Ost-Berlin vorbereitet. Aus diesem Anlass werden auch die drei besten Erbauer von Kuckucksuhren ausgezeichnet. Dritter Preis: Der Kuckuck blickt aus der Uhr und ruft einmal »Lenin«.

Zweiter Preis: Der Kuckuck erscheint und ruft dreimal »Lenin«.
Erster Preis: Lenin blickt aus der Uhr und ruft »Kuckuck«.

Die systemkritischen Witze aus der DDR – andere gab es kaum – wurden im Flüsterton weitererzählt. Einer ihrer Hauptlieferanten war der in Armenien installierte Sender Radio Eriwan. Weit von der Moskauer Parteizentrale entfernt, gab er seine hinterlistigen Auskünfte zu schwierigen Hörerfragen auch an die DDR weiter. Dort wurden sie leicht verändert und den eigenen Lebensproblemen angepasst.

Frage: Was ist der Unterschied zwischen Schweinen im Westen und Schweinen im Osten?
Antwort: Im Westen werden sie gegessen, *im Osten* Genossen.

Frage: Was bedeuten die drei Streifen an der Uniform der Volkspolizisten?
Antwort: Ein Streifen: Er kann lesen. Zwei Streifen: Er kann schreiben. Drei Streifen: Er kennt einen, der lesen und *schreiben kann.*

Anfrage an Radio Eriwan: »Wo sitzt derjenige, der in der DDR für die politischen Witze verantwortlich ist?«
Antwort: »Keine Ahnung, wo er sitzt. Wir wissen nur, dass *er sitzt.«*

1949 wurde in der Bundesrepublik die Todesstrafe abgeschafft, nicht ohne Widerstand konservativer Kreise auch in der CDU/CSU. Das folgende Beispiel tiefschwarzen Humors war vermutlich der letzte Witz zu diesem Thema.

Ein zum Tode Verurteilter wird kurz vor seiner Hinrichtung vom Zuchthausdirektor gefragt: »Haben Sie noch einen letzten Wunsch?«
»Ja«, antwortet der Todeskandidat, »ich möchte gern Finnisch lernen!«

Das Letzte

Hitler kauft einen Teppich. Fragt die Verkäuferin: »Wollen Sie ihn mitnehmen oder gleich hier essen?«

Wirt: »Wie fanden Sie denn unser Schnitzel?«
Der Gast: »Durch Zufall.«

Der Gast sagt zum Kellner: »Was ist der Unterschied zwischen einem »Rumpsteak Spezial« und einem normalen Rumpsteak?«
Kellner: »Zum ›Rumpsteak Spezial‹ geben wir ein schärferes Messer.«

Franzl besucht die Zenzi. Sagt die Zenzi: »Du, Franzl, ich hab's heute im Kreuz.«
Franzl: »Gut, dass du es sagst. Ich hätte es da gesucht, wo's immer war.«

Ein Mann, der vor der Haustür sitzt, ruft einem vorbeikommenden Radfahrer zu: »Hören Sie, Ihr Schutzblech klappert!«
Fragt der: »Wie bitte?«
»Ihr Schutzblech klappert!«
»Ich kann nichts verstehen, mein Schutzblech klappert!«

Ein Australier wird ins Krankenhaus eingeliefert.
Er hat einen neuen Bumerang bekommen und seinen alten weggeworfen.

Chris Howland

Bestimmt

Es ist sehr verwirrend, in ein Land verschlagen zu werden, wo ganz plötzlich jeder eine fremde Sprache spricht. 1948 hatte ich das Glück, für einen englischen Rundfunksender zu arbeiten, bei dem wir ausschließlich englisch sprachen. Doch sobald ich meinen Fuß vor die Tür des Senders setzte, begannen meine Probleme.

Viele meiner Kollegen tauchten in den tiefsten Teil des Sprachbeckens, ich dagegen war vorsichtiger und prüfte das Wasser erst einmal mit dem großen Zeh.

Mein erstes deutsches Wort war *Bestimmt!*

»Weckst du mich morgen früh?«

»Ja, mache ich.«

»Bestimmt?«

Es ist ein sehr nützliches Wort, eines, wie wir es im Englischen nicht haben.

Ein anderes großartiges deutsches Wort ist *Na?*

Es ist eine Frage, eine Kritik, eine Warnung oder ein Anzeichen von Unsicherheit. Ich liebe Vielzweckwörter.

Treffen sich zwei U-Boote im Urwald.
Sagt das eine zum anderen: »Na?«
Erwidert das andere: »Na und?«

Selbstverständlich gibt es viele Ähnlichkeiten zwischen der deutschen und der englischen Sprache. Ein *finger* ist ein Finger, eine *hand* ist eine Hand, ein *arm* ist ein Arm, und ein *leg* ist ein – hoppla! Hier fängt der Ärger an! Und dann *der, die* und *das* …

1948 sollten wir eigentlich nicht mit deutschen Mädchen sprechen, aber natürlich taten wir es. Amerikanische Soldaten hatten das gleiche Problem, aber sie taten es auch.

Zwei Amis wollten sich unter die Deutschen mischen
und Bier in einem Münchner Gasthaus trinken.
Um nicht entdeckt zu werden, kleiden sie sich wie Bayern, mit
derben Schuhen, Socken, Lederhosen, Hosenträgern und Hüten,
in denen Rasierpinsel stecken. Sie finden
eine Kneipe, treten ein und bestellen Bier. 30 Minuten später
schauen zwei amerikanische Militärpolizisten durch die Tür,
sehen die beiden und nehmen sie auf der Stelle fest.
Wieso wussten sie, dass es sich um amerikanische Soldaten
handelte?
Weil es Schwarze waren!

Oder dieser:

»Liebst du mich wirklich?«, fragt das deutsche Mädchen, das mit dem britischen Soldaten tanzt. »Oder ist das deine Pistole?«

Ein anderer britischer Soldat betritt eine Drogerie.

»Ich möchte kaufen Nivea Creme.«
»Fünfundvierzig Pfennige«, sagt die Verkäuferin.
»Ah!«, sagt der Soldat. »Fuunf-und-veerzisch – ist das for die Pfeife?«
»Ja«, nickt die Verkäuferin, »aber auch fürs Gesicht.«

Gewöhnlich waren Barkeeper unsere ersten deutschen Kontakte. Jeder kennt den alten Witz von dem Engländer, der einen »Dry Martini« bestellt und drei Wermut serviert bekommt. Ich habe das häufig gesehen.

Noch komischer war die junge Frau, die entschlossen war, um jeden Preis Deutsch zu lernen. Als sie eine Schale mit Erdnüssen auf der Theke sieht, bittet sie den Barmann, ihr das deutsche Wort für »peanuts« zu sagen. »Penis«, sagte er, ohne mit der Wimper zu zucken.

An dieser Stelle sollte ich erwähnen, dass wir in jener Zeit allesamt unschuldige und prüde Menschen waren. Wir machten alle das Gleiche wie alle anderen auch, aber wir redeten nicht darüber. Selbst Ehepaare sprachen vom männlichen Anhängsel als »dein … hmm …«.

Wobei mir einfällt, dass das weibliche Gegenstück wahrscheinlich genauso bezeichnet wurde.

Kein Wunder also, dass die junge Frau, die mit dem Barmann sprach, keinen Schimmer hatte, wie das englische Wort für »Öhh … hmm« lautete, vom lateinischen Begriff ganz zu schweigen. Also betrat sie ganz unbefangen einen deutschen Lebensmittelladen und verlangte »Ein Pfund Penis!«. Sie wäre wohl höchst überrascht gewesen, wenn sie eines Tages bekommen hätte, was sie bestellt hatte.

Es gab weitere Beispiele für »Besatzungshumor«. Den größten Spaß machte es, deutsche Redewendungen wortwörtlich ins Englische zu übersetzen.

»*You are me a stamp!*«, war die erste Übersetzung dieser Art, die ich hörte.

Später kamen »*It is me completeley sausage!*«, »*You are heavy on wire*«, »*Equal goes it loose*«, »*Goes it you well?*« – »*Yes. Thank you for the after-question.*«.

Oder in einem Restaurant:

»*Medium oder durch, Sir?*«
»*I always like a bloody steak.*«
»*And some fucking chips, too?*«

Eine große Quelle des Vergnügens war das Wort »Fahrt«, denn im Englischen bedeutet *fart* Furz.

Noch heute lachen britische Besucher über *Ein-* und *Ausfahrt* an der Autobahn, und sie fragen sich, ob das mit der Qualität der Speisen zu tun hat, die in einigen Raststätten verkauft werden.

Als ich eines Tages mit meinem Bruder, der zu Besuch war, durch Hamburg spazierte, zeigte er plötzlich unter brüllendem Gelächter auf ein Schild.

»Was ist los?«, fragte ich ihn.

»Sieh mal, was da steht! *Spark-arse* (Blitzarsch)!« johlte er, während ihm die Lachtränen übers Gesicht liefen.

Er hatte bis dahin noch nie eine Sparkasse gesehen!

Da verwundert es nicht, dass viele von uns die Sprache nie richtig gelernt haben.

Lentz/Thoma

1950–1959

Bundeskanzler Adenauer kauft sich in seiner zweiten Amtszeit eine Schildkröte. Er will herausbekommen, ob sie wirklich 300 Jahre alt wird.

Das ist einer der ältesten Witze der Welt, mit einem Bart von etwa 2000 Jahren. Er steht schon in der altgriechischen Witzsammlung ›Philogelos‹ aus dem 3.–5. Jahrhundert. Nur hält sich der alte Mann da einen Raben zu demselben Zweck. Die werden bis 200 Jahre alt. Witze leben noch länger.

Es hat immer wieder prominente Männer gegeben, die so alt wurden, dass man von ihnen sagte: »Jetzt stirbt er auch nicht mehr.« Männer, muss man einschränken, weil sie zumeist allein öffentliche Ämter von Rang einnehmen durften. Auf die Emanzipation kommen wir dann später noch.

Als der 73-jährige Adenauer 1949 mit der berühmten einen Stimme Mehrheit Bundeskanzler wurde, war es vor allem das Alter, das in den Amtsperioden danach zu Witzen reizte:

Was ist der Unterschied zwischen Adenauer und einem Handwerker? Der Handwerker kommt nicht, und Adenauer geht nicht.

Um die Hauptstadt Bonn hatte der alte Herr listig und hartnäckig gekämpft, Frankfurt als kräftigen Konkurrenten abgewehrt.

Warum wollte Adenauer unbedingt Bonn zur neuen Hauptstadt machen? Der Witz antwortet: Weil in diesem Klima jeder schlapp und schläfrig wird, nur er selber nicht.

Die fünfziger Jahre waren die Ära Adenauer. Zweimal gewann er Bundestagswahlen für seine CDU mit absoluter Mehrheit, 1953 und 1957. Er musste seine eigene Stimme nicht mehr einsetzen, um erneut Kanzler zu werden.

»Ich will nicht wieder jung werden, ich möchte nur fortfahren, alt zu werden«, versicherte er seinem Arzt.

Wahr sollen auch diese Anekdoten sein:

»Ich kann Sie nur vor Menschen warnen, die Sie immer nur loben«, warnte ein Freund Adenauer. »Aber wenn 'se nun recht haben?«, antwortete der Alte.

»Herr Bundeskanzler, gestern haben Sie aber noch einen ganz anderen Standpunkt vertreten«, warf ihm ein Redner vor. »Dat kann schon sein«, gibt Adenauer zu, »aber et kann mich doch schließlich keiner daran hindern, alle Tage klüger zu werden.«

Der Schweizer Publizist Fritz René Alleman schrieb 1953 im ›Monat‹: »Zum Bilde der deutschen ›Zweiten Republik‹ gehört die Skepsis gegenüber der eigenen Leistung und ihrer Fähigkeit zu dauern.«

Das hat die »Väter des Grundgesetzes«, den Parlamentarischen Rat, beeinflusst, eine Verfassung zu entwerfen, die zu den freiheitlichsten der Welt gehört und die Macht ganz vorsichtig verteilt.

Vielleicht war es ein Glück für den jungen Staat, dass Adenauer nicht nur so viel Autorität einbrachte, sondern auch durch die Erfahrungen der zwanziger Jahre trickreich mit den Gegebenheiten einer Parteien-Demokratie zu spielen wusste. So fiel es den an die Obrigkeit gewöhnten Deutschen leichter, sich auf die neue Situation einzustellen. Es blieb, wie man scherzte, »alles beim Alten«. Und es gab den Spruch:

»Der liebe Gott ahnt es, der Kanzler weiß es, und das Volk geht es nichts an.«

Nach der sensationell gewonnenen Fußball-Weltmeisterschaft 1954 kamen Fußballerwitze auf, die der »Wir-sind-wieder-wer«-Euphorie entgegenwirkten. Manche Deutsche taten ja so, als hätten sie eine Art neuen Krieg gewonnen und als Verlierer nun endlich gesiegt.

Bundestrainer Herberger sagt zu Adenauer: »Sie haben mich mit Ihrem Hinweis auf die Außenpolitik überzeugt. So etwas wie die Weltmeisterschaft soll nicht wieder vorkommen!« Die deutsche Mannschaft hatte 1954 das Endspiel in Bern gegen den hohen Favoriten Ungarn mit 3:2 gewonnen. 2:0 führten die Ungarn schon nach neun Minuten, und alles sah nach einer Katastrophe wie im vorherigen Spiel aus, das die Deutschen 3:8 verloren hatten. Aber nach 18 Minuten stand es 2:2. Und Helmut Rahn, den Schützen des Siegtores in der 84. Minute, kannte danach ganz Deutschland. Den Torwart Toni Turek feierte der Radio-Reporter Herbert Zimmermann mit sich überschlagender Stimme: »Toni, du bist ein Fußballgott!« Gott hatte einen schwierigen Ball gefangen.

Die zu jeder Zeit beliebten Dummenwitze zielten jetzt auf Fußballer.

Ein durch die Weltmeisterschaft populär gewordener Spieler wird nach dem Besuch einer Kunstausstellung gefragt: »Was denken Sie denn über Toulouse-Lautrec?«
»Och«, antwortet der, »ich tippe 2:1.«

Derselbe Spieler wird zu einer Literatur-Veranstaltung eingeladen. Ein Reporter fragt ihn hinterher: »Was halten Sie denn von Rainer Maria Rilke?«
»Och«, antwortet der, »die sind alle drei in Ordnung!«

Fußball war jedoch zu beliebt, als dass die Balltreter jene Opferrolle hätten übernehmen können, die später den beschränkten Ostfriesen und anderen angeblich Beschränkten zugewiesen wurde.

Die Fußballweltmeisterschaft machte auch das Fernsehen bekannt. Das gab es schon seit Weihnachten 1952, zunächst mit nur einem Programm, aber nur wenige Leute konnten es sich leisten. 4000 waren es zu diesem Zeitpunkt. Während der Fußballspiele füllten sich jedoch die Kneipen, in denen schon Fernsehapparate standen. Die Menschen starrten fasziniert auf das helle Rechteck in der Ecke, ohne oft mehr als Schatten auf hellen Flächen zu erkennen. Damals hieß es:

»Wenn man die Augen zumacht, ist Fernsehen fast so schön wie Radio.«

Auch vor den Schaufenstern von Radiogeschäften, in denen Fernsehprogramme über ausgestellte Geräte schwarz-weiß auf die Straße flimmerten, drängelten sich die Zuschauer über Stunden. Fußball und Fernsehen gingen zum ersten Mal eine Liaison ein.

Kurze Zeit danach, im Oktober, wurde im mittlerweile attraktiven 1. Programm die tägliche Tagesschau eingeführt. Im April 1955 zählte die ARD schon 100000 Fernsehteilnehmer. In Bonn witzelte man mit Blick auf Adenauer:

»Von Zeit zu Zeit seh ich den Alten fern.«

Die Deutschen wirkten etwas müde in dieser Zeit, überall werkelten die Menschen am Wiederaufbau, hämmerten, sägten, klopften. Die Arbeitswoche dauerte noch fünfzig Stunden, schloss den Samstag mit ein, und Streik war fast unbekannt. Die Menschen verdienten wenig Geld für harte Arbeit, aber es war viel wert.

Abends in den Kneipen träumten die Gäste dann von angeblich guten alten Zeiten, versuchten die Katastrophe des Krieges zu verdrängen, schunkelten und sangen rheinische Lieder. »Wer soll das bezahlen«, fragten die Kölner 1950 in einem Karnevalsschlager.

»Wer soll das bezahlen, wer hat das bestellt?
Wer hat so viel Pinkepinke, wer hat so viel Geld?«

Es blieb lange Zeit bundesweit eine der populärsten Schunkelweisen. Besserer Alkohol als selbstgebrannte Kartoffelschnäpse hoben inzwischen die Stimmung. Alkoholwitze gehörten auch dazu.

»Was hast du denn mit deiner Hand gemacht?«, fragt die Frau ihren spät heimkehrenden Mann. Der lallt: »Als wir aus der Kneipe gingen, da hat mir doch so 'n besoffener Idiot auf die Hand getreten!«

In den späten fünfziger Jahren, als sich der Wohlstand bei einigen Mitbürgern schon häuslich eingerichtet hatte, hörten wir folgende Geschichte:

Ein militanter Gegner von Alkohol und Nikotin versucht es mit einer Kampagne. Er hat sich vor einer Kneipe aufgebaut und fragt jeden, der herauskommt, wie viel Geld er an diesem Abend vertrunken und verraucht hat. Ein etwas beleibter Herr mit Zigarre erscheint leicht schwankend vor der Kneipentür.
»Darf ich Sie mal ansprechen?«, fragt der Aktionist.
»Aber gern.«
»Sie haben den Abend in dieser Gaststätte zugebracht, wissen Sie, wie viel Geld Sie da vertrunken haben?«
Der Angesprochene denkt kaum nach: »Weiß ich nicht, aber getrunken habe ich 'ne ganze Menge, ein kleines Mühlrad könnt's schon treiben.«
»Und wissen Sie, wie viel Sie geraucht haben?«
Der Gefragte zieht an seiner Zigarre: »Weiß ich auch nicht!«
»Wenn Sie das ganze Geld gespart hätten, wäre das doch eine schöne Summe ...«
Der Zecher wird nachdenklich: »Das könnte schon sein.«
»Sehen Sie die Villa da oben am Berg?«
»Ja«, bestätigt der Zecher, »was ist damit?«
»Die könnte Ihnen gehören! Wenn Sie das Geld jeden Abend weggelegt hätten, statt zu trinken und zu rauchen.«
Da fragt der Trinker fast nüchtern zurück: »Rauchen Sie?«
»Nein«, sagt der Alkoholgegner.
»Trinken Sie?«
»Nein.«
»Gehört Ihnen die Villa?«
»Nein.«
»Aber mir!«

Die Bürger der Bundesrepublik Deutschland gaben 1955 schon 131,-- Mark pro Kopf für Alkohol und 87,-- Mark für Zigaretten und Tabak aus. Die Bars wurden ein beliebter Handlungsort für Witze. Auch Tiere fanden dort ihre Theke.

Ein ziemlich klein geratener Mann stellt sich an eine Kneipentheke und bestellt zwei Whisky. Einen trinkt er, den zweiten kippt er in seine Anzugtasche. So macht er das den ganzen Abend, immer zwei Whisky, einen, den er trinkt, und einen, den er in die Tasche kippt. Ziemlich betrunken lallt er schließlich nachts den Barkeeper an: »Noch zwei Whisky!«
Der lehnt ab: »Sie haben jetzt genug.«
»Zwei Whisky habe ich gesagt!«
Der Barkeeper schüttelt nur den Kopf.
Da baut sich der kleine Mann drohend vor ihm auf und poltert los: »Wenn ich nicht sofort meine zwei Whisky kriege, komme ich über die Theke und nehme Sie auseinander!«
In diesem Augenblick guckt eine kleine Maus aus der Jackentasche und ruft: »Und das gilt auch für Ihre Scheiß-Katze!«

Nach langer Abwesenheit kommt ein englischer Gentleman in seinen Club, trinkt zwei oder drei Whisky und bemerkt plötzlich am Fuß der Theke ein nur 30 cm großes Männchen in der Uniform eines englischen Kolonialoffiziers mit vielen Orden auf der Brust. Er fragt den Barkeeper, ob er träume.
Der kommt um die Theke herum und setzt den kleinen Kerl auf die Tischplatte neben die Gläser. »Bitte Colonel«, sagt er, »erzählen Sie doch noch einmal die Geschichte, wie Sie damals im Kongo zu dem Medizinmann ›Sie Hurensohn‹ gesagt haben!«

Getrunken wurden Bier, Korn, Weinbrand; teure Importe wie Kognak und Whisky erschienen den meisten noch unerschwinglich. Aber rauchen wollte fast jeder. Zigaretten waren in den Jahren zuvor eine Währung, ein Zahlungsmittel, geworden. Sie kosteten vor der Währungsreform zwischen sieben und fünfzehn Mark das Stück. Rauchen war ein Statussymbol, das sich jetzt fast jeder leisten konnte und wollte. Und in allen Filmen und Fernsehsendungen wurde ohnehin ganz selbstverständlich geraucht. Aschenbecher wandelten sich zu Möbelstücken, standen in Wohnzimmern auf Ständern, wurden wie Müllschlucker entworfen. Ein Druck oben auf den Knopf, schon war die Asche weggedreht. Und natürlich gab es jetzt Raucherwitze:

In einem Eisenbahnabteil sitzen sich ein Jesuit und ein Franziskaner gegenüber, sie beten beide ihr Brevier. Dabei zieht der Jesuit in aller Gemütsruhe ein Zigarettenetui aus der Tasche und zündet sich eine Zigarette an.
»Beim Beten darf man nicht rauchen«, ruft der Franziskaner.
»Ich schon«, antwortet der Jesuit, »ich habe mir die Erlaubnis geben lassen.«
»Bekommt man die leicht?«, fragt der Franziskaner interessiert.
»Aber ja, Sie brauchen bloß in Rom anzufragen.«
Nach einiger Zeit treffen sich die beiden wieder, und der Franziskaner sagt ärgerlich: »Sie haben mich ja damals ganz schön an der Nase herumgeführt, natürlich habe ich die Erlaubnis nicht bekommen.«
»Wie haben Sie denn Ihr Gesuch formuliert?«, fragt der Jesuit.
»Ganz einfach«, erwidert der Franziskaner, »ich habe angefragt, ob ich beim Beten rauchen darf.«
»Zu einfach«, sagt der Jesuit lächelnd, »Sie hätten anfragen müssen, ob Sie beim Rauchen beten dürfen.«

Mitte der fünfziger Jahre steigerte sich die Reiselust der Westdeutschen erheblich. Zuerst fuhren sie ins vertraute Österreich, das mit Heimatfilmen und »Sissi«-Lichtspielen auch für die Touristik warb. Alle Filme waren verlässlich jugendfrei. Dann folgte Italien als heißbegehrtes Urlaubsziel. René Carol besang den ›Hafen von Adano‹.

›Zwei kleine Italiener‹ und immer noch die ›Caprifischer‹ tönten aus dem Radio, Vico Torriani wurde mit italienischen Liedern ein gefeierter Star. Auch Adenauer spielte Boccia in der italienischen Schweiz, in Cadenabbia; Italiener zogen als Gastarbeiter über die Alpen nach Deutschland; die ersten italienischen Restaurants stellten ihre Pizzaöfen auf.

Die Volkshochschulen begannen mit ihrer Bildungsarbeit. Einer, der davon profitiert hat, fragt einen Arbeitskollegen: »Weißt du eigentlich, wer Schiller ist?«
»Nein.«
»Das war einer der größten deutschen Dichter! Und weißt du, wer Storm ist?«
»Keine Ahnung.«
»Das war auch ein deutschen Dichter, der hat ganz tolle Geschichten über das Meer geschrieben!«
Da fragt der Arbeitskollege zurück: »Weißt du denn, wer Alvari ist?«
»Nein«, antwortet der Bildungsbeflissene, »aber das kriegen wir bestimmt noch auf der Volkshochschule!«
»Das glaube ich kaum«, versichert der Kollege, »das ist nämlich der italienische Gastarbeiter, der immer zu deiner Frau kommt, wenn du in der Volkshochschule bist.«

Die Lufthansa durfte 1955 wieder fliegen. Neue Witze reisten mit.

In Köln erzählte man die Geschichte vom Tünnes, der nach Mailand fährt und dort im Dom unter anderem auch beichten will. Er betrachtet die Beichtstühle, an denen jeweils steht, welche Sprache darin erwünscht ist. Tünnes kniet in einem dunklen Viereck nieder, über dem er das Wort »Deutsch« liest. Er beginnt: »Sinjore …«
Der Priester unterbricht ihn: »Wenn Sie italienisch beichten wollen, müssen Sie in einen anderen Beichtstuhl gehen.«
Unbeirrt fährt Tünnes fort: »Sinjore …«
Der Priester reagiert ärgerlich: »Ich sage Ihnen doch, wenn Sie italienisch beichten wollen, müssen Sie den Beichtstuhl wechseln!«
»Nun losse Se mich doch mal usrede«, kontert der Tünnes, »sin Johre her, dass ich dat letzte Mal gebicht han …« (gebeichtet habe)

Mit der Reisewelle wurde der Witz internationaler. Schon die Besatzungstruppen hatten ja andere Witze weitergegeben. Neue Irrenwitze, die oft so irre gar nicht waren, reisten um die Welt. Zum Beispiel:

Zwei Männer bestaunen einen Regenbogen. Sagt der eine zum andern: »Guck dir das an! Dafür haben sie Geld. Aber uns studieren lassen …«

Warum das nicht irre ist? Weil so bei uns bis heute fast jeder redet, der vom Staat Geld haben will.

Neben dem Eingang der Anstalt steht einer im Anzug unter der Dusche und hat den Schirm aufgespannt.
»Was machst du denn da?«, fragt seine Mutter, die zu Besuch kommt.
Der Mann unter der Dusche antwortet: »Ich habe heute mein Handtuch vergessen, Mama.«

Der Insasse einer Anstalt sieht durch das Hofgitter auf die Straße. Dort fegt ein junger Mann Pferdeäpfel zusammen und legt sie dann in einen Korb.
»Was machen Sie da?«
»Mein Vater tut das auf den Rhabarber«, erklärt der Sammler.
»Dann kommen Sie doch besser zu uns, wir kriegen Vanillesauce auf unseren!«

Apropos Pferd. Es wurde damals auch ein Witz verbreitet, der die Redensart »Erzähl mir doch nichts vom Pferd« vulgär aufbereitete.

Eine Frau kommt zum Arzt und klagt: »Herr Doktor, ich brauche Ihre Hilfe!«
»Wieso?«, fragt der, »Sie sehen doch ganz gesund aus.«
»Ja, aber gucken Sie mal genau hin: Ich sehe doch einem Pferd immer ähnlicher.«
Der Arzt betrachtet die Frau aufmerksam und sagt: »Wahrhaftig, Sie haben recht: diese buschigen Haare, die Ihnen in die Stirn fallen, die Lippen sind ganz wulstig, und auch Ihre Zähne sind so gelb und groß. Wie bei einem Pferd.«

»Deswegen bitte ich Sie ja um Hilfe. Was kann ich tun?«
Der Arzt schüttelt traurig den Kopf. »Das schaffe ich nicht, da versagt selbst meine ärztliche Kunst.«
»Können Sie denn gar nichts für mich tun?«
Der Arzt überlegt: »Es gibt eine Möglichkeit«, sagt er schließlich, »ich kann Ihnen ein Rezept schreiben, damit Sie auf die Straße scheißen dürfen.«

Der Witz zieht Geschmacksgrenzen immer etwas weiter, als es normale Gespräche erlauben. Wenn man das schlimme Wort jedoch mit drei Pünktchen schreiben würde, verlöre dieser Witz seine Pointe.

Der sogenannte skatologische Witz, der »Latrinenhumor«, geriet mit dem Aufblühen der Hygiene fast in Verruf. Nur unter Kindern ist alles, was mit Exkrementen zu tun hat, ein wichtiger Teil des Witz-Repertoires geblieben. Kinder kennen da keine Hemmungen. Auch wir müssen zugeben, dass wir uns während unserer Studentenzeit noch sehr über einen Witz amüsiert haben, der damals in deutschen Landen weitergereicht wurde und der »nicht von Pappe« war:

Bei einem privaten Fest tanzt einer der Gäste mit der Dame des Hauses. Er überrascht sie mit dem Satz: »Gnädige Frau riechen aber heute außerordentlich stark aus dem Mund ...«
Die Dame ist sehr verlegen, sucht nach einer Entschuldigung. »Wissen Sie«, sagt sie endlich, »ich war heute Morgen beim Zahnarzt und habe mir eine neue Brücke machen lassen ...«
»O là, là«, reagiert ihr Tanzpartner, »da hat der gnädigen Frau wohl jemand hinter den Pfeiler geschissen!«

Noch zum Umfeld der skurrilen Witze gehört diese harmlose Geschichte aus den fünfziger Jahren:

Ein Mann sitzt im Zug und packt sorgsam Obst aus: Äpfel, Bananen, Apfelsinen. Er schält sie, dann öffnet er das Fenster und schneidet alles in kleinen Stücken nach draußen.
Ein Mitreisender fragt ihn verwundert: »Was machen Sie denn da?«
»Ich mache Obstsalat«, erwidert der Mann.

»Und warum werfen Sie das alles aus dem Fenster?«
»Ich mag keinen Obstsalat.«

Deutsche Jazz-Fans hörten bei AFN und BFN, den Soldatensendern, vor allem wegen der Musik zu: Duke Ellington, Benny Goodman, Louis Armstrong. Überall entstanden Amateurkapellen, Bands, die Dixieland spielten, amerikanische Importmusik. Sie konnte fast süchtig machen. Englische Musiker wie Chris Barber und Ken Colier bewiesen, dass man diese Improvisationen von den Baumwollfeldern der amerikanischen Südstaaten europäisieren konnte. Auch wenn die Hörer erst von »Inselmut« redeten, als sie nach Glenn Millers ›In the Mood‹ Boogie-Woogie und Jive tanzten.

Mit der Musik fand über alliierte Soldatensender auch der schwarze Humor aus England und den USA in Deutschland seine Freunde.

Im berüchtigten Zuchthaus »Singsing« findet einmal in der Woche ein Gesundheitstest statt. Die Häftlinge stehen vor ihren Zellen und werden vom vorbeigehenden Arzt kurz befragt.
»Temperatur?«
»Normal.«
»Schlaf?«
»Gut.«
»Stuhl?«
»Weich.«
Beim nächsten: »Temperatur?«
»Normal.«
»Schlaf?«
»Ich schlafe schwer ein.«
»Stuhl?«
»Hart und selten.«
Beim nächsten: »Temperatur?«
»Leicht erhöht.«
»Schlaf?«
»Unruhig.«
»Stuhl?«
»Elektrisch.«

Die Amerikaner im Land der unbegrenzten Möglichkeiten haben alles, können alles, wollen alles. Sie bringen Coca-Cola mit, Readers Digest und Lucky-Strike-Zigaretten, verbunden mit massiver Werbung. Dagegen wirkte der einheimische Werbespruch: »Aus gutem Grund ist Juno rund« etwas hausbacken. Der deutsche Witz muss nun auch die Amerikaner kleiner machen.

Ein Gast aus Amerika erzählt, dass er fünf Tage brauche, wenn er seine Farm einmal mit dem Auto umfahren wolle. Da sagt sein deutscher Gesprächspartner: »So einen schlechten Wagen hatte ich auch mal.«

Auf einer großen amerikanischen Hühnerfarm ärgert sich der Besitzer immer wieder, dass seine Hähne nichts taugen. Eines Tages kauft er bei einer Versteigerung einen angeblichen Superhahn für viel Geld.
»Jetzt bin ich aber mal gespannt«, sagt er, als er den Hahn im ersten Gehege loslässt. Und dann staunt er nur noch. Der Hahn besteigt in Windeseile alle Hühner, fliegt über den Zaun in das nächste Gehege, macht dort munter weiter, fliegt ins dritte Gehege und tut auch da im Handumdrehen seine Pflicht.
»Tausende von Hühnern in einem Lauf«, jubelt der Farmer. Der Hahn aber sieht sich suchend um, fliegt über den hohen Zaun und läuft stracks in die Wüste.
»Verdammt«, flucht der Farmer, »jetzt habe ich endlich mal einen wirklich tollen Hahn, und nun ist er verrückt geworden.« Er steigt auf sein Pferd und reitet hinter dem Hahn her. Nach einer Meile findet er ihn wie tot auf der Erde liegend. Missmutig will er ihn aufheben, da macht der Hahn ein Auge auf und krächzt leise: »Hau ab, du vertreibst mir die Geier!«

Die Begeisterung der Amerikaner, mit Mario Lanza endlich auch einen Tenor von Weltruf im Lande anbieten zu können, löste eine Flut von Tenorwitzen aus. Wie so oft geht der Ansatz von dem Vorurteil aus, Tenöre seien blöd. Das ist immer so bei Gruppenwitzen, ob es nun um Blondinen, Mantafahrer oder Ostfriesen geht. Aber die Tenorwitze kursierten in kleineren, meist intellektuellen Kreisen.

Ein Tenor zählt bei einer Stellprobe singend. »Eins, zwei, drei, vier, sechs, sieben …« Der Regisseur unterbricht.
»Sie haben die Fünf ausgelassen.«
Der Tenor singt von vorn:
»Eins, zwei, drei, vier, sechs, sieben …«
Erneut unterbricht der Regisseur: »Es fehlt wieder die Fünf!«
Da blickt der Tenor vorwurfsvoll in die Runde und beschwert sich: »Es souffliert ja auch keiner!«

Ein Tenor fährt mit dem Schiff zu einem Gastspiel nach Amerika. Am ersten Morgen während der Überfahrt steht er spät auf, tritt an die Reeling, sieht bedeutungsvoll in den Nebel ringsum und ruft pathetisch: »Was, weiter sind wir noch nicht?«

Musik hat den Volksmund immer zu Witzen über Banausen inspiriert, nicht nur über Tenöre:

Ein berühmtes Streichquartett gastiert in einer Kleinstadt. Der Bürgermeister hält nach dem Konzert eine Dankesrede. »Sie haben am Beifall und am Zuspruch gemerkt, wie sehr Sie gefallen haben«, lobt er, »und so hoffe ich denn, dass Sie mit den Einnahmen des heutigen Abends Ihr kleines Orchester noch etwas vergrößern können!«

Wo es noch Konzertsäle gab oder wo sie – notdürftig repariert – wieder in Betrieb genommen wurden, drängte sich Anfang der fünfziger Jahre das Publikum. Als wollten die Deutschen sagen: Wenn wir auch sonst nichts mehr besitzen, Kultur haben wir immer noch! Es beschwerte sich auch niemand, dass in den zerstörten Städten zu den ersten Neubauten wieder Theater gehörten. Gustaf Gründgens hatte 1948 in Düsseldorf Sartres ›Fliegen‹ inszeniert. Karten dafür wurden wie Glückslose gehandelt.

Manche Besucher verstanden die Stücke nicht. Da mussten dann wieder Tünnes und Schäl herhalten:

Die beiden Freunde gehen ins Theater, setzen sich auf ihre Plätze. Kurz bevor sich der Vorhang hebt, sagt der Schäl: »Du, ich muss noch mal schnell verschwinden.«
Er geht hinaus, findet keine Toilette, öffnet in seiner Not zwei, drei Türen und kommt in einen großen, dunklen Raum, in dem ein Tisch mit einer Blumenvase steht. Kurz entschlossen verrichtet er dort sein Geschäft. Erleichtert macht er sich auf den Weg zurück. Im Saal ist es dunkel, er drängt sich durch die Reihe, nimmt seinen Platz ein und fragt den Tünnes: »Is' schon wat passiert?«
»Nicht viel«, antwortet der, »aber typisch Sartre: Kommt einer auf die Bühne, pinkelt in die Vase und haut wieder ab.«

Herbert von Karajan stieg 1955 zum Chef der Berliner Philharmoniker auf. Sein Lebensstil, seine Arroganz, seine Neigung zu schönen Frauen und teuren Autos führte bei seinen Anhängern zu einer merkwürdigen Mischung aus Begeisterung und Irritation.

Karajan leitet auch die Salzburger Festspiele und ist in Österreich angeblich häufiger Gast im Wiener Hotel »Sacher«. Als er eines Abends spät und überraschend ankommt, trifft er auf einen neuen Nachtportier. »Ich hätte gern meine Suite«, sagt der Dirigent.
Der Portier hebt bedauernd die Schultern: »Wir sind leider total ausgebucht.«
Der prominente Gast ärgert sich: »Hören Sie, ich bin Herbert von Karajan, ich wohne immer hier, und ich bekomme wie immer meine Suite!«
Der Portier lehnt sich zurück. »Das freut mich für Sie, wenn Sie dauernd Glück gehabt haben, aber ich sage ja, wir sind heute total ausgebucht.«
Der Gast hebt die Stimme: »Jetzt passen Sie mal auf, vielleicht haben Sie nicht zugehört. Ich bin Herbert von Karajan, falls Sie das nicht wissen sollten, und ich möchte jetzt meine Suite!«
Der Portier bedauert: »Ich habe trotzdem nichts frei.«
Der Dirigent wird zornig: »Verstehen Sie schlecht? Ich bin Herbert von Karajan!«

Der Portier windet sich: »Das mag ja sein, aber selbst wenn Sie der Willy Millowitsch wären – ich hätte kein Zimmer für Sie!«

Es ist anzunehmen, dass dieser als Anekdote getarnte Witz irgendwann mit anderen passenden Namen wieder auftauchen wird.

Wie dieses Beispiel zünden viele Witze wie eine Rakete in drei Stufen. Die ersten beiden dienen nur dem Start, sie transportieren ihn ein Stück. Die dritte Stufe befördert ihn in die Umlaufbahn des Weitererzählens und entfaltet dann die Pointe. Nach diesem Modell wurden auch die meisten Tierwitze gebaut, die zu jeder Zeit beliebt blieben. Ihre Erfinder ließen sich möglicherweise davon anregen, dass in Adenauers Kabinetten so viele Tiernamen vorkamen: Strauß, Storch, Meerkatz, Würmeling.

Ein Zebra kommt in die Zivilisation und fragt ein Schaf: »Wer bist du denn?«
»Ich bin ein Schaf und gebe Wolle, damit die Menschen etwas anzuziehen haben.«
Es fragt eine Ziege: »Und wer bist du?«
»Ich bin eine Ziege, ich meckere manchmal ein bisschen, gebe aber vor allem Milch und Käse, damit die Menschen etwas zu essen haben.«
»Und wer bist du, Großer?«, fragt das Zebra einen Bullen.
Der betrachtet das fremde Tier etwas hochmütig und antwortet: »Wenn du deinen Schlafanzug ausziehst, zeige ich dir, wer ich bin!«

Ähnlich konstruiert ist ein Witz, der mimische Beweglichkeit erfordert, wenn man ihn erzählt.

Ein Breitmaulfrosch fragt alle Tiere, die er trifft, was sie tun. Der Erzähler ahmt es breitmundig nach. »Wer bist du denn mit deinem dicken Pelz?«
»Ich bin ein Schaf und spende Wolle.«
»Aha«, sagt der Frosch und kommt zu einer Kuh, die er breitmäulig fragt: »Und du, Dicke, mit deinem Gehänge?«
»Ich bin eine Kuh und gebe Milch.«

»Toll«, staunt der Breitmaulfrosch und sieht sich einem Tier mit weißem Körper und einem großen roten Schnabel gegenüber.
»Und wer bist du?«, fragt er zögerlich.
»Ich bin ein Storch, und ich warte auf Breitmaulfrösche, die ich fressen kann.«
»Och«, sagt der Frosch ganz spitzmundig: »Die gibt es hier, glaube ich, gar nicht!«

Mit der Technik der »Verschiebung«, dem Abweichen vom logischen Gedankengang, arbeitet das folgende Beispiel:

Ein Mann findet eines Morgens in seinem Garten einen Pinguin, der da etwas verloren herumsteht. Er streichelt ihn, füttert ihn mit zwei Heringen, die er noch im Kühlschrank hat. Er überlegt, was er mit dem Tier machen soll. Schließlich geht er zu einer Polizeiwache. Der Pinguin watschelt neben ihm her. Den Polizisten erzählt der Mann, wie er das Tier gefunden hat, er fragt:
»Was soll ich denn jetzt mit ihm machen?«
Die Beamten sind zunächst ratlos, bis einem einfällt: »Gehen Sie doch damit zum Zoo!«
»Das ist eine gute Idee«, sagt der Mann und verlässt mit dem Tier die Wache.
Drei Tage später sieht einer der Polizisten den Mann mit dem Pinguin lesend an einer Litfaßsäule. Er geht zu ihm und sagt verwundert: »Sie haben den Pinguin ja immer noch.«
Der Mann hebt resigniert die Hände: »Was soll ich denn machen?«
»Wir haben Ihnen doch geraten, Sie sollen zum Zoo gehen.«
»Ach«, erwidert der Mann, »im Zoo waren wir inzwischen dreimal, heute wollen wir mal ins Kino!«

Witz hält immer dagegen. In Zeiten der Prüderie öffnet er Perspektiven, hat auch da Ventilfunktion. Darum blieb Sex immer ein zeitloses Thema, in allen Variationen, harmlos oft, aber dann auch unwitzig direkt. Bei den Filmfestspielen in Berlin bestaunten die Gäste Gina Lollobrigida und Sophia Loren. Man redete vom »Treffen der großen Vier«.

Gina Lollobrigidas Busen in ›Fanfan der Husar‹ kam 1952 zu legendärem Ruhm. Die Amerikaner brüsteten sich mit Jane Mansfield und Marylin Monroe. Ganz ausgezogen durften sich Frauen ungestraft nicht zeigen. Als Hildegard Knef in dem Willy-Forst-Film ›Die Sünderin‹ (1951) einem Maler Modell stand und man im Hintergrund der Szene für einen flüchtigen Augenblick den Ansatz ihres Busens sehen konnte, kam es zum Skandal.

Das Unterrichtsfach Sexualkunde popularisierte das Thema ungemein.

In der Schule soll ein Aufsatz über das Thema »Hektik« geschrieben werden. Ein Schüler gibt ein Blatt Papier ab, auf dem nur Zahlen stehen: »1, 2, 3, 17, 18, 19, 20, 21, 22« und eine »31«.
»Was soll denn das«, fragt die Lehrerin, »was hat das mit Hektik zu tun?«
»Viel«, antwortet der Schüler und zeigt auf die ersten Zahlen: »Ich habe eins, zwei, drei Schwestern, 17, 18 und 19 Jahre alt. Die erste kriegt am 20. ihre Tage, die zweite am 21. und die dritte am 22. Heute ist der 31., und noch nichts ist passiert. Was glauben Sie, was da für eine Hektik ist!«

Nach Norwegen verlagert wird die Geschichte von den beiden Soldaten einer Sondereinheit, die den Auftrag erhalten, vier Wochen auf Skiern durch eine Eismeerlandschaft zu wandern. Sie sollen sich anhand der Karte zurechtfinden, vergrabene Lebensmitteldepots suchen, sich tageweise aber auch nur von Baumrinde und geschmolzenem Schnee ernähren.

Als sie die Strapazen hinter sich gebracht haben und nach vier Wochen auf dem Rückmarsch die Silhouette ihrer Garnisonstadt vor sich sehen, stöhnt der eine: »Gott sei Dank, heute Abend sind wir zu Hause, Mensch, ist das ein Glück! Als Erstes werde ich mir eine Pfanne mit Bratkartoffeln und Spiegeleiern braten. Und du, was ist das Erste, was du machst, wenn du zu Hause bist?«
»Dumme Frage! Du weißt doch, ich bin jung verheiratet«, antwortet sein Leidensgefährte.

»Nun gut«, meint der erste, »und das Zweite? Was machst du als Zweites?«
»Das kann ich dir genau sagen: Nichts wie runter mit den Skiern!«

Die Großen kleiner zu machen, darum bemühten sich sogar Witze der frivolen Sorte.

Ein Amerikaner, ein Engländer und ein Schweizer sitzen zusammen und prahlen mit nationalen Errungenschaften. Der Angehörige der englischen Seefahrernation rühmt: »Wir bauen jetzt ein Unterseeboot, das kann ein Jahr unter Wasser bleiben, fährt völlig lautlos und vermag die Geschwindigkeit eines Jagdflugzeugs zu erreichen.«
»Und wir«, setzt der Amerikaner dagegen, »bauen jetzt einen Wolkenkratzer in Chicago, 450 Meter hoch und nur aus Glas, kein Stahl, kein Beton, ausschließlich Glas!«
Der Schweizer reckt sich und versichert nach einigem Nachdenken: »So etwas Gewaltiges haben wir natürlich nicht zu bieten. Aber bei uns am Vierwaldstätter See, da lebt ein Knecht, wenn der einen guten Tag hat, können bei dem acht Raben nebeneinander darauf sitzen!«
Nach einer Zeit des ruhigen Trinkens setzt der Engländer wieder an: »Also, wenn ich mal ganz ehrlich bin, habe ich natürlich etwas übertrieben. Unser neues U-Boot ist zwar schneller als die alten, aber vom Flugzeug noch weit entfernt. Und ein Jahr lang kann es auch nicht unter Wasser bleiben.«
Da besinnt sich auch der Amerikaner, geht in sich und räumt ein: »Also, unser Wolkenkratzer sieht wirklich so aus, als bestünde er nur aus Glas. Aber natürlich wird er mit Stahl verstärkt, und ganz so hoch ist er auch nicht.« Beide sehen erwartungsvoll den Schweizer an. Der zieht bedächtig an seiner Pfeife und beginnt: »Also, wenn ich ganz ehrlich sein soll: Der achte Rabe sitzt nicht ganz kommod.«

Der Kinsey-Report über das sexuelle Verhalten der Frau erschien 1953, er wurde Antriebswelle für neue Witze. Kinsey war ein Verhaltensforscher aus Indiana, der 20000 Amerikanerinnen nach ihrer Intimsphäre befragen ließ. Mit den Männern hatte er das schon 1948 versucht. Damals hatten die Deutschen aber noch andere Sorgen. Auch wenn Sexualität im Witz zu jeder Zeit ein Thema war. In Köln erzählte man seinerzeit den kürzesten Witz überhaupt:

Der Tünnes sagt zum Schäl: »Schäl, ich glaube, deine Frau betrügt uns!«

Und von Hamburg aus nahm folgender Scherz seinen Lauf:

Ein Matrose geht nach langer Seefahrt in ein Bordell. Nachdem er sich ausgezogen hat, entdeckt das Mädchen seiner Wahl auf dem Penis ihres Kunden eine tätowierte Inschrift. »Was heißt das«, fragt es erstaunt, »Rumbalotte?«
Der Seemann nimmt ihre Hand. »Wenn du mir ein bisschen hilfst, kannst du es genauer lesen. Es heißt ›Ruhm und Ehre der baltischen Ostseeflotte!‹«

Wiederum in einer Hotelbar unterhalten sich vier Barhocker über einen alten Herrn, der im Hotel wohnt und noch große Erfolge bei den Damen haben soll. Die einen zweifeln, andere glauben fest daran.

»Ich werde ihn darauf ansprechen, wenn er gleich kommt«, entscheidet der Barkeeper.
Kurz darauf erscheint der alte Herr und bestellt einen Kognak.
»Ganz unter uns, Chef«, beginnt der Barkeeper, »über Ihre Erlebnisse mit Frauen werden ja die fabelhaftesten Dinge erzählt. Jetzt mal Hand aufs Herz: Wann haben Sie denn zum letzten Mal etwas mit einer Frau gehabt?«
Der Herr überlegt und antwortet: »So neunzehnfünfundvierzig.«
»Mein lieber Mann«, grinst der Barkeeper mitleidig, »das ist ja eine Ewigkeit her!«
»Wieso«, fragt der alte Herr, »wir haben doch erst zwanzigfünfzehn.«

Bei einem Ärztekongress verabschieden sich die Teilnehmer.
Der Augenarzt ruft: »Auf Wiedersehen«, der Ohrenarzt: »Auf Wiederhören!«
Der Badearzt wünscht »bleib sauber«, und der Chirurg »Hals- und Beinbruch.«
Der Urologe sagt: »Tschüss, ich verpiss mich«, und der Gynäkologe: »Ich schau mal wieder rein.«

Die Wohnungsnot nahm in den fünfziger Jahren nur langsam ab. Auch das war ein Tatbestand, über den gewitzelt wurde.

Ein Mann erzählt, dass er sich eine Ziege gekauft habe, er wolle das Geld für die tägliche Milch sparen.
»Aber du hast doch gar keinen Stall«, wendet ein Kollege ein.
»Ich bringe sie erst einmal im Schlafzimmer unter«, erklärt der Ziegenbesitzer.
»Aber denk doch an den Gestank«, sagt der Kollege.
»Ach«, erwidert der Mann, »daran muss sich die Ziege gewöhnen!«

Aus den Schutthalden in den Städten wurden im Laufe der Zeit geordnete Trümmerbeete zwischen den vielen zunächst eingeschossigen Neubauten. Die Westdeutschen ließen sich einen neuen Wohlstand gefallen, der aber Fernsehen und Autos zunächst noch nicht einschloss. Sie schätzten es, »unpolitisch« und privat zu sein. In Dortmund wurde am 2. Februar 1952 das damals größte Veranstaltungszentrum Europas eingeweiht, die Westfalenhalle.

Die Älteren träumten von der guten alten Zeit, oder was sie dafür hielten. Sie fanden sie in den Abziehbildern der Monarchien, in Filmen mit Fürsten, Kaisern und anderen Edelleuten. Die Reportagen der Regenbogenpresse über die Krönung der englischen Königin 1952, die Hochzeit Gracia Patricias in Monaco oder die gefährdete Liebe zwischen Soraya und dem Schah von Persien wurden verschlungen.

Der Publizist Ernst Friedländer schrieb über die fünfziger Jahre in der Zeitschrift ›Magnum‹: »Der stärkste politische Consensus geht heute dahin, sich für Politik möglichst wenig zu interessieren. Die

Flucht ins Privatleben, die nach dem Exzess der Hitlerjahre verständlich sein mochte, ist bis auf weiteres zu einer lieben Gewohnheit geworden.«

Der Wiederaufbau in Deutschland, der nicht unbedingt Neuaufbau war, passte sich der Sehnsucht der Deutschen nach Konservativem an. Sie wollten am liebsten alles wieder so haben, wie es früher war. Wobei unbestimmt blieb, was mit »früher« gemeint war. Die Architektur der neuen Sachlichkeit wirkte ja auch ziemlich öde, Phantasie ging ihr nicht voraus. Der Witz suchte sich seine Opfer im Umfeld.

Ein Maurerpolier kommt zum Unternehmer und sagt: »Chef, wir müssen dem alten Bernsmann unbedingt mehr Geld geben, sonst haut der womöglich hier ab. Der arbeitet mit einem Tempo, das können Sie sich gar nicht vorstellen. Er ist ein richtiges Vorbild für alle anderen, aber er verdient zu wenig.«
»Gut«, sagt der Chef, »das sehe ich mir an.« Er stellt sich hinter ein Baugerüst und beobachtet den alten Bernsmann bei der Arbeit.
Der kommt im Laufschritt über einen Brettersteg, bekleidet mit einem Kittel und einer Skimütze. Seine Schubkarre ist vollbeladen mit Ziegelsteinen. Er hastet damit zum Baugerüst, kippt die Karre um und rennt mit ihr wieder zurück.
»Donnerwetter«, staunt der Chef, »ich habe auf die Uhr gesehen, das ist ein Schnitt von 2,5 Minuten, die anderen brauchen runde vier.« Er beobachtet seinen Akkordarbeiter noch eine Weile, und als dessen Tempo nicht nachlässt, stellt er sich ihm schließlich in den Weg.
»Herr Bernsmann«, sagt der Chef, »eine Sekunde bitte! Ich habe Ihnen bei der Arbeit zugesehen und muss sagen, das ist ganz fabelhaft. Wenn Sie so weitermachen, werde ich Ihren Lohn um 50 Pfennig die Stunde erhöhen.«
Der alte Bernsmann blickt den Unternehmer missmutig an und sagt: »So, dafür habt Ihr Geld! Aber mir 'ne größere Schubkarre kaufen, dafür reicht's nicht, was?«

Das ist eine Art Gegenstück zu den Hennecke-Witzen in der DDR, die dort schon Ende der vierziger Jahre populär wurden. Adolf Hennecke wurde als »Held der Arbeit« gefeiert und sollte den Kollegen als leuchtendes Vorbild dienen. Die Spottdrossel aus der Ostzone sang:

Eine Henne begeht Selbstmord. Sie hinterlässt einen Abschiedsbrief, in dem steht: »Ich habe mich erhängt, weil ich mein Eiersoll nicht erfüllen konnte.«

Wenn man in totalitären Staaten Humor finden will, dann bei den Unterdrückten. Die Unterdrücker besitzen im Regelfall keinen. Pathos ist das Gegenteil von Humor. Der Sozialismus im »Arbeiter- und Bauernstaat« produzierte unfreiwillige Witze. Zum Beispiel den Arbeiter, der ohne Geld mehr und länger schuftet. Auch der Held der Arbeit kam natürlich aus der Sowjetunion. Die Schweizer ›Tat‹ ulkte am 12. Juli 1959:

»Unter den vielen Telegrammen, die im Kreml eintreffen und in denen versprochen wird, die Ziele des Siebenjahresplans schon in sechseinhalb, in sechs, in fünf Jahren, ja in vier Jahren zu erreichen, befand sich auch ein Telegramm aus dem Gefängnis von Orel. Darin versprachen die Unterzeichner – alles Leute, die kürzlich zu fünfzehn Jahren Gefängnis verurteilt worden waren –, ihre Strafen bereits in sieben Jahren abzusitzen.«

Obwohl alle Grenzen zu der Zeit noch sorgfältig kontrolliert wurden, stellte die Grenze durch Deutschland etwas Besonderes dar: eine Trennung der Welt. Hier standen sich die ehemaligen Verbündeten als kaum getarnte Feinde am »Eisernen Vorhang« gegenüber. Der dritte Weltkrieg auf deutschem Boden drohte. Er schien 1950 schon nahe zu sein, als General Mac Arthur im Koreakrieg China angreifen wollte.

Der politische Witz war die einzige Munition, mit der die Unzufriedenen in der DDR das Regime angreifen konnten.

Gute politische Witze gab es darum fast nur in der DDR. Wer aus dem Westen kam und erzählen wollte, worüber in Köln oder München gelacht wurde, fand in Leipzig und anderswo kaum eine Resonanz. Witze ohne politischen Hintergrund wurden selten verstanden. Es war ja auch alles politisch, Privates ging darin auf, wurde mit verplant. Selbst der Film des »Weltfriedenspreisträgers« Chaplin, ›Der große Diktator‹, durfte in der DDR nicht aufgeführt werden. Die Machthaber fühlten sich getroffen.

Obwohl die Kommunisten auch als Partei im Bundestag saßen, fand der Sozialismus kommunistischer Prägung in der Bundesrepublik kaum ein Echo. Der Schweizer Journalist Fritz René Alleman schrieb 1953: »Damals fielen zwei Ereignisse zusammen, die ihm jede Chance versperrten: die Berliner Blockade und die Währungsreform. Die Blockade war der erste groß angelegte Angriff des Ostens auf die westlichen Positionen in Deutschland, der im deutschen Volk das Bewusstsein der Schicksalsgemeinschaft mit den Westmächten wachrufen musste. Und die wirtschaftliche Konsolidierung durch die Währungsreform trug das ihre dazu bei, die Energien des deutschen Volkes endgültig von hochgespannten politischen Reformhoffnungen wie von geistigen Abenteuern jeder Art abzulenken und sie in die Aufgaben des ökonomischen Aufbaus hineinzuleiten.«

Klaus Harpprecht urteilte zum Ende der fünfziger Jahre in ›Christ und Welt‹: »Deutschland darf auch einmal langweilig werden. Sein Maß an Aufregungen hat es in diesem Jahrhundert erfüllt.«

Die DDR hatte Fünfjahrespläne für ihre Wirtschaft eingeführt, der erste lief von 1951 bis 1955. Im Mai 1958 wurden endlich die Lebensmittelkarten abgeschafft, die im Westen bereits seit 1950 nicht mehr existierten. Es folgte aber eine schwere Versorgungskrise im ganzen Ostblock.

Ein Vers machte nach dem ersten »Sputnik« 1957 die Runde:

»*Keine Butter, keine Sahne, doch auf dem Mond die rote Fahne!*«

Die DDR-Bürger sagten:

»*Die russischen Weltraumpiloten sind wirklich Idioten. Sie fliegen um die Erde und landen ausgerechnet wieder in der Sowjetunion!*«

Mangelwitze erreichten in der DDR ein beachtliches Format.

Zu einem Metzger kommt ein Mann und sagt: »Können Sie mir helfen? Meine Tochter heiratet in sechs Wochen, und da möchte ich den Gästen doch ein schönes Essen anbieten.«
»Woran hatten Sie denn gedacht?«
»An ein schönes Rinderfilet vielleicht.«
Der Metzger bedauert: »Rinderfilet wäre natürlich eine delikate Sache, aber da ist auch mit sechs Wochen Vorlauf nicht dranzukommen. Das geht alles für internationale Besucher und für Exporte weg.«
Der Mann überlegt: »Dann vielleicht ein Kalbsnierenbraten?«
»Kalbsnierenbraten ist etwas Feines«, bestätigt der Metzger, »aber so was habe ich selber schon lange nicht mehr gesehen.«
Der Mann denkt nach: »Wie wäre es denn mit Rouladen?«
»Rouladen wären hervorragend«, antwortet der Metzger, »die könnte ich mir auch lecker vorstellen. Mit Gurkenstückchen, Zwiebeln und durchwachsenem Speck als Füllung. Aber die bekomme ich leider auch nicht, auf keinen Fall in den nächsten sechs Wochen!«
Der Kunde sagt: »Und wie ist es mit Gulasch? Richtig saftiges, gut gewürztes Gulasch!«
»Mit viel Sauce«, bestätigt der Metzger, »ich versteh schon, was Sie meinen. Aber Gulasch ist nicht zu haben.«
»Oder einen Kalbsbraten?«
Der Metzger schüttelt den Kopf: »Kälber werden gar nicht mehr geschlachtet. Die haben noch nicht genug Fleisch, das vergessen Sie mal.«
Der Kunde hebt resignierend die Schultern und lässt sie wieder fallen. »Dann nehme ich eben einen einfachen Schweinebraten.«
»Nicht einmal den kann ich Ihnen versprechen«, sagt der Metzger bedauernd, »da müssten wir schon sehr viel Glück haben.«
Als der Mann den Laden traurig verlassen hat, sagt die Metzgersfrau: »Ist das nicht schlimm? Da will einer seiner Tochter so rührend eine schöne Hochzeit ausrichten, und wir können

ihm nicht dabei helfen. Findest du das nicht auch jammerschade?«
»Ja, natürlich«, bestätigt der Metzger, »aber sag mal: Hast du das mitgekriegt? Ein Gedächtnis hat der Mann!«

Ein Witz, der in allen Diktaturen erzählt wurde, hatte in der DDR folgenden Wortlaut:

Einem Mann ist der Papagei entflogen. Der Besitzer läuft sofort zur Stasi und versichert: »Ich möchte Ihnen nur mitteilen, dass ich die politischen Ansichten meines Papageis nicht teile.«

Papageien dürfen ungestraft das aussprechen, was der Erzähler eigentlich sagen möchte. Auch wir im Westen haben über einen Stasi-Witz gelacht:

In der Straßenbahn liest ein Musiker eine Partitur. Ein Stasi-Mann hält das Notenblatt für Geheimschrift und nimmt den Musiker unter Spionageverdacht fest. Der Festgenommene erklärt immer wieder, das sei doch nur eine Fuge von Bach. Am nächsten Tag wird der Musiker einem höheren Beamten vorgeführt. Der schreit ihn an: »Also jetzt endlich raus mit der Sprache, Bach hat schon gestanden!«

Im Westen erfand damals jemand des deutschen Michel Nachtgebet: Und bitte, lieber Gott, lass mich nicht zu groß werden!

Es gab auch andere witzige Erfindungen, die aber ganz ernst genommen wurden. Der Proporz zum Beispiel. Proporz fordert eine spezielle Gerechtigkeit zwischen rechts und links, so dass Positionen immer ausgeglichen besetzt werden müssen. Ist der Chef bei der CDU, muss der Stellvertreter von der SPD kommen. Bundesgerichte und Rundfunkanstalten z.B. ordneten ihre Mitglieder streng nach dem Strickmuster: zwei links, zwei rechts. Die Regierung wurde auch nach Religionszugehörigkeit besetzt, Katholiken und Protestanten mussten »ausgewogen« darin vertreten sein.

Die katholische Kirche verurteilte in jenen Tagen noch die sogenannte »Mischehe«. So nannte man es, wenn bei der Trauung nicht beide Teile katholisch waren. Dass ein unterschiedliches Gebetbuch damals einer Ehe im Wege stand und bis zur Einschulung der Kinder in eine Konfessionsschule Schwierigkeiten bereitete, ist heute kaum noch vorstellbar.

In den Geschichtsbüchern über diese Zeit wird zu lesen sein, dass Stalin 1952 die Wiedervereinigung Deutschlands angeboten hat. Er tat es aber zu Bedingungen, die dem Westen unannehmbar erschienen, weil sie jede echte Souveränität ausschlossen. Trotzdem waren viele Deutsche der Meinung, man hätte darüber verhandeln müssen. Aber die deutsche Einheit war in diesen Jahren kein Thema, das den Bürgern im Westen besonders zu schaffen machte. Sie spürten, dass es wieder aufwärtsging, und das wollten sie erst einmal sichern und genießen. Ohne die Nachbarn im Osten.

Der Schriftsteller Ernst Krenek schrieb dazu in der Zeitschrift ›Magnum‹: »Wir, die wir Deutschland zwischen 1932 und 1950 nicht betreten hatten, fanden bei unserem ersten Nachkriegsbesuch seine Bewohner wesentlich verändert, und zwar sehr zu ihrem Vorteil. Aus der Zeit der Weimarer Republik ist uns als dominierende Stimmung eine Mischung von Angst, Misstrauen, Unsicherheit, Gereiztheit, Arroganz und Angriffslust in Erinnerung. Das war zu Beginn der fünfziger Jahre ganz anders. Inmitten ihrer grausigen Verwüstung waren die Deutschen höflich und freundlich und von im Allgemeinen erstaunlich guter Laune.«

Den alten Politik-Profi Konrad Adenauer beschäftigte jedoch die Frage sehr, wie viel Vertrauen man zu diesen Deutschen haben dürfe. Er wollte die Bundesrepublik zwar »wiederbewaffnen«, eine deutsche Armee aufbauen, aber doch so eingebunden in internationale Verträge, dass sie kein Unheil anrichten könne. Als der Plan einer »EVG«, einer Europäischen Verteidigungsgemeinschaft, im französischen Parlament scheiterte, hielt er das für eine Katastrophe.

An unseren Universitäten wurde der Seufzer eines österreichischen k.u.k.-Feldmarschalls aktualisiert:

»So eine schöne Armee haben wir gehabt – die bunten Uniformen, die Musik, die blitzenden Waffen und die Kavallerie – welch eine Augenweide! Es war die schönste Armee der Welt! Und was hat man mit ihr gemacht? In den Krieg hat man sie geschickt!«

Adenauer setzte dann auf Europa, die EWG, die europäische Wirtschaftsgemeinschaft, und die NATO, der die Bundesrepublik im Oktober 1954 beitrat. Patriotische Töne kamen zu dieser Zeit eher von der SPD, von ihrem Vorsitzenden Kurt Schumacher, der Adenauer Ende 1949 einmal als »Kanzler der Alliierten« beschimpfte. Die SPD billigte Adenauers totale Hinwendung zum Westen nicht, sie wollte auch im Osten politisch aktiv werden. Solange Stalin lebte, konnte sie damit nicht viel Resonanz in der Bevölkerung finden. Aber auch Stalins Tod 1953 veränderte noch nicht die politische Lage. Im Witz der DDR wurde die Situation im Ostblock so aufgearbeitet:

Ein Anwalt wird zu fünfzehn Jahren Gefängnis verurteilt. Er hat den Generalsekretär Ulbricht einen Idioten genannt. Nach dem Urteil beruft sich der Anwalt auf das Strafgesetzbuch, das für solche Vergehen nur eine Gefängnisstrafe von zwei bis drei Monaten vorsieht. Daraufhin erklärt der Richter: »Wir haben Sie nicht verurteilt, weil Sie den Genossen Ulbricht beleidigt haben, sondern weil Sie ein Staatsgeheimnis verraten haben.«

Während 16000 Flüchtlinge die DDR im August 1956 verließen (drei Jahre nach dem Juni-Aufstand 1953), lachte man im Westen immer noch über die ersten Neureichen:

Ein Studienrat sieht am Straßenrand einen Mann aus einem dicken Mercedes steigen, erkennt einen früheren Schüler und staunt: »Mensch, Meier, Ihnen scheint es ja gutzugehen, was machen Sie denn jetzt?«
»Ich bin Geschäftsmann geworden, Herr Studienrat.«
»Geschäftsmann«, wiederholt der Pädagoge zweifelnd, »das hat doch mit Rechnen zu tun, und in Mathematik, wenn ich das so sagen darf, waren Sie ja nicht gerade eine Leuchte.«
Meier nickt. »Aber in meinem Geschäft ist das ganz einfach. Wissen Sie, ich kaufe Kisten, das Stück für eine Mark, und verkaufen tue ich sie das Stück für drei Mark, und von den zwei Prozent, da lebe ich!«

Umfragen und Zählungen kamen in Mode. Gallup in den USA kannte jeder. Allensbach in Deutschland mit Frau Nölle-Neumann, die man dann die »Bodenseherin« nannte, führte die Gallup-Methode in der Bundesrepublik ein. Statistiken lieferten Stoff für Witze.

Drei Jäger gehen in den Wald. Der erste hat das Gewehr. Der zweite hat den Rucksack. Was hat der dritte? Der dritte hat Karies. Jeder dritte in Deutschland hat Karies.

Eine Million Volkswagen waren nach dem Kriege bis 1955 produziert worden. Das Auto wuchs zu einem Symbol des Aufstiegs.

Wer sich noch kein Auto leisten konnte, wollte wenigstens eine Mini-Ausgabe motorisierten Fortschritts haben. Vespa und Lambretta wurden als »Motorroller« in Italien entworfen und hier beliebt. Die Firma Messerschmidt, vorher im Flugzeugbau tätig, stellte auf der Frankfurter Automobilausstellung 1953 einen Kabinenroller vor, der wie ein Kleinflugzeug ohne Flügel aussah. Er kostete 2375,-- Mark und erreichte eine Geschwindigkeit von 75 Stundenkilometern.

»Haben Sie etwas, das Sie bewegt?«
»Ja, ein Auto.«

»Ich mache alle vierzehn Tage Ölwechsel.«
»Was für ein Auto fahren Sie denn?«
»Ich verkaufe Pommes frites.«

Eine rein deutsche Autofirma war in Bremen entstanden: Borgward. Sie konnte sich aber trotz guter Qualität auf Dauer gegen die Großen nicht durchsetzen. Der Volkswagen überrollte alles. 1954 wurden gut 180000 VW verkauft, 105000 Opel, 51600 Mercedes und 42000 Borgward. Pro Jahr zählten die Statistiker rund 11000 Verkehrstote. Es wurde unter den Anhängern des schwarzen Humors der Spruch erfunden:

»Augen auf im Verkehr! Helft, Menschenleben verhüten!«

Der Export von Autos belebte die deutsche Konjunktur.

Zwei Amerikanerinnen unterhalten sich: »Hör mal, ich habe einen von diesen komischen deutschen Volkswagen gekauft. Als ich ihn vorne aufgemacht habe, war da gar kein Motor drin.« Sagt die andere Frau: »Das macht nichts, da kann ich dir helfen. Ich habe nämlich in meinem VW hinten einen zur Reserve.«

Eine andere Automarke wurde zum Statussymbol.

»Sie fahren Mercedes?«
»Das bin ich mir schuldig.«
»Und woher haben Sie so viel Geld?«
»Das bin ich meiner Bank schuldig.«

Die Prostituierte Rosemarie Nitribitt, die 1957 in Frankfurt ermordet wurde und deren Kundenliste einen Gesellschaftsskandal auslöste, fuhr einen Mercedes 190 SL. Der Volksmund nannte sie die »Frankfurter Allgemeine«.

Auch eine Nonne ist mit dem Auto unterwegs. Auf einer Landstraße geht ihr das Benzin aus. Sie marschiert zu Fuß zu einer kleinen Landtankstelle und fragt nach einem Kanister. »Diese Woche ist vielleicht was los«, klagt der Besitzer, »drei waren schon vor Ihnen da, und jetzt habe ich keinen Kanister mehr.« »Es kann ja auch ein anderer Behälter sein«, sagt die Nonne. Nach langem Suchen findet der Tankwart einen alten Nachttopf und füllt diesen voll Benzin.
Die Nonne wandert damit zu ihrem Auto zurück. Als sie versucht, das Benzin in den Tank zu schütten, hält ein Lastwagen neben ihr. Der Fahrer blickt staunend auf den gefüllten Nachttopf und sagt: »Ihren Glauben möchte ich haben!«

Gegen die sogenannten Dummenwitze stand eine Kollektion, die man vergleichsweise »Schlauenwitze« nennen könnte. Es waren fast immer jiddische Witze, die in den zwanziger Jahren entstanden und in der österreichischen Tradition der Schriftsteller und Spötter Polgar, Kraus, Torberg, Muliar aufbewahrt wurden.

Wer vom jüdischen Witz redet, muss unterscheiden, ob er Witze über Juden oder Witze von Juden meint. Witze über Juden gab es natürlich auch, sehr bösartige sogar. Sie versuchten auch für das unbegreiflich Böse wie den Holocaust Ventile zu schaffen, das Schlimme zu verniedlichen. Es handelt sich aber meistens nicht um wirkliche Witze, eher um Peinlichkeiten.

Ganz anders der jüdische oder jiddische Witz, der in der Unterdrückung wirklich weise und selbstironische Kunstformen entwickelte. Friedrich Torberg zitierte im ›Monat‹ damals drei Beispiele:

In einer mährischen Judengemeinde gab es einen weithin bekannten Trauerredner, der zu allen Beerdigungen herangezogen wurde – sofern die Hinterbliebenen es sich leisten konnten. Denn billig war er nicht.
Wieder einmal hatte ein angesehenes Gemeindemitglied das Zeitliche gesegnet, und die Familie – die nicht gerade im Ruf der Freigebigkeit stand – erkundigte sich nach den Kosten eines würdigen Nekrologs.
»Je nachdem«, antwortete der Vielbegehrte. »Die große, wirklich erschütternde Grabrede, die ich nur bei außergewöhnlichen Anlässen halte, kommt entsprechend teuer. Aber sie ist ihr Geld wert. Alles weint – die Trauergäste – der Rabbiner – sogar die Sargträger –, was soll ich Ihnen sagen: Der ganze Friedhof ist in Tränen gebadet. Kostet 200 Gulden.«
»200 Gulden? So viel können wir nicht ausgeben.«
»Gut, dann nehmen Sie die zu 100. Immer noch sehr ergreifend. Ich garantiere Ihnen, dass sämtliche Trauergäste weinen, und vielleicht wird auch der Rebbe ein paarmal aufschnupfen.«
»Darauf legen wir keinen Wert. Haben Sie nichts Billigeres?«
»Hab ich. Zu 50 Gulden. Allerdings weinen da nur noch die nächsten Familienangehörigen.«
»Auch 50 Gulden für eine Trauerrede sind uns zu teuer. Gibt es keine andere?«
»Es gibt«, sagte der Trauerredner, ohne sich seine Ungeduld anmerken zu lassen, »noch eine zu 20 Gulden. Aber die hat bereits einen leicht humoristischen Einschlag.«

Im Speisewagen eines Schnellzuges wird ein Offizier an einen Tisch gewiesen, an dem bereits ein jüdischer Fahrgast sitzt. Der Offizier macht aus seinem Missvergnügen kein Hehl, ergeht sich in allerlei antisemitischen Sticheleien und deutet schließlich zum Fenster hinaus: »Sehen Sie, das ganze Land wurde von meinen Vorfahren urbar gemacht. Wir sind mit Speer und Armbrust hierhergekommen, Sie höchstens mit Zwiebeln.«
In diesem Augenblick tritt der Kellner an den Tisch, um den Hauptgang zu servieren; man hat die Wahl zwischen Rostbraten und Kalbfleisch. Der Offizier entscheidet sich für den Kalbsbraten, sein Gegenüber für den Rostbraten.
»Mit Zwiebeln?«, fragt der Kellner.
»No na – mit Armbrust«, antwortet der jüdische Fahrgast.

In einer Wirtsstube sitzen ein paar Mitglieder aus verschiedenen Gemeinden beisammen und prahlen mit den Wundertaten ihrer Rabbiner. »Unser Rebbe ist der größte von allen!«, trumpft einer von ihnen auf. »Zu unserem Rebben kommt an jedem Schabbes Gott und redet mit ihm.«
»Das ist unmöglich«, widerspricht ein Skeptiker.
»Wieso unmöglich? Der Rebbe hat es mir selber erzählt!«
»Dann hat er eben gelogen.«
»Versündige dich nicht!«, lautet das souveräne Gegenargument. »Wird Gott reden mit einem Lügner?«

Aus dem Wien Arthur Schnitzlers und Sigmund Freuds ist diese Geschichte überliefert und in den fünfziger Jahren neu aufgelegt worden:

Ein reicher Kaufmann hat sein weiträumiges Grundstück mit einer hohen Mauer umzäunt. Der etwas extravagante Sohn nutzt das aus, indem er bei schönem Wetter immer nackt auf seinem Pony reitet. Es kann ihn ja keiner sehen.
Eines Tages wird er nach dem Reiten in der Mittagshitze sehr müde, er legt sich ins Gras und schläft sofort ein. Das Pony kommt heran und beschnuppert ihn. Als es das auch an einem

sehr empfindlichen Körperteil tut, wird der Junge wach und erschrickt. Verwirrt beißt das Pony zu.
Der Junge schreit wie am Spieß, Diener eilen herbei und holen einen Arzt.
Der lässt den Jungen auf einer Bahre wegtragen und weist an: »Bringen Sie den Patienten ins Krankenhaus und das Pony zu Professor Freud!«

Eine ähnlich schlaue Auskunft gab ein Bundestagsabgeordneter, der zu den wenigen Freunden und Vertrauten Konrad Adenauers gehörte: der Bankier Robert Pferdmenges. Er war ein wichtiger Berater des Kanzlers, hielt sich aber sehr zurück und meldete sich in keiner öffentlichen Debatte zu Wort.

Als Pferdmenges an einem Sonntagmorgen in seinem Abgeordneten-Büro noch etwas erledigt hatte, begegnet ihm auf dem Gang eine Schulklasse, die den Bundestag besichtigt. Der Fremdenführer ist glücklich, seiner Gruppe an einem freien Tag für die Parlamentarier doch einen Politiker präsentieren zu können. Er fragt Pferdmenges, ob er bereit sei, den jungen Gästen zwei oder drei Fragen zu beantworten. Der stimmt etwas widerwillig, aber doch freundlich zu. Den Kindern fallen zunächst keine Fragen ein. Endlich fragt eine Schülerin: »Wenn Sie zwölf Millionen hätten, was würden Sie dann tun?« Pferdmenges überlegt eine Weile. »Ich müsste mich etwas einschränken«, sagt er schließlich.

Auch dieses fast prophetische Beispiel stammt aus den fünfziger Jahren:

Dem deutschen Arbeiter geht es immer besser: Erst ging er zu Fuß, dann kam er mit dem Fahrrad. Danach fuhr er Moped. Nun hat er schon ein Auto – und bald wird er fliegen.

Das Letzte

Zwei Jäger treffen sich. Beide tot.

Telegramm an den Geschäftsfreund: »Die gerechte Sache hat gesiegt.«
Antworttelegramm: »Sofort Berufung einlegen!«
Der alternde Playboy sagt: »Lieber fünf vor zwölf als keine nach Mitternacht.«

»Ich habe immer auch eine leere Flasche im Kühlschrank.«
»Warum denn das?«
»Es könnte ja mal einer kommen, der nichts trinken will.«

In New York sitzen zwei Kaufleute nebeneinander beim Friseur.
Der eine seufzt tief.
Sagt der andere: »Wem erzählst du das!«

CHRIS HOWLAND

Deutscher Humor

Die Deutschen hätten keinen Humor, heißt es, aber nachdem ich fünfzig Jahre hier lebe, muss ich dem widersprechen.

Es stimmt, *banter* oder *repartee* (Schlagfertigkeiten, die sich in einer normalen Unterhaltung ergeben) sind hier zum Beispiel nicht so verbreitet wie in England, aber in Amerika ist das noch viel schlimmer. Ich glaube, die Amerikaner haben für diese Art Humor weitaus weniger Verständnis als die Deutschen. Wenn man in Deutschland einen Stegreifwitz aus dem Ärmel schüttelt, lachen die meisten Menschen; in Amerika dagegen schauen sie einen an, als sei man verrückt.

Bei Aufenthalten in San Francisco besuchte ich regelmäßig ein Café, in dem ich die Kellnerin recht gut kennenlernte. Anschließend war ich eine Woche in Los Angeles. Nach meiner Rückkehr besuchte ich wieder das Café.

»Sie waren lange fort«, sagte die Kellnerin.

»Allerdings«, sagte ich mit übertrieben britischem Akzent. »Und seit meinem letzten Besuch habe ich sogar gelernt, perfekt Amerikanisch zu sprechen. Niemand fragt mich mehr, ob ich aus England komme. Jetzt will jeder wissen, aus welchem Bundesstaat ich komme. Mein englischer Akzent ist völlig verschwunden.«

Die Kellnerin sah mich einige Sekunden an und sagte dann, ohne jeden Anflug eines Lächelns: »Finde ich gar nicht.«

Ich bin sicher, hätte ich den gleichen Witz bei einer deutschen Kellnerin gerissen, hätte sie mit einem Kopfschütteln »Typisch Pumpernickel!« oder etwas Ähnliches gesagt. Sie hätte nicht laut gelacht, aber sie hätte gemerkt, dass ich einen – obschon recht schwachen – Scherz machte. Die Amerikanerin hat es nicht gemerkt.

Andererseits ist die Art Humor, den das deutsche Publikum bevorzugt, manchmal dermaßen primitiv, dass man eher weinen als lachen muss. Dabei denke ich besonders an die Witzzeichnungen in Zeitungen und Illustrierten. Es sind *visuelle* Witze – Witze zum Anschauen. Einige sind wunderbar gezeichnet, aber die Witze selbst sind so dünn, dass es eigentlich eine Schande ist, wenn ein Künstler so viel Zeit vergeudet, um die Zeichnung anzufertigen. Nur weil jemand zeichnen kann, hat er noch längst keinen Humor. Das gilt auch umgekehrt. Die meisten humorvollen Menschen können nicht zeichnen.

Und noch etwas. Wenn die Pointe der Witzzeichnung offenkundig ist, wieso schreibt man dann *Ohne Worte* darunter? Halten die Redakteure ihre Leser für so dumm, dass man sie mit der Nase darauf stoßen muss, dass die Zeichnung sich aus sich selbst heraus erklärt?

Nein, ich glaube nicht, dass die Deutschen keinen Humor haben. Ich glaube jedoch, sie sind nicht mit genügend Humor ausgestattet, um ihren Geschmack daran zu entwickeln.

Lentz/Thoma

1960–1969

Das einzige Kleidungsstück, über das man sich in Deutschland im Lauf der Zeit beständig lustig machte, war der »Pariser«. Im Lexikon werden die sachlichen Fremdwörter Präservativ oder Kondom umständlich mit Empfängnisverhütungsmittel übersetzt; die Schweizer gaben dem Artikel mit ihrer Neigung zu putzigen Wortschöpfungen den Namen »Verhüterli«.

Das »Verhüterli« oder der »Überzieher« konnten nicht verhindern, dass die Zahl der Abtreibungen auf dieser Erde 1965 von der Weltgesundheits-Organisation mit rund 25 Millionen pro Jahr eingeschätzt wurde. Im selben Jahr starben in der Bundesrepublik 250 Frauen an illegalen Eingriffen.

Damals warteten die Gummikringel in vierschrötigen Eisenkästen auf Kundschaft. Die Automatenaufsteller hatten sie im Untergrund der Kneipen oft sinnigerweise zwischen Damen- und Herren-Toilette aufgehängt, und auf den Werbebildchen der Packungen lächelten blonde oder dunkle Sirenen dem umworbenen Verbraucher augenzwinkernd zu. Es kam vor, dass Frauen wie Männer nachdenklich vor den Kästen standen und überlegten, ob ihnen der unscheinbare Gummi nicht einmal von Nutzen sein könnte. Nicht alle waren bereit, sich für ein paar Groschen rechtzeitig Sicherheit einzukaufen.

Anfang der sechziger Jahre kursierte ein Witz in den Wirtshäusern und anderswo, der auch heute wieder erzählt wird. Mit dem einzigen Unterschied, dass aus der Bezeichnung »Gesundheitsläufer« der »Jogger« geworden ist.

Ein junger Mann hat sich am hellen Nachmittag bei einer verheirateten Frau eingefunden. Sie kommen schnell zur Sache. Als sich das Liebesspiel der beiden dem Höhepunkt nähert, fährt draußen ein Auto vor. »Das ist mein Mann«, ruft die Frau in Panik, »schnell, hau ab, spring aus dem Küchenfenster!« Während die Ehebrecherin die Siebensachen ihres Geliebten in Windeseile unter ihrem Bett versteckt, flieht der nackt durchs Küchenfenster in den Garten. Bei strömendem Regen hastet er in ein nahe gelegenes Waldstück.

Dort begegnet ihm ein Gesundheitsläufer, dessen Tempo sich der nackte Mann mühelos anpasst. Der Läufer betrachtet ihn von oben bis unten und fragt vorsichtig:

»Sind Sie auch Gesundheitsläufer?«

»Aber ja«, antwortet der Mann, »schon lange.«

»Und laufen Sie jeden Tag?«

»Ja, jeden Tag.«

»Und wenn's regnet, grundsätzlich nackt?«

»Wie Sie sehen.«

»Hm«, sagt der Gesundheitsläufer, »und immer mit 'nem Pariser an?«

»Nein, nur wenn's regnet.«

Die Kneipen, Stampen, Wirtshäuser, Pinten gehörten zu den Brutstätten und Tauschzentralen des Witzes. Dort saßen die gestandenen Männer bis tief in die Nacht, soffen, knobelten, spielten Karten, und manchmal luden sie ihre pubertierenden Söhne ein, die mit den Pilzköpfen der Beatles oder der Haartracht Elvis Presleys nachempfundenen Frisuren den sanften Aufstand gegen die Väter probten. Die bleichen Jünglinge durften Sülzkoteletts und Soleier futtern; alle Getränke, die ihnen der »Herr Ober« brachte, wurden auch von den »Alten Herren« konsumiert: Cola mit Rum, Pils, Bier und dazu »Wodka mit Pflaume«, »Wodka mit Kirsche«, »Wodka mit Feige«. Der Fotograf Charles Wilp machte damals eine Werbung populär, auf der sich ein kraftvolles Mannsbild und ein Bär mit Wodka zuprosten. »Ist für harte Männer ...«, stand unter den Werbefotos. Es wurde Zeit, dass auch aus den »Twens« harte Männer wurden.

›Twen‹ nannte sich eine Zeitschrift, die seit 1959 in der Bundesrepublik Deutschland das neue Lebensgefühl der Jugend postulierte. Nach eigener Aussage lautete ihre Botschaft: »Zeitschrift für die Neugierigen. Wir zeigen, was morgen wichtig ist – zum Anziehen, zum Ausziehen, zum Essen, zum Fahren, zum Lieben, zum Miteinanderauskommen auf dieser herrlichen, schönen, aufregenden Welt.«

Doch zurück zu den Vätern: Sie verdonnerten ihre Söhne zu einem Männlichkeitsritual, welches das Empfängnisverhütungsmittel zweckentfremdete. Die Alten zupften »Präser« aus ihren Hüllen und legten sie den Söhnen mit der Aufforderung in die Hände, die Teile aufzublasen und zu verknoten. Jubel brach aus, die Stammtischbrüder lachten sich scheckig, wenn die kleinen Ballons unter die Decke gestoßen wurden und nach kurzem Flug im Dunstkreis der Theke landeten. So schlug man den Nachwuchs zum Ritter der Tafelrunde.

Was sagten die Frauen und Mütter zu solchen Scherzeinlagen? Sie erfuhren nichts davon, außerdem hatten sie in bestimmten sozialen Etagen der sechziger Jahre wenig zu sagen. In den Stammkneipen waren die Damen nur zu Gast, wenn die Ehemänner ihnen am Sonntagabend gönnerhaft einen »Hering Hausfrauenart« und ein Gläschen Mosel spendierten. Dann durften sie mit dem Herrn Gemahl auch schon mal eine Partie »Flipper« spielen oder für ein paar Groschen am Spielautomaten ihr Glück versuchen. Spuckte der »Rotamint« einen Gewinn aus, freute sich die Musikbox. Die Frauen drückten die Schlager der Saison: Lolitas ›Seemann, deine Heimat ist das Meer‹, Gittes ›Ich will'n Cowboy als Mann‹. Heintje sang glockenrein seinen Hit ›Mama‹ und Freddy Quinn verkündete den mit einer »Goldenen Schallplatte« gekrönten Mutterwunsch ›Junge, komm bald wieder‹.

Anfang 1960 lachten die Männer über Witze, deren Anti-Frauen-Haltung eindeutig war.

Kommt eine ältere Frau in die Kneipe: Buckel, Triefaugen, Halbglatze, schlampig angezogen. Auf ihrer rechten Schulter sitzt ein Papagei. Die Frau wendet sich an die versammelten Trunkenbolde: »Wenn mir jemand von euch sagen kann, was das für ein Vogel ist, kann er umsonst mit mir ins Bett gehen.« Die Männer schütteln sich beim Anblick der Frau. Einer sagt: »Das ist

ein Adler.« Ein zweiter: »Das ist 'n Rotkehlchen.« Ein dritter: »Ich glaube, es handelt sich um eine Schleiereule.«
Da hebt der Papagei den Kopf und sagt: »Ich denke, das können wir durchgehen lassen ...«

Ein Autofahrer sieht abends auf einer dunklen Landstraße einen Schatten vor seinem Wagen. Er bremst wild, steigt aus und steht einem Männlein gegenüber, das ihn erschrocken ansieht.
»Sie haben mein Leben gerettet«, sagt der Kleine, »jetzt haben Sie einen Wunsch frei.«
Der Autofahrer überlegt.
»Ich wünsche mir«, sagt er schließlich, »dass in Burundi der Bürgerkrieg aufhört.«
»Burundi? Wo liegt denn das?«
»Irgendwo in Afrika. So genau weiß ich das auch nicht.«
Der kleine Mann wiegt den Kopf.
»Das ist natürlich schwierig für mich. Haben Sie nicht noch einen anderen Wunsch?«
»Dann möchte ich, dass meine Frau schön und knackig aussieht wie vor zwanzig Jahren.«
»Wo ist denn Ihre Frau?«
»Die ist zu Hause.«
»Ist das weit?«
»Nein, nur 4 km.«
Der kleine Mann steigt ins Auto und fährt mit. Die Frau des Fahrers steht schon in der erleuchteten Haustür und wartet. Das Männlein betrachtet sie lange. Dann tippt es dem Fahrer auf die Schulter und fragt:
»Sagen Sie, haben Sie nicht doch irgendwo einen Atlas, in dem wir nachschauen können, wo Burundi liegt?«

Als Witze von solcher Niedertracht durch die Lande wanderten, plädierte ein Gottesmann im Fernsehen für die Liebe. Pfarrer Theodor Schulz aus Kirchweiler sprach am Karnevalssamstag 1960 in der Sendung ›Wort zum Sonntag‹ von der Heiligkeit der Ehe und der Sünde des Seitensprungs. Er forderte die Ehepaare zur Bewahrung der Zärtlichkeit und zu gegenseitigem Respekt auf und ließ vom

Tonband ein taufrisches Lied abspielen, dessen Text ein einziger Appell an die Treue war. Schon am Rosenmontag verkaufte sich der Schlager, der später zum »Evergreen« und »Ohrwurm« der Hitparaden wurde, 40 000 mal. Der von Heidi Brühl gesungene Treueschwur hieß: »Wir wollen niemals auseinandergehn«, und der böse Volksmund nannte ihn schonungslos »Das Nonnenbeinlied«.

Andere Einkaufsschlager, welche die Phantasie der Witzemacher damals beflügelten, waren die Pille (»Was ist der sicherste Weg, mit der Pille Erfolg zu haben? Einfach zwischen die Knie klemmen und fest zusammendrücken«), der Minirock und – als revolutionäre Neuerung in der Sperrzone weiblicher Leibwäsche – die Strumpfhose.

Aber auch über die konventionellen Kleidungsstücke des Alltags machte sich der Scherzbold Gedanken: über Anzug, Mantel, Schuhe und die dazu gehörenden Leute. Ein Witz mit politischem Touch kam von weit her; möglicherweise machte er den langen Weg von der Sowjetunion über die DDR nach Westdeutschland.

Nach der Erschießung von Regimefeinden ordnen russische Machthaber an, dass der männliche Nachwuchs seiner Gegner – egal wie alt – nach Sibirien verbannt wird. Es kommt der Tag, an dem ein russisches Mütterchen ihren fünf Jahre alten Sohn Pjotr zum Moskauer Bahnhof bringt. Sie hat ihm dicke Wollstrümpfe und ein wärmendes Mäntelchen angezogen, denn die Mutter weiß: In Sibirien ist es kalt.
Tränenreicher Abschied. Dann verfrachten Soldaten den Jungen zusammen mit anderen Kindern in Güterwagen. Der Zug fährt ab. 60 Jahre später wird der Sohn zusammen mit 1 000 anderen Häftlingen begnadigt. Das Mütterchen, nun über 90 Jahre alt, schlurft zum Bahnhof. Als der Transport eintrifft und die Entlassenen aussteigen, sucht sie in der Menschenmenge ihren Jungen. Plötzlich stutzt die Alte, kneift die Augen zusammen und geht dann zielstrebig auf einen hochgewachsenen Mann mit grauem Haarkranz zu. Sie umarmt und küsst ihn und flüstert: »Pjotr, mein Sohn, nun bist du wieder bei mir. Wie schön, dass ich das noch erleben kann.«
Unter Tränen blickt der Heimkehrer seine Mutter liebevoll an.

»Nun erklär mir mal eins, Mama«, sagt er nach einer Weile, »woran hast du mich eigentlich erkannt?«
»An deinem Mäntelchen, mein Junge …«

Der Gastwirt Hein aus Bremerhaven hat sich beim Schneider einen neuen Anzug machen lassen. Als er nach Hause kommt, überprüft seine Frau Antje den Sitz des teuren Prachtstücks und sagt: »Du, Hein, das ist ja nun wirklich ein ganz besonders schönes Teil. Aber hinten am Rücken wirft er 'ne kleine Falte. Lauf mal schnell zum Schneider, er soll dir das ausbessern.«
Der Schneider nickt gelassen, als Hein ihm den Einwand seiner Frau mitteilt. »Ich wusste, dass Sie kommen würden«, sagt er, »aber der Fehler liegt nicht bei uns, sondern an Ihrer Figur. Ihre rechte Schulter ist ein bisschen schief, wenn wir das unterfüttern, würden wir den ganzen Anzug versauen. Aber es gibt eine Lösung. Sie müssen nur die linke Schulter etwas anheben, dann ist die Falte weg.«
Hein kommt mit angehobener Schulter nach Hause und lässt den Maßanzug von Antje begutachten. »Tadellos«, sagt sie, »du siehst wirklich schick aus. Aber warte mal: Jetzt wirft das Teil in der rechten Hüfte eine ziemlich große Quetschfalte. Nun geh mal schnell zum Schneider, der soll dir das reparieren.«
»Ich wusste, dass Sie kommen würden«, sagt der Schneider, als Hein zum zweiten Mal vor ihm steht. »Ihre Frau hat ein gutes Auge, aber der Fehler liegt nicht bei uns, sondern an Ihrer Figur. Ihre rechte Hüfte hat eine leichte Krümmung, das lässt sich nur ausgleichen, wenn Sie die linke Hüfte etwas anwinkeln und nach vorne schieben.« Hein befolgt den Ratschlag des Schneiders und kommt mit angehobener Schulter, die linke Hüfte angewinkelt und verschoben, nach Haus. Antjes kritische Augen entdecken an der Rückenpartie des Anzugs keinen Fehler mehr, aber als sie den Sitz der Vorderseite überprüft, schüttelt Antje unwillig den Kopf.
»Das ist ja kaum zu glauben«, meint sie, »aber jetzt wellt sich hier an der rechten Brust der ganze Stoff. Nun lauf mal schnell zum Schneider und lass dir das in Ordnung bringen …«
Der Schneider hört sich auch die dritte Beschwerde seines Kunden in aller Gemütsruhe an. »Wir können da nichts ma-

chen«, sagt er, »Ihre rechte Brust ist flacher als die linke, wenn wir das wattieren, ist der ganze Anzug im Eimer. Aber sobald Sie den Oberkörper zurücklehnen und den Kopf ein wenig schief halten, ist der Schaden behoben.« Wieder lässt sich der Gastwirt auf die Empfehlung seines Schneiders ein. Als Hein den Heimweg antritt und – die vorgeschriebenen Haltungen streng befolgend – über die Hauptstraße geht, kommen ihm zwei elegant gekleidete Herren entgegen. Der eine wirft einen mitleidigen Blick auf Hein und flüstert dem anderen zu: »Dieser arme Krüppel kann einem wirklich leidtun.«
»Da hast du recht«, sagt der zweite Herr, »aber 'n guten Schneider hat er ...«

Das Mäntelchen, der Maßanzug, die Strumpfhose, der Minirock. 1964 schrieb Rudolf Augstein, der Chef des ›Spiegel‹, den gedankenvollen Satz: »Der Minirock der Mary Quant und die Beatles haben die politisch relevante Gesellschaft mehr verändert als Sartre, Camus, Heidegger und Teilhard de Chardin...«

Ein kurzer Witz brachte das so geadelte Kleidungsstück mit einem anderen Sachverhalt in Verbindung: 1964 stieg die Zahl der Gastarbeiter in Deutschland auf 1 Million.

Frage: »Warum tragen die deutschen Mädchen so gern Miniröcke?«
Antwort: »Weil die Gastarbeiter so kurze Arme haben.«

Wie reagierten die deutschen Frauen auf die Häme der Männer? Zunächst noch zurückhaltend. Vielleicht hatten die Mütter, Töchter, Singles aus den »gutbürgerlichen Kreisen«, in denen sich – vom Wirtschaftswunder hochgetragen – auch Arbeiterfamilien etablierten, keine Lust zur Gegenwehr. Vielleicht waren die Hausfrauen beim Kochen, Putzen, Waschen, Bügeln auch gar nicht in der Stimmung, über Antimännerwitze nachzudenken. Es reichte ihnen, wenn die angeheiterten Herren der Schöpfung sonntags zu spät zum Mittagessen kamen und auf jeden Vorwurf, jede Zurechtweisung mit Floskeln reagierten, die sie im Wirtshaus aufgefangen hatten: »Ich glaub, ich bin im Wald«, »ich glaub, mein Schwein pfeift«, »ich glaub, ich hab 'n doofen Opa im Sauerland«, »ich glaub, meine Oma hängt in der Eigernordwand« usw.

Die Hausfrauen kegelten, die Männer kegelten – meist getrennt voneinander. Was sie einte, war die Neigung zu lauthals geschmetterten Liedern, die der Verbund der »Kegelschwestern« dem Bund der »Kegelbrüder« abgelauscht hatte. Gesungene Scherzartikel.

Kegler (Keglerin), gut Holz
Kegler, gut Holz
Kegeln, das ist unser Stolz,
eine Kugel, die nicht läuft,
ein Kegler, der nicht säuft,
ein Mädel, das nicht stille hält
gehören nicht auf diese Welt.

Oder:

Wir haben es im Steh'n getan
im Sitzen und im Liegen
und wenn wir einmal Englein sind
dann tun wir's auch im Fliegen.

Mitte der sechziger Jahre probte ein Damenkegelclub aus Essen den Aufstand. Wieder einmal hatten die Männer sich in ihrer Stammkneipe verschanzt und den wartenden Sonntagsbraten bei Bier und Schnaps vergessen. Da nahmen die Betroffenen reihum Kontakt zueinander auf und spazierten in aller Gelassenheit zum Aufenthaltsort ihrer unpünktlichen Zecher. Sie hatten Töpfe, Pfannen und Kasserollen mitgebracht, stellten die Gemüse in den Rinnstein und dekorierten den Eingang des Lokals mit Schweinebraten, Schnitzeln, Roastbeef und Kartoffeln. Dann suchten sie singend das Weite, um auf ihrer Kegelbahn eine ruhige Kugel zu schieben.

Trauriger Sonntag. Rache. Erster Widerstand gegen die maskuline Selbstherrlichkeit, dem wenig später auch die ersten, wohlüberlegten Antimännerwitze folgten: Antworten auf die scherzhaft drapierte Erniedrigung der Frau. Vielleicht hat zu einer ersten Gegenwehr aber auch jene Expertise der deutschen Bundesregierung über die Situation der Frau in Beruf, Familie und Gesellschaft beigetragen (1966). Sie kam zu dem Schluss, dass der Einfluss der Frau in einer von Männern dominierten Öffentlichkeit relativ schwach sei.

Die Strumpfhose, dieses sperrige Gewebe, das den unsicheren Jünglingen bei ihren Fingerübungen im Autokino oder auf der Parkbank so sehr im Wege stand, hat es verdient, dass sie bei unserer Auswahl den Anfang macht.

Nach kurzem Liebesspiel schlüpft der Mann in seine Unterwäsche und sagt zu seiner Freundin: »Wenn ich gewusst hätte, dass du noch unschuldig bist, hätte ich mir mehr Zeit genommen.«
»Tja«, antwortet sie, »wenn ich gewusst hätte, dass du mehr Zeit hast, hätte ich mir auch die Strumpfhose ausgezogen ...«

Kurz vor dem Einschlafen fragt ein Mann seine Frau, die wartend im Bett liegt: »Sag mal, Lisa, würdest du eigentlich gerne ein Mann sein?«
»Nein, ich glaube nicht«, sagt die Frau. »Und du?«

Ein Mann hat sich ein Paar sehr auffällige italienische Schuhe gekauft: weißes Leder mit schwarzen Lackkappen. Um seine Frau zu überraschen, hat er sie nach der Anprobe im Geschäft sofort anbehalten.
Als der Mann nach Hause kommt, sitzt die Ehefrau vorm Fernseher, isst Kartoffelchips, trinkt eine Flasche Bier. »n' Abend, Schnullermaus«, sagt der Mann. »n' Abend, Alter«, antwortet die Frau, ohne ihn anzusehen.
Er zögert einen Moment, dann fährt er fort: »Kannst du mich vielleicht mal 'n Augenblick angucken?«
Sie dreht ihm den Kopf zu, betrachtet den Mann von oben bis unten und wendet sich wieder ab. »Fällt dir an mir nichts auf?«, fragt er irritiert.
Sie hebt die Schultern, konzentriert sich auf den Bildschirm und meint: »Du siehst müde aus, wie immer. Wirst dir wohl gleich den Bohneneintopf aufwärmen, 'ne Pulle Bier trinken und ins Bett gehen. Wie immer.«
»Oh, warte«, denkt der Mann, »das kriegst du wieder.« Er geht

ins Schlafzimmer, zieht sich bis auf die neuen Schuhe aus und kehrt splitternackt ins Wohnzimmer zurück. Wieder baut er sich vor ihr auf, wieder beachtet sie ihn nicht, und wieder sagt er: »Kannst du mich vielleicht mal 'n Augenblick angucken, Schnullermaus?«
Die Frau knuspert an einem Kartoffelchip, trinkt Bier und mustert ihren Mann von oben bis unten.
»Na?«, fragt er, »fällt dir an mir immer noch nichts auf?«
»Was soll mir an dir schon auffallen?«, sagt die Frau gelangweilt. »Er hängt. Wie immer!«
»Ja, ja«, reagiert der Mann aufgebracht, »er schaut sich nämlich meine neuen italienischen Schuhe an.«
»Na, da hättste dir aber besser 'n neuen Hut gekauft«, sagt die Frau.

Die Doppelpointe! Die Frau, nicht mehr der Mann, hat das letzte Wort. Sie reagiert auf seine Schlagfertigkeit mit einer Antwort, die nicht mehr zu überbieten ist. Auch der Leiterin eines Mädchen-Internats fehlen die Worte:

Die betagte Chefin eines Internats geht mit vier Schülerinnen im Wald spazieren. Plötzlich bleibt sie stehen und stellt den Mädchen die Frage: »Was würdet ihr tun, wenn ich nicht bei euch wäre und ein Mann käme, um eine von euch zu vergewaltigen?«
»Schnell weglaufen«, rufen drei Mädchen wie aus einem Munde.
»Und du?«, fragt die Direktorin die kleine Maria.
»Ich würde erst mal stehenbleiben«, sagt sie.
»Und dann?«
»Den Rock hochheben.«
»So, so … und dann?«
»Dem Mann die Hose herunterziehen.«
»Ja, und dann?«
»Dann würde ich ausprobieren, wer von uns beiden schneller laufen kann …«

In dem Jahrzehnt zwischen 1959 und 1969 überstürzten sich die gesellschaftspolitischen Ereignisse. In Berlin wurde 1961 die Mauer, die »Schandmauer«, gebaut. Zwölf Monate danach waren 12316 Menschen unter Lebensgefahr aus der DDR in die Bundesrepublik geflohen. Auf solche Tatbestände, auf alles, was den Frieden störte, reagierte der westdeutsche Witzbold nicht. Nur die Reibungsflächen im privaten Umkreis regten ihn an, und wenn ihn schon einmal ein politisches Ereignis inspirierte, musste es mit dem Angenehmen und Nützlichen verbunden sein.

Etwa mit der Aussöhnung zwischen Deutschland und Frankreich, die Adenauer 1963 im Jahr seines Rücktritts als Bundeskanzler zusammen mit de Gaulle gelang. Der französische Staatspräsident war damals eine weltweit bekannte Persönlichkeit der politischen Bühne, und als er 1963 die Bundesrepublik besuchte und die Deutschen ein »großes Volk« nannte, jubelte das ganze Land. Irgendeine pfiffige Spottdrossel widmete dem hochgewachsenen General, den in Frankreich jedes Kind kannte, folgenden Witz:

General de Gaulle, 72 Jahre alt, schreitet am Pariser Triumphbogen die Front alter französischer Kriegshelden ab. Plötzlich stutzt er, bleibt vor einem Veteranen mit hochgezwirbeltem Schnurrbart stehen und betrachtet ihn lange. Dann tippt er dem hochdekorierten Greis mit dem Zeigefinger auf die Brust und sagt:
»Verdun 1916.«
»Oui«, antwortet der Veteran.
»Erste Division, drittes Regiment.«
»Oui.«
»Viertes Bataillon, zweite Kompanie.«
»Oui.«
»Erster Zug, rechter Flügelmann. Korporal Mombour.«
»Mensch, de Gaulle!«, ruft da der alte Soldat begeistert.

Vielleicht brachte diesen Witz ein deutscher Tourist mit nach Hause. Denn in den sechziger Jahren wurden auch Paris, die Côte d'Azur, die Bretagne zu beliebten Urlaubszielen der westdeutschen Wirtschafts-Wunderkinder. Galante Französinnen und Franzosen tauchten als Spielfiguren in Witzen auf, die für den Deutschen oft wenig schmeichelhaft waren. Der teutonische Biedersinn holte sich darin eine Abfuhr.

Ein deutscher Tourist kommt in einem Pariser Bistro mit einem gutaussehenden Franzosen ins Gespräch. Nach dem vierten Kognak stellt er die Fragen aller Fragen: »Ihr Franzosen habt ja so einen unwahrscheinlichen Erfolg bei den Weibern. Wie macht ihr das eigentlich, wenn ihr eine Frau verführen wollt?«
»Das Vorspiel ist wichtig«, sagt der Franzose. »Bevor ich mit einer Frau ins Bett gehe, öffne ich ihr Kleid, schütte Champagner in die Mulden ihrer Schlüsselbeine und trinke ihn daraus. Danach knöpfe ich das Kleid etwas weiter auf, gieße Champagner über ihre Brüste und schlürfe ihn. Und dann lege ich ihren Bauchnabel frei, gieße Champagner nach und …«
»Moment!«, unterbricht der Deutsche da, »geht das auch mit Bier?«

In einem Restaurant in Nizza sitzt ein Deutscher beim Mittagessen, der die Landessprache nicht versteht. Ein Franzose nimmt an seinem Tisch Platz, verbeugt sich leicht und wünscht: »Bon appétit.« Der Deutsche glaubt, sein Tischnachbar wolle sich vorstellen. Er springt auf, deutet eine Verbeugung an und sagt: »Obermeier.«
Am nächsten Mittag wiederholt sich die Szene. Der Deutsche isst seine Muscheln, derselbe Franzose kommt herein, setzt sich und sagt: »Bon appétit.« Wieder springt der Deutsche auf und stellt sich mit »Obermeier« vor.
Am Abend trifft Obermeier einen Freund, der die französische Sprache beherrscht. Er erzählt ihm, dass er beim Mittagessen einem Franzosen begegnet sei, der sich ihm zweimal als »Bon appétit« vorgestellt habe.
»Der hat sich nicht vorgestellt«, sagt der Freund, »er hat dir ›guten Appetit‹ gewünscht.«
Tags darauf – zur selben Zeit, im selben Restaurant – sitzt der Franzose am Tisch und verspeist einen Lammrücken. Der

Deutsche kommt hinzu, setzt sich und wünscht lächelnd: »Bon appétit.«
Da springt der Franzose auf, verbeugt sich und sagt: »Obermeier.«

Ein Facharbeiter aus Bielefeld macht Urlaub in Paris. Als er 14 Tage später in seine Kneipe kommt, warten seine Zechkumpane bereits ungeduldig am Stammtisch.
»Nun erzähl mal«, sagen sie wissbegierig, »wie war's in Paris? Jede Menge nackte Weiber gestemmt, was?«
Der Urlauber nickt. »Eine hatte ich«, berichtet er, »der hab ich im Café nur tief in die Augen geschaut, da saß sie auch schon an meinem Tisch und machte mich an.«
»Ja und?«
»Dann haben wir was gegessen.«
»Ja und weiter?«
»Dann sind wir zu ihr nach Hause gegangen.«
»Und dann?«
»Dann kam sie in einem Negligé ins Zimmer. So was Dünnes, Durchsichtiges – toll sage ich euch.«
»Ja und?«
»Dann haben wir zusammen eine Flasche Champagner getrunken.«
»Und?«
»Danach habe ich ihr das Negligé ausgezogen.«
»Ja und dann?«
»Dann war alles so wie in Bielefeld ...«

3,7 Millionen Deutsche reisten 1960 über die Grenzen ins Ausland; nach wie vor folgten die »Reiseweltmeister« mit Vorliebe dem gesungenen Lockruf: »Komm ein bisschen mit nach Italien.« Am blauen Mittelmeer, am »Teutonen-Grill«, wo gut geschulte Papagalli ihre Netze auswarfen und deutsche Blondinen an Land zogen, sammelten sie wundersame Erinnerungsstücke ein. Die bauchigen Korbflaschen zum Beispiel, aus denen sich die Urlauber den damals noch billigen Chiantiwein einschenkten.

Wieder daheim ließen sie blaues, gelbes und rotes Kerzenwachs auf die Bastschürzen der Flaschen tropfen. Die wächsernen Gebilde, die wie die Zapfen in einer Tropfsteinhöhle aussahen, fanden ihren Platz im dekorativen Zierat der Partykeller, wo sie nicht ohne Stolz dem Besuch vorgezeigt wurden. Dort saßen die braungebrannten Urlauber am selbstgebauten Mini-Tresen und erzählten ihren Gästen Witze, die sich über deutsche Urlauber lustig machten.

Ein kunstsinniger Urlauber geht durch die Straßen Roms und begegnet einer Gruppe deutscher Touristen. Er hält an und fragt einen Landsmann: »Können Sie mir sagen, wie ich von hier aus zur Laokoon-Gruppe komme?«
»Leider nein«, antwortet der Befragte, »wir sind mit Neckermann hier.«

Ein Deutscher, der in der Toskana Urlaub gemacht hat, trifft nach seiner Rückkehr einen Freund.
»Na, wie war's denn so?«, fragt er.
»Ziemlich unruhig.«
»Wieso denn unruhig?«
»Du, wir hatten die Zimmernummer 100, *und die* 1 *war von der Tür gefallen.«*

Herr Küpper lässt sich die Haare schneiden und wird von seinem Modefriseur gefragt:
»Wie geht es Ihnen, gibt's was Neues?«
»Mir geht's glänzend«, sagt Küpper, »ich fahre Anfang der Woche für zwei Wochen auf Urlaub nach Rom. Zu den Sehenswürdigkeiten, die mich dort erwarten, gehört auch der Papst – ich habe sogar eine Audienz bei ihm.«
»Beim Papst? Im Ernst?«
»Ganz im Ernst. Mit Einladung.«
»Wann fahren Sie denn los, Herr Küpper?«
»In vier Tagen.«
Der Friseur schüttelt bekümmert den Kopf: »Wenn Sie Termine in Rom haben, fahren Sie lieber zwei Tage früher«, sagt er dann. »Die italienische Eisenbahn ist unglaublich unzuverlässig. Und nehmen Sie sich was zu essen mit, der Speisewagen ist sündhaft

teuer. Ach, und noch eins: In Rom heißt es aufgepasst! Sonst klaut man Ihnen im Handumdrehen Ihr ganzes Gepäck. Sind Sie denn gut untergebracht?«
»Ich wohne in einem Viersternehotel«, sagt Küpper.
»Das hat nichts zu bedeuten«, meint der Friseur, »die meisten Hotels in Rom sind laut, ungepflegt und viel zu teuer. Und was die Papst-Audienz angeht, Herr Küpper, da machen Sie sich mal auf was gefasst. Da stehen mindestens 2 000 Leute Schlange, vermutlich kommen Sie gar nicht mehr dran.«
Vier Wochen später sitzt Herr Küpper wieder bei seinem Friseur, und der will natürlich genau wissen, wie es ihm im Urlaub gefallen hat.
»Toll!«, sagt Küpper. »Ich hatte nichts auszusetzen. Die Eisenbahn war pünktlich auf die Minute. Im Speisewagen habe ich gut und preiswert gegessen, und mein Hotel war ruhig, sauber und billig. Geklaut wurde mir auch nichts.«
»Hm. Und wie war die Audienz beim Papst?«
»Ergreifend«, sagt Küpper, »ich war ganz allein mit ihm, und zur Begrüßung habe ich mich hingekniet und dem Papst den Ring geküsst.«
»Das ist ja erstaunlich. Und hat er mit Ihnen geredet?«
»O ja«, antwortet Küpper, »er hat mir die Hand auf den Kopf gelegt und gesagt: Wer hat Ihnen denn bloß so miserabel die Haare geschnitten, Herr Küpper?«

Die folgende Papst-Anekdote wird Adenauer zugeschrieben. Als man im Bundeskanzleramt überlegt, mit wem man den Posten des deutschen Botschafters im Vatikan besetzen soll, wird auch der SPD-Abgeordnete Heiland vorgeschlagen. Adenauers Kommentar: »Mehr kann der Papst ja wirklich nicht verlangen …«

Gegen Ende des Jahrzehnts nahmen die Kirchenaustritte rapide zu. Gleichzeitig wurden die Gesetze liberaler. Eine Strafrechtsreform bestimmte: Homosexualität und Ehebruch sind nicht mehr strafbar, auch die Gotteslästerung ist in der Bundesrepublik kein strafbarer Tatbestand mehr.

Die Witzemacher nahmen sich den Katholizismus und kirchliche Würdenträger vor, von denen einige noch zu einem Zeitpunkt gegen eine zweigeteilte Kleinigkeit wie den »Bikini« wetterten, da Rudi Gernreichs Mannequins ihre besseren Hälften an den Stränden längst »oben ohne« vorgeführt hatten. Noch 1967 verfluchte der Bischof von Valparaiso den »Bikini« mit den Worten: »Wer das Teufelsding trägt, wird vom Empfang der heiligen Sakramente ausgeschlossen.«

Frage: »Was ist ein katholischer Priester?«
Antwort: »Ein Mann, zu dem alle Vater sagen dürfen, nur nicht seine Kinder.«

Zwei ehemalige Klassenkameraden, die sich nicht riechen können, aber beide Karriere gemacht haben, treffen sich zufällig auf dem Bahnsteig. Der eine ist Admiral geworden und trägt eine mit Orden geschmückte Uniform. Der andere hat es zum Kardinal gebracht, sein Bauch ist umfangreicher als der einer Schwangeren im neunten Monat. Sagt der Kardinal zum Admiral: »Entschuldigung, Herr Bahnhofsvorsteher, können Sie mir sagen, wann der nächste Zug nach Heidelberg kommt?«
»Das kann ich Ihnen genau sagen, gnädige Frau«, antwortet der Admiral, »aber in Ihrem Zustand würde ich besser zu Hause bleiben.«

Im Zoo braucht ein riesiges Orang-Utan-Weibchen dringend einen Liebhaber, aber es gibt weit und breit keinen männlichen Orang-Utan. Da geht der Zoo-Direktor zu seinem stabilsten Wärter und bittet ihn, dem Orang-Utan-Weibchen den Gefallen zu tun. Nach reiflichem Überlegen sagt der Mann: »Also gut, Herr Direktor, ich mache das. Aber ich stelle drei Bedingungen. Erstens: zweitausend Mark Honorar. Zweitens: vier Wärter müssen das Orang-Utan-Weibchen festhalten. Und die dritte und wichtigste Bedingung: Die Kinder müssen katholisch getauft werden.«

Und noch ein Papstwitz:

Der berühmte Tanzorchester-Dirigent Perez Prado kommt in den Vatikan und bittet um eine Audienz beim Papst. Er wird von einem Büro zum anderen geschickt, aber überall wird ihm sein Wunsch abgeschlagen. Trotzdem kann Prado bis zum Vorzimmer des Papstes vordringen, wo ihm ein hoher Beamter erklärt, auch er könne seine Bitte um eine Audienz nicht erfüllen.
»Schade«, sagt der Bandleader, »ich wollte Ihrem Chef eigentlich nur eine persönliche Spende von einer Million Dollar überreichen.«
In diesem Moment geht die Tür auf, der Papst kommt im Tanzschritt herein, wiegt sich in den Hüften und singt: »Papa tanzt Mambo ...«

Der Papst ist eine Institution, die Witzemacher geradezu provoziert. Wir haben noch zwei Papstwitze ausgewählt. Aber das sollen nun die letzten sein:

Der Papst möchte auf seinen zahlreichen Reisen auch zum ersten Mal Israel und damit das »Heilige Land« besuchen. Er schickt auf diplomatischem Wege eine entsprechende Anfrage nach Tel Aviv. Die Israelis stimmen nach einigem Zögern zu. Schwierigkeiten bereitet ihnen allerdings der Wunsch des heiligen Vaters, einen Kranz am »Grabmal des unbekannten Soldaten« niederzulegen.
»Wir sollten ihm sagen, dass wir so etwas gar nicht haben«, wird im Kabinett gefordert. Andere Minister wenden ein, man solle doch einen Besuch, der ohnehin so delikat und belastet sei, nicht mit solchen Details beschweren.
»Erklären wir doch einfach ein repräsentatives Grab dazu«, schlagen sie vor.
Nach langer Debatte wird es so beschlossen. Eine besonders prächtige Grabanlage wird ausgewählt.
Der Papst reist an, im Programm ist auch die gewünschte Kranzniederlegung eingeplant. Die Gastgeber haben nur nicht daran gedacht, dass der heilige Vater auch Hebräisch versteht und lesen kann.
»Das war doch gar nicht das Grabmal des unbekannten Soldaten«, beschwert er sich nach der Aktion beim Protokollchef der

Gastgeber. »Auf dem Grabstein stand doch, dass dort ein Kaufmann mit Namen Aaron Goldmann begraben liegt ...«
»Das stimmt, heiliger Vater«, erklärt der Protokollchef, »aber ich kann Ihnen versichern: Als Soldat war der völlig unbekannt.«

Der heilige Vater besucht auf seinen vielen Reisen auch Kanada und macht einen Ausflug ins Land, nur von einem Chauffeur begleitet. Sie fahren über endlose Autostraßen und durch öde Landschaften.
Plötzlich sagt der Papst zu seinem Fahrer: »Lassen Sie mich doch mal ein Stück fahren, dazu habe ich ja sonst nie Gelegenheit. Sie können sich ja eine Weile nach hinten setzen.«
Die beiden wechseln die Plätze, und der Chauffeur zieht auf dem Rücksitz seine Mütze über die Augen und schläft sofort ein. Der Papst beschleunigt das Tempo und ist bald schneller, als die Polizei erlaubt. Eine Streife mit Blaulicht überholt die Limousine und hält sie an.
Ein Polizist blickt ins Auto, stutzt, fixiert den Papst am Steuer und eilt zu seinem Dienstwagen, um seinen Vorgesetzten anzurufen.
»Ich brauche Rat«, sagt er, »ich habe gerade einen Prominenten beim zu schnellen Fahren erwischt.«
»Egal, er muss zahlen!«
»Dieses ist aber ein besonders heikler Fall ...«
»Und wenn es der Verkehrsminister wäre, er zahlt Strafe. Wer ist es denn?«
»Das weiß ich nicht«, antwortet der Polizist, »aber er hat den Papst als Fahrer.«

Es gab religiöse Witze in den sechziger Jahren, die über die Stellvertreter Gottes auf Erden hinausgingen, ein paar Etagen höher stiegen und sich mit ihren Pointen vor den Pforten des Himmels niederließen. Hier wachte der heilige Petrus.

Fritz Kneifel klopft an der Himmelstür an und bittet Petrus um Einlass. Der schaut in seinen Unterlagen nach und winkt ab.
»Ich kann Sie hier nicht reinlassen, Herr Kneifel«, sagt Petrus, »Sie haben jemanden umgebracht.«
»Umgebracht nennen Sie das? Also das wüsste ich aber.
Soll ich Ihnen mal erzählen, wie das in Wirklichkeit war? Also das war so: Heute Mittag ruft mich jemand im Büro an und sagt: ›Ihre Frau betrügt Sie gerade. Und zwar in Ihrem eigenen Schlafzimmer.‹ Ich rase nach Hause, und was sehe ich? Meine Frau liegt nackt im Ehebett, was ungewöhnlich ist für die Mittagszeit. Aber niemand ist bei ihr. Zufällig werfe ich einen Blick durchs Fenster, und was sehe ich? Ein junger Mann kommt halbnackt aus dem Haus und zieht sich im Vorgarten seine Klamotten an. Da bin ich durchgedreht, in die Küche gerannt, hab mir den Kühlschrank gepackt und ihn von oben auf den Mann geworfen. Ich sah noch, dass ich ihn getroffen hatte, dann ereilte mich der Herzinfarkt. Also wenn Sie das umbringen nennen …«
In diesem Moment klopft jemand erneut an die Himmelspforte. Ein junger Mann steht draußen und bittet um Einlass.
»Nanu«, sagt Petrus, »Sie sind ja noch sehr jung. Was ist denn mit Ihnen passiert?«
»Das frag ich mich auch«, sagt der Mann. »Ich hab mich heute in der Mittagspause etwas hingelegt und verschlafen. Da bin ich in Windeseile aus dem Haus gelaufen, hab mir im Vorgarten meine Sachen angezogen, und wie ich da so stehe, wirft mir von oben jemand doch wahrhaftig 'n Kühlschrank auf den Kopf …«
Wieder klopft es, wieder steht ein Mann vor der Tür und möchte in den Himmel.
»Was ist los?«, fragt Petrus. »Wie kommen Sie denn hierher?«
»Das weiß ich auch nicht«, sagt der Mann, »ich sitze da heute mittag ganz ruhig in meinem Kühlschrank …«

Dem Zoowärter und seiner Partnerin wäre die erwünschte Paarung vermutlich leichtergefallen, wenn ihm der Direktor an Stelle des liebeshungrigen Orang-Utan-Weibchens die Schimpansin Washoe angeboten hätte. Zwei amerikanische Wissenschaftler hatten dem klugen Tier 1967 die Zeichensprache mit mehreren Dutzend Zeichen und satzartigen Kombinationen beigebracht. Mit Washoe hätte sich der Wärter nach dem Erlernen der Zeichensprache also verständigen können. Seltsamerweise fiel den Witzbolden zu solchen Ereignissen nichts ein. Auch zwei weitere sonderbare Nachrichten aus den USA inspirierten sie nicht. Statistiker hatten Ende der sechziger Jahre ermittelt, dass rund 20 Millionen Einwohner in Amerika ohne Zähne durchs Leben gingen. Außerdem fanden sie heraus: In gestörten Ehen haben Frauen mit Rheumatismus mit hoher Wahrscheinlichkeit magenkranke Männer.

Christian N. Barnaard gelang 1967 in Kapstadt die erste Herzverpflanzung. Darüber wurden keine Witze gemacht – es sei denn, sie sind verschollen. Und als der Astronaut Neil Armstrong mit den Worten: »Das ist ein kleiner Schritt für den Menschen, aber ein großer für die Menschheit« als Erster den Mond betrat, fiel nur einem westdeutschen Schlagertexter etwas Komisches ein.

Die Fahrt zum Mond
hat sich gelohnt
drum weiß die Wissenschaft
im Grunde ganz gewissenhaft
dass sich die Fahrt
zum Mond nicht lohnt
drum hat die Fahrt zum Mond
sich schließlich doch gelohnt.

In Bonn kam die große Koalition mit Kiesinger als Bundeskanzler zustande – Beate Klarsfeld verpasste ihm eine Ohrfeige, weil sie ihn für einen »alten Nazi« hielt. Kein Witz! Aber als in der Bundesrepublik eine unerwartete wirtschaftliche Rezession mit Arbeitslosigkeit und Haushaltskrise einsetzte, durfte aus gegebenem Anlass noch einmal »Frau Wirtin« ihre Meinung sagen:

Frau Wirtin war auch mal in Bonn
doch hatte sie nicht viel davon
denn in dem ganzen Bundestage
stand niemandem der Sinn nach ihr
so ernst war dort die Lage.

Den Ernst der innenpolitischen Lage wusste auch ein Stahlarbeiter des »Hoesch«-Konzerns richtig einzuschätzen, als er sich mit einem Franzosen und einem Amerikaner über gewisse Qualitäten ihrer Ehefrauen unterhielt:

Der Franzose gibt an: »Wenn ich meine Hände um die Taille meiner kleinen Yvonne lege, dann berühren sich die Fingerspitzen meiner rechten und linken Hand. Und das liegt nicht etwa daran, dass ich zu große Hände habe, sondern daran, dass meine Yvonne eine so entzückend schmale Taille hat.«
Der Amerikaner erzählt: »Wenn meine Joan morgens auf dem Pony durch unsere Wiesen reitet, dann berühren ihre Fußspitzen das taufeuchte Büffelgras. Und das liegt nicht etwa daran, dass wir so kleine Ponys haben, sondern weil meine Joan so wunderbare lange Beine hat.«
Der Stahlarbeiter überlegt und sagt dann: »Wenn ich morgens zur Arbeit gehe und meiner Gertrud zum Abschied feste auf den Hintern schlage, dann wackelt der so lange, bis ich von der Arbeit zurück bin. Und das liegt nicht etwa daran, dass meine Frau einen besonders strammen Hintern hat, sondern weil wir bei ›Hoesch‹ eine so kurze Arbeitszeit haben …«

Es war die Zeit, da sich an den westdeutschen Universitäten die Außerparlamentarische Opposition (APO) formierte. Die dort versammelten Studenten stellten die Errungenschaften des Wirtschaftswunders in Frage und forderten radikal politische Reformen. Die von Rudi Dutschke angeführten APO-Genossen machten sich auf die von ihnen nicht mehr anerkannten Führungskräfte und Autoritäten ihre eigenen witzigen Reime:

»Unter den Talaren
der Muff von 1000 Jahren.«

Der Titel des erfolgreichen Films ›Zur Sache, Schätzchen‹ wurde zu einem gegen Klaus Schütz, den Regierenden Bürgermeister von Berlin, gerichteten Slogan umgedichtet:

»Zur Sache, Schützchen,
nimm Dein Mützchen.«

Und die in Wohngemeinschaften wie der Kommune 1 zusammengerückten Kommunarden gaben die Parole aus:

»Wer zweimal mit derselben pennt
gehört schon zum Establishment.«

Vielleicht war dieser spöttische Zweizeiler aber auch eine Erfindung der Gegner.

Als sich die APO zurückzog und ihre Anhänger zu jenem »langen Marsch durch die Institutionen« aufforderte, mit dem sie die Bastionen der Mächtigen unterminieren wollten, wurden ihnen Witze nachgereicht. Sie machten sich vor allem über den schwer verständlichen Soziologenjargon der Revolutionäre lustig. Der Jargon hörte sich so an:

Ein Soziologenteam befragte 600 Arbeiter eines Hüttenwerks und kam zu folgendem Ergebnis: »Alle Arbeiter, mit denen wir gesprochen haben und die überhaupt ein Gesellschaftsbild entwickeln, sehen die Gesellschaft als unabwendbare oder abwendbare, unüberbrückbare oder ›partnerschaftlich‹ zu vermittelnde Dichotomie … Arbeiterbewusstsein und Dichotomie-Vorstellung sind aneinander gebunden.«
(Dichotomie = Verzweigung, Zweiteilung.)

Andere Angriffsziele waren die antiautoritäre Kindererziehung und die Diskussionssucht der Alternativen.

Die Kindergärtnerin macht eine Eignungsprüfung mit der vier Jahre alten Tochter eines Politologen und sagt: »Nenn mir doch bitte einige Wörter, die dir gerade einfallen.«

Da wendet sich das Kind an seine Mutter: »Was meinst du, Mama, möchte die Tante einige konsequent logisch konstruierte Sätze hören oder nur ein paar ganz schlichte, irrelevante Bemerkungen?«

Ein antiautoritäres Ehepaar will beim Standesamt das neugeborene Kind anmelden.
»Junge oder Mädchen?«, fragt der Standesbeamte.
Antwort des Vaters: »Das soll doch das Kind, bitte schön, später selber entscheiden.«

Zwei Alternative treffen sich auf der Straße.
»Kannst du mir sagen, wie ich zum Bahnhof komme?«
»Nein, das weiß ich leider auch nicht. Aber es ist ganz wichtig, dass wir darüber geredet haben!«

Für eine bezeichnende Bemerkung im antiautoritären Kindergarten war auch der Kindermund zuständig:

»Mutti?«
»Was ist?«
»Müssen wir heute wieder tun, was wir wollen?«

Eine eigentümliche Spezies von Witzen hatte damals mit Leuten zu tun, die sich bei Konzernherren oder Mafiabossen um einen hochdotierten Job bewerben. Gemeinsam war ihnen die ausgefallene Struktur und ein Angebot an Pointen, die eher mit dem bizarren angelsächsischen als mit dem deutschen Humor zu tun hatten.

Ein Mann mit glänzenden Zeugnissen und imponierendem Auftreten hat sich bei Neckermann um den Posten eines Abteilungsleiters beworben. Der Konzernchef empfängt ihn in seinem Büro persönlich und meint entgegenkommend: »Von allen Bewerbungen war Ihre die beste, Herr Lankhaus.«
»Danke, Herr Nackermann«, sagt der Bewerber.
Der Chef runzelt die Stirn. »Verzeihung«, reagiert er, »ich heiße Neckermann, nicht Nackermann.«

Herr Lankhaus entschuldigt sich wortreich und folgt dem Konzernherrn in einen Saal, wo sich die Führungskräfte der Firma versammelt haben. Neckermann stellt den Bewerber vor und teilt seinen Abteilungsleitern mit, dass er Herrn Lankhaus für geeignet halte, die ausgeschriebene Stelle zu besetzen.
»Schönen Dank für Ihr Vertrauen, Herr Nackermann«, sagt der Bewerber, »ich werde Sie nicht enttäuschen.«
Die Führungsriege erstarrt. Sichtlich verärgert bittet der Chef Herrn Lankhaus vor die Tür. »Hören Sie«, sagt er dort, »ich heiße Neckermann und nicht Nackermann. Das sage ich Ihnen jetzt zum letzten Mal.«
Wieder entschuldigt sich der Bewerber; nach einem Rundgang durch die Firma geht Neckermann mit ihm in die Kantine. Dort lässt er Mokka mit Kognak servieren, die beiden prosten sich zu, und als Lankhaus seinen Schwenker abstellt, sagt er begeistert: »Der Kognak ist ganz vorzüglich, Herr Nackermann.«
Der Firmenchef erbleicht. »Lassen Sie sich Ihre Unterlagen geben und verschwinden Sie«, knurrt er, »aber ein bisschen plötzlich, wenn ich bitten darf.«
Herr Lankhaus sucht das Weite. Als er zu Hause ankommt, steht seine Frau vor der Tür und fragt: »Na, wie war's, Schatz?«
»Wie soll's gewesen sein?«, antwortet Lankhaus mürrisch. »Derselbe Scheiß wie bei Qualle …«

Ein Industriekonzern will den Posten des Personalchefs neu besetzen. Aus der Fülle der Angebote hat der Firmenchef drei Bewerber ausgesucht, die er persönlich begutachten will.
Der erste kommt, die Sekretärin dirigiert ihn ins Büro des Chefs. Nach kurzem Wortgeplänkel fragt der Konzernherr unvermittelt: »Wenn Sie mich einmal genauer ansehen, fällt Ihnen da etwas auf?«
Der Bewerber fixiert sein Gegenüber aufmerksam und sagt nach einer Weile: »Sie tragen einen Kaschmir-Anzug und eine teure Uhr von Cartier. Ihr linkes Auge ist von einem etwas helleren Blau als das rechte. Und Sie haben keine Ohren.«
»Schönen Dank«, sagt der Chef, er entlässt den Bewerber mit den Worten: »Sie werden bald von uns hören.«

Der zweite kommt ins Büro und wieder stellt der Konzernherr die Frage: »Wenn Sie mich einmal genauer ansehen, fällt Ihnen da etwas auf?«
Der Bewerber blickt sein Gegenüber lange an und sagt schließlich: »Sie tragen ein Toupet, maßgeschneiderte Hemden, und Sie haben keine Ohren.«
»Sehr gut beobachtet«, sagt der Chef, »Sie werden bald von uns hören.«
Der dritte Bewerber ist ein gutaussehender Mann, den die Sekretärin gern in ihrer Nähe haben würde. Also gibt sie ihm den Rat: »Wenn der Chef Sie nach seinen besonderen Merkmalen fragt, sagen Sie ihm bloß nicht, dass er keine Ohren hat. Das kann er nämlich nicht leiden. Und noch ein Tip: Er trägt Haftschalen.«
Dermaßen gewarnt, betritt der Mann die Höhle des Löwen. Und als der Chef seine stereotype Frage stellt, antwortet der Mann, ohne zu zögern: »Sie tragen einen Platinring mit sechs Brillanten, eine Krawatte von Armani und sehr gut geschliffene Haftschalen.«
»Donnerwetter«, sagt der Konzernherr, »Sie können bei uns anfangen, ich gratuliere. Aber eine Frage habe ich noch: Wie sind Sie darauf gekommen, dass ich Haftschalen trage?«
»Ganz einfach«, sagt der dritte Bewerber. »Wenn Sie Ohren hätten, würden Sie vermutlich 'ne Brille tragen.«

Der Boß einer Rauschgift-Mafia sucht einen neuen Leibwächter, der es nicht nur in den Fäusten, sondern auch im Kopf hat. Drei Bewerber stellen sich nacheinander vor.
Der erste wird vom Boß ohne Umschweife gefragt: »Was war bis jetzt Ihre größte berufliche Leistung?«
»Ich habe in einer Nacht in Süditalien 14 Mitglieder der ›Cosa Nostra‹ umgenietet.«
»Sehr schön«, sagt der Mafia-Chef, »und wie viel Buchstaben hat das Alphabet?«
»Sechsundzwanzig.«
»Hervorragend!«, sagt der Boss und verabschiedet den Bewerber. »Sie werden in den nächsten Tagen von uns hören.«
Der zweite stellt sich vor und wird gefragt: »Was war bisher Ihre größte berufliche Leistung?«

»Ich habe in der vergangenen Woche 20 Mitglieder einer Konkurrenz-Gang mit einem Flammenwerfer plattgemacht.«
»Gute Arbeit«, sagt der Boss, »und wie viel Buchstaben hat das Alphabet?«
»Sechsundzwanzig.«
»Bravo, Mann! Sie werden von uns hören.«
Der dritte Bewerber ist ein unauffälliger Mann mit klugen Augen. Auf die Frage nach seiner größten Leistung antwortet er:
»Ich habe in einer Nacht ohne fremde Hilfe 26 Kaufhäuser niedergebrannt.«
»Toll«, sagt der Boss, »und wie viel Buchstaben hat das Alphabet?«
»Vierundzwanzig.«
»Leider falsch. Wie kommen Sie auf vierundzwanzig?«
»C&A gibt es nicht mehr ...«

Solche skurrilen Fundsachen wurden im anderen Teil Deutschlands nur selten angeboten. In der DDR dominierten nach wie vor die ausgekochten, zielsicheren Witze über die politische Führung, den Staatssicherheitsdienst oder die wirtschaftliche Notlage.

Honecker liegt am Ostseestrand, und mit der Morgenröte steigt die Sonne auf.
»Guten Tag, liebe Sonne«, sagt Erich.
»Guten Tag, Herr Staatsratsvorsitzender«, sagt die Sonne, »ich wünsche Ihnen einen erholsamen Tag, Herr Staatsratsvorsitzender!«
»Das ist aber freundlich von dir, liebe Sonne«, sagt Erich, »das ist sehr freundlich, dass du mir einen erholsamen Tag wünschst.«
»Ich danke Ihnen, sehr geehrter Herr Staatsratsvorsitzender«, sagt die Sonne.
Am Abend, als die Sonne untergeht, schaut Erich ihr nach und sagt: »Vielen Dank, liebe Sonne, ich hatte einen angenehmen Tag!«
»Ach, Mann!«, sagt die Sonne. »Leck mich am Arsch, jetzt bin ich im Westen!«

Else Möller schreibt aus Ostberlin einen Brief an ihre in Köln lebende Tante Hanni.
»Liebe Hanni, die Vorbereitungsphase läuft. Bitte, schick uns doch wie im letzten Jahr drei Handgranaten und ein Kilogramm Sprengstoff mit Zündschnüren. Wir bereiten alles vor. Schöne Grüße. Deine Else.«
Im Frühjahr kommt wieder ein Brief an Tante Hanni. »Meine Liebe, die Vorbereitungsphase 1 ist abgeschlossen. Der Staatssicherheitsdienst hat den ganzen Garten umgegraben. Jetzt kannst Du uns die Tulpenzwiebeln schicken …«

Zwei Vettern, der eine aus Ost-, der andere aus Westdeutschland, haben sich in Berlin getroffen. Zum Abschied sagt der »Wessi«: »Du könntest mir eigentlich mal schreiben, wie es dir geht und wie bei euch so die Lage ist.«
»Das wird schwer sein«, meint der »Ossi«, »bei uns geht alle Post durch die Zensur.«
»Das macht nichts«, sagt der Vetter aus dem Westen, »wenn alles o.k. ist, schreibst Du mit schwarzer Tinte, wenn es Probleme gibt, schreibst Du dasselbe in Grün.«
Wochen später erhält der »Wessi« einen Brief in schwarzer Tinte: »Hier ist alles wunderbar. Unserem Land geht es immer besser. Die Menschen sind glücklich und man kann kaufen, was man will. Butter, Eier, Apfelsinen, frischen Fisch – nur leider keine grüne Tinte.«

Auch Radio Eriwan diente den Spöttern aus der DDR weiterhin als Quelle für pfiffige Gebrauchsanweisungen.

Anfrage an Radio Eriwan:
»Stimmt es, dass dem Kosmonauten Gagarin auf dem Roten Platz ein rotes Auto überreicht worden ist?«
Antwort:
»Im Prinzip ja. Nur handelte es sich nicht um den Kosmonauten Gagarin, sondern um einen Arbeiter gleichen Namens. Und es geschah nicht in Moskau, sondern in Kiew. Es war auch nicht ein Auto, sondern ein Fahrrad, das ihm gestohlen wurde.«

Anfrage an Radio Eriwan:
»Was wäre eigentlich passiert, wenn statt Kennedy Ulbricht erschossen worden wäre?«
Antwort:
»Eine etwas abwegige Frage. Aber eines ist gewiss: Onassis hätte die Witwe nicht geheiratet.«
Anfrage an den Sender Jerewan:
»Was passiert, wenn der Sozialismus in der Sahara eingeführt wird?«
Antwort:
»Die ersten zehn Jahre passiert gar nichts. Und dann wird allmählich der Sand knapp.«

Von 1959 bis 1969 war Heinrich Lübke Bundespräsident der Republik. Viele faule Witze wurden über ihn gemacht, aber komischer war noch, was der prominente Sauerländer – speziell in seiner zweiten Amtsperiode – selber von sich gab.

1966 zum Auftakt seines Besuches in Madagaskars Hauptstadt Tananarive begann der deutsche Gast:

»Sehr geehrter Herr Präsident, sehr geehrte Frau Tananarive …«

Im Ostasiatischen Verein in Hamburg erläuterte er 1964, was man zu Indonesien wissen muss:

»Indonesien besteht aus Inseln, die liegen teils nördlich, teils südlich vom Äquator, und dazwischen ist eine Menge Wasser.«

Zur Eröffnung der Bundesgartenschau in Essen 1965 versicherte er:

»Wir wollen uns freuen, an diesem Tag hier gewesen zu sein, wo wir, wenn das Wetter nicht ganz ausreicht, die Gartenschau im Saale miterleben.«

Ebenfalls 1965 redete er in Kassel vor der Arbeitsgemeinschaft Deutscher Chorverbände:

»Die Nachwuchskrise, unter der viele Gesangvereine leiden, muss daher als ein Symptom verstanden werden, das erst mit anderen Zeiterscheinungen zusammengenommen ein Bild von der inneren Situation unseres Volkes ergibt.«

Und bei der Eröffnung des Hauses der Ruhrfestspiele in Recklinghausen 1965 fragte er:

»Könnte nicht in unseren Familien der gemeinsamen Dichterlesung wieder mehr Raum gegeben werden?«

Über Günter Grass urteilte er 1964:

»Der schreibt so unanständige Dinge, über die nicht einmal Eheleute miteinander sprechen.«

Als das Jahrzehnt zu Ende ging, war in Westdeutschland ein Mann populär, der die sexuellen Tabus zügig aus dem Wege räumte und die Liebespaare in Wort und Bild darüber aufklärte, dass ihre Praktiken nicht der Weisheit letzter Schluss seien: Oswald Kolle, der Trainer für Leibesübungen aller Art.

1969 stellte er der Freiwilligen Selbstkontrolle in Wiesbaden seinen Film ›Dein Mann, das unbekannte Wesen‹ mit der Bitte um Freigabe vor. Die verantwortliche Kommission glaubte ihren Augen nicht zu trauen, als sich auf der Leinwand ein Penis blicken ließ, der sich standhaft dem Ziel seiner Wünsche näherte.

»Das kommt ohne Schnitte nicht ins Kino«, entrüsteten sich die männlichen Prüfer. Nur die einzige Frau des Gremiums bestand darauf: »Der Schwanz bleibt drin!« Sie konnte sich durchsetzen.

Nach der Sitzung wurde Volksaufklärer Kolle von einem Mitglied der Kommission folgendermaßen getadelt: »Sie wollen wohl die ganze Welt auf den Kopf stellen. Jetzt soll die Frau schon oben liegen ...«

Auch so entstehen Witze.

Das Letzte

Lieber locker vom Hocker als hektisch am Ecktisch.

Frage an Radio Eriwan:
»Was ist das Beste an der Muttermilch?«
Antwort: »Die Verpackung!«

»Wollen wir nicht mal eine Orgie feiern?«
»Wie viele Teilnehmer haben Sie denn zusammen?«
»Wenn Ihre Frau mitmacht, sind wir drei.«

»War Ihr Sohn mal Schlosser?«
»Nein, warum?«
»Er guckt nach jeder losen Mutter.«

Lieber arm dran als Bein ab.

Chris Howland

Prüdes – Prüde Menschen – Prüderie

Heutzutage haben junge Menschen keine Vorstellung davon, wie prüde unsere Eltern in den vierziger oder fünfziger Jahren waren. Wahrscheinlich haben wir alles gemacht, was die Menschen heute machen, aber es war weitaus schwieriger.

Wenn man damals in einem Hotel ein Doppelzimmer verlangte, mussten Mann und Frau ihre Pässe zeigen, und wenn sie nicht denselben Namen trugen – Pech gehabt! Das lag gar nicht am Hotel. Es konnte jeder wegen Kuppelei verklagt werden, der einem unverheirateten Paar ermöglichte, miteinander zu schlafen. Das galt auch für private Räume. Und es gab eine Sittenpolizei, die dafür Sorge trug, dass alle sich gut benahmen.

Das hielt die Menschen nicht auf, denn Sex kann man nicht stoppen, aber es machte alles komplizierter.

Anfang der fünfziger Jahre drehte Sidney Chaplin, der Sohn des berühmten Charlie, in Hamburg einen Film. Er hatte damals eine sehr berühmte Freundin und versuchte, in einem von Hamburgs internationalen Hotels ein Doppelzimmer zu buchen.

»Sind Sie verheiratet?«, fragte die strenge Empfangsdame. Sidney Chaplin schenkte ihr einen erstaunten Blick. »Spielt das eine Rolle?«, fragte er. »Hier spielt es eine Rolle«, entgegnete die Empfangsdame, »schließlich sind wir nicht in Amerika.«

Sie mussten sich mit zwei Einzelzimmern begnügen.

Ich kann die folgende Geschichte nicht belegen, aber ich halte sie für wahr. 1952 kam die amerikanische Filmschauspielerin Zsa Zsa Gabor nach Deutschland, um einen Film zu drehen. Sie reiste in Begleitung ihres langjährigen Partners, des Diplomaten Porfirio Rubirosa. Vier Wochen vor der Ankunft glich ihr Hotel in Darmstadt einem aufgeregten Bienenstock. Wände wurden eingerissen, Verbindungstüren eingebaut, neue Teppiche, neue Betten – die komplette Ausstattung für eine Königin und ihren Gemahl. Mit einer Ausnahme: Offiziell mussten Zsa Zsa und Rubirosa zwei Einzelzimmer beziehen. Der ganze Aufwand erfüllte drei Zwecke:

– dem Gesetz war entsprochen worden;
– die Unbescholtenheit des Hotels blieb gewahrt;
– und den beiden VIPs wurde die Peinlichkeit erspart, wie wir Normalsterblichen mitten in der Nacht Hotelflure auf und ab laufen zu müssen.

Doch die Prüderie erstreckte sich weit über Hotelzimmer hinaus.

Nehmen wir zum Beispiel Kondome. Heute kann man sie überall kaufen, sogar in verschiedenen Farben und Geschmacksrichtungen.

Damals flüsterte man auf den Apotheker ein, und wenn man zu jung aussah, wurde man gar nicht erst bedient.

Einer meiner Freunde hat jedes Mal über Stunden Mut aufgetankt, um in die Apotheke zu gehen. Und wenn er von einem Mann oder einer Frau mit strengem Gesichtsausdruck bedient wurde, verlor er seinen ganzen Mut und kaufte stattdessen Aspirin. Sein Sex-Entzug und die darauf folgende Enttäuschung lösten bei ihm schreckliche Kopfschmerzen aus. Sein einziger Trost bestand darin, dass er ein Zimmer voller Aspirin hatte, um die Kopfschmerzen loszuwerden.

Noch scheinheiliger konnten die Amerikaner sein. Ich erlebte das 1955 während eines Besuches in New York. Da war ich zu einer Petting-Party eingeladen.

Anfangs dachte ich, es handele sich um eine ganz normale Party, doch dann entdeckte ich, dass die jungen Leute ihre Eltern mitgebracht hatten. Nachdem alle am Gartengrill ihren Hunger gestillt hatten, saßen die Mamas und die Papas im Halbkreis auf der einen Seite, und die jungen Paare nahmen, ebenfalls im Halbkreis, auf der anderen Seite Platz. Bald darauf wurde es dunkel, und die einzige Lichtquelle war die ersterbende Holzkohlenglut des Grills.

Als junger Ehemann musste ich mich auf der Elternseite niederlassen und den ganzen Abend einem erheblichen Langweiler zuhören, der mir auseinandersetzte, dass Rasierklingen ewig halten würden, wenn man nur das Rostproblem lösen könnte. Meine Gedanken waren ganz woanders, ich quälte meine Augen, um zu erkennen, was auf der stummen Seite des Kreises geschah.

Ich nehme einmal an, die jungen Leute dort taten alles bis zur Grenze dessen, was sie wirklich tun wollten. Ich hörte leises Stöhnen und Seufzen, aber das laute Geschnatter auf meiner Seite machte es schwierig, Einzelheiten zu unterscheiden.

Um Mitternacht wurde das Ende der Party verkündet, irgendwer schaltete das Licht ein. Und da sah ich sechzehn derangierte Teenager die Hosen zuknöpfen, Büstenhalter zurechtrücken, Kleider glatt streichen, Lippenstiftspuren abwischen u.s.w.

Mit Bangen wartete ich auf das große Donnerwetter, aber die Eltern waren glücklich, weil der Anstand bewahrt worden war. Die Prüderie hatte über das Laster gesiegt. Die jungen Leute kehrten über die Maßen frustriert heim, und ich hatte eine Menge nutzloser Informationen über Rasierklingen erhalten.

Deshalb mag ich den folgenden Witz nicht, der in den fünfziger Jahren die Runde machte:

Was sagen Mädchen nach einem »Quickie«?
Das australische Mädchen sagt: »Ich hoffe, du denkst nicht schlecht von mir.«
Das deutsche Mädchen sagt: »Das war großartig. Wohin gehen wir essen?«
Das englische Mädchen sagt: »Fühlst du dich jetzt besser, mein Lieber?«
Und das amerikanische Mädchen sagt: »Wie war noch mal dein Name?«

Das amerikanische Mädchen hätte das niemals gefragt. Nicht einmal vorher. Ich höre, die Leute hätten sich geändert – sie seien liberaler geworden. Das mag zutreffen, aber ihre prüden Vorstellungen von Sex haben sich nicht gewandelt. Ein typisches Beispiel ist Hollywood. Fast jeder amerikanische Film enthält eine oder mehrere heiße Liebesszenen, aber wenn man genau hinschaut, sieht man, dass die Schauspieler nie ihre Unterwäsche ausziehen. Wenn alle Amerikaner sich so verhalten, grenzt es an ein Wunder, dass es immer noch vierhundert Millionen von ihnen gibt.

Lentz/Thoma

1970–1979

Die RAF bombte und nahm Geiseln, Palästinenser überfielen die israelischen Sportler bei den olympischen Spielen in München, Rainer Barzel scheiterte mit einem sicher geglaubten Misstrauensvotum, die SPD regierte weiter.

Willy Brandt hatte 1971 den Friedensnobelpreis erhalten. Die Guillaume-Affäre, der Spion als engster Berater, zwang den Kanzler drei Jahre später zum Rücktritt. Die Kanzlerzeit des Helmut Schmidt begann. Und die Deutschen erzählten weiter Ostfriesenwitze.

Diese oft sehr dürftigen Geschichten waren für den Anfang der siebziger Jahre repräsentativ. Bestimmt könnten kluge Köpfe aus diesem Tatbestand ernste Hintergründe filtern. Es gab aber keine. Außer dem einen, dass die Grundstimmung der Deutschen optimistisch war.

Wenn man Eike Christian Hirsch (›Der Witz-Ableiter‹) glauben will, und warum sollte man das nicht, entstanden die Ostfriesenwitze 1970 in einem Gymnasium in Westerstede, einem Ort zwischen Oldenburg und Ostfriesland. In der Schülerzeitung ›Trompeter‹ wurde in einer Spalte »Aus Lehre und Forschung« der »Homo ostfriesiensis« erfunden. Aus Spaß und aggressiver Konkurrenz zwischen Ammerländern und Ostfriesen. Als der ›Spiegel‹ 1971 Kostproben druckte, wurden die deutschen Witzbolde richtig erfinderisch.

Warum gerade jetzt und gerade in der Bundesrepublik? Es gibt keine einleuchtende Erklärung. Abwertende Späße über Gruppen sind nicht speziell deutsch. Die meisten Beispiele konnte man schon anderswo hören, sie wurden zwischen Flamen und Wallonen, Griechen und Türken, Bayern und Österreichern, oder in den USA als

Neger- oder auch Polenwitze erzählt. Manchmal werden sie aus Unverständnis den Fremden gegenüber besonders bösartig. Ostfriesen sind angeblich blöd und rückständig, haben Stroh im Kopf und streuen Pfeffer auf den Fernseher, um das Bild scharf zu machen.

Frage: Warum starren die Ostfriesen immer vom Strand aufs Meer hinaus? Antwort: Sie warten auf die Sexwelle.

Ein Ostfriese wird in Bayern festgenommen und beschuldigt, eine Frau überfallen zu haben. Nach einer Nacht in der Münchner Zelle wird morgens eine Gegenüberstellung arrangiert. Fünf Münchner, ähnlich gekleidet, werden neben den Ostfriesen gestellt, die betroffene Frau gegenüber. Als sich alle eine Weile angesehen haben, tritt der Ostfriese vor, zeigt auf die Frau und sagt: »Die war's!«

Ein Ostfriese reist nach Ägypten und fährt mit einem Dampfer über den Nil. Das Schiff wird durch ein anderes Fahrzeug gerammt und sinkt. Schon kommen die ersten Krokodile angeschwommen.
Da ruft der Ostfriese: »Da sieht man es wieder, alles verlottert hier. Aber die Rettungsboote sind von Lacoste!«

Witze dieser Art übertreiben meistens so, dass sie nicht wirklich schmerzen. Die Ostfriesen lebten sehr frohgemut damit. Aber sie erfanden auch »Abwehr-Witze«:

Frage: Was geschieht, wenn ein Ostfriese nach Österreich auswandert?
Antwort: Dann haben die Ostfriesen einen Deppen weniger und die Österreicher einen Ingenieur mehr.

Der ›Monat‹ beklagte 1970, dass die »rhetorischen Kapazitäten im 6. Deutschen Bundestag minimal« geworden seien. Dabei gab es in den siebziger Jahren ja noch denkwürdige Redeschlachten zwischen Helmut Schmidt und Herbert Wehner auf der einen, Franz Josef Strauß und Kurt Georg Kiesinger auf der anderen Seite. Aber mit der

Wahl 1969 machte sich doch ein Generationswechsel bemerkbar. Und die CDU musste sich mühsam an die Oppositionsrolle gewöhnen. Nur wenige glaubten, dass die »Linken« lange regieren könnten. Sie blieben aber dann fast 14 Jahre.

Willy Brandts Affären mit Frauen wurden Witzthema, wenn auch sehr behutsam.

Eine schöne Fee kommt zu Brandt und verspricht:
»Sie haben drei Wünsche frei.«
»Fräulein«, antwortet der, »dreimal dasselbe!«

Willy Brandt versuchte auch im Osten mit den früheren Feinden friedliche Nachbarschaften zu entwickeln. Dabei ging es auch darum, die Truppenkonzentration der UdSSR in Osteuropa zu verringern. Diese Politik brachte dem Kanzler 1971 den Friedensnobelpreis. Der Witz hielt sich zurück, er griff wieder einmal schon anderswo verwertete Anspielungen auf:

Willy Brandt wandelt morgens immer am Bundeshaus über den Rhein. Er hält sich jetzt für Jesus.

Die FDP galt spätestens seit dem Machtwechsel 1969 als »Mehrheitsbeschaffer«, als eine Partei, mit der ein Wahlsieger immer dann in einer Koalition regieren kann, wenn er die absolute Mehrheit verpasst hat. Hans-Dietrich Genscher wurde ihr Vorsitzender und der neue starke Mann der Partei, kurze Zeit als Innenminister, dann als der ausdauerndste Außenminister der Republik. Über seine Reiselust witzelte man:

Zwei Flugzeuge stoßen in der Luft zusammen. In beiden sitzt Genscher.

Sein Vorgänger als Außenminister und FDP-Chef, Walter Scheel, ließ sich 1974 zum Bundespräsidenten wählen. Die Kölner alberten über den sprachlichen Gleichklang von Schäl und Scheel:

Scheel wird Bundespräsident – Tünnes lacht sich kapott!

Otto Habsburg, der älteste Sohn des letzten österreichischen Kaisers, wurde 1979 als CSU-Abgeordneter in das europäische Parlament gewählt. Das »von« hatte er nach österreichischem Gesetz abgelegt.

Ein Witz berichtet, Otto Habsburg sei im Wandelgang des Parlaments gefragt worden, ob er sich denn am Abend auch das Fußballspiel ansehe.
»Wer spielt denn?«, fragt der letzte Habsburger.
»Österreich – Ungarn« ist die Antwort.
»Und gegen wen?«, will er wissen.

Die SPD und ihr Bemühen um mehr »Gerechtigkeit« produzierte ungewollt auch mehr Bürokratie.

Frage an einen Verwaltungschef:
Wie viele Menschen arbeiten bei Ihnen?
Antwort: Knapp die Hälfte!

Die Arbeitszeit in der Bundesrepublik war schon 1970 kürzer als in allen anderen EWG-Ländern. Aber da noch 500000 Arbeitskräfte fehlten, wurden Warnsignale kaum beachtet. Die Hamburger ›Bureau-Ordnung‹ von 1872 schrieb noch vor, »von 6 Uhr vormittags bis 6 Uhr nachmittags« anwesend zu sein. Es durfte in dieser Zeit auch nicht gesprochen werden. So streng waren da die Bräuche, aber die Vorschriften und die Arbeitswelt änderten sich in nur hundert Jahren.

Von 1970 bis 1979 stieg das monatliche Durchschnittseinkommen in der Bundesrepublik von 890 auf 1680 Mark. Der Preisindex kletterte allerdings auch von 100 auf 154. Die Arbeitslosigkeit dagegen war auf unter 1% gesunken. Die Stahlarbeiter streikten 1979 ganze 44 Tage, um die 35-Stunden-Woche zu erreichen.

In einer Gewerkschaftsversammlung verkündet der Redner:
»Und im Jahr 2000 werden wir nur noch an jedem Mittwoch arbeiten!«
Zwischenruf: »Den ganzen Tag?«

Die Wirtschaft boomte noch, der Sektverbrauch hatte sich bei den Westdeutschen in 20 Jahren vervierfacht. Erstmals wurde der Alkoholmissbrauch bei Jugendlichen diskutiert.

23 Millionen Bürger verreisten 1974, davon 58% mit dem Auto. Angesichts der steigenden Staatsverschuldung und einer Preissteigerungsrate von 7% (1974) nahmen auch warnende Stimmen zu. Zum Beispiel im Hinblick auf die japanische Herausforderung.

Der Lehrer verkündet in einer Düsseldorfer Schule. »Kinder, wir nehmen heute deutsche Lyrik durch, wir müssen ja mal zu den Wurzeln unserer Sprache kommen. Also, ich mache das ganz leicht, zitiere immer zwei oder drei Zeilen, und ihr sagt mir dann, was das ist und wer es geschrieben hat. Ich beginne mit einem ganz leichten Beispiel: ›Festgemauert in der Erden, steht die Form aus Lehm gebrannt …‹ Die Kinder senken verlegen die Köpfe, nur ein kleiner japanischer Schüler namens Hashimoto meldet sich: »Das ist das Lied von der Glocke von Friedrich Schiller.«
»Gut«, lobt der Lehrer, »und ein zweites Beispiel: ›Der Mond ist aufgegangen, die gold'nen Sternlein prangen am Himmel hell und klar …‹«
Wieder meldet sich nur der kleine Hashimoto. Er ruft: »Das ist das Abendlied von Matthias Claudius!«
»Hervorragend«, sagt der Lehrer. »Jetzt strengt auch ihr anderen mal euren Grips an: ›Vom Eise befreit sind Strom und Bäche …‹«
Schon zeigt der kleine Hashimoto auf: »Faust, erster Teil, Johann Wolfgang von Goethe!«
»Scheiß-Japse!«, flucht ein Schüler in der letzten Reihe.
»Wer war das?«, fragt der Lehrer böse.
»Max Grundig bei der Eröffnung der ersten Sony-Fabrik in Stuttgart-Fellbach«, antwortet der kleine Hashimoto.

Nach und nach wuchsen überall die »Grünen« als neue Partei heran. Allerdings gründeten sie erst 1980 eine Bundespartei. Witze über die neuen »Störenfriede« konnten auch sehr bösartig sein.

Zwei Grüne diskutieren. Der eine sagt: »Wir können ja nicht davon ausgehen, dass nun grundsätzlich alles schlimm und verwerflich sein muss, was während der Zeit des Nationalsozialismus entstanden ist.«
»Mag ja sein«, erwidert der andere, »aber denk nur an die Autobahnen, die Autobahnen!«

Das ist schon fast schwarzer Humor, wie er sich z.B. auch in Krankenhaus- und Hinrichtungswitzen äußerte. Die waren in diesen wirtschaftlich florierenden Jahren besonders beliebt.

Der Chefarzt besucht den Patienten, als der nach der Operation aus der Narkose aufwacht. »Ich habe eine schlechte Nachricht und eine gute Nachricht für Sie. Welche wollen Sie zuerst?«
»Zuerst die schlechte«, entscheidet der Patient besorgt.
»Wir haben Ihnen beide Beine abnehmen müssen.«
»O Gott«, stöhnt der Patient, »und die gute?«
»Im Zimmer nebenan liegt ein Mann, der interessiert sich für Ihre Schuhe.«

Ist das noch erlaubt? Goethe schrieb in den ›Wahlverwandtschaften‹: »Durch nichts bezeichnen die Menschen mehr ihren Charakter als durch das, was sie lächerlich finden.«

Schon Aristoteles behauptete, das Wesen des Witzes bestehe in einem Defekt. Hässliches sei darum komisch. Und Komödiendichter haben ja zu allen Zeiten Figuren auftreten lassen, die unter körperlichen Gebrechen zu leiden hatten. Gelacht wurde über Bucklige, Kleinwüchsige, Stotterer, »Tattergreise«, Betrunkene.

Zwei Männer aus München und Chicago schicken sich gelegentlich Briefmarken und dabei auch freundliche Grüße. Nach einem besonders gelungenen Tausch schreibt der Münchner: »Lieber amerikanischer Brieffreund! Deine letzten Marken haben meine Sammlung so aufgewertet, dass ich gar nicht weiß, wie ich Dir danken soll. Dabei ist mir aufgefallen, dass wir uns eigentlich gar nicht kennen, obwohl wir uns doch schon so lange schreiben.

Hiermit lade ich Dich also ein, mich in München zu besuchen. Ich könnte im Sommer Zeit finden, damit wir uns ein paar schöne Tage machen. Kosten wird es Dich nichts.«
Nach zwei Wochen kommt ein Brief aus Chicago: »Lieber deutscher Brieffreund, vielen Dank für Deine freundliche Einladung! Dabei ist mir auch klar geworden, dass wir uns wirklich schon so lange schreiben und doch kaum kennen. Du musst nämlich wissen, dass Reisen für mich nicht so einfach ist: Ich bin nur einen Meter vierzig groß, habe einen Buckel und bin nicht so beweglich.«
Der Münchner antwortet beschwichtigend: »Lieber amerikanischer Brieffreund, wir kennen uns wirklich zu wenig. Dabei verdanke ich Dir so viel. Deine kleinen Behinderungen sollen uns doch nicht stören. Ich besitze ein hübsches Anwesen im Grünen vor der Stadt, wo wir uns allein und in aller Ruhe einige schöne Tage machen können. Also, wann kommst Du?«
Nach anderthalb Wochen antwortet der Amerikaner: »Lieber deutscher Brieffreund, vielleicht sollte ich Dir noch sagen, dass ich wegen eines lahmen linken Beines an Krücken gehe. Das macht die Reise nicht gerade leichter.«
Wieder schreibt der Münchner zurück: »Lieber amerikanischer Brieffreund! Das soll uns alles nicht aufhalten. Ich habe Personal, das Dich pflegen kann, und würde mich freuen, wenn Du trotzdem kommst. Es wird nur langsam Zeit, der Sommer naht, bitte melde mir möglichst schnell, wann Du fliegst.«
Nach einigen Tagen trifft ein Eilbrief ein: »Lieber deutscher Brieffreund. Nun muss ich Dir auch noch den letzten Punkt nennen, der eine Reise zu Dir erschwert: Ich bin nämlich schwarz.«
Jetzt telegrafiert der Münchner: »Keine Rassenvorbehalte, bitte nur noch Ankunft mitteilen!«
Der Amerikaner schickt endlich ein zustimmendes Telegramm: »Ankomme Dienstag, 6. Juli, mit Lufthansa LH 106 um 18.05 Uhr München. Kennzeichen: Weiße Nelke im Knopfloch.«

Auch Greise waren immer ein beliebtes Objekt für Witzemacher.

»Mein Großvater ist 80, er macht noch den Garten allein und kauft ein.«
»Meiner ist 84 und hat gerade wieder das goldene Sportabzeichen gemacht!«
»Mein Großvater ist 92 und steigt noch allen Frauen nach. Er weiß nur nicht mehr, warum.«

Und dann die Stotterer! Über sie und Leute mit Hasenscharten wurden mehr Witze gemacht als über jede andere Behinderung. Aber Hasenschartenwitze lassen sich nur erzählen, nicht schreiben. Einige Pointen mit Stotterern versuchen wir hier zu vermitteln.

Ein Gast bestellt stotternd beim Ober ein Bier. Der fragt zurück: »P- P- P-i-ls o- o- oder ei- ein He- Helles?«
Der Gast wird böse: »Da- das f- f- f- finde ich a- a- aber n- n-nicht n- n- nett v-v-von Ihnen ...«
Da sagt der Ober: »W- w- weiß schon, w- w- was S- S- Sie sa- sagen wollen, a- a- aber ich st- st- st- stottere auch!«
Ein neuer Gast bestellt am Nachbartisch ein Würstchen. Der Ober fragt ohne Mühe: »Mit Brötchen oder mit Kartoffelsalat?«
Als er zurückkommt, spricht ihn der erste Gast empört an: »J- j-jetzt ha- ha- habe ich es ja ge- gehö-hö- hört, S- S- Sie ha- ha- haben mich doch au- auf- auf den A- a- a- Arm ge- ge- genommen!«
»Völl- völlig f- f- falsch. S- S- Sie nicht, d- d- den!«

Ein schwer stotternder Mann erzählt einem Bekannten auf der Straße, dass er jetzt in eine Stotterschule gehen wolle. Nach einigen Wochen begegnen sich die beiden wieder auf der Straße.
»Waren Sie denn schon auf der Schule?«, fragt der Bekannte.
Der andere nickt und antwortet fließend: »Fischers Fritz fischt frische Fische. Frische Fische fischt Fischers Fritz.«
Da staunt der Fragesteller und sagt:
»Das ist ja toll! Und das in so wenigen Wochen!«
»Ja«, antwortet der Stotterer, »a- a- a-ber m- m- man br- br-braucht's- s- s- so s- s-selten.«

Ein Stotterer, ein Asthmatiker und ein Mann mit einer Hasenscharte spielen miteinander Skat.
Der Stotterer reizt: »A-a-achtzehn.«
Der Asthmatiker keucht: »Hab ich.«
»Zw-zw-zw-zwanzig«.
»Hab ich.«
»Dr-dr-dr-dreiundzw- zw- zwanzig!«
»Hab ich.«
»S- s- s- siebenundzw- zw- zw- zwanzig!«
»Hab ich.«
»Vier- vier- vierzig!«
Der Asthmatiker erwidert mit der beinahe letzten Luft: »Hab ich auch noch!«
»S- s- s-sechzig!«
Der Asthmatiker kippt bewusstlos vom Stuhl.
Da steht der Mann mit der Hasenscharte auf, blickt ihm in die Karten und sagt dumpf: »Mit dem Blatt wäre er sowieso kaputtgegangen.«

Man könnte eine eigene Sammlung über solche Witze anlegen. Sie überdauern jede Zeit. Aktuelle Ereignisse dagegen entziehen sich oft der Blödelei. Offenbar fühlten sich die Menschen oft zu real bedroht, so dass selbst der Galgenhumor versagte. Terroristen-Witze zum Beispiel kamen in Deutschland nicht auf, einer wurde lediglich aus den Niederlanden importiert:

Fünf junge Molukken wollen einen Zug überfallen. Sie haben sich als Musiker getarnt, ihre Waffen in Geigen- und Cellokästen verpackt.
Einer der Beteiligten findet beim Öffnen des Geigenkastens wirklich eine Geige und schimpft: »Verdammt, jetzt sitzt mein Vater heute Abend mit 'ner Maschinenpistole im Orchester.«

Ein Witz zum Thema kam auch aus der DDR. Ihn lieferte Radio Eriwan:

Frage: Warum gibt es in der DDR keine Terroristen?
Antwort: Weil sie zehn Jahre lang auf ein Fluchtauto warten müssten.

Immer noch und immer wieder war es Amerika, das Land der unbegrenzten Möglichkeiten, zu dem sich Witzbolde etwas einfallen ließen. Dort wurde 1979 das erste Elektroauto entwickelt. Es konnte etwa 160 km weit fahren und eine Höchstgeschwindigkeit von 100 Stundenkilometern erreichen.

»Was kostet denn so ein elektrisches Auto?«, fragt ein Kunde in einem Geschäft.
»46 000 Mark«.
»So teuer?«
»Ja, 20 000 der Wagen und 26 000 die Verlängerungsschnur!«

Auch Tünnes in Köln wischte den Amerikanern eins aus:

Tünnes führt einen amerikanischen Besucher durch Köln.
Er zeigt ihm die U-Bahn, und der Amerikaner sagt: »Das ist doch nur eine kleine Unterführung und keine U-Bahn. In New York, da haben wir eine Anlage, die diesen Namen wirklich verdient.«
Der Tünnes geht mit ihm zu den Kölner Rheinbrücken. »So kleine Flußüberquerungen erwähnen wir erst gar nicht«, protzt der Amerikaner, »die Golden-Gate-Bridge in San Francisco, das ist eine Brücke!«
Auf dem Rückweg kommen die beiden am Kölner Dom vorbei.
»Was ist denn das?«, fragt der amerikanische Gast und zeigt auf die Kathedrale.
»Ach«, sagt der Tünnes, »dat Kapellchen? Dat war, glaube ich, vorige Woche noch gar nicht da.«

In den USA erregte 1976 ein New Yorker Student Aufsehen, der das Modell einer Atombombe entworfen hatte. Er wollte warnend beweisen, wie leicht so etwas herzustellen sei. In der DDR machte man einen Witz auf die Sowjetunion daraus:

Ein Erfinder bietet dem Kreml eine neue Waffe an: handliche Atombomben, die man in Koffern verpacken kann. Versehen mit Zeitzündern, könnte man sie in der westlichen Welt verteilen und damit die Regierungen erpressen.
Doch die Kreml-Herren winken ab.
Der Grund: Woher soll man so viele Koffer bekommen?

Erstes Thema blieben in der DDR die Ignoranz der Politiker und die Krise der Volkswirtschaft – so zum Beispiel die Tatsache, dass es oft die einfachsten Dinge nicht zu kaufen gab.

Ein Mann kommt in den Laden: »Haben Sie Unterwäsche?«
»Nee, keine Unterwäsche gibt es nebenan. Hier gibt's nur keine Laken.«

Ein Mann betritt eine Eisenwarenhandlung.
»Ham Se Nägel?«
»Nee.«
»Ham Se Schrauben?«
»Nee.«
»Ham Se wenigstens 'n Schraubenzieher?«
»Nee.«
»Na, was ham Se denn dann überhaupt?«
»Durchgehend geöffnet.«
»Und warum ham Se durchgehend geöffnet, wenn Se doch nischt verkoofen?«
»Det Schloss ist kaputt.«

Und dann machte ein Witz die Runde, der endlich auch einmal die USA mit der Deutschen Demokratischen Republik verband. Der Trabi, das berühmteste DDR-Auto, schenkte ihm seine Pointe:

Ein reicher Amerikaner hat gelesen, dass in der DDR ein Auto gebaut werde, dessen Lieferfrist alle anderen in der Welt übertreffe. »Das muss ich haben«, beschließt er und bestellt gegen Dollar einen Trabi.
Die Autobauer in der DDR sind verwundert, aber auch stolz, dass ihr Produkt jetzt international gefragt ist. Da es Devisen bringt, schicken sie natürlich gleich ein Exemplar auf die Reise.
Als das Auto ankommt, freut sich der Amerikaner. »Das ist ein Kundendienst«, ruft er begeistert, »zwei Jahre Lieferfrist, aber ein Modell aus Pappe schicken sie sofort!«

1974 hatten Ost und West ihr 25-jähriges Bestehen gefeiert, die Bundesrepublik zurückhaltend, die DDR festlich. Unser Nachbarland bestand nach dem politischen Willen der Bonner Regierung ja gar nicht, es wurde der Hallstein-Doktrin folgend in Gänsefüßchen gesetzt. Hallstein war Staatssekretär im Kanzleramt, und seine Doktrin forderte, dass Staaten, die diplomatische Beziehungen zur DDR aufnahmen, von der Bundesrepublik abgelehnt wurden. Bonn war mit diesem Verdikt auch einige Jahre erfolgreich, weil Beziehungen fast immer auch Geld bedeuteten. Und davon hatten die Bonner damals noch genug.

Eine böse Schlappe wurde der westlichen Selbsteinschätzung 1974 in Hamburg zugefügt. Ein DDR-Fußballer mit dem Namen Sparwasser schoss im Spiel um die Fußballweltmeisterschaft gegen die favorisierte westdeutsche Mannschaft ein Tor. Das reichte zum Sieg der DDR-Kicker.

»Die DDR ist die größte DDR der Welt«, rühmte man sich wieder einmal im Osten. Die Westdeutschen wurden allerdings trotzdem noch einmal Weltmeister, welch ein Glück!

›Waterloo‹ hieß treffend einer der beliebtesten Titel der Pop-Gruppe »Abba«. Insgesamt stieg die Zahl der in der Bundesrepublik verkauften Schallplatten 1972 zum ersten Mal auf über hundert Millionen. 1976 waren es schon hundertsechsunddreißig Millionen. Wer einen Namen hatte, wollte singen und damit Geld machen.

Selbst der Libero der neuen Weltmeistermannschaft, Franz Beckenbauer, hat es versucht. Er sang:

»Eins zu null für deine Liebe,
eins zu null hast du gesiegt,
denn ich weiß, dass alles Glück in meinem Leben
ganz allein in deinen Händen liegt.
Eins zu null für deine Liebe,
eins zu null für dich allein,
hab ich dich, so kann mir nichts passieren –
deine Liebe lässt mich glücklich sein.«

Auf dem Fußballplatz war er besser.

»Lieber fernsehgeil als radioaktiv«, hieß ein Spruch. Die Besucherzahlen in Kinos und Theatern gingen entsprechend zurück. 1978 meldete die Statistik, dass die Kinobesuche pro Jahr von 15,4 pro Einwohner (1954) auf 2,1 gesunken waren. Schlechte Zeiten für die Stars der Leinwand, die Herren der öffentlich-rechtlichen Anstalten schenkten dem Volk neue Idole.

Ein Star beklagt sich bei seiner Frau über die Lügen, die in den Medien über ihn verbreitet werden.
»Sei doch froh«, beschwichtigt sie, »dass die nicht die Wahrheit sagen.«

Bei der Bundestagswahl im Oktober 1976 gewannen CDU/CSU mit 48,6%, die SPD erhielt 42,6% und die FDP 7,9% der Stimmen. Aber da SPD und FDP zusammenblieben, konnte die sozialliberale Koalition weiterregieren. Mit dem deutlichen Schönheitsfehler: Die stärkste Partei blieb in der Opposition.

So etwas konnte der SED im Osten nicht passieren. Bei der Wahl zur 7. Volkskammer der DDR stimmten 99,86% für die Einheitsliste. Die Abstimmungsergebnisse wurden nur belächelt.

1970 kursierten in der DDR noch Witze über Walter Ulbricht. 1971 trat er dann als »Erster Sekretär der SED« aus Altersgründen zurück. Erich Honecker wurde sein Nachfolger.

Ulbricht ist mit seiner Frau im Auto unterwegs. Es überholt sie ein Wagen mit dem Kennzeichen »GB«.

»Woher kommen die denn?«, fragt Ulbricht den Fahrer, »›GB‹, ist das vielleicht unsere Geheimpolizei?«
»Nee«, antwortet der Fahrer, »ich vermute, es sind die Genossen aus Bulgarien.«
»Bei bulgarischen Genossen steht immer ›BG‹ dran, hier steht aber ›GB‹«.
»Vielleicht ›Gambodscha‹«, meint der Fahrer.
Da meldet sich Frau Lotte: »Alles falsch, es wird ›Gönichreich Bolen‹ heißen.«

Ulbricht und Mao Tse-tung unterhalten sich über Innenpolitik.
»Und wie viele politische Feinde haben Sie in der Volksrepublik China?«, fragt Ulbricht.
»Es werden so ungefähr siebzehn Millionen sein«, antwortet Mao Tse-tung.
»Ju, das ist ungefähr so wie bei uns.«

Die Chinesen waren überhaupt in aller Munde, weil sie den Streit mit der Sowjetunion pflegten.

Zu Wahlen fragt ein Amerikaner einen Chinesen: »Do you have elections?«
»Yes«, antwortet der, »evely Molning!«

Der chinesische Botschafter soll einen hohen Düsseldorfer Karnevalsorden bekommen, weil er den Ministerpräsidenten Rau immer mit »Helau« angesprochen hat.

1970 schoss das »Reich der Mitte« seinen ersten Erdsatelliten in den Weltraum. Er hieß »Tung Fang Hung«. Der Name war für rheinische Frohnaturen, die darin einen Hundefänger vermuteten, Anlass für chinesische Sprachübungen:

»Was heißt auf Chinesisch ›der Dieb‹?«
»Langfing.«
»Der Polizist?«
»Langfingfang.«

»Der Polizeihund?«
»Langfingfangwau.«
»Zwei Polizeihunde?«
»Langfingfangwauwau.«

Der chinesische Verkehrsminister heißt nach diesem Schema »Um-lei-tung«, Teenager = »Zu-jung-zum« und Jungfrau = »Zu-dumm-zum«.

Eine chinesische Mondrakete verfehlt ihr Ziel um einige Meter. Mehrere Kommissionen sollen untersuchen, wo die Fehlerquelle liegt. Sie ermitteln: Von zehn Millionen und dreihundertvierundvierzigtausend Chinesen sind eintausendachthundertdreiunddreißig eine Zehntelsekunde zu spät auf die Wippe gesprungen.

Eine Zeitlang gingen in den siebziger Jahren im Westen auch Hasenwitze von Mund zu Mund. Unsere Brüder und Schwestern aus der DDR sollen sie erfunden haben, um ein wirtschaftliches Manko zu verspotten – die mageren Angebote in den Geschäften. Eike Christian Hirsch schrieb, es seien Witze mit einem Tier gewesen, »das, obwohl schwach und arm, alle Leute reinlegt«. Professor Röhrich urteilte, dieser Hase sei eine Figur, mit der sich vor allem Kinder sofort identifizieren können, weil sie sich auch der Kindersprache bedient. Clement de Wroblewsky erzählte in seinem Buch die DDR-Version:

Häschen kommt in 'n Gemüseladen: »Hattu Möhren?«
»Nein«, sagt die Verkäuferin.
Am nächsten Tag kommt Häschen wieder vorbei:
»Hattu Möhren?«
»Nein, Häschen«, sagt die Verkäuferin, »da musst du schon woanders fragen gehen.«
Häschen geht also in die Apotheke: »Hattu Möhren?«
Antwortet die Apothekerin: »Hattu Rezept?«

Der westliche Urwitz verblödelte die Geschichte:

Der Hase fragt in der Apotheke: »Hattu Möhren?«
Der Apotheker verneint. Am nächsten Tag kommt der Hase wieder: »Hattu heute Möhren?«
»Nein, ich habe keine Möhren!«
Am Tage danach fragt der Hase wieder: »Hattu jetzt Möhren?«
»Nein, ich habe wirklich keine Möhren.«
Um den aufdringlichen Hasen gleich abzuwehren, stellt der Apotheker ein Schild ins Fenster: »Heute keine Möhren!«
Als der Hase das sieht, kommt er herein und sagt: »Hattu gestern doch Möhren gehabt!«

Das ließ sich auch in den Schallplattenladen übertragen:

»Hattu Platten? Ja? Muttu mal aufpumpen!«

In einer westlichen Apotheke wurde der Häschenwitz dann erdrosselt:

»Hattu Möhren?«
»Ja.«
»Hattu ganzen Witz versaut!«

Es folgten unendlich viele andere Tierwitze. Sie gehörten – wie schon Ende der vierziger Jahre – zum Hausgebrauch, durften in keinem besseren Haushalt fehlen.

Ein altes Ehepaar, das an die Wiedergeburt glaubt, trifft folgende Vereinbarung: Wer von den beiden als Erster stirbt, soll sich nach einiger Zeit melden und sagen, wie es ihm geht. Drei Wochen später stirbt der Mann. Nach einem Monat meldet er sich und fragt: »Hallo Edith, wie geht es dir denn so?«
»Ja, meine Güte, Josef«, sagt sie, »da höre ich ja endlich etwas von dir. Wie geht's dir denn?«
»Fabelhaft«, sagt die Stimme des Mannes, »jeden Tag reichlich zu

trinken und zu essen, ein herrliches Leben im Grünen und jede Menge Weiber!«
»Das ist ja toll, bist du im Himmel?«
»Nein«, antwortet die Stimme, »ich bin Karnickelbock in Arizona.«

Manche versuchen auch Shaggy-Dog-Scherze und Tierwitze zu kombinieren. Aus dieser Kreuzung entstehen dann solche Geschichten:

Zwei Nilpferde schwimmen fröhlich im Wasser, drehen sich mal auf den Rücken, mal auf den Bauch, sie fühlen sich offensichtlich wohl. Als sie an Land krabbeln und etwas mühsam über eine Bodenerhebung kriechen, sehen sie einen Stern vor sich, der sich bewegt. Sie folgen dem Stern und kommen an einen Stall, aus dem helles Licht nach draußen fällt. Drinnen sehen sie ein Kind in einer Krippe liegen, daneben die Mutter. Da verbeugt sich das eine Nilpferd vor Maria, küsst ihr die Hand und sagt: »Wir sind die heiligen drei Könige aus dem Morgenland. Wir sollen hier die Geschenke abholen.«

Ein Pferd kommt an die Kinokasse und verlangt »Einmal Sperrsitz.«
Die Kassiererin staunt: »Donnerwetter, ein Pferd, das sprechen kann!«
Da winkt das Pferd ab: »Keine Sorge, während der Vorstellung bin ich ganz ruhig!«

Drei Pferdetrainer unterhalten sich darüber, welchem Futter sie bei einem Rennen den Vorzug geben.
»Am Tage vorher und am Renntag kriegen sie nichts als Hafer«, versichert der erste, »dann rennen die wie der Blitz!«
Der zweite wiegt zweifelnd den Kopf. »Da werden meine zu unruhig, etwas Mischfutter muss schon dazu.«
Beide sehen den dritten an.
Der zögert. »Richtig zu fressen kriegen meine eigentlich gar nichts«, meint er schließlich.

»Gar nichts zu fressen?«, wundern sich die beiden ersten, »was denn dann?«
»Nur was zu trinken«, versichert der dritte Trainer, »morgens eine Flasche Sekt ins Wasser, mittags ein paar Flaschen Whisky und abends Bier.«
Die beiden anderen staunen: »Und das soll gut sein?«
»Ja.«
»Haben Ihre Pferde mit dieser Mischung denn schon mal gewonnen?«
»Direkt gewonnen eigentlich nicht. Aber am Start sind sie immer die lustigsten!«

Ein Pferdeliebhaber erzählt seinem Freund:

»Stell dir vor, gestern war ich beim Galopprennen, gehe da an der Bahn vorbei und bücke mich, um ein Schnürband am Schuh zuzumachen. Kommt doch wahrhaftig ein Jockey vorbei und sattelt mich.«
»Ja und?«
»Ich bin Zweiter geworden.«

Das Gebot, dass Witze kurz sein müssen, galt nicht mehr grundsätzlich. Manche hatten die Länge von Kurzgeschichten:

Im Zoo fragt ein Mann den Direktor: »Haben Sie vielleicht irgendwann mal einen jungen Elefanten übrig?«
»Da kommen Sie aber genau richtig, wir haben gerade zwei zu viel.«
»Was kostet denn so was?«, fragt der Mann.
»Die geben wir billig ab, etwa 2 000 Mark pro Stück.«
»Einen würde ich nehmen«, sagt der Mann.
»Dann warten Sie einen Moment, wir binden ihm schnell einen Strick um den Hals.«
»Moment«, sagt der Mann, »ich muss quer durch die Stadt, Sie müssen mir den Elefanten schon vorbeibringen.«
Der Direktor schüttelt den Kopf. »Hören Sie, dazu ist aber ein Spezialtransport erforderlich, den Wagen müssen wir auch erst

kommen lassen. Das kostet Sie ungefähr einen guten Tausender mehr.«

Der Mann rechnet, erklärt sich dann einverstanden und lässt seine Visitenkarte zurück.

Am nächsten Morgen kommt der Wagen mit dem jungen Elefanten. Ein leutseliger Wärter steigt aus und fragt: »Na, wo haben Sie denn Ihren kleinen Privatzoo?«

»Privatzoo? Den habe ich nicht.«

»Ich meine, wo soll der Elefant denn hin?«

»Sehen Sie das Fenster da im ersten Stock? Da soll er rein.«

»Guter Gott!«, ruft der Wärter. »Ich kriege doch keinen Elefanten eine Haustreppe hoch. Da brauchen Sie Maurer, die das aufhacken, und einen Kran, der den Elefanten hochhebt. Das kostet Sie aber noch mal eine schöne Stange Geld!«

Maurer und Kranführer werden bestellt, und als der Elefant schließlich in der Wohnung ist, fragt der Wärter: »Wo soll er denn nun hin?«

Der Mann hebt die Hand: »Sehen Sie das Eisenbett da in der Ecke? Da soll er drauf!«

»Es ist Ihr Elefant«, sagt der Wärter kopfschüttelnd, »ganz wie Sie wollen.«

Als das Tier endlich auf dem Bett sitzt und der Mann bezahlt hat, meint der Wärter: »Wie ich schon sagte, es ist Ihr Elefant, aber können Sie mir vielleicht doch einmal erklären, warum er da oben auf das Eisenbett musste?«

»Aber natürlich«, erwidert der Mann. »Wissen Sie, ich wohne hier mit meiner Frau und dem Bruder von meiner Frau, meinem Schwager. Wenn wir jetzt abends vor dem Fernseher die Tagesschau ansehen, dann sagt meine Frau zum Beispiel: ›Mexico City, liegt das denn wirklich so hoch?‹ Nun gut, dann überlegt man ja eine Weile. Aber mein Schwager, der Bruder von meiner Frau, der sagt sofort: ›Weiß ich, Mexico City liegt 2270 Meter hoch.‹

Dann gucken wir weiter, und meine Frau fragt nach einer Weile: ›Gibt es denn wirklich so viele Autos bei uns?‹ Da muss man ja schließlich kurz überlegen. Aber der Bruder von meiner Frau, mein Schwager, der sagt sofort: ›Weiß ich. In Deutschland fahren

35 Millionen Pkw und Millionen Lastwagen, mehr als in ganz Lateinamerika und Afrika zusammen.‹
Dann schauen wir wieder eine Weile zu, und dann fragt meine Frau vielleicht:
›Hongkong, besteht das denn nur aus Inseln?‹ Das hat man ja nicht gleich im Kopf. Aber mein Schwager, der Bruder von meiner Frau, der ruft: ›Weiß ich! Hongkong hat etwa sechs Millionen Einwohner auf 239 Inseln!‹
Doch heute Abend, da wird er nach Hause kommen, mein Schwager, der Bruder von meiner Frau, er wird nach oben gehen und wieder runterkommen. Und dann wird er sagen: ›Stellt euch vor, auf meinem Bett liegt ein junger Elefant!‹
In diesem Moment blicke ich gar nicht erst von der Zeitung auf! Ich sage dann nur: ›Weiß ich!‹«

Auf solche Beispiele konnten sich sowohl Intellektuelle als auch weniger Anspruchsvolle verständigen. Man könnte da von einer Sozialfunktion des Witzes reden. Auch bei Papageienwitzen:

Ein Mann fragt nach dem Preis eines wunderschönen bunten Papageis.
»Der ist nicht billig«, erklärt der Verkäufer, »der spricht drei Sprachen. Also, viertausend Mark müssen Sie schon ausgeben.«
»Das ist etwas viel, was soll denn der zweifarbige gleich daneben kosten?«
»Fünftausend Mark.«
»Der ist ja teurer als der schöne bunte?«
»Das stimmt, aber er spricht dafür auch fünf Sprachen.«
»Und was muss ich für den etwas unscheinbaren grauen da links bezahlen?«
»Der kostet siebentausend Mark.«
»Siebentausend Mark für so einen mickrigen Vogel! Was kann der denn?«
»Was er kann, weiß ich eigentlich auch nicht so recht. Aber die anderen sagen ›Chef‹ zu ihm.«

Bei einer Versteigerung bietet ein Interessent sehr hoch für einen Papagei. Hartnäckig wird dagegengehalten, das Gebot immer wieder erhöht.
Der Mann bleibt stur. »Dreitausendfünfhundert Mark«, ruft er, »aber das ist mein letztes Gebot!«
Und er bekommt den Zuschlag.
»So viel Geld wollte ich eigentlich gar nicht ausgeben«, stöhnt er, als er den Vogel in Empfang nimmt, »hoffentlich kann er wenigstens sprechen!«
Sagt der Versteigerer: »Was glauben Sie denn, wer die ganze Zeit gegen Sie geboten hat?«

Wie in allen anderen Wohlstandsstaaten, wuchs auch bei uns die Kriminalität. Zu den Gangstern, die mit gezogener Pistole vor den Schaltern auftauchten, gehörten im Witz auch die großen Tiere.

Ein Elefant überfällt eine Bank. Er kommt durch die Tür, geht zielstrebig auf die Kasse zu, streckt den Rüssel über das Sicherheitsglas und saugt das gesamte Papiergeld auf. Dann verlässt er ruhigen Schrittes die Bank. Erst jetzt drückt der total verdatterte Kassierer auf den Alarmknopf.
Als die Polizei eintrifft, ist der Elefant längst verschwunden.
»Wie sah der Täter denn aus?«, fragt der Polizeibeamte.
»Wie soll er schon aussehen, wie ein Elefant eben«, berichtet der Kassierer.
»Welche Farbe hatte er, wie groß war er?«
»Ja, so mittelgrau und mittelgroß.«
»Besondere Kennzeichen?«
»Ich sage ja, mittelgrau und mittelgroß.«
»War es ein indischer oder ein afrikanischer Elefant?«
Der Kassierer sieht den Beamten erstaunt an: »Gibt es da Unterschiede?«
»Natürlich, die einen haben große Ohren, die anderen kleine.«
Da sagt der Kassierer: »Das konnte ich nicht sehen.
Der hatte doch einen Strumpf über das Gesicht gezogen!«

Die Pleite der Herstatt-Bank in Köln 1974 ließ Banken für Jahre zum beliebten Lieferanten für Witze werden, auch wenn das neue Bankensicherungsgesetz die Sorgen der Kunden um die Sicherheit ihrer Einlagen beseitigte.

Bei einem Banküberfall ruft der Täter: »Alle hinlegen, keine Bewegung!«
Die Angestellten folgen dem Befehl. Auch der Filialleiter, der jedoch tadelnd zu einer jungen Angestellten hinübersieht und sagt: »Fräulein Meier, dies ist kein Betriebsausflug, das ist ein Banküberfall!«

Die Mark rollte wie einst der Rubel. Der Umgang mit Geld passte sich neuen Gewohnheiten an. Preußische Sparsamkeit galt nicht mehr als Tugend. Der Staat machte es ja vor, wie man auf Pump gut leben konnte.

Zu einem Lottogewinner kommt der Bote der Gesellschaft, um den Scheck zu überreichen. »Sechs Millionen Mark«, sagt er, »herzlichen Glückwunsch. Was werden Sie denn mit dem Geld anfangen?«
»Erst mal Schulden bezahlen.«
»Und der Rest?«, fragt der Geldbote.
»Der Rest muss warten.«

Die Damen gingen mit der Mode und eine Saison lang auf Pfennigabsätzen. Viele Deutsche kauften auf Raten, zahlten monatlich ab, manchmal mehr, als sie eigentlich hatten. Unerwartete Belastungen durfte es dann nicht geben.

Der Filialleiter einer Bank ruft einen Kunden an und sagt: »Wir müssen Sie leider darauf aufmerksam machen, dass Sie mit Ihrem Konto 43 000 Mark im Minus sind.«
»So?«, reagiert der Kunde, »haben Sie denn die Entwicklung meines Kontos in der letzten Zeit mal verfolgt?«
»Da können Sie sicher sein«, sagt der Banker.
»Und wissen Sie auch, wie mein Konto vor anderthalb Jahren

aussah?« Nach kurzem Blättern in den Unterlagen sagt der Filialleiter: »Da waren Sie mit 67 000 Mark im Plus.«
»Aha! Und habe ich Sie da etwa angerufen?!«

Spielkasinos, Lotto und Toto fanden immer mehr Zulauf. Auch hinter den geschlossenen Türen der Kneipen wurde nach Mitternacht gespielt.

Ein Mann hat seinem Hund das Pokerspiel beigebracht. Immer häufiger zockt das begabte Tier in der Runde mit.
»Dein Hund pokert wirklich fabelhaft«, sagt einer der Spieler in einer Pause zu dem Besitzer, »vor allem sein Pokerface ist nicht zu übertreffen!«
»Das stimmt«, sagt der, »aber einen Fehler macht er immer noch: Sobald er ein gutes Blatt hat, wedelt er mit dem Schwanz.«

Angebot und Nachfrage regelten den Preis, die Marktwirtschaft blieb das meistgebrauchte Schlagwort.

Ein Mann fragt im Geschäft nach Heringen.
»Vier Mark sechzig das Stück«, sagt der Inhaber.
»Das ist aber teuer, im Laden gegenüber kosten sie nur drei Mark vierzig.«
»Warum kaufen Sie denn nicht da?«, fragt der Inhaber.
»Die haben keine mehr«, meint der Kunde.
Sagt der Inhaber: »Wenn ich keine Heringe mehr habe, kosten sie auch bei mir nur drei Mark vierzig.«

Die neuen Reichen und der Snobismus des »Geldadels« boten eine spezielle Angriffsfläche für den Witz, wie es sie nach dem Krieg noch nicht gegeben hatte.

Ein Kunde sucht in einem Spezialgeschäft nach einem Geburtstagsgeschenk für einen Freund. »Etwas Ausgefallenes, wenn ich bitten darf, der Mann hat alles, was Sie sich denken können.«
»Vielleicht ein Gemälde, einen französischen Impressionisten?«
»Nein, nein, davon hat er genug, das ist es nicht.«

»Oder einen chinesischen Teppich …«
»Sie sind auf dem ganz falschen Weg. Ich sage doch, es muss etwas Ausgefallenes sein!«
Der Geschäftsinhaber denkt lange nach. »Wenn ich es mir so überlege«, sagt er schließlich zögernd, »ich habe da im Keller noch etwas sehr Extravagantes. Ein sibirisches Scheißhaus.«
»Das klingt gut«, stimmt der Kunde zu, »zeigen Sie doch mal!«
Im Keller kramt der Geschäftsinhaber drei völlig verrostete Eisenstangen aus dem Regal. »So, das ist es«, kommentiert er, »ein wirklich ungewöhnliches Geschenk!«
Der Kunde wundert sich: »Und wie soll das funktionieren?«
»Die erste Stange rammt man in den Schnee, die ist zum Aufhängen des Mantels da.«
»Gut, und die zweite?«
»Die zweite wird auch in den Schnee gesteckt, die ist zum Festhalten.«
»Interessant«, äußert sich der Kunde, »das leuchtet mir ein. Und die dritte?«
Der Geschäftsinhaber wirbelt die Stange am ausgestreckten Arm um seinen Kopf und erklärt: »Die ist zum Abwehren der Wölfe!«

Joseph Beuys wurde mit einem Eklat aus der Kunstakademie Düsseldorf entlassen.
Seine Fettecken reizten die Spötter auch zu Wortspielen:

»Mögen Sie Beuys?«
»Nein, Girls!«

Psychotherapeuten, in den USA schon seit langem in Mode, hatten auch bei uns mehr und mehr zu tun. Der Irre ging nun zum Psychiater. Wer von den beiden eigentlich behandelt werden musste, war oft ungewiss. In Dürrenmatts ›Die Physiker‹ z.B. ist die Irrenärztin die Irre.

Zu einem Psychotherapeuten kommt ein Mann und klagt, er glaube immer, er sei ein Hund.
Der Therapeut sagt: »Dann legen Sie sich doch mal aufs Sofa.«
»Darf ich nicht«, entgegnet der Patient.

Ein Mann erzählt dem Psychotherapeuten, seine Frau glaube, sie sei ein Huhn.
»Seit wann hat sie das denn schon?«
»Seit anderthalb Jahren.«
»Und da kommen Sie erst jetzt zu mir?«
»Herr Doktor, wir brauchten doch die Eier!«

Es entwickelte sich auch eine Form des »tiefsinnigen Blödelns«, die nicht jedermanns Geschmack war, weil viele gar nicht wussten, worüber sie da lachen sollten. Aber das muss man auch beim Witz wohl gelegentlich in Kauf nehmen.

Zwei Männer treffen sich.
»Wie geht's?«, fragt der eine.
»Gut«, antwortet der andere und wedelt mit der Hand vor seinem Gesicht hin und her.
»Und Ihrer Frau?«
»Auch gut.« Wieder wedelt er mit der Hand.
»Gehen die Kinder schon zur Schule?«
Der Mann wedelt mit der Hand. »Schon lange, und ohne Probleme.«
»Sagen Sie, was machen Sie denn immer mit Ihrer Hand?«
»Das ist wegen der Elefanten.«
»Elefanten? Es sind doch gar keine da!?«
»Sehen Sie, es hilft!«

Der Tünnes fragt einen Nachbarn: »Waren Sie schon mal in Indien?«
»Nein«, sagt der.
»Dann müssten Sie eigentlich meine Schwester kennen.« »Wieso das?«
»Die war auch noch nicht in Indien!«

Ein Mann wird ans Telefon gerufen. Er kommt jammernd zurück und berichtet, sein Vater sei gestorben.
Nach einer Weile wird er wieder ans Telefon gerufen.
Erneut kommt er jammernd zurück. Was denn los sei, wird er gefragt.
»Es war mein Bruder. Sein Vater ist auch gestorben.«

Die Diskussion um den §218, der Abtreibung unter Strafe stellt, wurde in Zeiten einer größeren sexuellen Freiheit immer brisanter. Aber die katholische Kirche und mit ihr die meisten CDU-Anhänger wollten nicht nachgeben. Trotzdem verabschiedete die sozialliberale Koalition 1976 Reformen.

Drei Geistliche unterhalten sich über die Frage: Wann beginnt das Leben?
»Das ist doch keine Frage mehr und längst wissenschaftlich anerkannt«, meldet sich der katholische Priester, »das Leben beginnt mit der Zeugung.«
»Na ja«, sagt der evangelische Geistliche, »wir sind da etwas toleranter und meinen: Das Leben beginnt mit der Geburt.«
Beide warten auf die Meinung des Rabbi. Der richtet den Blick in die Ferne und versichert: »Also, wenn ich alles zusammenfasse, was ich darüber auch aus dem Kreis meiner Gemeinde weiß, beginnt das Leben erst dann, wenn die Kinder aus dem Haus sind und der Hund tot ist.«

Das Kardinalskollegium in Rom wählte 1978 nach 450 Jahren den ersten Papst, der nicht aus Italien kam: Der polnische Kardinal Wojtyla wurde Papst Johannes Paul II. Seine Haltung zu den Themen Zölibat und Abtreibung war unnachgiebig. Obwohl von 1964 bis 1970 13 440 katholische Priester ihr Amt niedergelegt hatten. Der Papst musste sich deswegen viele Witze gefallen lassen. Zum Beispiel:

Dem Papst erscheint in einer Nacht Gottvater. Johannes Paul II. erkundigt sich tief beeindruckt, ob er denn ein paar Fragen stellen dürfe. Gottvater nickt ihm gütig zu.
»Wird es irgendwann weibliche Priester geben?«

Der liebe Gott antwortet: »Nicht, solange du lebst.«
»Wird irgendwann der Zölibat abgeschafft, die Priesterehe erlaubt?«
»Nicht, solange du lebst.«
»Wird es irgendwann noch einmal einen polnischen Papst geben?«
Sagt Gottvater: »Nicht, solange ich lebe!«

1973 wurde die neue Form einer Gesamtschule in Berlin und Hessen von der CDU abgelehnt. Als sie 1974 vom Deutschen Bildungsrat doch als Versuch empfohlen wurde, wollte die Partei das ganze Gremium abschaffen. Der Deutsche Bildungsrat war eine Kommission aus Vertretern von Bund und Ländern und 18 Experten, die Gutachten und Empfehlungen für die Regierung erarbeitete.

Der Schulrat erscheint in einer dieser Schulen und nimmt an einer Deutschstunde teil. Als ein Thema gerade abgeschlossen ist, mischt er sich ein und fragt einen der Schüler: »Was weißt du denn vom ›Zerbrochenen Krug‹?«
Der Schüler erschrickt, wird rot und stammelt: »Ich war es nicht, Herr Schulrat, ganz bestimmt nicht!«
Der Schulrat schüttelt den Kopf und blickt den Studienrat fragend an.
Seine Reaktion: »Also ich kenne den Jungen, und wenn der sagt, er war es nicht, dann stimmt das wohl auch.«
Irritiert verlässt der Schulrat die Klasse und erzählt die Geschichte dem Direktor. »Was sagen Sie denn dazu?«
»Wissen Sie was«, sagt der und zieht sein Portemonnaie aus der Tasche, »ich gebe Ihnen zwanzig Mark für den Krug, und wir lassen die Sache auf sich beruhen.«
Dem Schulrat verschlägt es die Sprache. Am nächsten Tag berichtet er dem Wissenschaftsminister über die Frage nach dem ›Zerbrochenen Krug‹ …
Der überlegt und kommt zu dem Schluss: »Wenn Sie mich fragen, war es der Direktor. Warum hätte er sonst bezahlen wollen?«

Autorität wurde mehr und mehr zum Problem, »Leistungsdruck« ein negatives Schlagwort. Wie erringt man Autorität? Keine der vielen neuen pädagogischen Hochschulen konnte das ihren Absolventen für die Begegnung mit aufsässigen Schülern mitgeben.

Es kommt einer aus der Schule zu seiner Mutter und jammert: »Mutti, ich will nicht mehr in die Schule! Die Kinder hänseln mich dauernd und werfen mir Radiergummis und leere Blechdosen an den Kopf. Auch die Lehrer sind alle so hässlich zu mir!« – »Junge«, sagt die Mutter, »das musst du durchstehen! Du bist ja erst seit sechs Wochen Rektor.«

Wir hatten bereits darauf hingewiesen, dass alles, was die Ruhe störte, Flugzeugentführungen, Anschläge, Attentate usw., für die Witzbolde selten ein Thema war. Ausnahmen bestätigten die Regel. Naturwissenschaftler behaupteten, das folgende Beispiel sei ein »mathematischer« Witz, und sogar der einzige, den es gebe. Aber mit solchen Superlativen soll man vorsichtig sein.

Zu ihren Fachkongressen reisen die Wissenschaftler immer mit dem Flugzeug an. Eines Tages fehlt einer der Professoren in der Maschine, erscheint aber auf dem Kongress.
»Wieso waren Sie denn nicht im Flieger?«, fragen die Kollegen.
»Ich bin mit dem Zug gefahren.«
»Und warum?«
»Wissen Sie, ich beschäftige mich neuerdings viel mit Statistik. Und da ist mir aufgefallen, dass in letzter Zeit doch häufig ein Attentäter mit einer Bombe im Flugzeug sitzt.«
Die Kollegen nehmen das zur Kenntnis. Sie wundern sich nur, dass der Professor einige Monate später doch wieder im Flugzeug sitzt. Sie fragen ihn: »Hat Ihre Beschäftigung mit der Statistik etwas Neues ergeben?«
»Das eigentlich nicht«, antwortet der Wissenschaftler, »ich habe nur weiter geforscht.«
»Und dabei sind Sie zu anderen Ergebnissen gekommen?«

»Ich habe festgestellt, dass so gut wie nie zwei Attentäter auf einmal mit Bomben im Flugzeug sitzen.«
»Und?«
»Seitdem trage ich immer eine bei mir.«

Der Bundestag beschloss, die 0,8-Promille-Grenze für Autofahrer einzuführen. Dabei wurde auch darüber debattiert, dass Alkoholismus inzwischen ein Suchtproblem geworden war. Die Spaßmacher nahmen das zur Kenntnis.

Im Ruhrgebiet nennt man die zwei bekanntesten Frauen der Reviers: Klara Korn und Anne Theke.

Ein neuer Gast, der jetzt häufig in die Kneipe kommt, bringt immer seinen Hund mit, gibt ihm zu trinken und zu essen ab und spricht zuweilen mit ihm.
»Sie hängen wohl sehr an diesem Tier?«, fragt der Wirt.
»Das können Sie wohl sagen, dieser Hund hat mir schon zweimal das Leben gerettet!«
»Das Leben gerettet? Was Sie nicht sagen! Wie denn?«
»Ich war zweimal todkrank, und er hat keinen Arzt an mich rangelassen.«

Ein Mann steht an der Theke und verlangt drei Bier und drei Korn. Der Wirt gibt ihm die Getränke, der Gast trinkt nach und nach und verlangt dann wieder drei Bier.
»Hören Sie«, sagt der Wirt, »ich gebe Ihnen die Biere gerne einzeln, das verschalt doch sonst.«
Der Gast schüttelt den Kopf. »Das ist so eine nostalgische Geschichte«, sagt er, »das hat seine Gründe.«
Der Wirt interessiert sich: »Nostalgische Geschichten finde ich schön, erzählen Sie!«
»Wir waren drei Freunde«, berichtet der Gast, »und wir haben immer zusammen getrunken. Dann haben wir uns trennen müssen, der eine Freund lebt jetzt in Australien, der andere in Österreich. Aber wir haben gesagt: Wir trinken immer noch so, als wären wir zusammen.«

»Das gefällt mir«, kommentiert der Wirt und schenkt weiterhin drei Biere aus.
Nach einem halben Jahr verlangt der Gast nur noch »zwei Bier und zwei Korn«.
»Hören Sie«, sagt der Wirt, »Sie haben mir ja Ihre schöne Geschichte erzählt. Jetzt mache ich mir richtig Sorgen: Ist einem Ihrer Freunde etwas zugestoßen?«
»Nein, das nicht«, antwortet der Gast, »nur mir *hat der Arzt den Alkohol verboten.«*

Zum Ende des Jahrzehnts und mit dem Beginn der achtziger Jahre geschah in Deutschland Sensationelles: Es wurden gesamtdeutsche Treffen der Regierenden arrangiert. Willy Brandt war 1970 als Erster nach Erfurt gefahren, DDR-Ministerpräsident Willi Stoph kam zum Gegenbesuch nach Kassel. Helmut Schmidt reiste später auch, und Erich Honecker sollte noch in die Bundesrepublik kommen. Dass er dann in Bonn wie ein Staatschef empfangen wurde, genoss er nach den Jahren der Hallstein-Doktrin sichtlich. Die Ergebnisse dieser aufwendigen Gespräche führten jedoch kaum zu Erleichterungen und Gemeinsamkeiten. Wenn man nicht den Beschluss, von 1980 an gemeinsam dieselbe Sommerzeit einzuführen, dafür halten will.

Das Letzte

Fragt ein Mann einen Bauern: »Sagen Sie mal, raucht Ihr Pferd?«
»Nein, wieso?«
»Dann brennt Ihr Stall!«

Zwei Kölner Putzfrauen treffen sich morgens.
Sagt die eine: »Ich mache heute Diät.«
Sagt die andere: »Dann mache ich die Fenster.«
(Äd = Erde)

»Papa, was ist ein Vakuum?«
»Junge, ich hab's im Kopf, aber ich komme nicht drauf.«

»Mutti, guck doch mal aus dem Fenster!«
»Was ist denn los, Junge?«
»Der Erwin will nicht glauben, dass du schielst.«

Ein Kuckuck fliegt über dem Meer. Unten schwimmt ein Hai, sieht hoch und ruft: »Kuckuck!«
Ruft der Kuckuck: »Hai!« (Hi!)

Chris Howland

Gott

Ein guter Religionswitz macht mir viel Vergnügen, ich führe das auf die Bibel zurück. Wie die meisten meiner Zeitgenossen habe ich als junger Mensch eine gesunde religiöse Bildung erhalten. Wir gingen sonntags zweimal in die Kirche, und ich sang im Chor. Ohne Übertreibung kann man sagen, dass Kirchenmusik einen bedeutenden Einfluss auf meine musikalische Entwicklung hatte. Ich lernte, Chopin auf dem Klavier zu spielen, und mühte mich mit Bach an der Orgel. (Ob er wohl in der Lage war, all die schwierigen Sachen zu spielen, die er schrieb?) Wenn ich heute an unsere Schulkapelle denke, höre ich nichts als Musik.

Aber die Bibel? Trotz ihrer Millionen von Wörtern steht kein einziger guter Witz darin, nicht mal ein leises Lächeln – dabei ist sie ein jüdisches Buch! Ich habe das nie verstanden. Will man uns etwa sagen, Gott könne nicht lächeln? Falls ja, wieso hat er uns dann die Fähigkeit zu lachen gegeben?

Seit den Tagen meiner Kindheit ist allerdings einiges lockerer geworden. Die Naturwissenschaften haben dazu beigetragen, viele Dogmen zu zerstören oder abzuändern, und wir sind heute offener, wenn wir über unseren Glauben sprechen. Es gibt noch immer Orte, wo man wegen Gotteslästerung hingerichtet werden kann, doch alles in allem ist die Welt in ihrer Sicht Gottes erwachsener geworden. Und sie ist frecher geworden! Lassen Sie mich diese neue Perspektive in Schutz nehmen: Hätten wir nicht das Gefühl, dass Gott existiert, hätte es keinen Reiz, Witze über ihn zu machen. Angesichts seines Zorns ist ein Witz bloß eine Bagatelle – verglichen mit den schrecklichen Dingen, zu denen Menschen fähig sind.

Nun denn, auf die Gefahr hin, in die ewigen Flammen der Hölle verbannt zu werden, werde ich Ihnen vier Religionswitze erzählen. Wahrscheinlich wird Gott über die ersten drei lachen, und der vierte wird ihn, denke ich, angenehm überraschen.

Gott und der heilige Petrus spielen Golf.
Gott schlägt ab, der Ball beschreibt einen herrlichen Bogen, landet auf dem Green und tropft Richtung Loch. Als er gerade den Rand erreicht, packt eine Maus den Ball und rennt mit ihm davon. Doch sie hat nicht aufgepasst. Eine Katze springt aus dem Buschwerk und schnappt die Maus. Doch auch die Katze ist übereifrig. Ein Adler stürzt herab, packt sie mit seinen Krallen und fliegt davon. Aber auch der Adler macht einen Fehler: Er übersieht ein niedrig fliegendes Düsenflugzeug und kollidiert mit ihm. Der Adler lässt die Katze fallen, die Katze lässt die Maus fallen, die Maus lässt den Ball fallen. Der Ball landet auf dem Green und rollt direkt ins Loch.
Petrus ist stocksauer. Er mustert Gott und sagt: »Also, Gott, was ist los? Spielen wir Golf oder blödeln wir?«

Drei Könige folgen einem Stern nach Osten und wandern durch die Wüste. Sie konzentrieren ihren Blick so sehr auf den Himmel, dass der erste König den Stall übersieht. Er marschiert wie blind auf ihn zu, die beiden anderen Könige wollen ihn aufhalten, aber schon stößt er mit dem Gesicht heftig gegen die Stallwand. Der König tritt einen Schritt zurück, hält sich die Nase und schreit: »Jesus Christus!« Aus dem Stall ist die Stimme der Jungfrau Maria zu vernehmen: »Was für ein hübscher Name für den Jungen. Eigentlich wollten wir ihn Karl-Heinz nennen.«

Der Papst stirbt und tritt vor die Himmelspforte.
»Wer bist du?«, fragt Petrus.
»Ich bin der Papst aus Rom.«
»Einen Moment«, sagt Petrus, »wir reden mal mit Gott.«
Er nimmt den Telefonhörer und wählt.
»Hallo, Chef«, sagt er. »Hier ist einer, der sich Papst aus Rom

nennt. Schon mal von ihm gehört? Nein? Okay, ich frag mal den Heiligen Geist.«

Petrus wählt eine andere Nummer. »Bist du das, Smokey? Pete hier. Ich hab hier jemanden, der sich Papst aus Rom nennt. Kennst du den?«

Lautes Gebrüll am anderen Ende der Leitung.

»Den lässt du unter keinen Umständen rein! Das ist der Typ, der die ganzen schmutzigen Geschichten über mich und Maria verbreitet!«

A trifft B.

»Was ist los mit dir?«, fragt A.

»Soeben habe ich Gott gesehen«, antwortet B, sichtlich erschüttert.

»Und?«

»Sie ist schwarz!«

Lentz/Thoma

1980–1989

Im Jahr 1982, als sich Jung und Alt überall in der zivilisierten Welt mit großem Engagement der Friedensbewegung anschlossen, um gegen das dramatische Wettrüsten der Weltmächte zu protestieren, sang ein zartes blondes Mädchen aus der Bundesrepublik Deutschland zur Gitarre ihr Lied:

Ein bisschen Frieden,
ein bisschen träumen,
damit die Menschen
nicht so oft weinen …

Nicole gewann mit ihrem schlichten Wunschkonzert beim »Grand Prix d'Eurovision de la Chanson« den 1. Preis. Offenbar waren sich die zuständigen Jurys und Millionen Fernsehzuschauer darin einig, dass die Flucht in den Traum keine schlechte Medizin gegen zunehmende Ängste sei. Auch die Bettelei um Nächstenliebe oder die raunende Prophezeiung wurden vom Schlager angesprochen:

Hier ist ein Mensch,
der will zu dir,
du hast ein Haus,
öffne die Tür.

Eine von Peter Maffay gesungene Voraussage nannte der Volksmund respektlos ›Das Zahnarztlied‹:

Über sieben Brücken musst du gehn
sieben dunkle Jahre überstehn.

Sobald Kriege ihre Erholungspausen beenden, schlüpfen die Akteure der Traumfabrik in Frauenkleider oder bewerfen sich mit Sahnetorten. Die Blödelei der Filmkomödie lenkt von der Notlage ab, von der bedrohlichen Lage in Afghanistan, Polen, Israel, Iran/Irak und von der Tatsache, dass die USA etwa 9500 nukleare Sprengköpfe, die UdSSR etwa 6500 bereithielten. Auch im eigenen Land wuchsen die Gefährdungen: 1981, als 250000 Menschen in Bonn für Frieden und Abrüstung demonstrierten, verübten Terroristen in der Bundesrepublik mehr als 400 Brand- und Sprengstoffanschläge.

Wenn Gefahr droht, kneift der Witzbold. Die Beruhigung, die Beschwichtigung durch erbauliche Glückwünsche überließ er den Schlager- und Filmemachern. Oder dem Bundespräsidenten Karl Carstens, der – gleichfalls 1981 – mit seiner Frau in Etappen 1129 km durch westdeutsche Lande wanderte. Vielleicht seine bedeutendste Leistung.

1982, als die Arbeitslosenzahl in der Bundesrepublik auf zwei Millionen angewachsen war, löste Helmut Kohl den tüchtigen Helmut Schmidt als Bundeskanzler ab. Schmidt hielt künftig weltweit Vorträge und verdiente damit mehr Geld als vorher. Erst jetzt holte ihn ein Witz ein, der seine Eitelkeit veralberte.

Helmut Schmidt muss als Zeuge vor Gericht erscheinen.
Er wird zur Person befragt.
»Name?«
»Schmidt.«
»Vorname?«
»Helmut.«
»Geboren in?«
»Hamburg.«
»Geburtsdatum?«
»23. Dezember 1918.«

»Beruf?«
»Größter Staatsmann des Jahrhunderts.«
Der Gerichtsschreiber zögert und blickt den Vorsitzenden fragend an. Der sieht seine Beisitzer an, überlegt eine Weile, nickt schließlich gönnerhaft und setzt die Zeugenbefragung fort.
Zum Schluss der Verhandlung geht Helmut Schmidt mit Egon Bahr aus dem Saal und fragt: »Na, Egon, wie war ich?«
»Hervorragend, Helmut«, sagt Bahr, »klare Worte, präzise Aussagen, ein blendendes Auftreten, nur ...«
»Was?«
»Das mit dem größten Staatsmann des Jahrhunderts, dass du es von dir selber sagst, das könnten einige falsch verstehen.«
Da schüttelt Helmut Schmidt energisch den Kopf und antwortet: »Was sollte ich denn machen, Egon? Ich stand doch unter Eid ...«

Mit Helmut Kohl fanden die Witzemacher so etwas wie eine weitere Zielscheibe für ihre Dummenwitze. Aber obwohl in der Bonner Szene ständig neue erzählt wurden, waren ihre Pointen ärmlich oder bereits bekannt, weil viele Heinrich-Lübke-Witze nun einfach Helmut Kohl zugeschrieben wurden. Es zeigte sich bald, dass der neue Kanzler nicht aus dem Holz geschnitzt war, aus dem man die Deppen der Nation macht.

Helmut Kohl fragt Heiner Geißler:
»Hast du gerade mal dreißig Pfennig klein, ich muss einen Freund anrufen?«
Sagt Geißler: »Hier hast du sechzig Pfennig, da kannst du alle deine Freunde anrufen!«

Über den Versuch, seine Bildung anzuzweifeln, soll Kohl selber gelacht haben.

Vor dem Start der Bayreuther Festspiele ruft der Kanzler das Büro für Vorbestellungen an und sagt: »Hier Helmut Kohl. Ich hätte gerne zwei Karten für morgen.«
»Für ›Tristan und Isolde‹?«
»Nein. Für Hannelore und mich.«

Es kann durchaus sein, dass dieser Witz seinen Ursprung in der DDR hatte, wo man sich schon in den fünfziger Jahren über die First Lady des Staates, Lotte Ulbricht, lustig machte:

Die Frau von Otto Grotewohl ruft bei Lotte an:
»Du, Lotte, hast du nicht Lust mitzukommen, wir gehen heute Abend zu ›Figaros Hochzeit‹.«
»Ach«, sagt Lotte, »ich weiß nicht. Ich kenne die Leute doch gar nicht.«

Eine Zeitlang waren in der Bundesrepublik neben Kohl und den Ostfriesen die Manta-Fahrer die Dummen. Ein Beispiel:

Zwei Manta-Fahrer treffen sich. Sagt der eine:
»Du, ich habe mir eben 'n neuen Duden gekauft.«
»Schon eingebaut?«, fragt der andere.

Auf Autofahrer – zumal wenn sie betrunken waren und von der Polizei angehalten wurden – reagierten die Scherzkekse mit besonderem Vergnügen. Eine Statistik aus dem Jahr 1980 hatte gerade den Alkoholkonsum registriert: 12,7 Liter pro Kopf und pro Jahr. (1,5 Millionen Menschen galten damals in der Bundesrepublik als alkoholabhängig.)

Ein Mann fährt in den frühen Morgenstunden in Schlangenlinien über die Landstraße. Ein Polizist auf dem Motorrad überholt ihn und hält ihn an.
»Haben Sie Alkohol getrunken?«, fragt der Polizist.
»Geringfügig!«
»Sie haben aber eine Fahne, die ist nicht von schlechten Eltern!«
»Das issen Irrtum vom Amt.«
»Also gut. Ich müsste jetzt eigentlich mit Ihnen einen Alkoholtest machen, aber ich habe leider meine Tüte vergessen. Darum werde ich gleich mit Ihnen einen anderen Test machen. Ich nenne die Firmennamen von Autos, und Sie antworten darauf mit einem anderen Firmennamen. Sind Sie damit einverstanden?«

»Immer!«
»Also fangen wir an«, sagt der Polizist, »Jaguar.«
»Februar«, antwortet der Mann.

Ein Wagen, der abends in Zickzackkurven über eine Landstraße fährt, wird von zwei Polizisten angehalten.
Der eine beugt sich durch das Fenster, schnuppert und fragt den Fahrer: »Sagen Sie mal, haben Sie Alkohol getrunken?«
»Nicht einen Tropfen«, sagt der Mann am Steuer, »wie kommen Sie darauf?«
»Na, dann blasen Sie mal hier in diese Tüte.«
Der Fahrer bläst, der Polizist betrachtet das Röhrchen und sperrt Mund und Nase auf.
»Donnerwetter«, sagt er, »das sieht man selten. Genau 2,1 Promille.«
»Das kann gar nicht stimmen«, reagiert der Autofahrer, »da muss etwas mit Ihrem Messgerät nicht in Ordnung sein.«
»Na, das werden wir ja sehen«, wendet sich der Staatsdiener an die Beifahrerin, »blasen Sie doch mal in die Tüte, gnädige Frau.«
Die Frau tut das in aller Ruhe; das Röhrchen zeigt 2,3 Promille an.
»Aber das ist ganz ausgeschlossen«, meint die Frau erstaunt, »ich habe heute Abend doch nur zwei Flaschen Mineralwasser und eine Tasse Kaffee getrunken. Ihr Messgerät ist nicht in Ordnung.«
»Also gut«, sagt der zweite Polizist, »ehe wir uns streiten, fahren wir jetzt zur Wache und machen eine Blutprobe.«
Der Fahrer hat einen besseren Vorschlag: »Das können Sie doch einfacher haben. Hinten auf der Bank schläft unser Kind, das wecken wir jetzt und lassen es auch in Ihr Röhrchen pusten.«
Das Kind wird geweckt, es bläst in die Tüte, das Röhrchen zeigt 2,0 Promille an.
»Teufel, Teufel«, sagt der erste Polizist, »da haben Sie ja doch recht gehabt, unser Gerät ist kaputt. Entschuldigen Sie vielmals, Sie können weiterfahren.«
Der Mann am Steuer bedankt sich, schaltet den Motor ein und fährt los. Nach einer Weile sagt er zu seiner Frau: »Eins muss ich

dir ja lassen, Maria, es war eine phantastische Idee von dir, unserem kleinen Franz zum Abendessen Whisky in die Flasche zu füllen.«

Ganz ähnlich konstruiert ist ein Witz, über den man in der DDR lachte.

Ein »Trabi« wird auf der Autobahn von einem Streifenwagen überholt und gestoppt. Vier Polizisten steigen aus, gehen auf das Auto zu und grüßen freundlich.
»Deutsche Verkehrspolizei, Oberwachtmeister Hübner«, stellt sich der ranghöchste Polizist vor. »Wir fahren schon über 100 Kilometer hinter Ihnen her und dürfen Ihnen mitteilen, dass Sie wegen Ihrer rücksichtsvollen und verkehrsgerechten Fahrweise von uns mit der jährlich vergebenen Auszeichnung ›Bester Kraftfahrer‹ prämiert werden. Wenn Sie hier bitte unterschreiben würden. Die Auszeichnung ist mit einer Geldsumme von 800 Mark verbunden.«
»Na, toll!«, sagt der Fahrer, »mit dem Geld kann ich dann ja endlich meinen Führerschein machen.«
»Hören Sie bloß nicht auf meinen Mann«, meint die Beifahrerin, »der redet immer so 'n Quatsch, wenn er betrunken ist.«
»Siehste!«, schreit das Kind von hinten. »Ich hab's euch ja gleich gesagt: Mit 'm geklauten Auto kommen wir nicht weit.«
In diesem Moment geht hinten die Kofferraumhaube auf. Die Oma schaut heraus und fragt: »Was ist? Sind wir schon im Westen?«

Clement de Wroblewski, der diese Begebenheit in seinem Buch ›Wo wir sind ist vorn …‹ veröffentlicht hat, glaubt, die Urheber solcher Witze in der DDR ausfindig gemacht zu haben. Er schreibt:

»Vom Ende der siebziger Jahre war der Hauptproduzent (des Witzes) das intellektuelle Kleinbürgertum, war sein Entstehungsgebiet der Ballungsraum, die Großstadt, ging seine Verbreitung von Berlin (Hauptstadt) aus. Sicher, das Räsonieren, jene subtil-nörglige Art des Meckerns, ist seit jeher eine Spezialität der Berliner Volksseele, aber die DDR hatte im Laufe der Zeit auch einen großen Haufen vagabundierenden Intellekts freigesetzt, ob nun institutionell gebunden oder nicht. An Berlins berühmtester Kreuzung Friedrichstraße/Ecke Unter den Linden, im kleinen, eher unattraktiven Espresso vom Lindentorso, wurde dieser Haufen zur kritischen Masse … und die Filmemacher, Maler, Fotografen, Graphiker, Liedermacher, Jazzer, Rocker, all diese Caféhocker hatten unendlich viel Muße und Zeit, die Zeitläufte auf ihren Humorwert zu untersuchen und Sarkasmen, Sprüche, Verballhornungen und Witze zu produzieren …

Egal, welche Milieus den politischen Witz der DDR hervorbrachten: Verbreitet von Mund zu Mund wurde er zur echten, sogar einzigen Volkskunst des Landes. Selektiert aber und letztendlich gefiltert wurden diese Witze im Caféhaus. Dort verfestigte sich ihre authentische Form.«

Wenn es also so war, dass das lustige Künstlervölkchen bei Kaffee und Wodka den Staat und seine Schwachstellen auf den Arm nahm, sind vermutlich auch die folgenden Beispiele Produkte seiner Phantasie.

Bei einem Internationalen Leichtathletik-Sportfest wirft ein amerikanischer Hüne den Hammer 83,23 Meter weit. Weltrekord! Die Reporter umringen den Mann und fragen ihn: »Sagen Sie mal, worauf führen Sie diesen Erfolg zurück?«
»Auf mein College. Dort bin ich ausgebildet und trainiert worden. Ich liebe mein College und schenke ihm diesen Sieg.«
Der Amerikaner hat nicht mit seinem russischen Konkurrenten gerechnet. Der wirft seinen Hammer beim dritten Versuch 83,26 Meter weit. Weltrekord! Wieder sind die Reporter da und fragen: »Wie haben Sie das geschafft?«
»Ich liebe die siegreiche Sowjetunion«, sagt der Russe. »Als ich meinen Hammer abwarf, hab ich nicht an die Universität, sondern nur an mein Land gedacht. Ihm verdanke ich alles.«
Es tritt ein unbekannter Sportler aus der DDR in den Schutzkreis, er schleudert seinen Hammer 84 Meter weit. Neuer Weltrekord! Wieder eilen die Reporter herbei und sagen: »Weltrekord, Menschenskind, worauf führen Sie das zurück?«
»Auf meinen Vater«, sagt der Sieger.
»Wieso auf Ihren Vater?«

»Als ich noch ganz klein war, hat mein Vater zu mir gesagt: ›Wenn dir jemals einer einen Hammer in die Hand drückt, mein Junge, wirf ihn so weit weg wie möglich.‹«

Zwei Volkspolizisten wollen unbedingt zur Wasserschutzpolizei versetzt werden. Sie weihen ihren Vorgesetzten ein, und der gibt zu bedenken:
»Genossen, das ist aber nicht so ganz leicht. Die stellen hohe Anforderungen, als Erstes müsst ihr eine schwierige Aufnahmeprüfung bestehen.«
»Das werden wir schon schaffen«, sagen die beiden. Sie bewerben sich und werden von einer Kommission geprüft, deren Vorsitzender ihnen folgende Frage stellt: »Was passiert mit Wasser, wenn man es auf hundert Grad erhitzt?«
Die Kandidaten blicken sich fassungslos an, schütteln die Köpfe, schweigen.
»Na, gut«, sagt der Vorsitzende, »dann eine zweite Frage: Was passiert mit Wasser unter null Grad?«
Schweigen, Ratlosigkeit, keine Antwort.
Da entlässt die Kommission die beiden Bewerber mit dem Hinweis, sie kämen für die Wasserschutzpolizei der DDR leider nicht in Frage. Niedergeschlagen melden sie sich beim Offizier der Volkspolizei zurück und beichten ihm ihre Niederlage.
»Welche Fragen haben die euch denn gestellt?«, will der Vorgesetzte wissen.
»Was passiert mit Wasser unter null Grad?«
»Hm. Hätt ich auch nicht gewusst. Und was noch?«
»Was passiert mit Wasser über hundert Grad?«
»Über hundert Grad? Seltsame Frage. Also wenn die gesagt hätten, was geschieht mit Wasser bei neunzig Grad, hätte ich ganz locker geantwortet: Da fließt es im rechten Winkel ab …«

Ein hübsches Mädchen aus der DDR, vierzehn Jahre alt, ist bei einem Internationalen Sportwettbewerb in Ostberlin erste Siegerin im Bodenturnen. Staatschef Erich Honecker lässt die Kleine zu sich kommen, tätschelt ihr die Wangen und sagt: »Du

hast dich um unser Land verdient gemacht. Gibt es einen Wunsch, den ich dir erfüllen kann, Mädel?«
»Jawohl, Herr Staatsratsvorsitzender«, antwortet das Mädchen. »Ich wünsche mir, dass Sie für einen Tag die Mauer öffnen lassen.«
Da droht Honecker schelmisch mit dem Zeigefinger und sagt: »Du, du, du ... du willst wohl mit mir allein sein.«

Nach dem 9. November 1989 konnten solche dem Oberhaupt der DDR zugeschriebenen Hirngespinste nicht mehr gesponnen werden. Die Mauer war weg, ganz Deutschland jubelte. Was »zusammengehört«, wie Willi Brandt meinte, wuchs allerdings doch nicht so leicht zusammen. Die Westdeutschen mussten zahlen, die Ostdeutschen für ihre neue D-Mark hart arbeiten. Sparen war angesagt; bei knappen Kassen hatten unter anderem Märkte für Waren zum »Selbermachen« Hochkonjunktur.

Das Ehepaar Zeindel hat sich im ersten Möbelgeschäft der Stadt die teuren Bauteile für einen hochmodernen Kleiderschrank gekauft und im Schlafzimmer nach Gebrauchsanweisung zusammengebaut.
Eines frühen Morgens – ihr Mann ist schon zur Arbeit – steht Eva Zeindel vor ihrem Schrank und bewundert seine makellose Schönheit. Da fährt draußen die Straßenbahn nach Stoppenberg vorbei. Das neue Möbelstück ächzt in allen Fugen und stürzt in sich zusammen.
Entsetzt eilt Frau Zeindel zum Telefon, ruft den Geschäftsführer des Möbelhauses an und berichtet ihm atemlos über den Zusammenbruch des Kleiderschranks.
»Lassen Sie alles so stehen und liegen, gnädige Frau«, beruhigt sie der Mann, »ich schicke Ihnen sofort unseren für solche Ausnahmefälle zuständigen Spezialisten.«
Wenig später lässt Eva Zeindel den Spezialisten herein, einen gutaussehenden Herrn in den besten Jahren. Fachmännisch baut er den Schrank wieder auf, und als er seine Arbeit beendet hat, rattert draußen die Straßenbahn nach Stoppenberg vorbei. Der kostbare Einkauf zittert und bricht zusammen.

»Aha«, sagt der Spezialist, »die Sache ist klar wie Kloßbrühe. Die Straßenbahn bewirkt Erschütterungen, die unser schöner Schrank nicht vertragen kann. Wann kommt die nächste Bahn?«
»In einer halben Stunde etwa«, sagt Frau Zeindel.
Der Spezialist lächelt gewinnend, baut den Schrank in zehn Minuten wieder auf und erklärt: »Ich werde gleich in den Kleiderschrank steigen, um mir einmal genau anzusehen, welche Einzelteile von den Erschütterungen besonders in Mitleidenschaft gezogen werden. Wir müssen dann einige Schrauben austauschen und die Verstrebungen verstärken – selbstverständlich kostenlos.«
Der Spezialist steigt in den Schrank, bittet Frau Zeindel, die Tür abzuschließen und kräftig dagegenzudrücken. Während sie das tut, kommt Herr Zeindel nach Haus, er hat einen Aktenordner vergessen. Pfeifend kommt er am Schlafzimmer vorbei, sieht, wie seine Frau – noch im Morgenrock – die Schranktür zuhält, und ist mit zwei Schritten bei ihr. Er stößt Eva beiseite, reißt die Tür auf und sieht drinnen einen Mann stehen, der in gekrümmter Haltung mit beiden Händen die Verstrebungen des Schrankdachs abtastet.
»Was machen Sie denn hier?«, fragt Herr Zeindel.
»Sie werden es nicht glauben: Ich warte auf die Straßenbahn nach Stoppenberg«, antwortet der Spezialist.

Garantiert Marktwirtschaft schon Demokratie? Die Diskussion darüber verstärkte sich nach dem »Sieg« des Kapitalismus über den Sozialismus im Wettstreit der Systeme. Eine weise, jiddische Geschichte wurde wieder aktuell:

Der Moische trifft den David und fragt:
»Sag, was hast du da unter dem Arm?«
»Ein Bild, ich will es verkaufen.«
»Zeig her«, sagt der Moische. »Es ist ja wirklich ein schönes Bild, was willst du dafür haben?«
»Na, zwanzig Dollar.«
»Gut, dafür nehme ich es.«

Eine Woche später treffen sich die beiden wieder, diesmal hat der Moische das Bild unter dem Arm.
»Was hast du denn da?«, fragt der David.
»Dein Bild, es passte doch nicht so recht in meine Wohnung. Ich werde es verkaufen.«
»Und was willst du dafür haben?«
»So fünfundzwanzig Dollar, dachte ich.«
»Es ist ein schönes Bild, ich nehme es«, sagt der David.
Es vergeht wieder eine Woche, die beiden treffen sich, diesmal hat der David wiederum das Bild unterm Arm.
»Das ist ja unser Bild«, sagt der Moische, »nenn mir einen Preis, wenn du es verkaufen willst.«
»Dreißig Dollar will ich dafür haben.«
»Gut, dafür nehme ich es.«
Die Woche darauf begegnen sie sich erneut, und das Feilschen um das Bild geht noch eine Weile hin und her. Bis der Tag kommt, an dem keiner von beiden mehr das Bild besitzt.
Und der Moische fragt: »Wo ist denn unser Bild geblieben?«
»Verkauft«, sagt der David.
Der Moische schüttelt entsetzt den Kopf: »Bist Du meschugge? Wovon sollen wir denn jetzt leben?«

Ende der achtziger Jahre veröffentlichten die Zeitungen unter der Rubrik »Vermischtes« viele kuriose Meldungen, über die sich die Witzemacher wieder einmal keine Gedanken machten.

In Russland wurde ein seit neunzig Jahren eingefrorener Salamander wiederbelebt. Ein Sandkorn, dem die Wissenschaftler ein Alter von 3 843 Milliarden Jahren (!) bescheinigten, wurde im Bayerischen Wald gefunden. In Mainz wurden einundsiebzig deutsche Weinpanscher mit Freiheitsstrafen bis zu zwei Jahren bestraft. Auf solche und ähnliche Versündigungen reagierten die gehobenen Weintrinker zwar nicht mit einem Witz, aber mit einer einleuchtenden Parole: »Das Leben ist zu kurz, um schlechte Weine zu trinken.« Zum Thema Wein hatte sich bereits vor fünfzig Jahren ein trinkfester ostpreußischer Gutsbesitzer geäußert: »Von allen leichten Landweinen ist mir der Kognak der liebste.«

Weil sie eine teure Flasche Kognak als Geschenk mitgebracht hat, wird die junge Bewunderin eines weltberühmten Bildhauers ins Atelier des Meisters vorgelassen. Sie verbeugt sich tief und sagt: »Ich bin eine große Verehrerin Ihrer Kunst und schätze mich glücklich, dass ich Sie bei der Arbeit beobachten kann. Wie ich sehe, arbeiten Sie gerade an einer Löwenplastik. Es ist ja faszinierend, wie der Stein unter Ihren Händen Konturen annimmt und die Löwen immer deutlicher Gestalt annehmen. Darf ich fragen, wie Sie das machen?«
»Ganz einfach«, sagt der Bildhauer, »alles weghauen, was nicht nach Löwen aussieht.«

Witze, die der gescheiten Schlussbemerkung des Bildhauers ebenbürtig waren, kursierten in den achtziger Jahren selten in Deutschland. Aber es gab – vor und nach der Wiedervereinigung – immer auch Scherzartikel über Ausländer, die so schlau konstruiert waren, dass man das Gefühl hatte, Türken oder Griechen hätten sie zu ihren Gunsten selbst erfunden.

Ein Autofahrer in Essen dreht die Scheibe herunter und fragt einen Türken, der am Straßenrand steht:
»Wie komme ich denn hier nach Aldi?«
»Zu Aldi!«, berichtigt der Türke.
Der Autofahrer blickt auf die Uhr und sagt: »Um sechs Uhr Aldi schon zu? Das glaube ich nicht.«

Zwei »Ossis« haben in einem Berliner Supermarkt eingekauft und stehen in der Kassenschlange.
»Über die Apfelsinen kann man nicht meckern«, sagt der eine zum anderen, »aber haste mal die Tomaten angefühlt? Wie Gummi! So was gab's bei uns nicht.«
»Auch das Schweinefleisch taugt nichts«, meint der zweite, »viel zu hell und faserig. So was wäre bei uns erst gar nicht angeboten worden.«
»Genau! Und haste diese kleinen, schrumpligen Äppel gesehen? Die wären bei uns ans Vieh verfüttert worden.«
Ein Türke, der schon seit zwanzig Jahren in Westdeutschland

arbeitet, steht hinter den beiden. Er hat sich ihre Bemerkungen in Ruhe angehört und legt nun zwei schwere Hände auf die Schultern der »Ossis«.
»Wir euch nicht gerufen«, sagt er.

Ein Grieche kommt in die Zentrale einer Bank, baut sich forsch vor einem Schalter auf und sagt zu dem Beamten: »Ich möchte gern 'n Gyros-Konto bei Ihnen eröffnen, aber 'n bisschen zaziki, zaziki.«
»Hörn Se mal«, antwortet der Angestellte, »ein solcher Ton ist bei uns nicht Ouzo.«

Ein Türke und ein Deutscher, Nachbarn in der Kölner Südstadt, haben sich ein neues Auto gekauft. An einem Samstagvormittag bringen die beiden ihre Fahrzeuge auf Hochglanz. Als der Deutsche einen Eimer Wasser über sein Wagendach schüttet, holt der Türke eine Säge aus dem Werkzeugkasten und sägt damit ein Stück vom Auspuff ab.
»Was ist denn mit dir los, Adnan«, fragt der Deutsche, »hast du nicht mehr alle Tassen im Schrank?«
»Wieso?«, sagt Adnan. »Wenn du deinen taufst, kann ich meinen ja wohl beschneiden ...«

Zu Köln am Rhein, wo sich Tünnes und Schäl immer noch gute Nacht sagen, bedrohte 1988 Hochwasser die Altstadt. Dazu der passende Witz:

Die Familie Schmitz – Vater, Mutter und ein kleiner Sohn – sitzt auf dem Dach ihres Häuschens und starrt trübsinnig auf die steigenden Fluten. Da sehen sie plötzlich einen Hut auf dem Wasser, der mit der Strömung schwimmt, aber nach einer Weile wendet und – gegen die Strömung ankämpfend – zurückkommt.
»Das ist ja eigenartig«, sagt der Vater, »was kann das sein?«
»Das ist sicher Großvater«, erwidert der Junge, »der hat gestern Abend zu mir gesagt: ›Egal was passiert, morgen schneide ich den Rasen.‹«

Zur selben Zeit, als Opa im Garten den Rasen schnitt, gingen in Düsseldorf drei Freunde am Rhein spazieren. Das zurückweichende Hochwasser spülte mit letzter Kraft eine Flasche an den Strand, die von einem der Freunde geöffnet wurde. Ihr entschwebte eine wunderschöne Fee; sie verkündete den Männern folgende Botschaft:

»Über 1000 Jahre war ich in dieser Flasche eingesperrt, aber nun habt ihr mich befreit. Zum Dank dafür werde ich jedem von euch einen Wunsch erfüllen.«
Der erste zögert nicht lange. »Ich wünsche mir eine große Farm in Argentinien«, sagt er. »Eine mit Wäldern und Wiesen, auf denen über 1000 Rinder grasen.«
Die Fee klatscht in die bleichen Hände und – schwups! – sitzt der Mann im Schaukelstuhl auf der Terrasse einer argentinischen Hazienda. Und auf den Wiesen grasen über 1000 gutaussehende Rinder.
»Und was wünschst du dir?«, fragt die Fee den zweiten Freund.
»Einen Harem in Saudiarabien mit goldenen Betten und 100 nackten Weibern.«
Wieder klatscht die Fee in die bleichen Hände und – schwups! – liegt der zweite im goldenen Bett eines Palastes, und 100 nackte Haremsdamen schlendern abwartend an ihm vorbei.
»Und nun zu dir«, wendet sich die Fee an den dritten Freund. »Welchen Wunsch soll ich dir erfüllen?«
Der Mann wirft der Fee einen traurigen Blick zu und flüstert: »Ich möchte gern meine beiden Freunde wiederhaben.«

Kleine Stichproben aus dem Angebot der Statistiken und Nachrichten, die der deutschen Öffentlichkeit in den achtziger Jahren bekanntgegeben wurden.

- Die Kosten für die gesundheitlichen Schäden durch Rauchen werden in der Bundesrepublik auf jährlich 30 Milliarden DM geschätzt. (1981) Sieben Jahre später ermittelt die Statistik: In der Bundesrepublik Deutschland werden jährlich 120 Milliarden Zigaretten geraucht.
- Das erste Retortenbaby wird im Namen der Katholischen Kirche

getauft. Aber die künstliche Befruchtung wird weiterhin von ihr abgelehnt. (1982)

- Die deutsche Bundesregierung registriert die mangelhafte Verwirklichung der vom Grundgesetz geforderten Gleichberechtigung der Frau.
- In Amerika wird in einer neuen Bibelausgabe mitgeteilt, dass Gott nicht unbedingt ein männliches Wesen sein muss.
- Die Fernseh-Serien ›Schwarzwaldklinik‹, ›Traumschiff‹ und ›Tatort‹ sind die Quotenrenner des Jahres 1986. Im selben Jahr wird der Weltkongress der Prostituierten in Brüssel erfolgreich abgeschlossen. Das am meisten gebrauchte Wort des Jahres heißt »Tschernobyl«.
- Die Katholische Kirche entzieht Uta Ranke-Heinemann den akademischen Lehrauftrag wegen ihrer öffentlich geäußerten Zweifel an der jungfräulichen Geburt Mariä. (1987)
- Der Politiker Uwe Barschel stirbt unter ungeklärten Umständen in einem Hotel in Genf. (1987)
- In der Bundesrepublik wird das schnurlose Telefon eingeführt. (1987)
- Die UNESCO schätzt die Zahl der Analphabeten in der Bundesrepublik Deutschland auf 3 Millionen. Die Wörter des Jahres heißen AIDS und Kondome. (1987)
- 1988 lautet der am meisten zitierte Satz des Jahres: »Wer zu spät kommt, den bestraft das Leben.« (M. Gorbatschow)

Witze über den Massentourismus, Kondome, den Papst und den lieben Gott sind hier schon an anderer Stelle zitiert worden. Von den gesammelten Stichproben waren es fünf, welche die Phantasie der Witzbolde beflügelten.

Zum Thema Gleichberechtigung:

Frage: Warum ist die Frau dem Manne untertan?
Antwort: Weil es sich bewährt hat.

Zum Thema Uwe Barschel:

Dem Reporter und dem Fotografen einer großen Illustrierten gelingt es, zu später Stunde in das Schweizer Hotelzimmer eines prominenten Politikers einzudringen. Sie stellen fest, dass der Mann tot auf einer Chaiselongue liegt. Der Fotograf hebt die Kamera, aber sein Kollege verhindert ein erstes Bild.
»Tu mir einen Gefallen«, sagt er, »und hilf mir dabei, den Toten in die Badewanne zu legen.«
»Warum das denn?«, fragt der Bildreporter.
»Weißt du vielleicht, wie Chaiselongue geschrieben wird?«

Zum Thema drahtloses Telefon:

Eine Blondine kauft bei Aldi ein. Da klingelt ihr Handy.
Sie meldet sich, ihr Freund ist am Apparat und sagt:
»Ich wollte dir mal einen Kuss durchs Telefon geben, Schatz.«
»Wie lieb von dir, Purzel«, antwortet die Blondine,
»aber woher weißt du, dass ich bei Aldi bin?«

Zum Thema Fernsehen:

Die Fernsehlandschaft in Westdeutschland hatte sich gründlich verändert. Private, durch Werbung finanzierte Anstalten, machten den öffentlich-rechtlichen Sendern Konkurrenz. Der Kampf um Quoten zog das Niveau nach unten. »Fernsehen ist der einzige Bereich, der durch Wettbewerb schlechter geworden ist«, hieß es bei den »Mainzer Tagen der Fernsehkritik«.

Zwei kleine Jungen unterhalten sich in der Pause auf dem Schulhof. Sagt der eine: »Haste mal im Fernsehen bei RTL ›Tutti-Frutti‹ gesehen? Supergeiles Programm, lauter halbnackte Weiber, irrsinnige Titten.«
»Kenn ich«, sagt der andere. »Aber die Scheiße daran ist: Immer wenn man gerade die Hose aufhat, kommt schon wieder Werbung.«

Ein Fernsehdirektor wird gefragt, warum das Fernsehen nicht mehr so erfolgreich sei wie vor 20 Jahren.
»Ich weiß es auch nicht«, antwortet er. »Dabei bringen wir immer noch dieselben Filme wie damals.«

Frage: Was ist positiv an Vergesslichkeit aus Altersschwäche?
Antwort:
1. *Man lernt dauernd neue Menschen kennen.*
2. *Man kann die Ostereier suchen, die man selber versteckt hat.*
3. *Es gibt keine Wiederholungen im Fernsehen mehr.*

Zum Thema Rauchen:

Ein Mann sitzt im Nichtraucherabteil eines D-Zugs und raucht. Kommt eine ältere Dame herein und sagt aufgebracht:
»Machen Sie sofort die Zigarette aus. Wir befinden uns hier in einem Nichtraucherabteil.«
Der Mann reagiert nicht.
»Hören Sie«, lamentiert die Frau, »wenn Sie nicht sofort aufhören zu rauchen, hole ich den Schaffner.«
Der Mann raucht weiter und stößt genußvoll den Rauch aus.
»Jetzt will ich Ihnen mal etwas sagen«, sagt er, »kurz vor Abfahrt des Zuges musste meine Frau dringend auf die Toilette. Sie kam nicht rechtzeitig zurück, und meine drei Kinder und ich sind ohne sie abgefahren. Meine Jüngste hat die Hosen vollgemacht, Karl-Heinz hat unsere Fahrkarten aus dem Fenster geworfen, und Dieter hat seine Nudeln auf den Tisch gekotzt. Jetzt sitzen alle drei im Speisewagen, und der Kellner wartet darauf, dass ich die Rechnung bezahle. Aber ich habe mein Geld vergessen, und wir sitzen im falschen Zug. Was soll mir da noch passieren?«

Ein Mann sitzt im Nichtraucherabteil eines Intercity und zieht eine Zigarre aus dem Etui. Ihm gegenüber sitzt eine Frau und meutert.
»Hier wird nicht geraucht«, empört sie sich und der Mann gibt klein bei.

Nach einer Weile zieht sie ihre Jacke aus.
Jetzt hat der Raucher seine große Stunde. »Hier wird nicht gebumst«, sagt er wütend.

Da ist es wieder, das am meisten gebrauchte Wort der letzten Jahrzehnte. Es sitzt zusammen mit anderen schmückenden Beiwörtern aus den Untiefen des Sexualjargons auf seinen sechs Buchstaben und wartet darauf, dass es auch in diesem Kapitel zur Kenntnis genommen wird. Vollkommen zu Recht. Denn viele Gazetten waren in den achtziger Jahren dazu übergegangen, die sogenannten Four Letter Words voll auszuschreiben, und im Kino und Theater gehörten die drastischen Ausdrücke längst zum Vokabular der Schauspieler. Frei nach dem Motto, das Spaßmacher aus der DDR kurz nach der »Machtübernahme« durch Erich Honecker erfunden hatten: »Alles ist schlechter geworden. Nur eins ist besser geworden: Die Moral ist schlechter geworden.« Fromme Zeitungen tarnten die schlimmen Wörter allerdings immer noch brav mit drei Punkten: f…, b…, v…

Mit der allmählichen Abschaffung des schon lange hinfälligen Tabus lief eine eigenartige gesellschaftliche Veränderung parallel: Je freizügiger die Medien mit dem Sexualjargon umgingen, desto unaufdringlicher und weniger barbarisch entwickelten sich die Handlungsabläufe der Männerwitze. Das Angebot an direkten Sauereien, an unter der Gürtellinie ansetzenden Zoten ging langsam zurück. Woran lag das?

Die typische deutsche Kneipe als Wechselstube für vulgäre Pointen hatte Kundschaft verloren. Die alten Kameraden – Hüter der Männerkumpanei – ruhten in den ewigen Jagdgründen. Und ihre Söhne und Enkel verbrachten viel Freizeit da, wo sie andere Braten gerochen hatten als Frikadellen und kalte Koteletts. Jugoslawische, italienische, griechische und türkische Restaurants kamen in Mode, und die Jugend zog es in Bistros, Discos, Straßencafés. Dort fehlten die Stammtische und Theken; durch den Standortwechsel wurden die Ankerplätze der Zote kleiner.

Vier Beispiele aus dem Sex-Fundus der achtziger Jahre.

Ein Mann reitet auf einem gelben Pferd durch einen gepflegten Park. Ross und Reiter kommt ein Spaziergänger entgegen, der bleibt stehen, sperrt Mund und Nase auf und sagt:
»Ein gelbes Pferd … so etwas habe ich ja noch nie gesehen.«
»Na, wunderbar«, antwortet der Reiter, »ich kann nur hoffen, dass eine hinreißende junge Frau, die hier jeden Morgen vorbeikommt, genau dasselbe sagt wie Sie.«
»Und wieso?«, fragt der Spaziergänger.
»Nun, dann werde ich sagen: ›Das ist eine lange Geschichte, meine Dame. Die kann ich Ihnen nur bei einem gemeinsamen Abendessen erzählen.‹ Da sie neugierig ist, wird sie die Einladung annehmen. Vorsichtshalber habe ich bereits im Waldhotel einen Tisch bestellt und alle wichtigen Angestellten über unser Kommen informiert. Der Chef des Nobelrestaurants wird uns persönlich begrüßen, und dem Oberkellner habe ich vorher ein gutes Trinkgeld gegeben, damit er den Satz sagt: ›Ich habe für die Herrschaften unseren schönsten Tisch reserviert und mir erlaubt, Ihren Wein kalt zu stellen, Herr Doktor.‹ Schönster Tisch, Ihr Wein, Herr Doktor …, das imponiert den Damen. Wir werden vorzüglich speisen, und zum Abschluss des Menüs bestelle ich Mokka und Kognak. Natürlich habe ich mit dem Oberkellner vorher verabredet, dass er den Satz sagt: ›Ich bedaure unendlich, Herr Doktor, aber der Mokka ist uns leider ausgegangen. Darf es Espresso sein?‹ Dezent, aber deutlich werde ich mich beschweren und mit Nachdruck erklären: ›Sie wissen doch selbst, dass ein Espresso nach einer solchen Mahlzeit fehl am Platze ist.‹ Und ich werde mich an meinen reizenden Gast mit der Bemerkung wenden: ›Bitte, entschuldigen Sie das Malheur. Dann müssen wir wohl oder übel den Mokka bei mir zu Hause trinken.‹ Ich bin sicher, die Dame wird meinen unverfänglichen Vorschlag nicht ablehnen. Bei mir zu Hause biete ich natürlich keinen Mokka an, sondern einen eisgekühlten Champagner. Während ich die zweite Flasche öffne, werde ich sagen: ›Wollen wir es uns auf der Couch nicht ein bisschen bequem machen?‹ Wenn die junge Frau ja sagt, und ich bin sicher, dass sie das tut, werde ich sie zur Couch führen. Auf dem Weg dorthin wird sie straucheln, weil ich unter dem Teppich eine Parkettbohle angesägt habe. Ich fange sie auf

*und … na ja, dann muss die Sache eigentlich irgendwie laufen.«
Der Spaziergänger hat dem Reiter aufmerksam zugehört. »Toll« sagt er, »einfach toll! In einer Zeit der flüchtigen Liebesbeziehungen und kurzfristigen Verhältnisse bauen Sie ja einen richtigen Generalstabsplan auf, um Ihr Ziel zu erreichen. Ich muss weiter, aber ich komme in der nächsten Woche wieder hier vorbei. Sie müssen mir dann erzählen, ob Ihr Plan erfolgreich war!«
Die beiden trennen sich. Als sich der Mann auf dem gelben Pferd einem Waldsaum nähert, kommt ihm das Ziel seiner Wünsche entgegen. Die schöne junge Frau bleibt stehen, stutzt, schüttelt den Kopf und sagt: »Ein gelbes Pferd … das habe ich ja noch nie in meinem Leben gesehen.«
Da lüftet der Reiter den Hut, blickt die Frau an, errötet und fragt: »Wollen wir bumsen?«*

*Ein rüstiger Witwer, der schon längere Zeit mit einer lustigen Witwe liiert ist, aber noch nicht mit ihr geschlafen hat, will heiraten. Als sie abends in ihrem Stammlokal die üblichen Formalitäten besprechen, sagt die Frau:
»Bevor wir die Ringe tauschen, muss ich dich darüber informieren, dass ich im Zusammenhang mit der körperlichen Liebe gewisse Angewohnheiten habe. Und ich bitte dich herzlich, sie zu respektieren.«
»Schieß los, Häschen«, sagt der Mann.
»Also pass auf. Wenn ich abends ins Schlafzimmer komme und den Scheitel in der Mitte trage, bedeutet das, dass ich Migräne habe und nicht mal einen Kuss vertragen kann. Trage ich den Scheitel links, sind mir kleinere Zärtlichkeiten ganz willkommen. Aber wenn ich den Scheitel rechts trage, kannst du mit mir machen, was du willst.«
Der Mann betrachtet seine Zukünftige mit Nachsicht.
»Ich danke dir für die Aufklärung«, sagt er dann. »Nun darf ich dich auf bestimmte Dinge aufmerksam machen, die ich mir im Lauf der Zeit angewöhnt habe.«
»Schieß los«, sagt die Frau.
»Also pass auf. Wenn ich morgens aufstehe, trinke ich zum Frühstück grundsätzlich eine Flasche Champagner. Mittags*

pflege ich fünf Flaschen Bier und achtzehn Klare zu trinken, und abends gehe ich zu Whisky über; eine Pulle, manchmal auch zwei, nehme ich locker zur Brust. So – und wenn ich dann ins Bett gehe, ist es mir vollkommen egal, wo du deinen Scheitel trägst.«

Im Zirkus tritt ein Dompteur auf, dem es als einzigem Artisten auf der Welt gelungen ist, ein Krokodil zu dressieren. Das Tier macht einen Kopfstand, balanciert Bälle auf der Nase, raucht Pfeife. Zum Schluss seines Programms öffnet der Dompteur seine Hose und legt dem Krokodil seinen Penis in den Rachen, den es vorsichtig schließt. Nach einer Weile schlägt der Meister dem Krokodil zwischen die Augen, und augenblicklich lässt es den wichtigen Körperteil unbeschädigt wieder frei.
Stürmischer Applaus. Der Dompteur ordnet seine Garderobe und sagt: »Wer das nachmacht, kriegt von mir auf der Stelle 500 Mark bar auf die Hand.«
Niemand meldet sich.
»Also gut«, meint der Artist, »ich erhöhe mein Angebot auf 1 000 Mark.«
Wieder herrscht Schweigen im Publikum. Erst als der Dompteur auf 1 500 Mark erhöht, meldet sich in der vorletzten Reihe ein junger Mann. Er geht in die Manege, schüttelt dem Dompteur die Hand und sagt:
»Bevor wir anfangen, stelle ich eine Bedingung.«
»Welche Bedingung?«
»Sie dürfen mir nicht so brutal zwischen die Augen schlagen ...«

Ein Stammtischbruder nervt seine Freunde damit, dass er ihre Erzählungen ständig mit Sätzen kommentiert wie: »Das hätte noch viel schlimmer kommen können«, oder »Das ist noch gar nichts«, oder »Das weiß ich aber besser.«
Eines Tages kommt ein Kumpel aufgeregt herein und sagt: »Jetzt pass mal auf, Karl. Ich erzähle dir jetzt eine Geschichte, zu der fällt dir überhaupt nichts mehr ein.«
»Was ist denn passiert?«, erkundigt sich Karl.

»Unser Kegelbruder Erwin kommt vor ein paar Tagen nach Hause und findet einen anderen Mann bei seiner Frau. Er dreht völlig durch, geht an die Schublade, nimmt einen Revolver heraus, erschießt den Mann, erschießt seine Frau, und schließlich erschießt er sich selber. So.«
»Das hätte noch viel schlimmer kommen können«, sagt Karl.
»Was hätte denn jetzt noch schlimmer kommen können?«
»Zwei Tage früher, und ich wäre tot gewesen!«

Was erzählte man sich sonst noch in Deutschland, wenn der Tag lang war? Beschließen wir das Kapitel über die achtziger Jahre mit ein paar Scherzen, die sich mit Vergnügen über Alterskrankheiten lustig machten.

Ein älterer Herr fährt mit seiner Frau und einem Freund in die Oper.
»Ich hatte ja wie du Symptome der Alzheimer Krankheit«, wendet er sich an den Freund, »aber stell dir vor: Mein Arzt hat mir ein neues Medikament verschrieben, und seitdem ich das einnehme, habe ich keine Probleme mehr.«
»Kannst du mir bitte den Namen des Arztes sagen?«
»Ja, natürlich, einen Moment. Wie heißt noch die schöne Blume mit dem langen Stängel und den kleinen Dornen dran?«
»Meinst du vielleicht eine Rose?«
Der Fahrer stößt seine Frau an und fragt: »Sag mal, Rosa, wie heißt noch der Arzt, der mich geheilt hat?«

Ein altes Ehepaar sitzt vor dem Fernsehapparat. Als die Werbung beginnt, steht die Frau auf.
»Gehst du in die Küche?«, fragt der Mann.
»Ja, warum?«
»Dann tu mir doch bitte den Gefallen und bring mir aus dem Kühlschrank ein Stück Torte mit. Du kannst zwei Bällchen Eis dazulegen und einen Schuss Himbeergeist darüberschütten. Aber schreib dir alles auf, sonst vergisst du es.«
»Meinst du, ich hätte Alzheimer?«, sagt die Frau und verschwindet in der Küche.

Nach einer Weile kommt sie mit einem Teller zurück, auf dem zwei Spiegeleier liegen.
»Und wo ist der Schinken?«, fragt der Mann.

Es kommt ein sehr alter Mann in die Sprechstunde eines Arztes und sagt: »Ich habe ein Problem, Herr Doktor, vielleicht können Sie mir helfen.«
»Nur Mut«, sagt der Arzt, »was macht Ihnen denn zu schaffen?«
»Ich kann nicht mehr pinkeln.«
»So, so, Sie können nicht mehr pinkeln. Wie alt sind Sie denn?«
»Ich bin gerade 95 geworden.«
»95? Na, dann haben Sie ja auch genug gepinkelt ...«

Das Letzte

Eine Frau kommt in die Bäckerei und bestellt »Ein B...B...Brot und z...zwei Brö ... Brö ... Brötchen.«
»Sie stottern ja ganz schön«, sagt die Verkäuferin.
»Och, d...d...das ist no...no...noch gar nichts«, meint die Kundin, »da...da...so...so...sollten Sie erst mama... mal meine Schwe... Schwester hören. Ehe die nein ge...gesagt hat, ist d...d...die im sechsten Mo...Monat.«

Die Deutschlehrerin fordert ihre Schüler auf, Sätze mit ›der, die, das‹ zu bilden. Herbert meldet sich und sagt:
»Meine Schwester kriegt ein Kind. Der die das gemacht hat, ist abgehauen.«

»Hamsam Samstag Schalke gesehn? Hattata geregnet.«

Ein Mann fährt in den frühen Morgenstunden in Schlangenlinien über die Landstraße. Zwei Polizisten halten ihn an und fragen: »Sagen Sie, haben Sie vielleicht Restalkohol?«
»Immer diese Bettelei«, antwortet der betrunkene Fahrer.

Wohin fliegt der schwule Adler?
Zu seinem Horst.

»Gott ist tot! – Nietzsche«, hat jemand an eine Wand des Bahnhofs Zoo in Berlin gesprayt.
»Nietzsche ist tot – Gott«, hat ein anderer daruntergeschrieben.

Chris Howland

Witze erzählen

Einen Witz zu erzählen, ist immer ein Problem, weil man im Vorhinein an so vieles denken muss. Sind Damen anwesend? Oder Priester? Oder ein Einbeiniger? Oder ein Schwarzer oder ein Gelber? Oder ein Politiker? Oder jemand, der gerade einen geliebten Menschen verloren hat?

Zuerst die Damen.

Normalerweise erzählen Männer ihre Witze anderen Männern. Nicht etwa, weil Frauen nicht lachen könnten, sondern weil viele Witze von Sex handeln und es ein ungeschriebenes Gesetz ist (oder war?), dass Männer im Beisein von Damen keine Sexwitze erzählen. So oder so, viele dieser sogenannten Witze sind ganz und gar nicht lustig – es sind primitive Geschichten mit null Inhalt. Andere jedoch sind äußerst komisch, und die Tatsache, dass sie riskant wirken, verleiht ihnen zusätzlichen Reiz.

Ich bin der Meinung, dass es keine Rolle spielt, ob ein Witz sexistisch, jüdisch, schwarz, feministisch, rassistisch oder politisch ist, er muss nur gut sein.

Trotzdem, man muss auf sein Publikum achten. Wird nur ein einziger Zuhörer verärgert, ziehen sich die übrigen in ihre Schneckenhäuser zurück, weil sie sich schämen. Es ist so, als würde man beim In-der-Nase-Bohren erwischt, wenn man geglaubt hat, allein zu sein. Von daher habe ich einen simplen Ratschlag für jeden, der das Berufsfeld des Witzeerzählers betritt: Riskiere es oder halte den Mund! Einen Mittelweg gibt es nicht.

Sollten Sie sich entschließen, Ihr Glück zu versuchen – hier sind ein paar Grundregeln, die Sie aufmerksam lesen sollten.

Die Auswahl der Witze. Wenn Sie ein gemischtes Publikum haben, erzählen Sie niemals einen Witz, den Sie nicht vorher an Ihren Freunden ausprobiert haben. Hat er bei diesen nicht funktioniert, wird er es bei jenen auch nicht tun.

Ist es ein langer Witz? (Lassen Sie's!) Ist es ein Witz, den Sie zum ersten Mal in der Schule oder auf der Universität gehört haben? (Ihre Zuhörer auch!) Oder im Fernsehen? (dito) Lassen Sie die Finger von Witzen über Abtreibung, Kindesmissbrauch, alleinerziehende Mütter, Prostataprobleme oder Menstruation; und achten Sie sorgsam darauf, keinesfalls Facelifting, überschüssiges Fett oder künstliche Befruchtung zu erwähnen!

Ich sage es noch einmal: Diese Ratschläge sind für Sie gedacht. Über Ihre Zuhörer mache ich mir keine Sorgen, weil die sich um sich selbst kümmern, sobald Sie die Linie übertreten.

Zum Schluss kommen wir zum Wichtigsten überhaupt: dem Erzählen des Witzes. Heutzutage werden Damen genauso behandelt wie Männer, die Farbigen haben die Gleichberechtigung erreicht, Politiker darf man der Lächerlichkeit preisgeben (solange es ausländische Politiker sind), und die Juden erzählen ohnehin die besten Judenwitze – folglich können wir alles offen aussprechen und uns prächtig amüsieren.

Nun ja, nicht ganz. Um es für diejenigen leichter zu machen, die Witze ganz und gar nicht mögen, beginne ich immer mit dem Satz: »Ich gehe jetzt in die Küche, um ein paar Geschichten zu erzählen. Wenn ihr sie hören wollt, kommt einfach mit.«

Und wissen Sie was? Oft sind die Frauen vor mir in der Küche!

Jetzt kommt die Nagelprobe. Der Augenblick der Wahrheit. Der Sekt-oder-Selters-Test. Man braucht Mumm dazu, aber ich halte es für die beste Methode.

Sobald mein kleines Auditorium sich versammelt hat, senke ich die Stimme und kündige an, dass mein erster Witz das Gesetz der Logik erklärt.

An einem Stammtisch stiftet der Wirt zum zehnjährigen Bestehen einen Korb mit Sekt und erlesenen Konserven. Die Stammtischbrüder überlegen, wer den Korb bekommen soll, und einer schlägt einen Wettbewerb vor: Wem die beste Antwort einfällt

auf die Frage »Wo ist der schönste Platz der Welt?«, soll ihn mitnehmen können.
Alle überlegen eine Weile. Am meisten bejubelt wird dann die Antwort von Werner, der sagt: »Der schönste Platz? – Bei meiner Frau im Bett.«
Werner darf den Korb mit nach Hause nehmen. Seine Frau fragt ihn natürlich, wofür er den bekommen habe. Das mag er ihr nicht sagen und behauptet, er habe auf die Frage nach dem schönsten Platz geantwortet: »In der Kirche.«
»So originell kann ich das nicht finden«, meint seine Frau, freut sich aber über die schönen Sachen.
Am nächsten Tag will einer der Stammtischbrüder Werner am Telefon erreichen. Als seine Frau abhebt, sagt er:
»Also, Kompliment noch einmal, das muss ich sagen, das war wirklich eine hervorragende Antwort, die Werner auf die Frage nach dem schönsten Platz gegeben hat!«
»Das freut mich«, antwortet die Frau, »ich verstehe es nur nicht ganz. Wissen Sie, ich habe ihn da überhaupt nur dreimal reingekriegt, einmal zur Verlobung, einmal zur Hochzeit und einmal zum Firmenjubiläum.«

Der trifft sie mitten zwischen die Augen. Schlimmer kann es nicht werden, oder? Schocktaktik. Entweder Ihre Zuhörer lieben es oder sie hassen es. Man ist ganz unverblümt, und wenn es ihnen nicht gefällt, können sie immer noch zurück zur Party. Eines kann ich Ihnen versprechen: Es gibt eine Explosion. Und sobald sie verklungen ist, sollten Sie einen Blick in die Runde werfen. Ist jemand gegangen? Sind Sie ganz allein zurückgeblieben? Oder füllt sich der Raum? Lassen Sie sich Zeit. Und wenn das Gelächter nachzulassen beginnt, gehen Sie den nächsten Witz an. Sagen Sie Ihren Zuhörern, er gehöre in dieselbe Kategorie – ein logischer Witz:

Ein Mann betritt ein Irrenhaus und baut sich vor der Empfangsdame auf: »Ich brauche einen neuen Arsch!«
Die junge Frau ist erstaunt. »Einen neuen Arsch, wieso?«
»Meiner hat ein Loch.«

Wenn er den Zuhörern gefällt, können Sie ein wenig zur Ruhe kommen. Jetzt kann Ihnen nichts mehr passieren. Ist Ihnen schon einmal aufgefallen, dass ein Witz häufig zum nächsten führt?

Eine Kettenreaktion.

Hier ist ein entfernter Verwandter des vorigen Witzes:

Eine junge Frau kommt in die Praxis eines Psychiaters.
Als der Arzt sie sieht, packt er sie, wirft sie auf die Couch und schläft mit ihr.
Anschließend steht er auf, ordnet seine Kleider, setzt sich dann in den Sessel neben der Couch und sagt: »Nun, das war mein Problem. Was ist das Ihre?«

Aber nicht immer müssen die Witze schmutzig sein. Es gibt auch hübsche und richtig saubere darunter. Aber alle enthalten sie eine Botschaft.

Die Mäusemutter geht mit ihren fünf Mäusebabys spazieren.
Plötzlich prescht eine große Katze aus dem Gebüsch hervor und knurrt: »A-a-a-a-arragg.«
Mutter Maus bleibt ganz ruhig. Sie stellt sich auf die Hinterbeine, blickt der Katze in die Augen und sagt: »Wau, wau.«
Die Katze ist verschreckt, schaut nach links, nach rechts, rennt dann so schnell davon, wie sie gekommen ist.
Mutter Maus wendet sich an ihre Sprösslinge. »Da seht ihr, Kinder, wie wichtig es im Leben ist, wenigstens eine Fremdsprache zu beherrschen.«

Und das bringt uns sofort zu einem weiteren Witz über Tiere und ihre Eltern.

Es ist Frühling, und Vater Karnickel und sein Sohn haben ein Rendezvous mit all den hübschen kleinen Kaninchenfrauen, die im Feld in einer langen Reihe vor ihren Erdbauten stehen.
»Du fängst an einem Ende der Reihe an«, sagt der Vater, »und ich fange am anderen Ende an.«
Vater Karnickel beginnt langsam. »O, hallo, meine Teure, vielen

Dank, Gnädigste.« Und er bewegt sich weiter zum nächsten Kaninchen.
Sein Sohn, der am andern Ende beginnt, ist ein wenig schneller.
»Danke, Gnädigste; danke, Gnädigste; danke, Gnädigste … huch, tut mir leid, Papa! …, danke, Gnädigste; danke, Gnädigste!«

Mittlerweile geht Ihr Glas zur Neige, und möglicherweise ist Ihre Kehle ein wenig ausgetrocknet; vielleicht ist es an der Zeit, sich zu verabschieden und einem anderen das Feld zu überlassen. Sie sagen also beispielsweise: »Natürlich haben Tiere in Sachen Sex keine Komplexe. Männer dagegen haben häufig Schwierigkeiten.«

Ein Mann sucht einen Arzt auf. »Nächste Woche habe ich ein Rendezvous mit einer sehr attraktiven Frau, und ich will im Bett richtig gut sein. Können Sie mir da etwas Hilfreiches verschreiben?«
»Aber sicher«, sagt der Arzt und nimmt eine Packung Pillen, Vorläufer von »Viagra«, aus einer Schublade.
»Davon nehmen Sie drei Tage vor Ihrem Rendezvous täglich zehn Stück, und Sie werden keinerlei Probleme haben.«
Der Mann geht.
Wenig später sieht der Arzt noch einmal in den Beipackzettel, und da geht ihm auf, dass er einen Fehler gemacht hat. Nicht zehn Tabletten an drei Tagen vor dem Rendezvous, sondern drei Tabletten täglich an zehn Tagen. Er kann seinen Patienten jedoch nicht warnen, da er weder seine Telefonnummer noch die Adresse kennt.
Zwei Wochen später ist der Mann wieder in der Praxis. »Wie war Ihr Rendezvous?«, fragt der Arzt etwas besorgt.
»Phantastisch«, antwortet der Mann, »fünfzehn Mal hintereinander.«
»Toll«, sagt der Arzt, »aber wie ging es der armen Frau?«
»Die war gar nicht da«, entgegnet der Mann.

Danach können Sie die Zuhörer risikolos sich selbst und ihren eigenen Witzen überlassen.

Lentz/Thoma

1990–1998

Das letzte Jahrzehnt dieser fünfzig Jahre Bundesrepublik lässt sich nicht ohne weiteres an den Zug der Zeit ankoppeln. Es fällt aus dem Rahmen. Das letzte Jahrzehnt des Jahrtausends wird durchweht von Endzeitstimmungen und geprägt vom internationalen Aufbruch in die Globalisierung. Die Zukunft erscheint ungewiss, vielen auch bedrohlich.

Wenn früher überschwänglich vom Wirtschaftswunder die Rede war, so ereigneten sich jetzt wirklich politische Veränderungen, die Wundern glichen. Die deutsche Vereinigung, der Ost und West zustimmten, gehörte dazu, und die Bankrotterklärung einer Weltmacht wie der Sowjetunion ohne militärischen Zwang erst recht.

Die Wiedervereinigung beendete die Idylle einer kleinen Republik ohne weltpolitischen Ehrgeiz. Deutschland wurde ein anderes Land. Der Schriftsteller Patrick Süskind schrieb dazu 1990 für ein Buch von Ulrich Wickert, aus dem der ›Spiegel‹ zitierte: »Man lebt nicht jahrzehntelang in einem Provisorium – schon gar nicht in einem so prächtig gedeihenden, schon gar nicht als junger Mensch –, und wenn in den Sonntagsansprachen von ›unseren Brüdern und Schwestern in der Zone‹ die Rede war oder man uns nach dem Bau der Berliner Mauer aufforderte, zum Zeichen der nationalen Solidarität nächtens ein Adventslichtlein ins Fenster zu stellen, so kam uns das ebenso lächerlich und verlogen vor, als würde man von uns Heranwachsenden im Ernst verlangen, einen Stiefel in den Kamin zu stellen, damit der Nikolaus uns Schokolade hineinwürfe. Nein, die Einheit der Nation, das Nationale überhaupt war unsere Sache nicht … Ob die Deutschen in zwei, drei, vier oder einem Dutzend Staaten lebten, war uns schnuppe. ... Verdattert wie die Kühe, denen man ein lang verschlossenes Gatter aufsperrt, standen und stehen wir da und glotzen in die neue Richtung und scheuen uns, sie einzuschlagen. ... »Moment!«, sagen wir, »Augenblick mal!«, und reiben uns verblüfft die Augen, »was ist hier eigentlich passiert? Wie geht es weiter? Deutsche Einheit? Wieso das? Wozu? Wollen wir das überhaupt?«

Dreißig Jahre vorher hatte der Schriftsteller Paul Sethe, alles andere als ein Nationalist, in der Zeitschrift ›Magnum‹ geschrieben: »Aber was die Bundesrepublik als Machtstaat und Wirtschaftsorganisation gewinnt, muss das deutsche Volk als Nation teuer bezahlen. Die Frage wird noch kommende Geschlechter beschäftigen, ob der Preis nicht zu hoch gewesen ist, ob nicht die Einheit der Deutschen, ob nicht die Freiheit und das Glück von siebzehn Millionen Landsleuten für den Gewinn an Souveränität und Macht im westdeutschen Staat geopfert worden sind.«

Inzwischen reagierten die meisten Deutschen wie Patrick Süskind auf die nationale Einheit: aufgestört und beunruhigt. Sie wollten eigentlich »keine Experimente«, wie schon ein Wahlslogan bei Adenauer hieß.

Der Witz stellte sich eher indirekt auf die neue Situation ein. Zukunftssorgen drückten sich ungenauer und diffuser aus. Wie in dieser Geschichte aus den zwanziger Jahren, die plötzlich wieder aktuell wurde. Sie beschreibt die Hilflosigkeit eines Menschen, der gar nicht der ist, der er sein soll:

»Mensch, Ornstein, was ist denn mit dir los?«, ruft aufgeregt ein Spaziergänger, der auf der Hauptstraße einem alten Bekannten begegnet. »Früher warst du dick, jetzt bist du mager, früher warst du groß, heute bist du klein! Früher hattest du eine Glatze, jetzt hast du Haare ...«
Sagt der andere: »Ich heiße gar nicht Ornstein.«
»Was? Ornstein heißt du auch nicht mehr?«

Die Zahl der Arbeitslosen stieg schon 1991 auf über drei Millionen, und die Nationalstaaten starrten ziemlich hilflos auf eine mehr und mehr in andere Länder ausweichende Wirtschaft, die sich damit auch nationalen Gesetzen entzog.

Die hohe Arbeitslosigkeit konnte durch neue Aufschwünge der Wirtschaft kaum noch abgebaut werden. Die technische Revolution der Automatisierung kam fast ohne Arbeiter aus. Und bei solchen Massen Bedürftiger konnte auch das »soziale Netz« nicht halten.

Es war in Zeiten der Vollbeschäftigung geplant worden.

Bis 1990 wurde Außenpolitik in der Bundesrepublik nicht zuletzt mit Geld gemacht. Dafür reichten jetzt die Mittel nicht mehr, die Situation hatte sich nach der Wiedervereinigung gründlich geändert. Das neue Deutschland hätte neue Aufgaben definieren müssen, die es in der Welt und in Europa übernehmen konnte. Stattdessen entwickelte es Prestige-Gelüste wie die Forderung nach einem Sitz im Weltsicherheitsrat der UNO. Es versäumte auch, einleuchtende Konzepte für eine Rolle in der Europäischen Union zu erarbeiten. Auf der Weltbühne sahen viele deutsche Politiker plötzlich so aus, als seien sie eine Nummer zu klein, sie wirkten etwas provinziell.

Kohl will mit dem französischen Präsidenten Chirac Brüderschaft trinken. Er hebt das Glas und sagt: »Nous sommes perdu.«

Der Witz wurde vor dem Streit über den Chef der europäischen Zentralbank erfunden. Das Gefühl für Solidarität, ein wichtiges Element der Aufbaujahre, war in Deutschland längst abhandengekommen. Viele Deutsche waren nicht mehr ehrlich, sie betrogen die Steuer, ihre Versicherung, missbrauchten die sozialen Hilfen. Korruption wurde sogar den bisher Treuesten, den Beamten, vorgeworfen, und die Medien reduzierten im Quotenkampf auf gefährliche Weise ihr Niveau.

Viele Bürger und auch Politiker machten sich bereits ernste Sorgen um die Zukunft des Landes. Sie sahen plötzlich: Marktwirtschaft allein würde nicht reichen, um die Demokratie zu erhalten.

Es geht aufwärts, sagte der Fisch, als er an der Angel hing.

Der Witz reagierte wenig intelligent, und der DDR-Witz war mit dem Ende des ostdeutschen Staates ohnehin verblichen. Der »Besserwessi«, der von den »Ossis« mit den Mantafahrern und Ostfriesen auf eine Stufe gestellt wurde, war nicht sehr ergiebig. Von Ausnahmen abgesehen, die aber meistens schon bei anderen rivalisierenden Gruppen erprobt worden waren.

Ein Neunzehnjähriger aus Chemnitz kommt zur Bundeswehr und mit der Truppe nach Bosnien. Er schreibt nach Hause: »Es ist sogar richtig interessant hier. Das Essen ist fabelhaft, und wir sind auf der Stube mit sechs Ossis und vier Wessis und kommen gut miteinander aus ...«
Die Mutter schreibt zurück: »Es beruhigt mich, dass es dir gutgeht und dass ihr ordentlich zu essen habt. Schön finde ich auch, dass ihr schon vier Gefangene gemacht habt ...«

Aus Ostberlin hörte man in der Endphase der DDR eher resignierende Scherze. Faule Witze wurden aber immer noch über die Partei und den »großen russischen Bruder« gemacht, posthum sozusagen.

Nachwuchswerbung in der SED:
Wer ein neues Mitglied wirbt, wird drei Monate beitragsfrei gestellt.
Wer drei neue Mitglieder wirbt, darf austreten.
Wer fünf neue Mitglieder wirbt, bekommt eine Bescheinigung, dass er nie in der Partei gewesen ist.

Ein Korrespondent der ›Prawda‹ besucht die Tschuktschen-Halbinsel und trifft dort einen ganz alten Tschuktschen. »Guten Tag«, sagt der Journalist, »ich komme von der ›Prawda‹. Ich schreibe eine Reportage über das Leben der Tschuktschen. Können Sie mir sagen, wie alt Sie sind?«
»Zweiundneunzig Jahre.«
»Dann haben Sie ja noch die Zeit vor der Revolution erlebt. Können Sie unseren Lesern sagen, wie es Ihnen in der Zarenzeit ergangen ist?«
»Wir kannten nur zwei Gefühle«, sagt der alte Tschuktsche, »Hunger und Kälte.«
»Ein sehr griffiges Bild«, lobt der Korrespondent, »ein sehr griffiges Bild! Vielleicht können Sie mit einem ähnlich großartigen Bild auch Ihr heutiges Leben beschreiben?«

»Heute«, sagt der alte Tschuktsche, »kennen wir drei Gefühle: Hunger, Kälte und Dankbarkeit.«

Warum hat die neue First Lady als Doppelnamen »Schröder-Köpf« gewählt?
Weil »Köpf-Schröder« ein gefährlicher Imperativ wäre.

Wort des Jahres hätte 1997 nach dem tödlichen Unfall von Lady Diana »Paparazzi« werden müssen, und nicht »Reformstau«. Dem nordrheinwestfälischen Ministerpräsidenten Johannes Rau wurde folgender Witz dazu zugeschrieben:

Auf der Autobahn von Münster nach Bonn rast eine schwarze Limousine mit Höchstgeschwindigkeit hinter zwei Motorradfahrern her.
Es sind zwei Paparazzi auf der Flucht vor Möllemann.

Wenn man sich über Frauen lustig machen wollte, mussten Ende der neunziger Jahre erneut die Blondinen einspringen. Bis der Elchtest kam. Der Mann, der den Elchtest erfand und damit eine Witzserie auslöste, hieß Robert Collins. Er war Schwede, 48 Jahre alt, ein kleiner Mann mit wuscheligen Haaren, der Autos für eine Zeitung testete. Und dabei fiel der neue Mercedes Kleinwagen der A-Klasse um. Er habe ein »Elch-Ausweich-Manöver« imitieren wollen, schrieb Collins, weil so ein Tier ja plötzlich auf der Straße stehen könne. Jedenfalls in Schweden. Daraus wurde in der deutschen Verkürzung der »Elchtest«. Kein Schwede wusste davon. Jetzt kennt man ihn auch dort.

Sagt ein Mercedes-Mitarbeiter zum anderen: »Komm, lass uns einen kippen gehen!«

Es treffen sich zwei alte Freunde. Sagt der eine:
»Mir brummt der Kopf, ich habe gestern Abend einen gekippt.«
Sagt der andere: »Ich wusste gar nicht, dass du A-Klasse fährst.«

Über Internet konnten 1997 mehr als zweihundert Witze zum Elchtest abgerufen werden. Dem Stuttgarter Konzern gelang es, in einer Art Geniestreich diese Anti-Werbung ins Positive zu wenden. Zum Beispiel mit Boris Becker, der erklärte, dass er aus Niederlagen immer mehr gelernt habe als aus Siegen. Der »Elchtest« wurde zwar nicht Wort des Jahres, aber doch in den deutschen Sprachschatz aufgenommen.

Blondinen und Elchtest verbanden sich kurzfristig:

Frage: Was ist der Unterschied zwischen einer Blondine und einem Wagen der A-Klasse?
Antwort: Die A-Klasse kann man leichter flachlegen.

Es gab auch bessere Beispiele:

Eine Blondine nimmt in einem Flugzeug nach Mallorca in der ersten Klasse Platz. Die Stewardess versucht vergeblich, die Passagierin zu ihrem gebuchten Sitz zu dirigieren. Energisch wird sie vom Chefsteward darauf hingewiesen, dass sie nur ein Ticket für die Economy-Klasse habe und dort auch sitzen müsse.
Die blonde Dame schüttelt immer nur den Kopf und versichert, der Platz gefiele ihr, sie bleibe dort sitzen.
Der Pilot wird informiert.
Er redet eindringlich und ruhig auf die Blondine ein.
Plötzlich springt sie auf, nimmt ihre Tasche und setzt sich brav nach hinten.
»Nun sag uns mal, wie du das geschafft hast«, fragen der Chefsteward und die Stewardess, »hast du ihr was versprochen?«
»Nicht das Geringste«, antwortet der Pilot, »ich habe lediglich gesagt: Die ersten fünf Reihen landen nicht in Mallorca.«
Oder die Blondine, die ihre Thermoskanne bewundert:
»Sie weiß immer genau, wann Sommer und wann Winter ist. Im Winter hält sie die Getränke warm und im Sommer kalt.«

Meinungsforscher sagten: Wenn ein Politiker erst Objekt von Witzen ist, hat er es geschafft, dann wird er wahrgenommen. So zeichnete sich in den späten neunziger Jahren die Herausforderung für die Regierenden auch im Witz ab.

Lafontaine und Schröder dürfen nicht mehr zusammen fliegen: Bei einem Absturz müssten gleich sieben Witwen versorgt werden.

Der rasante Fortschritt der Technik verwirrte den Durchschnittsbürger. Das fiel auch den Witzemachern auf. In Computerwitzen »wird das Menschliche technisch und das Technische menschlich aufgefasst«, schrieb Professor Röhrich. Es kamen die ersten Computer auf den Markt, die dolmetschen, in andere Sprachen übersetzen konnten. Dabei entstanden auch Missverständnisse, die dann als Witze verbreitet wurden.

»Der Geist ist willig, aber das Fleisch ist schwach«, soll ein Computer übersetzen.
Er liefert: »The Whisky is good, but the steaks cannot be recommended.« (Der Whisky ist gut, aber die Steaks kann man nicht empfehlen.)

Die technische Entwicklung verlief so schnell, dass vor allem ältere Mitbürger aufpassen mussten, nicht abgehängt zu werden. Die Staatssekretärin des Forschungsministeriums kommentierte dies in einer Rede so: »Wenn ich mir einen neuen Computer anschaffe und ihn installieren will, dann muss ich mir entweder drei Tage freinehmen oder meinen zehnjährigen Sohn fragen, ob er mal eine Viertelstunde Zeit hat.«

Ein Mann kommt eilig während der Mittagspause in den Supermarkt und sagt: »Ich will nur schnell vier Tomaten kaufen!«
»Tut mir leid«, sagt die Kassiererin, »die Ware muss trotzdem in unserem neuen Computersystem registriert werden.«
»Du lieber Himmel«, schimpft der Käufer, »na, dann machen Sie schon!«

Die Kassiererin drückt mehrere Knöpfe, der Computer brummt und piept und macht »ratata ratata«. Dann kommt ein Papier heraus. »Sechs Mark siebzig«, sagt die Kassiererin.
»Für vier Tomaten? Das ist doch nicht Ihr Ernst!«, schimpft der Kunde.
»Ich muss mich auf den Computer verlassen«, sagt die Kassiererin, »aber ich versuche es noch mal.« Sie drückt wieder mehrere Knöpfe, der Computer brummt und piept und macht »ratata ratata«. Das Papier kommt heraus, die Kassiererin blickt darauf und sagt: »Ich kann es nicht ändern, es bleibt bei sechs Mark siebzig.«
Der Kunde ärgert sich und meint: »Ich habe zwar überhaupt keine Zeit, aber jetzt lasse ich den Geschäftsführer kommen. Vier Tomaten für sechs Mark siebzig – wo gibt es denn so was?«
Der Geschäftsführer erscheint beflissen und erklärt: »Das regelt alles der neue Computer!« Er drückt mehrere Knöpfe, der Computer brummt und piept und macht »ratata ratata« und wirft einen Zettel aus.
»Sechs Mark siebzig ist korrekt«, sagt der Geschäftsführer.
Da schmeißt der Kunde die Tomaten auf den Tisch und ruft: »Mit mir nicht! Sie können sich Ihre Tomaten in den Hintern stecken!«
»Das geht nicht«, erwidert der Geschäftsführer abwehrend.
»Warum geht das denn nicht?«
»Da steckt schon eine Salatgurke für sieben Mark neunzig drin.«

Die Deutschen schienen in zwei unterschiedlichen Welten zu leben, die einen in der Computerwelt mit Internet und Multimedia, die anderen auf einer zuweilen schon verzweifelt wirkenden Flucht in gewohnte Zerstreuungen wie Fernsehen und Zeitung. Während Zigtausende von Jugendlichen nach den hämmernden Rhythmen der Technomusik tanzten, wuchs der Kölner Sender »WDR 4« zur meistgehörten Welle der Bundesrepublik. Dort spielten die Programm-Macher alte deutsche Schnulzen ab, Musik für die Älteren, die so quotenstark geworden waren.

Auch der frivole Witz blieb zumeist in einem konservativen Muster:

Eine Expedition im afrikanischen Urwald wird von einem Wirbelsturm überrascht. Einige Teilnehmer müssen unter umgestürzten Bäumen ausgegraben werden, drei sind so schwer verletzt, dass sie eine stationäre Behandlung brauchen.
»Aber wo?«, rätselt der Expeditionsarzt. »Es gibt in erreichbarer Nähe nur das Urwaldkrankenhaus des Dr. Johnson. Der Mann hat zwar einen etwas merkwürdigen Ruf, aber wir haben keine Wahl.«
Sie erreichen das Krankenhaus in einem Tagesmarsch, und der erwähnte Dr. Johnson begutachtet die Verletzten.
»Sie flicken wir schon wieder zusammen«, beruhigt er den ersten, »das sieht zwar alles schlimm aus, ist aber zu beheben. Ihnen fehlt das rechte Ohr, aber wenn Sie einverstanden sind, setze ich Ihnen ein Löwenohr an. Ich stutze das auf die richtige Größe zurecht. Sie müssten nur etwas hierbleiben.«
Der Verletzte stimmt natürlich zu.
Beim Anblick des zweiten Patienten pfeift Dr. Johnson erschrocken durch die Zähne: »Du meine Güte, Sie hat es aber böse erwischt! Aber wenn ich mir das genau ansehe, hier ist noch alles da, das und das richten wir wieder, das kann ich nähen … nur, Ihr linkes Auge fehlt. Da könnte ich höchstens versuchen, Ihnen ein Tigerauge einzusetzen. Vielleicht klappt es, und Sie gewöhnen sich daran.«
Auch dieser Patient ist einverstanden.
»Oi joi joi joi!«, ruft Dr. Johnson, als er den dritten Verletzten betrachtet, »Ihnen hat es ja den halben Unterleib weggerissen!« Er ordnet mit geschickten Händen die restlichen Teile und sagt: »Das stopfen wir wieder hinein, da überbrücke ich künstlich etwas, ganz so arg, wie es auf den ersten Blick schien, dürfte es doch nicht sein. Es fehlt nur etwas sehr Wichtiges, und das lässt sich nicht so ohne weiteres ersetzen. Ich könnte lediglich versuchen, Ihnen den Rüssel eines jungen Elefanten anzunähen …«
»Was bleibt mir anderes übrig«, resigniert der Verletzte.
Dr. Johnson verpflichtet die Patienten, wiederzukommen und von ihren Heilerfolgen zu berichten. »Ich muss ja auch noch meine Erfahrungen sammeln«, erklärt der Arzt.
Nach etwa einem Jahr melden sich die Patienten wieder.

»Nun, wie ist es Ihnen mit dem Löwenohr ergangen?«, fragt Dr. Johnson.
»Fabelhaft, Doktor«, strahlt der erste, »natürlich hat sich meine Umgebung an den Anblick erst gewöhnen müssen, so kurz kann man das Ohr ja nicht rasieren. Aber wenn ich einen Hut trage, fällt es überhaupt nicht auf. Und dann höre ich jetzt, ich sage Ihnen, ich höre sagenhaft!«
»Das ist ja fein«, freut sich Dr. Johnson und wendet sich an den zweiten. »Und wie sind Sie mit dem Tigerauge zufrieden?«
»Phantastisch, Doktor, ich habe mich natürlich etwas gewöhnen müssen. Es war zuerst ein bisschen sperrig, aber heute sehe ich damit so gut wie nie zuvor. Ich kann aus hundert Metern die Fliege auf dem Baum erkennen.«
»Das höre ich gern«, versichert Dr. Johnson, »und wie geht es Ihnen mit dem Rüssel?«
Der dritte wiegt unschlüssig den Kopf hin und her, ehe er antwortet: »Ach, wissen Sie, teils, teils.«
»Erzählen Sie, nun mal heraus mit der Sprache!«
»Nun gut, ich habe durchaus Erfolge, vielleicht sogar mehr als früher, da kann ich nicht klagen.«
Der dritte Patient macht eine verlegene Pause, dann fährt er fort: »Es ist nur so: Wenn ich morgens mit meiner Familie beim Frühstück sitze, nimmt er sich manchmal noch ein Stück Zucker vom Tisch.«

Der Moische hat Ärger zu Hause, weil seine Frau dahintergekommen ist, dass er eine Freundin hat.
Er versucht, seine Frau zu beruhigen, das dürfe sie nicht so ernst nehmen, das sei doch heutzutage fast ein Statussymbol. »Sieh nur«, versichert er, »auch mein Chef hat eine Freundin, der Bürgermeister hat eine, und unser Freund Levi auch!«
Das alles kann seine Frau nicht beruhigen, wochenlang hängt der Haussegen schief. Eines Abends gehen sie ins Ballett. Als das Corps de ballet auf der Bühne tanzt, sagt der Levi zu seiner Frau: »Siehst du die lange Blonde ganz links?«
Sie nickt.
»Das ist die Freundin von meinem Chef. Und die Brünette gleich

daneben, das ist die von unserem Freund Levi. Und die dritte von rechts, die hell Gelockte, das ist die vom Bürgermeister.«
Die Frau wartet und sieht den Moische auffordernd an.
»Und die kleine Schwarze rechts davon, das ist meine.«
Seine Frau betrachtet die Mädchen eine Weile, dann stellt sie fest: »Unsere ist die schönste!«

Nicht unterzukriegen waren weiterhin die »Antifrauenwitze«, wie wir sie spätestens seit der Emanzipation schon zitiert haben. Sie seien »gegenemanzipatorisch und patriarchalisch«, urteilte Professor Röhrich.

Frage: Was bestellt eine Feministin bei McDonald's?
Antwort: Eine Cola und eine Hamburgerin.

Ein Paar feiert silberne Hochzeit, es geht erlesen essen und fühlt sich zufrieden, als es schließlich im Bett liegt.
»Das war ein richtig schöner Tag«, versichert der Mann. »Wenn du noch irgendeinen Wunsch hast, werde ich ihn dir gern erfüllen.«
»Wirklich jeden?«, fragt die Frau. »Und bist du auch nicht böse?«
»Aber nein«, sagt er, »was wünschst du dir denn?«
»Weißt du, wir sind jetzt 25 Jahre verheiratet, und seitdem hältst du die oberste Schublade deines Nachtschränkchens immer verschlossen. Ich würde ja zu gerne wissen, was darin ist!«
Der Mann zögert etwas, schließt aber dann die Schublade auf und öffnet sie. Darin liegen vier Eier und dreitausend Mark in Geldscheinen.
»Vier Eier«, fragt sie verwundert, »was sollen denn vier Eier in deinem Nachttisch?«
»Das ist so, Liebling«, erklärt er, »jedes Mal, wenn ich im Laufe unserer Ehejahre fremdgegangen bin, habe ich ein Ei in diese Schublade gelegt.«
»Was, viermal hast du das getan,« regt sie sich auf, »jetzt sag auch, mit wem und wann ...«
Nach längerer Diskussion beruhigt sie sich wieder und meint:

»Nun gut, viermal in 25 Jahren, das will ich nicht so ernst nehmen. Aber was ist mit dem Geld? Warum liegen da dreitausend Mark?«
»Das ist so, Liebling«, sagt er, »jedes Mal, wenn die Schublade voll war, habe ich die Eier verkauft.«

Die Frauen setzten sich zur Wehr. Sie kicherten sich Witze über die Potenz der Männer zu, die Herren der Schöpfung sollten sich dabei in der Rolle der Blondinen wiederfinden.

Ein Mann geht wegen einiger Beschwerden an seinem besten Stück zum Arzt.
Der sieht sich das an und sagt: »Sie haben ein Gamsbartsyndrom.«
»Ein Gamsbartsyndrom? Was ist denn das?«
»Sie können ihn sich nur noch an den Hut stecken!«

Nach der Hochzeitsnacht sagt sie: »Dann koch mal Kaffee. Oder kannst du das auch nicht?«

»Wie war es denn im Urlaub?«, fragt die Nachbarin.
»Ganz schön, ich habe nur die total falschen Sachen mitgenommen.«
»Was denn?«
»Meinen Mann und die Kinder!«

Frage: Was ist Mut, was Übermut, was Schlagfertigkeit?
Antwort: Mut ist, wenn ein Mann nur mit einer Badehose bekleidet in die Oper will. Übermut ist, wenn er zur Garderobenfrau geht und fragt, ob er seine Hose abgeben kann. Schlagfertig ist die Garderobenfrau, die antwortet:
»Wollen Sie Ihren Knirps nicht auch hierlassen?«

Rotkäppchen wird im Wald vom bösen Wolf angefallen.
»Ich bitte nicht um mein Leben«, sagt es, »ich will nur nicht sterben, ohne noch etwas erlebt zu haben. Von dir heißt es ja, du seist ein ganz toller Liebhaber.«

Da vergisst der Wolf seinen Hunger und tut, was Rotkäppchen sich wünscht.
»Gleich noch einmal«, bittet Rotkäppchen.
»Und noch ein letztes Mal«, fordert Rotkäppchen den erschöpften Wolf zur dritten Runde auf.
Danach ist der Wolf total fertig, er wankt nur noch, fällt um und ist tot.
Rotkäppchen ordnet die Kleider, nimmt ihr Körbchen und geht. Nach einer Weile kommt ihr der Förster entgegen. »Rotkäppchen, Rotkäppchen«, droht er mit dem Finger, »das war in dieser Woche schon dein vierter Wolf!«

Witze über das Privatleben des amerikanischen Präsidenten Clinton ließen sich hier bequem einfügen.

In einem Kinsey-Report werden tausend Amerikanerinnen befragt: »Möchten Sie eine erotische Beziehung mit dem Präsidenten haben?«
82 Prozent antworten: »Nie wieder!«

Viele Witze suchten vertraute Gefilde und taten so, als hätte sich die Welt nicht verändert.

Zwei Mäuse treffen sich. Die eine Maus schwärmt unentwegt von ihrem neuen Freund, was das für ein toller Bursche sei.
»Willst du mal ein Bild sehen?«, fragt sie und zieht es schon aus dem Täschchen.
Die zweite Maus sieht sich das Foto an und sagt: »Das ist ja eine Fledermaus.«
»Was du nicht sagst! Und mir hat er erzählt, er sei Pilot!«

Ein Tausendfüßler klagt: Eigentlich würde ich ja auch gern mal Ski fahren, aber bis ich mir alle Skier angeschnallt habe, ist der Winter vorbei.

Es gibt zeitlose Witze und witzlose Zeiten. Und manchmal erwartete man, auf ein bestimmtes Ereignis würden die Witzbolde mit Begeisterung reagieren, um es sofort auszuwerten. Aber nichts geschah. Oder das Resultat hat uns nicht erreicht.

Doch dann, mit einem Mal, reagierte auch der Witz aktuell. Als sei er wirklich über Internet schon ein Bestandteil der neuen Medienwelt. Die Amerikaner landeten ihre Marssonde, und das war der Anlass, um eine alte Geschichte ganz schnell wie neu auf den Markt zu werfen.

Zwei Geschäftsleute sitzen abends in einem Restaurant bei Düsseldorf und unterhalten sich über die Marsexpedition der Amerikaner.
»Es ist unfassbar«, staunt der eine, »da steuern die von hier aus da oben auf dem Mars ein kleines Auto! Ist das nicht sowieso schon ungeheuerlich, wenn man nur in den Himmel sieht? Millionen, was sage ich, Milliarden von Sternen sehen wir da!«
»Ja«, bestätigt der andere, »und das sind nur die aus dem Kreis Mettmann!«

Schon 1990 hatte die katholische Kirche dem kritischen Paderborner Theologie-Professor Eugen Drewermann die Lehrerlaubnis entzogen. Er blieb für die Kirche ein Ärgernis. Der Witz dazu:

Kardinal Meisner sitzt beim Friseur. Der unterhält sich mit ihm und sagt zwischendurch immer: »Ja, Herr Drewermann, natürlich, Herr Drewermann«. Der Kardinal fragt etwas ärgerlich: »Warum sagen Sie eigentlich immer ›Herr Drewermann‹ zu mir, Sie wissen doch, wer ich bin?«
»Natürlich«, sagt der Friseur, »aber bei dem Namen Drewermann sträuben sich Ihre Haare so schön …«

Auf der Frankfurter Buchmesse 1990 wurden über 380000 Bücher angeboten. Das war Weltrekord. Wie viele wurden gelesen?

Eine Dame wünscht in der Buchhandlung ein Geschenk für einen Kranken.
»Etwas Religiöses?«, fragt der Buchhändler.
»Nein«, sagt die Dame »es geht ihm schon wieder besser.«

Ein Mann kommt in die Buchhandlung und sagt: »Ich hätte gern Goethes Werke.«
Fragt die Buchhändlerin: »Welche Ausgabe?«
»Da haben Sie eigentlich auch wieder recht«, meint der Kunde und geht wieder.

Anschläge auf Ausländerwohnungen wie in Mölln oder Solingen führten zu Großdemonstrationen für Ausländer in Berlin, München, Köln und anderen Städten. Trotzdem konnten wir hierzulande froh sein, dass ein Politiker wie Jörg Haider nur in Österreich aktiv war. Dort holte er mit fremdenfeindlichen Parolen mehr als 20 Prozent der Stimmen. Als die rechtsextreme DVU in Sachsen-Anhalt im April 1998 massiv Wahlkampf machte, kam sie auch auf 12,9 Prozent. Vor allem junge Menschen unter 30 Jahren hatten sie gewählt.

Gut hunderttausend der knappen Million Kölner waren aus der Türkei eingereist. Aber in der Domstadt kamen die unterschiedlichen Kulturen eigentlich sehr gut miteinander aus. Die Bürger fanden sogar Gefallen an den manchmal etwas orientalisch anmutenden Straßenbildern. Und die neuen Türkenwitze waren freundlich.

Ein Junge geht über den Kölner Eigelstein und sieht im ersten Stock eines Hauses einen Türken, der dort einen Teppich ausklopft.
»Was ist los?«, ruft der Junge hoch. »Springt er nicht an?«

Auf eine Pointe, die vermutlich gar nicht so wirklichkeitsfremd ist, lief die folgende Geschichte hinaus:

Der kleine Achmed ist in der Schule in Köln-Nippes seit langem der beste Schüler. Über Jahre hinweg bescheinigt ihm der Lehrer: »Achmed, wenn du doch nur Deutscher wärest, alle deutschen Schüler könnten sich ein Beispiel an dir nehmen. Niemand beherrscht unsere Muttersprache so gut wie du!«
Als Achmed wieder einmal den besten Aufsatz der Klasse geschrieben hat, sagt der Lehrer: »Achmed, ich bin es jetzt leid. Also, für mich bist du von heute an Deutscher. Und du heißt für mich auch nicht mehr Achmed, sondern Alfred.«

Als der kleine Achmed nach Hause kommt, erzählt er seinem Vater: »Du, der Lehrer hat gesagt, ich sei von heute an Deutscher und ich hieße auch nicht mehr Achmed, sondern Alfred.«
Da ohrfeigt ihn sein Vater links und rechts. Weinend setzt sich Achmed auf den Bordstein.
Andere türkische Kinder kommen hinzu und fragen:
»Achmed, was hast du denn?«
»Ach, Scheiße«, antwortet der, »ich bin erst drei Stunden Deutscher, und schon hab ich Krach mit Türken!«

1991 wurde »Ötzi« gefunden, ein Mann, der gut fünftausend Jahre im Eis gelegen hatte. Der Fund erregte auch die Diskussion über Umweltschäden. So tief war das Eis in den Alpen, das ihn versteckt hatte, seit Tausenden von Jahren nicht mehr abgeschmolzen. Erst das neue »Treibhausklima« legte ihn auf den Weg, »outete« ihn, wie wir auf gut Neudeutsch sagen.

Wiederbelebt soll Ötzis erste Frage gewesen sein:
»Singt Maria Hellwig immer noch?«

Gesundheitsreformen der zuständigen Minister verunsicherten Ärzte und Patienten. Die »Lohnfortzahlung im Krankheitsfall«, von den Gewerkschaften als wichtige Errungenschaft gefeiert, wurde in Frage gestellt. Angeblich wurde sie zu oft missbraucht.

Jesus kehrt auf die Erde zurück und nimmt in einem Zugabteil Platz. Drei Männer sitzen schon darin und mustern ihn erstaunt.
»Sind Sie wirklich …?«, fragt einer schließlich.
Jesus nickt.
»Und können Sie auch noch wie damals Wunder vollbringen?«
Jesus nickt wieder.
»Also«, sagt einer der Reisenden, »ich habe seit Jahren so stechende Kopfschmerzen. Keiner weiß, woher, und keiner kann mir helfen.«
Da legt Jesus die Hand auf den Kopf des Kranken, bewegt die Lippen, und schon sind die Kopfschmerzen wie weggeblasen.

Nun meldet sich der zweite Reisende. »Ich habe ein lahmes linkes Bein, können Sie da auch …?«
Jesus legt die Hand auf das Bein, bewegt die Lippen, das Bein ist gesund. Freundlich sieht er jetzt den dritten Reisenden an.
Der weicht zurück, duckt sich in die Polster und ruft:
»Fass mich bloß nicht an! Ich bin noch vierzehn Tage krankgeschrieben!«

Ein neues Wundermittel, »Viagra« mit Namen, kam 1998 auf den Markt: Letzte Hilfe bei Potenzschwäche. Die Warnung, dass Männer über sechzig die Wunderdroge nicht nehmen dürfen, wurde natürlich nicht beachtet, Todesfälle machten Schlagzeilen. Aber viele »Viagra«-Schlucker halten den Herzschlag bei solcher Gelegenheit für einen »schönen Tod«. Potenzwitze, von jeher eine der beliebtesten Gattungen, wenn man nicht von Be-Gattungen reden will, wurden wieder aus der Versenkung geholt.

Zwei ältere Schauspieler sitzen auf einer Parkbank.
Sagt der eine: »Ich bin ja jetzt schon seit zehn Jahren impotent.«
Sagt der andere: »Ich erst seit fünf Jahren. Toi, toi, toi!«

Zwei Freunde, die sich lange nicht gesehen haben, treffen sich und beschließen, das ausgiebig zu feiern.
»Gehen wir doch als Erstes mal schön Austern essen«, schlägt der eine vor.
»Ach, ich weiß nicht«, zögert der andere.
»Was hast du gegen Austern?«
»Gar nichts, aber ich bezweifle ihre Wirkung. Ich habe vor drei Wochen in New York zwölf Austern gegessen – und nur sechs haben funktioniert!«

Den Forschungsergebnissen der medizinischen Wissenschaft ist es auch zu verdanken, dass die Menschen immer älter werden, selbst wenn das mit einem immensen Tablettenkonsum verbunden ist.

Alte Menschen wollten nun lange und fröhlich leben, sie brachten alle Statistiken aus dem Gleichgewicht. Die Renten- und Pensionskassen waren darauf nicht vorbereitet, der sogenannte »Generationenvertrag«, nach dem die Jungen die Versorgung der Alten erwirtschaften sollten, hielt dem nicht stand. Doch das Altwerden bleibt weiterhin ein großes Thema für Witze:

Eine goldene Hochzeit wird gefeiert. Das Jubelpaar hat ein paar Freunde eingeladen. Einer von ihnen hört, dass der Gastgeber seine Frau den ganzen Abend mit Kosenamen anredet. »Liebling, hast du wohl ein Stück Zucker? – Schatz, gefällt es dir auch? – Mein Engel, reich mir doch mal das Brot! – Mein Herzblatt, es ist ein wunderschöner Abend!«
Beim Abschied sagt der Freund zum Jubilar:
»Hör mal, das finde ich ja wirklich ganz toll, wie du noch mit deiner Frau redest. Nach 50 Jahren Ehe! Als wäret ihr im zweiten Frühling.«
Der Jubilar zögert einen Moment und antwortet dann nachdenklich: »Ja, ja, aber weißt du, ganz so ist es nicht.
Ich habe nur total vergessen, wie sie heißt.«

Vier Bullen stehen auf der Weide. Plötzlich ruft der jüngste, der vierjährige: »Hoi, guck mal, da unten kommen acht Kühe, jetzt aber nichts wie runter!«
Sagt der achtjährige Bulle: »Au ja, das sind dann für jeden zwei!«
Der zwölfjährige Bulle in der Gruppe meint eher bedächtig:
»Warum müssen wir denn da runterlaufen? Die können doch zu uns hochkommen!«
Sagt der 16 Jahre alte Bulle: »Und wenn wir uns ducken, sehen sie uns vielleicht gar nicht.«

In Kanada wehrten sich Indianer lange und medienträchtig, als auf ihrem Besitz ein Golfplatz angelegt werden sollte. Obwohl fast die ganze Welt Anteil nahm und Winnetous Erben zur Seite stand, unterlagen sie. Neue Golfwitze wurden erfunden.

Wir haben uns gefragt: Warum gibt es so viele Golfwitze, aber keine über Tennis? Nur über das Idol Boris Becker wurde gelegentlich gewitzelt, aber die Angebote kamen über die Imitation seiner Mundart kaum hinaus. Kann es sein, dass der Golfsport vor allem in angloamerikanischen Ländern trotz seiner Popularität mehr mit Angabe und Snobismus verbunden wird als andere Sportarten?

Ein Chirurg kommt in den Operationssaal, der Patient liegt schon auf dem Tisch. »Was hat der Mann?«, fragt er.
»Der hat einen Golfball verschluckt«, erklärt der Assistenzarzt.
Der Chirurg zeigt auf einen anderen Mann, der an der Wand steht. »Und was will der hier?«
»Der wartet auf seinen Golfball.«

Jesus spielt mit Moses zusammen Golf. Am siebten Loch ist ein See zu überwinden, bevor der Ball auf das Grün fallen kann. Jesus schätzt die Entfernung ab.
»Ich würde für diesen Schlag nicht Eisen sieben nehmen«, rät Moses.
»Jack Niklas, lange Zeit Nummer eins der Weltrangliste, hat an dieser Stelle auch mit Eisen sieben geschlagen«, erwidert Jesus. Er holt aus, trifft, aber der Ball fällt in den See. »Lässt du mich einen zweiten Versuch machen?«, fragt er Moses.
»Natürlich«, sagt Moses, »aber ich würde wirklich nicht Eisen sieben nehmen.«
»Jack Niklas hat auch Eisen sieben gewählt«, beharrt Jesus und schlägt auch den zweiten Ball in den See.
Danach wandelt er über das Wasser und sammelt die beiden Golfbälle wieder ein. Das beobachten andere Golfspieler. Einer ruft Moses zu: »Meint der, er wäre Jesus?«
»Schlimmer«, antwortet Moses, »er hält sich für Jack Niklas.«

Ein Ehepaar beim Golf. Während sie vor dem sechsten Grün über den Rasen gehen, fragt er: »Sag, wenn ich plötzlich tot umfiele, würdest du dann wieder heiraten?«
»Wie kommst du darauf?«, protestiert sie. »Es geht uns gut, wir spielen Golf, haben Spaß daran …«
»Es kann doch jeden Tag passieren«, sagt der Ehemann, »du solltest mal darüber nachdenken.«
»Dazu habe ich nicht die geringste Lust.«
»Nun stell dich doch nicht so an!«

»Also gut«, gibt die Frau schließlich nach, »so alt bin ich ja noch nicht, und so schwer es mir auch fiele, aber vielleicht würde ich irgendwann doch wieder heiraten.«
Während sie vor dem achten Grün über den Rasen gehen, fragt er: »Würdest du mit dem neuen Mann denn auch in unser Haus ziehen?«
»Also, nun mach mal halblang«, wehrt sie ab, »was soll ich darauf schon antworten?«
»Was du tun würdest.«
»Ich weiß es nicht.«
»Sei doch nicht so schwerfällig«, beharrt er.
»Also, wenn du mich so drängst«, sagt sie, »das Haus haben wir nach unseren Vorstellungen gebaut, das kriegt man ja beim Verkauf nie wieder zurück. Also vielleicht würde ich auch in unserem Haus bleiben.«
Vor dem zehnten Grün fragt der Mann: »Würdest du mit dem neuen Mann denn auch Golf spielen gehen?«
»Also Liebling ...«, protestiert sie.
»Nun weich nicht wieder aus, das ist doch eine harmlose Frage.«
»Na gut«, seufzt sie, »ich spiele gerne Golf, und falls er gerne Golf spielt, werde ich auch mit ihm auf den Golfplatz gehen.«
Am elften Grün angekommen, fragt der Mann: »Würdest du meinen Nachfolger denn auch mit meinen Schlägern spielen lassen?«
»Nein«, sagt sie, »das nicht. Er ist Linkshänder!«

Ein Rabbi in Jerusalem ist ein fanatischer Golfspieler und bewohnt deshalb auch ein Haus gleich neben dem Platz. Drei Wochen hat es geregnet und gestürmt, und an Golfspielen war gar nicht zu denken. Aber eines Morgens scheint endlich die Sonne, die Wiesen dampfen und leuchten grün. Um zwölf müsste man spielen können, denkt der Rabbi. Doch dann fällt ihm ein: Es ist ja Sabbat. Kein Gedanke an Golf! Der Rabbi schaut auf die Wiesen, Jerusalem liegt wie tot, dann, um ein Uhr, hält er es nicht mehr aus. Er nimmt seine Schläger und beginnt zu spielen.
Oben im Himmel gibt es eine riesige Aufregung, alle kommen

gelaufen zu Gott dem Herrn und rufen: »Gott der Gerechte, hast du gesehen? Der Rabbi, er spielt Golf am Sabbat!«
»Ich weiß«, sagt Gott der Herr.
Der Rabbi geht bereits auf das dritte Loch zu, und im Himmel fragen die aufgeregten Zuschauer Gott den Herrn: »Er spielt einfach weiter, was wirst du tun? Wirst du ihn nicht strafen?«
»Natürlich werde ich ihn strafen«, sagt Gott der Herr.
Der Rabbi kommt an Loch 7, eines der schwierigsten auf dem Gelände, nur mit mindestens fünf Schlägen zu bewältigen. Der Rabbi schlägt ab, der Ball kommt in eine Windböe, nimmt eine elegante Kurve und rollt direkt ins Loch. Mit einem Schlag. Ein As.
Im Himmel ringen alle die Hände und rufen: »Was für ein Schlag! Hast du nicht gesagt, du willst ihn bestrafen?«
Da sagt Gott der Herr: »Habe ich ihn nicht bestraft? Wem soll er's erzählen?«

Um beim Sport zu bleiben: Im Fußball wurde Deutschland 1990 in Italien erneut Weltmeister. Mit viel Glück gewann unsere Mannschaft das Endspiel gegen Argentinien. Borussia Dortmund holte 1997 die Meisterschaft der Champions-League, wurde beste Vereinsmannschaft Europas. Daran musste der Witz kratzen:

Zur Belohnung für treue Fans will der Dortmunder Verein eine Reise nach Mallorca verlosen. Die Nummer der Eintrittskarte, deren Besitzer gewonnen hat, wird durch den Stadionsprecher bekanntgegeben. Es meldet sich eine üppige Blondine mit einem schwarz-gelben Fan-Schal. Die Fans sind begeistert.
»Sie müssen aber zusätzlich ein paar Fragen beantworten«, sagt der Sprecher und bittet die Gewinnerin zu sich.
»Nichts Schweres«, beruhigt er sie, »sagen Sie mir nur, wo Mallorca liegt. In welchem Meer?«
Die Frau hat keine Ahnung.
»Schade«, sagt der Stadionsprecher, »aber das hätten Sie eigentlich wissen müssen.«
Da rufen die Fans auf den Zuschauertribünen im Chor: »Gib ihr noch 'ne Chance!«

»Gut«, sagt der Sprecher, »dann sagen Sie mir, wie die spanische Währung heißt. Es fängt mit P an.«
Die Gewinnerin weiß es nicht.
Da rufen die Fans wieder: »Gib ihr noch 'ne Chance!«
»Nun gut«, sagt der Stadionsprecher, »dann frage ich: Wie viel ist drei mal drei?«
»Neun«, antwortet die Gewinnerin nach längerem Überlegen.
Bevor der Sprecher »richtig« sagen kann, rufen die Fans erneut: »Gib ihr noch 'ne Chance!«

Ein Vereinsvorsitzender sagt nach dem Match zum Schiedsrichter: »Es war ein schönes Spiel – schade, dass Sie es nicht gesehen haben!«

Der Trainer beauftragt einen Spieler: »Du spielst morgen gegen den Meier.«
»Der tritt doch nach allem, was sich bewegt.«
Sagt der Trainer: »Dann hast du ja nichts zu befürchten.«

Zum Ende eines Scheidungsprozesses verkündet der Richter: »Die Ehe wird geschieden, das Kind der Mutter zugesprochen.«
Da fängt der kleine Junge fürchterlich an zu weinen und schreit: »Ich will nicht zu meiner Mutter!«
»Warum willst du denn nicht zu deiner Mutter?«, fragt der Richter.
»Die schlägt mich immer!«
Das Gericht berät erneut und verkündet, das Kind werde dem Vater zugesprochen.
Wieder weint und schreit der Junge: »Ich will auch nicht zu meinem Vater!«
»Und warum willst du nicht zu deinem Vater?«, fragt der Richter.
»Der schlägt mich auch immer!«
Der Richter erkundigt sich gütig: »Aber Junge, wohin möchtest du denn?«
»Ich will zum Ersten FC Köln! Die schlagen keinen!«

Man konnte da natürlich jeden Verein einsetzen, dem der Abstieg drohte …

In Köln spielte 1998 der Wiener Toni Polster Mittelstürmer, wurde zeitweise eine Art Lokalmatador und belebte den Fußballalltag mit ungewöhnlichem Humor. Als der 1. FC zweimal nacheinander gewonnen hatte, sagte er: »Die Serie wird mir langsam unheimlich.«

Im Spiel gegen die ebenfalls abstiegsbedrohten Mönchen-Gladbacher kam es beinahe zu Handgreiflichkeiten zwischen dem Kölner Polster und dem Gladbacher Effenberg. Wütend schimpften die beiden aufeinander ein und bedrohten sich mit Fäusten, wie im Fernsehen gut zu beobachten war. Als Journalisten später fragten, was da los gewesen sei, meinte Polster: »Der Effenberg hat mich gefragt, ob ich noch eine Karte für das Weltmeisterschaftsspiel Österreich gegen Marokko hätte. Ich hatte aber keine bei mir.«

Das passte nahtlos zum Kölner Humor, der in Tünnes und Schäl von jeher seine Wortführer hatte.

Tünnes und Schäl treffen sich.
Fragt Schäl: »Wo warst du so lange?«
Tünnes: »Ich war auf der Löwenjagd.«
Schäl: »Auf der Löwenjagd? Wie viele Löwen hast du denn geschossen?«
Tünnes: »Geschossen habe ich keinen.«
Schäl: »Wieso warst du dann auf der Löwenjagd?«
Tünnes: »Weißt du – für Löwen ist keiner schon viel!«

Über den regionalen Witz ist viel geschrieben worden, nicht zuletzt von Heinrich Lützeler, dem Bonner Professor, der die »Philosophie des Kölner Humors« erfand. Der regionale Witz ist ja meistens so regionalbezogen gar nicht, er hält oft dieselben Pointen nur in jeweils anderer Mundart bereit.

Bei »Klein Erna«:

Die Lehrerin gibt Klein Erna ein Briefchen mit, in dem sie moniert: »Werte Frau Pumeier, Klein Erna riecht manchmal so streng, und so bitte ich Sie, Klein Erna regelmäßig zu waschen.«
Daraufhin schreibt die Mutter zurück: »Wertes Frollein, Klein Erna is' keine Rose. Sie solln ihr nich' riechen, Sie solln ihr lernen!«

Oder Antek und Frantek:

Antek: »Wo so lange gewesen?«
Frantek: »Gefängnis.«
»Wegen was?«
»Beamtenbestechung.«
»Wieso das, du hast doch gar kein Geld?«
»Geld? Bestechung mit Messer!«

Regionale Witze haben für unsere Sammlung keine wesentliche Bedeutung. Wir beschränken uns deshalb auf ein paar Beispiele aus der Region, die wir als einzige gut kennen, weil wir dort leben.

Fragt Tünnes: »Was macht eigentlich der Pitter? Ich habe ihn lange nicht mehr gesehen.«
Schäl: »Der Pitter? Der arbeitet!«
Tünnes: »Für Geld tut der ja auch alles!«

Tünnes und Schäl sitzen am Rheinufer und angeln.
Sagt der Schäl: »Jetzt ist mir doch meine Brille in die Mosel gefallen!«
Tünnes: »Du Jeck, das ist doch nicht die Mosel, das ist der Rhein!«
Schäl: »Da merkst du mal, wie schlecht ich ohne Brille sehen kann!«

Nach langer Zechtour spüren Tünnes und Schäl ein menschliches Bedürfnis und stellen sich an die dunkle Wand eines Schuppens.
Sagt Tünnes: »Schäl, wie kommt das? Ich pinkele so laut und du so leise?«
Schäl: »Tünn', das ist ganz einfach.
Du pinkelst an das Wellblech, und ich an deinen Mantel!«

Ein besonders typisches Beispiel für »rheinische Logik« bietet dieser Dialog an:

Schäl: »Tünn', wo willste hin – verreisen?«
Tünnes: »Ich fahre in die Sahara.«
Schäl: »In die Sahara? Ist das denn nicht gefährlich?«
Tünnes: »Was soll denn daran gefährlich sein?«
Schäl: »Na, du gehst nach dem Mittagessen ein bisschen spazieren, und dann kommt da so 'n Löwe an …«
Tünnes: »Dann nehme ich mein Gewehr und schieß den Löwen tot.«
Schäl: »Tünnes, nach dem Mittagessen, du denkst an nichts Böses, da hast du gar kein Gewehr bei dir.«
Tünnes: »Dann nehme ich meinen Revolver und schieße den Löwen tot.«
Schäl: »Tünnes, nach dem Essen, ein Verdauungsspaziergang, da trägst du doch keinen Gürtel mit Revolver …«
Tünnes: »Dann nehme ich eben einen Knüppel und schlage den Löwen tot.«
Schäl: »Tünnes! In der Sahara! Nix als Sand – wo willst du da einen Knüppel finden?«
»Schäl, hältst du nun mit dem Löwen oder mit mir?«

Das ausklingende fünfte Jahrzehnt der Bundesrepublik Deutschland auf dem Weg zum Jahre 2000 wurde auch von Notlagen belastet: Sinkende Einkommen, Abbau der Sozialleistungen, ein Staat, der wenig Geld hat. Die Renten waren plötzlich trotz aller Beteuerungen nicht mehr sicher, das Wohlstand schaffende Gleichgewicht zwischen Kapital und Arbeit war aufgehoben zugunsten des Kapitals, das neue Gesetze diktierte. Altersvorsorge wurde mit Steuern bedroht.

Die Quellensteuer auf Zinsgewinne im Jahre 1992 hatte ohnehin schon dazu geführt, dass eine große Zahl wohlhabender Bürger ihr Geld illegal nach Luxemburg oder in die Schweiz schafften. Nach dem abgewandelten Dichterwort:

Was du ererbt von deinen Vätern hast, verbirg es, um es zu besitzen.

Der am 1. Januar 1999 geborene Euro wurde in der Öffentlichkeit kaum diskutiert, als sei es unanständig, darüber zu reden, und jemand, der davor warnt, schon ein Verräter an der gemeinsamen Sache. Das ging zu Lasten der Demokratie, die ohnehin bei den Brüsseler Behörden keine große Rolle spielte. Kein Parlament legitimierte mehr die Beschlüsse der Brüsseler Bürokratie, auch nicht das europäische, das mit so hohem Aufwand an mehreren Plätzen tagte.

Wenn es in Deutschland auch eine Abstimmung über den Euro gegeben hätte wie in anderen Ländern, wäre mit Sicherheit eine große Mehrheit gegen das europäische Abenteuer zustande gekommen. Hier fanden Ängste noch kein Ventil, der Euro hat es bis heute nicht zu einem Witz gebracht. Wenn man nicht auf einen Scherz zurückgreifen will, der von uns selber erfunden wurde, dass nämlich ein Euro aus zehn Neandertalern bestehen soll.

Eine gewisse Ratlosigkeit, Ausdruck von Irritation über die atemberaubende Vernetzung und Technisierung, steckt auch in Witzen, wie sie Ende der neunziger Jahre aufkamen:

Zwei Männer, die in der Nähe eines Indianerreservats wohnen, hacken im Herbst eine Woche lang Holz für den Winter. Danach fahren sie in die Stadt, um im Saloon einen Whisky zu trinken. Auf der Straße begegnet ihnen eine alte Indianerfrau, die immerzu murmelt: »Das wird ein ganz harter und kalter Winter!« Darauf beschließen die beiden, vorsichtshalber noch eine Woche Holz zu hacken.

Als sie nach Ablauf einer Woche in die Stadt kommen, treffen sie wieder die alte Indianerfrau. Sie murmelt: »Das wird ein ganz harter und langer Winter, oh, was werden wir frieren!«
Die beiden Männer machen sich Sorgen und beschließen, lieber noch eine Woche länger Holz für den Winter zu hacken.
Danach kommen sie in die Stadt, und wieder steht da die alte Indianerfrau und klagt: »Das wird ein ganz harter und schlimmer Winter!«
Da geht einer der beiden Männer zu ihr und fragt: »Kluge, alte Frau, woran siehst du das denn?«
Und sie antwortet: »Da oben in den Bergen sind zwei Weiße, die hacken schon seit drei Wochen ununterbrochen und wie besessen Holz!«

Witze über düstere Ahnungen und auch über das, was uns im Jenseits erwartet, haben Erzähler immer parat. Auch sie sollen Angst abbauen oder verdrängen. Sterben passiert dann grundsätzlich nur anderen, nicht einem selber. Himmel und Hölle werden so etwas wie Reiseziele.

Als Machiavelli, der als Schriftsteller ethische Normen für Regierende aufheben wollte, auf dem Sterbebett liegt, wird er von den Umstehenden bedrängt, doch endlich dem Teufel abzuschwören.
Er antwortet: »Werde ich mir denn in dieser Situation neue Feinde machen?«

Zwei englische Lords treffen sich. Der eine erinnert sich bedauernd: »Ach, ich habe gehört, Sie haben Ihre Frau Gemahlin beerdigen müssen?«
»Ja«, sagt der andere, »was sollte ich machen? Sie war tot!«

Letzter Wunsch eines Todeskandidaten: »Ich möchte auf dem elektrischen Stuhl die Hand meines Verteidigers halten!«

Ein Pastor lässt sich seine Heimatzeitung in den Urlaub nachschicken und findet darin eines Morgens seine eigene Todesanzeige. Da hat sich aber einer einen bösen Scherz erlaubt, sagt er sich, ruft aber trotzdem den Bischof an. »Haben Sie meine Todesanzeige gesehen?«, fragt er.
»Natürlich«, bestätigt der Bischof.
Der Pastor setzt nach: »Aber Sie haben den Unsinn doch hoffentlich nicht geglaubt?«
»Natürlich nicht«, bestätigt der Bischof, »aber sagen Sie, von wo rufen Sie an?«

Drei Bestattungsunternehmer klagen bei einem Treffen über die schlechte Lage. Das Wetter ist zu gut, die Menschen sind zu gesund.
»Ich hatte im letzten Monat nur sieben Erd- und drei Feuerbestattungen«, sagt der erste, »und noch eine Seebestattung, das war alles.«
»Bei mir war es kaum besser«, sagt der zweite, »acht Erd-, drei Feuer- und zwei Seebestattungen.«
»Bei mir war es nicht ganz so schlimm«, meldet sich der dritte, »ich hatte zwar auch nur sieben Erd-, vier Feuer- und zwei Seebestattungen, aber dann sechs Kompostierungen ...«
»Kompostierungen?«, fragen die beiden erstaunt.
»Nun, die Grünen kommen ja jetzt auch in die Jahre!«

Zu dieser Sammlung gehörten auch Beichtwitze, die in katholischen Regionen von jeher beliebt waren. Allerdings mehr auf dem Land als in Großstädten.

Elisabeth hat gerade gebeichtet, als ein Verehrer versucht, Hand an sie zu legen.
»Warte bitte einen Moment«, sagt sie, »noch bin ich ja im Stande der heiligmachenden Gnade. Aber ich komme da auch wieder heraus!«

Samuel Weizenbaum, soeben erst Katholik geworden, kniet zum ersten Mal im Beichtstuhl.

»Ich habe mit der Frau meines Kompagnons geschlafen.«
»Wie oft, mein Sohn?«
»Nu«, entgegnet Weizenbaum, »bin ich gekommen, mich zu zerknirschen, oder bin ich gekommen, mich zu berühmen?«

Die Deutschen warfen sich selber vor, den Mitbürgern ihr Geld und ihren Besitz nicht zu gönnen, eine Neidgesellschaft entwickelt zu haben. Die Gerichte stöhnten über die Unzahl von Verfahren, mit denen Nachbarn sich bedrohten, statt miteinander zu reden. So kamen auch Nachbarschaftswitze auf. In denen wurde allerdings geredet:

Sagt die Frau zu ihrer Nachbarin: »Wissen Sie, dass Ihre Katze heute Morgen meinen Wellensittich gefressen hat?« –
»Ach, gut, dass Sie es sagen«, antwortet die, »dann kriegt sie heute nichts mehr.«

Eine Nachbarin beschwert sich: »Ihr Sohn hat gesagt, ich sähe aus wie eine Kuh!«
Antwortet die Mutter: »Dabei habe ich ihm immer gesagt, er soll nicht nur nach äußerlichen Eindrücken urteilen.«

Dass »Made in Germany« nicht mehr unbedingt eine Garantie für Qualität sein musste, scheint auch eine Folge der neuen wirtschaftlichen Entwicklung zu sein. Das betraf natürlich zuerst das Handwerk.

Der Friseur fragt einen Kunden nach seinen Wünschen. Der sagt: »Ich möchte gern die linke Seite ganz glatt, rechts zehn bis elf Stufen, vorn ein paar Haare in die Stirn und hinten eine Strähne, die über die Anzugjacke fällt.«
Der Friseur schüttelt den Kopf: »Das kann ich nicht.«
»Wieso nicht?«, fragt der Kunde. »Vor drei Wochen haben Sie mir die Haare doch auch so geschnitten.«

Danach ist der Friseur vermutlich zu einem Psychotherapeuten gegangen.

Ein Mann, der zum Psychotherapeuten will, kommt in ein Wartezimmer mit zwei Türen. Über der einen steht »Mutter geliebt«, über der anderen »Mutter gehasst«. Er geht durch die Tür mit »Mutter geliebt« und steht erneut in einem Zimmer mit zwei Türen. Über der einen steht »Vater geliebt«, über der anderen »Vater gehasst«. Na, denkt er, ein bisschen Ödipus-Komplex wird vielleicht sogar erwartet. Also geht er durch »Vater gehasst«.
Wiederum kommt er in ein Zimmer mit zwei Türen.
Über der einen steht »Über 100 000 Mark Einkommen«, über der anderen »Unter 100 000 Mark Einkommen«.
Er wählt die mit »Unter 100 000 Mark Einkommen« und steht wieder auf der Straße.

Walter Dirks, der Schriftsteller und Publizist, hatte in den sechziger Jahren über die Bundesrepublik geurteilt: »Es bleibt viel anzuerkennen und zu loben, aber im Endergebnis dieser Jahre haben wir eine nur scheinbar stabile, in Wahrheit äußerst labile, ihrer selbst nur scheinbar sichere Gesellschaft, die in der Gefahr ist, in schweren Belastungsproben zu versagen.« Das bleibt vermutlich länger wahr.

Der Berliner Professor Arnulf Baring schrieb 1997 ein Buch mit dem Titel ›Scheitert Deutschland?‹. Der Autor bejahte diese Frage in fast allen Kapiteln. Das Buch wurde ein Bestseller.

Die Wiedervereinigung hatte finanzielle und soziologische Probleme zur Folge, die das Land noch nicht bewältigt hat.

Dazu passt eine Geschichte, die 1960 ein alter Jude in Israel erzählt hatte:

Ein Jude geht in Jerusalem an die Klagemauer. »Gott der Herr«, betet er, »zweitausend Jahre haben wir dich angefleht: Lass uns heimkehren in das Land unserer Väter. Und ausgerechnet uns muss es passieren!«

Professor Valentin Braitenberg, der ehemalige Direktor des Max-Planck-Instituts für biologische Kybernetik in Tübingen, schrieb 1998 in der ›Zeit‹: »Die herrliche Perversion, die aus der Gehirnfunktion Lust bezieht, entschädigt uns für manche Schwäche auf animalischem Gebiet und macht uns schicksalhaft zu Wissenschaftlern. Und zu Erzählern von Witzen.«

Fällt uns noch ein Witz ein? Keiner mehr? – So ernst sind die Zeiten geworden!

Zugaben

Michael Lentz

Drei Riesen

Als Chris Howland, Dieter Thoma und ich zum ersten Mal in einer Kneipe über Witze nachdachten und unsere reichhaltige Bestandsaufnahme dem Tonband anvertrauten, erzählte ich einen meiner Lieblingswitze: den von den drei Riesen.

Als ich die Pointe servierte, war ich der Einzige, der schallend lachte. Später wurde ein Protokoll ausgefertigt, in dem alle Witze, die unbedingt berücksichtigt werden sollten, mit zwei oder drei Kreuzen markiert wurden. Meine »Drei Riesen« tauchten gar nicht erst auf.

Bei der nächsten Sitzung sagte ich: »Ihr habt meinen Lieblingswitz, den von den ›Drei Riesen‹, vergessen.« Und weil ich ihn so gut fand, erzählte ich ihn noch mal. Peter Jamin, der ebenfalls zur Runde gestoßen war, blickte mich zweifelnd an, als ich nach der Pointe in Gelächter ausbrach. Ich fand kein Echo. Chris Howland bestellte ein Mineralwasser und pfiff durch die Zähne, was er immer tut, wenn ihm etwas peinlich ist. Dieter Thoma strich mit dem Daumen seine Brauen zurecht und sagte in einem Tonfall, der eindeutig meinen Humor in Frage stellte: »Sag mal, findest du diesen Witz wirklich gut?«

»Ja«, sagte ich, »ja, ja, ja! Und ich lasse mir die ›Drei Riesen‹ von euch auch nicht austreiben. Das ist ein Schmuckstück unserer Sammlung.« Betretenes Schweigen. Chris Howland pfiff. Jamin fixierte mich wie jemanden, dem ein Fauxpas unterlaufen ist, der aber von seinen Gesprächspartnern rücksichtsvoll überhört wird. Thoma wölbte die Lippen und sagte: »Also wenn du den Witz wirklich so gut findest, kannst du ihn ja unter deinem Namen in einer persönlichen Notiz unterbringen.«

Das tue ich hiermit:

Drei Riesen unterhalten sich darüber, wer von ihnen den größten Vater hatte. Sagt der eine:
»Wenn mein Vater morgens aufstand und die Füße voreinandersetzte, stand er mit einem Bein in Frankreich und mit dem anderen in Australien.«
»Das ist noch gar nichts«, sagt der zweite Riese. »Wenn mein Vater morgens aufstand und sich mal so richtig reckte, hatte er in jeder Hand einen Planeten.«
»Waren die Planeten warm?«, fragt der dritte Riese.
»Ja, warum?«
»Dann waren das die Eier von meinem Alten.«

Dieter Thoma

Die Tochter des Gastgebers

Lieblingswitze verraten viel über den Menschen, der sie preisgibt, sagen die Psychologen. Ich verknüpfe deswegen Witze untrennbar mit Menschen, die sie mir erzählt haben, als seien sie ihr geistiges Eigentum. Über vierzig Jahre hinweg konnte ich manchmal behalten, wer mir bei einer bestimmten Gelegenheit welchen Witz weitergab. Das gilt auch für Erlebnisse, in denen ein Witz anders wirkte als sonst, weil er auf eine besondere Situation traf.

Nur Musik vermittelt noch vergleichbare Erinnerungsbrücken; das erste Sinfoniekonzert, die erste Oper, die neue Freundin, die damals einen schrägen Schlager schätzte. Sobald ich die Musik höre, lebe ich in dieser Vergangenheit, werden alte Freunde wieder aktuelle Gesellschafter.

Auch *wo* man einen Witz erzählt, kann wichtig sein, die Stimmung, die Zuhörer, der Vorlauf, die Tageszeit. Und manchmal kommt dann noch eine Überraschung dazu.

Auf einer Reise hatte mich ein Gesprächspartner abends zum Essen an den Familientisch eingeladen. Seine Frau und zwei Töchter, 16 und 14 Jahre alt, saßen auch dabei. Nach dem Essen tischte der Gastgeber einen Witz auf. Ich fügte einen anderen hinzu, und so tauschten wir eine Zeitlang Pointen aus, streng darauf bedacht, sie nur aus der obersten Schublade zu nehmen, geeignet für jedes katholische Lyzeum.

Da meldete sich die vierzehnjährige Tochter und fragte, ob auch sie einen Witz erzählen dürfe.

»Natürlich«, erlaubte der Vater und lehnte sich nicht ohne väterlichen Stolz zurück. Und Tochter Ulrike begann:

Es gibt Anstandsunterricht bei der Bundeswehr. Der Spieß fragt die Rekruten, wie sie sich in folgender Situation verhalten würden: »Sie sitzen mit einer Dame in einem Lokal und müssen mal austreten. Was sagen Sie?«
Der erste antwortet: »Was soll ich schon groß erklären? Ich werde sagen: ›Mädchen, ich muss mal zum Klo.‹«
»Unmöglich«, urteilt der Spieß, »und Sie?«
Der zweite antwortet: »Ich würde sagen: ›Meine Dame, jeder Mensch muss mal müssen, und das ist jetzt bei mir der Fall.‹«
»Schon besser«, meint der Spieß, »aber noch nicht gut. Und Sie?«
Der dritte steht auf, verbeugt sich leicht und sagt: »Gnädiges Fräulein, ich muss leider mal eben vor die Tür und einem guten Freund die Hand geben, dessen Bekanntschaft Sie auch bald machen werden!«

Ich brauchte eine ganze Weile an diesem Abend, um den Vater davon zu überzeugen, dass seine Tochter noch nicht völlig missraten sei.

Eine andere Situation … Wir hatten Modefotos für ›twen‹ machen lassen und saßen bei mir zu Hause: Willy Fleckhaus als Chef der Zeitschrift, ein Modefotograf und vier Models oder Mannequins, wie man zu der Zeit noch sagte. Und wieder wurden irgendwann Witze erzählt. Auf ein passendes Stichwort hin gab ich die Geschichte vom Fuchs und dem Hasen zum Besten.

Ein Fuchs und ein Hase spielen zuweilen miteinander Karten. Es ist spät geworden an einem Abend, und da sagt der Fuchs: »Pass auf, ich bringe dich schnell nach Hause, setz dich nur auf meinen Schwanz!« Der Hase sitzt auf und kommt auch schnell und relativ bequem zurück.
Das nächste Mal besucht der Fuchs den Hasen. Wieder wird es spät, der Hase will sich revanchieren und sagt ebenfalls: »Jetzt bringe ich dich nach Hause, setz dich nur auf meinen Schwanz!« Dort aber findet der Fuchs keinen Halt, rutscht jedes Mal ab, wenn der Hase starten will. Da geht der Hase ärgerlich zur

Garage, fährt einen Cadillac heraus und bringt damit den Fuchs heim.
Moral: Wer einen zu kleinen Schwanz hat, braucht einen Cadillac!

Auf diese Pointe hin sprang eines der Models begeistert vom Sessel hoch und juchzte: »Ja, genauso ist es, genauso ist es!«

Michael Lentz

Jiris Erzählungen

Manchmal gibt es geringfügige Erlebnisse, die lange zurückliegen und sich in unseren trügerischen Erinnerungen als Anekdoten etablieren. Wenn die Anekdoten altern, lassen sie Federn. Dann könnte ein Witz daraus werden.

Es ist die Rede von dem tschechischen Dienstwagenfahrer Jiri, der im Herbst 1966 drei deutsche Filmkritiker vom Flughafen abholte, um sie nach Prag zu kutschieren. Dort sollte unsere kleine Delegation Filme für das Programm der »Oberhausener Kurzfilmtage« aussuchen. Auf dem Bildschirm meiner Erinnerungen erscheint Jiri als ein rundlicher, behänder Mann, der so tat, als hätte er mit uns schon vor vielen Jahren Brüderschaft getrunken. Er hatte seine letzten Haarsträhnen eitel über den Kahlkopf gestriegelt, und während er mit hoher Geschwindigkeit der »Goldenen Stadt« entgegenfuhr, stieß Jiri bisweilen unerwartet einen Mittelfinger ins rechte Ohr. Hektisch bewegte er ihn dort hin und her, als gelte es, einen quälenden Juckreiz zu lindern.

»Aah, grieß Gott, liebe Leut aus scheene Bundesrepublik«, hatte Jiri zur Begrüßung gesagt und unsere schweren Reisetaschen wie Federbälle in den Kofferraum geworfen. Am Steuer schwieg er einen Augenblick gedankenvoll, bis er seine nächsten Sätze gefunden hatte: »Hab ich Freund in scheene Bundesrepublik – den Erwin aus Wuppertal. Besucht mich jedes Jahr im Friehling, der Erwin. Haben wir sehr scheene Zeit.«

»Aha«, sagte ich.

»Wissen Sie«, fuhr Jiri fort, »wenn er kommt, der Erwin aus Wuppertal, gehen wir erst mal gut essen. Ente und Knödel, Schweinsbraten mit Kraut. Dazu trinken wir viele, viele Pilsener und Marillenschnäpse. No, und wenn wir bissken betrunken sind, sagt mein Freund Erwin: ›Und nu, Jiri, was ist mit veggeln?‹

No – kenne ich viele scheene Mädchen in Prag, kosten bissken Geld, aber bezahl ich gern für meinen lieben Freund Erwin aus Wuppertal.«

Jiri lächelte versonnen und schüttelte das rechte Ohr, ehe er seinen Monolog fortsetzte. »Wissen Sie ... hat er mich jetzt fünftes Mal besucht, der Erwin, immer in Friehling. Und letztes Mal hat er mich eingeladen in scheene Bundesrepublik.

Bin ich nach Wuppertal gefahren, hat mich mein Freund vom Zug abgeholt und gesagt: »Meine Frau hat wat Leckeres zu essen gemacht, du kannst auch bei uns wohnen. No – wissen Sie, was gab es zu essen? Kalte Platte! Bissken Wurst, bissken Käse, paar kleine Gurken. Zwei Flaschen Bier haben wir getrunken und hinterher Kaffee und einen warmen Schnaps. Erwins Frau, heißt sie Renate, hat mich angeguckt wie einen Feind, als ich auf leeres Bierglas gezeigt habe. Dann hat sie warmes Selterswasser auf Tisch gestellt und abgeräumt. Als sie in Kiche war, hab ich zu meinem Freund gesagt: ›Und nu, Erwin, was is' mit veggeln?‹ War ihm peinlich. Hat er mit Kopf geschüttelt und gemeint, das ginge heute nicht, Renate würde uns nicht allein aus dem Haus lassen. No – hab ich warmes Selterswasser getrunken und auf Luftmatratze geschlafen.«

Hier endeten die Erzählungen des Dienstwagenfahrers. Aber kurz vor Prag reichte Jiri noch einen Kommentar nach, der seiner schelmischen Betrachtung über unterschiedliche Freundschaftsdienste den Hintersinn gab: »Also wissen Sie, liebe Leut ... scheene Demokratie wie Bundesrepublik haben wir nicht in Tschechoslowakei. Aber sehr scheenes Leben ...«

Dieter Thoma

Fröhliche Nachrufe

Darf man mit Witzen Verstorbener gedenken? Ich habe keinen Einwand gefunden, der dagegen spräche. Ich sehe sie dann lachend vor mir, vergnügt und liebenswert. Ich könnte mir denken, dass sie gern so in der Erinnerung weiterleben. Mit fröhlichen Nachrufen.

So verbinde ich eine meiner Lieblingsgeschichten mit dem Schweizer Kollegen Guido Baumann. Es war in der Zeit, als er noch nicht als »Ratefuchs« im Fernsehen populär war. Wenn ich sie erzähle, ist es so, als wenn er sie selber vortrüge:

Eine Züricher Beamtenfrau lernt auf einem Karnevalsfest einen charmanten Mann kennen und verliebt sich in ihn. Sie treffen sich heimlich. Er ist ein reicher Unternehmer und will ihr Geschenke machen, einen Pelzmantel zum Beispiel. »Wie soll ich das denn meinem Mann erklären?«, fragt sie verzagt.
Der Freund lässt sich jedoch etwas einfallen. Er nimmt sie eines Tages mit in ein Pelzgeschäft und probiert Mäntel an. Am Ende wählt er einen schwarzen Nerzmantel für 22 000 Franken aus und instruiert den Verkäufer: »Diesen Mantel, bitte schön, zahle ich mit 21 500 Franken an. Ich lasse ihn aber hier. Und wenn diese Dame hier später mit einem anderen Herrn wiederkommt, dann verkaufen Sie ihn bitte für 500 Franken.«
Und seiner Freundin erklärt er: »Du sagst einfach deinem Mann, dies sei ein Mantel mit kleinen Fehlern, deswegen so preiswert, er sei dir als Gelegenheitskauf angeboten worden.«
Am nächsten Tag kommt die Beamtenfrau wirklich mit ihrem Mann vorbei. Der lässt sich den Mantel zeigen, aber er will ihn

noch nicht kaufen. Er möchte zum Vergleich auch andere Mäntel prüfen. Und am Ende wählt er einen Mantel für 1 000 Franken aus. Er sagt zu seiner Frau: »Weißt du, wenn wir uns schon eine so teure Anschaffung leisten, dann will ich auch keinen Mantel mit Fehlern, dann soll es etwas Gutes sein.«
Sobald es möglich ist, ruft die Frau ihren Geliebten an und erzählt, warum es nicht wie geplant gelaufen ist. »Das macht nichts«, beruhigt er sie, »irgendwann schaffen wir das schon.« Er fährt zum Pelzgeschäft und ruft den Verkäufer. Er erklärt ihm: »Wir werden etwas anderes unternehmen, aber diesen Kauf muss ich leider rückgängig machen.«
Da schüttelt der Verkäufer den Kopf und bedauert: »Das geht leider nicht.« – »Wieso geht denn das nicht?« – »Wissen Sie, eine Viertelstunde später war gestern der Herr noch einmal da und hat den anderen Mantel auch genommen.« Und so kommt es, dass die Sekretärin des Beamten jetzt einen schwarzen Nerzmantel für 22 000 Franken trägt.

Wiederum ein Witz erinnert mich an Karl-Heinz Wocker, den brillanten London-Korrespondenten von NDR/WDR. Wir tauschten gern Geschichten aus, saßen noch vier Tage vor seinem Tode einen langen Abend zusammen. Viele seiner Geschichten hatten mit Musik zu tun, über die er so viel wusste. Behalten habe ich eine andere, weil sie so sehr englisch ist.

Ein Bräutigam versucht, vor der Hochzeit unbedingt noch ein aufklärendes Gespräch mit seiner Auserwählten zu führen. Die wehrt das jedoch immer wieder ab und versichert, ihr sei ganz egal, was in seinem Vorleben gewesen und passiert sei, das spiele doch jetzt alles keine Rolle mehr. »Aber ich muss dir unbedingt noch etwas sagen«, drängt der künftige Ehemann.
»Und ich will nichts davon wissen«, beharrt die Braut.
Die beiden heiraten also und gehen auf Hochzeitsreise. Am zweiten Tag telegrafiert die Tochter ihrer Mutter:
»Stell dir vor, Albert hat nur einen Fuß!«
Die Mutter telegrafiert sofort zurück: »Keine Sorge, Vater hatte nur drei Zoll. Trotzdem glücklich geworden!«

Manchmal stimmt es mich traurig, wenn die Distanz zu groß wird, wenn Lieblingswitze aus dem Repertoire gestrichen werden müssen, weil sie sich überlebt haben. Historische Assoziationen kann kaum noch einer nachvollziehen, oder die handelnden Personen werden mit der Zeit unbekannt. Das ist auch deswegen bedauerlich, weil damit die gute Erinnerung an die Erzähler schwindet. Bei der folgenden Geschichte sehe ich Ulrich Gembardt vor mir, Chefredakteur von ›Magnum‹ und danach Stellvertretender Chefredakteur beim WDR. Sein Witz:

Ein Angler an der Donau fängt einen besonders großen Fisch. Stolz will er ihm gerade die Kiemen durchschneiden, da sagt der Fisch: »Lass den Quatsch, Junge!«
»Du kannst ja reden!«, staunt der Angler.
»Kann ich«, sagt der Fisch, »und wenn du mich wieder ins Wasser wirfst, hast du drei Wünsche frei.«
»Drei Wünsche«, überlegt der Angler, »drei Wünsche?«
»Du hast nicht so viel Zeit«, mahnt der Fisch, »du weißt, ich überlebe hier nicht lange!«
»Also, ein Schloss möchte ich haben«, sagt der Angler.
»Gut«, sagt der Fisch, »und der zweite?«
»Reich möchte ich sein!«
»Auch gut«, sagt der Fisch, »und der dritte!«
Der Angler überlegt lange.
»Gleich ist es vorbei«, warnt der Fisch.
»Und eine Prinzessin möchte ich haben«, entscheidet der Angler.
»Gemacht«, sagt der Fisch, »die Zeit ist egal?«
»Die Zeit ist egal«, meint der Angler und wirft den Fisch wieder ins Wasser.
Als er am nächsten Morgen wach wird, sieht er blau-goldenen Stuck an der Decke und eine riesige Flügeltür, die zu einer Parkterrasse führt. Das Schloss, stellt er fest. Auf einer edlen Kommode in der Ecke sieht er Juwelen und denkt: Reich bist du offenbar auch. Er dreht sich auf die andere Seite und sieht dort in einem benachbarten Himmelbett die Prinzessin liegen. Sie lächelt ihn an und sagt: »Bist du endlich wach, Franz Ferdinand? Wir fahren nämlich heute nach Sarajewo.«

Ein Witz fürs dritte Programm. Aber wer denkt heute bei dem Namen Sarajewo noch an den Beginn des Ersten Weltkriegs und das Attentat auf den österreichischen Thronfolger?

Hier ist noch eine andere Geschichte, die langsam historisch wird. Dabei sehe ich das ironisch-skeptische Gesicht von Willy Haas vor mir, dem ich sie auf einer Reise als meinen Lieblingswitz erzählte. Es war eine Art Eintrittskarte in seinen Freundeskreis, seitdem mochte er mich. Willy Haas war in den zwanziger Jahren Chefredakteur der ›Literarischen Welt‹ gewesen und steckte selber voller Anekdoten.

Max Reinhardt, der berühmte Regisseur der zwanziger Jahre, hat sich bei Salzburg ein Schloss gekauft, Leopoldskron, und feiert dort ein großes Fest. Die Besucher strömen festlich gekleidet durch eine Allee, links und rechts stehen livrierte Diener mit brennenden Kandelabern, auf dem See schwimmen, angestrahlt, 300 weiße Schwäne, ein Orchester sitzt auf der Freitreppe und spielt zur Begrüßung. Einer der Besucher sieht Alfred Kerr da gehen, den berühmten Kritiker jener Zeit. Er spricht ihn an und sagt: »Hören Sie mal, Herr Kerr, das ist doch nicht mehr im Lot, oder? Ist das nicht völlig übertourt? Ein kleiner Opernregisseur aus Berlin kauft sich hier ein richtiges Schloss, Leopoldskron, und dann dieses Fest! Livrierte Diener mit brennenden Kandelabern, ein Orchester auf der Freitreppe, zwei- bis dreihundert Schwäne, angestrahlt, das ist doch hemmungslos, maßlos übertrieben, einfach nicht in Ordnung!«
Und Alfred Kerr nickt und erwidert: »Sie haben ja so recht! Wissen Sie, ich kannte den Reinhardt ja schon, als er in Berlin angefangen hat. Da wohnte er in einer kleinen Mansarde im sechsten Stock, mit schrägen Wänden. Wenn man da hinkam, sah man einen Schrank, einen Tisch, zwei Stühle, ein Bett, zwei, drei Schwäne – das war alles.«

Willy Haas verwies auf Egon Friedell. Der habe zu diesem Fest, das es wirklich gegeben habe, eine missgünstige Kritik Franz Molnars zitiert. Ich suchte später danach und fand sie auch. Molnar hatte geschrieben: »Er (Reinhardt) hat es doch nicht nötig, dass er für eine

Party ein paar Statisten vom Landestheater als Erzherzöge und Bischöfe verkleidet und den Gästen einreden will, dass wirklich lauter prominente Leute kommen …«

Viele können gar nicht verstehen, was an dieser Anekdote von Schloss Leopoldskron witzig sein soll. Das muss man hinnehmen. Sie sind mir immer noch lieber als andere, die sich genau auskennen und mir erklären, dass Schloss Leopoldskron gar keine Allee neben einem See besitzt …

Quellennachweis

Seite 38: »Es hallte im Land ein Protestschrei ...«
Seite 52: »In einem Eisenbahnabteil...«
Aus: Lutz Röhrich: Der Witz. J.B. Metzlersche Verlagsbuchhandlung und Carl Ernst Poescher Verlag GmbH, Stuttgart 1977.

Seite 51: »Nach langer Abwesenheit ...«
Seite 70: »In der Straßenbahn ...«
Seite 74: »Sie fahren Mercedes ...«
Seite 204: »Samuel Weizenbaum, soeben erst Katholik geworden, ...«
Aus: Eike Christian Hirsch: Der Witzableiter. Hoffmann und Campe Verlag, Hamburg 1985.

Seite 75 bis 76: »In einer mährischen Judengemeinde...«; »Im Speisewagen eines Schnellzuges...«; »In einer Wirtsstube...«
Friedrich Torberg in: ›Der Monat‹, Heft 157, Oktober 1961. Rechte am Gesamtwerk Toberg: Langen Müller in der F.A. Herbig Verlagsbuchhandlung GmbH, München.

Seite 124: »Ein Mann betritt eine Eisenwarenhandlung...«
Seite 126: »Ulbricht ist mit seiner Frau im Auto unterwegs...«
Seite 180: »Ein Korrespondent der ›Prawda‹...«
Clement de Wroblewski: Wo wir sind ist vorn. Hamburg 1986.

Die Autoren und der Verlag danken für die freundlich erteilten Abdruckgenehmigungen. Rechteinhaber, die trotz eingehender Bemühungen nicht benachrichtigt werden konnten, bitten wir, sich an den Verlag zu wenden.

Kennen Sie den …?

Die Lieblingswitze der Deutschen

»Man spricht viel zu leichtfertig vom Lachen in der Welt;
ich halte es für eine der ernsthaftesten
Angelegenheiten der Menschheit.«
Wilhelm Raabe

Inhalt

DIETER THOMA
Das Wesen des Witzes I:
Zum Einstieg
231

DIETER THOMA
Millenniumsangst und Krisenwitz:
Ganz Deutschland lacht sich ins neue Jahrtausend
237

PETER JAMIN
Das Wesen des Witzes II: Sprache und Humor
251

DIETER THOMA
Der Dax im Käfig: Witz und Wirtschaft
256

CHRIS HOWLAND
DM ade: The United States of Euro
266

DIETER THOMA
Geschlechterkampf: B. trifft den Nagel auf den Kopf
272

Zwischenrufe 280

CHRIS HOWLAND: Heinz Erhardt und der Affe
282

DIETER THOMA
Kichernde Klarinetten: Das Heitere in der Musik
287

DIETER THOMA
Von Giraffen und Schuhplattlern: Musik und mehr
294
JAMIN/THOMA
»Nur glicklich bin ich nicht«: Der jüdische Witz
301

Zwischenrufe 309
CHRIS HOWLAND: Verstehen Sie Spaß?
310

DIETER THOMA
Der politische Witz: Eine mühsame Suche
313
CHRIS HOWLAND
Ein wirklich volles Glas: Physik für alle
317
PETER JAMIN
Das Lachen auf dem Seziertisch: Wissenschaft und Witze
319
CHRIS HOWLAND
Vorsicht, Bett! Die Gefahren der Statistik
327

DIETER THOMA
Das Wesen des Witzes III: Schwarzer Humor
330

PETER JAMIN
Einmal berühmt sein I ... Das erste Mal (auf der Bühne)
341

Peter Jamin
Einmal berühmt sein II … Applaus!
348
Dieter Thoma
Schlagfertig: Ist Tennis witzlos?
356
Chris Howland
Liebesgaben gedruckt: Kichern im Internet
362

Zwischenrufe 367
Chris Howland: Spiel ohne Grenzen
368

Dieter Thoma
Tünnes trifft Klein Erna: Der regionale Witz
371
Dieter Thoma
Adel verpflichtet: Die baltischen Barone
383
Peter Jamin
Die Sterne lügen nicht: Feinschmeckerwitze
392

Dieter Thoma
Das Wesen des Witzes IV: Verführung zum Witzigsein
405

Dieter Thoma
Zwei Bazillen treffen sich: Lachen ist gesund
417

Peter Jamin
Dichter, Denker, Kritiker: Wortwechsel mit Pointen
428

Dieter Thoma
Genosse, es darf gelacht werden: (N)Ostalgie
435

Zwischenrufe 448
Chris Howland: Man singt Englisch
449

Dieter Thoma
Dem Witz auf der Spur: Reisewitze
455
Dieter Thoma
Der klerikale Witz: Himmlisches Gelächter
462
Chris Howland
Zu guter Letzt: Der Blick hinter die Kulissen …
473

Chris Howland
Zugabe I: Unikate im Hotel
484
Peter H. Jamin
Zugabe II: Vor dem Abflug
490
Dieter Thoma
Zugabe III: Von Schweinen, Katzen und Löffeln
495

Danksagung
500

Dieter Thoma

Das Wesen des Witzes I:

Zum Einstieg

»Der Witz ist das einzige Ding, was um so weniger gefunden wird, je eifriger man es sucht«, erfuhr schon Friedrich Hebbel. Er war der erfolgreichste Autodidakt der deutschen Literaturgeschichte, arbeitete sich vom Maurerlehrling zum bedeutendsten Dramatiker des 19. Jahrhunderts hoch. In seinen Stücken ist der Mensch der Vernichtung preisgegeben, wenn er seine Aufgabe in dieser Welt erfüllt hat.

Um diesem Schicksal zu entgehen, haben wir uns eilends an eine Fortsetzung des Buches ›Ganz Deutschland lacht! 50 deutsche Jahre im Spiegel ihrer Witze‹ gemacht. Zum Glück hatten wir ja bei unserer ersten Ernte auf den fetten Weiden der Erinnerung nicht alles abgegrast. Wir folgten also weiter den Spuren des Gelächters. Wo immer gelacht wurde, forschten wir, fragten Prominente und andere Kundige nach ihren Witzen. So fanden wir viele Lieblingswitze der Deutschen, die wir in diesem Buch vereinen. Auf einem zweiten Bildungsweg haben wir in diesem Buch Witze mit Themen gekoppelt, deren Ernsthaftigkeit nicht unbedingt Witz vermuten ließ. Wenn die Wirtschaft zum Beispiel »unser Schicksal« ist, kann sie dann trotzdem witzig sein?

Ein Mann erhält einen Anruf: »Ist da Rothschild?«
Sagt der Angerufene: »Großer Gott, sind Sie falsch verbunden!«

Bei manchen dieser Fundsachen fielen wir in tiefe Zweifel. Worüber lachen wir in Deutschland eigentlich? Wissen wir immer so genau, was ein guter Witz ist? Als ich mich bei meiner Bäckersfrau beschwerte, die Brötchen seien aber heute sehr klein geraten, sagte sie: »Ach, wissen Sie, Herr Thoma, man steckt da nicht drin.«

Können andere das auch witzig finden?

Jean Paul hat gesagt: »Der Witz ist ein verkleideter Priester, der jedes Paar traut.« Und der Philosoph Friedrich Theodor Vischer fügte hinzu: »Die Paare am liebsten, deren Verbindung die Verwandten nicht dulden wollen.«

Das ist witzig, erklärt uns aber wenig.

George Orwell hat geschrieben, jeder Witz sei eine winzige Revolution. Das klingt kühn, aber der Versuch, diesen Satz zu belegen, könnte eine Dissertation herausfordern.

Clausewitz, nomen est omen, hat den Witz mit der Kriegslist verglichen: »Wie der Witz eine Taschenspielerei mit Ideen und Vorstellungen ist, so ist die List eine Taschenspielerei mit Handlungen.« Das leuchtet ein. Aber es bringt uns auch nicht viel weiter.

Wann und wo habe ich zuletzt gelacht? Wer zuletzt lacht, soll ja im Vorteil sein. Gelacht habe ich über die Kleinanzeige in der ›WAZ‹: »Raumpflegerin für den Raum Castrop-Rauxel gesucht.«

Neulich sagte mir jemand auf die Frage, wie es ihm gehe: »Schlecht! Mein Hund hat Flöhe, und ich habe die Grippe.«

»Hätten Sie es lieber umgekehrt?«, habe ich zurückgefragt.

War das schon ein Witz? Oder kostet Sie das als Leser nur ein müdes Lächeln?

Über was können wir in Deutschland in diesem neuen Jahrtausend lachen? Warum kann der Mensch überhaupt lachen? Nietzsche hat gesagt, der Mensch leide so tief, dass er das Lachen erfinden musste. Lachen als Notwehr also. Und der Philosoph Henri Bergson schrieb: »Das Lachen würde seinen Zweck verfehlen, wenn es von Sympathie und Güte gekennzeichnet wäre.« Ist Lachen Hochmut, wie Cicero meinte, oder hat der fröhliche rheinländische Kunsthistoriker, Professor Heinrich Lützeler, recht, der rühmte, dass Lachen Pathos und Selbstüberschätzung zerstöre? Das Lächeln steht vergleichsweise strahlend da, ist Teil der Körpersprache, signalisiert Freundlichkeit und Zutrauen. Aber warum lachen wir?

Unbestritten dürfte sein, dass Lachen zu einer Entwicklungsstufe gehört, in der wir Menschen den Tieren intellektuell überlegen wurden. So mögen wir dem Verhaltensforscher Konrad Lorenz zustimmen, der meinte: »Das Lachen entspricht dem Triumphgeschrei der Gänse.«

Aber sonst haben wir lachend mit Tieren nichts gemeinsam. Der Mensch ist bekanntlich das einzige Lebewesen, das lachen kann. Deswegen spricht man ja vom tierischen Ernst. Wenn wir einen Hund anlachen, kann das sogar gefährlich werden, weil der das für Zähneblecken halten kann. Und die Hühner lachen auch nicht wirklich.

Bargeld dagegen lacht, sagt der Kaufmann. Das heißt: Lachen ist vor allem eine Reaktion der Freude. Wenn es jedoch ironisch, zynisch, höhnisch klingt, fühlen wir uns als Autoren dieses Buches nur noch bedingt zuständig. Da begegnen wir einer speziellen Form des Lachens, der Schadenfreude. Sie meinte der französische Nobelpreisträger Henri Bergson wohl, als er anmerkte, Witz sei doch immer die Degradierung eines anderen.

Aber auch Schadenfreude kann etwas sehr Befreiendes haben. Slapstick-Filme oder Comic-Strips wie ›Tom & Jerry‹ leben davon, selbst Wilhelm Busch wäre ohne dieses Lustgefühl nie erfolgreich geworden. Es genügt aber auch ein Esel, der einen kurzen Auftritt auf einer Theaterbühne hat und dabei hingebungsvoll Wasser lässt. Das Gelächter ist garantiert. Aber was haben wir davon?

»Das Lachen ist ein Affekt aus der plötzlichen Verwandlung einer gespannten Erwartung in nichts«, schrieb Immanuel Kant. »Es gibt ein überlegenes und unterlegenes Lachen«, urteilte der Freiburger Professor Lutz Röhrich. Wir kennen ja auch die Erklärung, Lachen sei aus Siegesfreude entstanden. Mir gefällt immer noch gut, was Chris Howland in unserem ersten Buch ›Ganz Deutschland lacht!‹ über die mögliche Entstehung des Lachens dazu eingefallen ist: Er stellt sich vor, dass einer unserer noch affenähnlichen Vorfahren auf einer Bananenschale ausrutschte. Ein Artgenosse beobachtete den Sturz und begleitete seine Erheiterung mit einem Glucksen. Das erste menschliche Lachen.

Mittlerweile lachen alle Menschen gern. Wer nichts zu lachen hat, ist arm dran. Er wird womöglich ausgelacht, wird damit zum Außenseiter. Der Mensch braucht das Lachen, nimmt ohne Lachen Schaden. Was Kant noch nicht wusste: Lachen ist nicht überflüssig, es dient der Gesundheit, weil es das Immunsystem stärkt. Das versichert jedenfalls der Immunbiologe Professor Uhlenbruck in diesem Buch. Wir lachen die Dinge tot, die uns krank machen oder kränken. Man kann natürlich auch das übertreiben, kann einen Lachanfall kriegen, einen Lachkrampf, sich sogar totlachen, wenn man keine Luft mehr bekommt und vor Lachen platzt. Aber wer hat das schon erlebt? Und Lachsalven haben mit dem Totlachen nichts zu tun.

Nein, wir lassen uns gern bestätigen, dass Lachen gesund ist. Damit haben wir eigentlich ein Gesundheitsbuch geschrieben. Richtig ist auch, dass beim Lachen rund 80 unserer 656 Muskeln gebraucht und damit trainiert werden, Muskeln, die wir außer durch das Lachen kaum so ausgiebig bewegen können.

Kann man Lachen lernen? Meyers Konversationslexikon von 1900 nennt Lachen eine »eigentümliche Modifikation der Atembewegungen, bei der die Ausatmung in mehreren schnell hintereinander folgenden Stößen unter mehr oder weniger starkem Schall ausgeführt wird, während die Einatmung meist in einem kontinuierlichen, etwas beschleunigten und tiefen Zuge geschieht.« So komisch ist also Lachen. Aber es geht noch weiter: »Diese Bewegung ist stets mit einer Zusammenziehung der mimischen Gesichtsmuskeln verbunden, die im wesentlichen auf eine Verbreiterung der Mundspalte und Hebung der Mundwinkel hinausläuft.« Selten so gelacht! Das klingt, als sei »lachhaft« eine Strafform, zu der man verurteilt werden kann, und da könnte einem glatt das Lachen vergehen. Der russische Gelehrte Fjodor Abramow beschrieb 1909 das Lachen sogar als eine Art Unglücksfall: »Lachen besteht in der Störung der Atembewegungen, hervorgerufen durch die rhythmische Zusammenziehung des Zwerchfells.« Ein Witz zum Üben:

Der steinreiche alte Junggeselle kommt spät nach Hause. Der Diener, der lange gewartet hat, hilft ihm aus dem Mantel und murmelt: »Na, du stocktaubes Schwein, wieder bei den Weibern gewesen und das Geld verspielt?« Sagt der Alte: »Nein, Johann, in der Stadt gewesen, Hörgerät gekauft!«

Im Mittelalter sah man das Lachen oft als Sünde an. Anfang des 20. Jahrhunderts, so darf man aus den Zitaten schließen, stand das Lachen offenbar immer noch nicht hoch im Kurs. Dabei berief man sich gerade in jener Zeit auf die antiken Vorbilder des Abendlandes. Aus den ehrwürdigen Gemäuern des Altertums schallt das homerische Gelächter zu uns herüber. Der Dichter Homer beschrieb es als »unauslöschliches Gelächter der seligen Götter« und malte damit eine vergnügliche Vorstellung himmlischer Zustände. Kollege Plato tadelte diese »Enthemmung«, mit der die Himmelsbewohner ein schlechtes Vorbild gäben. Man könnte glauben, unsere abendländischen Vorfahren hätten sich geschämt, wenn sie lachen mussten.

Max Frisch fragt in seinen Tagebüchern: »Kennen Sie ein Anzeichen dafür, dass Gott Humor hat?« Das Bejahen unterstellte, dass Gott auch Witze macht. Aber das wollen wir, auch wenn es uns manchmal so vorkommen mag, doch nicht vermuten. Vor allem: Witz und Humor setzen immer menschliche Schwächen voraus. Und die bleiben uns Erdenbürgern vorbehalten.

Aber Humor macht auch stark. Ich behaupte: Wer Humor hat, lässt sich zum Beispiel schwer mobben. Der Angreifer hat keine Chance, taumelt ins Leere und gerät zu einer komischen Figur.

Lachen ist ein demokratischer Vorgang – es belebt selbst den Bundestag. Im streng humorlosen Nationalsozialismus dagegen gab es keine Debatten mehr, sondern nur noch Kundgebungen. Alles war Teil eines großen Schauspiels, eine Theaterform der Rhetorik mit Aufmärschen und Marschmusik, Fahnen, Fanfaren, Pauken und Trommeln. Schon Tacitus schrieb: »Herrscht das Volk, regiert die Rede, herrscht Despotismus, dann regiert der Trommelwirbel.«

Das Gelächter erhielt eine ganz neue Funktion, stellte der Germanist Hans Mayer fest. Während die klassischen Redner mit Heiterkeit und Ironie wirken wollen, zielten Hitler und Goebbels auf das brüllende Gelächter, das vernichtet. Sie wollten ihre Gegner auslachen und entwickelten das Schlagwort als gefährliche Waffe. Der Nachdenkliche, der Intellektuelle, der Argumentierende, der Witzige, sie wurden die eigentlichen Feinde. Sie sollten nichts mehr zu lachen haben.

Immanuel Kant hat notiert: »Es muss in allem, was ein lebhaft erschütterndes Lachen erregen soll, etwas Widersinniges sein.«

Als ich vor kurzem in Gedanken an dieses Manuskript in einen leichten Schlummerschlaf fiel, sah ich bewaffnete Demonstrantengruppen durch meine Traumlandschaft aufeinander zutraben. Sie gerieten sich in die Haare oder vielleicht auch nur in die Glatzen. Die Anführer stürmten Parolen brüllend aufeinander zu. Doch dann verhedderten sie sich in ihren rasselnden Fahrradketten, rutschten auf dem wolkigen Untergrund aus oder stolperten mit ihrem Ungestüm und fielen – platsch! – auf den Bauch. Und plötzlich mussten all die grimmigen Kämpfer hinter ihnen lachen. Sie hielten sich wiehernd die Bäuche vor Lachen. Die Häuptlinge hatten mit diesem Missgeschick jede Autorität verloren. Dem folgenden Gelächter hielt keine Ideologie stand. Das Lachen wirkte im Sinne des Wortes entwaffnend. Die Kämpfer lachten sich hustend an und klopften sich freundschaftlich auf die Schulter. Wer lachen muss, kann nicht mehr böse sein, da zerbröseln Aggressionen und Missmut. So einen Erfolg mit Lachen zu erreichen, das wäre doch etwas.

Der Grieche Demokritos vertrat eine Philosophie des seelischen Gleichgewichts. Ziel aller Erkenntnisse und Lebensweisheit sei die Gemütsruhe. Er soll sich stets amüsiert haben, wenn er andere Menschen sah. Bei Kindern gilt das als unartig, aber ihn nannte man deswegen den »lachenden Philosophen«.

Heutzutage, auch wenn wir mit der Lampe des Diogenes gesucht hätten, könnten wir keinen lachenden Philosophen finden. Das heißt, wir wollen nicht zu früh resignieren, vielleicht gibt es doch einen: Peter Sloterdijk schlägt sich mit seinem Satz vor: »Nur die Hochmütigen weigern sich, Unsinn zu reden«.

Ihm folgen wir gern. So haben wir uns wacker bemüht, dem Vorwurf des Hochmuts zu entgehen und allerlei Unsinn zu versammeln. Wir haben auch Witziges aus Privatbesitz gesucht. Und auch dabei waren wir erfolgreich, wurden zu lachenden Nutznießern. Wir können unsere Mitwisser oder Mitwitzer nicht alle nennen. Wir möchten aber allen herzlich danken. Auch mit ihrer Hilfe lacht Deutschland nun hoffentlich weiter.

Wir widmen diese Fortsetzung Michael Lentz, unserem Freund und Mitautor, Professor an der Kunsthochschule für Medien in Köln. Er ist leider schon während der ersten Vorbereitungen zu diesem zweiten Buch gestorben. Er hat gern gelebt. Er hat gern gelacht. Wir haben um ihn geweint.

Dieter Thoma

Millenniumsangst und Krisenwitz: Ganz Deutschland lacht sich ins neue Jahrtausend

Der Tag beginnt wie alle anderen Tage. Als müsse er erst angeschoben werden. Wolken verbergen den Sonnenaufgang, das Wetter ist so trübe wie schon im vergangenen Jahrtausend. Nichts macht diesen Tag außergewöhnlich. Dabei haben wir in der Nacht angeblich einen Jahrtausendwechsel erlebt, kamen mit ihm nicht mehr nur in die Jahre, sondern in die Jahrtausende.

Solch ein Datum hat es in unserer geschichtlichen Zeitrechnung erst zum zweiten Mal gegeben. Das erste Mal liegt schon hinter uns. Tausend Jahre eben. Aber fängt so, wie wir es erleben, wirklich ein neues Jahrtausend an?

Natürlich hatten die Mathematiker recht, wenn sie diesen Zeitpunkt nicht im Jahr 2000, sondern erst 2001 sahen. Die Zeitenwende begann wie als Erfüllung apokalyptischer Vorhersehungen. Im Jahr 2001 wurde der »11. September« durch terroristische Anschläge auf schreckliche Weise zum »Wort des Jahres«. Aber in unserer Computerwelt schienen die Toilettenzahlen 00 des Jahres 2000 zunächst wichtiger zu sein als die 01 der Puristen.

Das Millennium schürte Ängste, die denen des mittelalterlichen Jahres 1000 nur in wenig nachstanden. Das Datum lockte zahllose falsche Propheten aus der Deckung. Der 1999 gestorbene Johannes Gross hatte schon vorher entdeckt, das Gewerbe der Seherin Kassandra werde mittlerweile ein »anerkannter Heilberuf«. Nur dass die meisten Ansager des Unheils weniger den Weltuntergang fürchteten als einen Weltstillstand, herbeigeführt durch einen Computercrash. Die Zahlen 00, so meinten die Seher, müssten unsere technischen Gehilfen in die Jugendstilzeit des Jahres 1900 zurückwerfen und so verwirren, dass sie ihren Dienst versagen. Es sei zu erwarten, dass sie verrückt spielen, Atomraketen fliegen lassen, Ex- und Implosionen erzeugen, dass sie alle wichtigen Daten löschen, die unser Leben bestimmen, die Gehalts- und Rentenzahlungen stoppen. Sie könnten das Leben richtig lebensgefährlich machen.

Die aufgeschreckte Menschheit sorgte darum vor. Lebensmittel und Wasser wurden gehortet, Heizmaterial besorgt, falls die Ölheizungen versagen. Und die Fahrpläne wurden geändert. Die deutsche Bahn ließ vorsichtshalber über Mitternacht alle ihre Züge anhalten. Auch ohne die 00 im Computer entgleisen ja normale Züge heutzutage ohnehin schon häufiger als früher. Das Königlich-Bayerische Medizinalkollegium schrieb bereits 1835 in weiser Voraussicht: »Ortsveränderung mittels irgendeiner Art von Dampfmaschinen sollte im Interesse der öffentlichen Gesundheit verboten sein.«

Und dann entpuppte sich die Angst vor dem Datum 00 als der Witz des Jahrtausends. Die Computer waren besser als ihr Ruf. Und die Menschen fragten sich, warum sie eigentlich diesen Jahreswechsel als so wichtig eingeschätzt hatten.

Erst 2001 sollten wir uns an den Bonner Kunsthistoriker Professor Lützeler erinnern. Der hatte beschrieben, dass der Witz gerade in Notzeiten immer wichtig und hilfreich war:

Schäl kommt Anfang 1945 in voller Marschausrüstung auf die Rheinbrücke zu. Tünnes wartet da, an das Brückengeländer gelehnt. Er fragt voller Verwunderung:
»Warum läufst du denn so?«
Schäl antwortet düster: »Ich eile an die Front.«
Da sagt Tünnes: »Da brauchst du doch nicht so zu laufen – die kommt doch hier vorbei!«

Oder wie der Münchner Kabarettist Weiß-Ferdl 1944 sagte: »Wer heute noch lebt, ist selber schuld dran. Bomben sind doch genug gefallen.«

Auch die Engländer kehrten nach dem Jahrtausendwechsel ohne größere Umstände in den Alltag zurück und kürten die folgende Geschichte zum Witz des Jahres 2001:

Sherlock Holmes und sein Assistent Dr. Watson zelten. Mitten in der Nacht weckt Holmes seinen Begleiter auf und sagt: »Siehst du die Sterne über uns? Sag mir, was du daraus schließt!« Dr. Watson holt weit aus. »Zehntausende, was sag' ich, Millionen von Sternen sehe ich da oben. Und wenn nur ein winziger Prozentsatz davon Planeten sind, so besteht doch die große Chance, dass irgendwo in der Unendlichkeit dort auch Leben ist wie bei uns hier auf dem Planeten Erde. Vielleicht überlegen dort gerade Lebewesen dasselbe wie wir. Und was siehst du?«
Darauf sagt Sherlock Holmes: »Jemand hat uns das Zelt geklaut!«

Einem namhaften Politiker brachte auch das Jahr 2000 schon Unglück: Es traf den CDU-Vorsitzenden Helmut Kohl. Und mit ihm seine Partei.

Kohl musste eingestehen, Millionen an Spendengeldern nicht gemeldet und eigenmächtig verteilt zu haben. Die Nation erregte sich über sein Ehrenwort zugunsten anonymer Geldspender, über schwarze Kassen und kriminell erscheinende Machenschaften. Betroffen waren zusätzlich einige Politiker, die speziell für law and order zuständig gewesen waren. Da hat wieder einmal die Wirklichkeit all das überboten, was sich Witzemacher und Kabarettisten je ausdenken können. Es hieß:

Wer künftig wählen geht, muss juristische Konsequenzen fürchten. Wegen Unterstützung einer kriminellen Vereinigung.

Oder die Oma, die sich erinnert:

Dabei ist der Kohl doch immer so brav in die Kirche gegangen. Vielleicht waren es schwarze Messen …

Es wurde die Frage gestellt:

Was ist der Unterschied zwischen Retortenkindern und der CDU? – Keiner. Beide kennen ihre Spender nicht.

Und bei Frau Professor Noelle-Neumann in Allensbach lief angeblich die schlichte Umfrage:

»Wie viel ist zwei mal zwei?«
Die Hausfrau antwortet: »Wenn ich es richtig gelernt habe: vier.«
Der Steuerberater fragt zurück: »Welches Ergebnis wünschen Sie denn?«
Der Rechtsanwalt entgegnet: »Vier, würde ich sagen, aber ob wir bei Gericht damit durchkommen, weiß ich nicht.«
Der Politiker erklärt: »Das war vor meiner Zeit, ich sage nichts!«

Schuld an dieser Verunsicherung sollte Altbundeskanzler Adenauer sein:

Adenauer macht sich Sorgen um seine Partei in der deutschen Politik. Er bittet um eine Audienz beim lieben Gott und sucht um himmlische Hilfe nach. Der Heilige Vater lässt den Kanzler sein Anliegen vortragen: Künftig sollen Menschen, die Politiker werden, mit drei Merkmalen ausgestattet sein.
Erstens: Sie sollen klug sein; zweitens: Sie sollen Charakter haben. Und drittens: Sie sollen der CDU angehören.
So wird es beschlossen und in den himmlischen Computer eingegeben. Da hat jedoch der Teufel seine Hand im Spiel und schleust einen Virus ein. Der sorgt dafür, dass immer nur zwei der drei vorgesehenen Merkmale zusammenkommen können. Das Ergebnis: Den klugen Menschen in der Partei fehlt der Charakter; denjenigen mit Charakter fehlt es an Klugheit. Und wenn sie klug sind und *Charakter haben, sind sie nicht in der Partei.*
Das ist Teufelswerk.

Für die SPD kam der jüngste Aufschwung so unerwartet wie einst die Wiedervereinigung, deren zehnjähriges Jubiläum eher zurückhaltend gefeiert wird. Dem historischen Ruf »Wir sind das Volk« wird eine Antwort aus dem Westen entgegengesetzt: »Wir auch!«

Die Feierlichkeiten zur Vereinigung wurden von einem besonders bösen Witz begleitet:

Die gute Fee wird wieder tätig und hat Gründe, drei Männern je einen Wunsch zu erfüllen: einem Mann aus Warschau, einem aus Dresden und einem dritten aus Stuttgart.
Der Pole wünscht sich, dass jeder Pole einen Mercedes besitzen solle.
»Erfüllt«, sagt die Fee und wendet sich dem zweiten zu: »Und Sie?«
Der Mann aus Dresden überlegt nicht lange. »Ich möchte die Mauer wiederhaben und wieder Devisen aus dem Westen kassieren.«
»Gemacht«, sagt die Fee. »Und Sie?«, fragt sie den Mann aus Stuttgart.
»Ach«, meint der, »wenn diese beiden Wünsche erfüllt sind, brauche ich eigentlich nur noch einen guten Cognac!«

Dass die SPD ebenfalls von einem regionalen Spendenskandal erschüttert werden könnte, dass es die FDP noch schlimmer erwischen sollte, konnte zu diesem Zeitpunkt noch niemand voraussehen. Und dass Gerhard Schröder die Bundestagswahl 2002 verlieren könnte, auch nicht. Da mussten erst ein Jahrtausendhochwasser und ein drohender Krieg gegen den Irak sowie der Absturz der FDP zu Hilfe kommen, damit Schröder mit nur rund sechstausend Stimmen Vorsprung weiter Kanzler bleiben konnte. Der Witz daran war, dass er es offenbar selbst nicht geglaubt hatte. Es gab keinen Plan in der Schublade, der auf seine Realisierung wartete. Die Regierung versammelte sich augenscheinlich im Kanzleramt wie zu einer Fahrt ins Blaue und fragte: »Was wollen wir denn jetzt mal machen?«

Es war ein Witz, über den die Bürger nur schwer lachen konnten. Und die Scherze dazu klangen eher bemüht:

Was ist der Unterschied zwischen der SPD und einer Telefonzelle?
In der Telefonzelle muss man erst zahlen und dann wählen.

Vor dem Kanzleramt stolpert ein Rentner und stürzt.
Der Kanzler hilft ihm wieder auf die Beine.
»Das ist aber nett«, bedankt sich der Mann.
»Dafür wählen Sie mich beim nächsten Mal wieder«, sagt der Kanzler.
Meint der Rentner: »Ich bin doch nur auf den Rücken und nicht auf den Kopf gefallen!«

Eine alte Dame will bei ihrer Bank tausend Euro auf ihr Sparbuch einzahlen. Sie fragt den Schalterbeamten: »Ist das Geld bei Ihnen denn auch sicher?«
»Aber natürlich, liebe Frau!«
»Und wenn die Bank pleite macht?«
»Das macht sie nicht.«
»Und wenn sie es doch tut? Man liest doch so viel!«
»Dann gibt es einen Sicherungsfond, hinter dem die Bundesbank steht!«
»Und wenn die pleite macht?«
»Dann steht die Bundesregierung dafür gerade!«
»Und wenn die zurücktritt?«
»Liebe Frau! Das sollte Ihnen doch tausend Euro wert sein!«

Dabei waren die Deutschen während des Wahlkampfs überraschend Vizeweltmeister im Fußball geworden, was für alle Parteien die Stimmung vorübergehend aufhellte. Doch rasch merkten alle, dass man sich dafür nichts kaufen kann.

Die Welt verändert sich schnell, vor allem durch die Globalisierung. Und merkwürdige Moden kommen auf. Für viele Menschen hat der Fortschritt, vor allem die Technisierung manchmal schon das Tempo des freien Falls angenommen. Sie koppeln sich ab. Da half auch der populäre Boris Becker nicht viel, dem beim Spielen mit dem Internet von der Werbung ein neuer Kultspruch in den Mund gelegt wurde: »Ich bin drin!« Doch der flockige Werbespruch erhielt fast fatale Bedeutung, als Becker 2002 beinahe wegen Steuerhinterziehung im Gefängnis gelandet wäre.

Ob alles Neue erstrebenswert ist, können wir fragen, aber es nützt uns nichts. Wir können es nicht verhindern. Die Vernetzung zwingt den Menschen ins Netz, in dem er schnell gefangen ist. Manche meinen, dass die Sprache durch die moderne Kommunikation lebendiger geworden sei, weil junge Leute sich wieder mehr Briefe schreiben. Sie nennen sie nur E-Mail oder SMS. Ohne sich an langen Satzreihen aufzuhalten, verdichtet sich die moderne Poesie auf kryptische Buchstabenfolgen. Die Romeos des neuen Jahrtausends raunen ihrer Liebsten »HDL« oder Herz zerreißender »HDLFIUE« zu (»hab dich lieb« bzw. »hab dich lieb für immer und ewig«). Traurige Herzen rufen »bse« in den Äther und wollen damit keine Diskussion über Rinderkrankheiten entfachen (»bin so einsam«). Der französische Verseschmied Cyrano de Bergerac würde heute seine Angebetete zweifelnd fragen: »LIDUMINO?« (»liebst du mich noch?«) und ihr verlangend ein »bab« zuwerfen (»Bussi aufs Bauchi«). Und Neuzeit-Romantiker verabreden sich zum »KUWIHEBEKERZ« (»Kuscheln wir heute bei Kerzenschein?«). Na dann »gn8«! – Gute Nacht!

Lassen diese seltsamen Wort-Sprudeleien hoffen? Die Vorstellung, dass in Zukunft immer mehr Menschen allein vor Apparaten sitzen und vernetzt Botschaften übermitteln, kann uns ja eher gruseln lassen. Wie vertragen die Betroffenen diese neue Einsamkeit?

Es ist zu vermuten, dass einer der blühenden Zukunftsberufe der des Psychotherapeuten sein wird. Für die Menschen, die noch Gespräche suchen. Deswegen nehmen auch die Psychotherapeuten-Witze zu.

Eine Frau kommt zum Psychotherapeuten. Sie sagt: »Bitte helfen Sie mir, Herr Doktor, ich höre dauernd Stimmen, aber ich sehe niemand.«
»Aha«, sagt der Therapeut, »und wann haben Sie das immer? Tagsüber oder in der Nacht?«
»Immer, wenn ich telefoniere«, antwortet die Patientin.

Ein Star unter den Therapeuten-Witzen ist dieser:

Ein krank aussehender, fahrig und nervös wirkender Mann kommt zu einem Psychotherapeuten und klagt: »Ich kann mit niemandem darüber reden, ich gehe daran kaputt. Stellen Sie sich vor, ich bin plötzlich zum Bettnässer geworden. Ich weiß

nicht mehr, was ich machen soll! Ich verkrieche mich, vereinsame, fühle mich sterbenskrank.«
Der Therapeut beruhigt ihn: »Das werden wir schon wieder hinkriegen. Als Erstes müssen wir nicht das Leiden bekämpfen, sondern Ihre Einstellung dazu. Sie dürfen sich nicht als Außenseiter fühlen, sie teilen diese Krankheit mit vielen anderen. Das heißt, Sie müssen zunächst einmal die Angst davor verlieren. Darum werden wir uns in den ersten Sitzungen kümmern.«
Dreimal kommt der Patient, dann bleibt er plötzlich aus, ist wie vom Erdboden verschwunden.
Nach einem halben Jahr sieht der Therapeut seinen ehemaligen Patienten auf der Straße. Der Mann sieht blühend aus, gesund und fröhlich.
»Wie geht es Ihnen denn?«, fragt der Therapeut.
»Fabelhaft«, antwortet der Patient.
»Ich meine, mit Ihrer Krankheit?«
»Keine Probleme!«
»Das heißt: Sie machen nicht mehr ins Bett?«
»Doch«, strahlt ihn der Patient an, »aber ich mache mir nichts mehr daraus!«

Die Familie wird noch als Fluchtburg gesehen, obwohl sie das selten sein kann. Auch da treten Störungen auf. Die Wohnung muss »neu renoviert« werden, wie man im Rheinland sagt:

In einem Reihenhaus im Ruhrgebiet will die Familie Schmidt ihre Wohnung herrichten und fragt sich, wieviel Material sie zum Tapezieren benötigt.
»Frag doch mal bei Meiers gegenüber«, sagt die Frau zu ihrem Mann, »die haben doch voriges Jahr auch renoviert, und deren Wohnung ist genauso groß.«
Der Mann geht herüber und fragt, wie viel Tapete sie gekauft hätten. Die Nachbarn geben auch gerne Auskunft. »60 Rollen Tapete haben wir geholt«, sagt der Nachbar.
Dieselbe Menge besorgt sich die Familie Schmidt auch. Nach der Renovierung sehen die Schmidts erstaunt, dass zwölf Rollen Tapete übrig bleiben.

Herr Schmidt geht wieder zu Meiers und sagt: »Es ist etwas Merkwürdiges passiert. Wir haben doch genau gleich große Wohnungen, aber bei uns sind zwölf Rollen übrig geblieben.«
»Gar nicht merkwürdig«, antwortet Nachbar Meier, »das ist uns auch so gegangen!«

Der älteste in Deutschland gefundene Kalender stammt aus dem Jahre 1439 und ist auf zwei Holztafeln gedruckt. Im Jahre 1700 bekam die Sozietät der Wissenschaften in Berlin vom Großen Kurfürsten das so genannte Kalendermonopol verliehen, und erst 1815 durften Buchhändler eigene Kalender herstellen. Gegen eine Steuerabgabe, versteht sich.

Mindestens 150 von 365 Tagen im Jahr haben eine besondere Bedeutung, ohne dass die Kalender sie alle festhalten. Nur die wichtigen, wie Rosenmontag und Muttertag, Maria Empfängnis und der Weltspartag stehen auch darin.

Andere muss man selber hineinschreiben, wie Opas Ehrentag:

Der von der Familie wegen der zu erwartenden Erbschaft verehrte Großvater feiert seinen 75. Geburtstag. Der alte Herr war für seinen etwas lockeren Lebenswandel bekannt.
»Wir haben etwas Schönes für dich, mit einer kleinen Einschränkung«, sagt der Sohn.
»Was ist es denn?«, will der Jubilar wissen.
»Gleich treten in unserem Wohnzimmer drei Stripteasetänzerinnen auf.«
»Na fabelhaft«, sagt der Jubilar, »und was ist die Einschränkung?«
»Sie sind genauso alt wie du«, sagt der Sohn.

Viele Deutsche fürchten inzwischen, Deutsch könne sich gegenüber der Weltsprache Englisch durch die globale Vernetzung zu einem Provinzdialekt wandeln, und der Nobelpreis für Günter Grass sei in diesem Verlauf eine Art Abschiedsgeschenk gewesen.

Das wäre mehr als eine Rechtschreibreform. Auch die wurde allerdings wie eine schreckliche Drohung aufgebauscht, veränderte wenig und verunsicherte viele. Einen besonderen Kalauer erfand der Kabarettist Konrad Beikircher, der fragte:

Was ist nach der Rechtschreibreform der Unterschied zwischen der heiligen Ursula und einem Ford Mondeo?
Keiner. Beides sind »Mertürer«.

Wer keinen Computer besitzt, der ihn die neue Rechtschreibung lehrt, schreibt, wie ihm die Nase gewachsen ist. Deswegen machte sich die ›FAZ‹ zum Vorreiter des Gewohnten und nahm die Reform für sich wieder zurück. Es scheint jetzt alles erlaubt zu sein. Sonst müsste man erst genau prüfen, wie Dschinghis Khan jetzt geschrieben wird, bevor man diese alte Geschichte wieder belebt:

Dschinghis Khan, der Herrscher und Feldherr, will sich malen lassen. Das hat aber seine Tücken, denn der Fürst besitzt einen Buckel und ein Triefauge. Wie soll man ihn malen, damit er zufrieden ist?
Der erste Künstler übersieht einfach die Gebrechen und malt ihn als einen makellosen und strahlenden Helden. Das ist dem Auftraggeber zu offensichtlich geschönt, er lässt den Maler hinrichten.
Der zweite Künstler folgert daraus, dass der Fürst realistisch gemalt werden will. Er stellt ein naturgetreues Bild her: Dschingis Khan mit Buckel und Triefauge. So will es der Auftraggeber nun doch nicht. Auch diesen Maler lässt er hinrichten.
Der dritte Künstler endlich wird belohnt. Er überlegt eine Weile, malt dann den Feldherrn von der Seite und als Bogenschützen: Ein Arm, der zum Bogenspannen angezogen ist, verdeckt den Buckel, und das Triefauge ist zum Zielen zugekniffen.

Von den alten Griechen und Römern weiß man zwar, dass sie über eine Witzkultur verfügten, überliefert sind jedoch nur wenige Beispiele. So der Witz von Hierokles von Alexandria:

Ein reicher Grieche versiegelte seinen Weinkrug, damit nichts gestohlen werde. Seine Sklaven bohrten aber ein Loch in den Boden des Krugs. Sie verschlossen es immer wieder mit Wachs.
Der Besitzer wunderte sich, dass der Wein trotz des Siegels weniger wurde. Da riet ihm ein Freund: »Schau doch mal nach, ob der Wein nicht von unten entnommen wird!«

Darauf entgegnete der Besitzer: »Du bist ein Narr, nicht der untere Teil verschwindet, der obere!«

Der tiefe Sturz des in den Finanzskandal verwickelten Parteivorsitzenden Helmut Kohl zwang die CDU zu einer radikalen Verjüngungskur. Sie überschlug dabei einfach die 68er-Generation, die der SPD den Wahlsieg gebracht hatte und die nun regierte.

Im April 2000 wurde in Essen zum ersten Mal eine Frau zur Vorsitzenden einer großen Volkspartei gewählt. Sie war 46 Jahre alt und hieß Angela Merkel. Das bedeutete aber nicht, dass sich insgesamt im Geschlechterkampf Wesentliches geändert hätte. Obwohl die Frauen laut Gerichtsbeschluss seither in der Bundeswehr auch »Dienst an der Waffe« tun dürfen. Kanzlerkandidat der Union wurde jedoch wieder ein Mann, der CSU-Vorsitzende Edmund Stoiber. Der nimmt dafür in sein »Kompetenzteam« künftiger Minister eine junge Frau auf, die schwanger und unverheiratet ist und sich besonders für Schwule und Lesben einsetzt. Schon unter der rot-grünen Regierung können sich seit August 2001 Schwule und Lesben in eheähnlichen Partnerschaften zusammentun.

Tünnes will wegen der Homosexualität auswandern.
Sagt Schäl: »Du bist doch gar nicht so.«
Tünnes: »Das stimmt, aber erst war es verboten, dann wurde es erlaubt. Heute wird es belohnt. Jetzt will ich weg, bevor es Pflicht wird!«

Wir erleben das erste »Fernseh-Duell« der beiden Kanzlerkandidaten. Ohne erwähnenswerte Ergebnisse für dieses Buch. Die Amerikaner ziehen als Reaktion auf die Terroranschläge vom 11. September in den Krieg gegen Afghanistan und der Nahostkonflikt eskaliert, seitdem Ariel Sharon in Israel die Wahl gewonnen hat. Nennenswerte Witze dazu sind uns auch da nicht begegnet. Wenn man von zynischen Beispielen wie diesem absehen will:

Ein Amerikaner will einem Einheimischen in Afghanistan den augenscheinlich gewordenen Fortschritt klarmachen: »Früher gingen die Frauen auf der Straße tief vermummt und demütig

hinter den Männern her. Heute gehen sie zehn Meter vor den Männern her.«
Sagt der Afghane: »Ja, aber das ist wegen der Tretminen.«

In solchen Zeiten werden Witze, die noch erzählt werden, oft altmodischer, kommen wie historisch legitimiert daher. Als wollten die Erzähler sagen: »Ja, damals, da hatten die Leute noch etwas zu lachen!« Sie konzentrieren sich lieber auf das Naheliegende, die Themen vor der Haustür.

In der nordrhein-westfälischen Landesregierung werden Proteste ernst genommen, dass es vor der Fußball-WM 2006 kein Sportstadion gebe, das einen weiblichen Namen trage. Alle seien nach Männern benannt. Die Städte und Gemeinden werden dringend aufgefordert, sich Gedanken zu machen. Es gehen aber keine Antworten ein.
Nur aus Gelsenkirchen kommt der Vorschlag, das Parkstadion umzubenennen in »Ernst-Kuzorra-seine-Frau-ihr-Stadion«.

Noch älter ist diese Geschichte aus dem Wien der zwanziger Jahre.

In einer Kaserne vor der Stadt haben sich die Rekruten angewöhnt, es mit dem Zapfenstreich nicht so genau zu nehmen, und die Wache drückt ein oder zwei Augen zu. Der Feldwebel steht deswegen eines Abends selbst am Tor.
»Wo kommen Sie jetzt noch her?«, faucht er den Ersten an, der zu spät kommt.
»Wissen S'«, sagt der, »ich habe einen Fiaker genommen, aber das Pferd ist zusammengebrochen, da musste ich den ganzen Weg zu Fuß gehen.«
Der zweite, der noch kommt, gebraucht dieselbe Entschuldigung: »Fiaker genommen, Pferd zusammengebrochen, musste zu Fuß gehen.«
Auch der dritte beruft sich auf diese Ausrede. Er will gleichfalls einen Fiaker genommen haben, dann sei das Pferd umgefallen, und er habe zu Fuß gehen müssen.
Als der vierte ankommt, nimmt ihm der Feldwebel wütend die

offensichtlich verabredete Entschuldigung vorweg und schnauzt ihn an: »Weiß schon, Fiaker genommen, Pferd zusammengebrochen, und Sie mussten zu Fuß gehen!«
»Aber, nein«, wehrt sich der Soldat, »Taxi genommen, aber da war kein Durchkommen. Ganze Straße voll toter Pferde!«

Oder man weicht den real existierenden Umständen von vornherein aus:

Zwei Statuen, eine weibliche und eine männliche, stehen sich seit über hundert Jahren in einem Park gegenüber und sehen sich an. Beide unbekleidet. Eine gute Fee wandert durch diesen Park, sieht die beiden und wird von Mitleid gepackt. Sie sagt: »Ich werde euch für zwanzig Minuten lebendig machen, und Ihr könnt dann tun, was Ihr nach so langer Zeit am liebsten tun wollt.«
Glücklich hüpfen die beiden von ihren Sockeln und verschwinden im Gebüsch. Dort hört man sie fröhlich kichern. Pünktlich nach zwanzig Minuten kehren beide zurück und stellen sich brav auf ihre Sockel.
»Ihr haltet euch ja perfekt an die Abmachung«, lobt die Fee, »dafür will ich euch belohnen. Ich komme nächste Woche wieder vorbei und schenke euch noch einmal 20 Minuten!«
»Das ist ja toll«, sagt die weibliche Statue zur männlichen, »dann werden wir es mal umgekehrt machen: du hältst die Taube fest, und ich scheiße ihr auf den Kopf!«

Und dann will ich noch eine fast weise Geschichte erzählen, die sich ganz leicht auch in den deutschen Alltag des dritten Jahrtausends übertragen lässt.

Ein Schuhmacher sitzt in Kairo auf der Straße und tut seine Arbeit. Einige Kinder sehen ihm zu. Das stört ihn nach einer Weile, er will die Gaffer loswerden. »Ich habe gehört, an der Nilbrücke soll es umsonst Bananen geben«, lügt er.
Die Kinder laufen schnell weg, um zur Nilbrücke zu kommen. Nach fünf Minuten legt der Schuhmacher das Handwerkszeug aus der Hand, zieht seinen Rock an und will gehen.

»Wo willst du hin?«, fragt ihn seine Frau.
»Zur Nilbrücke«, antwortet er, »vielleicht gibt es da wirklich Bananen!«

Im Sommer 2000 werden 24 Kilometer östlich der ägyptischen Hafenstadt Alexandria im Meer die Überreste der antiken Städte Heraklion, Menuthis und Kanopus gefunden. Eine archäologische Sensation! Aus Israel kommt dieser Witz über neue Ausgrabungen zu uns:

Ein Ägypter und ein Jude geraten in Streit, welche der beiden alten Kulturen die wertvollere gewesen sei.
Der Ägypter sagt: »Was noch niemand weiß, aber es stimmt: Voriges Jahr hat man bei den Ausgrabungen der im Meer versunkenen Stadt auch Leitungen in der Erde gefunden, Drähte, die beweisen, dass es damals in dieser Stadt bereits Telefonanschlüsse gegeben hat!«
Der Jude winkt mit der Hand ab. »Auch wir haben gegraben. Rund um Jerusalem. Wir haben gegraben und gegraben. Und wir haben nichts gefunden! Unsere Vorfahren haben also bereits die drahtlose Telegraphie genutzt!«

Was beweisen archäologische Funde? Werden Ausgräber späterer Jahrtausende zum Beispiel nicht von uns glauben müssen, wir hätten drei Beine gehabt? Weil sie in unseren Autowracks auch drei Fußhebel finden?

Schon im Jahr 2000 ist es gelungen, das menschliche Erbgut zu entschlüsseln. Damit ist eine neue Tür zur Allmacht geöffnet worden. Wir dürfen nun vermuten, dass es noch in diesem Jahrtausend zum schwärzesten Witz der Erdgeschichte kommen könnte: Dem Menschen gelingt es, sich unsterblich zu machen und sich gleichzeitig auszurotten.

PETER JAMIN

Das Wesen des Witzes II: Sprache und Humor

Es schadet ja nicht: Wer gerne lacht, darf sich ruhig ein paar Gedanken machen über die verschiedenen Disziplinen des Humors.

Humor kommt aus dem Lateinischen und bedeutet so viel wie Feuchtigkeit. Richtig angelacht wird also selbst der härteste Griesgram weich wie Weißbrot. Sein strenger Blick zerfließt im Saft des originellen Witzes. Oder, um Quintus Horatius Flaccus zu Wort kommen zu lassen: »Ein Scherz, ein lachend Wort entscheidet oft die größten Sachen treffender und besser als Ernst und Schärfe.«

Humor ist eine gemütsvolle Wesensart. Eine Fähigkeit, dem Lebenden und den ernsten Dingen durch geistige Durchdringung eine heitere Seite abzugewinnen. Durch Humor wird gute Laune und Stimmung verbreitet, und er lässt sich in jede Gemüts- und Lebenslage einbringen.

Die *Anekdote,* dem Griechischen entlehnt, hat den Charakter einer kurzen, oft humorvollen Erzählung zur Charakterisierung einer Begebenheit oder einer Person. Denker und Dichter lockern ihre schweren Gedankenwelten gern durch ein wenig Leichtigkeit auf. Plaudertaschen nutzen die Anekdote zur leichten Tischunterhaltung, lässt sie sich doch wunderbar ausschmücken, variieren und mit selbst Erlebtem kombinieren. Für Walter Benjamin gilt die Anekdote als »Straßenaufstand« gegen die Geschichte.

Theofilos und Siegfried Blau, zwei Galeristen in Palma de Mallorca, fütterten mich mit einer solchen Geschichte über einen Kollegen. Es ist ein erstklassiges Beispiel dieser Königsdisziplin:

Wir sitzen zusammen mit Gästen in der berühmten Paris-Bar in Berlin und essen Entrecôte. Der Schriftsteller und Journalist Hellmuth Karasek betritt das Lokal und setzt sich an den Nebentisch. Er studiert die Speisekarte, blickt dann auf unsere Teller und spricht uns an: »Sie essen Fleisch. Schön, dann tue ich das auch.«
Wir reagieren irritiert und fragen, was er damit meint. Karasek erzählt: »Gestern war ich auch hier, bestellte mir das Entrecôte mit Sauce Béarnaise und Pommes Frites. Daraufhin sah mich mein Gast, der mich begleitete, verwundert an und meinte: ›Herr Karasek, Sie essen Rindfleisch? Wo doch so viel über BSE geschrieben wird?!‹ Dann machte der Gast eine kleine Pause und sagte beruhigend: ›Na ja, in Ihrem Alter spielt das eigentlich auch keine Rolle mehr.‹«

Bei einem *Bonmot*, leichtfüßig der französischen Sprache entsprungen, handelt es sich um eine geistreiche, witzige Äußerung. Dazu diese Beispiele:

Curt Goetz: »Allen Menschen ist das Denken erlaubt.
Vielen bleibt es erspart.«

Billy Wilder: »Ein Regisseur muss nicht schreiben können.
Aber lesen wäre hilfreich.«

Von Wilder, der nicht nur als Regisseur, sondern auch als Drehbuchautor zu den Besten der Welt zählte, stammen Dialoge wie dieser in dem Spielfilm ›Ace in the Hole‹:

Kirk Douglas: »Es ist Sonntag, gehen Sie nicht in die Kirche?«
Jan Sterling: »Ich gehe nicht in die Kirche, knien beult meine Nylons aus.«

Und damit wären wir beim *Gag* angelangt, den Wilder in seinen Texten pflegte. Der Gag hatte seine Geburtsstunde im englischen Sprachraum. In Deutschland und auch anderswo wurde das Schreiben dieser effektvollen Einfälle inzwischen professionalisiert, und es kümmert sich die Berufsgruppe der Gagschreiber um ihre Zukunft. Deren Aufgabe ist es, einer anderen, der heute sehr beliebten Berufsgruppe der Komiker, die Lacherfolge beim Publikum zu sichern. Ein Beispiel von TV-Komiker Harald Schmidt:

»Mediziner begehen doppelt so häufig Selbstmord wie Angehörige anderer Berufsgruppen. Gründe: Depression, Verzweiflung – und sie wissen natürlich, wie's geht!«

Ein *Kalauer* kann ein schlechter Witz sein, bietet aber meist den Charakter eines sehr fintenreichen Wortspiels wie dieses von Norbert Blüm:

Hüten wir uns vor todernsten Politikern – wir werden sonst nichts mehr zu lachen haben.

Das *Wortspiel*, auch ein Kind des Humors, ist ein enger Verwandter des Kalauers. Friedrich von Schlegel:

Verstand ist mechanischer, Witz ist chemischer, Genie ist organischer Geist.

Komik, ebenfalls aus dem Französischen, entspringt dem Witz und löst Heiterkeit aus. Die Protagonisten dieser Humor-Gattung machen in diesen Zeiten besonders im Fernsehen als Komiker, Spaßmacher und Darsteller komischer Szenen ungewöhnliche Karrieren. Sie heißen Harald Schmidt, Otto, Hape Kerkeling oder Stefan Raab. Das folgende Beispiel für Komik stammt aus Raabs Sendung ›TV Total‹:

»Die Türken sind eine sehr patriarchalische Gesellschaft, ich kann mir nicht vorstellen, dass da ein Vater sagt: Hurra, mein Sohn wird Bauchtänzerin.«

Die *Pointe* ist der springende Punkt an einem Witz oder der Beschreibung einer komischen Situation. Wer sie verfehlt oder versaut, geht ohne Lacher unter. Die Pointe ist der Höhepunkt, der den Witz erst zum Witz macht. Billy Wilder gilt als ein Meister dieser Punkt-Landung:

Eine Lieblingsgeschichte von Billy Wilder handelt von Howard Hawks. Der knallt ihm eines Tages ein Manuskript mit dem dritten Akt des Drehbuchs ›Ball of Fire‹ auf den Schreibtisch und meint, er würde sich zur Belohnung für die Mühe erst mal ein Pferderennen gönnen. Als Wilder den Papierstapel später begutachtet, stellt er fest: Keine Seite ist beschrieben.

Die *Zoten* – eine ganz besondere Disziplin des Humors, bei der gerne auch geschweinigelt wird – erzählt man sich an Männer- und auch an Frauenstammtischen. Also, wenn man unter sich ist. Dieser unanständige Witz erhält in unserem Buch ein eigenes kleines Kapitel. Trotzdem sei hier ein Vorgeschmack auf das gegeben, was man nicht weitererzählen sollte. Der nachfolgende Witz erfüllt darüber hinaus ein Kriterium, das Billy Wilder in seinen Komödien anlegte: Nach einer Pointe sollte eine kurze Pause für die Lacher kommen. Denen wiederum müsse eine weitere Pointe folgen, damit sich die Lacher steigern, aber nie abbrechen. Sporadische Lacher, so meinte Wilder, sind das Schlimmste, nur Lachsalven erschütterten das Publikum. Wie schön, wenn dann ein Witz drei Pointen hat. Chris Howland, Dieter Thoma und ich, wir profitieren davon in unserer Witz-Revue ›Ganz Deutschland lacht – 50 deutsche Jahre im Spiegel ihrer Witze‹, die auf dem gleichnamigen Witzbuch basiert:

Ein Mann hat sich ein Paar sehr auffällige italienische Schuhe gekauft: weißes Leder mit schwarzen Lackkappen. Um seine Frau zu überraschen, hat er sie nach der Anprobe im Geschäft sofort anbehalten.
Als der Mann nach Hause kommt, sitzt die Ehefrau vorm Fernseher, isst Kartoffelchips, trinkt eine Flasche Bier. »n' Abend, Schnullermaus«, sagt der Mann.
»n' Abend, Alter«, antwortet die Frau, ohne ihn anzusehen.
Der Mann zögert einen Moment, dann fährt er fort: »Kannst du mich vielleicht mal 'n Augenblick angucken?«
Sie dreht ihm den Kopf zu, betrachtet den Mann von oben bis

unten und wendet sich wieder ab. »Fällt dir an mir nichts auf?«, fragt er irritiert.
Sie hebt die Schultern, konzentriert sich auf den Bildschirm und meint: »Du siehst müde aus, wie immer. Wirst dir wohl gleich den Bohneneintopf aufwärmen, 'ne Pulle Bier trinken und ins Bett gehen. Wie immer.«
›Oh, warte‹, denkt der Mann, ›das kriegst du wieder.‹ Er geht ins Schlafzimmer, zieht sich aus bis auf die neuen Schuhe und kehrt splitternackt ins Wohnzimmer zurück.
Wieder baut er sich vor ihr auf, wieder beachtet sie ihn nicht, und wieder sagt er: »Kannst du mich vielleicht mal 'n Augenblick angucken, Schnullermaus?«
Die Frau knuspert an einem Kartoffelchip, trinkt Bier und mustert ihren Mann von oben bis unten.
»Na?« fragt er, »fällt dir an mir immer noch nichts auf?«
»Was soll mir an dir schon auffallen?«, sagt die Frau gelangweilt. »Er hängt. Wie immer!«
»Sieh doch mal, wohin er zeigt«, reagiert der Mann aufgebracht, »er guckt sich nämlich meine neuen italienischen Schuhe an.«
»Na, da hätt'ste dir aber besser 'n neuen Hut gekauft«, sagt die Frau.

Friedrich Schlegel hält den Witz für »die Explosion von gebundenem Geist«.

Der Witz ist in diesem Buch so zahlreich vertreten, dass ich an dieser Stelle nicht noch weitere Beispiele geben muss. Gut konstruiert und gut erzählt, zielt er direkt auf die Lachmuskeln. Gesund ist er, wie wir erfahren haben, ebenfalls. Entbehrlich ist er auf keinen Fall, glaubt man dem englischen Schauspieler und Regisseur Charlie Chaplin, der sagte: »Ein Tag, an dem man nicht lacht, ist ein verlorener Tag.«

Der große Spaßvogel war sogar davon überzeugt, dass uns der Humor bis zum letzten Atemzug begleitet: »Am Ende ist alles ein Witz.«

Dieter Thoma

Der Dax im Käfig: Witz und Wirtschaft

Gibt es Witz in der Wirtschaft? An der Theke sicherlich. Aber das ist eine andere Art von Volkswirtschaft. Darf man also mit der Ökonomie Scherze treiben, über Wirtschaftsthemen Witze reißen? Kann Wirtschaft lustig sein? Ich will versuchen, das zu beweisen. Mit allem Unernst, zu dem ich fähig bin.

»Nationalökonomie ist, wenn die Leute sich wundern, warum sie kein Geld haben«, hat Kurt Tucholsky gesagt. Das leuchtet ein.

Ist es schon witzig, wenn ich lobend und ohne Einschränkung von einer Versicherung behaupte, sie sei ganz gewiss nicht schadenfroh?

Oder der Spruch: Geld macht Armut erträglich?

In der Bewertung des Witzes und in der Beschäftigung damit haben die Psychologen, die Philosophen und die Literaten einen größeren Anteil. Aber auch Witz und Wirtschaft, Ökonomen und Spaßmacher, vertragen sich gut. Beide neigen zu Sparsamkeit.

Der kürzeste aller Witze, ich muss ihn hier wiederholen, ist wohl immer noch dieser:

Zwei Jäger treffen sich. Beide tot.

Man könnte hinzufügen: »Es waren die letzten beiden, die den Dachs noch nicht Dax schrieben.« Damit ist man in der Ökonomie gelandet. Nur wenig länger ist dieser:

Zwei Geschäftsleute sitzen in New York nebeneinander beim Friseur. Da seufzt der eine tief: »Hmm!«
Sagt der andere: »Wem erzählst du das?«

Grundlage jedes Witzes ist ein Paradoxon, das Aufeinandertreffen von zwei in sich jeweils stimmigen Bezugssystemen, die aber miteinander unvereinbar sind.

Ein Mann schreibt an das Landwirtschaftsministerium: »Ich habe gehört, dass man durch Nichtaufzucht von Schweinen Geld verdienen kann. Ich wäre bereit, mein Geschäft auf die Nichtaufzucht von tausend Schweinen auszuweiten.«

Die Arbeit muss ja eine böse Erblast tragen, fast eine Erbsünde. Sie hat nie ganz ihren schlechten Ruf verloren, seit Adam und Eva sie als Strafe für den ersten Sündenfall erlebt haben. Seither mussten sie »im Schweiße ihres Angesichts« ihr Brot essen.

Allerdings haben wir dabei alle eine Mentalität entwickelt, möglichst andere für uns sorgen zu lassen. Selbst das ist jedoch so neu nicht. Schon Montaigne schrieb im 16. Jahrhundert: »Wir alle sind reicher begabt, als wir denken; doch man bringt uns das Borgen und Betteln bei und leitet uns an, uns der Kraft der anderen mehr als der unseren zu bedienen.« Manche Wahrheiten halten Jahrhunderte lang.

»Manchmal tun mir die Aktionäre leid. Wir ziehen ihnen richtig das Geld aus der Tasche.«
»Na und? Woraus sollen wir es denn sonst ziehen?«

Das Geld in der Marktwirtschaft rollt und hat auch unsere Gesellschaft ins Rollen gebracht. Die Experten irren sich ständig und werden trotzdem gesucht wie nie zuvor. Im Journalismus sind Wirtschaftsredakteure die bestbezahlten Kollegen.

Ein Mann fragt im Geschäft: »Was kosten bei Ihnen zwei halbe Heringe?«
»2 Euro 80.«

»Das ist aber teuer. Bei Ihrer Konkurrenz drüben kosten sie nur 1 Euro 90.«
»Warum kaufen Sie die Heringe dann nicht da?«
»Der hat keine mehr.«
»Wenn ich keine mehr habe, kosten sie bei mir auch nur 1 Euro 90.«

Wir haben längst vergessen, wie sensationell und bedeutend in der Menschheitsgeschichte das Geld ist. Kein anderes Lebewesen tauscht etwas gegen Symbole. Denn mehr als symbolischen Wert hat Geld ja nicht. Manche Tiere tauschen Schutzfunktionen aus oder sorgen indirekt für die Nahrung des anderen. Aber kein Hecht tauscht Grasmücken gegen einen Hering.

Der nächste Schritt der Menschen war es, nicht direkt zu tauschen, sondern einen Gutschein für den Tausch zu nehmen. Geld war ein Sprung in eine wahrhaft grandiose Dimension. Zunächst beruhigte noch der Materialwert der Münzen den Besitzer. Wer in der Inflation Goldmünzen besaß, war reich. Weniges ist aber so erstaunlich, wie es die Einführung des Papiergeldes war. Denn das setzte den festen Glauben der Benutzer voraus, dass der, der es bedruckt hatte, auch dafür bürgen werde.

Nachträglich gesehen ist es ein Wunder, dass dieses Unternehmen gut gehen konnte, dass die Menschen solche Garantiescheine ernst nahmen. Deswegen steht auch auf dem ersten erhaltenen Geldschein von 1375 – er stammt aus China –, dass jeder mit dem Tode bestraft werde, der versuche, solch einen Gutschein zu fälschen.

Wir können froh sein, dass unser Geld schon erfunden war, bevor unsere heutige Wirtschaftsgesellschaft etabliert wurde. In unserer Zeit würde wahrscheinlich kaum noch jemand glauben, dass es wirklich stimmt, was da auf dem kleinen Stück Papier gedruckt steht. Wenn wir uns nicht so daran gewöhnt hätten.

Was tun Sie, wenn Ihnen jemand 1000 Mark schenkt? – Nachzählen.

Der Versuch mit der »Volksaktie« Telekom enttäuschte die Käufer, die der Werbung geglaubt hatten und dachten, sie würden schon dadurch reich, dass möglichst viele mitmachen. Dadurch und durch den Absturz auch anderer Aktien sind sehr viele sehr viel ärmer geworden.

Nach der letzten Steuererklärung schrieb mir das Finanzamt:
»Wir vermissen die Gewinne aus spekulativen Aktiengeschäften.«
Da habe ich zurückgeschrieben: »Ich auch!«

Ein Schweizer fragt leise in der Bank: »Kann ich hier Geld anlegen?«
»Wie viel?«, fragt der Bankbeamte.
»Zwei Millionen Franken.«
Sagt der Bankbeamte: »Sie können ruhig lauter reden, Armut ist keine Schande!«

»Vati, was ist Mammon?«
»Mammon ist das Geld anderer Leute.«

Der Witz lässt nichts aus, Heiliges nicht und Schmutziges, und kaum ein menschliches Laster. Aber er hält auch Trost bereit, das Lachen darüber gibt Entwarnung, entspannt, macht das Witzeln unangreifbar, erzeugt eine Art menschliche Verbundenheit. Ein Beispiel ungebrochener Geschäftstüchtigkeit:

Ein Schotte hat mit einer selbst gebastelten Destillier-Anlage Whisky gebraut und fragt einen Freund, ob der mal probieren will.
Der reagiert erschrocken. »Das kannst du nicht machen«, warnt er, »als Amateur kann dir da Methylalkohol reingeraten, davon wird man blind! Schütte das Zeug bloß weg!«
Als sie sich eine Woche später wieder begegnen, fragt er nach: »Was hast du denn mit deinem Whisky gemacht?«
»Verkauft«, antwortet der andere.
»Um Gottes willen, an wen denn?«
»An einen Blinden.«

In meiner Jugend gab es einen berühmten Wetterpropheten. Gefragt, wie er so oft die richtigen Voraussagen machen konnte, gestand er im Alter: »Ich habe immer das Gegenteil dessen behauptet, was die Fachleute gesagt haben!« Mindestens für die Börse trifft das immer noch zu.

Was ist die Börse? Du kaufst dir eine Henne und einen Hahn. Die machen Eier. Aus diesen Eiern schlüpfen wieder Hennen und Hähne. Die machen alle auch Eier. Nach sechs Wochen hast du fünfzig Hennen und Hähne, nach vier Monaten vierhundert. Wenn ein Jahr vorbei ist, besitzt du über tausend Hennen und Hähne. Und immer neue Eier.
Und dann kommt eine Überschwemmung. Alle Hennen und Hähne ertrinken. – Das ist Börse. Enten hättest du nehmen sollen!

Noch etwas vom Federvieh:

Brauchen wir Werbung?
Natürlich. Sehen Sie, wenn ein Huhn ein Ei legt, gackert es lauthals. Wenn eine Gans ein Ei legt, hält sie den Schnabel. Was ist die Folge? – Alle Menschen essen Hühnereier!

Da angeblich zwanzig Prozent der Bevölkerung ausreichen, um die Wirtschaft in Gang zu halten, müssen wir unsere Hoffnung auf die achtzig Prozent setzen, die dann kaum Geld, aber dafür viel Zeit haben Witze zu erzählen, und zu lachen kostet ja nichts.

Ein Taubstummer legt am Bankschalter ein Kondom und einen Tannenzweig hin.
Der Kassierer fragt verwundert den Filialleiter: »Was will der Mann wohl?«
»Das ist doch ganz klar«, erwidert der, »einen Überziehungskredit bis Weihnachten.«

»Auch eine stillstehende Uhr hat doch täglich zweimal richtig die Zeit gezeigt und darf nach Jahren auf eine lange Reihe von Erfolgen zurückblicken«, bemerkte einst die Schriftstellerin Marie von Ebner-Eschenbach.

Ein Handwerker beschwert sich, dass er so früh habe sterben müssen.
Sagt Petrus: »Aus Ihren Rechnungen ergeben sich so viele Arbeitsstunden, dass Sie mindestens achtzig Jahre alt sein müssen.«

In der Wirtschaft muss man zwar regelmäßig Bilanz ziehen, aber der Versuch, vorauszublicken, ist viel aufregender. »Nichts ist so schwierig wie Prognosen«, sagte mal ein Wirtschaftler. »Vor allem dann, wenn sie die Zukunft betreffen.«

Was steht uns bevor? Die Welt sei eine Pulverfabrik, in der das Rauchen nicht verboten ist, meinte Friedrich Dürrenmatt.

Unser Leben verändert sich radikal. Wir stecken mitten in einer technologischen Veränderung, wie es sie noch nie gegeben hat. Immer weniger Menschen müssen immer mehr tun, damit immer mehr Menschen immer weniger zu tun brauchen. Und immer mehr Mitbürger begreifen kaum noch, was sich da wandelt und entwickelt.

Die »feindliche Übernahme« der Firma Mannesmann in Düsseldorf hat viele Bürger mehr erschreckt, als die Verfechter der grenzenlosen Marktwirtschaft wahrhaben wollen. Da wurde Mannesmann einfach weggekauft und heißt seitdem »Vodafone«.

Wer kann sich danach noch sicher fühlen, morgen so zu heißen wie heute? Was würden wir sagen, wenn Volkswagen morgen »Juhu« hieße. Oder so ähnlich.

Den angeblich unfreiwilligen Witz finden wir auch hier:

In einer bayerischen Firma wird ein Angestellter verabschiedet. Der Chef hält eine Rede und sagt: »Und wieder müssen wir uns heute von einem verdienten Mitarbeiter verabschieden. Leider geschieht das nicht jeden Tag!«

Doch Mobilität war nicht immer etwas Positives. Sesshaft zu sein galt früher als die größere Tugend. Unsere Sprache verrät es noch: Mobilität vom lateinischen mobil, ist auch Mob! Die nicht Sesshaften, die Mobilen waren Mob, unzuverlässig.

Damit war nicht das Auto gemeint, mit dem man heute zurück zur Natur fährt. Noch Kaiser Wilhelm II. war der Ansicht: »Das Auto hat keine Zukunft, ich setze aufs Pferd.«

Inzwischen sind vor allem die Manager mobil.

Der neue Chef berichtet: »Ich habe in jedem Betrieb hervorragende Mitarbeiter getroffen, engagiert, verlässlich und fleißig. Und immer auch zwei totale Arschlöcher: Meinen Vorgänger und meinen Nachfolger!«

Der Chef ist eine wichtige Figur im Witz. Wie ein Abteilungsleiter erzählt: »Wir haben in unserer Firma den perfekten Meinungsaustausch. Ich gehe morgens mit meiner Meinung ins Büro des Chefs und komme mit seiner wieder heraus.«

»Sie wollen mehr Geld haben?«, fragt der Chef. »Wissen Sie denn eigentlich, wie wenig Sie arbeiten? Ich rechne es Ihnen mal vor: Das Jahr hat 365 Tage, wie Sie hoffentlich wissen. Davon schlafen Sie täglich acht Stunden, das macht allein 122 Tage. Bleiben also noch 243 Tage. Sie haben dann täglich acht Stunden frei, das sind noch einmal 122 Tage. Da bleiben noch 121. Das Jahr hat 52 Sonntage, an denen Sie nichts tun, damit kommen wir auf einen Rest von 69 Tagen. Samstags arbeiten Sie nur halbtags, da müssen wir die Hälfte, 26 Tage, rechnen, die frei sind. Nun sind wir bei 43 Tagen. Wir haben täglich eine Stunde Mittagspause, Sie speisen demnach rund 16 Tage. Was ist übrig? 27 Tage. 14 Tage sind Sie im Urlaub, es errechnet sich also noch ein Rest von 13 Tagen. Von denen müssen Sie noch durchschnittlich zwölf Feiertage abziehen. Es verbleibt ein Tag. Und das ist der 1. Mai! Und dafür wollen Sie mehr Geld haben?«

Wie man sich in den Erzählungen von Maus und Elefant immer mit der Maus identifiziert, verliert im Witz alles seine Größe, wird klein, kann ausgelacht werden, hat nichts Bedrohliches mehr. Das gilt für alle Witze über Berufe, Ärzte, Lehrer, Tenöre, Beamte.

Der Abteilungsleiter erklärt einem neuen Mitarbeiter: »Der Chef macht manchmal Witze. Lautes Lachen hält er für plumpe Vertraulichkeit, stilles Lächeln für Arroganz und völliges Ernstbleiben für ein Zeichen von Dummheit. Also richten Sie sich danach!«

Schön an solchen Gags ist, dass es zwar um menschliche Schwächen geht, dass sie aber selbstironisch dargestellt werden. Man könnte das die Sozialfunktion des Witzes nennen.

So ein Witz erfüllt eine wichtige Aufgabe: Er vermittelt zwischen Intellektuellen und Menschen, die nicht besonders gesprächsbegabt sind. Auf eine solche Geschichte können sich alle einigen.

Ein Verkaufsteam, vier Reisende der Firma Hellweg, treffen im Zug auf vier Vertreter der Konkurrenzfirma. Sie reden über die Firmenanweisung, sparen zu müssen.
»Sie auch?«, fragen die Konkurrenten.
»Wir fahren inzwischen schon nur noch mit einer Fahrkarte«, berichten die Vertreter der Firma Hellweg.
»Das ist ja toll. Wie macht ihr das denn?«
»Passt mal auf, wenn gleich der Schaffner kommt.«
Als sich der Kontrolleur nähert, gehen alle vier zusammen auf die Toilette und verschließen die Tür.
»Würden Sie bitte Ihre Fahrkarte unter der Tür durchschieben«, fordert der Kontrolleur von draußen.
Er bekommt die Fahrkarte, prüft sie, schiebt sie zurück, bedankt sich und geht weiter.
Eine Woche später treffen sich die konkurrierenden Teams wieder.
»Das ist doch klar, wir fahren inzwischen auch nur noch mit einer Fahrkarte«, erzählen die vier anderen.
Da versichern die Hellweg-Vertreter: »Wir sind schon wieder einen Schritt weiter. Wir fahren jetzt ganz ohne Karte!«
Die Konkurrenten staunen. »Wie geht denn das?«
»Zeigt ihr erst einmal, wie das bei euch läuft!«
Als der Schaffner naht, gehen die vier Konkurrenten wieder alle zur Toilette und versperren die Tür.

Kurz darauf macht sich das Hellweg-Team auf den Weg. Im Vorbeigehen an der Toilettentür ruft einer: »Fahrschein-Kontrolle! Würden Sie bitte Ihre Fahrkarte mal unten durchschieben?«

Wir stoßen da auch gleich auf die vielen Management-Definitionen, die Sie vermutlich kennen. Ich habe acht gefunden:

Management by Pingpong = So lange hin- und herspielen, bis es sich von selbst erledigt.
Management by Jeans = An den entscheidenden Stellen sitzen Nieten.
Management by Helikopter = Mit großem Getöse einfliegen, viel Staub aufwirbeln und dann wieder verschwinden.
Management by Champignons = Mitarbeiter im Dunkeln lassen, gelegentlich mit Mist bewerfen und die Köpfe abschneiden, wenn sie groß werden.
Management by Känguru = Mit leerem Beutel große Sprünge machen.
Management by Nilpferd = Selber bis zum Halse im Dreck, das Maul weit aufreißen und dann untertauchen.
Management bei Bonsai: Jede aufkeimende Initiative wird sofort beschnitten.
Und Management bei Moses = Er führte sein Volk in die Wüste und wartete auf ein Wunder.

In diesem Zusammenhang ist auch die Übersetzung von »Management-Development« erfunden worden: Flaschenzug. Entschieden wird oft schnell, präzise und falsch.

Der Frankfurter Wirtschaftsprofessor Eberhardt Scheffler meinte: »Das Wort Manager wird nicht nur für Herren angewendet. Es führt aber zu Missverständnissen, wenn man bei weiblichen Managern von ›Miss-Management‹ redet.«

Der Literaturnobelpreisträger Henri Bergson, Philosophieprofessor in Paris, schrieb 1924: »Wir sehen, dass zwischen einem komischen und einem geistreichen Ausspruch tatsächlich kein wesentlicher Unterschied besteht.« Und er zitiert:

»Die Börse ist ein gefährliches Spiel. Man gewinnt heute und verliert morgen.«
»Nun, dann spiele ich eben nur jeden zweiten Tag.«

Aus unseren Tagen stammt dieser:

Zwei Telekom-Aktionäre begegnen sich vor der Bank. Fragt der eine: »Wie geht's?«
Sagt der andere: »Danke der Nachfrage. Besser als morgen.«

Es gibt gängige Aussprüche, die tief beunruhigen können. Zum Beispiel wenn jemand, dem man Geld geliehen hat, sagt: »Ich werde ewig in Ihrer Schuld stehen.«

Beunruhigen kann so auch der bayerische Dreisprung, wie ihn der Autor Oliver Hassenkamp beschrieben hat. Der geht so:

Phase 1: Dann warten wir erst mal ab.
Phase 2: Dann schau'n wir mal.
Phase 3: Dann werden wir schon sehen.

Wie kann man ein Unternehmen erfolgreich machen? Wenn man das immer so genau wüsste! Kurz: Man kann ja mit seiner Firma erfolgreich in die Geschichte eingehen oder schlicht eingehen. Für den Erfolg erhält niemand eine Garantie.

Karl Valentin sagte schon: »Wenn man es kann, ist es keine Kunst; wenn man es nicht kann, ist es erst recht keine.«

Ein Dorftrottel ist dafür bekannt, dass er, wenn ihm wahlweise 1 Euro oder 50 Cents angeboten werden, immer die 50 Cents wählt. Die Ferienbesucher versuchen es immer wieder und freuen sich darüber, dass der so blöd ist.
Eines Tages sagt ein Einheimischer zu ihm: »Du weißt doch auch, dass 1 Euro mehr ist als 50 Cents, oder?«
»Natürlich«, antwortet der Trottel. »Aber wenn ich einen Euro verlangen würde, bekäme ich gar nichts mehr.«

Ist es ein schlechter Witz, wenn ein Wirtschaftssystem Aktien dann steigen lässt, wenn Arbeitsplätze vernichtet werden? Mir fiel bei der historischen Spurensuche Willy Brandt wieder ein, der gesagt hat, eine Politik, die Menschen nicht besser leben lässt, solle sich zum Teufel scheren. Gilt das nicht auch, wenn man das Wort Politik gegen das Wort Wirtschaft austauscht?

Zwei Geschäftsleute haben sich durch besonders skrupellose Methoden ein Vermögen erworben. Als sie teure neue Geschäftsräume einweihen, haben sie sich bei einem bekannten Maler zwei Porträts bestellt, die nun protzig nebeneinander an der Wand hängen.
Zur Feier des Tages laden sie auch den Kunstkritiker der ›Frankfurter Allgemeinen Zeitung‹ ein und fragen ihn erwartungsvoll nach seiner Meinung.
Der Kritiker sieht sich die Bilder lange an und nickt mit dem Kopf. Dann deutet er auf die leere Mitte dazwischen und fragt: »Und wo ist der Heiland?«

Chris Howland

DM ade: The United States of Euro

Mir war eigentlich nie klar, wie sehr ich an der Deutschen Mark hing – von den Pfennigstücken, die man uns in Supermärkten ständig im Überfluss gab, bis hin zum guten, soliden Fünfmarkstück. Ich war mit den Münzen so vertraut geworden, dass ich sie ohne hinzusehen in der Tasche zählen konnte. Dafür gibt es jetzt Viermarkstücke, auf denen 2 Euro als Wert gedruckt sind. Aber sie fühlen sich nach nichts an im Vergleich zum guten alten Fünfer.

Mein erstes Markstück erblickte ich 1948. Damals stellten noch Zigaretten und Kaffee die Hauptwährung dar. Dann änderte sich über Nacht alles, und von dem Tag an krempelte Deutschland die Ärmel hoch, um wieder eines der führenden Mitglieder Europas zu werden. Ein großer Teil dieses Erfolgs steckte in dieser kleinen silbrigen Metallscheibe. Selbstverständlich wünschen wir ihrem Nachfolger, dass er die gleiche Stabilität genießt (sonst gerieten wir alle in Schwierigkeiten), aber wir täten Unrecht, würden wir die gute alte Deutsche Mark vergessen. Es ist vielleicht merkwürdig, dass ein Engländer sich nach der deutschen Mark sehnt. Fast so merkwürdig, als wünsche eine deutsche Frau sich mehr englische Pfunde. Aber ich bin da nun mal nostalgisch.

Multiplizieren Sie die Euros immer noch mit zwei, um festzustellen, was etwas wirklich kostet? Ich tue es. Und wie oft haben Sie in der Umstellungsperiode festgestellt, dass Sie zu viel bezahlen? Einmal hat ein Hotel in Österreich meiner Frau für einen Salat 43,– Euro in Rechnung gestellt. Als sie diese beeindruckende Summe freundlich anzweifelte, erhielt sie schnell eine Entschuldigung: Sie hatten Schillinge gemeint. Sicher, jeder kann sich mal irren, aber kann mir jemand erklären, wieso die meisten dieser Irrtümer zu Gunsten des Verkäufers begangen werden?

Ein Mann und seine Frau sind nach 24 Stunden Autofahrt zu erschöpft, um weiterzufahren. Sie entschließen sich anzuhalten und eine Pause zu machen. Sie nehmen sich ein Zimmer in einem Hotel, wollen aber nur vier Stunden schlafen, um dann ihre Fahrt fortzusetzen. Als sie auschecken, überreicht man ihnen am Empfang eine Rechnung über 350 Euro.
Der Mann explodiert. Die Zimmer seien recht nett, aber keine 350 Euro wert. Als der Angestellte ihm entgegnet, das sei der Standardtarif, besteht der Mann darauf, den Hotelmanager zu sprechen.
Der Manager erscheint kurz darauf, hört dem Mann zu und erklärt ihm, dass das Hotel einen Pool mit olympischen Maßen habe und ein großes Konferenzzentrum, das dem Mann und seiner Gattin zur Verfügung gestanden habe.
»Aber das haben wir doch gar nicht genutzt«, sagt der Mann.
»Aber sie hätten es nutzen können«, antwortet der Manager.
Er erklärt dem Mann weiter, dass sie sich eine der Shows hätten anschauen können, für die das Hotel berühmt sei. »Die besten Entertainer, die beste Musik.«

»Aber wir sind zu keiner dieser Shows gegangen«, beschwert sich der Mann wieder.
»Nun, wir bieten sie an, und sie hätten es tun können«, entgegnet der Manager. Es spielt keine Rolle, welches Angebot der Manager erwähnt, der Mann antwortet immer »Aber wir haben es doch gar nicht in Anspruch genommen!«
Der Manager bleibt ungerührt, und schließlich gibt der Mann auf und ist damit einverstanden, die Rechnung zu zahlen. Er stellt einen Scheck aus und überreicht ihn dem Manager.
Als der Manager den Scheck sieht, ist er überrascht: »Aber dieser Scheck beläuft sich nur auf 100 Euro.«
»Das ist richtig«, antwortet der Mann. »Ich habe ihnen 250 Euro dafür in Rechnung gestellt, dass sie mit meiner Frau geschlafen haben.«
»Aber das habe ich nicht!«, erklärt der Manager.
»Tut mir leid«, sagt der Mann, »aber sie war vier Stunden hier, und Sie hätten es tun können.«

Es gab da bei den Preisen einen kleinen Trick, der mich verärgert hat. Einige Geschäfte zeichneten die Preise in Euro und darunter in DM aus. Auf den ersten Blick schien das hilfreich zu sein, doch dann fiel mir auf, dass sie schlichtweg den ursprünglichen Preis in Euros aufgerundet und die Zahl in DM zurückgerechnet hatten. Rein mathematisch war alles korrekt, aber der Preis war dennoch gestiegen. All das hat meine Überzeugung bestärkt, dass einige Leute, ganz gleich, unter welchen Umständen, immer einen Weg finden, Kapital aus den jeweiligen Umständen zu schlagen.

Das erinnert mich an den Mathepauker, der zu seiner Klasse sagt:

»Wenn es mit rechten Dingen zuginge, müsste ich 75% von euch eine Fünf geben.«
Worauf ein Schüler nach kurzem Nachdenken meint: »Moment – so viele sind wir doch gar nicht!«

Nun macht mir Sorgen, was in Euroland als Nächstes kommt. Man hat die Grenzen entfernt und eine gemeinsame Währung eingeführt. Und bald, schätze ich, wird man eine gemeinsame Sprache haben wollen. Das hat man schon einmal versucht. Aber niemand wollte Esperanto sprechen.

Eigentlich glaube ich nicht, dass irgend jemand eine gemeinsame Sprache will, aber: Hat man uns beim Euro gefragt? Mit der Einführung einer einheitlichen Sprache wird man es genauso machen. Man wird sagen, es müsse so geschehen, weil es zu spät sei, es aufzuhalten. Die Franzosen nennen das wohl einen »fait accompli«.

Dabei wäre es durchaus nützlich, eine gemeinsame Sprache in Europa zu haben. Stellen Sie sich nur vor, Sie wären in der Lage, Grenzen zu überqueren, ohne ein Wörterbuch mit sich herumzutragen! Das würde den Touristen das Leben sehr erleichtern. Aber auf welche Sprache fiele die europäische Wahl? Da Englisch eine Weltsprache ist, wäre es wahrscheinlich nicht gestattet, dass sie auch eine europäische wird. Die Franzosen würden sich wie verrückt ins Zeug legen, um den Wettbewerb zu gewinnen, beim Sieg eines anderen das Ergebnis jedoch ignorieren. Auch die Deutschen würden sich alle Mühe geben, weil Begriffe wie Biergarten, Realpolitik, Mercedes, Volkswagen, Kindergarten, Angst, gemütlich, Einstein, Beethoven sowie Donner und Blitz bereits international sind, so dass die Ausländer weniger Wörter zu lernen hätten. Holland, Dänemark oder Griechenland können wir getrost vergessen, weil wir sie immer vergessen. Aber was ist mit Spanien und Portugal? Spanisch und Portugiesisch sind weit verbreitete Sprachen, es könnte also eine nette Geste in Richtung Südamerika sein, eine von ihnen auszuwählen. Oder Italien? Es gibt in Europa genügend italienische Restaurants, um eine solche Entscheidung vernünftig erscheinen zu lassen – und sei es nur, um die Speisenkarten besser zu verstehen.

Neulich sah ich einen Werbespot zum Thema Europa im Fernsehen, der dem folgenden Witz recht nahe kommt. Dafür gibt es nur eine Erklärung: Der Autor hat ihn von uns oder wir haben ihn von ihm gestohlen.

In einem Zugabteil sitzen vier Menschen: ein Engländer, ein Franzose, eine atemberaubende Blondine aus Italien und eine grimmige Dame aus Deutschland. Nach einigen Minuten rattert der Zug durch einen dunklen Tunnel und man hört das unverkennbare Geräusch einer Backpfeife. Als sie den Tunnel wieder

verlassen, hat der Franzose den Abdruck einer Hand auf seiner Wange.
Die Blondine denkt: ›Dieser französische Idiot wollte mich befummeln, und aus Versehen muss er seine Hand auf die grimmige Deutsche gelegt haben, die ihm wiederum eine gelangt hat.‹
Die grimmige Dame denkt: ›Dieser schmutzige alte Franzose legt seine Hand auf die italienische Blondine, und die scheuert ihm eine.‹
Der Franzose denkt: ›Dieser dumme Engländer fasst die Blondine an, und aus Versehen schlägt sie mich.‹
Der Engländer denkt: ›Ich hoffe, wir fahren bald in den nächsten Tunnel, damit ich diesem blöden Franzosen noch mal eine schmieren kann.‹

Und natürlich wird die Hauptstadtfrage anstehen. Bestimmt soll es Brüssel werden. Bis dahin hat sich die Stadt ohnehin so weit ausgebreitet, dass sie ganz Belgien einnimmt; somit wäre es eine ganz natürliche Entscheidung. Auch Den Haag wird wachsen. Der Internationale Gerichtshof für Menschenrechte wird schon bald den größten Teil Hollands bedecken, und dazu gehört dann auch die kleine Enklave, die für das Verfahren gegen Ex-Präsident Milosevic eingerichtet wurde, das sich gewiss bis ins nächste Jahrhundert hinziehen wird.

Natürlich wird die Musik standardisiert werden müssen, um Bürgerkriege in den Ländern zu verhindern, die am alljährlichen Schlager-Grand Prix Eurovision teilnehmen. Ursprünglich als musikalisches Bindeglied gegründet, wird der Wettbewerb mittlerweile zu einer zähnefletschenden Bedrohung der europäischen Einheit. Schon bald wird es notwendig sein, die Regeln derart zu ändern, dass jeder das Siegerlied liebt, das – natürlich – von Brüssel erkoren wird.

Ein europäischer Fernsehsender?

Bei meinem letzten Spanienurlaub gab mein deutscher Decoder den Geist auf. Das bedeutete, dass ich nur BBC sehen konnte und mit Erstaunen feststellte, dass dieses Programm ebenso langweilig wie die deutschen Programme ist. Ich will nicht sagen, dass ich Verona vermisste, aber ganz bestimmt hatte ich rasch die Nase voll von Hitler, Churchill und Stalin, die immer noch auf dem Bildschirm erscheinen und recht gute Quoten erzielen, obschon sie (Gott sei Dank) nur Wiederholungen sind. Aber die Politiker werden das Fernsehen kontrollieren müssen. Wie sollen sie sonst die Nachrichten manipulieren?

Wir werden auch einen Präsidenten brauchen und die Königshäuser abschaffen. Nur: Wer wird ihn wählen? Vielleicht im Rotationsverfahren: vier Jahre Deutschland, vier Jahre Belgien und so weiter. Wenn die Präsidentschaft dann an die osteuropäischen Länder fällt, wird sowieso keiner seinen Namen aussprechen können, aber wen kümmert das schon? Prince Charles wird glücklich sein, weil er Camilla heiraten darf, aber die Mädels werden wegen William traurig sein.

Nein, nein, nein! Ich glaube, wir machen einen gewaltigen Fehler. Seit Hunderten von Jahren ist Europa ein Mosaik aus Ländern, Sprachen und Währungen, wie man es nirgends sonst auf der Welt finden kann. An einem Tag kann man durch drei oder vier verschiedene Länder reisen, die jedes eine eigene Sprache, eine eigene Kultur, eine eigene Geschichte haben. Warum sollten wir damit aufhören? Für die Vereinigten Staaten war es einfacher, weil sie alle jung waren, als die Union gebildet wurde, aber Europa ist eine Institution. Jedes Land ist anders, weil es eine andere Vergangenheit hat. Könige und Königinnen, Diktatoren und Tyrannen sind gekommen und gegangen. Grenzen wurden hin- und herbewegt, Imperien wurden geschmiedet und wieder aufgelöst, und aus diesen ganzen Turbulenzen ist etwas in der Welt Einmaliges entstanden, die kreativste Kleinstaaterei der Weltgesellschaft – und wir versuchen nun, alles glatt zu bügeln und so langweilig wie ein Smokinghemd zu machen. Wo immer man hinreist, bald wird alles standardisiert sein: Essen, Kleider, Häuser, Städte, Autos, Verkehrsschilder, Reisepässe und was sonst noch alles! In Brüssel arbeiten sogar gut bezahlte Fachleute daran, eine standardisierte europäische Klobrille zu produzieren. Wenn Sie also über kein europäisches Standard-Hinterteil verfügen, müssen Sie möglicherweise einige Entfernung zurücklegen, bis Sie ein Örtchen finden, an dem Sie sich bequem niederlassen können. Ich hoffe, Sie werden es so lange aushalten können.

Dieter Thoma

Geschlechterkampf: B. trifft den Nagel auf den Kopf

Männer und Frauen passen eben nicht zusammen, sagte schon Loriot.

B. trifft mich zu Hause. B. kommt ohne ihren Hund Nikolaus. Zweifelt sie, ob es ihm gut tut?

Warum gerade sie gebeten worden sei, mit mir über Witze zu reden?

Weil ich ihre Sendungen schätze, und sie selber auch. – B. sagt: »Geschenkt!«

Weil sie bekannt und intelligent sei. – B. winkt ab: »Aber das gilt für viele.«

Weil sie zu den wenigen in der Moderatorengilde im Fernsehen gehört, die sich für ihre Gäste noch wirklich interessieren. B. dankt: »Wenn du meinst ...«

Weil ich gern mit einer Frau über Witze sprechen wollte. – B. denkt: ›Das wird es sein!‹ Vor allem eine Frau, die mir endlich erklären kann, warum so wenige Frauen Witze erzählen. B. sagt: »Frauen sind eben auch beim Witz unterrepräsentiert. Es gibt viele Männer, die sagen, die Frauen und der Witz, das passt nicht zusammen. Denn der Witz sieht die Dinge ironisch und stellt sie auf den Kopf. Wenn sich Frauen so kritisch geben, hat ›mann‹ das nicht so gern.«

B. setzt fort: »Man kann ja auch fragen, warum Frauen in Witzen so wenig vorkommen, es sei denn als komische Ehefrau oder als Sexualobjekt. In Stammtischwitzen. Es liegt vermutlich daran, dass Männer über Frauen nicht gerne nachdenken.«

Ich liefere ein Beispiel für den Witz über Frauen als Sexualobjekt:

Ein Mann kommt morgens mit einem leuchtend blauen Auge ins Büro. »Was ist passiert?«, fragen die Kollegen.
»Das war meine Frau«, erklärt er.

»Und warum ist sie so ausgerastet?«, fragen die Kollegen.
»Nur, weil ich ›du‹ zu ihr gesagt habe.«
Die anderen sind erstaunt. »Nur ›du‹, und dann diese Reaktion? Wieso denn das?«
»Ja, wir saßen beim Fernsehen, und dann hat sie gesagt: Weißt du eigentlich, dass wir schon drei Monate keinen Verkehr mehr gehabt haben?
Und da habe ich geantwortet: ›Du!‹«

Darüber kann sich Bettina Böttinger amüsieren. »Der ist ja noch harmlos. Und nicht wirklich böse.« Ein schlimmeres Produkt hat sie gerade auch nicht im Kopf. Oder sie will es nicht erzählen. Hat sie als gebürtige Düsseldorferin Probleme, in Köln zu arbeiten?

»Nie gehabt!«

Mir fällt ein, dass sie beim Köln-Marathon mitgelaufen ist. Machen lange Beine so etwas einfacher?

»Nein. Wenige große Schritte strengen dafür mehr an als viele kleine.«

Mir kamen 100 Meter zu laufen immer schon weit vor. Sportliche Weggenossen könnten wir also nie werden.

Über welche Witze kann sie lachen?

»Diesen Witz mag ich zurzeit am liebsten«:

Ein altes Ehepaar lässt sich scheiden, er ist 97, sie 94.
Die Formalien sind vollzogen, da sagt der Scheidungsbeamte: »Seien Sie mir nicht böse, Sie sind ja jetzt geschieden, aber mal unter uns: Musste das denn noch sein? In Ihrem Alter? Nach über 65 Jahren Ehe?«
Da antwortet die alte Dame: »Wissen Sie, unsere Ehe war schon lange zerrüttet, aber wir wollten warten, bis die Kinder tot sind.«

Jetzt ist sie auch selber belustigt, sagt spontan: »Gut finde ich auch diesen«:

Warum können Frauen so schlecht einparken?
»Das ist klar.« Sie spreizt Zeigefinger und Daumen ihrer rechten

Hand, »weil Männer immer behaupten, das seien 30 Zentimeter«!

»Den besten Witz dazu hat dann die Wirklichkeit geschrieben«, fährt sie vergnügt fort, »das war, als die Europanorm für Kondome festgelegt wurde. Und da haben die Italiener allen Ernstes gesagt: Das ist für uns zu klein! Das war ihr Ernst, und das ist doch Klasse!«

Mir fällt noch ein: Für Hochspringer und Boxer sind lange Beine wichtig. Aber Bettina Böttinger boxt nicht. Ich mag auch nicht fragen, wie hoch sie springt. Ich frage, was sie von diesem Anti-Männer-Witz hält?

Die Frau kommt aus der Stadt zurück und erzählt ihrem Mann: »Du, der neue Arzt, bei dem ich war, das ist aber ein netter Mann!«
»Wieso das?«
»Der macht einem richtige Komplimente.«
»Was sagt er denn?«
»Er hat zum Beispiel meinen Hals angesehen und meinte, der sei aber für meine fünfzig Jahre noch fast makellos, ganz ohne Falten.«
»Hm«, brummt der Mann.
»Und dann hat er meinen Bauch abgetastet und gesagt: ›Hören Sie, für Fünfzig ist das alles noch fabelhaft in Ordnung.‹«
»Hm«, knurrt der Mann, »und das war's?«
»Meinen Busen hat er auch noch gelobt. Der sei für mein Alter erstaunlich.«
Da fragt der Mann: »Hat er auch was über deinen fünfzigjährigen Arsch gesagt?«
»Nein«, sagt sie, »über dich haben wir gar nicht geredet!«

Der bringt sie zum Lachen. Aber sie wendet ein: »Der kommt natürlich gut an, aber da fehlt mir ein bisschen die Überraschung, der steuert zu deutlich auf die Pointe zu.«

Da gebe es aber schlechtere Beispiele, finde ich.

»Natürlich, es gibt ja Witze wie diesen«:

Wann ist ein Mann einen Euro wert?
Wenn er im Supermarkt den Einkaufswagen schiebt.

Sie meint: »So etwas finde ich absolut öde. Wenn er nach Schema F gebastelt wird und man jede beliebige Person einsetzen kann, verliert ein Witz an Treffsicherheit. Dabei kann ich sogar über Blondinenwitze lachen, wenn sie komisch sind.« Zum Beispiel:

Eine Blondine fährt die Rolltreppe im Kaufhaus hoch, als das Handy klingelt. Sie nimmt das Gespräch an und sagt: »Ach, du bist es, Schatz! Aber woher weißt du, dass ich bei Karstadt bin?«

Wir stellen fest, dass dieser eher ein Handywitz als einer über Blondinen sei. Aber wir finden noch einen anderen.

Ein Bauchredner erzählt Blondinenwitze. Plötzlich springt eine Blondine im Saal auf und beschwert sich: »Du Mistkerl, was erzählst du da für schwachsinnige Geschichten über Blondinen? Wir sind nicht so blöde, wie du meinst!«
Sagt der Bauchredner: »Aber gnädige Frau, nehmen Sie das doch nicht so ernst, das sind doch alles nur Witze.«
Darauf die Blondine: »Mit Ihnen rede ich doch gar nicht. Ich meine den kleinen Drecksack, der da auf Ihrem Knie sitzt!«

Wie sind Witze beschaffen, die Bettina Böttinger mag?

»Für mich können Witze etwas Rührendes haben wie bei dem alten Ehepaar vor dem Scheidungsrichter. Fröhlich-naive mag ich auch, die das Klischee durch Übertreibung aushebeln.«

Ein Psychologe an der englischen Universität Hertfordshire will herausgefunden haben, dass Männer und Frauen unterschiedliche Witze bevorzugen. Während Männer Macho-Witze mit sexuellem Inhalt favorisierten, bevorzugten Frauen Wortspiele. Stimmt das?

»Das kann gut sein. Aber ich denke, über wirklich gute Witze können Frauen ebenso lachen wie Männer. Vor einiger Zeit habe ich im Fernsehen von Hella von Sinnen einen Witz gehört, der mir gefallen hat«:

Zwei Reisende sitzen sich in einem Zugabteil gegenüber. Die Frau liest offensichtlich einen Artikel in der Zeitung, der sie sehr fasziniert.
Der Mann gegenüber merkt, dass sie angetan ist von dem, was sie da liest, beugt sich vor und sagt: »Darf ich mal fragen, was Sie da so Spannendes lesen?«
»Das ist ganz erstaunlich. Ich lese gerade, dass Indianer und Polen mit Abstand die besten Liebhaber sind.«
Da steht der Frager auf und sagt: »Gestatten, Winnetou Koslowski!«

»Witze, die ich gut finde, haben eine ironische Distanz und hauen nicht einfach drauf! Und das hier ist eine wirklich überraschende Pointe!«

Ich erzähle meinen letzten Favoriten unter den Anti-Männerwitzen:

Ein Mann kommt aufgeregt zur Polizeiwache und ruft: »Meine Frau ist verschwunden, Sie müssen sie suchen lassen!«
»Wie sieht Ihre Frau denn aus?«, fragt der Polizeibeamte. »Sie müssten sie bitte beschreiben.«
Der Mann schüttelt den Kopf. »Wie soll sie schon aussehen, das kann ich schwer sagen.«
»Das müssen Sie doch wissen! Ist sie blond, schwarz, braun?«
»Eher braun.«
»Und die Kopfform?«
»Ja, normal, wie alle, so rund.«
»Meine Güte, wissen Sie denn nicht, wie Ihre Frau aussieht? Sie müssen sie doch beschreiben können!«
»Sie haben gut reden! Können Sie das denn, bei Ihrer Frau?«
»Na sicher, meine Frau ist blond, hat blaue Augen, eine schmale Nase, einen kleinen Leberfleck links davon, sie hat eine schlanke Figur mit einem großen Busen, einen schönen, langen Hals unter einer Kurzhaarfrisur…«
Der Mann schweigt eine Weile. Dann sagt er: »Hören Sie mal, wollen wir nicht lieber Ihre Frau suchen?«

Sie stimmt zu: »Der ist gut. Aber auch der richtet sich nicht gegen oder streitet für jemanden. Ich finde es ja sympathisch, dass uns beiden die richtig bösartigen nicht einfallen wollen.«

Ich sage: »Manche Witze haben es nicht einmal verdient, als schlechte Beispiele erzählt zu werden. Aber was ist mit dem?«

Eine Frau klagt ihren Freundinnen ihr Leid, dass ihr Mann so uninteressiert geworden sei und sie als Frau gar nicht mehr zur Kenntnis nehme. Es stellt sich heraus, dass auch die Freundinnen solche Erfahrungen haben. Nur eine berichtet, sie habe in ihrem Mann auf ganz einfache Weise neues Feuer entfacht, ihn als Liebhaber wiedergewonnen.
»Und wie hast du das angestellt?«
»Mit schwarzer Unterwäsche.«
»Nur mit schwarzer Wäsche?«
»Natürlich muss man das gut verkaufen. Zuerst habe ich mir ein schwarzes Spitzenhöschen und einen entsprechenden BH angeschafft. Dann habe ich vor dem Spiegel geübt, wie ich mich damit wirkungsvoll auf dem Sofa drapiere.«
»Und dann?«
»Das hat gezündet wie eine Rakete. Als hätte ich einen neuen Mann kennen gelernt.«
»Das versuche ich auch«, verkündet die Frau, die zuerst geklagt hat.
Beim nächsten Treffen warten alle Freundinnen gespannt auf ihren Bericht: »Wie hat es geklappt?«
»Überhaupt nicht.«
»Hast du etwas falsch gemacht?«
»Ich habe mir die tollste Spitzenwäsche gekauft, die es überhaupt gab. Sie hat ein kleines Vermögen gekostet. Tiefschwarz und raffiniert geschnitten. Damit lag ich auf dem Sofa, als er nach Hause kam.«
»Und er hat die schwarze Wäsche gar nicht bemerkt?«
»Doch. Er war völlig erschrocken und hat gefragt: Um Gottes willen! Ist was mit Oma?«

»Auch das ist kein Witz gegen Frauen. So harmlos läuft der Kampf der Geschlechter doch nicht.«

Dann aber der!

Ein Mann kommt etwas früher aus dem Büro zurück und findet seine Frau mit einem anderen Mann im Schlafzimmer.
Er stellt sich richtig in Positur und ruft: »Was geht hier vor?«
Sagt die Frau: »Deine Uhr!«

»So ein Witz«, freut sich mein Gast, »trifft schon eher das Thema. Einer der bösesten Anti-Männerwitze kam gerade aus Amerika herüber«:

Was sind die Idealmaße eines Mannes?
61, 91, 42:
61 Millionen schwer, 91 Jahre alt, 42 Grad Fieber.

Sie kommentiert: »Das ist ein richtiger Anti-Männerwitz. Er hat etwas Aggressives, etwas dieser Hau-drauf-Mentalität, die ich immer häufiger in Comedy-Folgen beobachte und die da offenbar als wichtiges Ventil dient. Allerdings finde ich, dass der Witz, der nur verletzt oder entblößt, kein guter Witz ist. Auf der Comedy-Schiene gelingt es aber auch Frauen, das Medium für sich zu beanspruchen. Ich finde, Anke Engelke macht das sehr gut. Dass die meisten Fernseh-Zuschauer Günter Jauch für den intelligentesten Deutschen halten, das ist für mich auch ein guter Witz. Wobei er zweifelsohne ein intelligenter und cleverer Mann ist, keine Frage. Dass sie ihn aber deswegen den klügsten Mann der Republik nennen, weil er eine Quizsendung moderiert, das finde ich originell.

Noch witziger ist, dass die so genannte Intelligenzschicht Harald Schmidt für den intelligentesten Deutschen hält.

Wann sitzen Pointen so, dass sich der Vortragende seines Erfolges sicher sein kann? Wenn die Erwartungshaltung entsprechend ist. Wenn Harald Schmidt einen Witz erzählt, lachen alle, egal ob er gut ist oder schlecht. Harald Schmidt hat neulich in einer Laudatio ein Zitat von Schopenhauer gebracht. Keiner kannte es, aber keiner hat auch daran gezweifelt, dass es von Schopenhauer war. Ich traue Harald

Schmidt durchaus zu, dass er das Zitat selbst erfunden hat. Denn wer hat schon seinen Schopenhauer komplett im Kopf? Ich habe mich köstlich amüsiert über die scheinbare Ernsthaftigkeit des Vortragenden und die Ergriffenheit der Zuhörer. Dass so etwas so funktioniert, das finde ich zum Beispiel auch lustig.«

Ich frage: »Sind Anti-Frauenwitze und Anti-Männerwitze fast notwendig, weil es solche Bosheiten zwischen allen rivalisierenden Gruppen gibt? Und wir rivalisieren doch, oder?«

»Sonst wäre es ja nicht reizvoll. Es gibt nur so viele Witze, die ausschließlich aggressiv gegen Frauen sind und Klischees bedienen. Sie sind im Sinne des Wortes unwitzig. Diese Witze finde ich schlimm, weil sie so wenig überraschend und nur Abziehbilder von Vorurteilen sind.«

Aber lachen viele Frauen bei Zoten nicht herzlich und schallend mit?

»Ja, aber Frauen sehen sich oft genötigt, so angepasst, wie sie sind, über die doofsten Anti-Frauenwitze mitzulachen. Wer nicht mitlacht, wird gleich verdächtigt, eine Zicke oder eine Feministin zu sein. So lachen sie oft über etwas, über das sie nicht sprechen können.«

Redet sie das nicht ein wenig schön?

»Witze wehren sich gegen die Mächtigen, bekämpfen bestenfalls, dass man keine Angst mehr vor ihnen hat. Und das gilt vielfach auch für das Verhältnis von Frauen zu Männern.«

Das könnte ja bedeuten, dass Männer mehr Angst vor Frauen haben als umgekehrt?

B. schließt: »Natürlich. Weil Männer ja nicht über uns Frauen nachdenken.«

Wir einigen uns, dass in diesem Geschlechterkampf beide gegenseitig voreinander Angst haben, die Frauen dafür nur die besseren Gründe besitzen.

Und die Männer die dümmeren Vorurteile.

B. endet.

Zwischenrufe

Ein Politiker besucht auf Wahlkampfreise ein Pflegeheim. Er unterhält sich einfühlsam mit debilen alten Menschen. Am Ende fragt er eine alte Frau: »Wissen Sie auch, wer ich bin?« Sagt die Frau: »Da vorn, am Schreibtisch die Dame, die können Sie fragen. Die sagt Ihnen, wer Sie sind.«

Ein Schweizer Wochenblatt stellt das Erscheinungsdatum von Samstag auf Donnerstag um, mit der Erklärung an die Leser: »Damit wir Sie zukünftig noch prompter informieren können.«

Bei einem Empfang stehen einige Männer und eine Frau zusammen in einem Grüppchen. Ein Mann pupst.
Ein anderer fährt ihn an: »Was ist das für eine Art, hier vor meiner Frau zu furzen!«
Der Angeranzte: »Oh, Entschuldigung, ich wusste nicht, dass sie an der Reihe war.«

Speimanes hat drei Söhne. Ein Freund trifft ihn: »Sag mal, ich habe neulich deine drei Jungen getroffen. Von denen stottert ja keiner...«
»Ja, mmmeinste denn, die hhhättisch mmmmim Mund jemaht?«

Ein Mann bestellt in der Kneipe erst sechs Schnäpse, dann fünf, dann vier... Als er zwei bestellt, lallt er: »Komisch, je weniger ich trinke, desto besoffener werde ich.«

Ein Mann soll Einkäufe machen, für seine Frau zum Mittagessen Schnecken mitbringen. In der Stadt trifft er einen alten Freund, und sie versacken gemeinsam. Kurz vor zwei fühlt er die Schnecken in der Jackentasche.
»Um Gottes Willen«, ruft er, »nichts wie nach Haus!«
Dort angekommen, setzt er die Schnecken in Zweierreihe akkurat vor der Haustür auf den Boden und klingelt. Als seine Frau erscheint, ruft er: »Los, los, jetzt, weiter! Auf dem letzten Meter nicht schlapp machen!«

Zwei Männer finden auf einem Spaziergang am Strand zwei Handgranaten in den Dünen. Was tun? »Am besten, wir bringen sie zur Polizei.«
»Und was ist, wenn unterwegs eine explodiert?«
»Dann sagen wir einfach, wir hätten nur eine gefunden.«

»Wenn ich in dieser Richtung weiter gehe, liegt da dann der Hauptbahnhof?«
»Der liegt auch da, wenn Sie nicht hingehen.«

Im Wallfahrtsort Kevelaer. Ein Mann steht an der Gnadenkapelle und sagt immer: »Ich kann wieder laufen. Jetzt kann ich wieder laufen!«
»Wieder ein Wunder?«, fragt der Pastor.
»Nein, mir haben sie das Fahrrad gestohlen.«

Franz ist mit der Schule fertig, und so berät die Mutter mit dem Lehrer die Zukunft. Der Lehrer fragt: »Für was hat der Junge denn eine besondere Vorliebe?«
»Tiere mag er so arg gern«, antwortet die Mutter nachdenklich, vielleicht wäre Metzger etwas?«

Ein Mann bettelt auf der Straße eine etwas mollige Dame an:
»Seit zwei Tagen habe ich nichts gegessen.«
Sagt die Dame: »Ich wollte, ich hätte Ihre Willenskraft!«

Zu zwei Verschütteten im Schnee kommt ein Bernhardiner mit einem Fässchen am Hals.
Sagt der eine: »Da kommt der beste Freund des Menschen!«
»Ja«, sagt der andere, »und es ist auch noch ein Hund dabei!«

Eine Giraffe und ein Krokodil gehen schlafen. Wer ist zuerst im Bett? – Die Giraffe, das Krokodil braucht so lange zum Zähneputzen.

Ein Mann wird aus einer Kneipe herausgeworfen. Er rappelt sich auf, versucht wieder hineinzukommen, wird erneut herausgeworfen.
Ein Passant fragt ihn: »Gehen Sie doch nicht in dieses Bumslokal, haben Sie das nötig?«
Sagt der Mann: »Leider ja, ich bin der Wirt.«

»Ich wette, dass Sie mich nicht kennen.«
»Sie haben gewonnen!«

Chris Howland

Heinz Erhardt und der Affe

›Sag niemals ja, wenn du nein meinst‹, so lautet der Titel eines alten Buchs, das mir ein guter Freund einmal gegeben hat. Ich habe nie eine Seite darin gelesen, und ich fürchte, das werde ich auch nicht mehr, aber vor einigen Jahren hätte es mir gute Dienste erweisen können. 1953 wurde ich gefragt, ob ich denn nicht als Komiker auf Tour durch Deutschland gehen wolle, 93 Auftritte von Flensburg bis Ravensburg. Alles in mir sagte nein, vor allem weil ich nur vier Wörter Deutsch sprechen konnte – davon zwei unanständige. Außerdem hatte ich noch niemals in meinem Leben auf einer Bühne gestanden. Ich sagte ja. Damals wusste ich nichts über die deutsche Musikszene, so dass ich mit den Namen der anderen Künstler nur wenig anfangen konnte. Heute bin ich beeindruckt, dass ich damals Teil solch eines herausragenden Ensembles war.

Die Veranstalter hatten versprochen, mir ein paar Texte zu liefern, doch trotz meiner zahlreichen verzweifelten Anrufe hatten sie bis zu meinem Auftritt in Frankfurt keine Zeile vorbereitet. Ich war auf mich allein gestellt.

Ich sage nicht, dass es der schlimmste Moment meines Lebens war. Davon gab es zu viele. Aber er gehört auf jeden Fall zu den Top Ten.

Versuchen Sie sich die Situation vorzustellen: Ich stand am Rande einer großen Halle, die voll war bis auf den letzten Platz. Das Publikum brüllte vor Lachen über einen unscheinbaren Mann, der ein vollkommen ausdrucksloses Gesicht hatte und einen braunen Anzug trug. Es sah aus, als ob er ein Gedicht aufsagte. Ich verstand allerdings kein einziges Wort. Alles was ich wusste, war: wenn dieser Mann seinen Auftritt beendet, bist du dran, und du hast nicht den blassesten Schimmer, was du erzählen sollst!

Nun ist das menschliche Gehirn recht clever. Ich muss auf die Bühne getappt sein und irgendetwas gemacht haben. Bis zum heutigen Tag weiß ich nicht, was. Blackout. Das Einzige, an das ich mich erinnern kann, ist die Stille, die den Raum erfüllte. Man hätte eine Stecknadel auf den Boden fallen hören können, in dieser Halle mit 2000 Menschen darin.

Als alles vorbei war und sich mein Gehirn wieder zurückmeldete, kamen zwei Herren auf mich zu: Der eine war der aufgebrachte Veranstalter, der mir versprochen hatte, ein paar Texte zu schreiben.

»So nicht, Herr Howland!«, sagte er und verschwand.

Der zweite war der Mann in dem braunen Anzug, der die Gedichte aufgesagt hatte. Wortlos führte er mich zu einem Restaurant und bestellte mir einen großen Drink; einen Doornkaat, wie ich später erfuhr. Er setzte sich hin und beobachtete, wie ich den Schnaps austrank.

»Ich spreche nicht viel Englisch«, begann er mit einem schüchternen Lächeln, »aber ich will versuchen, Ihnen zu helfen!«

Der Mann hieß Heinz Erhardt.

So fing alles an. Auf der restlichen Tour setzten wir uns jeden Tag zusammen und puzzelten ein Programm zurecht. Wir kamen nur langsam voran, denn wir mussten die Arbeit irgendwo zwischen die

Fahrt zur nächsten Stadt, die Suche nach unseren Hotels oder das Auspacken der Koffer quetschen. Schließlich waren wir fertig, aber Heinz hatte mir noch etwas zu sagen: »Du brauchst einen guten Witz, damit das Publikum lacht und applaudiert, wenn du die Bühne verlässt. Ich denke, folgender wäre ganz gut ...« Er hat mir den Witz ganz langsam erzählt, und ich habe versucht, ihn in meinem spärlichen Deutsch auswendig zu lernen. Vielleicht fällt er mir noch ein ...

Auf jeden Fall bekam ich meinen ersten Lacher auf der Tour. Wir waren in Trier, und ich werde es den Menschen dort niemals vergessen, dass sie mir mein erstes Erfolgserlebnis auf der Bühne beschert haben. Heinz wurde mein Ersatzvater. Ich werde seine Güte und Geduld nie vergessen. Ich glaube, er freute sich ebenso über den Applaus, den ich erhielt, wie über seinen eigenen. Es gelang mir sehr bald, auch seine Gedichte zu verstehen und zu schätzen.

Die Sängerin

Reihen, Stühle, braune, harte.
Eintritt gegen Eintrittskarte.
Damen viel. Vom Puder blasse.
Und Programme an der Kasse.
Einer drückt. Die erste Glocke.
Sängerin rückt an der Locke.
Leute strömen. Manche kenn ich.
Garderobe 50 Pfennig.
Wieder drückt man. Zweite Glocke.
Der Begleiter glättet Socke.
Kritiker erscheint und setzt sich.
Einer stolpert und verletzt sich.
Sängerin macht mi-mi-mi.
Impresario tröstet sie.
Dritte Glocke. Schrill und herrisch.
Sie erscheint. Man klatscht wie närrisch.
Jemand reicht ihr zwei Buketts.
Dankbarkeit für Freibilletts.
Und sie zuckt leis' mit den Lippen.
Beugt sich vor, als wollt sie kippen.

Nickt. Der Pianist macht Töne.
Sängerin zeigt weiße Zähne.
Öffnet zögernd dann den Mund.
Erst oval. Allmählich rund.
Und – mit Hilfe ihrer Lungen
hat sie hoch und laut gesungen.
Sie sang Schumann, Lincke, Brahms.
Der Beginn war acht Uhr ahms.
Und um elf geht man dann bebend,
aber froh, dass man noch lebend,
heimwärts. Legt sich müde nieder…
Morgen singt die Dame wieder.

Die folgenden Zeilen wurden mein Lieblingsgedicht:

Der Berg

Hätte man sämtliche Berge der ganzen Welt
zusammengetragen und übereinander gestellt,
und wäre zu Füßen dieses Massivs
ein riesiges Meer, ein breites und tiefs,
und stürzte dann unter Donner und Blitzen
der Berg in dieses Meer… na, das würd' spritzen!

Wie ging nun der Witz, den Heinz mir erzählt hatte, jener, der die Leute in Trier zum Lachen gebracht hatte? Ich nenne ihn meinen Talisman-Witz, und ich erzähle ihn auch heute noch gerne auf der Bühne – mit demselben englischen Akzent von damals:

Mein letzte Job war in Frankfurt. Ich bekam ein Anruf.
»Hallo, Herr Howland. Hier ist der Frankfurter Zoo.«
»Guten Tag.«
»Mister Howland – etwas Furchtbares ist passiert. Unser Affe ist gestorben, und Sie wissen, wie schwer es ist, eine neue zu bekommen. Aber wir haben hier ein Affenfell, und Sie sind ein so genannte Schauspieler. Wie wäre es, wenn Sie zu uns kommen würden und unsere Affe spielen?«

Na ja, ich hab's überlegt. Die Gage war interessant – ungefähr wie hier heute Abend. »Gut, ich mache das«, sagte ich.
Ich bin nach Frankfurt gegangen. Die haben es dem Affen wirklich schön gemacht. Da war ein kleine Käfig mit 'nen Schaukel drin, und mein Affenfell passte genau. Hin und her bin ich geschaukelt, und die Leute haben sich gefreut und gelacht. Aber das hat mir viel zu viel Mut gegeben, und ich habe einen großen Schwung gemacht und flog in die nächsten Käfig. Boing! Da lag ich auf der Erde. Und da in der andere Ecke war ein große Löwe. Er ist sofort aufgesprungen und kam auf mich zu – näher und näher. Ich natürlich immer rückwärts, rückwärts – bis zur Wand, da ging es nicht weiter. Aber die Löwe kam immer näher und näher, und für eine Moment vergaß ich, dass ich eine Affe sein sollte und schrie, »Hilfe, Hilfe, Hilfe!«
Und der Löwe kam ganz nah und flusterte: »Halt dein Maul, Mensch – sonnst werden wir beide rausgeschmissen!«

Dieter Thoma

Kichernde Klarinetten: Das Heitere in der Musik

Wenn Musiker sich zusammenfanden und aufspielten, nannte man das früher eine Musikbande. Band, wenn es englisch gesprochen wird, ist eine Kapelle oder ein kleines Orchester. Band-Leader sind allerdings nicht Lieder dieser Musiker, das ist der Orchesterchef. Aber nicht alle haben einen. Böse Menschen haben bekanntlich keine Leader.

Eine legendäre Geschichte:

Herbert von Karajan steigt in Wien in ein Taxi.
Fragt der Fahrer: »Herr von Karajan, wohin darf ich Sie fahren?«
Sagt Karajan: »Irgendwohin. Ich werde überall gebraucht.«

Darf man in Berlin, in der Herbert-von-Karajan-Straße, bei den Berliner Philharmonikern, solch despektierliche Scherze machen? Man darf. Der Intendant, Franz Xaver Ohnesorg, ist selbst ein fröhlicher Mensch. Er wirkt schon vom Aussehen her heiter, giocoso, wie das Thema, über das wir sprechen.

»Dirigenten sind als Opfer von Witzen besonders beliebt«, sagt er.

»Es gibt diese berühmte Geschichte, in der ein Dirigent jeden Tag in die Probe kommt und seine Musiker begrüßt. Er holt aus einem kleinen Täschchen einen Zettel heraus, schaut auf den Zettel, legt ihn wieder zurück in das Täschchen. Dann fängt er

an. Eines Tages bekommt er bei einer Probe einen Schlaganfall und fällt um. Er ist tot.
Der Konzertmeister geht hin, öffnet sofort das kleine Täschchen und schaut nach, was auf dem Zettel steht. Und er liest ›Erste Geige links, zweite Geige rechts, Bratschen links, Cello rechts‹.«

Franz Xaver Ohnesorg war einst Gründungsintendant der Kölner Philharmonie. Er ging dann für zweieinhalb Jahre als Artistic and Executive Director zur Carnegie Hall nach New York. Bis zum 31. Dezember 2002 war er Intendant der Berliner Philharmoniker, um nach getaner Reformarbeit wieder ins geliebte Rheinland zurückzukehren. Von dort leitet er künstlerisch das von ihm inzwischen zu internationalem Renommee gebrachte Klavier-Festival Ruhr.

Ohnesorg ist fest davon überzeugt, »dass Musik und Humor sehr, sehr tief zusammenhängen. Ich glaube, dass Musik insbesondere geeignet ist, Menschen von seelischen Belastungen zu erlösen, sie fröhlich zu machen. Man kann genauso das Gegenteil behaupten, dass Musik auch geeignet ist, Menschen sehr ernst zu stimmen. Aber der primäre Ansatz der Musik ist eigentlich, die Menschen ein wenig zu erheitern.«

Bei den Wiener Philharmonikern hatte ein Gastdirigent seinen ersten Tag. Ein Besucher erkundigt sich bei den Musikern: »Wie war es denn?«
»Ach, wir haben zehn Takte gebraucht, dann hat er keinen nennenswerten Widerstand mehr geleistet.«

Der Intendant trägt zu Hause ein rotes Polohemd, das hat mich überrascht. Mir fällt auf, dass ich ihn zum ersten Mal ohne Jackett und die zum Erkennungszeichen gewordene Fliege am Hals sehe. »Unter den vielen Anekdoten ist eine, die ich sehr liebe:

An einem sehr schönen Frühlingstag geht der Dirigent Sir Thomas Beecham die Fleet Street entlang. Die Sonne kommt heraus, und er hat einen Mantel an. Es wird ihm zu warm, also ruft er ein Taxi, gibt dem Taxifahrer seinen Mantel, legt ihn in den Wagen und sagt: ›Follow me!‹ Dann geht er weiter.«

Ohnesorgs Ehefrau Franziska ist Staatsanwältin, aber deswegen nicht weniger an Musik interessiert. Sie freut sich über das nächste Beispiel. Für weitere Späße fehlt ihr heute leider die Zeit.

Sir Thomas Beecham dirigiert die Londoner Symphoniker. Die 9. von Bruckner steht auf dem Programm und soll geprobt werden. Der Dirigent klopft an das Pult und sagt: »Meine Damen und Herren! Ich habe die 9. von Bruckner sicher dreihundertmal dirigiert, ich nehme an, jeder von Ihnen hat sie bis zu zweihundertmal gespielt. Wir treffen uns morgen zur Aufführung.«
Da meldet sich ein junger Geiger in der zweiten Reihe: »Sir, ich habe die 9. von Bruckner noch nie gespielt!«
Sagt Sir Thomas: »Sie wird Ihnen gefallen!«

»Ich glaube, dass viele Musiker auch ganz besonders reiche und glückliche Persönlichkeiten sind, weil diese nichtverbale Tätigkeit des Musikmachens und des Sich-Mitteilens über das Erzeugen von Melodien und Rhythmen und alles das, was Musik ausmacht, ihre Erlebnisfähigkeit prägt. Das formt natürlich auch eine Persönlichkeit.« Apropos nichtverbale Tätigkeit:

Ein Konzertsaalvermieter sagt zu einem Musiker: »Ich habe sie alle erlebt, Rubinstein, Brendel, Serkin, Isaac Stern, Menuhin, Rostropowitsch – keiner hat so geschwitzt wie Sie!«

Musiker spielen nicht nur mit Instrumenten, sondern gelegentlich auch mit Worten. »Richard Strauss hat in seiner Alpensinfonie ein Hauptthema, das aus dem Bruch'schen Violinkonzert stammt. Das ist ein Zitat, aber er hat selbst immer gesagt, das sei die Bruch-Stelle«, flachst mein Gastgeber und fährt fort:

»Da kommt der Komponist Hans Pfitzner zu Richard Strauss in die Garderobe, nachdem er die Alpensinfonie zum erstenmal gehört hat, Strauss hat sie selbst dirigiert. Und Pfitzner sagt: ›Na, Herr Kollege, da ist Ihnen ein wunderbares Werk gelungen, aber Sie müssen nur aufpassen: Kurz vor Erstürmung des Gipfels hätten Sie sich fast noch einen Bruch geholt.‹«

»Natürlich gibt es Lachen und Gelächter in der Musik. Es gibt auch komische Instrumente. Humor in der Musik hat damit zu tun, dass Menschen ungewöhnliche Klangfarben wahrnehmen. Da ist zum Beispiel das Fagott als eines dieser Instrumente, das einfach Schmunzeln hervorruft. Oder die Klarinette. Klarinette kommt vom lateinischen »clarus« und heißt »die hell Tönende«. Sie ist erhellend und besonders geeignet, um Fröhliches ertönen zu lassen, womöglich Gelächter wiederzugeben.

In Mozarts Oper ›Cosí fan Tutte‹ ist sogar von überirdischer Heiterkeit die Rede: »Das war auch Mozarts Absicht. Er hat in dieser Oper auch ein Lehrstück gesehen: So sind sie halt, die Menschen, sprechen von ewiger Liebe und sind nicht in der Lage, auch nur zehn Minuten allein zu sein. Wir müssen alle mit unseren Unvollkommenheiten leben, und deshalb ist es gut, wenn wir dazu ein heiteres, von göttlicher Gelassenheit getragenes Verhältnis haben. Es heißt ja sogar beim ›Don Giovanni‹ ausdrücklich ›Drama giocoso‹, auch wenn es um den Tod zweier Menschen geht.

Humor finden wir auch im Liedgesang, beim Klavierlied. Nehmen wir Hugo Wolf, ›Der Rezensent‹. Da hat Wolf ein Mörike-Gedicht vertont, und der Rezensent, den er vorher veräppelt hat, wird mit einem kleinen Tritt gegen das Gesäß die Treppe heruntergeworfen. Das ist musikalisch unglaublich eindrucksvoll illustriert. Und schließlich erklingt ein Walzer als Nachspiel zu diesem Lied. Das zeigt eben auch, wie sich Humor und Fröhlichkeit durch Dreiertakte sehr schön ausdrücken lassen.«

Gibt es auch in der modernen Musik eigentlich noch so etwas wie Fröhlichkeit?

»O ja. Das beginnt schon bei Richard Strauss. Er hat die Tonsprache, die Klangsprache enorm ausgeweitet, zum Beispiel. Im ›Till Eulenspiegel‹. Es gab in der Musikgeschichte eigentlich zwei große Schritte fortschrittlicher Instrumentierung. Den einen setzt Berlioz, den anderen Strauss. Natürlich stehen da Oboen und Englisch Horn und vor allen Dingen Klarinette und Es-Klarinette stark im Vordergrund. Der ›Till Eulenspiegel‹ strotzt geradezu von frechen Bemerkungen, die in Musik umgesetzt werden. Und wenn der Till schließlich aufgehängt wird, geht die Es-Klarinette in die obersten Regionen und verhaucht auf eine sehr witzige Weise. Selbst von seiner ›Salome‹ sagte Strauss bei einer Probe, sie sei ein Scherzo mit tödlichem Ausgang.«

Bei Otto Nicolai und seinen ›Lustigen Weibern von Windsor‹ steht in der Partitur: »Elfen und Kobolde melden sich kichernd«. Hier gackern allerdings nicht Instrumente, sondern Stimmen. Damit kommen wir zu den Tenorwitzen. Tenöre und Bratscher sind bevorzugt Opfer von Witzen:

Ein neuer Tenor ist im Stadttheater zum Vorsingen bestellt. Nach zwei Zeilen der ersten Arie verhustet er sich und bricht ab
Im zweiten Versuch kommt er auch nur eine Zeile weiter. Der Rest geht wieder im Husten unter.
Beim dritten Ansatz singt er die erste Strophe fast perfekt durch. Aber als er im zweiten Teil zum hohen C ansetzen will, verhustet er sich wieder.
Da schüttelt sich der Sänger, schaut böse in die Runde und ruft: »Scheiß Theater!«

Ein Tenor auf einem Schiff verlässt nach dem Aufstehen seine Kajüte und geht auf das Oberdeck. Er blickt über die Reling in den Nebel und ruft: »Was? Weiter sind wir noch nicht?!«

Ein Tenor kommt im Theater die Treppe hoch. Es begegnet ihm die Sekretärin des Intendanten. Er fragt: »Ist der Intendant da?«
»Nein.«
Sagt er: »Weiß ich doch!«

Ein Tenor wird von einer Verehrerin angesprochen.
»Ich habe Sie vorgestern in der Straßenbahn gesehen.«
»War ich gut?«

Kennt und mag Ohnesorg ausschließlich Musikerwitze?

»O nein, da sind auch ganz andere, allgemeine. Einer meiner Lieblingswitze ist dieser:

Der kleine Moische wird vom Rabbi gefragt: »Moische, wie viel ist zweimal zwei?«
Moische springt auf, schaut den Rabbi ganz verzweifelt an, nimmt seine Finger zur Hilfe, wiegt seine beiden Hände und stammelt: »Sieben?!«
Darauf der Rabbi: »Moische, wie oft hab' ich dir schon erklärt: Zweimal zwei ist vier! OK – fünf! Aber nicht sieben!«

Das ist für mich einer der anrührendsten Witze, den ich kenne: Der Cellist Misha Maisky hat ihn mir mal erzählt, als wir über das ›richtige‹ Tempo im letzten Satz von Haydns C-Dur Cello-Konzert diskutiert haben.«

Damit sind wir zurück in der Musik:

Max Reger wird nach einem Konzert, in dem besonders die Fagotte zur Geltung kamen, von einer musikinteressierten adeligen Dame gefragt: »Sagen Sie, Maestro, bringen die Musiker diese merkwürdigen Töne mit dem Mund hervor?«
Sagt Reger: »Hoheit, das will ich doch sehr hoffen!«

»Der berühmte Liedbegleiter Gerald Moore, ein wunderbarer Erzähler, hat mich um eine schöne Anekdote über den russischen Bassisten Schaljapin bereichert«, erzählt Ohnesorg:

»Moore und Schaljapin haben ein Lied einstudiert, da fragt der Sänger: »Hm, können wir das nicht einen halben Ton höher spielen?«
»Ja, ja, muss ich halt transponieren, kann das schon machen.«
Er fragt: »So ist es tief. Wie klingt es jetzt?«
Sagt Schaljapin: »Too low, too low.«
»Und einen halben Ton höher?«
»Too high, too high. Don't you have something in between?«

Der Gründungsintendant der Kölner Philharmonie hat die Beziehung nach Köln nie verloren. »Eine der Qualitäten des Rheinlands ist eben, dass die Bewohner wirklich Humor haben. Ich glaube, man kann den Anfang der Bundesrepublik viel besser verstehen, wenn man hier gelebt hat und Adenauer in den Kontext der rheinischen Menschen bringen kann, als wenn man ihn nur abstrakt als Staatsmann sieht. Humor zu haben bedeutet auch, nachsichtig und tolerant zu sein.«

Den Besuch beschließt eine Reihe von Instrumentenwitzen:

Ein Mann, der Kontrabass spielt, hat mit seinem Beruf Schluss gemacht. Es ist das erste Mal, dass er sein Instrument mit nach Hause bringt.
Seine Frau macht die Tür auf, als er klingelt, schaut ihn an und sagt: »Um Gottes willen, was ist denn das?«

Was ist der Unterschied zwischen einer Handgranate und einer Bratsche?
Keiner. Wenn man sie hört, ist es zu spät.

»Muss ein englischer Gentleman Bratsche spielen können?«
»Natürlich! Aber er würde es nie tun.«

Es gibt auch eine Kombination von Bratschen- und Dirigentenwitz:

Ein Bratscher am letzten Pult spielt bereits seit vielen Jahrzehnten mit seinen Kollegen zusammen. Eines Tages wird unmittelbar vor der Vorstellung der Dirigent krank. Da nimmt sich der Bratscher ein Herz, geht zum Intendanten und sagt: »Also, Sie werden es nicht glauben, aber ich habe diese Oper ›Aida‹ drauf, ich kann die dirigieren.«
Der Intendant glaubt ihm, macht die Ansage, der Bratscher dirigiert, es wird ein Riesenerfolg.
Am nächsten Tag kommt er – anderes Stück, anderer Dirigent – wieder zu seinem Kollegen am Pult zurück. Er erwartet von dem Pultkollegen ein nettes Wort.
Der sagt: »Sag mal, wo warst du gestern eigentlich?«

Und noch ein alter Bekannter:

Ein Musiker geht mit seinem Instrument im Kasten über die Straße.
Ein Mann spricht ihn an und fragt: »Entschuldigen Sie, spielen Sie erste Geige oder zweite Geige?«
»Bratsche«, antwortet der Musiker.
Sagt der Mann: »Warum müssen Sie mich denn gleich beleidigen?«

DIETER THOMA

Von Giraffen und Schuhplattlern: Musik und mehr

Ein Musiker erzählt dem anderen, dass er eine CD mit seiner Musik produziert habe.
Fragt der andere: »Was hast du verkauft?«
»Nun, mein Haus, mein Auto ...«

Wie es manchmal im Leben so zugeht: Die ersten Witze, die Paul Kuhn erzählt, schließen sich nahtlos an die von Franz Xaver Ohnesorg an. Paul Kuhn ist Pianist, Bandleader, Arrangeur, Komponist, Sänger, Entertainer. Er selbst sagt, er sei Musiker.

»Was ist das: Zehn Bratschen auf dem Meeresgrund?«
»Das weiß ich nicht.«
»Ein guter Anfang!«

Der Lehrer fragt den kleinen Fritz in der Schule: »Was macht denn dein Vater?«
Nach einigem Zögern antwortet Fritzchen: »Der ist Striptease-Tänzer in einer Homobar.«
Der Lehrer ist erstaunt und erkundigt sich. Er sagt am nächsten Tag: »Da hast du mich ja ganz schön verkohlt gestern. Ich weiß jetzt, dass dein Vater Bratschist im Orchester ist. Warum hast du das denn nicht gesagt?«
Fritzchen: »Ich habe mich nicht getraut.«

Die vier Musiker eines Streichquartetts hören eine Aufnahme ab, die sie im Studio gemacht haben. Da meldet sich der Bratscher zu Wort: »Ich höre meine Stimme gar nicht!«
»Ja«, sagt der Tontechniker, »das sind diese modernen Geräte, da werden Nebengeräusche total weggefiltert.«

Warum ist die Bratsche so sehr Zielscheibe des Witzes? Paul Kuhn meint: »Die Bratscher sind so etwas wie die Ostfriesen unter den Musikern, wobei das völlig unbegründet ist. Vielleicht ist es dadurch entstanden, weil es so viel mehr Konzerte für Violinen als für Bratschen gibt. So mögen die Bratscher als Leute erscheinen, die es nicht bis zum Geiger geschafft haben.« Nun werden alle Negativscherze an ihnen aufgehängt.

Viele Anekdoten werden an kauzigen Figuren wie Fritz Kortner festgemacht. 1892 in Wien geboren, hat er als Schauspieler und vor allem als Regisseur das Berliner Theater der zwanziger und dreißiger Jahre mit geprägt. Viele Geschichten stammen aus seiner Regiearbeit nach dem Kriege. Kortner ist 1970 in München gestorben.

Fritz Kortner hat bei einer Probe einen Ischiasanfall. Der Theaterarzt wird geholt und gibt ihm eine Spritze: »Wenn's der Ischias ist, werden wir's gleich haben. Die kleine Spritze wirkt sofort. Gleich ist wieder alles in Ordnung.« Dabei schlägt er dem Patienten mit der rechten Hand beruhigend auf den Oberschenkel.
Als der Arzt gegangen ist, brummt Kortner: »Das ist ja grauenhaft! Ich brauche einen Arzt, und man schickt mir einen Schuhplattler!«

Werden sie halten, die Geschichten, wenn keiner mehr lebt, der ihn gekannt hat? Der Schauspieler Klaus Maria Brandauer hat noch mit ihm gearbeitet. Er erzählte mir, Kortner habe mal zu ihm gesagt: »Denken Sie beim Sprechen! Sie verlieren deswegen nicht Ihre österreichische Staatsbürgerschaft!«

Kortner macht gerade Probenpause, als ein junger Autor mit seinem Stück kommt, das er geschrieben hat. »Bitte, Herr Professor, könnten Sie nur mal einen Blick hineinwerfen?«
Kortner liest, blättert, liest wieder, schüttelt den Kopf.
»Auf der Seite kommt natürlich noch ein Gag rein«, erklärt der Autor.
Das wiederholt sich, und jedes Mal, wenn Kortner zu lesen beginnt, sagt der Autor: »Da kommt auch noch ein Gag hin!«
Da klappt Kortner das Manuskript zu und sagt: »Gagen Sie mich doch am Arsch!«

Tagelang hat Kortner die Temperatur auf der Probenbühne kritisiert: zu warm, zu kalt, zu muffig. Endlich scheint er zufrieden zu sein. Nach einiger Zeit klagte er wieder über die Wärme. Der Inspizient beschwert sich: »Als Sie vor zehn Minuten hereinkamen, haben Sie es noch gut gefunden!«
Erwidert Kortner: »Ja, aber ich kann doch nicht ununterbrochen hereinkommen!«

Zu den schönsten Anekdoten gehört nach meiner Meinung diese:

Fritz Kortner ärgert sich immer wieder über einen Schauspieler, der seine Haare sehr lang trägt. »Sie mit Ihren langen Haaren«, knurrt er, wenn er seine Kritik an schauspielerischen Leistungen des Mimen einleitet.
Eines Morgens hat sich der Schauspieler etwas überlegt.
Als Kortner die Probenbühne betritt, sagt er wie beiläufig: »Übrigens, Einstein trug auch lange Haare ...«
Kortner reagiert: »Ja, aber die trug er als Geiger, und als Geiger war er nicht gut!«

Mein Klavier gibt sich etwas verstimmt, weil Paul Kuhn es nicht gleich wiedererkennt. Schon vor 35 Jahren hat er darauf gespielt.

1936, im Alter von acht Jahren, hatte er als eine Art Wunderkind mit dem Akkordeon seinen ersten öffentlichen Auftritt in Berlin. Vier Wochen nach Kriegsschluss saß er in einem amerikanischen Club am Klavier, bekam dann eine eigene Combo beim Sender AFN.

Als das Leben sich wieder in geregelten Bahnen zu bewegen begann, studierte er Musik.

Zwei Musiker treffen sich. Erzählt der eine: »Ich war neulich in den USA, hatte eine Menge zu tun. Davon hast du bestimmt gehört?«
»Nein.«
»Ich habe auch in Hollywood Filmmusiken gemacht, das weißt du sicher.«
»Nein, davon habe ich auch nichts gehört. Und was machst du jetzt hier?«
»Nun ja, ich bin jetzt wieder hier, wollte mal sehen, was so läuft. Aber es ist nicht so gelaufen wie ich dachte.«
»Ja, davon habe ich gehört!«

Hat Paul Kuhn einen Lieblingswitz? »Nein. Das ist wie mit der Musik. Es gibt so viele Möglichkeiten, dass ich mich nie entscheiden kann. Welchen Witz man gerne erzählt, hängt auch von der eigenen Tagesstimmung ab.«

Ist dieses gerade der Lieblingswitz?

Ein Posaunist geht zum Friseur, bei dem er schon jahrelang Kunde ist. Während ihm die Haare geschnitten werden, sagt er: »Du musst mir morgen Abend einen Gefallen tun.«
»Gern, wenn ich kann.«
»Du kannst. Du musst nur mit meiner Posaune morgen im Orchester sitzen. Ich habe etwas wirklich Dringendes vor.«
»Wie soll das gehen? Ich kann doch keinen Ton spielen!«
Der Posaunist erklärt ihm, das sei auch nicht nötig. Er müsse nur im schwarzen Anzug da sitzen und immer optisch nachahmen, was die anderen beiden Posaunisten tun. »Das fällt gar nicht auf!«
Der Friseur lässt sich schließlich überreden und geht abends mit der Posaune zum Konzert.
Als der Posaunist am nächsten Tag sein Instrument abholen will, fragt er: »Nun, wie war es?«

»Ein Desaster!«, stöhnt der Friseur.
»Warum das?«
»Wir waren drei Friseure!«

Oder dieser?

Eine Frau hat ihrer besten Freundin zum 70. Geburtstag einen Festkuchen gebacken. Auf dem Weg zum Geburtstagsfest gerät sie in ein Unwetter. Als sie gerade am Friedhof vorbeigeht, reißt ihr eine Windböe den Kuchen aus der Hand, er fliegt über die Mauer auf den Friedhof und rollt davon. Die Frau beginnt hemmungslos zu weinen. Ein vorüberkommender Mann versucht die Schluchzende zu trösten.
»Na, was ist denn los? Ist es denn so schlimm?«
»Es war alles umsonst«, schluchzt die Frau, »jetzt liegt er auf dem Friedhof!«
»Bedenken Sie doch mal, wie viele da liegen«, sagt der Mann.
Klagt die Frau: »Aber keiner mit acht Eiern!«

Oder der?

Drei Mütter unterhalten sich über ihre Söhne. Die erste sagt: »Ich muss sagen, meiner war immer ein braver Junge, hat sehr fleißig gearbeitet. Er hat als Tankwart angefangen, hat Scheiben geputzt und Autos gewaschen, und heute gehören ihm vier Tankstellen in der Stadt.«
»Donnerwetter ja«, sagt die zweite, »aber ich bin mit meinem auch sehr zufrieden. Er war immer sauber, adrett und strebsam. Er hat mit einem kleinen Kurzwarengeschäft angefangen, hat Tischtücher und Handtücher verkauft, und heute gehören ihm drei große Kaufhäuser. Die gehören ihm wirklich!«
Sagt die Dritte: »Also, mit so schönen Erfolgsmeldungen kann ich nicht aufwarten. Mein Sohn ist schwul, aber es geht ihm gut. Es fehlt ihm an nichts. Er fühlt sich prima, und er hat nette Freunde. Der eine hat vier Tankstellen, der andere drei Kaufhäuser.«

Ich sage: »Es gibt Tiere, die auf mich fliegen.«

»Welche?«

»Wespen zum Beispiel.«

Tierwitze kennt Paul Kuhn bessere.

Es klingelt. Der Wohnungsinhaber geht zur Tür. Es ist niemand da. Das ist ein dummer Jungenstreich«, denkt der Mann. Er guckt aber dann doch noch einmal nach. Und er entdeckt eine Schnecke auf der Klingel. Der Mann haut die Schnecke herunter und schließt die Tür.

Am nächsten Tag, auch wieder am Abend, klingelt es erneut. »Das kann doch nicht wahr sein«, schimpft er und geht nach draußen. Und tatsächlich sitzt da wieder die Schnecke. Und die sagt zu ihm: »Was war denn das eben?«

Antarktis: Tausende von Pinguinen watscheln über das Eis. Ein Pinguin sitzt am Rand und weint herzzerreißend. Da kommt ein älterer Pinguin und fragt: »Na, mein Kleiner, was ist denn los, warum weinst du denn so?«

»Ich habe meine Mutter verloren, ich finde meine Mutter nicht!«

»Da mach' dir mal keine Sorgen, die finden wir schon. Wie sieht sie denn aus?«

Eine Giraffe und ein Kaninchen treffen sich. Sagt die Giraffe: »Sag mal, du musst ja kein sehr angenehmes Leben führen. Wenn du fressen willst, dann findest du schmutziges Gras, wo die Menschen mit ihren Schuhen drüber gelaufen sind, das kann ja nicht schmecken. Ich hingegen, mit meinem langen Hals, ich gehe an das frische Grün oben in den Bäumen, da ist alles sauber und schön. Oder wenn du Wasser trinken willst! Was kannst du machen? Du kannst auf Regenwasser warten. Das fließt dann dreckig zwischen Lehm und Schlamm. Ich dagegen mit meinem langen Hals gehe an den nächsten Bach und trinke aus seiner Mitte sauberes, wunderbares Wasser.«

»Und?«, fragt das Kaninchen, »schon mal gekotzt?«

Oder Tierisches von Menschen:

Ein Mann trägt den Arm in Gips.
Fragt ein anderer: »Na, Unfall gehabt?«
»Nein«, sagt der, »Operation im Quiz gewonnen!«

Mit unserem Freund Michael Lentz zusammen hat Paul Kuhn für das Fernsehen eine Reihe über die ›Geschichte des deutschen Schlagers‹ gemacht. Von Peter Alexander hat er dabei diesen Witz gehört:

Der Vater geht mit seinem kleinen Sohn durch Wien. Als sie am Opernhaus vorbeikommen, fragt der Kleine: »Papa, was ist denn das für ein großes Haus?«
»Das? Das weiß ich nicht.«
Sie gehen weiter und kommen zur Hofburg.
Fragt der Sohn: »Papa, was ist denn das für ein schönes Haus?«
»Das weiß ich nicht.«
Sie kommen an das Denkmal von Johann Strauss. Der Kleine fragt: »Wer ist denn der Herr mit der Geige?«
»Das weiß ich nicht.«
»Papa, bist du jetzt böse, dass ich zu viel frage?«
»Nein, frag nur! Du sollst ja etwas lernen.«

Das Schöne am Jazz sei, sagt Paul Kuhn: Man setzt sich zusammen, irgendjemand sagt ›Honeysuckle Rose‹, und schon geht es los. Bei Witzliebhabern ist es ähnlich.

Ein Mann kommt von einer Fotosafari aus Afrika zurück und sitzt abends mit verbittertem Gesicht am Stammtisch.
Die Stammtischbrüder fragen: »Was ist los? Geht es dir nicht gut?«
»Die Reise«, antwortet der, »das war nicht in Ordnung.«
»Was ist denn passiert?«
»Stellt euch vor, ich bin da auf der Safari etwas vom Weg abgekommen mit meinem Jeep. Plötzlich stehen mitten in der Wildnis acht riesige Massai-Krieger vor mir. Und der Anführer von denen hat mich viermal vergewaltigt.«

»Ach du lieber Gott«, sagen die Stammtischbrüder, »das ist ja fürchterlich, ein schlimmes Erlebnis!«
»Ja«, sagt der Reisende: »Und bis heute: kein Brief, kein Anruf, nicht mal eine Postkarte!«

JAMIN/THOMA

»Nur glicklich bin ich nicht«: Der jüdische Witz

Die Polizeibeamten im grün-weißen Auto beobachten uns aufmerksam, als wir auf die Haustür zugehen. Wir dürften eigentlich nicht wie zwei Attentäter aussehen, so meinen wir. Aber wie sehen Attentäter aus? Wahrscheinlicher ist, dass wir schon angekündigt sind für den späten Vormittag, auf einer Besucherliste stehen. Wir sind zum vereinbarten Gespräch mit Paul Spiegel eingetroffen. Was nicht auf der Liste der Polizei stehen wird: Es soll um jüdische oder jiddische Witze gehen.

Das Büro ist hell und geräumig, die großen Fenster öffnen sich ins Grüne. Wir nehmen Platz in breiten, schwarzen Ledersesseln. An den Wänden der Düsseldorfer Künstleragentur von Paul Spiegel hängen dicht an dicht die Großen des Showgeschäfts, fotografische Erinnerungen an gelungene Zusammenarbeit. Fehlt einer? Paul Kuhn? Hape Kerkeling? In diesem Massenangebot gelungenen Lächelns werden solche Fragen albern. Früher hätte womöglich ein fremder Betrachter gefragt: Wer ist denn der Mann neben Freddy Quinn oder neben Hildegard Knef? Inzwischen werden manche erfahren wollen, wer denn der oder die sind, die da neben Paul Spiegel stehen.

Er hat es gewusst, dass sich sein Leben radikal ändern werde, als er die Wahl zum Vorsitzenden des Zentralrats der Juden in Deutschland akzeptierte. »Es war mir klar, was da auf mich zukommt.« Es bedeutet als Erstes: jeden Tag Termine. Und alle müssen mit der Polizei abgesprochen werden. Ist es trotzdem die rechte Zeit für jüdische Witze? – »Es ist immer die richtige Zeit für jüdische Witze!«

Ein Jude trifft den anderen. Sagt der andere: »Den kenn' ich schon!«

Wir versuchen zu erörtern, ob der jüdische Witz das Ergebnis der speziellen religiösen, historischen und sozialen Voraussetzungen ist und damit ein Schlüssel zur jüdischen Geschichte.

»Das ist nicht mein Zugang zum Witz«, wehrt Spiegel ab. »Ich höre und erzähle sie gern, aber ich muss nicht jeden gleich analysieren.« Er denkt kurz nach. »Aber ich erzähle Ihnen gern einen meiner Lieblingswitze.«

Zwei Rabbis spielen mit einem Bekannten, der zum jüdischen Glauben übergetreten ist, Golf. Eines Tages beschwert er sich: »Immer verliere ich! Was kann ich denn nur tun?«
Sagt der eine Rabbi: »Wir beten jeden Tag einmal zu Gott dem Herrn, dass er uns gewinnen lässt.«
»Und das hilft?«
»Wie du siehst.«
Beim nächsten Treffen verliert er wieder. Er beklagt sich: »Jeden Tag habe ich nun inbrünstig gebetet, und was nützt es?«
Fragt der eine Rabbi: »Und wo hast du gebetet?«
»Im Tempel Jeremias.«
»Das ist auch falsch. Der Tempel Jeremias ist für Tennis. Der Tempel Emanuel ist für Golfspieler.«

Wir reichen einen unserer Lieblingswitze nach:

Der David trifft den Isaak und sagt: »Du kennst doch meinen schönen Stock mit der silbernen Krücke, stell dir vor, man hat ihn mir gestohlen!«
»Was du sagst, und wer war es?«
»Wenn ich das wüsste, wäre es leicht, aber es kann eigentlich nur jemand aus der Mischpoke gewesen sein.«
»Dann ist es doch einfach«, sagt der Isaak.
»Wieso das?« fragt David.
»Nun«, sagt Isaak, »lad sie alle ein, die ganze Mischpoke, gib ihnen zu essen und zu trinken, und wenn das Fest ist angekom-

men auf dem Höhepunkt, dann steh auf und rezitier' die zehn Gebote. Und wenn du angekommen bist beim siebten Gebot ›Du sollst nicht stehlen‹, dann guck um dich, und der, der dir nicht kann in die Augen sehen, der hat gestohlen deinen Stock mit der silbernen Krücke.«

Es dauert ein paar Wochen, bis sie sich wieder sehen, und der David hat in der Hand seinen Stock mit der silbernen Krücke.

»Es hat also geklappt«, sagt Isaak.

»Ungefähr so«, antwortet David.

»Erzähl!«, sagt der Isaak.

»Also«, sagt der David, »ich hab' sie eingeladen, die Mischpoke, die ganze Verwandtschaft, wie du gesagt hast, hab' ihnen zu essen und zu trinken gegeben, es war nicht ganz billig, und als das Fest war auf dem Höhepunkt, bin ich wirklich aufgestanden und habe rezitiert die zehn Gebote. Und weißt du, als ich angekommen bin beim sechsten Gebot, da ist mir eingefallen, wo ich hab' stehen lassen meinen Stock mit der silbernen Krücke.«

Ein jüdischer Witz wäre ohne Pointe, wenn man das speziell Jüdische der Witzperson herausnimmt. Aber was ist das »speziell Jüdische«?

Ein Katholik, ein Protestant und ein Jude unterhalten sich über ihre Verwandtschaft.

Es brüstet sich der Protestant: »Mein Großvater war Superintendent!«

»Da habe ich mehr zu bieten«, sagt der Katholik, »mein Onkel ist Kardinal und wird mit ›Euer Eminenz‹ angeredet.«

Sagt der Jude: »Das ist schon was! Wenn meine Großtante zu Besuch kommt, dann rufen alle: Gott der Gerechte!«

Der Autor Jan Meyerowitz schrieb in seinem Buch ›Der echte jüdische Witz‹: »Die Juden haben manche Gehässigkeit aufgenommen, weil sie eine große Toleranz besaßen, die nicht würdelos, sondern warmherzig und etwas fatalistisch war.«

Von Ironie mit Witz und Würde spricht Friedrich Torberg bei dieser Witzgattung.

Freud sah in der Selbstkritik jüdischer Witze gegen jüdische Eigentümlichkeiten ein »unbewusstes oder vorbewusstes Gefühl für den hohen Wert des eigenen Volkes«, einen verborgenen Nationalstolz. »Nur ein stolzer Mensch kann sich dazu herablassen, sich selbst zu verspotten«, schreibt Eike Christian Hirsch in ›Der Witzableiter‹.

David und Isaak wollen sich duellieren. Als der Morgentermin gekommen ist, schickt Isaak per Boten ein Schreiben an den Waldrand: »Lieber David, fang schon mal an mit Schießen, ich habe noch zu tun.«

Darf man mit jüdischen Namen Witze machen, Namen, die die meisten ja nicht freiwillig angenommen haben?

Wenn sie nicht antisemitisch sind, habe er damit keine Schwierigkeiten, sagt Paul Spiegel.

»Was meinen Sie zum Beispiel?«

Wir erzählen also:

Ein jüdisches Ehepaar geht in eine moderne Kunstausstellung. Ratlos stehen sie vor einem Bild. Sie fragt: »David, ist das nun a Porträt oder a Landschaft?«
»Muss ich auch nachschauen im Katalog«, erwidert er, schaut nach und sagt: »Es ist a Porträt: Mandelbaum an der Riviera.«

»Kein Problem«, sagt unser Gastgeber. »Aber kennen Sie einen der Lieblingswitze unseres Bundespräsidenten, Johannes Rau?« Spiegel sieht schon in der Vorfreude ungemein fröhlich aus. Selbst wenn wir den Witz kennten, würden wir es jetzt nicht zugeben.

Ein Jude zeigt im Feinkostladen auf ein Stück Schinken und sagt: »Ich hätte gern diesen Fisch.«
Sagt der Verkäufer: »Das ist kein Fisch, das ist Schinken.«
Der Jude: »Wie viel kostet der Fisch?«
»Ich sage doch, das ist kein Fisch, sondern Schinken.«
»Hab' ich Sie gefragt, wie dieser Fisch heißt?«

Dazu fällt uns ein:

Ein Rabbiner und ein Kardinal sind zu einem offiziellen Essen eingeladen. Der Kardinal beobachtet, was der Rabbi isst. Er fragt: »Wann werden Sie endlich so tolerant sein können, dass Sie auch von diesem köstlichen Schweinebraten essen können?«
Es antwortet der Rabbi: »An Ihrem Hochzeitstag, Eminenz!«

Wir reden darüber, dass nicht alle Witze lustig sind, das Lachen bei manchen gefriert. Paul Spiegel erinnert an einen Witz aus unserem ersten Buch:

In einer Nacht schleicht ein alter Jude durch die Straßen des Warschauer Ghettos. Als er um die Ecke biegt, hinter der seine Behausung liegt, stellt sich ihm ein SS-Offizier in den Weg und sagt: »Ich werde dich jetzt erschießen.«
Während der SS-Offizier seine Pistole entsichert, fährt er fort: »Ich gebe dir aber noch eine Chance, dein Leben zu retten. Ich habe ein Glasauge, es ist von einem richtigen Auge allerdings nicht zu unterscheiden. Wenn du herauskriegst, welches das Glasauge ist, lasse ich dich leben.«
Der Jude schaut den SS-Offizier lange an. Dann sagt er: »Es ist das rechte Auge.«
Verblüfft steckt der SS-Mann seine Pistole ein. »Richtig, Jude«, sagt er, »aber jetzt erklär mir mal, woran du das erkannt hast.«
Der alte Jude zögert. Nach einer Weile sagt er: »Es blickt so menschlich.«

Auch Emigrationswitze gibt es zahllose:

Zwei Juden treffen sich in New York.
Fragt der eine: »Are you happy?«
»Yes, I am happy.«
»Are you really happy?«
»Yes, I am really happy.«
»Are you really very happy?«
»Yes, I am really very happy. Nur glicklich bin ich nicht!«

Der Hausherr nickt uns zu, als hätten wir eine neue Tür geöffnet. Und so erzählen wir noch diesen:

Jakob wartet 1942 in Casablanca auf ein Visum für die USA.
»Wie sind die Aussichten?«, fragt er im amerikanischen Konsulat.
»Ziemlich schlecht. Die Quoten sind erfüllt, es gibt zur Zeit keine Visa mehr. Kommen Sie in zehn Jahren wieder.«
»Das mache ich«, sagt Jakob, »vormittags oder nachmittags?«

Dagegen schrieb Sigmund Freud aus der Emigration in London: »Mir geht es hier so gut, dass ich fast versucht bin, ›Heil Hitler‹ zu rufen.«

Wir beteiligen uns auch wieder mit einem jüdischen Witz über das Soldatenleben:

Moische kommt zur Artillerie in der Israelischen Armee. Er ist intelligent, ist aber im Dienst ungeschickt und desinteressiert. Einer der Vorgesetzten nimmt ihn wohlmeinend zur Seite und sagt: »Moische, du taugst nicht zu uns. Ich will dir einen Rat geben: Kauf dir eine Kanone und mach dich selbständig!«

Der Hauptmann brüllt beim Betrachten der Uniform: »Da fehlt ein Knopf!«
Soldat: »Ihre Sorgen möchte ich haben, Herr Hauptmann.«

Aus den ersten Jahren des Staates Israel wird diese Geschichte überliefert:

Ansage im Radio: »Hier ist der israelische Rundfunk auf Kanal 35«, und dann, vertraulich geflüstert: »Für Sie – 33!«

Ein Mann, der einen anderen einlädt:

Er beschreibt den Weg zur Gartenstraße 23 und sagt:
»Bitte mit dem Ellbogen klingeln!«
»Warum mit dem Ellbogen?«
»Du wirst ja nicht mit leeren Händen kommen!«

Juden lachen gern, erzählt Paul Spiegel. Vor allem über sich selbst, ihre Würdenträger und Politiker, über die Religion, Traditionelles und Familiäres.

Der David klagt, dass er ein schlechtes Sommergeschäft gehabt habe. »Sieh her«, zeigt er dem Isaak, »allein 24 dieser schönen Sommerblusen für 40 Dollar das Stück sind mir liegen geblieben!«
»Da werd' ich dir geben einen guten Rat«, sagt der Isaak.
»Was für einen guten Rat?«
»Du machst vier Pakete davon mit je sechs Blusen und schickst sie an deine vier besten Kunden. Du legst eine Rechnung ein, schreibst aber nicht: Inhalt sechs Blusen à vierzig Dollar, sondern nur vier Blusen à 60 Dollar. Für dich bringt es denselben Preis, die Kunden aber werden sagen: Geschickt hat er sechs Blusen, berechnet aber nur vier. Also hat er sich vertan, das ist ein gutes Geschäft! Und so wird der Kunde behalten alle Blusen.«
David folgt dem Rat. Als sie sich nach einigen Wochen wiedertreffen, fragt Isaak:
»Wie hat geholfen mein Rat?«
»Na, du hast gegeben schlechten Rat, alle vier Kunden haben zurückgeschickt die Pakete!«
»Wieso denn das?«
»Na ja, jeder hat zurückgeschickt die vier Blusen, aber die zwei Blusen hat er behalten, die nicht berechnet sind.«

In seinem Buch ›Wieder zu Hause?‹ erinnert Paul Spiegel an seinen verstorbenen Vorgänger Ignatz Bubis. »Ignatz hatte für jeden ein gutes Wort und einen Witz parat. Er liebte es, mit Menschen zu lachen. Einer seiner Lieblingswitze handelt von zwei Männern in einer Kneipe.

Der eine Mann sagt: ›Sie sind doch Jude?‹
›Nein.‹
›Doch.‹
›Also, gut, ich bin Jude.‹
›Sie sehen aber gar nicht so aus.‹«

Zwei Juden treffen sich im Eisenbahnwagen in einer galizischen Station. »Wohin fahrst du?«
»Nach Krakau.«
»Sieh her, was du für ein Lügner bist«, braust der andere auf, »wenn du sagst, du fahrst nach Krakau, willst du doch, dass ich glauben soll, du fahrst nach Lemberg. Nun weiß ich aber, dass du wirklich fahrst nach Krakau. Also, warum lügst du?«

Der Witz spielte in Spiegels Leben immer eine Rolle – schließlich ist in jedem jüdischen Witz ein ernster Kern enthalten. Paul Spiegel:

Warum antwortet ein Jude immer mit einer Gegenfrage?
Warum nicht?

Bleibt zum Schluss des Gesprächs die Frage, ob es politisch korrekt ist, jüdische Witze zu erzählen.

»Warum nicht?«, fragt Paul Spiegel. Dann antwortet er: »Das werde ich immer wieder gefragt. Und ich antworte: Man kann sie erzählen. Es ist nur ein Unterschied, ob man jüdische oder antisemitische Witze erzählt. Wir müssen lernen, normal mit jüdischen Themen umzugehen.«

Als wir gehen, greift Spiegel zum Telefon. Er muss der Polizei mitteilen, dass sich der Ablauf des Nachmittags etwas ändern wird. Es hat aber nichts mit unseren Witzen zu tun.

Zwischenrufe

Die Schauspielerin Dolly Dollar, auf die Vorzüge Ihres Busens angesprochen, sagte: »Ich konnte mir schon auf der Schule mehr herausnehmen als andere.«

Ein Vater kommt mit seinem kleinen Sohn zum Zoodirektor.
»Der Bär hat meinem Jungen fast die Hand abgebissen!«
»Ja«, sagt der Zoodirektor: »Das macht der immer.«

»Wer war der erste Mensch?«
»Weiß ich nicht. Jedenfalls war es kein Bayer, denn das sind die letzten Menschen.«

»Es ist ganz leicht, Italien zu regieren«, meinte Curzio Malaparte. »Es ist nur völlig überflüssig.«

»Was ist schöner, weiße Weihnachten oder eine heiße Liebesnacht?«
»Weiße Weihnachten.«
»Warum?«
»Ist häufiger.«

Im Hotel Ritz in Paris fragt ein leicht angetrunkener Gast den Oberkellner:
»Herr Ober, wo kann ich hier pinkeln?«
Der Oberkellner antwortet: »Gehen Sie den Gang hinunter. Die

zweite Tür links. Es steht ›Herren‹ dran. Gehen Sie trotzdem hinein …«

»Kannst du mir Einsteins Relativitäts-Theorie erklären?«
»Wenn du drei Haare auf dem Kopf hast, ist das relativ wenig. Wenn du drei Haare in der Suppe findest, ist das relativ viel.«
»Und für so einen blöden Witz hat der den Nobelpreis bekommen?«

Chris Howland

Verstehen Sie Spaß?

Es war ein ungewöhnlicher Ort für unser Treffen. Es fand in einer Hütte statt, eintausendsiebenhundert Meter oberhalb des Örtchens Going in Österreich. Draußen lag der Schnee wie eine weiße Decke auf der Erde und wölbte sich bedrohlich auf den Ästen der Bäume. Drinnen brannte und flackerte ein helles Feuer, die leuchtenden Flammen spiegelten sich fröhlich in den Gläsern der Feuerzangenbowle, die auf dem Holztisch standen. Es gibt nur ein Wort, das die Atmosphäre treffend beschreibt: gemütlich.

Eine gemeinsame Fernsehsendung brachte mich mit Paola und Kurt Felix zusammen. Ich hatte sie 1961 unter dem Titel ›Vorsicht Kamera!‹ produziert, Kurt und Paola folgten einige Jahre später mit dem ähnlich erfolgreichen ›Verstehen Sie Spaß?‹. Heute sollten wir alle drei interviewt werden.

In der Hütte drängten sich Techniker, die Kabel verlegten und Scheinwerfer und Kameras aufbauten. Als klar wurde, dass wir noch einige Zeit mit Warten verbringen müssten, statt an der Sendung zu arbeiten, schlug ich vor, wir könnten uns die Zeit damit vertreiben, Witze zu erzählen. Ich erwähnte auch, dass ich einige für dieses Buch klauen wollte.

Kurt brauchte keine zweite Aufforderung. Er lehnte sich in seinem Sessel zurück und fing an:

Fritz erzählt seinem Freund Peter stolz, dass er neuerdings Hobby-Logiker sei. Natürlich will Peter wissen, was das denn sei.
Fritz: »Ich erkläre dir das an einem Beispiel. Also: Hast du zu Hause ein Aquarium?«
Peter: »Ja!«
Fritz: »Dann gehe ich davon aus, dass darin Fische schwimmen.«
Peter: »Ja!«
Fritz: »Daraus schließe ich ganz logisch, dass du ein Tierfreund bist.«
Peter: »Ja!«
Fritz: »Weil du ein Tierfreund bist – und das ist ganz logisch – hast du auch Menschen gerne.«
Peter: »Ja!«
Fritz: »Und weil du Menschen magst – und das ist schon wieder logisch – liebst du sicher auch Frauen.«
Peter: »O ja! Und wie!«
Fritz: »Siehst du, so geht das logische Denken.«
Peter denkt sich, dass auch er das könne. Anderntags trifft er Max. Er erzählt ihm, er sei neuerdings Hobby-Logiker und macht mit ihm dasselbe Experiment.
Peter: »Max, hast du zu Hause ein Aquarium?«
Max: »Nein!«
Peter: »Du schwule Sau!«

Paola schnalzte ausdruckslos mit der Zunge. Sie hatte den Witz natürlich schon gehört. Aber dieses Risiko gehen Ehepaare ein, wenn sie beginnen, Geschichten zu erzählen.

»Ich erwarte, dass Kurt diesen Witz kennt«, sagte sie, »aber ich erzähle ihn trotzdem:

»Eine ängstliche Passagierin fliegt mit der Lufthansa von Hamburg über Frankreich und die Schweiz nach Rom. Das Wetter ist trüb und neblig. Besorgt fragt sie den Piloten, wie er denn der richtigen Flugroute folgen könne.
Der Flugkapitän öffnet das Seitenfenster des Cockpits eine Hand breit und erklärt der Dame: ›Wenn ich über Frankreich fliege,

halte ich bei Nebel ganz einfach die Hand hinaus. Ertaste ich den Eiffelturm, weiß ich: Frankreich! Wenn ich mit meinen Fingern das Matterhorn berühre, weiß ich: Schweiz.‹
Der Passagierin leuchtet das ein. Sie gibt aber zu bedenken, dass es in Italien weder einen Eiffelturm noch ein Matterhorn gibt.
Der Pilot beruhigt sie: ›In Italien ist das ganz einfach: Fenster auf! Arm raus! Arm rein. Uhr weg! Rom!‹«

Instinktiv sahen wir alle auf unsere Uhren. Das ermunterte Kurt zu seinem nächsten Witz.

»Ein schwerer Sünder wird von Petrus direkt in die Hölle geschickt. Das Tor zur ewigen Finsternis öffnet sich. Unser Sünder traut seinen Augen nicht: Vor ihm liegt ein tiefblauer Meeresstrand. Die Sonne scheint. Auf dem langen Boulevard – von Palmen gesäumt – flanieren glückliche, braun gebrannte Menschen. Unser neuer Höllenbewohner sieht etwas abseits ein heruntergekommenes Steinhaus. Er schaut durch das Fenster und sieht tatsächlich das, was er erwartet hat: Frauen und Männer, die mit glühenden Zangen gepiekst und mit Lederriemen traktiert werden. Sie schreien vor Schmerzen!
Völlig verunsichert schlendert der Sünder weiter und entdeckt auf dem Boulevard eine Bar. Der Teufel selbst sitzt da, umgeben von wunderschönen, halb nackten Frauen, mit denen er den teuersten Champagner genießt.
Unser Sünder fragt den Teufel: ›Ist das hier wirklich die Hölle?‹
Der Teufel antwortet: ›Ja, selbstverständlich! Hier ist es doch herrlich! Gefällt es Ihnen bei mir etwa nicht?‹
Der Sünder: ›Doch, sicher! Aber sagen Sie, was sind denn das für Menschen, die im alten Steinhaus sitzen, und dermaßen geplagt werden, dass Sie vor Schmerzen schreien müssen?‹
Der Teufel, belustigt: ›Ach die? Das sind die Katholiken. Die wollen es so!‹«

Zu meinem Glück trat in diesem Augenblick der Regisseur dazu und forderte uns zu einer Probe auf. Das ersparte es mir, auf den letzten Witz antworten zu müssen.

Dieter Thoma

Der politische Witz: Eine mühsame Suche

Zwei Bundestagsabgeordnete treffen sich im Foyer. Sagt der eine: »Es gibt natürlich viele Wege, um an Geld zu kommen, aber nur einen einzigen, der anständig ist.«
»Und der wäre?«, fragt der andere.
»Ich habe mir gleich gedacht, dass Sie den nicht kennen.«

Bundespräsident Johannes Rau, damals noch Landesvater in NRW, erzählte mir einmal einen Witz seines Sohnes: Der sei aus der Schule nach Hause gekommen und habe gesagt, er kenne einen neuen Kohl-Witz. Und er als Vater habe geantwortet: »Mein Sohn, du weißt, dass bei uns solche Witze nicht erzählt werden.«

Der Sohn habe herumgedruckst, und er habe ihn erinnert: »Wir haben ein für alle Mal ausgemacht, weil ich selbst Politiker bin, werden bei uns solche Witze nicht erzählt.«

Der Sohn sei darüber jedoch so betrübt gewesen, dass der Vater schließlich eingelenkt habe: »Also, gut, machen wir mal eine Ausnahme. Was ist denn das für ein Witz?«

Und der Sohn erzählte:

Kohl fragt Geißler: »Geißler, haste mal 30 Pfennig, ich muss unbedingt einen Freund anrufen.«
Geißler gibt ihm 60 Pfennig und sagt: »Hier, damit kannst du all deine Freunde anrufen.«

Die Tochter von Johannes Rau, damals noch zu klein, um den Witz zu begreifen, ging fragend auf ihre Mutter zu: »Das verstehe ich nicht.« Christina Rau klärte ihre Tochter auf: »Weißt du, mit 60 Pfennig kann er zweimal telefonieren. Das heißt, dass er nur zwei Freunde hat.« – »Oh«, antwortete das Kind fröhlich, »jetzt versteh ich es – dann ist einer davon der Papi.«

Wann wird der Witz zur Anekdote und damit unverwechselbar einer Persönlichkeit zugeschrieben? Wahrscheinlich dann, wenn er auf niemand anderen passt und sich historisch über Jahrzehnte hält. Wie bei dem englischen Staatsmann Winston Churchill, der über seinen Nachfolger gesagt haben soll:

Vor Westminster hält ein leeres Taxi. Daraus steigt Attlee.

Aber das hätte auch ein Opern-Intendant über seinen Nachfolger sagen können. Viel häufiger als Politiker füllen Schauspieler, Regisseure und Schriftsteller die Anekdotenbücher.

Als Karl Krauss hörte, dass ein bekannter Autor an einer Vergiftung erkrankt sei, murmelte er: »Der muss sich auf die Zunge gebissen haben!«

Der Schriftsteller Konsalik sagt zu seiner Frau: »Ich weiß gar nicht, was ich heute tun soll.«
»Schreib doch einen Roman!«
»Gut, und was mache ich heute Nachmittag?«

Ein Wissenschaftler erklärt, dass der Sauerstoff, den die Menschen so zwingend notwendig zum Atmen brauchen, erst im 18. Jahrhundert entdeckt worden sei.
Fragt Karl Valentin: »Und was haben die Leute vorher geatmet?«

Der politische Witz ist hierzulande eher spärlich vertreten. Politiker sind eben in einer Demokratie nicht die Mächtigen, an denen man sich mit Witz reiben und die man mit Witz kleiner machen muss.

Als Thomas Mann von einem Autor behelligt wurde, der immer wieder sagte, dass er sich ja mit einem Meister wie Mann nicht vergleichen könne, meinte der hinterher: »Er hat kein Recht, sich so klein zu machen. So groß ist er nicht.«

In einer Diktatur lachen die Menschen über ihre eigene Ohnmacht, in demokratischen Ländern weiß man, dass man sich bei der nächsten Wahl wehren kann. Wir witzeln über Geld und Steuern, Korruption und Beamte, über Mängel und Macken, aber das eigentlich »Politische« fehlt fast immer in diesen Geschichten. Und doch stößt man hin und wieder auf einen politischen Witz:

Bundeskanzler Schröder redet mit einem Arbeitslosen und sagt: »Wenn ich nicht zufällig Bundeskanzler geworden wäre, wäre ich vielleicht heute auch arbeitslos.«
Sagt der: »Und wenn Sie nicht Bundeskanzler geworden wären, wäre ich heute nicht arbeitslos.«

Angetreten mit der Devise, dass Regieren Spaß machen müsse, dürfte Gerhard Schröder im Regierungsalltag das Lachen ein wenig vergangen sein. Auch der Witz fand wenig Heiteres am Designer-Kanzler: Gute Schröder-Witze sind noch Mangelware.

Folgenden Witz, so schrieb der ›Stern‹, soll der Bundeskanzler selbst während einer Nahostreise im Herbst 2000 erzählt haben:

Gott ist unzufrieden mit seiner Schöpfung und entscheidet, die Welt untergehen zu lassen. Seine Berater bitten ihn, die Menschheit darauf vorzubereiten. Also ruft Gott den russischen Präsidenten Putin, George W. Bush und Schröder zu sich und teilt ihnen die schlechte Botschaft mit. Zurück auf der Erde, hält jeder der drei eine Rede an sein Volk.
Putin sagt: »Liebe Landsleute, ich habe zwei schlechte Nachrichten für euch – es gibt Gott, und er lässt die Welt untergehen.«
Bush wendet sich an die Bürger von Amerika: »Ich habe zwei Nachrichten für euch, eine gute und eine schlechte – es gibt Gott wirklich, aber er lässt die Welt untergehen.«
Auch Schröder hält eine Ansprache an das deutsche Volk: »Liebe Mitbürgerinnen und Mitbürger, ich habe zwei gute Nachrichten für euch. Erstens: Es gibt Gott. Und zweitens: Ich regiere euch bis ans Ende eurer Tage.

Bereits auf frühere Kanzler angewandt wurde auch dieser:

Schröder besichtigt ein Krankenhaus, in dem auch Patienten mit Wahnvorstellungen behandelt werden. Einer raucht eine Zigarre, und der Chefarzt erklärt: »Dieser Gast glaubt zum Beispiel, er sei Winston Churchill.«
Schröder schüttelt ihm die Hand und fragt: »Wissen Sie denn, wer ich bin?«
»Nein«, sagt der Patient und zieht an seiner Zigarre.
»Ich bin der Bundeskanzler.«
Da klopft ihm der Patient herzlich auf die Schulter und sagt: »So hat es bei mir auch angefangen!«

Zu den Dauerbrennern unter den Wanderwitzen gehört dieser:

Was ist der Unterschied zwischen einem Krematorium und einer Wahlkampfveranstaltung?
Beim einen werden die Leute verbrannt, bei der anderen werden sie verkohlt.

Aus dem Wien des Jahres 2000 kamen die ersten Haider-Witze. Haiders rechtskonservative FPÖ machte den europäischen Demokraten Angst, sie reagierten mit politischen Repressalien auf seine Stammtischparolen. Eine europäische Kommission wurde eingesetzt, um die Regierungstauglichkeit der Haider-Partei zu prüfen.

Auch diese Witze knüpfen an die Tradition vorhandener Scherze an, die schon zu früheren Zeiten gemacht wurden. Und mit Haiders Rückzug aus dem Parteivorsitz wurden sie antiquarisch. Wie lange?

Haider kommt in eine Buchhandlung und kauft einen Roman von Franz Kafka.
»Gern zu Diensten«, sagt die Buchhändlerin, »wollen Sie ihn mitnehmen oder gleich hier verbrennen?«

Laurenz Meyer, Generalsekretär der CDU, brachte in die Debatte um Zuwanderung von Ausländern den neuen Begriff der »Deutschen Leitkultur« ein. Selten ist etwas vom den Kabarettisten mit solchem

Jubel begrüßt worden. Mir fiel dazu eine Geschichte wieder ein, die eigentlich noch aus dem »Dritten Reich« stammt, aber aktuell geblieben ist.

Ein Deutscher reist durch Frankreich. Er kommt in ein Zugabteil, in dem ein einzelner Mann sitzt.
Der Mann grüßt mit »Bonjour!«
Der Deutsche setzt sich und sieht, dass sein Gegenüber ein Buch von Friedrich Schiller liest. Er spricht ihn an: »Sie als Franzose lesen mit Schiller einen großen deutschen, nationalen Dichter?«
Der Franzose antwortet lächelnd: »Nach meiner Meinung war Schiller kein nationaler, sondern ein internationaler Dichter.«
»Wieso das?« fragt der Deutsche.
»Wenn Sie seine Werke kennen«, erwidert der Franzose, »dann werden Sie zugeben müssen, dass Schiller international war. Er hat Werke für alle Völker geschrieben: Für die Engländer ›Maria Stuart‹; für die Holländer ›Die Geschichte des Abfalls der Niederlande‹; für die Spanier ›Don Carlos‹; für die Italiener ›Die Braut von Messina‹; für die Schweizer ›Wilhelm Tell‹; für die Franzosen ›Die Jungfrau von Orleans‹.«
Da empört sich der Deutsche: »Wollen Sie etwa behaupten, für die Deutschen habe Schiller nichts gedichtet?«
»Aber nein«, sagt der Franzose, »für die Deutschen hat er ›Die Räuber‹ geschrieben.«

CHRIS HOWLAND

Ein wirklich volles Glas: Physik für alle

Ein Philosophieprofessor stand vor seiner Klasse und hatte einige Gegenstände vor sich. Bei Beginn des Unterrichts nahm er wortlos ein großes leeres Mayonnaiseglas und machte sich daran, es mit Steinen von etwa fünf Zentimeter Durchmesser zu füllen. Dann fragte er die Studenten, ob das Glas voll sei.

Sie bejahten die Frage.

Dann nahm der Professor eine Schachtel mit Kies und goss die kleinen Kiesel in das Glas. Er schüttelte es ein wenig. Die Kieselsteinchen rollten natürlich in die freien Räume zwischen den größeren Steinen. Wieder fragte er die Studenten, ob das Glas voll sei.

Sie bejahten die Frage.

Die Studenten lachten. Der Professor nahm eine Schachtel mit Sand und goss ihn in das Glas. Natürlich füllte der Sand den Rest aus.

»Und jetzt möchte ich«, sagte der Professor, »dass Sie erkennen, dass dies Ihr Leben ist. Die Steine sind die wichtigen Dinge. Ihre Familie, Ihr Ehemann, Ihre Ehefrau, Ihre Kinder; Ihr Leben wäre immer noch erfüllt, wenn alles Übrige verloren wäre und nur diese Dinge blieben.

Die Kiesel sind die übrigen Dinge von Bedeutung, zum Beispiel Ihr Job, Ihr Haus, Ihr Auto. Der Sand ist alles andere. Die kleinen Sachen. Wenn Sie zuerst den Sand in das Glas füllen, gibt es keinen Platz für die Kiesel oder die Steine.

Das Gleiche gilt für Ihr Leben. Wenn Sie Ihre ganze Zeit und Energie für die kleinen Sachen aufwenden, werden Sie niemals Platz für die Dinge haben, die wichtig für Sie sind.

Widmen Sie Ihre Aufmerksamkeit den Dingen, die für Ihr Glück entscheidend sind. Spielen Sie mit Ihren Kindern. Nehmen Sie sich die Zeit für ärztliche Untersuchungen. Gehen Sie mit Ihrem Partner tanzen. Es wird immer genügend Zeit bleiben, zur Arbeit zu gehen, das Haus zu putzen, eine Dinnerparty zu geben. Kümmern Sie sich zuerst um die Steine – um die Dinge, die wirklich von Bedeutung sind. Setzen Sie Ihre Prioritäten. Der Rest ist bloß Sand.«

Doch dann ... dann nahm ein Student das Glas, das nach übereinstimmender Ansicht der übrigen Studenten und des Professors voll war, und goss langsam ein Glas Bier hinein. Natürlich füllte das Bier die restlichen Leerräume in dem Glas und machte es wirklich voll.

Was beweist: Wie erfüllt Dein Leben auch ist – für ein Bier ist immer noch Platz.

Peter Jamin

Das Lachen auf dem Seziertisch: Wissenschaft und Witze

Das wäre ja auch zu schön, wenn der Menschheit etwas großes Vergnügen bereitet, ohne dass Wissenschaftler gleich nach dem tieferen Sinn fragen. Auch der Witz wurde – dem Hirn eines gefährlichen Täters gleich – von wissbegierigen Forschern auf den Seziertisch gelegt und zerlegt.

Wie wirkt ein Witz? Indem man über ihn lacht, lautet die einfache Antwort. Wissenschaftler machen es sich da nicht so leicht. Der kalifornische Neurologe Itzhak Fried fand durch Zufall das Lachzentrum eines an Epilepsie erkrankten Mädchens, als er bei der Reizung eines kleinen Areals im Gehirn ein Lachen vernahm. »Ein etwa vier Quadratzentimeter großer Bereich in der linken Gehirnhälfte, kurz vor dem Nervenareal, das die Bewegung von Armen und Beinen steuert, kann als Lachzentrum vermutet werden«, berichtete die Zeitschrift ›Nature‹ über seine Erkenntnisse.

Ein Physikstudent, ein Mathematikstudent und ein Medizinstudent bekommen ein Telefonbuch. Was machen sie damit?
Der Physikstudent sagt: »Diese Messreihen sind vollkommen zusammenhanglos.«
Der Mathematikstudent: »Da kein Zusammenhang zu erkennen ist, handelt es sich um Definitionen. Definitionen ohne Beschreibung, was es ist, sind wertlos.«
Der Medizinstudent lächelt müde und fragt: »Bis wann?«

Ein Bus, der mit zehn Personen besetzt ist, hält an einer Haltestelle. Elf Personen steigen aus. Drei Wissenschaftler kommentieren das Geschehen.
Der Biologe sagt: »Die müssen sich unterwegs vermehrt haben.«
Der Physiker: »Was soll's, 10 Prozent Messtoleranz müssen drin sein.«
Der Mathematiker: »Wenn jetzt einer einsteigt, ist keiner drin.«

Dean K. Shibata von der University of Rochester School of Medicine erzählte 13 Patienten Witze und untersuchte ihre Gehirnaktivitäten mittels einer Magnetresonanz-Tomographie. Seine Lehre: Die Hirnaktivität konzentriert sich auf einen kleinen Bereich der Unterseite des Gehirns, den nucleus accumbens.

Das Magazin ›Ärztliche Praxis‹ berichtet im April 2002 von Versuchen, die belegen, dass Witze im Kopf unterschiedliche Regionen aktivieren: Ein Wortspiel, ein mehr auf den Klang aufgebauter Witz, beanspruche nur die linke Gehirnhälfte. Und zwar, wissenschaftlich ausgedrückt, den Gyrus praecentralis und die linke Insel. Das Beispiel:

Es klapperten die Klapperschlangen, bis ihre Klappern schlapper klangen.

Ein Witz, bei dem es auf den Inhalt und die Aussage ankommt, wird hingegen in beiden Gehirnhälften verarbeitet. Dieser semantische Witz aktiviert sowohl die linke als auch die rechte Hirnhälfte und sitzt beidseits im so genannten posterioren Temporalhirn, Wernicke-Zentrum inklusive.

Ein Zoologie-Student steht mitten im Examen. In der Prüfung deutet der Professor auf einen halb bedeckten Käfig, in dem nur die Beine eines Vogels zu sehen sind, und fragt:
»Welcher Vogel ist das?«
»Weiß ich nicht.»
»Ihren Namen bitte!«
Da zieht der Student seine Hosenbeine hoch und sagt: »Raten Sie mal!«

Die Studie führte auch zu der Erkenntnis, dass Menschen für das Verstehen von Witzen länger brauchen, als für das Verstehen klarer Zusammenhänge. Während nicht witzige Sätze in null Komma nichts kapiert werden, dauert es erheblich länger, einen Satz als witzig einzustufen – zuvor also zu verstehen. Und nicht immer ist das Ergebnis dieses komplizierten Prozesses eindeutig: Im Durchschnitt empfanden nur 62 Prozent der Versuchspersonen die Witze als lustig.

Was ist der Unterschied zwischen einer Hebamme und einem Chemiker? Der Chemiker sagt »H_2O« und die Hebamme »Oha, zwei!«

Ein Mann geht mit seinem Hund an einem See spazieren. Plötzlich sieht er, wie eine Frau zu ertrinken droht. Er springt ins Wasser, packt sich die Bewusstlose und zieht sie ans Ufer. Er legt sie auf den Rücken und beginnt mit ihren Armen pumpende Bewegungen zu machen. Jedes Mal kommt ein dicker Wasserstrahl aus ihrem Mund geschossen. Ein Fahrradfahrer hat angehalten, schaut dem Treiben eine Zeit lang zu. Dann schüttelt er den Kopf und meint, dass das so nie etwas geben wird.
Der Retter ist sauer und ruft: »Mensch, seien Sie still! Ich weiß, was ich tue. Ich bin Arzt.«
»Na ja«, meint der andere, »aber ich bin Ingenieur, und ich sage Ihnen, solange die Frau ihren Hintern im Wasser hat, pumpen Sie höchstens den See leer.«

Ein Mann muss Steuern bezahlen und lässt sich beraten.
Der Steuerfachgehilfe fragt: »Was haben Sie denn verdient?«
Der Jurist fragt: »Was hatten Sie an Sonderabschreibungen, Ausgaben, Unterhaltszahlungen ...?«
Der Physiker meint: »Was sind Steuern?«
Der Betriebswirt erkundigt sich: »Wie viel wollen Sie denn zahlen?«

Ein Politiker, der in die USA fliegen muss, erkundigt sich bei einem Mathematiker, wie hoch die Wahrscheinlichkeit ist, dass eine Bombe im Flugzeug ist. Der Mathematiker rechnet eine Woche lang und verkündet dann: »Die Wahrscheinlichkeit ist ein Zehntausendstel!«
Dem Politiker ist das noch zu hoch, und er fragt den Mathematiker, ob es nicht eine Methode gibt, die Wahrscheinlichkeit zu senken. Der Mathematiker verschwindet wieder für eine Woche und hat dann die Lösung. Er sagt: »Nehmen Sie selbst eine Bombe mit! Die Wahrscheinlichkeit, dass zwei Bomben an Bord sind, ist

dann das Produkt (1/10000) (1/10000) = Eins zu Hundertmillionen. Damit können Sie beruhigt fliegen!«

Prüfungstag in Physik. Auf der Heizung liegt ein Ziegelstein. Der Prüfling betritt den Raum. Der Prüfer fragt: »Warum ist der Stein auf der der Heizung abgewandten Seite wärmer?«
Der Prüfling stammelt: »V... v... vielleicht wegen Wärmeleitung und so?«
Der Prüfer: »Nein, weil ich ihn gerade umgedreht habe.«

Der amerikanische Psychologe Peter Derks vom William and Mary College in Virginia/USA ermittelte per EEG, dass ein Gehirn hintereinander zwei Aktivitätsspitzen aufweist, wenn die Pointe eines Witzes verarbeitet wird. An den Gehirnstromkurven ist festzustellen: Als Erstes sucht das Gehirn intensiv nach einer logischen Antwort – die es nicht findet. Wenn dann die Pointe kommt, löscht das Gehirn blitzschnell alle falschen Informationen.

Die Stiftung Kinderzentrum in Bochum stellte fest, dass Erwachsene 15-mal am Tag ihre Lachmuskeln strapazieren und Kinder 400-mal – was allen Volljährigen zu denken geben sollte. Betrüblich auch: Ende der 50er Jahre lachten die Deutschen im Durchschnitt noch 18 Minuten am Tag, heute nur noch sechs Minuten. Ob die Ursache für den Humor-Schwund in den drastischen Sparprogrammen von der Regierung zu finden ist, sagt die Wissenschaft nicht.

Eine Gruppe österreichischer Wissenschaftler hat sich zum Ziel gesetzt, herauszufinden, was mit dem Licht passiert, wenn man es ausknipst. Zu diesem Zwecke treffen sie sich in einem abgedunkelten Keller. Einer der Wissenschaftler stellt sich an den Lichtschalter, die anderen verteilen sich in den Räumen. Kaum hat der Mann am Schalter diesen ausgeknipst, beginnt im Dunklen ein hektisches Treiben. Nach ein paar Minuten kommt plötzlich einer der Wissenschaftler ganz aufgeregt aus einem der Räume gelaufen: »Ich hab's! Ich hab's! Es hat sich im Kühlschrank versteckt!«

Amerikanische Wissenschaftler haben einen Supercomputer entwickelt, der angeblich alles wissen soll. Ein Kauf-Interessent möchte ihn natürlich vorher erproben und stellt eine Testfrage: »Wo ist mein Bruder zur Zeit?«
Die Wissenschaftler geben die Frage ein und der Computer rechnet. Dann druckt er aus: »Ihr Bruder sitzt in der Maschine LH474 nach Peking! Er will dort mit der Firma Osuhushi einen Vertrag in Höhe von 2 Mio. Dollar abschließen über die Lieferung von …« (weitere diskrete Informationen folgen).
Der Käufer ist begeistert, will aber noch einen weiteren Test: »Wo ist mein Vater zur Zeit?«
Wieder rechnet der Computer und druckt aus: »Ihr Vater sitzt am Mississippi und angelt!«
»Ha!« schreit der Käufer: »Wusste ich's doch, dass er nicht alles weiß! Mein Vater ist seit fünf Jahren tot!«
Die Wissenschaftler sind entsetzt und geben die Frage noch einmal ein. Der Computer rechnet länger und druckt: »Tot ist der EHEMANN ihrer Mutter! Ihr VATER sitzt am Mississippi und angelt!«

Ein Mathematiker, ein Physiker, ein Soziologe und ein Informatiker sitzen im Zug und passieren die Landesgrenze. Sie sehen zwei schwarze Schafe. Da meint der Soziologe: »Ich schätze, alle Schafe in diesem Lande sind schwarz.«
Doch der Physiker antwortet: »Das können Sie nicht sagen. Man kann höchstens behaupten: Mindestens zwei Schafe in diesem Lande sind schwarz.«
Der Mathematiker schüttelt darauf den Kopf und meint: »Auch das können Sie nicht behaupten. Man kann lediglich sagen: Zwei Schafe in diesem Lande sind auf einer Seite schwarz.«
Der entsetzte Informatiker: »Oh, nein, schon wieder ein Sonderfall!«

»Einen Witz zu verstehen und diesen lustig zu finden, bedarf einer nicht zu unterschätzenden Gehirnleistung«, sagt der britische Wissenschaftler Richard Wiseman von der University of Hertfordshire. Auf seiner Webseite »Laughter Lab« machte er eine Umfrage. Jeder

Internet-Surfer durfte bei ihm seinen Lieblingswitz veröffentlichen. Er musste jedoch Angaben zu Alter, Geschlecht und Nationalität machen und einen psychologischen Fragebogen ausfüllen. Wisemans »Lach-Labor« ermittelte so, dass in verschiedenen Ländern verschiedene Arten von Witzen geschätzt werden. Briten, Iren und Neuseeländer bevorzugen der Studie nach Witze mit Wortspielen, während Amerikaner und Kanadier gerne über Scherze lachen, die auf Kosten anderer gehen und diese dumm aussehen lassen. Weniger wählerisch geben sich die Deutschen; sie finden demnach offenbar alles komisch.

Nur beim witzigsten Witz der Welt waren sich viele einig. In der Internet-Umfrage bewerteten zwei Millionen Menschen aus 70 Ländern rund 40 000 Witze und kürten folgende Geschichte zum Sieger nach Punkten:

Einige Jäger gehen durch den Wald, als einer von ihnen plötzlich zusammenbricht. Er scheint nicht zu atmen, seine Augen sind glasig. Ein anderer Jäger greift zu seinem Mobiltelefon und betätigt den Notruf. »Mein Freund ist tot. Was soll ich tun?«, fragt er in Panik.
»Ganz ruhig«, bekommt er zur Antwort. »Überzeugen Sie sich zunächst, dass er wirklich tot ist.«
Stille. Dann ist ein Schuss zu hören. Der Jäger fragt: »Gut, was jetzt?«

Für den Volkskundler und Germanisten Hermann Bausinger zählt Lachen zur »Grundausstattung menschlicher Äußerungsformen«. Ein solcher Lachanfall dauert statistisch betrachtet sechs Sekunden. »Der Puls steigt dabei auf 120 Schläge pro Minute«, registrierte der Tuttlinger Psychologe und Lachforscher Michael Titze. Der amerikanische Immunologe Lee Berk ermittelte im Blut von lachenden Menschen vermehrt Immunglobin A, das die Atemwege vor Viren und Bakterien schützt – wer sich kranklacht, lebt eben besonders gesund.

Die Sprachwissenschaftlerin Helga Kotthoff von der Universität Konstanz analysierte zwanzig mitgeschnittene Gespräche beim Abendessen unter Freunden – drei Viertel von ihnen Akademiker zwischen dreißig und vierzig. Dabei kam unter anderem heraus: Je unklarer bei dem Gesagten die Grenze zwischen Spaß und Ernst ist, desto größer ist der humoristische Effekt.

Zwei Naturforscher wurden von einem Kannibalenstamm gefangen und stehen nun vor dem Häuptling: »Ihr könnt wählen – Kalumuh oder Tod?«
Der erste Forscher wählt Kalumuh. Sofort stürzen sich alle männlichen Dorfbewohner auf ihn und nehmen ihn von hinten.
Der zweite Forscher wählt angewidert den Tod.
»Tod?«, fragt der Häuptling. Der Wissenschaftler nickt.
Der Häuptling: »Gut Tod, aber vorher Kalumuh.«

Stelle ein paar Personen die Frage »Was ist 2 x 2?«, und du wirst folgende Antworten erhalten:
Der Ingenieur zückt seinen Taschenrechner, rechnet eine Zeit lang und meint schließlich: »3,999999999.«
Der Physiker: »In der Größenordnung von 1 x 10 ^ 1.«
Der Mathematiker wird sich einen Tag in seine Stube verziehen und dann freudestrahlend mit einem dicken Bündel Papier ankommen und behaupten: »Das Problem ist lösbar!«
Der Logiker: »Bitte definiere 2 x 2 präziser.«
Der Hacker bricht in den NASA-Supercomputer ein und lässt den rechnen.
Der Psychiater: »Weiß ich nicht, aber gut, das wir darüber geredet haben …«
Der Buchhalter wird zunächst alle Türen und Fenster schließen, sich vorsichtig umsehen und fragen: »Was für eine Antwort wollen Sie hören?«
Der Jurist: »4, aber ich weiß nicht, ob wir vor Gericht damit durchkommen.«
Der Politiker: »Ich verstehe Ihre Frage nicht …«

Ein Mathematiker will seine neueste Erkenntnis als Bild aufhängen – leider ist niemand da, der den Nagel reinhaut. Er nimmt eine Leiter, Nagel und Hammer und hält den Nagel mit dem Kopf zur Wand. Gerade als er zuschlagen will, schaut er noch mal genau hin – und stutzt. Er überlegt und überlegt und überlegt –

nach 5 Minuten konzentrierten Hinschauens hat er die Lösung gefunden: »Das ist ein Nagel für die gegenüberliegende Wand!«

Eine Molkerei möchte ihre Produktion erhöhen. Sie setzt einen Biologen, einen Betriebswirt und einen Physiker auf das Problem an. Nach einem halben Jahr intensiven Campings auf den Viehweiden schlägt der Biologe eine Spezialdüngung des Grases vor, was in letzter Instanz die Milchausbeute um 30 Prozent steigern würde.
Die Molkerei beschließt, auf die Ergebnisse der anderen beiden zu warten. Ein weiteres halbes Jahr später verkündet der Betriebswirt stolz, dass aufgrund seiner umwerfend neuen Betriebsorganisation sich zwar leider, leider die Hälfte der Mitarbeiter einen neuen Job suchen müsste, aber dafür die Milchproduktion um 50 Prozent gesteigert werden könnte.
Inzwischen sind 3 Jahre vergangen, und das Problem ist beinahe in Vergessenheit geraten. Der Biologe wurde gefeuert, weil die Milch plötzlich zu lachen anfing, und der Betriebswirt wurde vom wütenden Personal gelyncht. Plötzlich taucht der Physiker erhobenen Hauptes und schwer übernächtigt auf: »Wir können die Produktion vervierfachen … unter der Voraussetzung einer punktförmigen Kuh im Vakuum.«

Rund 200 Lachforscher aus Disziplinen wie Sozialpsychologie, Immunologie, Hirn- und Stressforschung kümmern sich weltweit um den Witz und die Folgen. Trotzdem ist nicht viel dabei herausgekommen. Obwohl der Witz wieder und wieder unters Messer gelegt wurde, lachen die Menschen heute immer noch, ohne dass die Gelehrten genau sagen können, warum. Der Guru unter den Lachforschern, der amerikanische Professor William Fry, beklagte denn auch in einem Interview, dass er nach fast 40 Jahren Forschung »noch immer in den Windeln« liege. Der Forscher, der in den fünfziger Jahren an der Universität Stanford ein Institut für Lachforschung gründete, behauptet von sich, »einen Witz erfunden zu haben, über den fast alle Menschen lachen«. Das ist er:

Sagt ein Freund zum anderen: »Manchmal frage ich mich, was schlimmer ist: Ignoranz oder Apathie?«
Darauf der andere: »Das weiß ich nicht, und es interessiert mich auch nicht.«

Vielleicht ist es ja gut so, dass die Wissenschaft bei der Erforschung von Witz und Lachen nur schleppend vorankommt. Möglicherweise entstehen ja gerade bei dieser Arbeit viel bedeutendere Erkenntnisse – neue Witze wie dieser:

Amerikanische Forscher haben die Spezies Mann bis zur Perfektion weiterentwickelt. Heraus kam eine Kreditkarte, die den Müll runterträgt!

CHRIS HOWLAND

Vorsicht, Bett! Die Gefahren der Statistik

Wir leben in einer Welt voller Statistik, und das Problem ist: man kann sie nach Belieben manipulieren. Man kann sie drehen und wenden, dehnen und quetschen, so dass sie alles oder nichts aussagt. Doch die Menschen glauben an sie – sonst würden sie sie nicht in diesem Maße heranziehen für alles.

»Alle Waren in diesem Geschäft werden im August zehn Prozent billiger angeboten!«

Zehn Prozent billiger als was? Das verrät man uns nur selten.

»50 Prozent der Anrufer sagten, ihnen habe das Programm gefallen.« Aber wie viele Menschen haben angerufen? Vielleicht nur zwei? Dem einen gefiel es, dem anderen nicht?

»90 Prozent aller Menschen sterben im Bett.«

Aus dieser Statistik lernen wir, dass es weitaus gefährlicher ist, im Bett zu liegen als aufzustehen.

Statistiken zeigen, dass Frauen Schmerzen besser ertragen können als Männer.

Aber das ist keine Statistik, sondern eine unbegründete Verallgemeinerung. Gewiss, es stimmt, dass Frauen wegen der Kindsgeburt mehr Schmerzen erleiden als Männer. Aber man kann daraus nicht triftig schlussfolgern, dass die Geburtenrate gegen null fallen würde, wenn die Männer die Babys bekämen.

Noch ein Statistikspiel: Wie viele gute Witze werden jeden Tag erfunden?

Die Weltbevölkerung beträgt annähernd sechs Milliarden. Unterstellen wir einmal, einer von tausend Menschen denkt sich in seinem ganzen Leben einen Witz aus. Und man kann annehmen, dass das heutige Durchschnittsalter ein wenig höher liegt als die in der Bibel erwähnten siebzig Jahre. Sagen wir mal 78 Jahre, obschon das ein bisschen zu optimistisch sein mag. Egal, es ist bloß eine Statistik. Die Antwort ist: Jeden Tag gibt es 210 neue Witze.

Doch diese Information ist völlig nutzlos, denn mindestens die Hälfte dieser Witze hören wir nie, weil sie von Menschen erfunden werden, die in Zentralchina oder im afrikanischen Dschungel leben. Aber irgendwo dort draußen gibt es sie.

Wir könnten noch weiterspinnen. Sagen wir, von zwanzig Witzen, die man hört, ist einer wirklich gut. Damit sind wir bei etwas mehr als fünf guten Witzen pro Tag. Wie stehen die Chancen, dass wir einen dieser fünf Witze hören? Nun, man weiß ja, wie lange man warten muss, bis man einen Witz hört, über den man wirklich lachen kann. Was wiederum bedeutet, dass diese Statistik sogar zutreffen könnte – solange wir uns alle einig darüber sind, was ein guter Witz ist und was nicht.

Eine allerletzte Statistik.

Anzahl der Ärzte in den USA: sieben Millionen.

Von Ärzten verursachte tödliche Unfälle pro Jahr: 120 000.

Tödliche Unfälle je Arzt: 0,0171. (Quelle: US-Gesundheitsbehörde)

Anzahl der Schusswaffenbesitzer in den USA: 80 Millionen.

Anzahl der tödlichen Unfälle durch Schusswaffeneinwirkung pro Jahr (alle Altersgruppen): 1500.

Tödliche Unfälle je Schusswaffenbesitzer: 0,0000188.

Statistisch gesehen sind Ärzte ungefähr 9000 Mal gefährlicher als Schusswaffenbesitzer.

Anmerkung:
Aus Sorge um die öffentliche Gesundheit wurden Statistiken über Anwälte unter Verschluss gehalten, weil man Angst hatte, der Schock könne die Menschen dazu veranlassen, einen Arzt aufzusuchen.

Dieter Thoma

Das Wesen des Witzes III: Schwarzer Humor

Klerikale Witze, christdemokratische und solche über Farbige sind nicht immer Schwarzer Humor. Genau genommen müsste man von »dunklem Humor« reden. Dunkel wie die Nacht, in der sich unsere Gespenster, unsere Ängste und Erlebnisse rund um Tod und Krankheit, Unfall, Krieg und Verbrechen ihren Weg durch unser Unterbewusstsein bahnen. Lachen über das, was Angst macht, »mit Entsetzen Scherz treiben«, wie es Friedrich Schiller formulierte – darf man das?

Es fängt ganz harmlos an:

Als ein wichtiger und reicher Mann stirbt, will sein Sohn ein besonders feierliches Begräbnis arrangieren. Er klagt, dass ihm das nicht gelingen will. »Je mehr Trinkgeld ich den Sargträgern, den Musikern und den anderen Bediensteten gebe«, sagt er, »desto glücklicher sehen sie aus!«

»Das Komische ist eine Gegenwelt, in der auch das Grausige nicht ernst ist«, schreibt Eike Christian Hirsch. Mehr als das. Der amerikanische Psychologe Jacob Levine versichert: »Ein Witz wirkt nur komisch, wenn er Angst erregt und zugleich von dieser Angst befreit.«

Bei Wilhelm Busch lachen wir über Tod und Krankheitheit, da heißt es recht niedlich: »Hinderlich wie überall ist der eigene Todesfall.« Oder auch: »Heissa, ruft Herr Sauerbrod, heissa, meine Frau ist tot!«

Gemeint ist nicht bösartiger Witz: Wenn die Ehefrau zum Beispiel sagt: »Mein Mann hat zur Feier des Tages heute mal frische Socken an …«

Das ist nicht sehr komisch. Da bleibt etwas hängen.

Schwarzer Humor ist verwandt mit der Satire und bedeutet Lachen über das, wovor man Angst hat. Die Lacher unterstellen wohl, dass die böse Situation nur anderen passiert, nicht einem selbst.

Ein Mann besichtigt ein Altersheim und wird mit unvorstellbaren Zuständen konfrontiert. Er konstatiert: »Bei diesen traurigen Zuständen sollte es sich jeder noch mal überlegen, ob er wirklich alt werden will.«

Einer der für mich schönsten Witze, die mit Entsetzen Scherz treiben, ist dieser:

Während der französischen Revolution werden zwei Adelige zur Hinrichtung geführt. Auf dem Weg zum Schafott sehen sie den Henker oben vor dem Beil mit einer Kapuze auf dem Kopf stehen. Da stößt der eine den andern an und fragt: »Du, was gibt man so einem Mann?«

Der Witz entschärft alles, Grausiges wird putzig, Anstößiges lächerlich. Sigmund Freud hat diese Ablenkungsfunktion des Witzes sehr betont. Er schrieb zum so genannten Galgenhumor: »Eigentlich müssten wir Mitleid haben, brauchen es aber nicht, da der Betroffene sich aus der Situation nichts macht.«

Verliert, wer über Tod und Krankheit lacht, damit wirklich auch die Angst davor? Für eine gewisse Zeit sicherlich.

Ein Mann ist in den Rhein gefallen, hält sich an einem Steg fest und ruft immer wieder: »Hilfe! Ich kann nicht schwimmen!« Ein Spaziergänger am Ufer hört das und ruft zurück: »Ich kann auch nicht schwimmen, aber ich mache deswegen doch nicht solch ein Geschrei.«

Schäl fällt in den Rhein und droht zu ertrinken. Tünnes wirft ihm einen Rettungsring zu und versucht ihn mit drei anderen aus der

Strömung zu ziehen. Da fängt Schäl auf einmal fürchterlich an zu lachen.
»Was lachst du?«, fragt Tünnes.
Schäl: »Ich stelle mir gerade vor: Wenn ich jetzt loslasse, fallt ihr alle auf den Hintern!«

Die Mutter geht mit ihrem kleinen Sohn in ›Ben Hur‹. Die Christen stehen zitternd in der Arena. Die Gatter gehen hoch. Die hungrigen Löwen stürzen sich auf die Christen, zerreißen und fressen sie. Da fängt der kleine Sohn furchtbar an zu brüllen. Die Mutter verlässt mit ihm die Vorstellung und klagt: »Mein armer Sohn, ich weiß, das war zu viel für dich!«
»Ja, Mutter«, sagt der, »der kleinste Löwe hat keinen abgekriegt!«

Das Lustspiel ist ein Riesenerfolg, das Theater ist jeden Abend ausverkauft. Nur in der vierten Reihe bleibt heute ein Platz frei. Ein Stehplatzbesucher fragt eine schwarz gekleidete Dame, die neben dem freien Platz sitzt, ob der Platz nicht besetzt werde.
»Da sollte mein Mann sitzen. Aber der ist inzwischen gestorben.«
»Hätten Sie die Karte nicht einem Freund geben können?«
»Das habe ich ja versucht«, sage die Dame, »aber die sind heute alle bei der Beerdigung.«

Etwas für robuste Gemüter:

»Meine Mutti hat wieder geheiratet«, erzählt der kleine Fritz, »und mein neuer Vati bringt mir jetzt das Schwimmen bei.«
»Und kannst du es schon?«
»O ja! Ich komme schon ganz allein aus dem Sack heraus!«

Ein Fallschirmspringer zieht beim Absprung die Reißleine, aber der Schirm öffnet sich nicht. Auch der Reserveschirm versagt, er fällt weiter ungebremst nach unten. Da kommt ihm ein Mann von unten entgegen. Hoffnungsvoll ruft er ihm zu: »He, reparieren Sie Fallschirme?«
»Nein«, sagt der, »ich entschärfe Bomben.«

Noch ein Fallschirmwitz:

Zwei Fallschirmspringer sollen zum ersten Mal allein abspringen. Der Übungsleiter erklärt noch einmal den erwarteten Ablauf: »Also, der Fallschirm öffnet sich bei Ihnen von selbst, wenn Sie springen, sobald Sie an der rechten Schnur hier ziehen. Sollte er wirklich nicht aufgehen, müssen Sie an diesem Ring ziehen. Das funktioniert immer. Für den Notfall, dass der Schirm wirklich klemmt, ziehen Sie an dem kleineren Ring darunter. Dann öffnet sich der Notfallschirm. Unten stehen dann Jeeps, die Sie zum Flughafen zurückfahren.«
Die beiden springen, fallen nebeneinander nach unten. Sie ziehen an der rechten Schnur. Der Schirm öffnet sich nicht. Beide ziehen an dem kleinen Ring. Der Schirm bleibt zu. Ungebremst fallen sie weiter, dicht nebeneinander.
Da sagt einer der Springer: »Wollen wir wetten, dass auch die Jeeps nicht da sind!«

Ein Mann hat sich das Leben genommen. Die Polizei befragt den einzigen Zeugen, einen Spaziergänger: »Der Mann ist also in den Rhein gesprungen, und Sie sind hinterher und haben ihn herausgezogen?«
»Ja.«
»Und dann ging er sofort zu diesem Baum und erhängte sich?«
»Ja.«
»Und warum haben Sie ihn nicht abgeschnitten?«
»Das wollte ich ja erst«, antwortet der Spaziergänger, »aber dann habe ich gedacht, der will sich an der Luft trocknen.«

»Mutti, wann darf ich denn wieder im Sandkasten spielen?«
»Bald, mein Junge.«
»Wann denn endlich?«
»Wenn wir für Papi einen besseren Platz gefunden haben.«

Ein Mann kommt in ein Beerdigungsinstitut und sagt: »Zeigen Sie mir doch mal den teuersten Sarg, den Sie haben.«
Der Inhaber führt ihn zu einem besonderen Raum, in dem nur

ein Sarg steht. »Dieses ist unser kostbarstes Stück«, erklärt er, »Mahagoni, Silber beschlagen, mit Seide ausgelegt, ein ungewöhnlich kostbarer Sarkophag.«
»Was kostet denn so etwas?«
»Na ja, das kommt auf runde neuntausend Euro.«
»So«, sagt der Kunde, »jetzt will ich Ihnen mal was sagen: Ich war vorher schon bei Ihrer Konkurrenz, gleich um die Ecke. Da steht haargenau der gleiche Sarg für sechseinhalb Tausend Euro.«
»Hahaha«, antwortet der Inhaber. Das scheint so. Aber haben Sie sich mal reingelegt?« Er bewegt die Ellbogen wie ein Schwimmer zur Seite. »Da können Sie nicht mal so drin machen!«

Eine besondere Spezies stellen die Kannibalenwitze dar. Ich traue mich kaum, sie zu erzählen. Aber im Dienste der Chronistenpflicht rufe ich mich zur Ordnung.

Ein Mann kommt nach Hause und fragt: »Was gibt es denn heute zu essen?«
»Einen Menschen«, antwortet die Frau.
»Fein. Ein Fremder oder ein Bekannter?«

Ein Kannibale sucht seine Frau im Dorf. Er fragt überall nach ihr. Schließlich erzählt einer, er habe sie zuletzt mit seinem besten Freund zusammen gesehen. Er geht zu seinem Freund und fragt, als der aus der Hütte kommt: »Hast du meine Frau gesehen?«
»Nein, keine Ahnung.«
»Du Schwein, du kaust ja noch!«

»Was wiegen Sie?«, fragt die Dame des Hauses den Abendgast. »Ich frage nur wegen der Kochzeit.«

Von einem Kannibalen wird berichtet, dass er jetzt gläubiger Christ geworden sei. »Was bedeutet das?«
Zum Beispiel: Freitags isst er nur noch Angler.

Karl hat Franz zum Essen eingeladen. »Wie findest du eigentlich Josef?«, fragt der Gastgeber.
»Ich habe immer behauptet, er hat seine Qualitäten.«
»Siehst du«, sagt der Gastgeber und schiebt die Schüssel herüber, »dann nimm doch noch ein Stück!«

Bei einem Kannibalentreffen wird die Kantine nicht allen Wünschen gerecht. Einer der Teilnehmer löffelt aus einer Dose ein graues Pulver auf den Teller und verrührt es mit Gemüse.
»Was isst du denn da?«, wird er gefragt.
»Nes-Mensch.«

Zwei Kannibalen fressen einen Clown. Sagt der eine: »Schmeckt irgendwie komisch.«

Was isst ein Kannibale, der Diät halten muss?
Pygmäen.

Der Kannibalenhäuptling sagt: »Herr Missionar, dürfen wir Sie bitten, zum Abendessen zu bleiben?«

Zwei junge Studenten haben einen weißen Touristen gekidnappt. Sie bereiten ihn nach allen Regeln der Kochkunst zum Abendessen vor. Nach dem Essen sagt der eine: »Also, du kannst sagen, was du willst, das ist doch etwas ganz anderes als das Mensaessen!«

Nicht nur Kannibalenwitze sind so bösartig:

Im Krematorium ruft ein Angestellter den Chef an: »Wir haben Schwierigkeiten, der Liliputaner fällt uns immer durch den Rost.«
»Dann legen Sie doch den Kinderrost auf!«
»Da fällt er auch noch durch!«
»Dann warten Sie einen Moment. Ich komme vorbei und rauche ihn durch die Pfeife!«

Was macht denn die Frau Gemahlin?«
»Verstorben.«

»Was, so plötzlich?«
»Ja, ist aus der Straßenbahn gestiegen, hat sich das Bein gebrochen, da hab' ich sie erschießen müssen.«

Da fragt einer: »Wie geht es denn Ihrer Frau Gemahlin?«
Im selben Moment fällt ihm ein, dass die ja schon länger tot ist.
Er fragt nach: »Immer noch auf demselben Friedhof?«

Chris Howland meint zum Schwarzen Humor: »Seien wir ehrlich: Manche Menschen hätten einen Schock verdient, um zu erkennen, dass sie einfache menschliche Wesen sind und keine Götter.

Irgendjemand hat deswegen den Schwarzen Humor erfunden und damit alle entsetzt. Denn grundsätzlich richten sich diese Witze gegen alles, und da sie uns wütend machen sollen, haben sie ihren Zweck dann erfüllt, wenn beim Lesen der Blutdruck steigt.

Normalerweise sind Witze mit Schwarzem Humor sehr kurz, damit man schnell weglaufen und sich verstecken kann. Der Erzähler hat an Ihrer Tür geklingelt und sitzt jetzt im Gebüsch, um zu sehen, wie Sie vor Wut auf und ab springen. Es liegt an Ihnen, ob sie seine Erwartungen erfüllen oder nicht.«

Auf dem Flug von San Francisco nach Frankfurt wollen die Passagiere nachts schlafen, aber zwei Kinder geben keine Ruhe, toben durch die Gänge, werfen mit Gegenständen und schreien um die Wette. Die Mutter versucht vergeblich, sie zu beruhigen, auch das Bordpersonal gibt nach einigen Bemühungen resigniert auf.
Da erhebt sich ein älterer Herr, ein eindrucksvolles Beispiel des freundlichen Großvaters. Er lächelt die Kinder an und sagt:
»Kommt ihr mal mit?«
Sie gehen zum hinteren Teil der Maschine.
Nach einer Weile kommt der freundliche Herr allein zurück, setzt sich auf seinen Platz und liest die Zeitung. Das Bordpersonal atmet auf, und eine Stewardess fragt den Herrn: »Kompliment, wie haben Sie es nur geschafft, die Kinder so schön ruhig zu kriegen?«
»Das war nicht schwer«, sagt der Herr und lächelt. »Ich habe nur gesagt: Wisst Ihr was, Kinder, jetzt spielt Ihr mal ein bisschen vor der Tür!«

Komödiendichter haben zu allen Zeiten Figuren für die Bühne geschrieben, die unter körperlichen Gebrechen zu leiden hatten. Schon Aristoteles hat behauptet, das Wesen des Witzes bestehe in einem Defekt. Hässliches sei darum komisch. Und in Homers ›Ilias‹ steht: »Unermessliches Lachen erscholl bei den seligen Göttern, da sie Hephaistos schnaufend sich tummeln sahen im Saale.« Hephaistos war ein Krüppel.

Gelacht wurde also über Bucklige, Kleinwüchsige, Stotterer, Leute mit Hasenscharte, »Tattergreise«.

Ein Mann im weißen Kittel und mit einer silbernen Kiste vor dem Bauch ruft immer mit verstopfter Nase: »Heiße Würstchen, leckere heiße Würstchen!«
Da fragt einer, der da steht: »Sagen Sie, haben Sie Polypen?«
»Nein, nur heiße Würstchen!«

Eine Firma verkauft Bibeln an Haustüren. Eines Tages meldet sich eine Frau und sagt: »I-i-ich m-m-möchte au-au-auch gern Bi-Bi-Bi-Bibeln – verkau-k-kaufen!«
Der Geschäftsführer mag nicht einfach ablehnen. Er gibt der Frau fünf Bibeln und sagt. »Damit können Sie Ihr Glück ja mal versuchen.«
Nach zwei Stunden ist die Frau zurück, ohne Bibeln, und fragt: »K-k-kann i–i-ich mo–mo-morgen ein pa-pa-paar Bi-Bi-Bi-Bibeln mehr ha-ha-haben?«
Am nächsten Morgen gibt ihr der Geschäftsführer zehn Bibeln. Mittags kommt die Frau zurück, hat alle Bibeln verkauft, und fragt: »Ka- kann ich mo-mo-morgen ein p-p-p-paar m-mehr ha-ha-ha-haben?«
Der Geschäftsführer wundert sich und gibt ihr am nächsten Tag 25 Bibeln mit.
Am Abend hat die Frau alle Ausgaben verkauft. Da staunt der Geschäftsführer und sagt: »Das schaffen ja unsere talentiertesten Verkäufer an ihren besten Tagen nicht. Wie machen Sie das denn?«
»Ni-ni-nichts B-b-besonderes«, antwortet die Frau, »ich kl-kl-klingele, und w-w-w-wenn je-je-jemand au-au-au-aufmacht,

fr-frage ich: Ich v-v-verkaufe Bi-Bi-Bi-Bibeln. Wollen Sie ei-ei-eine k-k-k-kaufen oder s-s-s-soll ich I-I-Ihnen da-da-daraus etwas vo-vo-vo-vorlesen?«

Ein Stotterer fragt in der Straßenbahn einen Fahrgast: »K-K-Können S-S-S-Sie mir b-b-bitte sa-sa-sagen, wie v-v-v-viele Sta-Sta-Stationen es b-b-b-bis zum N-N-N-Neumarkt s-s-sind?«
Der Angesprochene reagiert nicht, sieht aus dem Fenster, als habe er nichts gehört.
Der andere fragt erneut: »B-B-Bitte, ich m-muss a-a-am N-N-Neumarkt au-au-aussteigen. W-W-W-Welche St-St-St-Station ist d-d-d-das?«
Wieder tut der Angesprochene so, als habe er nichts gehört.
Noch einmal versucht es der Frager: »Zum N-N-N-Neumarkt, b-b-b-bitte, wann m-m-muss ich d-d-da au-au-au-aussteigen?«
Da gibt ihm in der nächsten Reihe jemand Auskunft: »Das ist jetzt die nächste Station.«
Der Frager bedankt sich und steigt aus.
Da sagt der Mann aus der nächsten Reihe zu dem schweigsamen Fahrgast: »Hören Sie mal, das finde ich aber sehr ungehörig. Sie lassen den armen Mann dreimal fragen und geben ihm keine Antwort!«
Das sagt der Schweiger: »M-M-M-Meinen S-S-Sie, ich w-w-w-wollte ei-ei-einen in d-d-die Fr-Fr-Fresse ha-ha-ha-haben?«

Ein Gast bestellt beim Ober: »Br-Br-Bringen Sie m-m-mir b-b-b-bitte ein B-B-Bier!«
Der Ober: »Ein P-P-Pils o-o-oder ein H-H-H-Helles?«
»Ein P-P-Pils. A-A-Aber hö-hö-hö-hören S-S-Sie, da-da-das f-f-finde ich a-a-aber nicht n-n-nett von Ihnen, da-da-dass ...«
Da fällt ihm der Ober ins Wort: »Ich w-w-w-weiß, was S-S-Sie sa-sa-sagen wollen, a-a-aber ich st-st-stottere auch.«
Der Gast bekommt sein Pils. Zwei Tische entfernt bestellt ein neuer Gast Kartoffelsalat.

Der Ober: »Wollen Sie ein Würstchen dazu oder ein Brötchen? Es kostet fast dasselbe.«
Als der Ober wieder vorbeikommt, meldet sich der erste Gast vorwurfsvoll: »Jetzt ha-ha-habe ich es ja g-g-g-gehört.
S-S-Sie w-w-wollen mich ja n-n-nur au-au-auf den
A-A-Arm n-n-nehmen!«
Der Ober: »V-V-Völlig f-f-falsch! Sie n-n-n-nicht!« Er zeigt auf den anderen Gast. »D-D-Den!«

Der Chef eines Kaufhauses ärgert sich über eine grell karierte Jacke, die schon seit zwei Jahren da hängt und so abschreckend ist, dass niemand sie anrührt. Vor seinem Urlaub versammelt er die Verkäufer vor der Jacke und verkündet: »Wenn ich zurück komme, und einer von euch hat die Jacke verkauft, dann bekommt der von mir eine richtig schöne Prämie!«
Als er nach zwei Wochen morgens wieder hereinkommt, ist die Jacke verkauft. Er lässt sich den Verkäufer schicken und fragt: »Menschenskind, wie haben Sie das nur gemacht?«
»Nur gut angepriesen«, antwortet der Verkäufer.
»Und der Kunde hat nichts dazu gesagt?«
»Kein Wort. Nur der Blindenhund hat etwas geknurrt.«

Ich habe Blinde gefragt. Sie meinten, gegen solche Scherze gäbe es Einwände eher von Sehenden. Sie selbst sähen ihr Leben entkrampfter. So vertraue ich diesem Urteil.

Drei Blinde mit gelben Armbinden kommen in eine Kneipe. Der eine hat gekreuzte Skier auf der Binde, der zweite eine Mondsichel, der dritte eine Ente.
Der Wirt fragt den mit den Skiern, was das zu bedeuten hat.
»Ich bin schneeblind«, sagt der.
»Und Sie mit dem Mond?«
»Ich bin nachtblind.«
»Und Sie mit der Ente?«
»Das ist keine Ente, das ist eine Gans. Ich bin ganz blind!«

Ein Mann steht mit einem Blindenhund wartend an einer Ampel. Plötzlich hebt der Hund das Bein und pinkelt dem Mann an die Hose. Der Mann fasst in die Tasche und holt ein Stück Hundekuchen heraus. Das hält er dem Hund hin.
Ein daneben stehender Mann sieht das und meint: »Hören Sie, das finde ich ja großartig! Das arme Tier in seiner Not weiß sich nicht anders zu helfen, und sie strafen es nicht, sondern geben ihm eine kleine Belohnung.«
»Von wegen Belohnung«, erwidert der Blinde. »Ich will nur wissen, wo vorne ist, damit ich ihm in den Arsch treten kann!«

Auch Hasenschartenwitze gehören in dieses Kapitel. Sie eignen sich nur nicht, geschrieben erzählt zu werden. Einer sei trotzdem versucht:

Ein junger Kunde kommt zu einem Gebrauchtwagenhändler und interessiert sich für einen älteren Sportwagen. Wegen einer Hasenscharte spricht er allerdings sehr schwer: »Was soll der denn kosten?«
»4500 Euro.«
»Der gefällt mir!«
»Wollen Sie ihn gleich mitnehmen?«
»Gern.«
»Darf ich dann mal Ihren Personalausweis sehen?«
Der Händler will die Daten in den Kaufvertrag schreiben, da fällt ihm auf: »Hier steht, Sie sind erst 17 Jahre …«
»Stimmt.«
»Da muss Ihr Vater für Sie unterschreiben.«
»Mein Vater ist tot.«
»Oder Ihre Mutter.«
»Die ist auch tot.«
»Haben Sie denn einen Vormund?«
»Nein, das ist eine Hasenscharte!«

Peter Jamin

Einmal berühmt sein I ... Das erste Mal (auf der Bühne)

Die Suche der Deutschen nach ihrem Superstar hat tiefe Wurzeln. Kennt das nicht jeder: die Sehnsucht, einmal im Mittelpunkt zu stehen und gelobt zu werden, für das, was man tut?

Als ich das erste Mal auf einer Bühne stand, war ich fünf Jahre alt. Ich trug eine graue Hose, ein blaues Hemd, einen schwarzen Blazer, eine Melone, einen Spazierstock in der rechten Hand und eine ernste Miene zur Schau. Derart ausstaffiert, rührte ich die Kindergärtnerinnen, die Eltern meiner Kinderkameraden und meine stolze Mutter mit einem Gedicht, von dem ich einige Zeilen behalten habe: »Ich bin ein kleiner Gernegroß / fünf Jahre und ein halbes bloß / Drum nahm ich Vaters Stock und Hut / und zog hinaus mit frohem Mut.« In meiner Jugend gab es ein Foto, das mich als Jungmann zeigte. Leider ist es während meiner vielen Umzüge in einem der nie wieder geöffneten Kartons verschwunden und erst vor wenigen Tagen als schemenhaftes Bild in meiner Erinnerung aufgetaucht.

Die Kindergärtnerin fragt die Kleinen: »Wer kann ein schönes Gedicht aufsagen?«
»Ich weiß eins«, sagt Klein-Erna. »Ein Fischer saß am Elbestrand und hielt 'ne Angel in der Hand. Er wollte fangen einen Barsch, das Wasser ging ihm bis zum Knie.«
»Das reimt sich aber gar nicht«, sagt der Lehrer.
»Doch, doch«, antwortet Klein-Erna. »Warten Sie mal, bis die Flut kommt!«

Das erste Mal, dass ich die Einsamkeit spürte, die einen umgibt, der auf einer Bühne steht, folgte einige Jahre später. Ich blickte in die Gesichter meiner Klassenkameraden und in das eines strengen Deutschlehrers. Ich weiß nicht mehr, welches Gedicht ich aufsagen sollte. Ich erinnere mich nur noch daran, dass ich zu weinen begann, weil mir der Text nicht einfiel. Solche Ausfälle hatte ich in den folgenden Jahren immer wieder. Gedichte auswendig zu lernen und vor der Klasse vorzutragen, blieb für mich ein Gräuel – vielleicht erzähle ich deswegen heute so selten einen Witz.

Eine Schule in der DDR. Der Schulrat hat sich angesagt, und der Lehrer meint, es wäre schön, wenn einer der Schüler ein Gedicht aufsagen würde. Ein Schüler macht folgenden Vorschlag:
»Unsere Katz' hat Junge,
sieben an der Zahl,
sechs davon sind Kommunisten,
eines ist sozial.«
»Das hört sich doch gut an«, sagt der Lehrer. Als der Schulrat wenige Wochen später erscheint, soll der Schüler sein Gedicht aufsagen. Der Kleine trägt vor:
»Unsere Katz' hat Junge,
sieben an der Zahl,
sechs davon sind im Westen
und eins ist nicht normal.«
Nach einem furchtbaren Donnerwetter sagt der Lehrer wütend zu seinem Schüler: »Vor sechs Wochen hast du aber ein ganz anderes Gedicht aufgesagt.«
Darauf der Schüler: »Ja, das war vor sechs Wochen, aber in der Zwischenzeit sind den Katzen die Augen aufgegangen!«

Das erste Mal, dass ich eine öffentliche Rede hielt, geschah ebenfalls während meiner Schulzeit. Ich hatte nach vielen Katastrophen beim Gedicht-Vortragen beschlossen, die Memme in mir mit aller Macht zu bekämpfen. Irgendwann gründete ich mit anderen eine Schülerzeitung. Zur Präsentation der ersten Ausgabe veranstalteten wir eine Gemäldeausstellung im Rathaus. Ich erklärte mich bereit, die Begrüßungsrede zu halten. Die Holzhammer-Methode funktionierte – ich weinte erst nach der Veranstaltung. Freudentränen.

Die Oberin hält den Schülerinnen einen Vortrag über die Gefährlichkeit der Männer und sagt: »Wollt ihr für eine halbe Stunde Freude ein Leben in Schande verbringen?«
Nach Abschluss des Vortrags fragt sie, ob noch irgendetwas unklar sei. Darauf hebt eine Schülerin schüchtern die Hand: »Wie kann man erreichen, dass es eine ganze Stunde dauert?«

Das erste Mal, dass ich auf einer Bühne stand und eine Rolle spielte, war bei der Bundeswehr. Ich leistete meine Wehrpflicht im Generalstab des Luftflottenkommandos und gründete dort für die Soldaten ein Kabarett. Flankiert von grinsenden Kameraden, äffte ich unseren Generaloberst nach, dessen liebste Beschäftigung es war, im Dienst einen Apfel zu schälen. Alle lachten. Er lachte auch – wenige Wochen später wurde ich zum Wachbataillon versetzt.

Ein Offizier besucht in seiner Garnisonstadt eine Bar mit Varieté. Ein 80-jähriger Opa kommt auf die Bühne und legt eine Walnuss vor sich auf einen Tisch. Unter Trommelwirbel holt er sein bestes Stück heraus und zerschlägt damit die Nuss in tausend Teile. Ein junger Rekrut ist stark beeindruckt.
Kurze Zeit später wird der Offizier zu einer anderen Einheit versetzt und kommt erst nach Jahren wieder zurück. Eines Tages ist er wieder Gast in der Bar und freut sich riesig, als er sieht, dass der jetzt 85-jährige Opa immer noch im Programm auftritt. Diesmal legt er sogar eine Kokosnuss auf den Tisch. Mit einem Trommelwirbel holt er wieder sein bestes Stück raus und schlägt damit auf die Kokosnuss; sie zerspringt in tausend Stücke. Der Soldat ist begeistert und fragt den Alten:
»Die Walnuss vor fünf Jahren war ja schon Spitze. Warum nehmen Sie denn in Ihrem Alter jetzt sogar eine Kokosnuss?«
Der Alte: »Jo mei, die Augen werden halt schlechter…«

Das erste Mal, dass ich auf einer richtigen Bühne stand und eine tragende Rolle spielte, war einige Jahre später als Mitglied der Versuchsbühne an der Pädagogischen Hochschule Köln. Wir nahmen am Amateurtheaterfestival in Recklinghausen teil, und ich spielte den Demetrius aus Shakespeares ›Sommernachtstraum‹. Von meinem Auftritt ist mir nur ein Satz in Erinnerung geblieben. »Ich lieb' dich nicht, so lauf' du mir nicht nach«, wehrte ich meine Mitspielerin ab. Es war meine damalige Freundin Christiane, auf die ich offensichtlich sehr überzeugend wirkte – sie verließ mich kurze Zeit später wegen eines anderen.

Ein Prüfer zur Studentin: »Nennen Sie mir drei Stücke von Shakespeare!«
»10 Zentimeter, 15 Zentimeter und 20 Zentimeter.«
»Was soll das heißen?«
»Viel Lärm um nichts – Wie es euch gefällt – Ein Sommernachtstraum.«
»Und was bedeuten dann 30 Zentimeter?«
»Das ist nicht von Shakespeare, das ist von Grillparzer: Weh dem, der lügt ...«

Ein Bostoner hat noch nie ein Stück von Shakespeare gesehen oder gehört. Freunde schenken ihm schließlich die gesammelten Werke des Dichters. Nach einiger Zeit fragen sie ihn, wie ihm das Geschenk gefallen habe.
»Phantastisch!«, sagt er.
»Ist die Sprache nicht einmalig?«
»Wirklich einmalig«, sagt er, »es gibt keine zwanzig Leute in Boston, die so gut schreiben können wie er.«

Das erste Mal, dass ich überzeugt war, endlich auf den Brettern zu stehen, die die Welt bedeuten, war in der »Fabrik« in Hamburg – damals die Underground-Bühne Nummer 1 in der »BRD«. Ich war Mitglied der Düsseldorfer Theatergruppe »bühne 70« des US-Regisseurs Ernest Martin. Wir machten damals als experimentelles Theater Schlagzeilen. Ernest hatte mich bei einem Theater-Workshop entdeckt, wo ich – noch immer die Niederlagen meiner Schulzeit im Kopf – an meinem Selbstbewusstsein arbeitete.

Premiere in einem Provinztheater. Der Held des Stückes soll kurz vor Schluss, von einem Schuss getroffen, tot umfallen. Die Vorstellung steuert auf diesen Höhepunkt zu, das Stichwort fällt, aber der Schuss nicht. Der Schauspieler setzt neu an, wiederholt das Stichwort sehr betont. Kein Schuss. Noch einmal improvisiert der auf den Todesschuss wartende Mime den Text und schmettert jetzt das Stichwort in die Kulissen, aus denen der Schuss kommen soll. Nichts passiert.
Da greift sich der Schauspieler ans Herz. »Hilfe! Ich bin vergiftet!«, ruft er und sinkt in sich zusammen.
In diesem Augenblick fällt der Schuss. Da bäumt sich der Vergiftete noch einmal auf und ächzt: »Auch das noch!«

Das erste Mal, dass ich als Spielleiter auf einer Bühne stand, war während der von mir gegründeten ›Oberkasseler Talkshow‹ Anfang der 80er Jahre. Am Nachmittag vor der Premiere fuhr ich in meinem Auto, einem VW-Cabrio, von Essen über die Autobahn nach Düsseldorf, wo die Talkshow im Oberkasseler Lokal »Prinzinger« stattfinden sollte. Der Wind wehte mir um die Ohren, und ich fragte mich: »Warum tust du dir das an?« In Höhe des Kaiserberg-Autobahnkreuzes in Duisburg überlegte ich ernsthaft, ob ich nicht einfach die nächste Ausfahrt nehmen und nach Amsterdam fahren sollte.

Das war genau der Moment, dass ich zum ersten Mal das Lampenfieber spürte. Es begleitete mich die ganzen Jahre, während ich in meiner Talkshow Gesprächspartner wie Curd Jürgens, Hildegard Knef, Johannes Mario Simmel oder Eddy Constantine empfing. Jürgens beschwerte sich bei mir darüber, dass ihn am Vorabend in der Talkshow ›Kölner Treff‹ bei Dieter Thoma ein Papagei die ganze Zeit genervt hatte. »Die Knef« überraschte ich mit ihrer eigenen Musik – ich spielte ihr das zu damaliger Zeit eingemottete Lieblingslied unserer Redaktionssekretärin Barbara vor: ›Für mich soll's rote Rosen regnen‹. Simmel versprach, sich für die Kinder in der Düsseldorfer Krebsklinik einzusetzen, die miserabel untergebracht waren – sein »Offener Brief«, den er anschließend den Politikern in Düsseldorf schrieb, erreichte eine Verbesserung der Unterbringung der kranken Kinder. Und Eddy fiel nach einer Reihe von Whiskeys rücklings von der Bühne – er war auch im wirklichen Leben ein Raubein.

Thomas Gottschalk hat den Erfinder der Microsoft-Witze gemeinsam mit Microsoft-Gründer Bill Gates in seine Talkshow eingeladen: »Erst waren's die Ostfriesen, dann die Manta-Fahrer, es folgten die Blondinen. Jetzt ist offenbar Microsoft mit Witzen dran.«
»Ich denke nicht, dass wir das verdient haben«, ereifert sich Bill Gates. »Wir entwickeln die besten Programme weltweit, fehlerfrei und zu einem fairen Preis. Mit uns geht die Arbeit am PC locker von der Hand. Mit uns macht die Arbeit am Computer echt Spaß.«
»Hört sich gut an«, unterbricht der Witze-Erfinder, »aber der ist nicht von mir.«

Das erste Mal, dass ich dankbar dafür war, ein paar Jahrzehnte lang auf Bühnen meinen Auftritt vor Menschenansammlungen geübt zu haben, war bei einem Vortrag vor Führungskräften eines großen Unternehmens. Ich hatte den Auftrag, die von der Firma für ihre Mitarbeiter und Kunden herausgegebenen Publikationen zu beurteilen. Es gelang mir, meine Kritik so galant vorzutragen, dass es alle schluckten – und mir sogar applaudierten. Ein alter Hase in Sachen Auftritte vor großen Menschenmengen war natürlich auch unser ehemaliger Bundeskanzler Helmut Kohl:

Helmut Kohl sitzt im Flugzeug nach Italien. Staatsbesuch. Er wendet sich an einen Begleiter: »Wissen Sie, ich habe mir überlegt, ich sollte die Italiener bei meiner Ankunft auf Italienisch begrüßen und ein paar Worte reden. Aber ich kann kein Italienisch. Was schlagen Sie vor?«
Darauf der Begleiter: »Passen Sie auf. Ich sage Ihnen gleich ein paar Worte auf Italienisch, die Sie den Leuten zurufen können. Und für den Fall, dass Sie sie vergessen, werde ich Sie Ihnen auf die Rückseite Ihrer Krawatte auf einen kleinen Zettel schreiben, und die lesen Sie dann einfach vor.«
Kohl ist begeistert. Es vergeht noch knapp eine Stunde, und das Flugzeug landet in Rom. Die Tür geht auf, Kohl geht die Treppe hinunter, unten warten der italienische Außenminister sowie einige Reporter und Zaungäste. Kohl hat seinen Satz ver-

gessen. Also linst er unter seine Krawatte und ruft: »Armani! Armani!«

Das erste Mal, dass ich mich auf der Bühne wohler fühlte als im Publikum, war vor wenigen Jahren. Mein Freund Helmut Eichner, ein Maler, mit dem ich einige wilde Jugendjahre in Köln verbracht hatte, lud mich zu einer Lesung ein. Er stellte in seinem Atelier Bilder aus, seine Ehefrau Sabine sang klassische französische Liebeslieder, zwei Dichter trugen sehr ernste Lyrik vor. Ich las anschließend fröhliche, mit ein paar Witzen gespickte Kurzgeschichten. Daraus hier eine Kostprobe:

Eine berühmte Schauspielerin möchte am Abend besonders gut aussehen und will sich ein neues Kleid kaufen. Sie betritt eine Boutique und fragt die Verkäuferin: »Dürfte ich das blaurote Kleid im Schaufenster probieren?«
»Ja! Aber wir haben auch Umkleidekabinen!«

Das erste Mal, dass ich auf einer berühmten Bühne stand, ist noch nicht so lange her. Zusammen mit Chris Howland und Dieter Thoma traten wir mit unserer Witzrevue ›Ganz Deutschland lacht!‹ im Düsseldorfer »Kom(m)ödchen« des unvergessenen Kabarettistenpaares Kay und Lore Lorentz auf. Am Nachmittag fragte ich mich wieder einmal, warum ich mir das antue, schloß aber Amsterdam von vornherein aus. In der Pause sprachen wir über Lampenfieber. Chris Howland meinte, er spüre es selbst nach vielen Bühnenjahren noch immer – und das wäre gut so. Es erhöhe die eigene Spannung und führe zu einem besseren Ergebnis beim Vortrag. Dieter Thoma lächelte.

Wenn ich damals in der Schule gewusst hätte, dass jeder Auftritt auf einer Bühne wie ein erstes Mal sein würde, hätte ich auf weitere Aktivitäten vor großen Menschenansammlungen verzichtet und die Tränen im Deutsch-Unterricht als Wink des Schicksals akzeptiert.

Für einen solchen Entschluss ist es jetzt – Gott sei Dank – zu spät.

Peter Jamin

Einmal berühmt sein II ...
Applaus!

Als der Grieche Phokion im Athener Parlament nach einer Rede tosenden Applaus erhielt, fragte er seinen Nachbarn: »Habe ich etwas Dummes gesagt?«

Applaus ist nicht einfach das neutrale Ergebnis eines Erfolgs, wie uns diese kleine Anekdote beweist. Für jeden hat Beifall eine andere Bedeutung und einen anderen Wert. Während der Dreharbeiten zu einem Fernsehfilm über die Folkwang-Schule in Essen fragte ich Schauspielschüler, was ihnen Beifall bedeute. »Applaus ist besser als jede Psychotherapie«, antwortete einer spontan. Für andere Nachwuchsdarsteller war der Beifall »eine Anerkennung meiner Leistung«, »etwas Wunderschönes« oder gar ein »Lebenselixier«.

Der französische Philosoph Charles de Secondat, Baron de la Brède et de Montesquieu sah das etwas anders; vielleicht, weil ihm nie applaudiert wurde. Er distanzierte sich vom Klatschen und warnte: »Für seine Arbeit muss man Zustimmung suchen, aber niemals Beifall.«

Solche Einwände stillen nicht die Sehnsucht der Menschen nach Applaus. Wir gieren geradezu nach Beifall, wobei festzustellen ist, dass wir Normalsterblichen so etwas wie lauten Beifall für unser Tun selten erleben dürfen. Schon in der Schule müssen wir uns mit einer guten Note begnügen, oder die Lehrer finden auf dem Elternsprechtag anerkennende Worte:

Die Lehrerin zu Fritzchens Mutter: »Ich muss Ihnen ein Kompliment machen. Ihr Sohn ist wirklich das artigste Kind in der ganzen Klasse!«
Strahlt die Mutter: »Das freut mich natürlich sehr. Das hat er sicherlich von seinem Vater, der wird auch jedes Mal wegen guter Führung vorzeitig entlassen.«

Auch im späteren Berufs-, Ehe- oder Liebesleben fällt das Lob selten enthusiastisch aus. Viele müssen der Anerkennung sogar nachhelfen, und selbst dann gelingt es manchen nicht, die richtigen Worte zu »finden«. Über den ehemaligen Staatsratsvorsitzenden der DDR, Erich Honecker, wird dazu folgender Witz erzählt.

Honecker möchte wissen, ob ihn die Menschen in der DDR als Vater der Errungenschaften des Sozialismus anerkennen und schätzen. Während einer Reise durch die DDR befiehlt er seinem Fahrer, in einem Dorf anzuhalten. Honecker klingelt an einer Haustür. Ein kleiner Junge öffnet ihm.
Honecker fragt: »Na mein Junge, erkennst du mich?«
Der Junge antwortet: »Nee!«
Honecker verlegen: »Ihr habt doch ein kleines Häuschen?«
Junge: »Ja!«
Honecker: »Ein Auto?«
Junge: »Ja!«
Honecker: »Einen Farbfernseher?«
Junge: »Ja!«
Honecker: »Und schöne Kleidung zum Anziehen?«
Junge: »Ja!«
»Siehst du Junge, dass alles hast du mir zu verdanken«, sagt Honecker voller Stolz. »Nun weißt du doch sicher, wer ich bin?«
Der Junge dreht sich um, läuft zu seiner Mutter in die Küche und ruft voller Freude: »Mami, Mami, Onkel Peter aus München ist da!«

Was ist Beifall schon anderes als ein lautes Kompliment, von dem der Schauspieler Johannes Heesters sagt, dass es »die charmante Vergrößerung einer kleinen Wahrheit« sei. Politiker und Künstler scheinen besonders süchtig danach zu sein. Und wie jede Droge vernebelt auch diese den Verstand. Wie im Fall des Rocksängers Peter Gabriel. Der glaubte, die Wogen des Applauses während eines Auftritts könnten ihn tatsächlich tragen. Er sprang von der Bühne ins Publikum. Doch statt ihn aufzufangen, traten die Menschen beiseite. Gabriel fiel ins Nichts und auf die Nase und verstauchte sich sämtliche Glieder.

So etwas kann einem Künstler wie dem Düsseldorfer Maler Jörg Immendorf nicht passieren. Frenetischen Jubel, kreischende Fans suchen man oder frau in der Bildenden Kunst vergebens. »Ein Maler ist immer allein. Ich muss an meinem eigenen Beifall arbeiten«, erzählt Akademie-Professor Immendorff. »Manchmal bin ich entzückt und applaudiere mir. Und dann wieder zerreiße ich mich selbst.«

Schlimmer noch als gar kein Applaus oder ein falsches Kompliment muss für einen Künstler der Beifall zum falschen Zeitpunkt sein, der nicht nur die Stimmung, sondern gleich das ganze Werk verdirbt. Oder Zwischenrufe:

Im Opernhaus hat Luciano Pavarotti gerade den letzten Ton gesungen. Bevor der Beifall einsetzen kann, springt ein Mann auf und schreit: »Haaalloo? Ist hier ein Arzt, ist hier ein Arzt?«
Ein anderer Mann steht auf und ruft: »Ja! Ich bin Arzt!«
Darauf der erste: »Das ist Musik, was? Wie hat es Ihnen gefallen, Herr Kollege?«

Früher gingen die Zuschauer viel großzügiger mit dem Beifall um als heute. Früher war es sogar möglich, in einer Predigt zu klatschen. Bis Anfang des Jahrhunderts war es durchaus üblich, dass das Publikum im Symphoniekonzert nach jedem Satz applaudierte. Heute gilt dies als unangemessen. In der Oper wird nur noch nach jeder Arie, im Jazz nach jedem Solo geklatscht. Und wer an den falschen Stellen Beifall spendet, outet sich als Nicht-Kenner. Man sieht: Nicht jeder Applaus, jedes Lob kommt gleich gut an.

Die Software-Highsociety ist während der Cebit in Hannover zu einer Dampferfahrt eingeladen. Ein Teilnehmer fällt über Bord. Große Aufregung, alles drängt an die Reling. Da hechtet Microsoft-Gründer Bill Gates in die Fluten, ergreift einen hingeworfenen Rettungsring, wird an Deck gezogen und mit riesigem Beifall empfangen. Während ein Mitarbeiter ihm eine Decke umlegt, zischt Gates wütend: »Finde sofort heraus, wer mir den Tritt gegeben hat!«

Den Düsseldorfern sagt man nach, dass sie sogar applaudieren, wenn ein Teller am Boden zerbricht – es könnte ja ein Kunststück sein. Hier der Witz dazu:

99 Düsseldorfer und ein Berliner sitzen im Flugzeug. Der Boden bricht ein, alle Passagiere hängen frei in der Luft und halten sich verzweifelt an der Gepäckablage fest.
Plötzlich sagt der Pilot: »Einer muss sich opfern, sonst stürzen wir alle ab.«
Da sagt der Berliner: »Ich bin alt, habe kein Geld, ich kann mich opfern.«
In diesem Moment klatschen alle Düsseldorfer Beifall.

Helmut Markwort, zitatensicherer Chefredakteur des Magazins ›Focus‹, zitierte in seinem wöchentlichen Magazin-Tagebuch Lessing, der 1767 über einen schleimenden Kritikerkollegen schrieb: »Der wahre Virtuose spottet über jede uneingeschränkte Bewunderung, und nur das Lob desjenigen kitzelt ihn, von dem er weiß, dass er auch das Herz hat, ihn zu tadeln.«

Ein Hahn besichtigt seine Hühnerfarm. Er schreitet durch die Reihen, und vor mancher Henne bleibt er stehen und applaudiert ihr für die vorbildliche Lege-Arbeit. Nachdem er die Besichtigungstour beendet hat, zieht er ein Straußenei aus seiner Reisetasche und sagt: »Mädels, ich will ja nicht meckern, aber guckt mal, was die Konkurrenz macht …«

Alle Menschen brauchen Zustimmung und Bestätigung. Künstler nennen es Applaus, Dichter erwarten die positive Kritik, und Manager fordern Tantiemen und ein Millionen-Gehalt. Die Fähigkeit eines Menschen, das Werk eines anderen zu bewundern, ist die Wurzel jeder Kunst. Applaus ist das Schmiermittel des Kulturbetriebs.

Paul Spiegel, Vorsitzender des Zentralrats der Juden in Deutschland, schreibt in seinem Buch ›Wieder zu Hause‹, dass »jüdische Künstler ein unstillbares Verlangen nach Beifall und Beliebtheit haben. Die Juden wollen angenommen werden. Der jüdische Filmkomiker Jerry Lewis hatte jahrelang ein Poster an seiner Bürotür hängen, auf dem stand: ›Zögern Sie nicht! Kommen Sie herein! Sie sind willkommen, und ich liebe Sie!‹ Und bitte lieben Sie mich, sollte das heißen.«

Der Entertainer Robert Kreis erzählte mir, wie ihn die Sehnsucht nach Applaus in arge Verlegenheit brachte. Wer den Künstler nicht kennen sollte: Der 1949 auf Java geborene Robert Kreis präsentiert uns schon seit vielen Jahren Chansons und Couplets aus der Kabarettwelt der zwanziger und dreißiger Jahre. Dazu zieht er einen Frack an, streicht sich Pomade ins Haar und malt sich ein »Menjou«-Bärtchen an. Darüber hinaus benötigt er nur wenig, um seinen Figuren auf der Bühne Leben einzuhauchen: Eine kleine Geste, ein verschämter Blick, ein plötzliches Funkeln in den Augen, die zitternde Stimme einer alternden Diva.

Nach einer Vorstellung im Düsseldorfer Schauspielhaus trafen wir uns mit Freunden im Theater-Restaurant »Monte Christo«. Der Entertainer freute sich so über seinen gerade erlebten Erfolg, dass er uns eine wahre Geschichte verriet, in der Beifall eine Rolle spielt:

»Ich trat mit meiner Band in einem wunderbaren Theater auf. Ein kleines Haus. Ausverkauft. 100 Plätze. Bezauberndes Publikum.« Der Künstler strahlt. »Der Szenenapplaus wollte nicht enden. Aber ich musste hinaus in meine Kabine, das Kostüm wechseln und in die nächste Rolle schlüpfen. Eine alte Diva.«
»Und dann? Mach's nicht so spannend!« Christel kennt den Freund als munteren Plauderer.
»Ich zog mir den alten Pelzumhang über. Die grauhaarige Frauenperücke. Lila Brille. Etwas Schminke. Und rannte los.«
»Warum bist du gerannt?«, fragt Jürgen.
»Ich wollte mit dem Applaus des letzten Liedes das neue beginnen. Ein Gewirr von Gängen. 50 Meter lang war die Strecke mindestens. Endlich die Tür. Ich öffnete sie. Betrat mit großer Geste die Bühne ...«
Robert schweigt. Wir sehen ihn an.
»Was war?!« Kathrin will das Ende der Geschichte hören.
»Gewaltig große Bühnenbilder! Und Musiker! Eine Sängerin! Ein Sänger! Ein Chor! Und alle sahen mich entsetzt an.«
»Warum?«

»Sie spielten auf der großen Bühne des Theaters den ›Figaro‹. Und ich mittendrin. Eine alte Diva!«
Die Freunde lachen. Erst leise.
»Ich hatte die falsche Bühne erwischt. Das große Haus. 1000 Premierengäste blickten die alte Diva an, als wäre sie das Phantom der Oper.«
Der Sänger lacht zusammen mit den Freunden und einigen Gästen des Lokals, die an Nachbartischen zugehört haben. »Und was hast du gemacht? Da auf der großen Bühne?«, fragt Werner in einer Atempause.
Robert blickt in die Runde. Niemand wagt zum Glas zu greifen. An den Nachbartischen schweigen die Fremden. Der Kellner steht mit fünf Tellern dampfender Nudeln in der Hand und hat vergessen, wem er sie servieren soll.
»›Toi, toi, toi‹, habe ich den Kollegen zugerufen. Dann habe ich mich umgedreht, die Tür hinter mir zugeschlagen und bin gerannt, so schnell ich konnte. – Ich wollte doch den Applaus auf meiner eigenen Bühne nicht verpassen ...«

Wo freiwillig Beifall ist, gehört er zur Kultur – wo er verordnet wird, herrscht Diktatur. Jeder kennt die Bilder von Fähnchen schwingenden Applaus-Paraden, die einst an den Mächtigen der DDR vorüberzogen oder heute noch von Chinas Herrschern abgenommen werden. Da wird selbst der letzte Freiraum jener, die das Staatsgeschehen nur beobachten dürfen, zum Gefängnis. Wenigstens in diesem Punkte zeigte Kaiser Nero Fairness. Er bezahlte seine Claqueure.

Für seine Auftritte als Sänger und Musiker verpflichtete er einen Trupp von 5000 Mann. Diese Plausores studierten vorher verschiedene Arten von Beifall ein; das Klatschen mit hohlen Händen, imbrex genannt, und das mit flachen Händen, testa.

Griff der Kaiser in die Saiten, klatschten sie hohl und flach – und kassierten dafür nach heutigen Maßstäben Manager-Gehälter. Des Kaisers Klatscher machten Schule, das System wurde in den Theaterstädten Europas weiterentwickelt bis hin zur »assurance de succés dramatique« in Paris. Dieses Büro übernahm Anfang des 19. Jahrhunderts gegen Honorar Aufträge für alle Arten des Beifalls wie auch des Missfallens.

Die meisten Politiker von heute sind sich selbst genug. Wir alle kennen die Fernsehbilder aus den Parlamenten, wenn sich die Politikerinnen und Politiker gegenseitig Beifall spenden – dabei gilt die Zustimmung meist nur den Angehörigen der eigenen Fraktionen. In den Protokollen liest sich das dann so wie hier in einem Bericht des Gesundheitsausschusses des österreichischen Parlaments:

Präsident Dr. Werner Fasslabend: »Wir gelangen jetzt zum 28. Punkt der Tagesordnung. Ich eröffne dazu die Debatte. Gemeldet hat sich als erste Rednerin Frau Dr. Pittermann. – Ich ersuche um Ihre Ausführungen.«
Abgeordnete Dr. Elisabeth Pittermann (SPÖ): »Ihr Demokratieverständnis ist bei Gott sehr eigenartig!« *(Beifall von der SPÖ.)* »Ihre Minister haben in der Fernsehzeit ununterbrochen geredet, damit sie eine billige Plattform haben. Aber den frei gewählten Abgeordneten wollen Sie das Wort verbieten, weil Sie jetzt schlafen gehen wollen!« *(Beifall von der SPÖ.)* »Wenn Sie sich physisch nicht in der Lage fühlen, in der Nacht hier zu arbeiten, dann, würde ich sagen, gehen Sie eben in die Invaliditätspension!« *(Beifall von der SPÖ. – Abg. Ing. Westenthaler: »Mit Invaliden macht man keine Scherze, Frau Kollegin! Das ist eine Pietätlosigkeit! Mit invaliden Menschen Witze zu machen!« – Weitere Zwischenrufe.)*
»Herr Präsident! Herr Staatssekretär!« *(Unruhe im Saal. – Präsident Dr. Fasslabend gibt das Glockenzeichen. – Abg. Ing. Westenthaler: »Mit Menschen macht man keine Witze! Das war kein guter Witz! Pietätlos!«)* »Von Ihnen, Herr Staatssekretär, weiß ich, dass Sie in der Nacht arbeiten können, denn wir haben Kammersitzungen bis um 4 Uhr früh gehabt, und wir sind es auch in unserem Beruf gewöhnt, nachts zu arbeiten.« *(Anhaltende Zwischenrufe.)*
»Präsident Dr. Werner Fasslabend: Meine Damen und Herren! Der Lärmpegel ist so hoch, dass man von hier heroben fast überhaupt nichts versteht.«

Beifall ist immer eine Art Lärm: selbst der Applaus, den wir uns selber zollen. Dazu stellte Rainer Eppelmann, deutscher Politiker,

Theologe und ehemaliger Bürgerrechtler in der DDR, fest: »Skandale haben die Politik zum Punchingball der Öffentlichkeit gemacht. Wer am härtesten draufschlägt, erhält den lautesten Applaus.«

Aber wie im richtigen Leben ist diese Regel auch in der Politik nicht allgemeingültig. Erst recht kommt nicht jeder Witz beim Publikum an. Das kann man allerdings nur dadurch feststellen, dass man ihn erzählt. Johann Wolfgang von Goethe erkannte weise: »Der Witz setzt immer ein Publikum voraus. Darum kann man den Witz auch nicht bei sich behalten. Für sich allein ist man nicht witzig.«

Und das ist ein guter Grund, hier noch schnell einen Witz zu erzählen, der sich ebenfalls um den Beifall rankt:

Den Amerikanern war es endlich gelungen, ihren Top-Spion in Moskau einzuschleusen. Der Mann war fünf Jahre lang ausgebildet worden. Sie hatten ihm alles beigebracht, was sie über Russland wussten. Er war total auf Russe getrimmt worden. Am Ende der Ausbildung bezweifelte er ernsthaft seine amerikanische Staatsbürgerschaft, er fühlte sogar wie ein Russe. Kurz und gut: Es gab keinen besseren!

Sein erster Auftrag führte ihn in eine kleine russische Kneipe. Er setzte sich an einen Tisch und bestellte eine Flasche Wodka, die er in einem Zug leerte. Der Wirt nickte anerkennend und meinte: »Briderchen, du säufst wie ein Russe, aber du bist keiner!«

Unserem amerikanischen Freund lief es eiskalt den Rücken herunter. Sollten die ganzen harten Jahre der Ausbildung umsonst gewesen sein? Konnte es sein, dass der erste Russe, der seinen Weg kreuzte, seine Tarnung durchschaut hatte? Hatten sie die Russen doch unterschätzt?

Während ihm noch diese quälenden Fragen durch den Kopf gingen, sprang er auf, griff sich eine Balalaika, die zufällig herumlag und spielte so gut, dass alle Anwesenden begeistert klatschten und ihm zujubelten. Und das Lied, das er dazu sang, war so traurig, dass sogar den anwesenden KGB-Agenten die Tränen über die Wangen liefen.

Auch der Wirt klatschte Beifall, doch etwas im Gesicht des Mannes ließ unserem Spion das Blut in den Adern gefrieren. Dann

sagte der Wirt: »Bravo, Briderchen, du spielst und singst besser als jeder Russe, aber... du bist kein Russe!«
Jetzt wollte es der Spion aber wissen. Er gab der ebenfalls anwesenden Band einen Wink, und als diese eine wilde Melodie anstimmte, begann er einen Kasatschok zu tanzen, dass allen Hören und Sehen verging. Er wirbelte durch die Kneipe, und alle weiblichen Herzen flogen ihm zu. Als er unter dem frenetischen Beifall der Anwesenden erschöpft den Tanz beendete und ein letztes Mal seine Beine hoch in die Luft geschleudert hatte, dachte er: Jetzt kann niemand mehr Zweifel an meiner Identität haben.
Doch das leichte Kopfschütteln des Wirtes, dass er in der tobenden Menge ausmachte, belehrte ihn rasch eines Besseren. Hier hatte er seinen Meister gefunden. Er befürchtete gar, dass der russische Geheimdienst KGB möglicherweise schon lange von seinem Einsatz wusste und einen Topmann auf ihn angesetzt hatte.
Mit hängenden Schultern ging er auf ihn zu. Der Wirt sagte mit einem Seufzer: »Briderchen, Briderchen, du tanzt wie ein russischer Gott, aber du bist kein Russe!«
Das war zuviel für unseren wackeren Helden. Schluchzend brach er zusammen und stammelte nur noch: »Ja, ja, du hast recht, aber wie, in aller Welt konntest du das wissen?«
Der Wirt zuckte leicht mit den Schultern und meinte: »Bei uns in Russland gibt es keine Schwarzen!«

Dieter Thoma

Schlagfertig: Ist Tennis witzlos?

Ein Golfspieler drischt seinen Golfball über eine Hecke nach draußen. Man hört kurz darauf Bremsen kreischen, Schreie, dumpfe Geräusche.
Der Golfspieler bleibt wie hypnotisiert am Abschlag stehen,

wartet. Nach einer Weile hört man die Sirenen mehrerer Unfallwagen. Ein Mann kommt um die Hecke gelaufen. Er fragt: »Haben Sie eben diesen Ball nach draußen geschlagen?«
Der Golfspieler nickt. »Was ist denn passiert?«
»Ein ganz böser Unfall. Der Ball hat einen Radfahrer an der Stirn getroffen, der ist umgefallen. Ein dahinter fahrender Omnibus musste ausweichen und ist einen Abhang hinunter gestürzt. Die Verletzten werden gerade geborgen.«
»Um Gottes willen«, sagt der Golfspieler, »was soll ich denn nur machen?«
»Das kann ich Ihnen sagen«, antwortet der Mann, »Sie dürfen an diesem Abschlag um keinen Preis den Schläger nach links verkanten!«

Geht das auch mit Tennis? Oder bleibt es ein Rätsel, warum es keine Tenniswitze, aber so viele Golfwitze gibt.

Dabei kann Tennis durchaus komisch sein. Ein Tennisclub ist wie ein Golfclub eine Art »schlagende Verbindung«. In ihr finden sich aktive und nichtaktive Mitglieder. Auch nachtaktive. Die Aktiven sollen in Weiß spielen, die anderen können wählen. Man kann Doppel spielen und Doppelfehler machen. Es gibt gemischte Doppel, aber keine gemischten Doppelfehler. Jedenfalls nicht auf dem Tennisplatz.

Es empfiehlt sich, ein Tennisspiel mit dem Aufschlag zu beginnen. Der muss geübt werden. Ein Aufschlag kann auch der Aufprall nach einem freien Fall sein. Der muss nicht geübt werden. Aufschlag meint auch beim Zubereiten von Rühreiern das Aufschlagen derselben. Auch das setzen wir voraus. Aufschlag ist sodann das Erhöhen einer Geldsumme.

Ich übe oft Aufschlag. Mein Club ebenfalls. Fast mit jedem Jahresbeitrag gibt es irgendeinen Aufschlag. Er wird auch Zuschlag genannt. Es ist eine Art Rundumschlag. Seitdem bin ich tennisarm. Aber ein Tennisarm ist immer noch besser als ein Schwimmbecken.

Das Gegenteil von Aufschlag ist im Tennis nicht Abschlag, sondern Rückschlag. Anders als im Leben ist das nicht negativ gemeint. Der Rückschlag kann mit der Rückhand und mit der Vorhand ausgeführt werden. Vorschlag gibt es dagegen im Tennis nicht. Dafür braucht man einen Hammer.

Schlag haben ist ja etwas Positives. Der Flügelschlag der Geschichte. Nachtigallen schlagen auch. Und wenn man lange genug nachdenkt, fallen einem vielleicht doch ein paar Tenniswitze ein:

»Schlechtere Tennisspieler als mich gibt es nicht«, klagt ein Clubmitglied nach dem Match.
»Doch«, sagt ein anderer, »aber die spielen nicht.«

Fachlich heißt Rückschlag »return« und Aufschlagen »servieren«. Aber Kellner werden da nicht gebraucht. Und wer reserviert ist, ist noch kein Rückschläger. Er wird höchstens abserviert. Mahlzeit! Und für alle, die auf ihre Linie achten müssen, gibt es Linienrichter.

Wir kennen im Tennis auch die Schlaghand. Schlagfuß müsste so gesehen mit Fußball zu tun haben. Hat er aber nicht. Dafür gibt es dort Abschläge. Auch ohne neues Rabattgesetz.

Sie merken, Tennis ist fast eine Wissenschaft, und ich verliere mich in der Tennissprache, die so vieldeutig ist und manchmal rätselhaft. Schläger, Aufschläger, Rückschläger, Schmetterer. Wenn ein guter Aufschläger dem Ball auch noch Schnitt mitgibt, ist er dann auch ein guter Aufschneider? Dann hieße Schnitt im Aufschlag auch Aufschnitt. Sehe ich verschlagen aus, wenn ich den dritten Ball nacheinander ins Aus verschlagen habe? Mindestens fluche ich. Also Fluchball.

Oder sollte ich mich lieber bei verunglückten Schlägen an den alten Bibelspruch halten: Die einfachen werden die schwersten sein?

So haben manchmal im Doppel meine Gegner vor mir weniger Angst als meine Partner.

Eine Mit-Sportlerin hat mir neulich gesagt, ein schwarzer Schläger passe zu mir. Sie hat es nicht begründet. Aber ich musste mich fragen: Bin ich überhaupt ein Schlägertyp? Wenn ja, dann aber doch zart besaitet, denke ich.

Manche Tennisspieler haben Fußfehler. Nicht nur solche, aber allein für die gibt es Punktabzüge. Andere leiden offenbar unter Sehfehlern. Immer, wenn sie den Ball ins Netz hauen, schieben sie es auf die Netzhaut.

Woran denken wir bei dem Wort Netz zuerst? An das Verkehrsnetz? An Fischer? Das soziale Netz könnte uns einfallen. Netz-Gewölbe, Netz-Melonen, Haarnetze, Moskitonetze, Schienennetze und Spionagenetze. Netzstrümpfe auch. Erinnern wir uns an das nostalgische Schmetterlingsnetz? Darin ist das Wort »schmettern« enthalten.

Neulich wäre ich einer Partnerin gerne ins Netz gegangen. Aber sie hielt mich konstant Longline. An langer Leine. Als ich dann über Kopf spielen wollte und zu reden anhub, machte sie einen Punkt. Das war mein letzter Satz.

Dafür habe ich Lob für einen Lob bekommen. Der Schiedsrichter rief Einstand, aber mein Gegner hat keinen ausgegeben. Einen halben Fluch war mir das wert. Halb-Fluchball.

»Sie machen mir Mut. Ich habe manchmal den Eindruck, ich sollte noch einmal Trainerstunden nehmen.«
»Ach«, erwiderte der Partner: »Hatten Sie schon mal welche?«

Und noch ein Tenniswitz? Nicht ganz überzeugend. Man kann ihn für fast jede Sportart benutzen.

»Kann ich den Aufschlag noch verbessern?«
»Man kann alles verbessern.«
»Bevor Sie gehen – was finden Sie denn richtig gut bei mir?«
»Tja, richtig gut?«
»Gar nichts?«
»Doch.«
»Was denn?«
»Dass Sie jedesmal neue Bälle mitbringen!«

Solche Geschichten kann man selber erfinden. Ich stelle mir dann gern einen souveränen Schiedsrichter vor:

»Dreißig beide«, ruft der Schiedsrichter im Doppel.
Er verbessert sich, sagt: »Dreißig alle!«
Als die Spieler fragend hochsehen, fügt er hinzu: »Jedenfalls viele!«

Für Golfspieler, so finden Tennisspieler, ist einer, der sich noch mit Tennis befasst, ein Gestriger, einer, der den Anschluss verpasst hat. Wie einer, der noch Steuern zahlt, kein Geld in Luxemburg oder Lichtenstein deponiert hat, besser Deutsch als Englisch spricht und zuweilen Gruppenreisen macht.

Manche haben diesen nur mühsam zurückgehaltenen Ausdruck in den Augen, diese Distanz, mit der man sich abgrenzt von Menschen, die nicht ganz gleichberechtigt, nicht satisfaktionsfähig, zu sein scheinen. Die altmodisch, halbgebildet oder hinter der Entwicklung zurückgeblieben sind.

Golfspieler besitzen etwas, das sie von Tennisanhängern signifikant unterscheidet: Sie haben ein Handikap. Ein Handikap ist nicht etwa eine Mütze mit eingebautem Telefon, sondern es beschreibt den erreichten Durchschnittswert von Schlägen. Golfspieler haben vergessen, dass ein Handikap aus dem Pferdesport kommt und dort benachteiligten Pferden eine Chance geben soll. Pferde spielen selten Golf.

Tennis kommt vom französischen »Tenez«, das heißt halten, den Ball im Spiel halten. Der japanische Kaiser, der Tenno, hat nichts damit zu tun. Golf ist Englisch, erinnert an schnelle Autos, milde Meeresbuchten, den Golfstrom, der sogar Palmen in England wachsen lässt. Golf ist die große Welt, die Weite des Platzes mit achtzehn Löchern und bis zu 550 Meter langen Spielbahnen. Golf ist Natur pur, man kann Golf nicht auf Teppichboden spielen. Tennis geht sogar in einer westfälischen Tenne.

Nein, es ist einleuchtend und sinnfällig, dass Tennisspieler, vom Golfstrom mitgezogen, die Sportart wechseln, den Tennisschläger mit einem Siebener Eisen vertauschen oder wie die anderen dreizehn Möglichkeiten sonst heißen.

Ist es der bei Golfspielern vermutete Snobismus, der zu Witzen reizt? Paul Kuhn, Handicap 24 und kein »Neugolfer«, ist der erste, der mir eine Erklärung für Golfwitze anbietet: »Weil es ein Sport ist, der wie kein anderer so verbissen und ehrgeizig von Nichtsportlern betrieben wird.«

Das Wetter ist trübe, der Golfplatz kaum besucht. Als ein Spieler am zweiten Loch bewusstlos zusammenbricht, ist niemand da, der dem erschrockenen Partner helfen kann.

Als der schließlich mit dem Mann über der Schulter am Clubhaus ankommt, springen die anwesenden Menschen auf. »Den ganzen Weg zurück haben Sie den Kranken getragen!«, rühmt einer der Clubfreunde.
»Das war nicht das Schlimmste«, antwortet der Ankömmling, »aber diese sechzehn Löcher: jedes Mal wieder rauf und runter...«

Es gibt auch Witze, die nicht unbedingt an einen Golfplatz gebunden sein müssten.

Die berühmte Dreiergruppe, ein katholischer Geistlicher, ein evangelischer Pfarrer und ein Rabbi spielen Golf. Es ist ein besonders heißer Tag, und in der Mittagszeit ist der Platz ganz leer. An einem Teich schlägt der Rabbi vor: »Wollen wir nicht kurz hineinspringen und uns abkühlen?«
»Aber wir haben doch gar kein Badezeug mitgenommen«, wenden die beiden anderen ein.
»Es ist doch keiner da, der uns sehen könnte«, meint der Rabbi. Nach einigem Zögern legen alle die Kleidung ab und erfrischen sich. Als sie danach nackt am Ufer stehen, kommt hinter einer Buschreihe eine Besuchergruppe daher. Die drei reagieren erschrocken, aber unterschiedlich: Die zwei Geistlichen verschränken ihre Hände unten vor dem Körper, während der Rabbi sich rasch das Gesicht zudeckt.
Als die etwas verwunderten Besucher wieder gegangen sind, sehen die beiden den Rabbi fragend an.
»Je nun«, sagt der, »was soll ich euch sagen? Meine Gemeinde kennt mich am Gesicht!«

Dafür ist der nächste Witz nicht ohne Golfplatz denkbar. Er ist ein Klassiker unter den Golfwitzen, der bekannteste wahrscheinlich, ich habe fast Hemmungen, ihn zu erzählen.

Zwei reifere Herren spielen Golf. Am Loch zehn, das ziemlich am Rande des Platzes liegt, sehen sie, etwa zweihundert Meter entfernt, auf einer Straße eine Beerdigungsgesellschaft gehen.

Da bleibt einer der Spieler stehen, nimmt die Mütze ab und verneigt sich.
»So pietätvoll habe ich Sie ja noch nie erlebt«, wundert sich der Mitspieler.
»Sie müssen wissen«, sagt der Angesprochene, »wir waren schließlich 26 Jahre verheiratet!«

CHRIS HOWLAND

Liebesgaben gedruckt: Kichern im Internet

Das Internet ist die größte Schatztruhe aller Zeiten. Es enthält Informationen über alles, was man sich vorstellen kann – und mehr. Wir haben uns so sehr daran gewöhnt, dass die Vorstellung, irgendjemand fände einen Weg, es abzuschalten, uns glauben lassen würde, die ganze Welt sei abgeschaltet und nichts würde mehr funktionieren.

Aber das Internet ist ein bisschen auch wie ein wildes Tier. Manche Regierungen versuchen es bereits zu kontrollieren, aber sobald sie eine Quelle der Irritation schließen, ploppt eine andere auf.

Ich bin kein großer Surfer, aber ich liebe E-Mail. Ich denke, es ist die beste Erfindung seit Marilyn Monroe. Natürlich bekomme ich auch eine Menge so genannte »Junk Mail«. Das sind Briefe von Leuten, die mir entweder Viagra verkaufen wollen oder mir Witze erzählen über das Zeug, und mich so zu der Schlussfolgerung geführt haben, dass die kleinen blauen Tabletten nur für Leute gemacht wurden, die gleichzeitig Sex und Lachkrämpfe haben wollen.

Ich denke, die meisten der Internet-Witze sind eher kleine Geschichten, die einen zum Schmunzeln bringen sollen, und eine ganze Reihe von ihnen haben mit dem Alter zu tun, wahrscheinlich weil ältere Menschen mehr Zeit haben, um die ganze Welt zu surfen. Hier ein Beispiel.

Schließlich erreichen wir alle einen Punkt, an dem wir aufhören, über unser Alter zu lügen und anfangen damit anzugeben.

Je älter wir werden, desto weniger Dinge scheinen das Warten wert. Manche Leute versuchen die Zeit zurückzudrehen. Ich nicht: ich möchte, dass die Leute wissen, warum ich so aussehe.

Die älteren Jahre sollte man »Die Metallischen Jahre« nennen. Du hast Gold in deinen Zähnen, Silber im Haar und, vor allem, Blei in deinen Hosen.

Sicher, jung zu sein ist ganz nett, aber das Alter ist auch komfortabel. Man ist alt, wenn alte Schulfreunde so grau, so faltig und kahl sind, dass sie dich nicht erkennen.

Später beginnst du Namen und Gesichter zu vergessen. Dann vergisst du deinen Reißverschluss hochzuziehen und dann… oh mein Gott… vergisst du, deinen Reißverschluss runter zu ziehen!

Ich glaube, dieser Witz hier kommt aus Skandinavien.

Eines Tages, Sven läuft gerade die Straße hinunter, als er seinen alten Freund Olaf sieht, der einen nigelnagelneuen Chevrolet fährt.
»Hey Olaf, woher hast du diesen Wagen?«, fragt Sven.
»Du, Lena hat ihn mir geschenkt.«
»Sie hat ihn dir einfach so geschenkt? Ich wusste, sie hat ein Auge auf dich geworfen, aber dass sie dir gleich ein ganzes Auto schenkt?!«
»Na ja, lass mich erst erzählen, was passiert ist: Wir fuhren auf einer Landstraße irgendwo in der Pampa. Plötzlich hielt Lena den Wagen an, sprang heraus, warf all ihre Kleider von sich und sagte: ›Olaf, nimm dir, was immer du willst.‹ – Ich nahm den Wagen.«
»Olaf, du bist ein schlauer Kerl«, sagt Sven. »Ihre Klamotten hätten dir eh nicht gepasst.«

Ich weiß nicht genau, in welche Kategorie man den nächsten einordnen könnte. Ich denke nicht, dass es ein Witz über ältere Menschen ist: immerhin betrifft er eine Dame, die dreimal die Woche nach Geschlechtsverkehr verlangt. Ich denke, ältere Menschen haben bessere Dinge zu tun. (O mein Gott! Habe ich das geschrieben? Ich muss älter geworden sein).

Eine Frau geht zur regelmäßigen Untersuchung zu ihrem Arzt. Der Doktor sagt ihr, sie müsse sich mehr bewegen und empfiehlt ihr dreimal pro Woche Sex.
»Nun, erzählen Sie das meinem Mann«, antwortet die Dame.
Der Arzt geht ins Wartezimmer und erklärt dem Ehemann, dass seine Frau dreimal pro Woche Sex brauche. Er mache sich sonst Sorgen um ihre Gesundheit.
»An welchen Tagen?«, fragt der Mann.
Der Doktor überlegt: »Wie wäre es mit Montag, Mittwoch und Freitag?«
»Ich kann sie am Montag und am Mittwoch vorbeibringen«, sagt der Mann, »aber freitags wird sie den Bus nehmen müssen.«

Die Namen des folgenden Witzes musste ich ändern: In der Ursprungs-Version waren alle Namen von Mitgliedern meiner Familie. Es war purer Zufall, aber man muss vorsichtig sein. Sie wissen, wie Familien sind.

Franz und Walter treffen sich auf einen Drink. »Ich glaub, ich brauch' Urlaub«, sagt Franz, »aber dieses Jahr mache ich's anders.«
»Was machst du anders?«, fragt Walter.
»Ich hab immer deinen Rat angenommen, wohin ich fahren soll«, sagt Franz. »Vor drei Jahren sagtest du, ich solle nach Italien gehen. Also fuhr ich dorthin und Conny wurde schwanger. Vor zwei Jahren hast du die Bahamas vorgeschlagen, und Conny wurde wieder schwanger. Letztes Jahr war es Tahiti, und Conny wurde zum dritten Mal schwanger.«
»So, was wirst du dieses Jahr anders machen?«
Franz schaut seinen Freund an und zwinkert ihm kumpelhaft zu. »Dieses Jahr nehme ich Conny mit.«

Das ist offensichtlich der Grund, warum man immer sagt, nimm dich vor deinem besten Freund in acht.

Ich mag den nächsten, weil er logisch ist. Ich weiß, es ist ein religiöser Witz, aber: warum nicht? Meine Vorstellung vom Himmel ist die, von glücklichen, lachenden Menschen umgeben zu sein und nicht auf irgendeiner langweiligen Wolke zu sitzen und auf einer Harfe herumzuklimpern.

Ein Mann erholt sich in einem katholischen Krankenhaus von einer Krankheit. Eine der Nonnen hat ein paar Fragen bezüglich der Art und Weise, wie er die Dienste bezahlen will. Hat er eine Krankenversicherung?
»Keine Krankenversicherung«, antwortet er.
Ob er Geld auf der Bank habe?
»Nein, überhaupt nichts«, antwortet er.
»Haben Sie einen Verwandten, der Ihnen helfen könnte?«
»Ich hab 'ne alte Jungfer zur Schwester, sie ist Nonne.«
»Nonnen sind keine alten Jungfern«, antwortet die Schwester. »Nonnen sind mit Gott verheiratet.«
»Ah, dann schicken Sie die Rechnung bitte an meinen Schwager«, erklärt der Patient.

Viele Spezialisten haben versucht, Witze zu analysieren. Ich denke, man muss nicht jedes Teilchen auseinander nehmen, nur um zu sehen, wie es funktioniert. Wie auch immer: Dieser Witz scheint alle klassischen Qualitäten zu haben, von denen die Experten behaupten, dass sie erforderlich sind – vom Anfang bis zum Ende.

Ein kleiner Mann sitzt an einer Bar und starrt traurig auf seinen Drink. Plötzlich kommt ein großer Kerl, setzt sich neben ihn, nimmt dessen Glas und trinkt es aus. Der kleine Mann beginnt zu weinen.
Der große Kerl hat diese Reaktion nicht erwartet. »Komm schon, ich hab' nur 'nen Witz gemacht«, sagt er. »Hier, ich besorge dir 'nen neuen Drink. Ich hasse es, einen Mann weinen zu sehen.«
»Ach, das ist es nicht«, sagt der kleine Mann. »Heute ist der schrecklichste Tag in meinem Leben. Erst verschlafe ich und komme zu spät zu einer wichtigen Sitzung, und mein Chef feuert mich. Als ich das Gebäude verlasse, sehe ich, dass mein Wagen gestohlen worden ist. Die Polizei meinte, sie könnte nichts machen. Also nehme ich ein Taxi nach Hause, und nachdem ich den Fahrer bezahlt habe und er weggefahren ist, entdecke ich, dass

ich mein Portemonnaie auf dem Sitz hab' liegen lassen. Dann komme ich nach Hause und erwische meine Frau im Bett mit dem Gärtner. Also gehe ich hierhin. Endlich fasse ich den Entschluss, mir das Leben zu nehmen, und da nehmen SIE mein Glas mit dem Gift!«

Zwischenrufe

Was ist ein Optimist? – Ein Pessimist, der schlecht informiert ist.

Der Chefredakteur wirft einem jungen Journalisten immer wieder vor, er formuliere Nachrichten zu lang. In der nächsten Ausgabe erscheint folgende Meldung: Mit einem Streichholz wollte ein Mann prüfen, ob noch Benzin im Tank seines Autos war. Es war noch welches drin.

Dem Tagesschau-Sprecher wird um zehn nach acht ein Zettel in die laufende Sendung gereicht. Er liest sofort: »Soeben erreicht uns noch diese aktuelle Meldung: Sie haben eine Nudel auf der Krawatte!«

Ein Schotte geht mit einem Bauchredner in einem Edelrestaurant essen. Als der Ober mit der Rechnung kommt, tönt es laut und deutlich vom Schotten her: »Die Rechnung geht auf mich!« Am nächsten Tag steht in der Zeitung: »Schotte erwürgt Bauchredner.«

»Stimmt es, dass die Amerikaner viel mehr Autos haben als wir Russen?«
»Das stimmt. Aber dafür haben wir viel mehr Parkplätze!«

Der Moderator im Frühmagazin sagt morgens um 4 Uhr: »Um diese Zeit sind alle Menschen gleich. Mir jedenfalls.«

»Ihr Buch hat mir gefallen, aber sagen Sie, wer hat es für Sie geschrieben?«
»Es freut mich, dass Sie es gut finden. Aber sagen Sie, wer hat es Ihnen vorgelesen?«

»Papi, was hatten denn die Menschen früher, als es noch kein Fernsehen, Kino und Computer gab?«
»Ihre Ruhe.«

»Haben Sie eigentlich Aktfotos von Ihrer Frau?«
»Nein, habe ich nicht.«
»Wollen Sie welche haben?«

Chris Howland

Spiel ohne Grenzen

Hätte man mich jemals gefragt, wie alt er sei, ich hätte geantwortet: so in meinem Alter. Mit anderen Worten: ein später Teenager. Stellen Sie sich also meine Überraschung vor, als mir Camillo Felgen mitteilte, er sei 81 Jahre alt.

Wir nahmen beide in Köln an der Aufzeichnung einer Fernsehsendung teil, so dass wir eine Menge Zeit hatten, Automatenkaffee zu schlürfen und in der Kantine herumzusitzen. Wir waren beide Rundfunkpioniere und hatten uns deshalb viel zu erzählen.

Die meisten jungen Leute, die heute Radio hören, haben wahrscheinlich noch nie etwas von uns gehört. Wenn Sie sich jetzt also fragend am Kopf kratzen, erzähle ich Ihnen gerne, dass Camillo der erste Disc-Jockey bei Radio Luxemburg war und als solcher Radiogeschichte geschrieben hat. Er setzte die ganze Ära des Privatradios in Gang, die sich später im Privatfernsehen fortsetzte. Außerdem ist er Sänger, und seine Platte ›Sag Warum‹ verkaufte sich 1959 eine Million mal (und ist immer noch die Lieblingsscheibe vieler Leute). Viele Millionen Menschen sahen ihn im Fernsehen, als er in den sechziger und siebziger Jahren die enorm erfolgreiche Gameshow ›Spiel ohne Grenzen‹ präsentierte.

Dieter Thoma schrieb 1959 über einen Besuch bei Camillo: »Zwei kleine Zimmer und Tausende von Platten in Kleiderschränken. Herbert von Karajan schaut mit ernster Miene von der Wand. Er hängt ganz oben, als sei er der Häuptling der acht Dutzend Schnulziers darunter. Am Schreibtisch davor sitzt Camillo Felgen, Chef der deutschen Abteilung von Radio Luxemburg, Gebieter über die Herzen von nachweislich elf Millionen dankbarer Hörer in der Bundesrepublik. Die fühlen sich hier zu Hause, abseits der deutschen Erde, aber nahe dem deutschen Gemüt in Radio Luxemburg.

›Versprecher gehören dazu‹, sagt Camillo. Er geht zwischen den Ansagen aus dem Studio zum Telefon und sagt später den Hörern: ›Ich war mal eben telefonieren, Freunde.‹ Unmittelbarkeit ist alles. Den Hörern das Gefühl geben, dass da ein Mensch am Mikrofon sitzt. Und das macht, so viel man gegen den meistgehörten europäischen Schnulzensender einwenden mag, die entscheidende Wirkung aus.

Camillo ist selber Schlagertexter, Sänger und Manager, arbeitet mit der Routine des Erfolgreichen. Ein überlegen wirkendes Lachen hat er in der Kehle parat wie Filmsternchen ihr Smiling. Während eine Platte läuft, überlegt er mit mir, wo die Melodie wohl geklaut sein könnte. Dann sagt er seinen Hörern, es sei ihm leider auch nicht eingefallen.«

Das ist jetzt über vierzig Jahre her.

»Kennst du ein paar gute Witze?«, fragte ich Camillo. Dabei muss er eigentlich keine Witze erzählen. Seine ganze Art, sich auszudrücken, ist sehr amüsant.

»Warum?«

»Wir sammeln für unser neues Buch Witze«, sagte ich.

Er dachte ein paar Momente nach. »Es ist immer das Gleiche«, sagte er schließlich. »Wenn dich jemand nach einem bestimmten Namen fragt oder nach einem Witz oder einem bestimmten Datum, ist dein Kopf plötzlich leer.«

»Ich habe dieses Problem seit meiner Schulzeit«, sagte ich.

Er blickte auf. »Hast du E-Mail?«

»Jeder über Siebzig hat E-Mail«, antwortete ich.

»Ich sag dir etwas«, fuhr er fort. »Ich denk ein bisschen nach und schick dir dann ein paar Zeilen, in Ordnung?«

Zwei Tage später kam seine E-Mail an:

Ein Mann kommt nach vielen Jahren in seine alte Heimat zurück. Er fährt einen riesigen, mit allen Schikanen versehenen amerikanischen Wagen und gibt mächtig an. Dann trifft er auf einen alten Schulkameraden, dem er seinen Reichtum mit einem Wort erklärt: Er sei jetzt ein erfolgreicher Musiker. Der Kamerad wundert sich, da der Auswanderer ja in der Schule in Gesang und Musik eine Null war.
»Du kennst doch die neuen, südamerikanischen Orchester, in denen immer einer ›Huh‹ schreit.«
»Und das bist du?«
»Nein, ich bin der, der den, der ›Huh‹ schreit, in den Arsch tritt.«

Hier noch ein Witz, den ich schon jahrelang nicht mehr erzählt habe:

Der feine Unterschied.
Zwischen einer Dame und einem Diplomaten gibt es einen.
Wenn der Diplomat »ja« sagt, meint er »vielleicht«, wenn er »vielleicht« sagt, meint er »nein«, und wenn er »nein« sagt, ist er kein Diplomat.
Wenn eine Dame »nein« sagt, meint sie »vielleicht«, wenn sie aber »vielleicht« sagt, meint sie »ja«, und wenn sie »ja« sagt, ist sie keine Dame.

Dieter Thoma

Tünnes trifft Klein Erna: Der regionale Witz

Regionale Witze vermitteln das Lebens- und Sprachgefühl der Menschen, ihre jeweiligen Eigenheiten, Macken und Vorlieben. Auch durch die Sprache wird einem Witz der regionale Stempel aufgedrückt, manchmal nur durch die Namen der handelnden Personen, unter denen der Kölner Tünnes mit seinem Freund Schäl und die Hamburgerin Klein Erna zu den Berühmtheiten zählen.

Regionale Schmuckstücke sind auch die Kölner Löwenwitze. Einen sehr schönen hatten wir für unser erstes Buch ›Ganz Deutschland lacht‹ aufgestöbert:

Tünnes trifft den Schäl: »Wo bist du gewesen?«
»Ja, ich war auf Löwenjagd in Afrika.«
»Auf der Löwenjagd? Wie viele Löwen hast du denn geschossen?«
»Geschossen habe ich keinen.«
»Wieso warst du denn dann auf der Löwenjagd?«
»Ja, weißt du, für Löwen ist keiner schon viel.«

Er steht neben einem anderen Kölner Witz, von dem ich behaupte, dass kein anderer die Kölner Lebensart so gut spiegelt. Diese »Kölner Lebensart« ist das, was aus mehr als zweitausend Jahren germanischer, römischer, hansischer, französischer und rheinischer Tradition zusammengewachsen ist. Mit Kölsch in den Adern, Karneval im Herzen und Vertrauen zu den Heinzelmännchen.

Der Tünnes begegnet dem Schäl mit Gepäck.
»Wo willst du denn hin?«
»Ich fahre in die Sahara.«
»Sahara, ist das nicht gefährlich?«
»Wieso gefährlich?«
»Na, du gehst nach dem Mittagessen ein Stück raus in die Sahara, und dann kommt so'n Löw' an.«
»Dann nimm ich mein Gewehr und schieß den Löw' tot!«
Sagt der Schäl: »Tünnes, inne Sahara, nach dem Essen, du denkst an nix Böses – da hast du doch gar kein Gewehr bei dir.«
»Na gut, dann nehme ich ming Revolver und schieß den Löw' tot.«
Sagt der Schäl: »Nach dem Mittagessen, auf 'nem Verdauungsspaziergang, da hast du doch keinen Revolvergürtel um.«
»Dann nehme ich einen Knüppel und schlage den Löw' tot.«
Sagt der Schäl: »Tünnes, inne Sahara, nix als Sand, wo willste da 'nen Knüppel finden?«
Sagt der Tünnes: »Schäl, hälste nu mit dem Löwen oder hälste mit mir?«

Auf einer Lesung fragte mich ein Zuhörer: »Gibt es den nicht auch mit einer anderen Pointe?« Er hätte nicht besser fragen können. Es freut einen immer, wenn man schnell zu Diensten sein kann. Jean Pütz hat mir gerade diesen erzählt:

Tünnes erzählt von Abenteuern, die er in der Sahara erlebt hat.
»Ich gehe da nichts Böses ahnend spazieren, kommt da plötzlich ein Löwe auf mich zu. Da nehme ich mein Gewehr, ziele dem Löwen genau zwischen die Augen und drücke ab. Nichts passiert. Das Gewehr hat Ladehemmung. Der Löwe kommt jetzt schneller auf mich zu, leckt sich schon mit seiner riesen Zunge das Maul. Da werfe ich das Gewehr weg und laufe, was ich kann. Ich spüre schon den Atem des Löwen im Nacken, da springe ich auf einen Baum und bin gerettet.«
Sagt Schäl: »Tünnes, in der Sahara, da gibt es doch gar keine Bäume!«
Sagt Tünnes: »In dem Moment war mir das völlig egal!«

Regionale Witze leben von den Verschiedenheiten zwischen Nachbarn. Wie bei Kölnern und Düsseldorfern.

Die meisten Witze brauchen Vorurteile, um zu wirken, jemanden, über den man lachen kann. Der Aachener Professor Jürgen Rink sagt: »Wir haben gerade eine Untersuchung gemacht. Sie hat nicht viel Neues gebracht, aber um einen Witz zu belegen, reicht es. Wir fragten: wie seht ihr den Holländer, den Deutschen und euch selbst? Natürlich waren alle Befragten sehr von sich überzeugt. Der Holländer gilt vornehmlich als sparsam und etwas geizig. Und der Düsseldorfer hat ein besonderes Verhältnis zum Holländer. Inwiefern, ist schnell erzählt«:

In der Weihnachtszeit kommen Holländer mit vielen, vielen hundert Bussen, bevölkern den Düsseldorfer Weihnachtsmarkt, kaufen nichts und fahren wieder ab. Ein Düsseldorfer sieht am Ufer des Rheines einen Menschen, der die Schöpfhand in das Wasser hält. Offenbar will er Wasser aus dem Rhein.
Der Düsseldorfer läuft dahin und ruft schon von weitem:
»Das dürfen Sie nicht, da ist Dreck drin, Chemikalien, das ist völlig verseucht! Sie können krank werden und sogar sterben!«
In diesem Moment dreht sich der Mensch mit der Schöpfhand rum, schaut zum Düsseldorfer auf und fragt:
»Wat secht u?«
Der Düsseldorfer grinst und sagt: »Sie müssen beide Hände nehmen, beide Hände!«

Die Hamburgerin Klein Erna, eine kleine Göre mit einer umfangreichen Familie namens Pumeier, wird Zeit ihres Lebens von etwas unappetitlichen Scherzen begleitet.

Als Mama mal wieder selbst im Fischladen einkauft, sagt die Fischfrau:
»Was ich Sie noch fragen wollte, Frau Pumeier, was Ihre Klein Erna ist, die spuckt ja jedes Mal, wenn sie einkaufen kommt, in die Heringstonne. Schad ja nix, aber was soll das?«

Onkel Emil ist schon eine ganze Zeit tot, da kommt bei Tante Frieda so'n Mann anne Tür, der altes Zeug kauft. Er fragt Tante Frieda, ob sie nicht 'nen Anzug von Onkel Emil zu verkaufen hätte.
»Anzug nicht«, sagt Tante Frieda, aber 'ne Jacke wolle sie abgeben.
»Aber warum wollen Sie mir die Hose denn nicht verkaufen?«, fragt der Mann.
Da sagt Tante Frieda: »Zu die Hose bin ich noch zu traurig zu.«

Klein Erna! Klein Erna! Komm rauf; Füße waschen! Mama braucht die Schüssel gleich für Salat!

Bahnbrechend sind die Geschichten, in denen sich Klein Erna als Theaterbesucherin äußert. Man hat natürlich ein Abonnement.

Zu ›Lohengrin‹: »Ischa'n schönes Stück. Ich hab' nur nicht verstanden, was der Leutnant zu der Gans gesagt hat!«

Zu ›Othello‹: »Ischa'n ganz furchtbares Stück! Hab' ich doch meine Gummistiefel in gelassen!«

Im Zoo: »Klein Erna, du sollst nicht so nah ran an die Eisbären! Bist sowieso schon so erkältet!«

Zu einem geflügelten Wort ist die Beerdigung von Onkel Emil geworden:

Onkel Emil ist zu Grabe getragen worden. Es ist eisig kalt und die Straßen spiegelglatt, so dass auf dem Weg vom Krematorium zum Friedhof die schwarz gekleideten Familienmitglieder immer wieder ausrutschen und auf dem Hosenboden landen. Schließlich wird es der trauernden Frau Pumeier zu viel. Sie öffnet die Urne und ruft: »Schluss mit die Pietät! Jetzt wird gestreut!«

Aus Berlin kennen wir die »wa'«-Witze. Zum Beispiel:

Der kleine Barbierlehrling ist über Mittag alleine im Laden, als ein baumlanger amerikanischer schwarzer Soldat das Geschäft betritt und sagt:
»Rasieren bitte.«
Da wehrt sich der Junge und sagt: »Mister, ick bin Lehrling, ick kann dat nich.«
»Rasieren bitte«, wiederholt der Soldat und setzt sich hin.
»Auf Ihre Verantwortung.« Der Junge fängt an, ihn einzuseifen, wetzt das Messer und – zack – haut er ihm erst mal an der Backe einen Schnitt rein.
Der Amerikaner verzieht keine Miene.
Der Junge gibt weiter sein Bestes. Doch wieder passiert ihm ein Fehler und – zapp – haut er ihm ein halbes Ohr ab.
Der Kunde verzieht keine Miene.
Als der Junge ihm die Nasenspitze wegnimmt, da rollen zwei dicke Tränen durch den weißen Schaum.
Da sagt der Kleine: »Heimweh, wa?«

Oder die viel gerühmte Berliner Schlagfertigkeit:

Viele Autos haben sich zu einem langen Beerdigungskonvoi formiert. Ein Mann unter den vielen Zuschauern fragt einen Jungen: »Weißt du, wer da begraben wird?«
Sagt der: »Ick gloobe, der vorne im ersten Wagen.«

Bei den Regionen muss man auch Westfalen, die nördliche, angeblich von Dickschädeln bevölkerte Hälfte des Bundeslandes Nordrhein-Westfalen, erwähnen.

Der Rundfunkjournalist C. W. Koch erzählt dazu: »Jedes Mal, wenn der frühere Bundespräsident Heinrich Lübke Urlaub in seinem Heimatland Westfalen, im Sauerland, machte, wurde der Landrat alarmiert. Der musste eine vertrauenswürdige Doppelkopfrunde zusammenstellen, und ich galt wohl als vertrauenswürdig, jedenfalls war ich ein paar Mal dabei. Ich bin mal durch Afrika gereist mit ihm, und diesen berühmten Satz: ›Guten Tag meine Damen und Herren, guten Tag liebe Neger‹, den hat Lübke damals in mein Mikrofon auf dem Flughafen von Dakar im Senegal gesagt. Ich weiß bis heute nicht, wie das verbreitet worden ist. Ich hab' es nicht getan. Bei der Gelegenheit habe ich aber gehört, dass der damalige Chefdolmetscher der deutschen Bundesregierung grundsätzlich etwas anderes übersetzte, als Lübke gesagt hatte. Er vermittelte einen ordentlichen Text, und da weißhaarige Männer in Afrika immer sehr beliebt waren und großes Ansehen hatten, konnte Lübke erzählen, was er wollte, der Dolmetscher fand schon die richtigen Worte und wahrte sein Ansehen.«

Die Geschichte dieses Dolmetschers wäre vermutlich auch ein Buch wert. Reden eines Bundespräsidenten, die nie gehalten wurden, sondern als scheinbare Übersetzung entstanden. Über diesen Mann müsste man schreiben! Wenn er nicht gerade seine Rolle als Staatsoberhaupt spielte, konnte Heinrich Lübke ein sehr unterhaltsamer Gesprächspartner sein. Lübke hatte eine ausgesprochen pfiffige Art. Und er war ein geschickter Skat- und Doppelkopf-Spieler. Doch auch hier legte er großen Wert darauf, dass die Etikette gepflegt wurde:

»Er verlangte, dass man ihn mit ›Herr Bundespräsident‹ ansprach. Man durfte ihm nicht sagen: ›Da haben Sie aber jetzt eine falsche Karte gezogen.‹ Sondern: ›Da haben Sie aber jetzt eine falsche Karte gezogen, Herr Bundespräsident.‹ Worauf er antwortete: ›Das mach' wohl sein.‹

Er sprach ein bisschen Sauerländer Platt, und er sprach sehr leise. Wahrscheinlich deswegen, weil er wusste, dass ihm als Bundespräsident jeder zuhören musste. Irgendwann am Abend kam dann seine Frage: ›Meine Herren, möchten Sie denn auch mal, dass der Bundespräsident ein paar Sauerländer Dönekes zum besten gibt?‹

›Selbstverständlich, Herr Bundespräsident, gerne wollen wir das.‹

Und dann hatte er zwei Geschichten auf der Pfanne. Es waren immer dieselben. Spannend war, in welcher Reihenfolge er sie erzählte.

Die eine Geschichte ging so:

›Stellen Sie sich vor, meine Herren‹, sagte er, ›da war auch so eine Runde, wie wir sie hier haben; die hatten im Gasthaus gesessen und es war zwei Uhr nachts geworden und der Heinrich Schulte Quakenkamp, der war schon ziemlich betüttert. Er hatte einen über'n Durst getrunken und fand doch verdorich sein

Häuschen nicht mehr. Alle waren se schiefergedeckt und Fachwerk, und er hatte schon das dritte Mal vergeblich mit dem Schlüssel geprokelt, und einmal hatten se schon ein Nachtgeschirr auf ihn ausgeleert. Sie können sich vorstellen, was der arme Kerl verzweifelt war. Und nun kam er dann an sein Häuschen, und dann kam seine Frau Wilhelmine oben annen Schlagladen und sagt: ›Bist du es, Heinrich?‹ Worauf er ganz kläglich sagte: ›Hoffentlich.‹

Heinrich Lübke erzählte diese Geschichte noch erheblich länger, was durchaus ganz unterhaltsam sein konnte. Die Pointe blieb immer dieselbe. Die andere Geschichte war bei ihm immer verbunden mit einem Stück Geschichtsunterricht:

›Meine Herren, ich kann ja wohl voraussetzen, dass Sie die Geschichte unseres Vaterlandes und unserer Nachbarländer einigermaßen parat haben. Deswegen dürfte der Ausdruck ›Isonzofront‹ auch in Ihrem Leben eine gewisse Rolle spielen. Also Isonzofront – das spielte sich in den Alpen ab. Die Österreicher waren gegen die Italiener ganz gewaltig in die Bredullje geraten. Und jetzt wurde das 17. Infanterieregiment aus Iserlohn an die Isonzofront gebracht, in Eilmärschen, damit die Italiener zurückgeworfen werden konnten. Heinrich Wilhelm Schulte-Quanekuntel vom 17. Infanterieregiment aus Iserlohn musste also jetzt Wache stehen an der Isonzofront. So stand er da und hatte seinen Gewehrriemen festgenommen, als ein k.u.k.-österreichischer Leutnant vorbeikam. Aber Heinrich Wilhelm Schulte-Quanekuntel übersah ihn, der war Luft für ihn.
Das ärgerte den Leutnant und der sagte: Sagen S', Sie, Gefreiter, ich bin Leutnant, mein Kaiser und Ihr Kaiser sind Verbündete, also Sie müssen mich grüßen.
Worauf Heinrich seinen Gewehrriemen noch ein bisschen fester fasste und sagte: Wir vom 17. Infanterieregiment aus Iserlohn sind nicht in Eilmärschen hier an die Isonzofront geworfen worden, um Ihnen zu grüßen, sondern um Ihnen aus der Scheiße zu ziehen.‹

Das erzählte Heinrich Lübke etwa in der Dauer von einer halben Stunde.«

Wenn ich an westfälische Geschichten denke, fällt mir als erste eine ein, die mir mein Vater erzählt hat, als ich klein war. Um sie zu verstehen, muss man wissen, wie damals Personenzüge gebaut waren.

Als in den Zügen der Reichsbahn noch jede zweite Sitzreihe eine Abteiltür hatte, schlugen die Schaffner bei Abfahrt des Zuges alle offenen Türen zu, auch jene, hinter der Bauer Bohnekamp sitzt. Die Tür fällt jedoch nicht ins Schloss, sondern kommt mit Wucht zurück und haut mit der Klinke dem Schaffner gegen den Kopf. Wütend schlägt er sie ein zweites Mal zu, diesmal heftiger. Wieder federt die Tür mit der gleichen Wucht zurück und trifft seine Nase. Der Schaffner guckt genauer nach, was da los ist. Und da sitzt Schulze Bohnekamp und grinst: »Jünksken, so lange ich meinen Daumen dazwischen halte, kriegst du die Tür nicht zu!«

Koch begrüßt das neue Stichwort. »Wenn ich den Kölnern erzählen sollte, was die Westfalen für Leute sind, dann habe ich mich immer an meinen Freund erinnert, den Hinnerk aus Appelhülsen.«

Hinnerk habe ich neulich getroffen mit so'nem Pferd am Halfter, und der machte ein Gesicht wie drei Tage Regenwetter.
Ich sagte: »Was ist los?«
»Au«, sagt er, »das ist ein ganz verfaulter Tag heute. Ich komme in den Stall, da liegt dieser Gaul auf allen Vieren im Stroh und ich sach ›los, Hannes, upstan, arbeiten‹. Und der guckt mich an, als ob er sagen wollte ›Du kannst mal inne Meese klei'n‹. Und ich die Peitsche vonne Wand, hab' dem eine übergetrocken. Da ist der aufgesprungen, hat ausgekeilt und mir genau vorn Kopp. Und jetzt lahmt der blöde Gaul, jetzt muss ich mit dem zum Tierarzt.«

So sollen wir Westfalen sein. Es gibt da noch einen ganz alten Witz:

Große Bauernbeerdigung. Die Bäuerin war vom Pferd erschlagen worden, und das ganze Dorf war natürlich bei der Beerdigung.

Und der eine Nachbar von dem, der sieht, wie die Leute immer ans Grab treten, und wenn die Frauen kommen, dann nickt der verwitwete Ehemann immer, und wenn die Männer kommen, dann schüttelt er immer den Kopp.
Es ärgert ihn, dass er nicht weiß, was da vor sich geht. Er tritt näher heran und hört, wie die Frauen immer sagen: »Herzliches Beileid.«
Und der verwitwete Ehemann nickt immer und sagt: »Dankeschön, Dankeschön.«
Und die Männer sagen: »Kannste mich den Gaul mal leihen?«

Wenn die Westfalen aber fragten, was die Kölner für Leute seien, meint mein westfälischer Gast, da habe er immer die Geschichte vom heiligen St. Gereon, dem Schutzpatron der Arbeitslosen erzählt.

In der St. Gereonskirche steht eine kostbare Statue aus dem 14. Jahrhundert, eben der Schutzpatron der Arbeitslosen. Und da kommt der Tünnes und sagt: »Lieber heiliger St. Gereon, isch hann kinn Arbeit, und wenn isch bis morgen keine Arbeit habe, dann komm' ich mit der Axt und hau' disch kapott, haste dat verstanden?« Und damit geht er weg.
Der Küster, der hinter der Säule steht, hat das gehört. Er läuft zum Pfarrer und sagt: »Alarm, Alarm, Herr Pfarrer, wir müssen die GSG-9 benachrichtigen! Ich weiß genau, der Tünn, der kriegt so schnell keine Arbeit, der haut uns morgen unseren heiligen St. Gereon kaputt.«
Da sagt der Pfarrer: »Ruhig Blut, den bringen wir erst mal in Sicherheit in die Sakristei. Und dafür stellen wir diese kleine Figur aus Gips hin. Dann wollen wir mal warten, was passiert.«
Am nächsten Morgen kommt der Tünnes mit einer riesigen Axt in die Kirche und sagt: »Dat han isch dir gesagt, wenn isch kinn Arbeit habe, dann … Wo ist denn deine Papa, der Feigling?«

Auch der Kölner Dompropst Heinz Werner Ketzer gab hinreißende Geschichten zum Besten. Zum Beispiel diese:

Der kleine Tünnes hat fünf Mark von der Oma gekriegt und soll auf die Kirmes gehen, nach Nippes. Und dann kommt er dahin, und es steht alles still. Kein Karussell läuft.
Und er sagt: »Isch will Karussell fahren, wat is los?«
Da kommt einer vorbei: »Ruhig Junge, der Papst ist gestorben.«
Fragt der Tünnes: »Habt ihr keinen anderen, der dat Karussell anstellen kann?«

Da muss man die fabelhafte Geschichte von Heinrich Lützeler aus der ›Philosophie des Kölner Humors‹ aufwärmen. Es ist vermutlich die bekannteste Kölner Pointe:

Fronleichnamsprozession in Köln. Eine ortsfremde Dame bemerkte höchst unkundig zu ihrer Freundin: »Sieh doch mal, wie hübsch die weißen Kinderchen sind!«
Da wandte sich das Mädchen aus der Reihe um und stellte, gekränkt, knapp richtig:
»Mer sin doch de Engelscher, du Aaschloch!«

Heinrich Lützeler habe ich auch noch in einer Talk-Show-Sendung, dem ›Kölner Treff‹, erlebt. Dort erzählte er:

Ein Mann kommt in die Post in Bonn und sagt: »Ich hätte gern zehn Briefmarken.«
Fragt der Verkäufer: »Wünschen Sie sie einzeln oder am Stück?«
»Bitte am Stück, aber ganz dünn geschnitten. Wir haben heute abend noch Besuch!«

Lützeler knüpfte eine kleine Abhandlung daran, was sich alles aus diesem Dialog an tiefsinnigen Erkenntnissen ableiten lässt. Von guter Vorsorge bis zum Geiz.

C. W. Koch hat jetzt lauter kleine, gutmütige Lachfältchen im Gesicht. Das seien Kölner Klassiker, meint er. Aber auch die Bayern und ihre Witze liebe er sehr. Vor allem dann, wenn die Preußen mitspielen. Die seien so etwas wie die Ostfriesen der Bayern.

Ein Preuße steht auf dem Turm der Münchner Frauenkirche. Es ist ein wunderschöner Tag mit strahlend weiß-blauem Himmel. An der Balustrade stehen zwei in Trachtenmäntel gekleidete Männer neben ihm. Neugierig schaut der Preuße herüber. Die Männer zwinkern freundlich zurück. Dann bewundern sie die Aussicht:
»Ah, welch ein wunderbarer Blick.«
Da sagt der eine von den bayerisch gewandeten Leuten: »Du, lass uns fliegen.«
Der Preuße schaltet sich ein und fragt erstaunt: »Fliegen, wieso fliegen?«
Da sieht er, wie einer der beiden auf die Balustrade steigt, seinen Lodenmantel ausbreitet, hinabspringt und durch die Luft segelt. »Wunderbar«, schwärmt er vom blau-weißen Himmel herab, umkreist die beiden Kirchtürme und landet wieder.
Der andere Bayer hat sich das Ganze vergnügt angeschaut und meint: »Ja, des mach i auch.«
Und so breitet auch er seinen Lodenmantel aus, fliegt in die Höhe, dreht ein paar Runden und kommt zurück.
Da sagt der Preuße: »Was die mit ihren Lodenmänteln können, das kann ich mit meinem Trenchcoat auch.« Er öffnet seinen Mantel, springt hinab und klatscht unten aufs Pflaster.
Da sagt der eine Bayer zum anderen: »Gell, mir sann schon rechte Teifi, mir bayrischen Engeln.«

Aber sein Lieblingswitz von den Bayern, sagt C. W. Koch, sei immer noch dieser:

Ein Preuße kommt am Hauptbahnhof in München an und erblickt zwei Seppelhosenträger. Er geht auf die beiden Einheimischen zu und fragt: »Männeken, können Se mir mal sagen, wo dat Hofbräuhaus is'?«
Er kriegt keine Antwort.
»Excuse me, Sir, where is the Hofbräuhaus?«
Keine Antwort.
»Excusez moi, Monsieur, où se trouve la maison de Hofbräu?«
Keine Antwort.

Der Preuße wird immer ärgerlicher. In 14 Sprachen versucht er es, ganz zum Schluss auch auf Hebräisch. Vollkommen entnervt geht er weg.
Da sagt der eine Bayer zum anderen: »Du, hast g'hört, wie viele Fremdsprachen der hat kenna?«
»Jo mei«, antwortet der, »aber hat's ihm was g'nutzt?«

Dabei ist mir ein relativ seltenes Beispiel eingefallen, ein skurriler Witz im regionalen Milieu:

Der Schäl stöhnt: »Mensch, was bin ich üde!«
Tünnes fragt: »Wat soll dat heißen? Etwa, du bist müde?«
»Ja, genau.«
»Warum sagst du dann nicht müde statt üde?«
»Dazu bin ich zu üde.«

Manchmal ähneln Kölner Witze jiddischen Geschichten, und die Figuren darin dem Schwejk.

Tünnes und Schäl haben ein Restaurant eröffnet. Faul wie er ist, hat Schäl nur auf die Speisekarte geschrieben: »Fleisch von allen Tieren«. Der Tünnes kellnert, und gleich der erste Gast bestellt nach einem Blick auf die Karte: »Eine Scheibe Elefantenrüssel.«
Tünnes läuft in die Küche und sagt: »Da ha'm wir den Salat! Wat soll ich denn jetzt sagen?«
Der Schäl geht selber hin und fragt den Gast: »Wie viel Elefant wollen Sie denn haben?«
»Na, wie ich gesagt habe, eine Scheibe.«
»Nä«, sagt Schäl, »für eine Scheibe schneiden wir unseren Elefanten nicht an!«

Dieter Thoma

Adel verpflichtet: Die baltischen Barone

Es gibt Menschen, die scheinen beim Thema Witz auszulaufen wie ein Fass Bier, das man ansticht, ohne den Hahn zu schließen. C.W. Koch ist so einer.

Ich kenne ihn seit 1965. Damals holte ich ihn in die erste und beinahe »legendäre« Redaktion des neuen ›Mittagsmagazin‹. Jetzt sitzt er bei mir im Wohnzimmer, verweigert gegen meine Erwartungen westfälischen Korn, trinkt Wasser und geht gleich an den Start.

»Die baltischen Adelsfamilien, nehmen wir die Freiherrn von Korff, von Firks, Kayserling oder Hahn, sind so weit verbreitet, dass sich kein lebender Nachfahre dieser Familien auf den Schlips getreten fühlen muss, wenn sein Name in einer der fröhlichen Geschichten auftaucht, die man sich bis heute an den Kaminfeuern östlich der Elbe zu erzählen pflegt.«

Der junge Korff hatte sich im Alter von 21 Jahren eine Probenummer von ›Wild und Hund‹ kommen lassen. Seitdem nannte man ihn in der Familie den Bücherwurm.

So viel also zur literarischen Kompetenz des baltischen Adels, der sich im Gebiet von Litauen, Lettland und Estland niederließ und dessen männliche Mitglieder große Anhänger des schönen Geschlechts waren.

Der Baron von Firks nimmt Platz in einem Abteil des Bummelzuges von Riga raus aufs Land. Ein lecker Marjellchen sitzt ihm gegenüber. Nach einer halben Stunde Fahrt bemerkt er: »Schönes Wetter heute, mein Fräulein.«
Nach einer weiteren halben Stunde erwidert sie: »Ganz recht, Herr Baron, schönes Wetter.«
Der Zug holpert weitere 20 Minuten durch die baltische Landschaft, da sagt der Baron: »Jenug jeflirtet, zieh dich aus, mein Ferkelchen.«

Ein alter Bekannter ist auch die folgende Geschichte:

Der alte Baron von Kayserling fährt einmal im Jahr zur Grünen Woche nach Berlin. Das gehört sich einfach so, man kann ruhig mal etwas Neues erfahren. Doch im Grunde seines Herzens fühlt der Baron sich unwohl. Die Stadt ist ihm zu groß, beinahe wäre er unter die Straßenbahn gekommen.
Er ist froh, als er die Heimfahrt antreten kann. Mit dem D-Zug zuckelt er von Berlin aus los, dann weiter mit dem Bummelzug zu seiner kleinen Station. Als der Baron ankommt, ist es schon dunkel, und der Schnee hat den Bahnhof in winterliches Weiß getaucht.
Sein Kutscher Johann wartet bereits mit dem Pferdeschlitten und bringt ihn nach Hause. Das Schlösschen des Barons ist zu seinen Ehren festlich illuminiert: alle Lampen brennen, Kerzenleuchter sind in die Fenster gestellt worden und das gesamte Gesinde steht auf der großen Freitreppe mit Fackeln in der Hand, und als Gruß hat einer in den Schnee gepinkelt: »Willkommen, Herr Baron.«
»Ach«, spricht der Baron beeindruckt, »Kinderchen, ich bin ja so jerührt, dass ihr mich so nett empfangt. Aber – wer hat das jeschrieben?«
Da tritt Johann, der Stallknecht, hervor und antwortet: »Herr Baron, war ich.«
Der Baron blickt ihn verwundert an: »Mein Junge. Der Kraft und der Fülle deiner Lenden würde ich das ja zutrauen, aber ich weiß doch: Du kannst gar nicht schreiben.«
Johann antwortet: »Nu, die Baroness hat mir den Pinsel jeführt.«

Man kann den Eindruck haben, dass Koch den Figuren, von denen er erzählt, immer ähnlicher wird. Zum Beispiel den baltischen Baronen oder Typen des westfälischen Landadels. In Jagdkleidung und mit seinem inzwischen grau gewordenen Bart, den er letzthin auf einen anmutigen Schnäuzer verkleinert hat, kann man ihn leicht für ein Mitglied jener Schichten halten, deren Rolle er so gern spielt.

Koch ist wie seine Protagonisten leidenschaftlicher Jäger. Seit mehr als vierzig Jahren stellt er dem Wild nach »im Wege des Armenrechts«. Das heißt, er ist auf Einladungen angewiesen. Um die zu ergattern, muss man dem Jagdherrn nützlich sein, gut schießen können, Jagdhorn blasen oder eben Geschichten erzählen. Dann schlägt die Stunde der »Baltischen Barone«.

In einer linden Maiennacht guckt die Baronin von Korff oben aus ihrem Fenster und beobachtet unten in den Fliederbüschen recht merkwürdige Bewegungen. Als der Mond hinter einer Wolke hervorkommt und die Nacht erhellt, ruft sie herunter: »Marjellchen, wirst dich mal richtig hinstellen oder soll sich der junge Baron das Kreuz verbiegen?«

»Die baltischen Barone waren durchaus bodenständig und hatten das Herz auf dem rechten Fleck«, erklärt Koch. »Und ein bisschen fühlten sie sich wie die Herren der Welt.« Das führte angeblich dazu, dass sie gelegentlich, wenn sie irgendwelche Fremden auf ihrem Land antrafen, erst gar keine Förmlichkeiten austauschten, sondern einfach zur Waffe griffen. Der unbekannte Eindringling wurde dann mit einem Armenbegräbnis verabschiedet. Solche Gepflogenheiten kamen in den letzten Jahren allerdings immer seltener vor. Dass immer wieder die Letten zur Zielscheibe gerieten, resultiert aus der lettischen Revolution 1905/06, bei der beide Seiten böse hingelangt hatten.

Im Jahr 1908, der Krieg liegt schon länger zurück, kehren allmählich wieder normale Sitten ein. Da trifft der Baron von Firks den Grafen Hahn im Bummelzug nach Riga. Auf dessen Knien liegt ein geladenes Jagdgewehr. Da spricht der Firks zu Hahn:
»Zu was bist' bewaffnet? Der Krieg gegen die Letten ist doch schon längst vorbei.«
»Ja«, sagt der Hahn, »ist so eine langweilige Fahrt. Weißt du, man könnte doch vielleicht auf einen lettischen Bahnwärter zu Schuss kommen.«

Zu dieser schlichten Einstellung passt auch die Erzählung von der Beerdigung des alten Korff.

Verwandtschaft und Bedienstete finden sich schwarz gekleidet zu einem großen Trauerzug ein. Da sehen die Leute, dass der junge Baron von Firks ein Jagdgewehr dabei hat. Sein alter Onkel geht auf ihn zu und bemerkt:
»Neffe, ist das nicht ein bisschen degoutant? Wir beerdigen den alten Onkel und du hast ein Jagdgewehr dabei.«
»Ja«, erklärt er, »ein Fuchs kann immer kommen.«

»Das ist ein berühmter Jägerspruch, den man auf einer Treibjagd zur Aufmunterung einwerfen kann«, fügt Koch hinzu. Mir fällt dazu der Satz eines trinkfreudigen baltischen Barons ein:

»Von allen leichten Landweinen ist mir der Cognac der liebste.«

»Ein bisschen menschenverachtend waren sie schon, diese Adeligen«, räumt Koch ein, »obwohl mir echte baltische Barone, ich bin mit einigen zur Schule gegangen, immer wieder gesagt haben: So lebensfeindlich, wie du uns darstellst, sind wir eigentlich nicht gewesen. Doch wenn man nachfragte, waren sie durchaus bereit zuzugeben, dass an mancher überspitzten Anekdote etwas dran war.«

Die langen Winter überbrückte man gerne durch die Jagd. Einmal im Jahr gab es die große Herbsttreibjagd. Bei dieser Gelegenheit konnte man die Schwester wieder einladen, die sich mit einem Kommerzienrat aus Berlin verheiratet hatte.
Es war eigentlich eine Mesallianz, aber zu diesem besonderen Tag war man verpflichtet, auch den Schwager einzuladen und mit zur Jagd zu nehmen. Am Abend eines solchen Tages fällt beim Korff auf dem Stand ein Schuss.
Der Firks geht rüber und fragt: »Na, was hast' geschossen? Hast noch 'ne Sau erwischt?«
»Ja«, sagt der Korff, »könnt auch ein Treiber gewesen sein.«
»Bist du verrückt, du weißt doch genau, was wir für Schwierigkeiten haben, wenn wir die Treiber nicht in Ruhe lassen. Lass uns nachschauen, wer es ist.«
Sie gehen hin, und da liegt wirklich ein Mann mit dem Gesicht im Schnee, mausetot. Sie drehen ihn um, und da sagt der Firks:

»Du Korff, das ist ja zum Glück gar kein Treiber, sondern dein Schwager, der Kommerzienrat aus Berlin. Herzliches Beileid.«
»Scheiß auf dein Beileid, aber was soll ich meiner Schwester sagen? Die ist sowieso so eigen.«

Aus Ostpreußen stammt dieser:

Fragt der Lehrer: Warum hast du gestern gefehlt?
Schüler: Unser Hof ist abgebrannt.
Der Lehrer: Und wo warst du vorgestern?
Schüler: Da mussten wir doch ausräumen.«

Das erinnert mich an eine andere Geschichte, die sich mit dem kruden Charakter der Menschen der früheren preußischen Provinz beschäftigt, deren Gebiet heute zu Polen und Russland gehört:

In ostpreußischen Familien gab es den Brauch der Totenwache. Das bedeutete, dass der Tote im Wohnzimmer im Sarg aufgebahrt wurde und die Verwandten um den Sarg herumsaßen. Als die Oma gestorben war, versammelten sich alle Familienmitglieder, wie es Brauch war, im Wohnzimmer um die Leiche. Zunächst gedachten sie alle zehn Minuten der Verstorbenen. Dann kredenzte die Schwiegertochter eine Runde Branntwein. Bald darauf wurden Schnittchen gereicht. Danach gab es wieder etwas zu trinken. Später wurde ein Lied gesungen, das die Verstorbene gern gemocht hatte. Dann stimmten die Versammelten auch andere Lieder an. Und schließlich, nach einigen Runden Branntwein, begannen sie auch zu tanzen.
Am nächsten Tag nimmt sich der Pastor den Sohn der Verstorbenen vor. »Dass ein Gläschen getrunken wird bei der Totenwache, ist ja nicht so schlimm. Dass es ein paar Schnittchen gibt, lässt sich auch noch vertreten. Dass ein Lieblingslied der Oma am Sarg gesungen wird, ist an der Grenze. Was aber nicht geht, ist, dass um den Sarg herum getanzt wird.«
»Genau, das habe ich auch gesagt«, bestätigt der Sohn. »Aber dann haben wir es ausprobiert: Man muss den Sarg nur hochkant in die Ecke stellen!«

Dazu hat Koch eine baltische Version:

Es war im harten Winter des Jahres 40/41: Die Großmutter war gerade gestorben und die Familie hatte eine merkwürdige Totenfeier zelebriert. Sie konnten sie nicht beerdigen, weil der Boden so hart gefroren war. Es war unmöglich, eine Grube auszuheben. Und so einfach in die Luft sprengen, wie sie es mit dem Holzknecht, dem verunglückten, getan hatten, wollten sie die Oma auch nicht. Im Haus konnte man die alte Dame nicht behalten, sie wurde schon leicht anrüchig, wie die Jäger sagen.
Also hat der Korff sie auf den Schlitten gepackt und in den Winterwald rausgefahren. Drei Monate hat sie da gestanden im harten Winter, eh dann Ende März der Boden wieder ein bisschen weich wurde, so dass man ein Grab ausheben und die Oma mit allen Ehren beerdigen konnte.
Auch die Schwester aus Berlin war wieder dabei. Am Schluss der Zeremonie geht sie zum Korff und gesteht ihm: »Bruderherz, das war eine wunderschöne Beerdigung und es war sehr feierlich. Bloß eins hat mich gestört, dass du die arme, alte Oma drei Monate alleine im Winterwald hast stehen lassen.«
»Nu«, sagt der, »nicht alleine. Bin noch oft draußen gewesen, hab' noch über 40 Füchse an dem Luder geschossen.«

Die Jagd spielte für die Balten eine große Rolle.

Wieder hat sich eine große Gesellschaft zu einer Treibjagd zusammengefunden. Es gab ausreichend Rotwild auf der Strecke, die Jäger sind zufrieden. Unangenehmerweise sind bei der Jagd auch zwei Treiber ums Leben gekommen.
Selbstverständlich hat man die toten Treiber neben das erlegte Wild gelegt, das gehörte sich ja so. Aber als sie dann alle am flackernden Feuer standen, da sagt der Korff zum Firks: »Guck dir das an. De jagdlichen Sitten verrohen wirklich zusehends. Jetzt legen se de Treiber schon vor die Hirsche.«

Solch nüchterne Betrachtungen sind nicht für jeden leicht verdaulich. Machen diese Scherze den baltischen Baron zu einem Sonderling, zu einer Kunstfigur außerhalb der Gemeinschaft? Tünnes und Klein Erna sind ja durchaus miteinander verwandt, ihre Familienbande reichen auch in andere Regionen. Der baltische Baron hingegen ist eine historische Figur, verwandt mit dem Herrn von Zitzewitz, der auch nicht mehr über die Kasernenhöfe geistert. Es sind eigentlich schon Witze unserer Großväter.

»Ich habe einen Großvater gehabt«, erzählt Koch, der gehörte zu dieser Gründergeneration des Ruhrgebietes. Er besaß eine Zuliefererfirma und stellte Lampen her. Er war ein wohlhabender Mann und hatte zusammen mit einem Essener AEG-Direktor eine Jagd an der Ruhr, in Sprockhövel, gepachtet. Die beiden wurden dann von ostelbischen Baronen zu großen Treibjagden eingeladen. Eine Tagesstrecke von 800 Hasen war keine Seltenheit. Die baltischen Barone bildeten sich darauf viel ein und behaupteten: ›Nichts geht über eine baltische Jagd!‹

Darüber ärgerten sich mein Großvater und sein Kumpel. Sie behaupteten darum, in ihrer Jagd in Sprockhövel könne man sogar Giraffen schießen. Natürlich nahm ihnen das niemand ab, und so schloss man eine Wette ab. Daraufhin kauften mein Onkel und sein Freund Fritz in der berühmten Tierhandlung Ruhe in Alfeld an der Leine eine junge Giraffe. Sie sprang nur kurze Zeit glücklich in den Ruhrwiesen umher, bis sie von einem der baltischen Barone erlegt wurde. Mein Großvater hatte die Wette gewonnen. Aber natürlich war die Sache auch damals alles andere als komisch.« Keinerlei Risiken enthält dagegen diese Geschichte:

Der Polizeiposten auf dem Dorf erhält ein Telegramm: »Bitte prüfen, ob der im Dorf lebende Max Dragoleit mit dem Max Dragoleit, der in der Stadt steckbrieflich gesucht wird, identisch ist.« Antwort: »Max Dragoleit geht keiner geregelten Arbeit nach, betrinkt sich häufig, fängt dann Streit an und stellt den Frauen nach. Es gibt jedoch keinen Hinweis, dass er auch noch identisch ist.«

Dieser Witz streift ein anderes großes Thema: Wie geht der Witz mit den Mächtigen um, mit der Bürokratie, mit allem Fremden? Gerne greift der Witz die sympathische Hilflosigkeit des kleinen Mannes auf.

Einer seiner Lieblingswitze sei sogar stubenrein, sagt C. W. Koch:

Erster Weltkrieg, 1914: Es tobt die Schlacht gegen die russischen Truppen bei Tannenberg in Ostpreußen. Großes Schlachtgetümmel, überall schlagen die Granaten ein und Minen gehen hoch. Pulverdampf liegt über der Landschaft. Feldmarschall Hindenburg steht mit seinem Generalstabschef von Ludendorff auf dem Feldherrnhügel und beobachtet den Verlauf der Schlacht. Da kommt ein Meldesoldat den Hügel hochgerannt. Schon von weitem hört man ihn schreien:
»Maldung, Herr General, Maldung, Herr General.«
Da schlägt's wieder ein, und der Melder wird durch die Gegend geschleudert. Er rappelt sich auf und kämpft sich durch. Da spricht Hindenburg sanft zu ihm: »Nu mal ruhig, Jungchen, was haben Sie denn zu melden?«
Sagt der Melder: »Hab' vergessen.«

Der Krieg diente vielen manchmal deftigen Geschichten aus dem Baltikum und Ostpreußen als Bühne:

Die Pioniere sind eingefallen in das kleine Dorf östlich von Pillkallen, dem heutigen Dobrowolsk. Abends soll Manöverball sein. Marjellchen hat schon am frühen Nachmittag begonnen, sich auf den besonderen Anlass vorzubereiten: Sie hat gebadet, hat sich gepudert, ihr Korsettchen festgeschnürt.
Plötzlich springt ihr ein Floh in den üppigen Ausschnitt und gleitet langsam tiefer ihren Busen hinab. Sie versucht ihn aufzuhalten, doch das misslingt.
Da sagt sie: »Jungchen, bleib ruhig sitzen, de Kanoniere heute Abend werden dich schon rausballern.«

Ich muss an dieser Stelle noch meinen Großvater ins Spiel bringen. C. W. Koch trägt den weißen Bart genauso wie er. Auch er war ein großer Geschichtenerzähler:

In einer Diplomatenfamilie werden häufig Gäste eingeladen, und in den frühen Abendstunden ist auch der kleine Sohn noch dabei.

Der meldet sich dann gelegentlich, sucht seine Mutter und ruft: »Mama, ich muss mal!«

Nach einem solchen Abend erklärt ihm die Mutter: »Pass auf, du rufst jetzt nicht mehr so, wenn du mich brauchst, um dein kleines Geschäft zu machen, du wartest bis ich dich sehe und winkst mir, indem du mit dem Zeigefinger wackelst. Dann komme ich.«

Das klappt auch gut am nächsten Abend. Der Junge winkt mit dem Finger, die Mutter geht mit ihm weg.

Am nächsten Abend mit Gästen steht die Mutter in einem Kreis festlich gekleideter Menschen, der Junge müht sich, sie aufmerksam zu machen: »Mama!« Die Mutter sieht zu ihm herüber. Der Junge winkt mit den Zeigefinger und ruft: »Und kacken!«

Eine Familie beherbergt einen angesehenen Gast aus dem Ausland, der im Fremdenzimmer übernachtet. Als Erstes wünscht er, nach der langen Reise ein Bad zu nehmen. Als der Besucher schon in der Wanne sitzt, klopft der Gastgeber an die verschlossene Badezimmertür und ruft: »Ich habe vergessen, dir die Bedeutung der Schwämme mit den Buchstaben A und G zu erklären.«

Der Gast lacht: »Das war mir schnell klar. G bedeutet Gesicht und A, na ja, ich denke Arsch.«

»Das ist leider falsch«, ruft der Gastgeber: G heißt Gesäß und A Antlitz.«

Die historischen Witze – wir wären ärmer ohne sie. Der Schauspieler Gert Fröbe erzählte 1979 im ›Kölner Treff‹ ein Beispiel, was aus Informationen werden kann, die man weitergibt:

Ein Oberst gibt Befehl an seinen Dienst habenden Offizier: »Morgen Abend, so gegen 20 Uhr, ist von hier aus der Halley'sche Komet sichtbar. Das Ereignis stellt sich alle 75 Jahre ein. Veranlassen Sie, dass sich die Leute in Drillichanzügen auf dem Kasernenhof einfinden. Ich werde ihnen dann das seltene Ereignis erklären. Falls es regnet, können wir nichts sehen, und die Leute müssen sich dann im Kasernenkino einfinden. Dort werde ich ihnen dann einen Film über das Ereignis zeigen.«

Der Dienst habende Offizier reicht den Befehl an den Kompaniechef weiter:
»Auf Befehl des Herrn Oberst wird der Halley'sche Komet morgen um 20 Uhr über unserem Gebiet erscheinen. Lassen Sie die Leute, wenn es regnet, in Drillichanzügen heraustreten. Anschließend marschieren sie zum Kino, wo diese seltsame Erscheinung stattfinden wird. Es handelt sich um ein Ereignis, das nur alle 75 Jahre vorkommt.«
Der Kompanieführer händigt den Befehl mündlich an seinen Leutnant aus:
»Auf Befehl des Herrn Oberst ist morgen Abend um 20 Uhr Dienst im Drillichanzug. Der berühmte Halley'sche Komet wird im Kino erscheinen. Falls es regnet, wird der Herr Oberst einen anderen Befehl geben, etwas, das nur alle 75 Jahre eintritt.«
Der Leutnant meldet dem Feldwebel:
»Morgen Abend 20 Uhr wird der Herr Oberst im Kino zusammen mit dem Halley'schen Kometen auftreten, ein Ereignis, das nur alle 75 Jahre eintritt. Falls es regnet, gibt der Oberst dem Kometen die Anweisung, bei uns im Drillichanzug zu erscheinen.«
Der Feldwebel unterrichtet seinen Unteroffizier: »Also, wenn es morgen regnet, wird im Kasernenkino der berühmte 75 Jahre alte General Halley im Trainingsanzug und in Begleitung des Herrn Oberst einen Kometen fahren lassen.«

PETER JAMIN

Die Sterne lügen nicht: Feinschmeckerwitze

»Bei einer vollen Tafel, wo die Vielheit der Gerichte auf das lange Zusammenhalten der Gäste abgezweckt ist«, schrieb Immanuel Kant, der scharfsinnigste Denker der Deutschen, in der ›Anthropologischen Didaktik‹, »geht die Konversation gewöhnlich durch drei Stufen: 1. Erzählen, 2. Räsonnieren, 3. Scherzen.«

Mein Freund Michael, erfolgreich als Regisseur, Drehbuchautor und Medienprofessor, beherrschte die Kunst der Geselligkeit wie kaum jemand in meinem Freundes- und Bekanntenkreis. Er und seine Frau Jelka liebten es, jeden Tag in einem guten bis sehr guten Restaurant essen zu gehen, und luden sich dazu gern Gäste ein. Diese unterhielt vor allem Michael mit Geschichten aus seinem Journalisten- und Filmemacher-Leben, mit Anekdoten aus der Gesellschaft und der ihm ans Herz gewachsenen Kinowelt.

Manchmal erzählte er auch eine amüsante Begebenheit aus seinem großen Freundes-, Kollegen- und Bekanntenkreis, wie diese hier: Da bestellt der Gast nach einem ausgiebigen Dinner in einem Feinschmecker-Restaurant in Spendierlaune beim Maître einen Cognac – »aber bitte den besten und ja keinen Weinbrand«. Der Chef des Hauses, der an den Tisch tritt, um sich nach dem Wohlbefinden seiner Gäste zu erkundigen, fragt noch einmal diskret nach, ob wirklich die Spitzenlage gewünscht sei.

Aber ja. Der Cognac schmeckt vorzüglich, der Schock kommt nach dem Essen: die beiden edlen Braunen schlagen mit fast 500,– Euro zu Buche. Kenner hätten wissen müssen, dass edle Tropfen, viele Jahrzehnte alt, in Gold aufgewogen werden …

Der Witz kennt viele komische Situationen, die sich so oder so ähnlich in feinen Lokalen zutragen.

Der Gast ruft den Kellner. »Herr Ober, bitte probieren Sie mal die Suppe.«
»Ist sie nicht in Ordnung?«
»Probieren Sie mal.«
»Ich kann Ihnen gern eine neue Suppe bringen.«
»Probieren, sagte ich.«
»Hier ist die Speisekarte. Vielleicht möchten Sie etwas anderes auswählen?«
»Probieren!«
Der Kellner setzt sich an den Tisch und sagt: »Wo ist der Löffel?«
»Aha!«

Geduldig wartet der Kellner am Tisch des Pärchens, das nur Augen für sich hat, um die Bestellung aufzunehmen. Nach fünf

Minuten säuselt der verliebte Max: »Ach, du bist so süß, dass ich dich fressen könnte ...«
»Na also, das hätten wir...«, seufzt der Kellner erleichtert, »und was wünscht der Herr zu trinken ...?«

Ein elegantes junges Paar speist im Nobelrestaurant. Da tritt der Chefkellner an den Tisch und wendet sich dezent an die Dame: »Ist es Ihrer werten Aufmerksamkeit entgangen, dass Ihr Herr Gemahl soeben unter den Tisch gerutscht ist?«
»Da sind Sie aber einem Denkfehler aufgesessen, Herr Ober, mein Gemahl kommt nämlich soeben zur Tür herein.«

Die Welt der Feinschmecker besteht aus mehr als gutem Essen. Sie ist nicht einfach die Fortsetzung der Wortkette jenes Prahlhans-Systems, das von den Sparkassen in Fernsehspots präsentiert wurde: »Mein Haus, mein Pferd, mein Auto, meine Yacht, meine Frau – mein Lieblingsrestaurant.«

Wir finden heute unter den schwarz gekleideten Werbe-Yuppies zwischen München und Berlin, Hamburg und Düsseldorf niemanden mehr ohne Lieblings-Italiener. Jungmanager der einstigen »Wachstumsmärkte« mögen nicht mehr auf eine Nase edlen Küchendufts verzichten. Und Erfolgsmanager von Eisen & Stahl bekommen beim Anblick der goldenen Löffelchen glänzende Augen. Wer Erfolg hat, liebt zumeist auch die gute Küche, möglichst mit vielen Statussymbolen der Köche verziert: Sternchen und Mützchen.

Im französischen Feinschmecker-Restaurant preist der Ober die Küche an: »Unsere Schnecken sind weltbekannt!«
Antwortet der Gast: »Schon bemerkt – die von vorhin war wirklich sehr aufmerksam.«

Der Gast hat im Restaurant eine Taube bestellt. Das Fleisch ist zäh wie Leder. Auf einmal beißt er auf etwas Hartes: eine kleine Metallkapsel. Er öffnet sie und findet darin einen Zettel: »Greifen im Morgengrauen an. Napoleon.«

Wer so etwas in einem feinen Restaurant erlebt, sehnt sich nach der Bürgerlichkeit eines normalen Lokals. Der Witz behandelt allerdings auch die dortigen Fehltritte:

Ein Lastwagenfahrer sitzt in einem Restaurant und isst einen Teller Spaghetti, als sechs Rocker das Restaurant betreten. Die Rocker setzen sich an den Tisch des Lastwagenfahrers und versuchen ihn zu provozieren. Aber der Fahrer, der keinen Ärger mit den Rockern will, reagiert nicht. Da nimmt einer der Rocker das Bier des Fahrers und schüttet es ihm über die Hose. Der Fahrer isst seine Spaghetti, als ob nichts geschehen sei. Ein anderer Rocker nimmt den Teller und drückt die Spaghetti ins Gesicht des Fahrers. Da der Teller nun leer ist, verlangt der Fahrer die Rechnung, bezahlt und verlässt das Restaurant. Die Kellnerin kommt und fragt, was sie den Rockern bringen könne.
»War das ein Blödmann«, sagt einer der Rocker, »wir machen mit ihm, was wir wollen, und der wehrt sich nicht mal. So einen Idioten haben wir schon lange nicht mehr getroffen.«
»Da habt ihr recht«, sagt die Kellnerin, »und Lastwagen fahren kann er auch nicht. Er hat da draußen gerade sechs Motorräder zu Schrott gefahren.«

Ein Deutscher macht eine Rundreise durch die USA, verfügt aber nur über mangelhafte Sprachkenntnisse. Am ersten Morgen geht er in ein Restaurant, um zu frühstücken.
»Ober, was ist dort im Hof?«
»Ein Hahn.«
»Und wie heißt seine Frau?«
»Henne.«
»Wie nennt man die Kinder von Hahn und Henne?«
»Küken.«
»Und wie nennt man die Küken vorher?«
»Eier.«
Der Deutsche: »Bringen Sie mir zwei Stück, bitte.«

Im »Restaurant Dieter Müllers im Schloßhotel Lerbach« in Bergisch-Gladbach, im »Tantris« in München oder in der »Traube« in

Grevenbroich paart sich Kochkunst mit Karriere-Bewusstsein. Über Sterne-Köche wie Wodarz & Witzigmann spricht man allerorten. Wenn Michael von einer Reise heimkehrte, erzählte er mir gerne von seinen Erlebnissen rund um den Kochtopf. Er scheute keine Kraftanstrengungen, wenn sie die kulinarische Freude beförderte. Einmal wanderte er, der freiwillig keinen Meter zu Fuß ging, mit Freunden quer durch das Elsass – von einem Edelrestaurant zum nächsten. Er schätzte eben den Genuss ohne Reue – und Irritationen waren ihm ein Gräuel:

Die Gäste beim Verlassen eines In-Lokals zum Wirt: »Schade, dass wir nicht schon früher hier waren.«
»Hat es Ihnen denn so gut geschmeckt?«
»Das nicht, aber dann wäre das Fleisch vielleicht noch frisch gewesen.«

Es ist allerdings gar nicht so leicht, in den Sterne-Läden dazuzugehören. Wem die goldenen Löffelchen nicht in die Wiege gelegt wurden, der muss sich das Entrée erst einmal erarbeiten. Zwar kommt jeder rein, der ein paar hundert Euro für ein Dinner for two übrig hat. Es ist die Schere im Kopf, die Angst zu versagen, als Unwissender entlarvt zu werden, die Stress bereitet. Man oder frau braucht einen Paten, der die Türen öffnet und vor Peinlichkeiten bewahrt. Genießen will gelernt sein.

Mich hat Freund Michael in die hohe Schule des Genusses eingeführt. Der Ältere, immer gut gelaunt bei einem Schluck Sancerre, schob mich vor Jahren durch die Türen des »Schiffchens« in Düsseldorf oder – zur Filmfestspiel-Zeit – des »Maître« in Berlin. Das Restaurant gibt es leider nur noch in meiner Erinnerung, sonst würde ich gerne einmal wieder dort einkehren.

Dank Michael blieben mir die Fauxpas erspart, die gern als Anekdoten die Tischreden der Gourmets schmücken. Im sonnigen Süden Frankreichs, beim weltberühmten Bocuse, geschah es, dass ein Möchtegern den Kellner um mehr und mehr Parmesan-Schnipselchen für die Spaghetti bat. Der schnitt gerne und reichlich ab; erst beim Essen entpuppte sich der Käse als weißer Trüffel. Teuer war's und peinlich – wie immer, wenn Drei-Sterne-Esser Fehler machen.

Ein Mann besucht ein Feinschmecker-Restaurant. Die Kellnerin ist besonders hübsch. Er kann sich kaum auf die Speisekarte konzentrieren. Schließlich fragt die Kellnerin nach seinen Wünschen.
Der Mann verlangt: »Einmal Quickie!«
Die junge Frau dreht sich empört um und rauscht davon. Fünf Minuten später hat sie sich von der frechen Bemerkung erholt und fragt ihn noch einmal.
»Einmal Quickie!«, wiederholt er.
Sie gibt ihm eine Ohrfeige und geht wieder. Da lehnt sich ein Herr am Nachbartisch zu dem Gast herüber, zeigt auf das Quiche-Gericht in der Speisekarte und sagt: »Entschuldigen Sie, aber man spricht das ›Kisch‹ aus.«

Wer in den Top of the Topfs verkehrt, muss sich zwischen Herd und Kühlschrank nicht auskennen – nur zeigen sollte er das nicht. Wohl bekomm's:

Ein Sachse und Hobby-Gastronomie-Kritiker besuchen eine Fischgaststätte.
Der Ober: »Mechdn se dän Gorpfen blau essen?«
Der Gast empört: »Nee, gäbn se mor erschd dän Fisch, de Gedränge gomm hindorher.«

»Mein Teller ist ganz feucht«, beschwert sich der Reisende im Restaurant des Luxushotels. »Die kriegen hier von mir keinen Stern.«
»Sei ruhig«, flüstert seine Frau, »das ist die Suppe!«

Als ich Freund Michael eines Tages scherzhaft einen »Drei-Sterne-Esser« nannte, sah er mich irritiert an, als hätte ich ihn, den leidenschaftlichen Zocker (Skat und Fußballwetten), bei einem verbotenen Spielchen erwischt. Echte Gourmets werden gern als solche erkannt – aber nicht so genannt. Es sind stille Genießer, und ihre Entlarvung bei Perlhuhn an Balsamico-Salatblättchen empfinden sie als so gravierend, als hätte man einem Betriebsratsvorsitzenden nachgewiesen, dass er die Mehrheitsaktien an der eigenen Firma besitzt.

Die Welt der Sterne-Esser gleicht einem Geheimbund, über den zwar immer wieder gern geschrieben wird, deren Mitglieder aber in geradezu angeborener Anonymität ihr Süppchen schlürfen. Joschka Fischer gehört dazu. Er hat, ganz Sportler seit seinem Nahkampftraining für eine Frankfurter Sponti-Truppe, den Sprung an den edel gedeckten Tisch geschafft und »entdeckte im Laufe der Jahre die Freuden der Haute cuisine und der Grands crus, der edlen Küche und der edlen Weine ... ein echtes Erlebnis, das Ergebnis eines kunstvollen Handwerks und ein sehr alter Bestandteil unserer Kultur«.

Der ehemalige AKW-Demonstrant und heutige Bundeskanzler Gerhard Schröder hängt zwar immer noch an der Currywurst – trotzdem parkt er Wagen und Bodyguards gern vor dem Berliner In-Restaurant »Borchardt«.

Ja selbst Kohl, offiziell Deutschlands Saumagen-Repräsentant, verkehrte und verkehrt mit Vorliebe in einem Edelrestaurant italienischer Provenienz im Berliner Grunewald – in aller Stille selbstverständlich.

Von den meisten Edelessern, wen wundert's, gibt es keine Fotos bei Tisch. Wo edle Zungen zwischen New York & Rom, Paris & Madrid, München & London mit ihren Spitzenköchen zusammenkommen, da herrscht Diskretion.

Altkanzler Helmut Schmidt besucht ein feines Restaurant in seinem Wohnort Hamburg. Der Kellner erkennt den ehemaligen Politiker, der dafür bekannt ist, leidenschaftlich gern zu rauchen. Er weist den Prominenten darauf hin, dass er sich in einem Nichtraucher-Lokal befinde.
»Können Sie keine Ausnahme machen?«, fragt Schmidt.
Antwortet der Kellner: »Wir haben nichts dagegen, dass Sie rauchen, aber bitte atmen Sie nicht aus!«

Ich bin mir nicht sicher, ob es ein Trost für jene ist, die sich die fröhliche Völlerei nicht leisten können: Es ist nicht immer die beste Gesellschaft, in der man sein teures Milchkalbskotelett an Sahnechampagnerschaum genießt. Gute Gerüche locken auch jene an, die sich mit ganz anderen Gerichten besonders gut auskennen. Manchmal sitzen 50 Jahre Knast Tisch an Tisch mit 50 Jahren Unternehmertum –

doch darüber spricht man nicht. Bei Preisen zwischen 20 Euro für die Sauerampfercreme mit Quarkklösschen, 35 Euro für Carpaccio vom Reh mit Steinpilztartar und edlem Wein für 30 bis 300 Euro die Flasche kann es einem wirklich die Sprache verschlagen.

»Herr Ober«, erkundigt sich der Gast, »warum heißt dieses Gericht denn Räuberspieß?«
»Warten Sie ab, bis Sie die Rechnung bekommen, mein Herr.«

Wo so viel Geld locker sitzt wie in den feinen Restaurants der Nation, bitten böse Buben nicht nur zu Tisch, sondern gelegentlich auch zur Kasse. Wie in Berlin, wo eine genüsslich dinierende Runde wintertags plötzlich in die Mündungen von Maschinenpistolen blickte: Pelzmäntel, Schmuck, Schecks und viele tausend Mark Schwarz- & Bargeld wechselten den Besitzer. Die Maskierten hatten schwer an ihrer Beute zu tragen und die Damen an ihren Verlusten nicht minder – zumal am nächsten Tag darüber nichts in der Zeitung stand und kein Wort über den Verlust verloren werden durfte. Diskretion – versteht sich. Normalerweise geht es in den Restaurants und Gaststätten weniger kriminell zu. Ab und an fallen höchstens die Leistungen von Küche oder Kellnern nicht zur vollen Zufriedenheit der Gäste aus, wie die vielen Ober-Witze beweisen:

Gast: »Herr Ober, mein Wein ist trüb!«
Kellner: »Das kann nicht sein. Wahrscheinlich ist nur das Glas schmutzig.«

Gast: »Herr Ober, hier ist eine Fliege in der Suppe.«
Kellner: »Mein Herr, es tut mir leid, dass es nur eine ist. Fliegen sind in diesem Jahr knapp.«

Gast: »Herr Ober, in meinem Bier schwimmt eine Fliege!«
Kellner: »Wünschen der Herr einen Rettungsring?«

Gast: »Herr Ober, ich würde gern dinieren!«
Kellner: »Tut mir leid, mein Herr, die Nieren sind leider aus.«

Gast: »Herr Ober, die Rechnung bitte!«
Kellner: »Wie fanden Sie Ihr Schnitzel, mein Herr?«
Gast: »Mit einer Lupe.«

Gast: »Herr Ober, in dem Kirschkuchen sind ja gar keine Kirschen!«
Kellner: »Was denken Sie – im Hundekuchen sind ja auch keine Hunde ...«

Gast: »Herr Ober, meine Suppe ist kalt!«
Kellner: »Kein Wunder! Sie haben die ja auch bereits vor einer Stunde bestellt!«

Gast: Herr Ober, dieses Schnitzel schmeckt wie ein alter Hauslatschen, den man mit Zwiebeln eingerieben hat!«
Kellner: »Donnerwetter! Was Sie schon alles so gegessen haben!«

Gast: »Herr Ober – in meiner Suppe schwimmt ein Hörgerät.«
Kellner: »Wie meinen?«

Gast: »Ober, bringen Sie mir bitte die Forelle Müllerin Art!«
Ruft ein zweiter Gast: »Mir auch, bitte. Aber ganz frisch!«
Schreit der Ober in die Küche: »Zweimal Forelle, einmal davon frisch!«

Fragt der Ober den Gast: »Und, hat es Ihnen geschmeckt?«
Gast: »Ich habe schon besser gegessen.«
Darauf der Ober: »Aber nicht bei uns.«

Michelin sagt uns, wo die Reise hingeht, und Wolfram Siebeck, der ›Zeit‹-Schmecker, war immer auch schon da. Niemand wundert's also, dass der sympathische Grandseigneur in der Welt der Drei-Sterne-Esser hofiert wird wie ein Sonnenkönig an Baumkuchen-Savarin.

Allerdings sei lobend erwähnt: Siebeck kann selber kochen. Wie, das beschreibt er immer wieder gern in seinen Kolumnen. Bewiesen hat er das vor Jahren meinem Freund Michael und mir bei einem Besuch in seinem Landhaus bei München. Der Gastro-Kritiker, von

Michael einst für die schreibende Zunft in einem Essener Vorort entdeckt, steht sogar den Fachmann an der Salatschleuder. Nie werde ich seinen freundlichen Hinweis vergessen, dass Salat nicht zwangsläufig wässrig schmecken muss, nur weil er gewaschen wurde.

Einer der berühmtesten Feinschmecker Frankreichs, Brillat-Savarin, schrieb im 19. Jahrhundert in seinem Buch ›Physiologie des Geschmacks‹, dass »die Entdeckung eines neuen Gerichtes die Menschheit mehr beglückt als die Entdeckung eines neuen Gestirns«.

Wer Drei-Sterne-Esser etwas besser kennt, weiß allerdings: Es ist durchaus nicht selbstverständlich, dass sie sich auch am Herd auskennen.

»Mathilde, wie schmeckt Dir mein Essen?«, fragt der Gatte, nachdem er einen Männerkochkurs mit Erfolg absolviert hat.
Die Gattin sieht ihn forsch an: »Suchst du schon wieder Streit?«

Ein Manager wird im Männerkochkurs vom vegetarischen Essen überzeugt und beschließt, selbst Hühner zu züchten. Er kauft bei einem Händler hundert Küken. Nach einer Woche kommt er wieder zum Händler, um abermals hundert Küken zu kaufen. Das wiederholt sich auch in der dritten Woche. Der Händler fasst sich ein Herz und fragt: »Haben Sie Land dazugekauft, oder klappt es nicht mit Ihrer Zucht?«
Der Vegetarier: »Nein, ich muss irgendwas falsch machen. Entweder pflanze ich sie zu tief oder zu dicht.«

Der Gatte bringt aus dem Männerkochkurs ein selbst gebackenes Stück Kuchen mit. Die Ehefrau beißt herzhaft rein und fragt: »Was ist das denn für ein Kuchen?«
Der Mann: »Ein Marmorkuchen.«
Die Gattin: »Ich hätte auf Steinkohle getippt!«

Nicht immer ist das Anfänger-Pech. Manch einer übernimmt sich einfach mit dem, was er anrichtet. Mein Freund Michael gab sich bei Tisch zwar anspruchsvoll, aber in der eigenen Küche bescheiden. Er war ein hervorragender Koch – von westfälischen Buletten, rheinischen Bratkartoffeln und englischem Rührei mit Speck, das er Jelka gern zum Frühstück bereitete. Wir haben ihn immer wegen dieser Kochkünste gelobt.

Alfred Biolek, den Genießer heute wegen seiner anspruchsvollen Einfachheit schätzen und der gelegentlich sogar gemeinsam mit Sterne-Koch Witzigmann die Kochlöffel schwingt, gab 1986 ein Geheimnis preis, als er von der Bundeskanzler-Gattin Hannelore Kohl gebeten wurde, für ihr Buch ›Was Journalisten anrichten‹ ein Rezept beizusteuern. Der TV-Moderator nahm die Aufforderung locker und verriet die Zusammenstellung seines »Welschen Salats«: »Zwei große Dosen gewürfelte Karotten, zwei große Dosen Linsen, eine große Dose Sellerie, eine große Dose Erbsen, ein großes Glas Gewürzgurken …«

Der Chefkoch rügt die neue Kellnerin: »Sagen Sie mal, wieso haben Sie denn ›Speinat‹ auf die Speisekarte geschrieben?«
»Sie haben doch selber gesagt«, wehrt sie sich, »ich soll Spinat mit Ei schreiben …«

Ein Holzwurm kommt in eine Konditorei und beschwert sich: »Also, Ihr Baumkuchen ist ja echt ein ausgemachter Schwindel!«

Beim Essen will Peter dem Papa etwas sagen. Der Papa ermahnt ihn: »Sei still, ich unterhalte mich mit den Großen, und du redest nur, wenn du gefragt wirst.«
Als die Familie fertig ist, darf Peter sprechen. Doch der winkt ab: »Zu spät, jetzt hast du die Schnecke im Salat aufgegessen.«

Ein Priester fragt den Kellner am Freitag: »Haben Sie Haifischflossen?«
»Nein!«
»Kann ich bei Ihnen Haifischsteak bestellen?«
»Tut mir leid, mein Herr. Das führen wir nicht.«
Darauf der Priester: »Bringen Sie mir ein Pfeffersteak. Sie sind mein Zeuge, dass ich Fisch verlangt habe.«

Der Urlauber bestellt bei seinem Ober: »Bitte ein Ei steinhart, das andere roh. Einen verkohlten Toast und eine lauwarme Brühe, die Kaffee heißt.«

»Ich weiß nicht, ob sich das machen lässt«, gibt der Kellner zu bedenken.
Der Gast: »Warum nicht? Gestern ging es doch auch.«

Manchen Mitessern, denen ich in Feinschmecker-Restaurants begegnet bin, traue ich zu, dass sie wohl virtuose Dosen-Öffner, aber keine echten Gourmets sind. An diesem Urteil ändert sich auch nichts, wenn sie sich betont als Kenner ausgeben und kein gutes Haar an der Suppe lassen. Weil das Kritisieren so viel einfacher ist, als selbst den Kochlöffel zu schwingen, gibt es inzwischen Kritiker-Brigaden, die mit Begeisterung Noten vergeben. Die Fresskult-Bibel ›Michelin‹ legt dafür ein Formular bei, in das der Gourmettourist bis zu vier Restaurants abmeiern darf. Marcellus Hudalla, Gastro-Oberkritiker von eigenen Gnaden, hat sein System so perfektioniert, dass in seinen ›Marcellino's Restaurant-Reports‹ nur noch steht, was »Gäste sagen – wie gut es wirklich ist«.

Es darf gelacht werden: Als Nachspeise zu dieser Geschichte servieren wir noch ein paar witzige Naschereien. Denn »nichts wird dem deutschen Humoristen zum größeren Erlebnis als die Vorgänge der Verdauung«, erkannte der österreichische Schriftsteller und Humorist Karl Kraus.

»Können Sie kochen, Martha?«
»Jawohl, gnädige Frau, auf beiderlei Art!«
»Was heißt: auf beiderlei Art?«
»Je nachdem, ob die Gäste wiederkommen sollen oder nicht!«

»Kommst du mit zur Schnitzeljagd, Hubert?«
»Nein, ich bin Vegetarier.«

Mitternacht in Helmuts Stamm-Restaurant. Der Wirt plaudert mit ein paar Gästen. Da geht die Tür auf, Helmut kommt herein und bestellt eine Flasche Champagner. Als ihm diese serviert wird, lässt er den Korken knallen und ruft laut: »Prost Neujahr!!«
»Wie kommen Sie darauf?«, fragt der Wirt irritiert, »wir haben Ostern!«

»Ostern?«, stammelt Helmut, »o je, das gibt Ärger. So lange war ich noch nie Feiern!«

*Gastgeberin: »Nehmen Sie doch noch einen Pfannkuchen.«
Gast: »Vielen Dank, aber ich hatte schon vier.«
Gastgeberin: »Sie hatten sechs, aber wer wird denn hier zählen.«*

*Ein Sechzehnjähriger kommt in eine Apotheke und sagt schüchtern, dass er sich am Abend mit einem hübschen Mädchen träfe und nun etwas benötige. Der Apotheker nickt verständnisvoll:
»Brauchst' ein Kondom?«
»Ja. Und außerdem ist da noch die Mutter von dem Mädel, die ist auch sehr hübsch und ...«
»Brauchst' noch ein zweites?«
»Hmm, ja.«
»Hast schon recht, mein Junge, Sicherheit geht über alles.«
Beim Essen am Abend bei der Familie des Mädchens hält sich der Junge ständig den Arm vors Gesicht, und er neigt seinen Kopf zu Boden und würdigt die anderen keines Blickes.
Nach dem Essen sagt das Mädchen empört zu ihm: »Wenn ich gewusst hätte, was du für Manieren hast, hätte ich dich nicht eingeladen.«
Antwortet der Junge: »Wenn ich gewusst hätte, dass dein Vater Apotheker ist, wäre ich nicht gekommen ...«*

*Gast: »Herr Ober, haben Sie Zucker?«
Kellner: »Nein, Gicht!«*

*Gast: »Herr Ober, haben Sie Froschschenkel?«
Kellner: »Nein, ich gehe immer so.«*

Dieter Thoma

Das Wesen des Witzes IV: Verführung zum Witzigsein

Arthur Koestler schreibt in seiner Autobiographie, dass er bei Besuchen von einer dämonischen Macht angetrieben werde, einleitend den Gastgeber mit einer Taktlosigkeit oder einer verletzenden Bemerkung zu erschrecken.

Ganz so grausam war ich nicht. Aber trotzdem meldet sich mein Gewissen. Ich will ja nicht eine Waschmaschine oder einen Staubsauger verkaufen, aber dem Besuchten doch etwas entlocken. Witze eben. Er soll mir einen Teil seines geistigen Eigentums schenken.

Solche Besuche leitet man mit der freundlichen Frage ein, ob sich der Gastgeber noch an vergangene Begegnungen erinnert, was schon peinlich sein kann, wenn er das nicht tut. Man nennt dann gemeinsame Bekannte, von denen man vermutet, dass es solche sind, ist aber vorsichtig mit Äußerungen von Wertschätzung oder Abneigung, weil man den Gesprächspartner ja gut stimmen und für sich einnehmen möchte. Man klärt unverfänglich, wo sie sich zur Zeit aufhalten und wie ihr Befinden ist.

Anschließend kann man über Vergangenes, über Erlebtes und Schauplätze sprechen, um dann endlich das eigentlich ins Auge gefasste Thema anzugehen.

Doch womöglich erklärt der Angesprochene nun plötzlich: »Wissen Sie, nach Witzen ist mir jetzt gar nicht zumute.« Oder auch: »Witze habe ich schon seit Jahren nicht mehr erzählt.«

Das ist vermutlich gelogen. Darum muss man jetzt einen Witz erzählen. Mit vollem Risiko. Zum Beispiel:

Zwei Männer unterhalten sich über Potenzschwierigkeiten im Alter. »Hast du denn schon mal Viagra probiert?«, fragt der eine.
»Das brauche ich nicht. Mir hilft Schwarzbrot.«
»Schwarzbrot? Vorher?«
»Morgens, mittags und abends. Das hilft fabelhaft!«
»Im Ernst?«
»Wenn ich es dir sage!«
Der andere geht sofort in eine Bäckerei und verlangt »Zehn Kilo Schwarzbrot«.
»Zehn Kilo«, reagiert die Verkäuferin erstaunt, »da wird Ihnen doch die Hälfte hart.«
»Dann nehme ich zwanzig.«

Wenn der Gastgeber lacht, hat man schon halb gewonnen, darum reiche man noch einen Witz nach:

Auf dem Kölner Bahnhof hetzen drei Männer auf den Bahnsteig, der Intercity nach Hamburg soll gerade abfahren. Der Bahnbedienstete schiebt zwei von ihnen noch in den Zug, wirft einen Koffer hinterher, dann schließt sich die Tür. Der Dritte bleibt draußen stehen.
»Tut mir leid, bei Ihnen habe ich es nicht mehr geschafft«, sagt der Bahnbedienstete.
»Schade«, sagt der Zurückgebliebene, »ich wollte nämlich eigentlich allein verreisen. Die beiden anderen haben mich nur zum Zug gebracht.«

Jetzt ist die Festung hoffentlich gestürmt. »Da fällt mir auch einer ein«, ruft der Umworbene fröhlich, zumindest in meiner Vorstellung. Und er könnte erzählen:

Ein Matrose der Navy schreibt im Zweiten Weltkrieg an seine Eltern: »Ich darf nicht schreiben, wo wir gerade sind, aber was ich gestern geschossen habe, war ein Eisbär.«

Einen Monat später teilt er mit: »Ich darf nicht schreiben, wo ich bin, aber gestern habe ich mit einem Hula-Mädchen getanzt.«
Einige Wochen später kommt ein Brief: »Ich darf nicht schreiben, wo ich gerade bin, aber der Mann im weißen Kittel sagt, ich hätte besser mit dem Eisbären getanzt und das Hula-Mädchen erschossen.«

»Ihr hattet in eurem Buch doch auch sehr schöne Tierwitze«, wirft der Gastgeber dann hoffentlich ein. Da hat er auch noch einen:

Der Besitzer einer Tierhandlung preist einen Papagei an. »Wenn Sie das Bändchen hier am linken Fuß ziehen, dann sagt er ›Guten Morgen‹. Und wenn Sie das Bändchen am rechten Fuß ziehen, sagt er ›Guten Abend‹.«
Fragt der Kunde: »Und was ist, wenn ich an beiden Bändchen ziehe?«
Sagt der Papagei: »Dann falle ich auf die Schnauze, du Trottel!«

Darauf frage ich: »Kennen Sie den?«

Während der großen Buschbrände in Australien hüpft ein Känguru eilig vor den Flammen davon. Als es in Sicherheit ist, kriecht aus dem Beutel ein kleiner Pinguin, stellt sich an einen Busch und übergibt sich.
Zur gleichen Zeit watschelt am Südpol eine große Herde Pinguine über das Eis, mittendrin ein kleines Känguru, das sich verzweifelt bemüht, sich etwas zu wärmen, indem es dauernd die Vorderfüße um den Leib schlägt. Es blickt in den grauen Himmel und seufzt: »Scheiß Schüleraustausch!«

Wenn er jetzt lacht, kann nicht mehr viel passieren.

So oder so ähnlich laufen die Versuche, Mitmenschen für das Thema Witz zu animieren.

Mein WDR-Kollege Kurt Gerhard erzählte aus den USA:

Es gab früher einen berühmten Komiker namens Jack Benny, an dessen Fernsehsendung Ende der sechziger Jahre ich mich gut erinnern kann. Sein Geiz war eine der stereotypen Eigenschaften, mit denen er auftrat.
Also, Benny geht im Park spazieren. Da kommt ein Gauner, hält ihm eine Pistole auf den Leib und ruft:
»Geld oder Leben!«
Als Benny nicht gleich antwortet, wiederholt der Typ: »Geld oder Leben!«
Benny darauf: »Moment, Moment – ich überlege noch!«

Rudolf Wentrup heißt mein alter Schulfreund, der mir beim letzten Klassentreffen die folgende Geschichte erzählt hat:

Ein Polizeiwagen stoppt einen Autofahrer, ein Beamter steigt aus. Der Autofahrer dreht die Scheibe herunter.
»Sie haben eben bei Rot eine Ampel überfahren«, sagt der Polizist.
»Habe ich das?«, fragt der Angehaltene und kichert etwas.
Das Gesicht des Polizeibeamten wird ernster. »Zeigen Sie mal Ihren Führerschein!«
»Den habe ich schon seit einem halbem Jahr nicht mehr.«
»Dann die Wagenpapiere!«
»Die habe ich verloren.«
»Machen Sie mal Ihren Kofferraum auf!«
»Das kann ich nicht.«
»Warum können Sie das nicht?«
»Da liegt eine Leiche drin.«
Fassungslos zieht der Polizist den Autoschlüssel aus dem Schloss und geht zu seinem Wagen. Während er seine Dienstwaffe entsichert, kommt der andere Polizist herüber und fragt: »Sie haben also keinen Führerschein?«
»Doch, hier, bitte schön«, antwortet der Autofahrer und reicht seine Fahrerlaubnis heraus.
Erstaunt sieht sich der Beamte den Ausweis an. »Und die Wagenpapiere?«
»Hier, bitte sehr«, sagt der Autofahrer und reicht sie heraus.

»In Ordnung. Öffnen Sie den Kofferraum«, fordert jetzt der Polizist.
Der Autofahrer steigt beflissen aus und macht den Kofferraum auf. Er ist leer.
»Aber hier drin soll doch eine Leiche liegen!«
»Was soll da sein?«
»Eine Leiche, sagt mein Kollege.«
»So ein Quatsch«, klagt der Autofahrer. »Der hat ja auch behauptet, dass ich bei Rot über eine Ampel gefahren bin!«

Menschen, die sich irgendwie auf der Straße bewegen, nennen wir Verkehrsteilnehmer. Besondere Vorurteile haben diese Verkehrsteilnehmer immer wieder gegen Radfahrer, Lastwagenfahrer und speziell Taxifahrer. Jeder lebt mit seinen Vorurteilen, er muss dann allerdings auch mit denen leben, denen er selber ausgesetzt ist. Darf ich Ihnen meine Verkehrsteilnehmerin vorstellen?

Eine Frau fährt mit ihrem kleinen Sohn im Taxi durch Amsterdam. Sie durchqueren auch eine etwas anrüchige Straße, in der sich hinter Schaufensterscheiben leicht oder kaum bekleidete Frauen anbieten.
Da fragt der kleine Junge: »Mami, was ist denn das? Was tun die da?«
Die etwas irritierte Mutter erklärt: »Du, das sind Schönheits-Studios mit Sonnenbänken und so. Weißt du, die Frauen wollen schön braun werden.«
Sofort mischt sich der Taxifahrer ein: »Liebe Frau, was erzählen Sie denn da für einen Quatsch! Junge, das sind Mädchen, die schmusen für Geld mit Männern! Und wenn sie dabei Pech haben, dann bringen sie irgendwann so einen kleinen Jungen zur Welt, wie du einer bist.«
»Und was wird dann aus so einem Jungen?«, fragt der Kleine.
Da antwortet die Mutter: »Der wird dann Taxifahrer!«

Für den nächsten Witz entschuldigen wir uns bei allen Ordensträgern. Hier spricht nur der pure Neid aller nicht dekorierten Lebewesen:

Auf der Polizeistation will eine Frau ihren Mann vermisst melden und weint und heult. Da sagt der Polizist:
»Nun seien Sie mal ruhig, junge Frau. Als Erstes stelle ich Ihnen mal die Frage: Hat er ein Bundesverdienstkreuz?«
»Nein«, sagt die Frau.
»Sehen Sie«, erwidert der Polizist, »dann finden wir ihn schnell.«

Alte Kasernenhofwitze sind meistens deftig. Der mit dem großen Korsen ist zur Abwechslung ganz harmlos, regt aber die Fantasie an.

Der Friseur erfreut Zitzewitz mit einer neuen Scherzfrage: Er legt einen kleinen Haufen Bohnen auf den Tisch, und eine Bohne etwas entfernt davon. »Was ist das?«, fragt er.
Von Zitzewitz schüttelt den Kopf: »Sagen Sie schon!«
»Bonaparte«, erklärt der Friseur.
Von Zitzewitz wundert sich: »Was?«
Der Friseur zeigt auf den Haufen Bohnen und dann auf die einzelne: »Bohn' apart.«
»Haha, fabelhaft«, freut sich von Zitzewitz.
Abends bringt er die Geschichte im Kasino ein. »Holen Sie mal eine Handvoll Bohnen«, weist er seinen Burschen an.
Der kommt zurück und sagt: »Bohnen sind nicht da, Herr Hauptmann, können es auch Erbsen sein?«
»Egal, geben Sie schon her!« Er legt einen Haufen Erbsen auf den Tisch und eine Erbse etwas entfernt davon. »Was ist das?«, fragt er.
Alle rätseln vergebens.
»Ist doch ganz einfach«, verkündet von Zitzewitz: »Napoleon!«

Ziemlich hinterhältig ist die folgende Geschichte:

Ein Mann wird aus dem Gefängnis entlassen und geht als Erstes in ein Bordell. Dort stirbt er. Jetzt ergeben sich drei Fragen:
1. Ist er zu unvorbereitet entlassen worden, dass er nicht einmal einen kleinen Puff verträgt?
2. Soll er nun vom Trauerhaus aus oder vom Freudenhaus aus beerdigt werden?
3. Müssen seine Angehörigen seinen letzten Willen erfüllen?

Nicht alle Jagdgeschichten gehören den baltischen Baronen, von denen wir ja schon gehört haben.

Ein Mann kommt mit einem Reh auf der Schulter aus dem Wald. Da tritt der Förster hinter einem Busch hervor und ruft: »Hab ich dich endlich erwischt!«
»Erwischt, wieso?«
»Beim Wildern!«
»Wieso beim Wildern?«
»Was soll die Frage? Du hast das Reh ja noch auf der Schulter!«
Daraufhin sieht der Mann nach rechts, wo das Reh hängt, und erschrickt: »Huch!«

Professor Jürgen Rink ist nicht nur ein Freund, er ist so etwas wie mein Witzvater, wenn man einen, der jünger ist, Vater nennen darf. Aber wenn es den Doktorvater gibt, dann muss es auch einen Witzvater geben können. Ihn nach Witzen zu befragen ist selbstverständlich. Ich brauche dazu gar nicht die eben beschriebenen Kunstgriffe: Schließlich hat er mich dazu gebracht, nicht nur Witze zu erzählen, sondern auch darüber nachzulesen und den Versuch zu wagen, darüber nachzudenken. Er ist immer für Zerstreuung zu haben, selbst aber ganz und gar nicht zerstreut.

»Erinnern Sie sich noch?«, fragt eine Dame den neben ihr sitzenden Professor, »vor fünf Jahren haben Sie mich gefragt, ob ich Ihre Frau werden wolle.«
»So«, erwidert der Professor. »Und, sind Sie es geworden?«

Rink, »österreichischer außerordentlicher Universitätsprofessor«, wie er sich laut Bundespräsidialamt nennen muss, lebt in Meerbusch und lehrt als Honorarprofessor an der TH Aachen. Er war, als wir uns kennen lernten, Geschäftsführer und Direktor des Instituts für Bildung und Information im »Verein Deutscher Eisenhüttenleute«. Wir sprachen anhand von Witzen über Vorurteile. Rink erzählt:

»Zum Thema ›Vorurteile‹ kann ich noch eine Liste aus dem Jahr 1950 nachreichen. Damals wollte man herausfinden, was bei Schülern zwölf Jahre Diktatur in Bezug auf ihre Einschätzung von Ausländern hinterlassen hatten. Man sagt etwa das Wort ›konservativ‹, und schon ruft der Erste ›das ist der Engländer!‹. So harmlos sind Vorurteile selten. Da muss ich nur an die armen Ostfriesen denken.« Und das gilt auch für Vorurteile gegen Frauen, erinnere ich. »Da habe ich etwas«, freut sich Rink. »Es ist statistisch erwiesen, dass Frauen häufiger rechts und links verwechseln als Männer. Das ist kein Vorurteil, das ist Statistik. Wenn ein Mann in seinem Auto hinter einer Frau herfährt, und die Frau streckt ihre Hand nach links heraus – Was kann man dann mit Sicherheit sagen?«

Ich antworte zu schnell: »Dass sie rechts abbiegen will?« – »Nein. Dass links das Fenster offen ist!« Es freut ihn, dass er mich erwischt hat. Er fährt gleich fort. »In einem Vortrag habe ich mal die Zuhörer gefragt:

Wissen Sie, weswegen seit 2000 Jahren in Deutschland die Frauen unterdrückt werden?
Antwort: Weil es sich bewährt hat.

Alle Männer lachten an dieser Stelle herzhaft. Nur nicht die Frauen. Ich teilte den Zuhörern dann mit, dass meine Frau diese Geschichte in der Redaktion ihrer Zeitung erzählt habe. Dort hätten alle weiblichen Redaktionsmitglieder sich sehr über diesen Scherz aufgeregt. In der nächsten Samstagsausgabe druckten sie die Retourkutsche:

Man sieht einen großen Ozeandampfer mit einem riesigen Heck. Oben steht ein Matrose, unten im Wasser krault eine Frau, offenbar schon fast am Ertrinken. Der Matrose ruft: »Mann über Bord!«
Da kreischt die Frau von unten hoch: »Das heißt ›Frau über Bord‹, Sie Sexistenarsch!«

Ich habe den Saal genau beobachtet. Jetzt haben nur die Frauen gelacht, und zwar wie wahnsinnig. Für Frauen ist das ein richtiges Reizwort: ›Sexistenarsch‹. Vielleicht wird es ja mal Wort des Jahres.«

Dann frage ich nach einem Witz, der sich schon bewährt hat:

Es war auf der »Pamir«, dem Segelschulschiff, das unterging, weil die Ladung verrutscht war. Hier wurden nach dem Zweiten Weltkrieg die ersten Seeleute für Handelsschiffe ausgebildet. Das Schiff dümpelt im Stillen Ozean. Ruhige See. Da schallt oben vom Mast plötzlich der Ruf: »Sehrohr, drei Strich Backbord!« Alles rennt an die Reling. Jahre nach dem Krieg ein U-Boot?
Die See ist ganz ruhig. Doch dann kräuseln sich die Wellen. Man sieht Turmaufbauten, dann ein Balkenkreuz. Es ist ein deutsches U-Boot. Kreischend öffnet sich das Turmluk. Am Rand des Turmes erscheint erst eine angegraute Kapitänsmütze, dann ein Gesicht mit einem Bart wie Sauerkraut, dann ein Megaphon: »Was ist mit dem Krieg?«
Der Kapitän der »Pamir« erschrickt.»Offenbar wissen die noch nichts! Die glauben, wir sind noch im Krieg!« Auch er nimmt die Flüstertüte: »Der Krieg ist zu Ende!«
Wieder hebt der U-Boot-Kommandant das Megaphon: »Wer hat gewonnen?«
»Die anderen!«
Kurzes Schweigen auf dem U-Boot. Und dann hört man durch das Rauschen der stillen See einen schrecklichen Fluch: »Scheiß Kaiser Wilhelm!«

Ist das ein Witz, über den auch junge Menschen lachen können, solche, die in ihren Erinnerungen nicht zwei Weltkriege miteinander verbinden? Nach unseren Erfahrungen gelingt das. Dann müssten sie auch diese Kölner Geschichte von 1945 nachempfinden und darüber lachen können, auch wenn sie selber nie in ihrem Leben gehungert haben.

1949: Der Schäl schnallt seinen Gürtel ein Loch enger.
Fragt der Tünnes: »Was machst du da?«
Sagt der Schäl: »Ich frühstücke.«

Ist es für einen Intellektuellen ein Risiko, wenn er einen Witz erzählt? Schmückt er sich da mit fremden Federn? Nach meinen Erfahrungen sind gerade Intellektuelle besonders begabt für diese Kunstform. Sie sind immer in der Lage, die Welt und alle Ereignisse darauf aus einer ganz anderen Perspektive zu sehen. Sie trauen sich oft nur nicht, der deutschen Ernsthaftigkeit im Witz zu begegnen. »Lachen legt Bollwerke der Selbstsicherheit in Schutt, das Pathos der Selbstüberzeugung zerbricht«, schrieb der Kunsthistoriker Heinrich Lützeler.

Der Professor erklärt das räumliche Sehen und nimmt als Beispiel aus der griechischen Mythologie den Riesen Polyphem, dem Odysseus ein Auge ausgestochen hat. Deswegen habe er nicht mehr räumlich sehen und das flüchtende Schiff mit seinen Wurfgeschossen nicht treffen können.
Da meldet sich ein Student und wendet ein: »Aber Polyphem hatte doch überhaupt nur ein Auge.«
»Ja«, erwidert der Professor, »das kam freilich noch erschwerend hinzu.«

Der Publizist Johannes Gross, der sich gelegentlich von mir einen Witz mitnahm, fand schon das Nachdenken über Berechtigung und Wert albern. »Er muss nur gut sein, der Witz«, meinte er. Darauf konnten wir uns einigen. Wenn das nur immer so klar wäre, was ein guter Witz ist. Und wenn alle über dasselbe lachen könnten. Jürgen Rink hat damit keine Probleme. Höchstens mit Kalauern. Aber auch da gibt es gute.

Ich erinnere mich: Den für mich schönsten Kalauer habe ich auf einem seiner Seminare vom Paderborner Professor Broder Carstensen gehört. Es sei angeblich der älteste Kalauer, den es gebe, verriet er mir. Er mündet in die Frage:

Warum hat Krause keine Haare?
Antwort: Weil die Neger krauses Haar haben.

Auch der skurrile Witz hat bei solchen Seminaren seine Anhänger:

Es klingelt an der Haustür des bekannten Opernsängers. Erst einmal, dann zweimal, dann heftig und immer heftiger. Die ganze Familie stürzt zur Tür. Was ist los, wer mag das sein? Die

kleine Tochter öffnet die Tür, und alle Versammelten schauen auf eine große, graue Wand.
Als sie näher hinschauen, sagt die Frau des Opernsängers: »Das ist ja ein Elefant.« Jetzt sehen alle die großen Ohren herabhängen und bestaunen das riesige Tier. Dann schiebt sich der Elefant etwas zur Seite, und daneben steht der Opernsänger.
»Karl«, sagt seine Frau, »wieso kommst du mit einem Elefanten nach Hause?«
»Ja«, sagt er, »weißt du, ich habe ein außergewöhnlich großes Honorar für einen Liederabend bekommen: 10000,– Euro. Und ihr kennt mich ja: Da habe ich mir gedacht, bevor ich irgendeinen Quatsch kaufe …«

Jürgen Rinks Lieblingswitz? Er muss nicht lange überlegen:

Auf der Straße wird ein älterer Herr angesprochen. »Ich weiß nicht, ob Sie mich kennen, ich bin Ihr Nachbar.«
»Ah, ja, was kann ich für Sie tun?«
»Entschuldigen Sie bitte, dass ich Sie anspreche. Aber Sie sind doch schon seit einiger Zeit Rentner, ich werde nämlich jetzt frühpensioniert. Und da kommen mir plötzlich Bedenken. Was macht man so den ganzen Tag? Vielleicht schildern Sie mir mal, was Sie als Rentner so den ganzen Tag tun.«
»Gern«, sagt der Angesprochene, »also, zunächst mal schlafe ich länger als früher. So gegen halb neun bis neun stehen wir meistens auf. Dann frühstücke ich mit meiner Frau und gehe anschließend mit dem Hund raus. Vorher setze ich mich aber noch kurz an meinen Schreibtisch.«
»Und was tun Sie da?«
»Ich nehme das Telefonbuch, blättere darin, nehme die rechte Hand, hebe sie hoch und lasse sie fallen. Dort, wo sie hinfällt, mache ich das Telefonbuch auf und tippe irgendwo auf eine Seite und auf eine Telefonnummer.«
»Und was machen Sie dann damit?«
»Da rufe ich an und frage: ›Könnte ich den Karl mal sprechen?‹ Dann sagen die: ›Nein, wir haben hier gar keinen Karl.‹«
»Und dann?«

»Dann hänge ich ein und gehe mit dem Hund raus. Und wenn wir so gegen elf an meiner Stammkneipe vorbeikommen, dann gehe ich da rein. Der Paul und der Egon sind meistens auch schon da, und dann trinke ich ein Kölsch, keine Schnäpse, nichts Hartes, morgens nur ein Kölsch.«
»Und was passiert dann?«
»Es passiert gar nichts. Danach bezahle ich und gehe wieder nach Hause. Meine Frau hat dann meistens schon das Mittagessen gekocht. Aber bevor wir uns an den Tisch setzen, rufe ich wieder die Nummer an. ›Könnte ich den Karl mal sprechen?‹ ›Nein‹, sagen die wieder, ›wir haben hier keinen Karl.‹
Nach dem Mittagessen legen wir uns aufs Ohr, dann gehe ich die zweite Runde mit dem Hund. Aber vorher rufe ich da wieder an: ›Ist der Karl jetzt zu sprechen?‹ Dann sind die schon etwas empört. ›Nein, wir haben hier wirklich keinen Karl.‹
Danach gehe ich zum Dämmerschoppen, drei Kölsch und zwei, drei Kurze, das ist immer prima. Wenn ich dann zurückkomme, also so kurz vor der Tagesschau, rufe ich da wieder an. ›Könnte ich den Karl mal sprechen?‹ Da sagen die schon wütend: ›Nein, wir haben hier keinen Karl!!!‹ Man hört richtig die Wut in der Stimme.
Dann gucken wir Tagesschau, und nach der Tagesschau meistens einen Krimi. Vielleicht auch Fußball. Danach rufe ich da noch einmal an: ›Könnte ich den Karl mal …?‹ Weiter komme ich gar nicht. ›Verstehen Sie doch endlich, wir haben hier keinen Karl!!!‹, schreit dann einer. Da kommt jetzt jedes Wort wie ein Ausrufungszeichen.
Bevor wir ins Bett gehen, stelle ich den Wecker auf drei Uhr, und dann schlafen wir ruhig. Und wenn der Wecker gegen drei Uhr schellt, dann rufe ich da wieder an und sage: ›Hier ist Karl! Hat jemand für mich angerufen?‹«

Dieter Thoma

Zwei Bazillen treffen sich: Lachen ist gesund

Ein Patient gesteht einem renommierten Professor, dass er zuvor bei einem Heilpraktiker Rat gesucht hat.
Der Mediziner lacht: »Da bin ich aber mal gespannt, was der Ihnen für einen Unsinn empfohlen hat!«
»Er hat mich zu Ihnen geschickt.«

Dank des medizinischen Fortschritts werden wir immer älter. Ich habe gelesen, in diesem neuen Jahrtausend werde das Alter bald wie eine Krankheit behandelt werden. Das könne dazu führen, dass Menschen ein Durchschnittsalter von 480 Jahren erreichen. Warum gerade 480, ließ der Text offen.

Wo läge dann die Grenze zur älteren Generation? Mit 40 noch, wo jetzt die Berufschancen nachlassen? Mit 50, wo angeblich der psychische Knick einsetzt? Mit 60, wenn man sich zur Ruhe setzen möchte? Und wann beginnt das Rentenalter? Mit 65? Für die nächsten 415 Jahre? Wird die Schwelle nach eigenem Ermessen beweglich?

Wie lange ist jemand, der 480 werden kann, minderjährig? Wie lange dauert dann eine lebenslängliche Verurteilung? Bleibt man 460 Jahre mit demselben Partner verheiratet?

Heiratet vielleicht ein Mann mit 350 eine Dame mit 19 und sagt: »Da haben wir doch noch schöne 130 Jahre vor uns?«

Von heute aus gesehen, würde es Menschen geben, die Dürer noch persönlich gekannt haben. Oder solche, die mit Galilei gestritten haben, ob die Erde sich doch bewegt. Jüngere könnten sich gut an die

Hinrichtung Maria Stuarts erinnern. Und an die Verwunderung darüber, dass Schiller erst so spät etwas dazu geschrieben hat.

Und wenn einer behauptet, er sei jetzt 400 Jahre unfallfrei gefahren, handelt es sich vermutlich um einen Aufschneider.

Drei alte Männer hocken zusammen und erzählen sich, was sie erlebt haben. Sagt der 72-Jährige: »Am Sonntag habe ich fast die ganze Nacht getanzt. Aber das spüre ich dann doch am nächsten Tag. Ich habe einen richtigen Muskelkater in den Beinen.«
Sagt der 83-Jährige: »Ich war vorige Woche in den Alpen und habe eine Bergwanderung mitgemacht. Bis 4000 Meter sind wir hochgestiegen. Das habe ich dann hinterher doch arg im Rücken gemerkt.«
Sagt der 89-Jährige: »Ich komme gestern Abend zu meiner Geliebten. Sagt sie: ›Du warst doch erst heute Nachmittag bei mir!‹ Da habe ich bemerkt, dass mein Gedächtnis langsam nachlässt.«

Professor Gerd Uhlenbruck, Immunologe in Köln, hält die 480 Jahre für Humbug. »Aufgrund dessen, was wir von unseren Genen wissen, ist eine durchschnittliche Lebenserwartung von 120 Jahren möglich. Für mehr ist der Mensch nicht angelegt.«

Richtig sei jedoch: Wir können auch dadurch älter werden, dass wir gern lachen. Denn »Lachen ist gesund«, versichert er. »Das Immunsystem ist die Schaltstelle zwischen Körper und Geist. Menschen, die optimistisch sind und viel Humor besitzen, werden seltener krank. Das Lachen fördert die Selbstheilungskräfte des Körpers.«

Wenn zum Beispiel Clowns zu schwer kranken Kindern geschickt würden, wolle man sie nicht nur ablenken oder nur erfreuen, sondern auch ihre Abwehrkräfte stärken. »Wir wissen, dass über die Psyche ihre Immunabwehr stabilisiert wird.«

Zwei Bazillen treffen sich.
»Lange nicht gesehen.«
»Krank gewesen, Penicillin gehabt.«

Gerd Uhlenbruck hat fünf wissenschaftliche Bücher geschrieben und 27 heitere, unterhaltsame. Mit Aphorismen wie diesen:

Je öfter man einen hebt, desto tiefer sinkt man.

Politisch gesehen, werden die Menschen vor Neid nicht blass, sondern rot.

Laudatio: Alte Schinken werden mit Weihrauch geräuchert.

Man kann den Wind nicht nach der Fahne drehen.

Als ihn neulich im Stadtwald eine streitlustige Dame mit ihrem Hund beim Pinkeln überraschte, sagte er: »Sie müssen wissen, ich vertrete hier nur meinen Hund, der in Urlaub ist.«

Haben wir Deutsche Humor?

»Ja, aber der Deutsche überlegt erst, ob er ihn haben darf: Schadet es mir, wenn ich lache? Ich habe es oft erlebt: Wenn der Chef lachte, dann durften die anderen auch lachen. Nach dem ersten Oberarzt der zweite Oberarzt, und als letzter durfte dann der PJ-ler lachen.«

Ein Medizinstudent, der Sportarzt werden will, bekommt im Examen folgende Prüfungsfrage gestellt: Es wird gemeldet, dass ein Rennpferd sich das Schlüsselbein gebrochen habe. Der Veterinär ist gerade nicht da. Was machen Sie?

»Ich versuche, Erste Hilfe zu leisten.«

»Unsinn«, sagt der prüfende Professor, »Sie rufen beim ›Guiness-Buch der Rekorde‹ an. Denn Sie haben das einzige Pferd der Welt entdeckt, das ein Schlüsselbein besitzt.«

Statt eines Lieblingswitzes erzählt Gerd Uhlenbruck mir sein »Lieblingserlebnis«:

»Meine Mutter missbilligte meinen, wie sie meinte, unsoliden Lebenswandel. Sie selbst war auf disziplinierte Weise 93 geworden. Aufgrund eines Oberschenkelhalsbruchs war sie nach überstandener Operation längere Zeit auf meine Hilfe angewiesen. Schließlich war sie wieder ›selbstpflegefähig‹ geworden, wie das die Ärzte so nennen. Und ich, der ich zu der Zeit gerade 70 geworden war, scherzte:

›Ich hoffe, dass meine Samariter-Tätigkeit sich auch positiv in deinem Testament auswirken wird.‹

Sie: ›In meinem Testament kommst du überhaupt nicht vor!‹
›Wieso denn das nicht?‹
Verschmitzt lächelnd antwortete sie: ›Weil ich dich überlebe!‹«
Seine Mutter habe auch eine ganz simple Erklärung dafür gehabt, dass Frauen länger leben als Männer: »Es ist ihr Wunsch, den Todfeind überleben zu wollen!«
Der Berliner Sprachwissenschaftler Walter Dreher hat in einer Untersuchung festgestellt, dass Frauen doppelt so häufig lachen wie Männer. Leben sie deswegen auch statistisch viel länger?
»Nicht deswegen. Frauen werden älter, weil sie Östrogene produzieren, was wir Männer nicht tun.«

Auch Ärzte werden heutzutage arbeitslos. Ein Gynäkologe, den es erwischt hat, nimmt als zumutbare Arbeit einen Job als Maler und Tapezierer an. Der Meister fragt nach dem ersten Arbeitstag den Kolonnenführer, wie denn der Neue sich bewährt habe. Der antwortet: »Man muss ihm noch viel erklären. Aber heute Nachmittag war er großartig. Da konnten wir nicht ins Haus, weil die Besitzer ausgegangen waren und den Schlüssel versehentlich mitgenommen hatten. Und da hat er durch den Briefkasten schon mal den ganzen Flur renoviert!«

Der Kölner Gynäkologe Professor Naujoks wurde gefragt, ob es stimme, dass die Menschen älter werden als früher.
»Dafür bin ich nicht zuständig, ich bin Frauenarzt.«

Zwei Labormäuse unterhalten sich. Sagt die eine: »Ich habe meinen Professor inzwischen gut erzogen, immer wenn ich klingele, bringt er mir was zu essen …«

Lachen baut Stress ab, das ist erwiesen. Es löst auch Ärger auf. Durch Lachen fallen Barrieren. Uhlenbruck: »Gesund ist eine humorvolle Einstellung zum Leben, die eine gewisse Gelassenheit voraussetzt.«

»Wie alt sind Sie?«
»53 Jahre.«
»Wenn Sie gesünder gelebt hätten, könnten Sie schon 63 sein!«

Arztwitze nehmen uns die Angst vor der Krankheit und verringern die Distanz zu den so genannten Göttern in Weiß.

»Konnten Sie nicht früher kommen? Eigentlich ist die Sprechstunde vorbei!«
»Entschuldigen Sie, Herr Doktor, aber der Hund hat mich nicht früher gebissen.«

Es gibt drei Typen von Arztwitzen. Die über Ärzte, die über Patienten, und die über die Beziehungen zwischen beiden. Es lässt sich aber nicht immer exakt auseinander halten, was in welche Kategorie gehört.

Typ 1:

Der berühmte Therapeut sagt zum Patienten: »Zuerst muss ich Ihnen sagen, dass eine Konsultation bei mir 100 Euro kostet.«
»Ich weiß«, antwortet der Patient.
»Zweitens: Für dieses Honorar kann ich Ihnen zwei Fragen beantworten.«
»Hundert Euro für zwei Fragen, finden Sie das nicht auch ein bisschen teuer?«
»Mag sein, und wie lautet Ihre zweite Frage?«

Typ 2:

Ein Skelett sitzt im Wartezimmer. Sagt der Arzt: »Sie kommen etwas spät!«

Typ 3:

Ein Landarzt wird zu einer Entbindung gerufen. Als er kommt, geht er zügig mit seinem Instrumentenkoffer ins Schlafzimmer. Kurz darauf öffnet er die Tür ein wenig und verlangt einen Schraubenzieher. Bald danach will er noch ein Brecheisen haben, fünf Minuten später eine Handsäge. Der aufgeregte Ehemann wundert sich, muss aber noch eine halbe Stunde ängstlich warten. Dann kommt der Arzt und verkündet fröhlich:

»Es ist ein gesunder Junge geworden!«
»Das war wohl eine besonders schwere Geburt«, meint der Ehemann besorgt.
»Nein, alles ganz normal«, sagt der Arzt.
»Und wozu haben Sie dann das ganze Werkzeug gebraucht?«
»Ach, wissen Sie, ich kriegte nur meinen Koffer nicht auf.«

Kann auch Schadenfreude gesund sein? »Manchmal ist das wirklich die reinste Freude.«

Ein Mann ruft den Notarzt an: «Kommen Sie schnell, meine Frau hat eine Maus verschluckt!«
»Ich bin schon unterwegs«, antwortet der Arzt, »Ihre Frau soll bis dahin den Mund aufmachen, und Sie halten ein Stück Käse davor, um die Maus zu locken.«
Als der Arzt eintrifft, wedelt der Mann mit einem Hering vor dem geöffneten Mund der Frau herum. »Ich habe doch gesagt, Sie sollen ein Stück Käse nehmen«, sagt der Arzt.
»Ich weiß«, antwortet der Mann, »aber inzwischen müssen wir die Katze herauslocken.«

Das menschliche Gehirn erfreute sich lange Zeit keiner allzu großen Anerkennung – weder in der Antike noch im Mittelalter. Als erster Wissenschaftler hat Franz Gall Ende des 18. Jahrhunderts dem Gehirn geistige Funktionen zugeschrieben und versucht zu ordnen, welche Teile des Gehirns für welche Aufgaben zuständig sind. Wo der Mut sitzt und wo die Angst, die Eitelkeit, die Sprachfähigkeit, die Ehrfurcht, das Zahlengedächtnis, das Personengedächtnis und die Fähigkeit zu Visionen. Der Stolz liege z. B. im »oberen Scheitelläppchen, in der Nähe der Mittellinie«. Das Lachzentrum befinde sich in der Nähe des Zwischenhirns, während das Humorzentrum im vorderen rechten Frontallappen zu Hause sei. Zwischen beiden gibt es keine erkennbaren Beziehungen, sagt Uhlenbruck. Unterscheidet das Gehirn zwischen Witz und Humor? Den Spaßvögeln in der Medizin haben es jedenfalls vor allem die Psychotherapeuten angetan.

Der Wiener Psychiater und Nobelpreisträger Julius Wagner-Jauregg, 1857 geboren, war berühmt für seine selbstkritischen Aperçus.

»Geben wir doch zu«, sagte er zum Beispiel, »dass sich die Irrenärzte von ihren Patienten in den meisten Fällen nur durch die akademische Vorbildung unterscheiden.«

Oder: »Die Psychoanalyse ist eine Methode, bei der ein Arzt von einem Patienten ein paar Jahre leben kann.«

Ein Psychoanalytiker hat eine Frage an seinen berühmten Kollegen Alfred Adler: Er behandele einen jungen Amerikaner, der inzestuös fixiert sei. Er wolle unbedingt mit seiner Mutter schlafen.
»Was soll ich tun?«, fragt er.
»Wenn er es wirklich möchte, dann soll er es eben tun«, sagt Adler.
»Um Gottes willen, und was geschieht, wenn er es wirklich tut?«
Antwortet Adler: »Aber gehen S', verrückt ist ja nur er, nicht seine Mutter!«

Manch alte Geschichte fällt einem nicht rechtzeitig ein, wenn man sie braucht. Mir ist es so mit einigen Klassikern gegangen, die ich mit Vergnügen nachreiche.

Der Sohn kommt vom Arzt zurück.
Die Mutter fragt: »Was sagt der Doktor?«
»Er meint, ich habe einen Ödipuskomplex.«
»Ach was, Ödipus, Schnödipus, Hauptsache, du hast deine Mama lieb!«

Wie wahr sind Therapeutenwitze?

Ein Mann kommt zum Psychotherapeuten: »Wissen Sie, dass ich englisch träume, macht mir ja nicht so viel aus. Was mich stört, sind die türkischen Untertitel.«

Warum wird man verrückt? Der Germanist Hermann Bausinger beschreibt, wie schnell das gehen kann:

Ein Mann liegt auf der Couch eines Psychotherapeuten und schildert sein Problem:
»Sehen Sie, ich heiratete eine Frau mit einer erwachsenen Toch-

ter. Dann heiratete mein Vater diese Tochter meiner Frau, wodurch meine Frau die Schwiegermutter ihres Schwiegervaters wurde.
Dann bekam meine Stiefmutter, die Tochter meiner Frau, einen Sohn, und dieser Junge war natürlich mein Bruder, weil er meines Vaters Sohn war. Aber er war auch der Stiefsohn und Enkel meiner Frau, und das machte mich zum Großvater meines Stiefbruders. Dann bekam meine Frau einen Sohn. So ist meine Großmutter Stiefschwester meines Sohnes, weil dessen Stiefschwester meines Vaters Frau ist.
Ich bin der Bruder meines eigenen Sohnes, der auch der Sohn meiner Stiefgroßmutter ist. Ich bin der Schwager meiner Mutter, meine Frau ist die Tante ihres eigenen Kindes, mein Sohn ist der Neffe meines Vaters, und ich bin mein eigener Großvater.
Sehen Sie, das sind die Gründe, weshalb ich hier bin.«

Natürlich beansprucht in der Psychoanalyse das Thema Sexualität besondere Aufmerksamkeit, mindestens in den Augen derer, die sich darüber lustig machen.

Ein Psychologe testet einen Patienten. Er zeichnet ein kleines Viereck auf ein Stück Papier und fragt: »Was ist das?«
»Ein Zimmer mit einer nackten Frau darin.«
Der Psychologe zeichnet ein größeres Viereck. »Und was ist das?«
Der Patient stöhnt wollüstig. »Das sind zwei Zimmer mit zwei nackten Frauen!«
Der Psychologe zeichnet ein noch größeres Viereck. »Und was sehen Sie jetzt?«
»Oh, das ist ein ganzer Saal voll nackter Frauen!«
»Typische Sexualneurose«, flüstert der Psychologe einem jungen Kollegen zu.
Da springt der Patient auf. »Was sagen Sie da über mich? Ich soll eine Sexualneurose haben? Sie malen mir doch die ganzen Schweinereien!«

»Warum küssen Sie mich nicht, Herr Doktor?«, fragt die Patientin ihren Psychoanalytiker.

»Das darf ich leider nicht«, antwortet der Seelenarzt. »Nach unseren strengen Vorschriften dürfte ich nicht einmal neben Ihnen auf der Couch liegen.«

Uhlenbruck sagt, Lachen wirke auch gut bei Hypochondern. Sie seien gerade im Bereich des Zwerchfells verkrampft. Wenn man sie zum Lachen bringe, entkrampften sie, wenn sie erst über ihre eingebildete Krankheit lachen könnten, seien sie nicht mehr krank. Wobei man fragen könnte: Sind Hypochonder, die lachen können, noch welche?

Ein Mann wird in einer Klinik von einem Psychotherapeuten behandelt, weil er glaubt, er sei eine Maus. Drei Monate müht sich der Arzt, dann endlich ist der Patient überzeugt, dass er wirklich keine Maus ist. Er soll die Klinik verlassen.
»Ich hoffe, das haben wir behoben«, sagt der Mediziner.
»Da können Sie ganz sicher sein«, antwortet der Patient, »nie wieder werde ich glauben, dass ich eine Maus bin!«
Nach drei Schritten vor die Tür dreht er sich noch einmal um und fragt: »Nur eins noch: Weiß das auch die Katze?«

Ärzteschwemme nennt man nicht die Waschutensilien von Medizinern, sondern einen Zustand, in dem zu viele Ärzte sich öffentlich um das Geld von zu wenig Patienten streiten. Wie die Wirklichkeit rund ums Krankenbett bestimmt nicht aussieht, zeigt uns immer wieder das Fernsehen in zahlreichen Klinik- und Operationssaal-Filmen und -Serien.

Ärzte und ihre Patienten waren auch früher schon bei Autoren beliebt. Aber inzwischen scheint es so, als sei im Fernsehen eine Lawine losgetreten worden. Die Produktion ist ja auch preiswert, weil weder teure Kulissen noch Massenszenen gebraucht werden. Patienten treten einzeln auf, aber jeder Patient ist ein Fall, hat eine Geschichte, die anfängt und endet, ein Idealfall für Drehbuchautoren. Für bestimmte, auf unverhüllte Natur spezialisierte Sender sind Arztserien überhaupt das ideale Betätigungsfeld. Schließlich zieht man sich beim Arzt aus. Das bedeutet, da sind lauter Leiber, auf die man Rollen schreiben und die man dann sehen kann. Auf den Leib geschrieben. Und jedes Mal stellt sich die Frage: Geht es gut, oder geht es nicht gut, wird der Patient gesund oder nicht? Und der Zuschauer hat die Gewissheit: Fast immer siegt der Arzt, siegt die Gesundheit.

Geplant wird allerdings schon eine besondere Form von Pay-TV, also Fernsehen, das noch extra Geld kostet. Mit zwei Schlussversionen: Für diejenigen, die 5 Euro einwerfen, wird der Patient gesund, wer kein Geld einwirft, muss ihn siechen sehen.

Es wird in diesen Serien eine brennende Frage beantwortet: Was tun Ärzte und Schwestern außerhalb der Sprechstunden? Miteinander oder einzeln. Finden sie sich zu Romanzen in Mull oder speisen sie Skal-Pellkartoffeln? Paul Kuhn erzählte mir folgenden Witz dazu:

Eine junge Dame geht mit einem gut aussehenden aber nicht mehr ganz so jungen Herrn in ein Hotel. Irgendwann in der Nacht sagt sie: »Ich glaube, ich könnte sagen, wer du bist.«
»O je, das glaube ich nicht.«
»Doch, doch, ich glaube, du bist Arzt!«
»Tatsächlich? Also, ich bin Arzt, sogar ein angesehener. Aber deswegen solltest du nicht darüber sprechen, dass wir hier sind.«
»Weißt du, ich glaube, ich könnte sogar sagen, was für ein Spezialist du bist.«
»Das ist nicht möglich, das glaube ich nicht. Woher willst du das wissen?«
»Doch, ich glaube, du bist so eine Art Betäubungsdoktor oder so ...«
»Du meinst ein Anästhesist.«
»Ja, so heißt das.«
»Wieso kommst du darauf?«
»Ich habe gar nichts gespürt!«

Ist Schwarzer Humor bei Heilberufen erlaubt? »So etwas kann auch Ängste nehmen«, meint Gerd Uhlenbruck, »das ist eine Art Homöopathie, Gleiches mit Gleichem zu behandeln.«

Arzt: »Mit diesem Leiden können Sie 70 Jahre alt werden.«
Patient: »Das bin ich doch schon.«
Arzt: »Sehen Sie, was habe ich Ihnen gesagt!«

Arzt: »Ich habe zwei Nachrichten, eine schlechte und eine weniger schlechte.«
Patient: »Zuerst die weniger schlechte.«
Arzt: »Sie haben noch 24 Stunden zu leben.«
Patient: »Und die schlechte?«
Arzt: »Ich versuche vergeblich, Sie seit gestern Nachmittag zu erreichen!«

Ich frage den Professor noch, worüber er als Kind gelacht habe. Gibt es da Erinnerungen? Mein Gast überlegt eine Weile. »Da war Nazizeit und Krieg, da gab es wenig zu lachen.« Er sympathisierte mit den »Edelweißpiraten«, einer Kölner Widerstandsgruppe, die fälschlicherweise noch immer in die Nähe krimineller Vereinigungen gerückt wird. Einer ihrer »Köpfe« war Jean Jülich, ein lustiger Mann, der in Köln heute als Präsident der »kleinsten Karnevalsgesellschaft der Welt« auftritt. Er ist nämlich ihr einziges Mitglied. Er sei nicht Präsident, sondern Ehrenpräsident, berichtigt mich Jülich, »sonst müsste ich ja Beitrag zahlen«.

Wie können zwei Männer, aus dem Widerstand kommend, gleich nach dem Krieg, nach Gefängnis und drohender Todesstrafe, sofort wieder Karneval feiern und lustig sein? Uhlenbruck erinnert sich: »Es war wohl so etwas wie schwarzer Humor, eine panische Flucht in die Normalität, die durch ihre Neigung, rasch zu vergessen, auch wieder fragwürdig wurde. Dabei träume ich heute noch von den Verhören und der Verfolgung.« Er macht eine Pause. »Mein Freund Jean Jülich wollte über den Karneval die auseinander gerissenen Menschen wieder zusammenbringen – das Lachen und der Humor sind da eine wichtige Hilfe.«

Es klingt wie eine Drohung, wenn er mir mitteilt, dass es als Alterserscheinung die »Witzelsucht« gibt. Das sei eine ganz peinliche Sache.

»Bin ich witzelsüchtig?«, frage ich erschrocken.

Mein Gast winkt ab und beruhigt mich: Witz sei eine Sache des Geistes, Witzelsucht eine Sache des verfallenden Geistes. So weit sei es bei mir nicht. Das sei die gute Nachricht. Eine schlechte hat er angeblich nicht. Aber vielleicht verschweigt er sie mir ja auch nur. Wie schreibt er in seinen Aphorismen: »Im Alter werden die grauen Haare auf dem Kopf immer mehr, und die grauen Zellen im Kopf immer weniger.«

Der Chefarzt wird von einem Patienten gefragt: »Sagen Sie mir doch bitte mal, wie es um mich steht!«
Der Doktor antwortet ihm: »Machen Sie sich mal keine Sorgen. In zehn Tagen sind Sie hier wieder heraus. So oder so!«

PETER JAMIN

Dichter, Denker, Kritiker: Wortwechsel mit Pointen

Haben Journalisten, Dichter und Schriftsteller Humor?

Sicher, schnell sind Namen wie Kästner, Tucholsky oder Ringelnatz zur Hand. Und auch unter den noch lebenden Autoren finden wir manchen mit ausgesprochen humoresker Ader. Denken wir nur an Kishon, Loriot, Dahl oder Hacke. Doch wer den Witz und das Witzige sucht, muss sich schon ein wenig mühen, oder um es mit dem deutschen Film- und Fernsehkomiker und Kabarettisten Dieter Hallervorden zu sagen: »Deutscher Humor ist ja ein echter Schlankmacher: Man muss meilenweit laufen, bis man ihn trifft.«

Schon Deutschlands erster Bundeskanzler Konrad Adenauer erkannte den Ernst der Lage, als er feststellte: »Mit kleinen Jungen und Journalisten soll man vorsichtig sein. Die schmeißen immer noch einen Stein hinterher.«

Ein Reporter fragt den Berufstaucher: »Und was halten Sie vom Rauchen am Arbeitsplatz?«

Von Joachim Ringelnatz stammt die Erkenntnis: »Humor ist der Knopf, der verhindert, dass uns der Kragen platzt.«

Der französische Zeichner und Schriftsteller Jean-Jacques Sempé liegt mit ihm auf gleicher Wellenlänge: »Für mich ist alles Ernste lustig und alles Lustige ernst. Humor ist meine Waffe gegen alles Unerträgliche im Leben.«

Vielleicht sind beide ja beim deutschen Ur-Humoristen, dem

Schriftsteller, Zeichner und Maler Wilhelm Busch, in die Schule gegangen. Der stellte fest: »Was man ernst meint, sagt man am besten im Spaß.«

Der Starkritiker einer Zeitung verpasst in einem kleinen Provinzstädtchen seinen Anschlusszug. Wie er so überlegt, was man machen könnte, kommt ihm die Idee, in die Oper zu gehen. Er bekommt tatsächlich noch eine Karte für die erste Reihe im ausverkauften Haus. Der Tenor ist allerdings ein total abgesungener Mann. Der Kritiker mag ihm kaum zuhören. Als das Solo beendet ist, erhält der Sänger jedoch donnernden Applaus und Bravorufe: »Da Capo! Da Capo!«
Der Kritiker ist entsetzt. Nachdem der Tenor unter großen Mühen nochmals sein Solo gesungen hat und das Publikum es ihm wieder mit brausendem Applaus dankt, wendet er sich an seinen wild klatschenden Nachbarn: »Na hören Sie mal, der Mann ist doch grottenschlecht! Wieso wollen die Leute den noch mal hören?«
Darauf der Nachbar: »Wie schlecht er ist, wissen wir schon lange. Aber heute machen wir ihn fertig!«

Der Musikkritiker der ›Rheinischen Post‹ in Düsseldorf, Wolfram Goertz, entfaltete auf einer ganzen Zeitungsseite, wie man schreiben muss, dass Leser lächeln oder sich kringeln; er stellte fest: »Die journalistische Entstehung des Witzes und des Witzigen scheint aller Konstruktion zu widerstehen. Das Witzige komme doch, denkt mancher, von innen, aus der Phantasie, der Eingebung, aus der Momentattacke. Mag sein. Dennoch glaube ich fest, dass man witzig schreiben kann, wenn man will. Nun wird mancher jaulen und mich des Übermuts oder gefährlichen Leichtsinns zeihen. Rechtens. Ernste Themen behandle man mit Würde. Die Steuerreform beispielsweise bedarf jener Form der Analyse, wie sie die werten Kollegen tausendmal besser beherrschen als ich.«

Da ist der Leser baff, dass es immer noch so viele Witze, zum Beispiel über die Musikkritik und die Kritiker, gibt:

Die kürzeste Zeitungskritik: »Claudia M. gab im Wiener Musikvereinssaal ein Konzert am Klavier. Warum?«

Schreibt ein Kritiker: »Was ist die Gemeinsamkeit von Kondom und Dirigent? – ›mit‹ ist sicherer, ›ohne‹ schöner…«

Fragt ein Musikkritiker einen anderen: »Kennst du die Geschichte, in der ein Dirigent mit 'nem Strick in den Wald geht?«
»Nein, aber sie fängt ganz gut an…«

Es wird eine Radioansage zur Sendung von Peter I. Tschaikowskis ›Nussknackersuite‹ verlesen. Die Kollegen versuchen vorher, den Ansager zu verwirren: »Dass du aber nicht ›NussKACKERsuite‹ sagst!«
Der Ansager reißt sich zusammen: »Meine Damen und Herren, hören Sie nun die Nussknackersuite – von Peter Scheißkowski!«

Der folgende Witz ist auch für andere Berufe geeignet:

Zwei Musiker unterhalten sich. Fragt der eine: »Was ist der Unterschied zwischen einem Kritiker und einem Eunuchen?«
Der andere Musiker kennt die Antwort nicht.
»Da gibt's keinen. Beide wissen genau, wie man es machen muss, können es aber nicht.«

Musikkritiker Goertz schaffte es, bei seiner Suche nach dem Witz keinen Witz zu erzählen und trotzdem witzig und unterhaltend zu sein, um schließlich festzustellen: »Privat, im Gespräch, starre ich oft in die Luft – nach der Devise ›Dumm gucken, schlau denken‹. Doch was einmal im Kopf brütet, kommt irgendwann heraus. Die Pointe ist dann Zange und Baby zugleich. Hurra, wieder ein Witz!«

Der Philosoph Friedrich Nietzsche wird gern zitiert, wenn es um die Theorie zum Witz geht: »Der Witz ist das Epigramm auf den Tod eines Gefühls.«

Der amerikanische Schriftsteller Will Rogers, der von 1879 bis 1935 lebte, stellte vorsorglich fest: »Ich mache keine Witze. Ich beobachte lediglich die Regierung und berichte die Tatsachen.«

Sein britischer Kollege Samuel Taylor Coleridge warnte allerdings vor den Folgen: »Kein Geist ist in Ordnung, dem der Sinn für Humor fehlt.«

»Gott sei Dank, dass der Spaß nicht totzukriegen ist in dieser mürrischen Welt«, jubelte der Schriftsteller Wilhelm Raabe.

Schriftsteller können über alles schreiben, Dichter würden über alles schreiben, wenn es sich in wenigen Sätzen ausdrücken ließe, und Journalisten schreiben über alles. Karl Kraus beschäftigte sich schon auf die ihm eigene Art mit den Schreibern; von ihm stammen diese nachdenklich-witzigen Erkenntnisse:

»Journalisten schreiben, weil sie nichts zu sagen haben, und sie haben etwas zu sagen, weil sie schreiben.«

»Der Satiriker richtet die Welt ein, wie der Bittere den verdorbenen Magen: Er hat nichts gegen das Organ.«

Der ›Kress-Report‹, das Klatsch- und Karriere-Blatt der Kommunikationsbranche, pflegt den Witz auf der ersten Seite, oben links. Wie die ›Süddeutsche Zeitung‹, Deutschlands intellektuellste Glosse, das ›Streiflicht‹. Der Kress-Report lässt beim Witz kein Thema aus:

Was unterscheidet Männer von Schweinen?
Schweine werden, wenn sie betrunken sind, nicht zu Männern.

Auch in den Tageszeitungen finden wir gelegentlich Witze. In der ›Bild‹ lesen die Käufer regelmäßig den »Witz des Tages«. Und sogar das Feuilleton der ›Frankfurter Allgemeinen Zeitung‹ hat keine Berührungsängste, wenn es um Witziges geht. Das wird dann allerdings zu einem Ereignis, über das die Leser mailen und erzählen. Mich erreichte ein ›FAZ‹-Witz per E-Mail. Die Zeitung, hinter der immer ein schlauer Kopf sitzen soll, zitierte den Schriftsteller Michel Houellebecq:

Treffen sich ein Masochist und ein Sadist. Sagt der eine: »Bitte, quäl mich.«
Erwidert der andere: »Nein.«

Immer wieder wurden in der Vergangenheit auch Journalisten, Schriftsteller und Dichter selbst zu Figuren des Witzes oder der amüsanten Anekdote. Mit einigen möchten wir diese Exkursion zum Witz der Autoren schließen:

Der Schriftsteller Mark Twain führte eine Dame zu Tisch. Liebenswürdig, wie er war, machte er ihr ein Kompliment: »Wunderbar sehen Sie heute aus, gnädige Frau!«
Leider handelte es sich um eine affektierte Person, denn sie erwiderte ihm schnippisch: »Schade, dass ich Ihnen dieses Kompliment nicht zurückgeben kann!«
Mark Twain ließ sich nicht aus der Ruhe bringen und erwiderte: »Machen Sie es wie ich – lügen Sie!«

Der Philosoph Antoine Arnauld unterhielt sich auf einer Abendgesellschaft stundenlang mit einer hübschen, aber vom Geist weitgehend unberührten Dame. Später wurde er gefragt, wie er es fertig brächte, solch seichtem Geplauder so lange zuzuhören.
»Wieso zuhören*?«, erwiderte er. »Ich* schaue zu*!«*

Thomas Mann, noch jung und unbekannt, gab einem Münchener Kunstfreund einige Novellen zum Lesen. Der junge Schriftsteller hoffte, durch diesen gefördert zu werden. Doch der Angesprochene zeigte kein Interesse.
»Ich dachte, Sie seien ein Kunstkenner«, sagte Thomas Mann enttäuscht.
»Das schon. Aber Sie sind kein Dichter!«, erwiderte der Kunstfreund.
»Entschuldigen Sie«, sagte Thomas Mann, »da haben wir uns wohl beide geirrt!«

Der Leiter der Romanredaktion des ›Prager Tagblatts‹ war kein Freund von Ordnung. In all den Jahren seiner Tätigkeit war es ihm nie gelungen, das märchenhafte Chaos seiner Redaktionsstube zu sortieren. Eingesandte Manuskripte verschwanden meist sogleich zwischen ihresgleichen, unauffindbar in alle Ewigkeit. Dennoch hat dieser Redakteur 1918 das Blatt gerettet.

Am Ende des Ersten Weltkrieges wollte die tschechische Bevölkerung keine deutsche Zeitung mehr in ihrem Lande dulden. Man verwüstete die Redaktionen. Auch das ›Prager Tagblatt‹ wurde von einer Horde gestürmt. Ein paar Männer zertrümmerten als erstes die Tür der Romanredaktion. Als sie jedoch das grauenhafte Chaos dort sahen, rief einer: »Da waren wir schon!« Und der ganze Zug drehte ab.

George Bernhard Shaw schrieb einmal folgende Kritik über eine ›Hamlet‹-Aufführung: »Seit Jahrzehnten streiten sich die Gelehrten, wer der wirkliche Autor des ›Hamlet‹ ist – Shakespeare oder Bacon. Zum erstenmal sind wir nun in der Lage, die Streitfrage klären zu können! Man öffne die Gräber der beiden Männer. Derjenige von ihnen, der sich gestern Abend während der Aufführung in seinem Grabe umgedreht hat, ist der Autor.«

Frage an Radio Eriwan: »Stimmt es, dass der Dichter Majakowski Selbstmord begangen hat? Wenn ja, was waren seine letzten Worte?«
»Es stimmt wirklich, Majakowski hat Selbstmord begangen. Seine letzten Worte waren: ›Nicht schießen, Genossen!‹«

Frage: »Wer war der erste Dichter?«
Antwort: »Nebel, denn es steht geschrieben: ›Dichter Nebel lag auf der Erde.‹«

»Fritzchen, nenn' mir einmal einen berühmten Dichter!«
»Achilles.«
»Aber Fritz! Achilles war doch kein Dichter!«
»Wieso, der ist doch wegen seiner Verse bekannt ...«

Eisig Meier Dick, der bekannte jiddische Romanschriftsteller, erhielt eines Tages von einem jungen Schriftsteller Besuch. Der legte ihm einen Roman vor und erbat den Rat des prominenten Kollegen, was er nun, um das Buch an den Mann zu bringen, tun könne.
»Mein lieber Freund«, sagte Dick, »du sollst mit dem Werke

vierzig Jahre ohne Unterlass von Stadt zu Stadt und von Haus zu Haus gehen.«
»Und nach vierzig Jahren?«, fragte der Schriftsteller neugierig.
»Dann wirst wissen«, erwiderte Dick, »was es heißt, ein ›jiddischer Schriftsteller‹ zu sein!«

Der eine ist Schriftsteller geworden und der andere Busfahrer. Sagt der Schriftsteller: »Du, ich bin inzwischen so bekannt geworden, ich veröffentliche meine Werke in sechs Sprachen.«
Darauf der Busfahrer: »Hast du es gut. Ich bin inzwischen so bekannt geworden, ich zahle Alimente in sechs Währungen.«

Ein Mann kommt in die Kneipe und geht zum Wirt: »Hey Wirt, du sagst doch immer, du hast schon alles gesehen. Wetten, ich kann dir was zeigen, was du noch nie gesehen hast?«
Sagt der Wirt: »Niemals. Ich habe schon alles gesehen.«
Der Mann greift in seine Tasche, holt einen Zwerg heraus und stellt ihn auf die Theke. Der Zwerg geht auf und ab und sagt: »Hallo, mein Name ist Simmel. Ich bin wirklich der Schriftsteller, selbst wenn ich nur 50 cm groß bin. Ich bin der Schriftsteller Simmel!«
Der Wirt guckt, schüttelt den Kopf und sagt: »Das habe ich ja noch nie gesehen, das ist ja Wahnsinn. Der Simmel! 50 cm groß! Sag mal, wo hast du den denn her?«
Sagt der Mann: »Ich verrate dir ein Geheimnis. Draußen steht doch die große Eiche. In der Eiche ist ein Astloch. In dem Astloch ist eine Lampe. Wenn du die reibst, hast du einen Wunsch frei.«
Der Wirt rennt sofort zu der Eiche, findet die Lampe und reibt sie. »Du hast einen Wunsch frei«, sagt die Lampe. Der Wirt überlegt nicht lange und sagt: »Ich hätte gerne 100 Millionen in kleinen Scheinen.«
Es gibt einen Knall, und vor dem Wirt liegen 100 Ferkel mit einer Zitrone im Maul. Verblüfft geht der Wirt zurück zu dem Mann in der Kneipe und sagt: »Ich glaube, die Lampe hat einen Hörfehler. Ich wollte 100 Millionen in kleinen Scheinen, und die Lampe gibt mir 100 Zitronen in kleinen Schweinen.«
Sagt der Mann: »Denkst du etwa, ich wollte einen 50 cm großen Simmel?«

Dieter Thoma

Genosse, es darf gelacht werden: (N)Ostalgie

Was ist Glück? – Dass wir in der DDR leben dürfen.
Was ist Pech? – Dass wir dieses Glück haben.

Der einzige Mangel, den es in der DDR nie gegeben hat, ist der Mangel an Witzen. Das war die Antwort des kleinen Mannes auf den Druck von oben. Trotzdem kostet es Mühe, heute noch gute zu finden. Sie lebten mit den sozialistischen Staatsformen auf und verschwanden mit ihnen. Der Rest verdunstet langsam. Nach ihnen zu suchen ist so, als lerne man eine tote Sprache:

Warum ist die Banane krumm?
Damit sie einen Bogen um die DDR machen kann.

Archäologen buddeln im Erdreich nach verschollenen Kulturgütern. Ich grub bei ehemaligen DDR-Bürgern. Ich warf mich in den Mantel, stieg in den Zug und fuhr nach Berlin. Der Taxifahrer begrüßte mich mit freundlicher Schnodderschnauze: »Aus Köln kommen Se? Dann woll'n Se sich jetzt wohl das Großstadtleben ankieken, wa?« Ich überging seine hauptstädtische Arroganz und antwortete: »Ich suche Witze. DDR-Witze.« Da fiel ihm gleich einer ein.

Was war früher da, Ei oder Henne?
Früher war beides da.

Als wir am Friedrichstadtpalast vorbeikommen, erinnere ich mich an seine Eröffnung 1984. Unter den Gästen war auch Günter Mittag, Stellvertretender Vorsitzender des Staatsrates der DDR. Der Moderator sagte damals in der Live-Sendung: »Morgens esse ich wenig, abends umso mehr, denn vom Mittag kann man ja nicht viel erwarten.«

Günter Mittag nahm ihm das übel, und der Moderator hatte seine Karriere beendet. Er verschwand für immer von der Bühne.

Der Fahrer setzt mich in einem Café in Berlin-Mitte ab. Dort begrüße ich meinen ersten Gesprächspartner. Er war früher ein kleiner Funktionär und fragt, warum ich mich verspätet hätte. Ich lege Hut und Mantel ab und bestelle einen Kaffee. »Ich habe meine Uhr verlegt und musste einen anderen Zug nehmen«, flunkere ich. Das bringt ihn auf seinen ersten Witz:

Walter Ulbricht vermisst seine goldene Uhr.
Sagt Mielke: »Das werden wir schnell klären!«
Eine Stunde später ruft Ulbricht an und sagt: »Die Sache hat sich erledigt, ich habe die Uhr gefunden.«
»Zu spät«, antwortet Mielke »von 18 Festgenommenen haben zehn gestanden.«

Sind diese Witze entstanden aus dem Widerspruch zwischen dem aufgebauschten Wort politischer Reden und der Wirklichkeit?

»Aus der Diskrepanz zwischen Behauptungen und Tatsachen«, sagt mein Gegenüber. Offenbar fühlt er sich nicht wohl, mit diesen Geschichten in die alte Zeit zurückzukehren. Es ist so, als redeten wir schlecht über Verstorbene. Die Bedienung stellt ein kleines Tablett mit einem Kännchen Kaffee ab. Eigentlich wollte ich nur eine Tasse haben.

»Der war noch schön«, versichert mein Tischnachbar dann doch:

In der DDR gibt es keine Betten mehr, die Produktion ist völlig eingestellt worden. Wie kommt das?
Unsere Werktätigen sind auf Rosen gebettet, die Funktionäre ruhen sich auf ihren Lorbeeren aus. Die Stasi schläft nie, und der Rest sitzt.

Die Menschen hatten es in der DDR mit einer Staatsidee zu tun, die auf alles eine Antwort finden wollte und sich für alles zuständig erklärte, auch für jeden Einwand. Wenn im Westen jemand schlechte Schuhe gekauft hatte, beschwerte er sich im Geschäft. Hier schimpfte man auf den Sozialismus. Aber die Regierung unterstellte selbst, dass sie für die Produktion von Schuhen zuständig sei. Einwände richteten sich darum mit Recht auch gegen sie.

Warum sind die Metzgereien nachts dunkel?
Damit die Leute nicht glauben, da würden Fliesen verkauft.

Damit ist er leer, »verbrannt« wie ein enttarnter Agent. Ich verbünde mich mit dem Kellner: Jeder Gast, der bei mir einen Witz erzählt, wird zu einem Cappuccino oder einem Pikkolo eingeladen. Es dauert 25 Minuten, bis mein nächster Witzlieferant Platz nimmt.

Es ist eine Dame. Sie trinkt einen Pikkolo. Ich ordere noch einen Kaffee.

»Tasse oder Kännchen?«, fragt der Ober.

»Nur eine Tasse, bitte«, antworte ich. Er bringt trotzdem ein Kännchen.

»Das gehört zu unseren neuen Errungenschaften«, sagt mein Gast. Sie ist Ärztin, großgeworden im Arbeiter- und Bauernstaat. Sie erzählt:

Die Oma darf als Rentnerin in den Westen fahren. Als sie zurückkommt, wird sie gefragt: »Wie ist es denn so da drüben?«
»Eigentlich genau so wie hier«, antwortet Oma, »für Westgeld kriegt man alles.«

Das ist schon alles. Mehr weiß sie nicht oder sagt sie nicht. Der Ober bringt mir ein neues Kännchen Kaffee. »Wollten Sie nicht nur eine Tasse haben?« fragt mein nächster Gast erstaunt und rührt in seiner Cappuccinotasse. Der nächste Erzähler ist sinnigerweise ein evangelischer Pastor:

»Sie haben nicht einen Witz für mich?«, frage ich und bemühe mich, ihn anzulächeln. Er nickt und erzählt mir diese Geschichte:

Erich Honecker kommt in den Himmel, soll auf einer Wolke sitzen und Halleluja singen. Das ist ihm zu langweilig, er fragt, ob es denn nicht irgendetwas zu tun gebe. Daraufhin wird er einer Gruppe zugeteilt, die aus Ton kleine Männchen formt. Immer wenn eine Figur fertig ist, haucht ihr Schöpfer sie an, woraufhin sie sich kurz räkelt und dann über den Tisch wegläuft.
Nur bei Erich bleiben die Figuren unbeweglich liegen. »Das verstehe ich nicht. Wie kann denn so etwas sein?« fragte er Petrus.

»Erich«, antwortet der Hüter der Himmelspforte, »die anderen formen kleine Menschen, du machst kleine Kommunisten. Das müsstest du doch wissen: Denen muss man erst in den Arsch treten, bevor sie laufen.«

Der wirtschaftliche Zusammenschluss der Ostblockstaaten nannte sich »Rat für gegenseitige Wirtschaftshilfe« oder auch »COMECON« (»Council for Mutual Economic Assistance«). An der Effizienz dieser Vereinigung zweifelt der folgende Witz:

Frage: Es ist groß, schwarz, aus Eisen, und tritt nicht in den Arsch. Was ist das?
Antwort: Es ist die erste, gemeinsam im Comecon entworfene ›In-den-Arsch-Trete-Maschine‹ der Welt.

Er sammelt offenbar diese Tret-Witze. Mehr hat er auch nicht zu bieten.

Die Kritik am Staat suchte sich in der DDR ihre Wege nicht nur im Witz, sondern auch in Liedern und Gedichten, wie denen des Kabarettisten und Protestsängers Wolf Biermann. Er wurde 1976 aus der DDR ausgebürgert. Warum, mag folgendes Beispiel erklären, dass er 1979 im ›Kölner Treff‹ erzählte:

»›Hänschen klein‹ ist ein hochpolitisches Lied. Sie glauben es nicht?
Hänschen klein geht allein – ohne das Kollektiv!
In die weite Welt hinein – In der DDR ist es doch so schön!
Stock und Hut steht ihm gut – Das sind bürgerliche Symbole.
Und Deutsche gehen mit Gewehren und Handgranaten ins Ausland, wie in der ČSSR oder in der Nazizeit.
Und die Mutter weinet sehr – deutsche Mütter weinen nicht, wenn ihr Sohn den Heldentod stirbt.
So ist das ein hochpolitisches Lied. Man muss es nur richtig missverstehen.«

Mein nächster Kaffeepartner ist Pädagoge. »Das war erst Mitte der fünfziger Jahre«, erinnert er sich, »da kamen die typischen DDR-Witze auf!«

Beim Einbruch ins Innenministerium sind die Wahlergebnisse der nächsten zehn Jahre gestohlen worden.

Der gefällt mir. Aber die besten Witze seien damals aus Russland, zu jener Zeit noch Sowjetunion, gekommen.

Der sowjetische Regierungschef Nikita Chruschtschow besucht eine Schule. Er fragt: »Wer hat ›Anna Karenina‹ geschrieben?«
Alle Schüler sagen: »Ich nicht!«
Der Erste Vorsitzende mahnt: »Denkt darüber nach, was an eurer Schule los ist! Ich stelle eine ganz normal Frage und bekomme nur dumme Antworten. Überlegt was ihr tun könnt!«
Eine Woche später bekommt er einen Brief von der Schule. Darin steht: »Wir haben den Fall untersucht. Die verantwortlichen Leute sind gefunden. Sie haben nicht nur ›Anna Karenina‹ geschrieben, sondern auch ›Krieg und Frieden‹. Sie haben es auch zugegeben.«

Im Vielvölkerstaat Sowjetunion standen die Russen bevorzugt im Mittelpunkt des Witzes:

Bei einem Metzger in der Kleinstadt wird Fleisch erwartet. Obwohl es klirrend kalt ist, steht eine lange Schlange Menschen frierend vor dem Eingang. Nach zwei Stunden kommt der Metzger heraus und sagt:
»Es wird nicht für alle reichen, wie ich höre. Also, die Juden gehen schon mal wieder nach Haus.«
Nach weiteren zwei Stunden, leichter Schneefall hat eingesetzt, tritt der Metzger wieder vor die Tür und sagt: »Es wird noch viel weniger sein, als wir geglaubt haben. Jetzt gehen Letten, Esten und Ukrainer wieder nach Haus.«
Es vergehen weitere drei Stunden. Ein eisiger Wind weht über die Straßen. Endlich öffnet der Metzger wieder seine Türe:

»Es ist alles noch viel schlimmer. Es wird gar kein Fleisch kommen. Ihr könnt alle heimgehen. Auch die Russen.«
Da sagt einer der Anstehenden zum andern: »Siehste, wie die Juden wieder bevorzugt werden!«

Dieser Cappuccino-Gast hat sich gelohnt. Ich danke ihm. Sekt mag er nicht. Ungarn war dem Westen schon immer näher, auch im Kommunismus. Ich erinnere mich, dass ich dort schon Ende der siebziger Jahre in Geschäften mit einer westlichen Kreditkarte zahlen konnte. Ein gebürtiger Ungar erzählt mir zwei Witze aus seiner alten Heimat:

Ein Genosse soll aus der Partei ausgeschlossen werden. Wegen dauernder Trunkenheit. Sein Parteioberer wirft ihm vor: »Selbst dein Parteidokument stinkt nach Wodka!«
»Dazu kann ich nichts«, wehrt sich der Angesprochene, »immer wenn ich Beitrag bezahlt habe, hat der Parteisekretär den Stempel angehaucht!«

Die ungarische KP schickt ein hochrangiges Mitglied in den Westen. Der Mann soll dort sechs Wochen studieren, wie es mit dem Sterben des Kapitalismus steht, das ja bevorstehen soll.
Als der Entsandte nach sechs Wochen zurückkommt, holt ihn ein Genosse auf dem Bahnhof ab und fragt:
»Kannst du ein Resümee geben mit einem Satz?«
»Es ist ein schöner Tod!«

Die Polen waren und sind vielleicht die begabtesten Witzemacher des europäischen Ostens. Niemand weiß, wie viele Witze dort entstanden sind, um dann ihren Weg durch alle sozialistischen Länder zu nehmen.

Aus dem heutigen Polen stamme folgender, sagt mein ungarischer Gast:

Zwei Polen treffen sich nach der Wende.
»Wie geht es dir? Was machst du?«
»Ich habe jetzt eine Stellung in der Stadtverwaltung.«
»Und deine Frau?«
»Die arbeitet als Sekretärin.«

»Und deine Tochter?«
»Die ist Arzthelferin.«
»Und davon könnt Ihr leben?«
»Wo denkst du hin, nein! Aber zum Glück ist mein Sohn arbeitslos.«

Ich bringe eine eigene Erinnerung ein. Als ich 1983 in Warschau war, wurde unsere Delegation abends in den Keller des wieder aufgebauten Restaurants »Krokodil« eingeladen. Der Gastgeber pries in seiner Rede den Bau und sagte. »Diese eindrucksvollen Gewölbe, die Sie hier sehen, sind nebenbei aus Mikrobeton: 70 Prozent Beton und 30 Prozent Mikrofone.«

Die Ostfriesen der DDR waren die Volkspolizisten. Viele Friesen-Witze wurden einfach übertragen. Das galt für alle sozialistischen Länder bis auf einige wirklich eigenständige Vopo-Witze. Ich sammele sie wie ein Pilzsucher. Und eröffne das Gespräch mit meinem sechsten Kandidaten:

Das meistgebrauchte Wort der Vopos soll »Gänsefleisch« gewesen sein. Die Frage: »Gänsefleisch mol den Gofferraum uffmache?«

Mein Gesprächspartner lächelt höflich über meine Bemühungen, Sächsisch zu reden, vielleicht auch insgesamt über die Anstrengungen eines Wessis, sich in Witze hineinzudenken, deren Entstehungsbedingungen er selbst nicht erlebt hat. Im Gegensatz zu meinem Zuhörer. Er kontert den Vopo-Witz mit einer Quizfrage:

Frage: »Welches ist der höchste Berg der Welt?«
Antwort: »Die DDR! Bedenken Sie: Dreißig Jahre Aufstieg! Und immer noch keine Aussicht!«

Oder:

Die Augustus-Brücke in Dresden hieß in der DDR-Zeit »Dimitroff-Brücke«. Besuchern wurde das so erklärt: »Die Bezeichnung stammt aus der Zeit ›August des Starken‹. Wenn der Sachsenfürst am Nachmittag mit dem Schiff über die Elbe fahren wollte, suchte er aus den Schönen des Landes diejenigen heraus, die mitfahren sollten. Er zeigte dann: »Die mit droff, die mit droff!«

Dann fällt ihm noch ein heiterer DDR-Witz ein:

»Kannst du nach 10 Bier noch arbeiten?«
»Aber sicher, leicht!«
»Nach 20 Bier?«
»Aber ja!«
»Nach 30?«
»Auch noch.«
»Nach 40?«
»Also, etwas eingeschränkt, würde ich mal sagen.«
»Nach 50?«
»Also, arbeiten nicht mehr. Nur noch leiten!«

Anlaufstelle für Fragen aller Art war in der DDR der Radiosender Eriwan, der Fragen aus allen Lebensbereichen »im Prinzip« immer beantworten konnte:

Frage an Radio Eriwan: »Stimmt es, dass der Genosse Stalin die Witze sammelt, die über ihn erzählt werden?«
Antwort: »Im Prinzip ja, aber er sammelt auch diejenigen, die sie erzählen.«

Ich habe jetzt zwölf Tassen Kaffee getrunken. In Kännchen. Obwohl ich nur drei bestellt hatte. In Tassen. Der Ober kommt wieder vorbei und ich schaue schüchtern zu Boden. Als ich wieder aufblicke, lächelt mich Gast Nr. 7 an: »Hallo Dieter!«, begrüßt er mich. »Kennst du den schon?«

Ausgerechnet ein Kollege ist von meinem Ober angeworben worden. Er erzählt:

Ein Mann klingelt an der Etagentür. Krächzend antwortet zu seiner Überraschung von innen ein Papagei: »Wer ist denn da?«

Sagt der Mann: »Der Klempner!«
Der Papagei: »Wer ist denn da?«
»Der Klempner!«
»Wer ist denn da?«
Der Mann, immer lauter: »Der Klempner!«
Das geht so über zehn Minuten. Dann fällt der Mann vor der Tür ohnmächtig um. Als die Wohnungsinhaberin nach Haus kommt, sieht sie den Mann und fragt: »Wer ist denn da?«
Da ruft der Papagei: »Der Klempner!«

Damit sind wir offenbar mit den Witzen aus dem Osten im Westen angekommen. »Möchten Sie noch etwas trinken?«, fragt mein Ober. »Ich habe gleich Feierabend.« – »Vielleicht eine heiße Schokolade«, überlege ich laut. »Tasse oder Kännchen?« – Ich schaue ihn einen kurzen Augenblick an. »Ach, bringen Sie einfach ein Kännchen.«

Als ich, zurück in Köln, meine Wohnungstüre aufschließe, entdecke ich zu meiner Freude einen Brief von Wolfgang Kohlhaase. Unser Freund Michael Lentz, selbst Drehbuchautor, hatte Wolfgang Kohlhaase schon früh nach DDR-Witzen gefragt. Kohlhaase schrieb mehr als zwanzig Drehbücher für DEFA-Filme, darüber hinaus Hörspiele und Erzählungen. Aber vor allem Filmdrehbücher. Daher kannten sich die beiden.

»Lieber Dieter Thoma«, schreibt er. »Wenn ich Michael Lentz traf, Ihren Kompagnon bei der Herausgabe des Buches ›Ganz Deutschland lacht!‹, pflegten wir uns Witze zu erzählen. Meist nahm ich mehr mit, als ich brachte. Wiederum kam ich aus einer Gegend, die mit anderen Widersprüchen lebte, mit dem Scheitern einer Utopie. Der Witz in halber Öffentlichkeit war eine ständige Übung, er wohnte gern an dem Weg, auf dem das Ziel nicht näher kam. Die Ehre Ihrer Aufforderung, Ihnen noch ein paar Beispiele dafür zu nennen, bringt mich aber in Verlegenheit. Neue alte Witze kann es nicht geben. Die platten Exemplare hat man sich nie gemerkt, und auch die guten verblassen allmählich. Der Witz braucht ja die Wirklichkeit, die er damals meinte, um zu funktionieren. Er rechnete mit ihrem Gewicht und ihrer Dauer. Er benötigte eine subversive Geselligkeit, und sei es für den Moment einer Pointe.

Das Lachen berührte Dinge von Bedeutung, den Versuch einer anderen Gesellschaft. Sie ist aus Gründen missglückt, aber auch aus Gründen auf die Welt gekommen. Sie fühlte sich nie sicher. Deshalb spielte die Musik so laut.

Das Sein verstimmt das Bewusstsein.

Frage: Was sind die vier Hauptschwierigkeiten des Sozialismus?
Antwort: Frühling, Sommer, Herbst und Winter.

Alles ist schlechter geworden.
Nur eines ist besser geworden: Die Moral ist schlechter geworden.

Was hat 36 Zähne und vier Beine?
Antwort: Das Krokodil.
Was hat 36 Beine und vier Zähne?
Antwort: Das Politbüro.

Ein Neuankömmling kommt in die Hölle, die zwei Abteilungen hat. Vor der sozialistischen steht eine Schlange, vor der kapitalistischen ist es leer. Er geht erst einmal dort hinein.
›Was passiert einem denn hier?‹
›Man sitzt in siedendem Öl und läuft auf glühenden Kohlen und wird mit spitzen Eisenstangen durchstoßen.‹
›Und drüben?‹
›Man läuft auf glühenden Kohlen und sitzt in siedendem Öl und wird mit spitzen Eisenstangen durchstoßen.‹
›Wenn es keinen Unterschied gibt, warum stehen die Leute dann dort an?‹
›Mal fehlt das Öl, mal die Kohlen, mal sind die Stangen nicht da.‹

Die Frösche schreiben ans Politbüro: ›Uns fressen die Störche, was sollen wir tun? Helft uns!‹
Nach längerer Zeit kommt die Antwort: ›Fresst die Störche doch selbst!‹
Die Frösche schreiben wieder: ›Wir sind Frösche. Wir können keine Störche fressen.‹

Das Politbüro schreibt zurück: ›Wir treffen nur Grundsatzentscheidungen. Die Lösung müsst ihr selbst finden.‹

Ein Volkspolizist stoppt eine Straßenbahn.
Er sagt: ›Fahren Sie rechts ran!‹

In Sibirien hält ein Zug lange auf offener Strecke. Die Reisenden fragen den Schaffner: ›Warum stehen wir?‹
›Wir tauschen die Lok.‹
Es dauert, die Reisenden fragen erneut: ›Warum halten wir immer noch?‹
›Wir haben die Lok getauscht.‹
›Ja und?‹
›Gegen Wodka.‹

Eine ausländische Delegation bereist das Gebiet Witebsk. Man erklärt ihr die kulturelle Entwicklung: ›Wir haben heute im Gebiet Witebsk vierunddreißig Schriftsteller. Früher gab es hier nur einen einzigen. Er hieß Leo Tolstoi.‹

Der Kosmonaut Gagarin kreist um die Erde. Auf einer polnischen Baustelle ruft ein Maurer von unten nach oben:
›Antek!‹
›Ja?‹
›Die Russen sind im Kosmos!‹
›Alle?‹
›Einer.‹
›Scheiße!‹

Der zuständige Minister besucht eine landwirtschaftliche Genossenschaft. Er lobt in einer langen Rede den Sachverstand der Bauern. Er hat eine letzte Frage: ›Warum hat diese Kuh keine Hörner?‹
Der Vorsitzende antwortet: ›Eine Kuh kann aus verschiedenen Gründen keine Hörner haben. Sie kann ohne Hörner geboren sein. Man kann ihr die Hörner abgesägt haben. Sie kann die Hörner auch verloren haben. In diesem speziellen Fall handelt es sich allerdings um ein Pferd!‹

Wie steigert man den Wert eines Forint?
Man bohrt in einen Forint vier Löcher. Dann ist er ein Knopf.
Und ein Knopf kostet zehn Forint.

Wir haben ein so genanntes mittleres Jahr.
Was heißt das?
Schlechter als das letzte, aber besser als das nächste.

Frage an Radio Eriwan: Stimmt es, dass der Kapitalismus dem Abgrund entgegenrast?
Im Prinzip ja.
Warum wollen wir ihn dann überholen?

Die beiden nächsten Witze sind, glaube ich, neueren Datums und haben schon mit dem Kapitalismus mit menschlichem Antlitz zu tun, den es ja geben soll.

Was unterscheidet den deutschen und den ungarischen Geschäftsmann?
Beide verkaufen ihre Großmütter. Aber der Ungar liefert nicht.

Wie wird ein Mann, der nur einen Apfelbaum besitzt, Millionär?
Er kümmert sich um den Baum von früh bis spät. Er wässert ihn im Sommer, und im Winter schützt er seine Wurzeln vor Frost. Er vertreibt die Wespen, so gibt es keine Maden. Wenn der Wind den Baum schüttelt, ist er da, um die Äpfel aufzufangen. So gibt es kein Fallobst. Er verliert keinen seiner Äpfel und bringt sie poliert auf den Markt. Er macht einen kleinen Gewinn und hat im nächsten Jahr schon zwei Apfelbäume. Er handelt wieder mit aller Umsicht. Dennoch, einige Äpfel fallen und bekommen Flecke. Aber auch die gibt er nicht verloren und macht aus ihnen Kompott. Er bringt alles zum Markt und macht wieder Gewinn. Er hat im dritten Jahr drei Apfelbäume. Die Mühe wächst, aber auch seine Erfahrung und seine Liebe zur Apfelzucht. Die meisten seiner Äpfel erntet er unversehrt, und wenn dennoch welche fallen, werden sie zu Kompott, und wenn einige sogar faulen, macht er Most aus ihnen und denkt schon im Voraus an die Her-

stellung von Wein. Er bringt alles auf den Markt, wo er nun schon als erfolgreicher Mann gilt, macht wieder einen Gewinn und hat im vierten Jahr schon vier Apfelbäume.
Nach sieben Jahren stirbt seine Tante und er erbt eine Million.

Nach der Wende gab es bei uns etwas Neues, die Ossi-Wessi-Witze. Sie waren oft aggressiv, eine Art Protest gegen die zugewanderten so genannten Besserwessis, Ignoranz gegen Ignoranz. Auch die vergisst man schon wieder, aber dies ist einer der feineren:

Ein Ossi sitzt in der Wüste. Ein Wessi will sich zu ihm setzen.
Er sagt: ›Rück mal ein Stück!‹

Lieber Dieter Thoma, Witze wie diese habe ich vielleicht unserem gemeinsamen Freund Michael erzählt, oder ich hätte es getan.

Mir fällt auf, wie schwer es ist, über etwas zu lachen, was die Leute im Lande nun vereinigt und trennt. Ich meine das Geld.«

Ich erinnere mich bei diesem Briefschluss an eine Frage an Radio Eriwan. Sie soll schon 1985 aufgetaucht sein. Sie stellte, wenn es so stimmt, eine fast prophetische Vorausschau dar:

»Wird es im Jahr 1990 in der DDR noch Geld geben?«
Antwort: »Ja – nur noch.«

Zwischenrufe

Ein Gast bestellt in der Kneipe »11 Bier!« Als er ausgetrunken hat, ruft er: »Zahlen!«
»Wollen Sie nicht noch ein Bier trinken?«, fragt der Wirt.
Sagt der Gast: »Dann hätte ich ja gleich zwölf bestellen können.«

Warum ist Erna eigentlich immer noch nicht verheiratet?
Sie ist wohl zu schlau, um einen Mann zu nehmen, der so dumm ist, sie zu heiraten.

Ein Esel ist ein Pferd, das von einer Kommission erfunden worden ist.

Ein Mann schwärmt an der Wirtshaustheke: »Meine Frau ist ein Engel!«
Sagt ein anderer: »Sie Glücklicher! Meine lebt noch.«

Elefant und Maus kommen zum Standesamt.
»Sie beide wollen heiraten?«, wundert sich der Standesbeamte.
Sagt die Maus: »Was heißt wollen? Wir müssen.«

Ein Taxifahrer bringt einen Fahrgast zum Flughafen. Er überfährt alle roten Ampeln.
Plötzlich ist eine Ampel grün. Der Taxifahrer bremst scharf.
Der Fahrgast fragt: »Warum bremsen Sie bei Grün, aber nie bei Rot?«
Der Taxifahrer: »Es könnte ja ein Kollege kommen.«

»Wie viele Brötchen können Sie auf nüchternen Magen essen?«
»Vier.«
»Falsch! Nur eins. Wenn Sie das gegessen haben, sind Sie nicht mehr nüchtern.«
Der Genasführte erzählt die Geschichte weiter: »Wie viele Brötchen kannst du auf nüchternen Magen essen?«
»Drei.«
»Schade! Hättest du vier gesagt, hätte ich einen schönen Witz gewusst.«

»Ein Mensch, der sich nicht verständlich machen kann, ist ein Idiot. Verstehen Sie mich?«
»Nein!«

Chris Howland
Man singt Englisch

Das Leben kann recht verschlungene Pfade nehmen, und viele Menschen beginnen ihre Reise mit einer Sache und tun am Ende eine ganz andere.

Vermutlich war ich der erste englische Gastarbeiter in Deutschland. Obwohl es den Begriff zu der Zeit noch gar nicht gab. Ich war als Soldat hierher gekommen, arbeitete dann beim britischen Soldatensender BFN und versuchte, auch beim deutschen NWDR eine Sendung zu machen. Ohne ein Wort Deutsch zu können. Das war auch ein Witz.

So blieb ich in Deutschland.

Solch ein Reisender war auch Bill Ramsey. Wenn Sie an ihn denken, was fällt Ihnen als Erstes ein? Natürlich ›Souvenirs, Souvenirs‹, ›Zuckerpuppe‹ und ›Ohne Krimi geht die Mimi nie ins Bett‹. Das waren – zusammen mit vielen anderen – Bills große Hits, und ich wette drauf, dass das Publikum sie sogar heute noch hören möchte, wenn er auf der Bühne steht. Aber halt! Was höre ich noch? Jazz! Sein ganzes

Leben lang wollte Bill Jazz singen. Auch wenn er sagt, dass er niemals die Lieder vergessen wird, die ihn erfolgreich gemacht haben, baut er jetzt Balladen und Blues-Stücke in sein Programm ein, und zwar sehr erfolgreich. Zusammen mit seiner Fähigkeit, Menschen zum Lachen zu bringen, garantiert das eine fabelhafte Abendunterhaltung.

Ich bat ihn, mir ein paar Witze zu mailen. Er antwortete prompt. Zwei davon bewegten meinen Computer zu spontanem Schluckauf mit anschließendem Absturz, aber die anderen beiden gebe ich gerne weiter an Sie.

Danke Bill!

Letzte Woche nahmen wir ein paar Freunde mit in ein neues Restaurant. Wir bemerkten, dass der Oberkellner, der unsere Bestellung aufnahm, einen Löffel in seiner Hemdtasche trug. Das wirkte ein wenig merkwürdig, doch ich beachtete es nicht weiter. Als ein anderer Kellner Wasser und Besteck brachte, fiel mir auf, dass auch aus seiner Hemdtasche ein Löffel ragte. Ich blickte mich um und sah, dass alle Angestellten einen Löffel in ihrer Hemdtasche trugen.

Als der Kellner zurückkam, um uns die Suppe zu servieren, fragte ich: »Wofür brauchen Sie den Löffel?«

»Nun«, erklärte er mir, »die Restaurantbesitzer haben eine Unternehmensberatung angeheuert, um unsere Arbeitsprozesse zu rationalisieren. Nach vielen Monaten der statistischen Analyse kamen sie zu dem Schluss, dass die Gäste ihren Löffel 73,84 Prozent häufiger fallen lassen als jedes andere Besteck. Das entspricht einer Fall-Häufigkeit von rund drei Löffeln pro Tisch und pro Stunde. Wenn unser Personal auf diese Fälle vorbereitet ist, können wir die Zahl der Wege zurück in die Küche reduzieren und pro Schicht 15 Mannstunden einsparen.«

Wie der Zufall es wollte, fiel mir der Löffel hin und prompt ersetzte ihn der Kellner durch seinen Reserve-Löffel. »Ich werde das nächste Mal, wenn ich in der Küche bin, einen neuen Löffel holen«, sagte er, »anstatt extra hinzulaufen, um ihn sofort zu holen.« Ich war ziemlich beeindruckt.

Der Kellner servierte unser Hauptgericht und ich schaute mich

weiter um. Da bemerkte ich, dass aus dem Hosenschlitz des Kellners ein feiner dünner Faden hing. Ich sah mich um, und in der Tat hatten alle Kellner denselben Faden aus ihren Hosen hängen. Meine Neugier war so groß, dass ich den Kellner fragte: »Entschuldigen Sie, aber können Sie mir erklären, wofür Sie diesen Faden dort benötigen?
»O selbstverständlich!«, antwortete er. »Nicht jeder ist so aufmerksam wie Sie. Die Beraterfirma, die ich erwähnte, fand noch heraus, dass wir auch auf der Toilette Zeit einsparen können.«
»Wie das?«
»Schauen Sie«, fuhr er fort, »indem wir diesen Faden an die Spitze von Sie-wissen-schon-was binden, können wir ihn über das Pissoir hängen, ohne ihn zu berühren. Auf diese Weise müssen wir uns nicht die Hände waschen, was die Zeit, die wir auf der Toilette verbringen, um 76,39 Prozent reduziert.«
»Gut, das macht Sinn, aber ... wenn der Faden Ihnen hilft ihn herauszukriegen, wie bekommen Sie ihn wieder rein?«
Er schaute mich verwundert an: »Na, mit dem Löffel natürlich!«

Und dieser:

Ein Mann meldet sich in einem Kloster, er möchte gerne Mönch werden.
Der Abt heißt ihn willkommen, gibt ihm aber eines zu bedenken: »Ich hoffe, Sie wissen, mit wem Sie es zu tun haben. Wir sind nämlich Trappisten und dürfen überhaupt nicht reden, nie. Sie dürfen nach fünf Jahren wieder zu mir kommen und zwei Worte sagen.«
Der frisch gebackene Mönch ist einverstanden und zieht ins Kloster.
Fünf entbehrungsreiche Jahre der Askese vergehen, bis der Mann zum ersten Mal zum Abt geht und es wagt zwei Worte zu sprechen: »Harte Betten.«
Der Abt erwidert: »Hmmmm.«
Wieder ziehen fünf Jahre des Schweigens ins Land, bis der Mann erneut zum Abt spricht: »Kaltes Essen.«
Der Abt bestätigt: »Hmmmm.«

Nach weiteren fünf Jahre entscheidet der Mönch: »Ich gehe.« Darauf der Abt: »Das habe ich erwartet. Seit Sie hier sind, sind Sie nur am meckern!«

Den zweiten singenden Gastarbeiter habe ich persönlich besucht. Wir hatten uns einige Tage nicht gesehen, und unsere Fahrt begann abenteuerlich. Man fährt einen schmalen Feldweg entlang, der gerade breit genug für dein Auto ist. Am Ende des Weges wirst du aufgehalten durch ein imposantes Tor. An deinem linken Fenster ist eine kleine Säule, auf der du einen roten Knopf drücken kannst. Nichts passiert. Du drückst noch mal. Stille. Nachdem du das dritte Mal gedrückt hast, hörst du jemand von der anderen Seite des Tores her rufen. Es hört sich wie ein Gebet an. Schließlich öffnet sich das Tor, und ein Gärtner in grüner Jacke, Jeans und Gummistiefeln winkt dich herein. Es gibt reichlich Platz zum Parken.

»Ich bitte um Entschuldigung«, sagt der Gärtner, »wir warten seit Wochen auf jemand, der das verdammte Ding repariert. Aber wie es geht in diesen Tagen. Wenn man Hilfe braucht, ist niemand da.«

Der Typ, der aussieht wie ein Waldschrat, geht geradewegs auf meine Frau Monika zu, umarmt sie und gibt ihr einen Kuss auf die Wange. »Wie geht's, mein Schatz?«, fragt er. Ich steige aus dem Wagen und erhalte eine ähnlich herzliche Umarmung. Der Erdmensch ist bedeckt mit Dreck und Blättern, und ein paar Tropfen Schweiß stehen auf seinen Augenbrauen. Ich denke nicht, dass Sie ihn so erkannt hätten, auch wenn ich sicher bin, dass es ihn nicht stören würde. Ich sah erst jetzt: Es war mein Freund Graham Bonney.

Der Entertainer fühlt sich in seinem Garten so wohl wie auf der Bühne. Aber wir sind nicht zu ihm ins schöne Kerpen gefahren, um ihn ›Supergirl‹, ›Siebenmeilenstiefel‹, ›Das Girl mit dem la-la-la‹ oder ›Wähle 3-3-3‹ singen zu hören, sondern um ein paar Witze abzuholen. Später, nach einem vorzüglichen Dinner, das der Meister selbst zubereitet hat, beginnt er zu erzählen.

Ein Mann geht zu einem Haus und klopft an die Haustüre. Nach ein paar Minuten öffnet ein Junge. Er hat eine große Zigarre in der einen Hand, ein Glas Whiskey in der anderen, und

ist offensichtlich leicht angetrunken. »Was wünschen Sie bitte?«, fragt er.
Der Mann ist überrascht. »Ähm – sind deine Eltern zu Hause?«
Das Kind lacht und fragt: »Sieht das etwa so aus?«

»Und ein Männerwitz: Alice Schwarzer möge ihn mir verzeihen«, sagte Graham.

»Hier sind fünf wichtige Eigenschaften für einen Mann«:

Es ist wichtig, eine Frau zu finden, die im Haushalt mithilft, die von Zeit zu Zeit kocht, aufräumt und noch dazu einen Job hat.
Es ist wichtig, eine Frau zu finden, die dich zum Lachen bringt.
Es ist wichtig, eine Frau zu finden, auf die du dich verlassen kannst und die nicht lügt.
Es ist wichtig, eine Frau zu finden, die gut im Bett ist und die gerne mit dir Sex hat.
Es ist wichtig, dass sich diese vier Frauen nicht kennen.

»Ich glaube, der nächste ist einer von jenen Witzen, die immer wieder auftauchen. Mit anderen Worten: Die Geschichte bleibt dieselbe, nur die Namen ändern sich mit den Jahren.«

Ein Flugzeug droht abzustürzen. Fünf Passagiere sind an Bord, es gibt jedoch nur vier Fallschirme.
Der erste Passagier sagt: »Ich bin Shaquille O'Neal, der beste NBA-Basketball-Spieler. Die Lakers brauchen mich, ich kann es ihnen nicht antun zu sterben.« Also nimmt er sich den ersten Fallschirm und springt.
Der zweite Passagier, Hillary Clinton, sagt: »Ich bin die Frau des ehemaligen Präsidenten der USA. Ebenso bin ich die engagierteste Frau der Welt, ich bin Senatorin in New York und Amerikas potentielle Präsidentin.« Sie schnappt sich ein Fallschirm-Paket und springt.
Der dritte Passagier, George W. Bush, sagt: »Ich bin der Präsident der Vereinigten Staaten von Amerika. Ich habe eine riesige Verantwortung in der Weltpolitik. Und außerdem bin ich auch der klügste Präsident in der ganzen Geschichte dieses Landes, also

kann ich es gegenüber meinem Volk nicht verantworten zu sterben.« Und so nimmt er ein Paket und springt.
Der vierte Passagier, der Papst, sagt zum fünften Passagier, einem zehnjährigen Schuljungen: »Ich bin schon alt. Ich habe mein Leben gelebt als guter Mensch und Geistlicher, und als solcher überlasse ich dir den letzten Fallschirm.«
Darauf erwidert der Bub: »Das ist nicht nötig, es sind genug Schirme für alle da. Mr. Bush hat meine Schultasche genommen.«

»Hast du noch Platz für eine Zugabe?«, fragte Graham.

»Immer«, entgegne ich.

Es treffen sich zwei Tiere!
»Ja, was bist du denn?«
»Ich bin ein Wolfshund. Mein Vater war ein Wolf, meine Mutter ein Hund. Und was bist du?«
»Ich bin ein Ameisenbär.«
Daraufhin der Wolfshund: »Nee, das glaub ich nicht!«

Dieter Thoma

Dem Witz auf der Spur: Reisewitze

Die Vorsilbe »ver-« offenbart selten Gutes. Man *ver*liert etwas oder *ver*setzt es, wird *ver*hauen und *ver*kriecht sich, hat sich *ver*tan oder *ver*raten, etwas wird oder ist *ver*worfen, hat sich *ver*laufen oder an jemandem *ver*gangen. Kritiker *ver*reißen ein Stück oder ein Buch. Und da soll es plötzlich positiv sein, wenn wir *ver*reisen?

Eines jedenfalls ändert sich auch beim *Ver*reisen nicht zum Vorteil: Immer leben Witze von lieb gewordenen Vorurteilen. Zum Beispiel gegen Autofahrer:

Ein Ehepaar hält abends mit dem Wagen an einer Raststätte, um zu tanken. Ein junger Mann kommt hinzu und fragt höflich: »Können Sie mich ein Stück Richtung München mitnehmen?«
Die Frau sieht ihren Mann an. »Was meinst du, Walter, da fahren wir doch hin?«
Der Mann nickt. »Von mir aus, dann steigen Sie mal hinten ein.«
Unterwegs sieht der Anhalter, dass er bei einem Amateur-Rennfahrer untergekommen ist. Die Tachonadel zittert bei mehr als 250 km, so schnell rast der Wagen über die Autobahn. Nach einer halben Stunde fragt der junge Mann ängstlich:
»Entschuldigen Sie, aber ich fahre nicht gern so schnell. Würde es Ihnen etwas ausmachen, mich an der nächsten Raststätte wieder aussteigen zu lassen?«
»Das können wir machen«, antwortet die Frau auf dem Beifahrersitz. »Aber Angst müssen Sie nicht haben. Mein Mann kennt

diese Strecke genau und fährt sie wie im Schlaf. Nicht wahr, Walter?« Sie rüttelt ihn an der Schulter und schreit laut: »Walter!«

Ich muss es wiederholen: Witze sollen Angst machen, hat Sigmund Freud gesagt, und dann von dieser Angst befreien. Von den kleinen Ängsten vor dem Chef oder der Ehefrau bis zum Galgenhumor. Witze dazu sind immer zeitlos gewesen. Und besonders beliebt. In alten Zeiten verreiste man zu See mit Ruder- oder Segelschiffen. Auf die sprichwörtliche Galeere geht eine Geschichte zurück, in die wir uns aber auch heute noch gut hineindenken können.

Auf einer Galeere verkündet der Aufseher mit einem Peitschenknall: »Ich habe eine gute Nachricht und eine schlechte Nachricht. Zuerst die gute: Heute Abend gibt es Sonderverpflegung, für jeden ein großes Stück Fleisch!«
Die Sträflinge rufen »Ah!« und »Oh!«
»Und als Nachtisch gibt es Pudding!«
Die Sträflinge jubeln.
Und jetzt die schlechte Nachricht: »Morgen früh will der Kapitän Wasserski fahren!«

Nicht nur zu Wasser, sondern auch in der Luft, legen wir unser Leben in die Hände eines Kapitäns, vertrauen uns blind seinen Fähigkeiten an.

Auf dem Frankfurter Flughafen setzen sich zwei Frauen in ein Bistro. Nach einer Weile nimmt ein blau uniformierter Mann mit goldenen Ärmelstreifen am Nebentisch Platz.
»Du«, sagt die eine der Frauen, »ist das nicht unser Pilot?«
»Er sieht so aus«, antwortet die andere.
Sie beobachten dann, wie der Uniformierte die Speisekarte dicht vor die Augen hält und offenbar mühsam die Buchstaben entziffert.
»Das darf doch wohl nicht wahr sein«, sagt die erste Frau, »der kann ja kaum etwas sehen.«
»Ich werde ihn fragen«, meint die zweite und geht an den Nebentisch.

»Entschuldigen Sie«, sagt sie, »aber sind Sie nicht der Pilot, mit dem wir vor einer halben Stunde von London hierher geflogen sind?«
Der Mann lächelt sie an. »Ja«, sagt er, »es war doch ein sehr angenehmer Flug, nicht wahr?«
»Ohne Zweifel, aber sagen Sie, wenn Sie hier die Speisekarte studieren, habe ich den Eindruck, dass Sie für einen Piloten nicht gut genug sehen können.«
Der Flugkapitän winkt ab. »Ach, wissen Sie, das läuft doch heutzutage technisch so perfekt ab, da braucht man gar nichts mehr selber zu tun. Wir werden durch ein akustisches Signal so geleitet, dass wir beim Landen punktgenau aufsetzen. Das könnte man fast blind fliegen.«
»Aber beim Abflug«, beharrt die Frau, »muss man da nicht alles sehen können?«
»Da gibt es die bunten Lichter bis zur Startbahn, die kann man gar nicht verfehlen. Wenn ich dann auf der Startbahn bin, gebe ich volle Pulle Gas. Und wenn ich höre, dass mein Kopilot irritiert durch die Zähne pfeift, dann ziehe ich die Maschine hoch!«

Auch Abschiede können es in sich haben, wie folgendes, unter Kennern wegen seiner wienerischen Pointe gern zitiertes Beispiel, beweist:

Bei der Abfahrt eines Zuges auf dem Wiener Bahnhof unterhalten sich zwei Männer durch das Abteilfenster.
»Ich muss mich noch bedanken«, sagt der Mann draußen, »Ihre Frau war wirklich ganz fabelhaft diese Nacht, tolles Erlebnis.«
»Das freut mich«, sagt der Mann im Abteil, »ehrlich.«
Als der Zug abgefahren ist, fragt ihn ein anderer Fahrgast: »Sagen Sie, habe ich richtig gehört? Ihr Freund hat mit Ihrer Frau die Nacht verbracht und teilt Ihnen mit, das sei so toll gewesen?«
»Genau«, antwortet der, »aber wissen Sie: Die einen sagen so, die anderen so.«

Früher reiste man an den Golf von Mexiko, heute reist man zu Golfplätzen. Die Vision mag nur wenig übertrieben sein, dass unsere Natur sich langsam in eine einzige Kette von Golfplätzen verwandelt. Selbst in den abenteuerlichsten Gegenden.

Zwei passionierte Golfspieler treffen sich am Grün zum 16. Loch: »Mensch, was hast du denn für tolle Golfschuhe an?«, bewundert der eine die glänzenden Galoschen seines Bekannten.
»Das ist Baby-Kroko.«
»Baby-Kroko? Wo hast du das denn her?«
»Ich habe an einem Turnier in Darwin teilgenommen. Am 6. Loch muss man den Ball ganz nah an einen Urwaldteich heran spielen. Dort lauert meistens ein Baby-Kroko. Also nimmst du einfach das Sechser-Eisen und haust dem zwischen die Hörner. Patsch!«
»Nein, das ist ja unglaublich! Meinst du, das könnte ich auch mal machen?«
»Selbstverständlich. Gleich übernächste Woche ist wieder Turnier. Fahr einfach selbst hin!«
Der neugierige Golfer bucht sofort ein Flugticket nach Darwin. Nach ein paar Tagen treffen sich die beiden am Abschlag zum 18. Loch wieder: »Und, wie ist es gewesen?«, fragt der daheimgebliebene Golfer gespannt.
»Alles so, wie du gesagt hast: Am 6. Loch lag wirklich so ein Baby-Krokodil im schattigen Gewässer. Ich greif also zum Sechser-Eisen, und hau ihm präzise zwischen die Augen. Doch als ich das Vieh umdreh – was soll ich dir sagen – da hat es gar keine Schuhe an!«

Für Sportler gehört Reisen zum Alltag, aber Witze aus diesem Bereich sind fast Raritäten.

Hier ist ein Boxerwitz:

Trainer müssen sich ja auch um die Psyche der ihnen anvertrauten Sportler kümmern, ihnen das nötige Selbstvertrauen geben. So sagt der Trainer zu einem Boxer, der schon in der ersten Runde schwere Schläge einstecken musste:
»Du bist klar überlegen. Der andere verausgabt sich total. Halt' einfach deinen Stil durch.«

Nach der zweiten Runde kommt der Boxer mit völlig verquollenem Gesicht zurück, taumelt etwas.
»Du hast ihn bald«, redet der Trainer auf ihn ein. »Lass ihn nicht zur Ruhe kommen, du führst klar nach Punkten!«
Nach der dritten Runde ist das linke Auge zu, eine blutende Wunde entstellt die Stirn. Der Boxer wankt in seine Ecke zurück.
»In der nächsten Runde fällt er um«, beschwört ihn der Trainer, »er wackelt schon, du setzt ihm mit deiner Rechten so zu, dass er bald reif ist!«
In der vierten Runde rettet der Gong den Boxer vor dem k.o. Kaum noch bei Sinnen, hockt er auf seinem Stuhl. »Jetzt nur noch durchhalten«, redet der Trainer auf ihn ein, »gleich hast du gewonnen. Der hat doch deinen Schlägen nichts mehr entgegen zu setzen.«
Da sagt der Boxer: »Dann pass mal auf den Ringrichter auf: Irgendjemand haut mir da zwischendurch immer gewaltig auf die Fresse!«

Ja, und dann das Reisen zwischen Ost und West. Es war noch zur Zeit der Mauer. Auch Reisen in den Fernen Osten waren nicht so einfach zu verwirklichen.

Ein abenteuerlustiger Mann aus dem Rheinland will mit dem Zug nach Peking reisen. Er geht zum Bahnhof und fragt nach einer Fahrkarte.
»Die kann ich Ihnen nicht geben«, sagt der Beamte am Schalter, »vielleicht lösen Sie erst einmal bis Ost-Berlin und kaufen dort eine weiterführende Karte.«
Das tut der Mann. In Ost-Berlin fragt er wieder nach einer Fahrkarte bis Peking.
»Peking? China?«, fragt der Beamte dort irritiert, »kann ich Ihnen nicht geben. Fahren Sie doch erst einmal bis Moskau, dort können Sie dann weitersehen!«
Der Reisende folgt auch diesem Rat. In Moskau verlangt er dann erneut eine Fahrkarte nach Peking.
»Bis zur Grenze der Mongolei können Sie lösen«, teilt ihm der

Bahnhofsvorsteher mit. »Dann müssen Sie fragen, wie es weitergeht.«
Gesagt, getan. Tatsächlich ist er schließlich in Peking. Dort besichtigt er die Sehenswürdigkeiten, genießt die chinesische Küche und plant nach drei Wochen seine Rückreise. Er geht zum Bahnhof und fragt, wie er an eine Rückfahrkarte kommen kann.
»Wohin genau?«, fragt der Mann am Schalter.
»Nach Wuppertal–Barmen!«
»Wuppeltal-Obelbalmen oder Wuppeltal-Untelbalmen?«

Spätestens zu den Olympischen Spielen 2008 werden Reisewitze nach China wieder aktuell. Und chinesische Antiquitäten noch teurer.

Ein Mann muss ein Hochzeitsgeschenk machen und sucht in einem exklusiven Geschäft nach etwas Passendem. Es soll nach etwas aussehen, aber nicht so teuer sein. Während er sucht, wischt ein Lehrling Staub und reißt mit einer ungeschickten Bewegung eine große chinesische Vase vom Hocker. Sie zerspringt in viele Scherben.
Der Ladenbesitzer beklagt den Verlust. »So eine teure Vase!«, jammert er immer wieder.
Der Mann, der ein Hochzeitsgeschenk sucht, fragt: »Was sollen denn die Scherben jetzt kosten?«
»Die Scherben?«, fragt der Ladeninhaber, »die sind nichts mehr wert.«
»Ich möchte sie Ihnen trotzdem abkaufen, Sie müssten sie bloß für mich verschicken.«
Darauf einigen Sie sich. Der Mann hinterlässt die Hochzeitsadresse und geht.
Nach einigen Wochen trifft er das junge Ehepaar. Als sie nichts von einem Geschenk sagen, fragt er, ob seine Vase denn angekommen sei.
»Ach, Sie waren das!«, ruft der frisch getraute Ehemann. »Wir hatten uns schon gewundert, wer uns 126 Scherben schickt, alle einzeln verpackt!«

Von der letzten Urlaubsreise aufs Land habe ich diese Geschichte mitgebracht:

Der kleine Max kommt zu spät in die Schule. Die Lehrerin fragt: »Mäxchen, warum kommst du denn zu spät?«
»Ja«, sagt der, »Frau Lehrerin, Sie können das nicht wissen, aber meine Eltern sind gerade umgezogen. Wir wohnen jetzt oben auf dem Berg, und heute war so schönes Wetter. Da bin ich aufgestanden und rausgegangen, und dann habe ich schon die Vögelchen um das Haus fliegen sehen. Dann bin ich den Bach entlanggegangen und habe den Forellen zugeschaut, wie sie aus dem Bach gesprungen sind. Und dann bin ich an der Wiese vorbei, wo die Schäfchen sind, runtergegangen ins Tal. Und da unten im Tal habe ich die Wiese gesehen, wo der Stier war, und die braunbunte Kuh und die weiße Kuh. Da habe ich ein bisschen gewartet. Und dann habe ich zugeschaut, wie der Stier die braunbunte Kuh gevögelt hat.«
Die Lehrerin ermahnt ihn: »Also, Mäxchen, das sagt man so nicht. So was erzählt man eigentlich überhaupt nicht. Und wenn man es erzählen muss, dann sagt man: Da habe ich zugeschaut, wie der Stier die weiße Kuh überrascht hat.«
Damit hat sich Mäxchen hingesetzt.
Am nächsten Tag kommt er wieder zu spät. Die Lehrerin fragt: »Mäxchen, was war denn heute?«
»Sie wissen ja, wir sind umgezogen, und da habe ich wieder den Forellen zugeschaut und den Vögelchen, und dann den Schäfchen. Und dann bin ich wieder an der Wiese vorbeigegangen, habe da ein bisschen gewartet, und dann habe ich wieder gesehen, wie der Stier die braunbunte Kuh gevögelt hat.«
»Also«, empört sich die Lehrerin, »habe ich dir nicht gestern gesagt, dass man so etwas nicht erzählt? Und wenn überhaupt, dann so, dass der Stier die braunbunte Kuh überrascht hat.«
Am dritten Tag besucht der Schulrat unvermutet die Schule. Mäxchen kommt wieder zu spät.
Die Lehrerin denkt ›o Gott‹ und sagt hastig: »Ist schon o.k., setz dich hin.«
Da fragt der Schulrat: »Moment mal, lassen Sie sich nicht er-

klären, warum der Junge zu spät kommt?« Er fragt dann selber: »Mäxchen, warum bist du denn zu spät gekommen?«

»Herr Schulrat, Sie können das nicht wissen: Meine Eltern sind umgezogen, wir wohnen jetzt oben auf dem Berg, und ich habe den Vögelchen zugeschaut und den Forellen, und dann auch den Schäfchen. Und dann bin ich unten an der Wiese vorbeigegangen. Und da habe ich gesehen, wie der Stier die braunbunte Kuh überrascht hat.«

Da sieht der Schulrat den Jungen an und fragt: »Was hat der Stier? Die braunbunte Kuh überrascht?«

»Ja«, sagt Mäxchen. »Das kann man wohl sagen. Der hat nämlich heute die weiße Kuh gevögelt!«

DIETER THOMA

Der klerikale Witz: Himmlisches Gelächter

Unser Pfarrer ist wie der liebe Gott. Am Sonntag ist er unbegreiflich, und während der Woche ist er unsichtbar.

Im Kölner Generalvikariat wird jedes Jahr im Schatten des Kölner Doms zu Weiberfastnacht ein großes Karnevalsfest ausgerichtet. Dann beten die »Bläck Föös« und Christusgläubigen, schunkeln und summen mehrstimmig kölsche Karnevalsweisen. Der Hausherr, Norbert Feldhoff, auch Buchautor über den ›Kölner Klüngel‹, ist ein brillanter Humorist, was man dem Kardinal nicht unbedingt nachsagen kann. Feldhoff schreibt: »Vielleicht vertrauen die Kölner sogar im Blick auf das ewige Leben darauf, dass es mit einem göttlichen ›Klüngel‹ zugeht, wenn sie meinen: ›Och, der leeve Jott es jar nit esu.‹«

Der in Breslau geborene Kardinal Meisner scheint sich Mühe zu geben, der rheinischen Fröhlichkeit etwas entgegenzusetzen. Sein Wahlspruch heißt: »Spes nostra firma«, was kundige Latein-Schüler gleichsetzen mit: »Unsere Hoffnung ist groß.« Diözesanbaumeister Josef Rüenauver übersetzte etwas freier: »Unsere Firma ist seine letzte Hoffnung.« Dem Kardinal bereitete es großes Vergnügen, sich mit dieser verballhornten Übersetzung zu Beginn seiner Tätigkeit in den Pfarreien vorzustellen.

Der Architekt der Diözese berichtete, dass der Kardinal, wie immer in seine Soutane gekleidet, eine verkehrsreiche Straße unvorsichtig überquerte. Er sei ihm nachgelaufen und habe ihn aufgefordert: »Seien Sie vorsichtig, Herr Kardinal, sonst steht morgen wieder in der Zeitung, auf der Marzellenstraße sei eine ältere Dame überfahren worden.«

Vom Aachener Glaubensbruder Hemmerle wissen wir, dass er der einzige Bischof ist, den man konjugieren kann: »Ich Klaus Hemmerle, du klaust Hemmerle ...«

Und der Essener Kardinal Hengsbach habe sich gern am Telefon mit den Worten gemeldet: »Hier ist meine Eminenz.«

Zu den harmloseren Themen, die der klerikale Witz gern aufgreift, gehört die sonntägliche Predigt:

Ein Pfarrer geht zum Psychiater. Der fragt ihn: »Reden Sie im Schlaf?«
»Nein, ich rede nur, wenn andere schlafen.«

»Was hat der Pastor heute gepredigt?«
»Über die Sünde.«
»Und was hat er gesagt?«
»Er war dagegen.«

Ein lang gedienter Pfarrer gibt seiner Haushälterin am Samstag folgenden Auftrag: »Legen Sie mir bitte für Sonntag ein frisches Hemd und eine alte Predigt bereit!«

Mein WDR-Kollege C. W. Koch erzählte aus seiner Jugend: »Unser Pastor war immer gegen die Sünde. ›Und ich sage euch‹, sprach er zu uns, ›jede Masche von so 'nem Nylonstrumpf ist ein Durchschlupf für den Satan.‹ Ein paar Bauernburschen fragten ihn kurz vor dem großen Schützenfest – einer besonders für die Jungfrauen im Sauerland gefährlichen Veranstaltung: ›Herr Pastor, warum sollen wir denn nicht mit den Mädchen schlafen?‹ Da antwortete er ihnen: ›Ihr Lümmel schlaft ja nicht.‹«

Ein rheinischer Pfarrer wird vom Generalvikariat nach der Platzzahl in seiner Kirche befragt. Es ist ihm zu mühselig, die Plätze genau zu zählen, und so schreibt er zurück: »Wenn alle hineingehen, gehen nicht alle hinein, aber da nie alle hineingehen, gehen alle hinein.«

Drei Frauen unterhalten sich über die leeren Kirchen heutzutage. »Mehr als 30 Besucher erlebe ich nur noch selten.«
Sagt die zweite: »Bei uns sind es meistens nicht mehr als fünf bis sechs.«
Sagt die dritte: »Wenn der Pfarrer in seiner Predigt ›geliebte Gemeinde‹ sagt, werde ich immer rot.«

»Zahllos sind die Witze, die sich mit der beleibten, trinkfesten Person geistlicher Oberhirten befassen«, schrieb der österreichische Historiker Friedrich Heer im Vorwort seines Buches ›Der klerikale Witz‹. Hier eine köstliche Probe:

Ein junger Kaplan muss seine erste Predigt halten. Als der Pastor sieht, wie aufgeregt er ist, rät er ihm, vorher einen Schluck Messwein zu trinken. Der Kaplan in seinem Lampenfieber lässt es bei einem Schluck nicht bewenden. Als es dann Zeit wird, läuft er beschwingt die Treppe zur Kanzel hoch und redet wie aufgedreht. Die Gemeinde ist ganz begeistert. Hinterher fragt er den Pastor: »Wie war ich denn?«
»Also, für den Anfang nicht schlecht«, antwortet der. »Nur ein paar Kleinigkeiten: Das Halleluja wird nicht gepfiffen, sondern gesungen. Kain hat den Abel erschlagen und nicht, wie Sie sagten, in den Arsch getreten. Der englische Gruß beginnt bei uns nicht mit ›God save the Queen‹. Jesus war nicht auf dem Gotthard, sondern auf Golgatha, und es heißt nicht, ›sucht mich nicht in der Unterführung‹, sondern ›führe uns nicht in Versuchung‹. Und zum Abschluss sagen wir ›Amen‹ und nicht ›Prost‹!«

Als kleiner Junge fragte ich mich beim Kirchgang oft, was denn da hinter dem Vorhang im Beichtstuhl so alles besprochen werden mag – ein unerschöpfliches Thema für den Witz.

Es gibt zwei Bewerber um die Dorfschöne. Der eine ist zur Beichte gegangen und kommt aus der Kirche. Als er sieht, wie der andere gerade um sie buhlt, sagt er: »Du, ich bin ja noch im Stande der heilig machenden Gnade – aber ich sage dir: ich komm da auch wieder raus!«

Ein junges Mädchen hat viel zu beichten. Der Kaplan ist ganz entrüstet: »Weißt du eigentlich, was du für diese vielen Sünden verdienen würdest, mein Kind?«
»Ungefähr schon«, antwortet die Beichtende, »aber mir geht es nicht ums Geld.«

Ein Pastor markiert mit Kreidestrichen auf den dunklen Stoffärmel, wie viele Gebete er als Buße aufgeben will.
Der Beichtende sagt: »Ich habe eine Frau verführt.«
Zwei Striche. »Wie oft?«
»Achtmal.«
Acht Striche … »War sie ledig?«
»Nein, verheiratet.«
Zehn Striche. »Mit wem verheiratet?«
»Mit der Frau Ihres evangelischen Kollegen.«
»Kinderkram«, sagt der Pastor und wischt die Striche aus.

Ein Mädchen, das mit einem Studenten verlobt ist, holt sich Rat bei ihrem Pfarrer. »Er kennt so viele unanständige Lieder«, klagt sie.
»Singt er sie dir vor?«, fragt der Pfarrer.
»Nein, das nicht. Er pfeift sie.«

Auch Konvertitenwitze erfreuen sich einiger Beliebtheit. Hier ein Beispiel aus den USA:

Zwei New Yorker Juden, die Schulkameraden gewesen waren, treffen sich nach langen Jahren wieder. Einer sieht ziemlich abgerissen aus. Ihn fragt der andere: »Was ist los mit dir?«
»Ist halt schlecht gelaufen in meinem Leben, obwohl ich viel versucht habe.«
»Brauchst du Geld?«
»Und ob!«
»Da habe ich einen Tipp. Da hinten, in der St.-Patricks-Kathedrale, wenn du dahin gehst und dich taufen lässt, zahlen sie dir 2000 Dollar auf die Hand.«
Ein paar Monate später treffen sich die beiden wieder. Der vorher Armselige ist kaum wiederzuerkennen.
»Was ist passiert?«
»Das war ein prima Tipp. Bin mit Kindern, Neffen, Cousinen zum Taufen dahin, und die haben 24 000 Dollar lockergemacht.«
»Toll. Und wie wär's da mit einer kleinen Aufmerksamkeit?«
»Siehste, genau das mögen wir Christen an euch Juden nicht!«

Die strengen Gebote der katholischen Kirche mit ihren unverrückbaren Keuschheitsgeboten für die Geistlichkeit bieten immer wieder eine Zielscheibe für tückische Witze.

Friedrich Heer notierte: »Ich erinnere mich an einen berühmten, in Wien lehrenden Jesuiten, der einen geschlossenen Kreis befreundeter jüngerer Menschen besaß, in dem stundenlang, nächtelang Witze erzählt wurden.

»Ein hoher Prozentsatz kreist wie der Witz von Pubertierenden um den Sexus. Also, um den überherrschten, überschwiegenen, verdrängten Untergrund des Geschlechts …«, wusste Friedrich Heer. Aber »die Witze des Mittelalters waren weitaus obszöner als heute«.

Warum leben die Priester im Zölibat? – Damit sie sich nicht so stark vermehren.

Ein Pastor ist bei einem reichen Unternehmer eingeladen. Als er ankommt, fragt der Gastgeber: »Warum haben Sie denn Ihre Frau nicht mitgebracht?«

»Ich halte doch den Zölibat.«
»Den hätten Sie doch auch mitbringen können!«

Während des Konzils treffen sich die Pfarrer zweier Nachbardörfer. »Ob man wohl die Zölibatsbestimmungen lockern wird?«, fragt der eine.
»Kaum«, meint der andere, »doch wenn, dann werden sie mit den Ausführungsbestimmungen so viel Zeit brauchen, dass wir nichts mehr davon haben. Höchstens unsere Kinder.«

Wiederum während des Konzils erscheint eine Kleinanzeige: »Junger Pastor sucht Haushälterin. Bei erfolgreichem Ausgang des Konzils spätere Heirat nicht ausgeschlossen.«

Zwei Priester unterhalten sich über den Zölibat. Im Himmel seien die neuesten Statistiken ausgewertet worden. Petrus habe Gottvater berichtet, dass siebzig Prozent aller Priester den Zölibat nicht achten. Darauf habe Gottvater gefordert, sofort diese siebzig Prozent anzuschreiben und nach den Gründen ihrer Verfehlungen zu fragen. Der schon immer wirtschaftlich denkende Petrus habe daraufhin vorgeschlagen, man könne doch Porto sparen und die dreißig Prozent anschreiben, die treu zölibatär leben. Aus dem Umkehrschluss könne man auch die Gründe für das Fehlverhalten der Mehrheit erkennen.
Dann fragt er seinen etwas ungläubig dreinblickenden Mitbruder: »Was meinst du, was in dem Brief gestanden hat?«
Als die Antwort auf sich warten lässt, sagt er: »Soso, du hast also auch keinen Brief bekommen!«

Der Bischof besichtigt ein Pastorenhaus auf dem Lande. Der Gastgeber führt ihn schließlich auch ins Schlafzimmer, in dem ein Doppelbett steht.
Erstaunt fragt der Bischof: »Wer schläft denn hier?«
»Ich«, sagt der Pastor, »und meine Haushälterin.«
»In einem Ehebett?«, entrüstet sich der Bischof.
»Ja«, antwortet der Pastor, »aber wir klemmen dieses Bügelbrett, das Sie da an der Wand sehen, in die Spalte zwischen den Betten.«

»Und was, Herr Confrater, tun Sie, wenn Sie doch die Versuchung überkommt?«
»Dann, allerdings, nehmen wir das Brett weg.«

Ein Arzt fragt in Rom einen nicht mehr ganz jungen Patienten: »Wie oft haben Sie denn noch Verkehr?«
»Höchstens zweimal im Jahr«, antwortet der.
»Das ist aber zu wenig. Sehen Sie mich an, ich bin noch etwas älter als Sie und tue es einmal die Woche.«
Sagt der Patient: » Ja ja, Sie sind auch Mediziner und verheiratet, aber ich bin der Bischof von Limburg!«

Es gibt auch die kleinen, eher anrührenden Geschichten:

Eine geistliche Schwester redet im Religionsunterricht ausführlich über die hohe Würde und Begnadung des Priestertums. Es meldet sich ein kleines Mädchen. »Müssen Priester auch aufs Klo?«
Die Schwester zögert und sagt dann: »Ja – aber nicht so oft.«

Ein Mann versucht vergeblich sein Motorrad in Gang zu bringen. Immer wieder tritt er auf den Anlasser und flucht dabei gottserbärmlich. Ein vorbeikommender Pastor redet ihm ins Gewissen und rät: »Sagen Sie doch stattdessen mal ›mein Gott‹, bitte.«
Der Mann tritt auf den Anlasser und sagt »Mein Gott«. Das Motorrad springt an. Sagt der Pastor: »Verdammt! Das hätte ich nicht gedacht!«

Moses kommt den Berg herunter, um den Wartenden Gottes Botschaft zu übermitteln: »Also, Leute, eine gute und eine schlechte Nachricht. Die gute ist: Ich habe ihn runtergehandelt auf zehn. Die schlechte: Ehebruch ist immer noch dabei.«

Das Jenseits, aber fast nur als Himmel, wird immer wieder in Witzen beschrieben. Sie stehen nicht alle unter dem Titel »klerikal«, weil geistliche Würdenträger »drüben« nur selten eine Rolle spielen.

Kommt ein Jude in den Himmel und wird von Petrus ein wenig herumgeführt. Als sie an eine hohe Mauer kommen, sagt Petrus: »Hier, sei bitte etwas leise.«
»Warum das?«, fragt der Neuangekommene.
Sagt Petrus: »Hinter der Mauer sind die Christen, und die glauben, sie seien alleine hier.«

Auch im Himmel sind Wahlen. Bei der Auszählung der Stimmen wird erschrocken festgestellt, dass eine Stimme für die Sozialisten abgegeben worden ist. Der Schuldige wird gesucht. Nach langen Recherchen fällt der Verdacht auf den Heiligen Josef, den Patron der Werktätigen. Er wird zur Rede gestellt und bekennt sich zu seiner Wahl.
Als ihm Vorwürfe gemacht werden, dass damit der ganze Himmel in Verruf gerate, antwortet er: »Wenn ihr hier keine Opposition zulassen wollt, dann nehme ich meine Frau und das Kind aus dem Betrieb, und ihr könnt den Laden hier dicht machen!«

Im Himmel wird der diesjährige Betriebsausflug besprochen. Man weiß aber nicht so recht, wohin die Reise gehen soll. Die erste Idee ist Palästina. Dagegen wendet Maria ein, sie verbinde mit dem Ort schlechte Erinnerungen. Kein Hotelzimmer und so weiter.
Der nächste Vorschlag lautet Jerusalem. Das wiederum lehnt Jesus ab. Er habe da doch recht bittere Erfahrungen gemacht.
Die nächste Idee ist Rom. Die allgemeine Zustimmung hält sich jedoch in Grenzen. Nur der Heilige Geist ist begeistert: »Rom ist toll! Da war ich noch nie!«

Ein Pfarrer und ein Busfahrer erscheinen gleichzeitig am Himmelstor. Petrus fertigt zunächst den Busfahrer und dann erst den Pfarrer ab. Das setzt sich über drei Tage so fort, immer wird der Busfahrer bevorzugt.
Da beschwert sich der Pfarrer: »Mein ganzes Leben lang habe ich von Gott gesprochen, und nun wird diesem Busfahrer der Vortritt eingeräumt.«
Da sagt Petrus: »Mein lieber Freund, wenn du von Gott gespro-

chen hast, sind alle eingeschlafen. Aber wenn der seinen Bus gefahren hat, haben alle Fahrgäste zu Gott gebetet.«

Den folgenden Witz gibt es in zahllosen Variationen mit stets neuen Personen. Aber diese Version halten wir für eine der gelungensten:

Der Papst, Kardinal Meisner und der kritische Theologe Eugen Drewermann kommen in den Himmel. Petrus sagt: »Bevor ich euch hereinlasse, will unser Vorstand euch sehen.«
Als Erster geht der Papst in das Zimmer, in dem Gottvater, Jesus und der Heilige Geist sitzen. Nach einer Stunde kommt der Papst wieder heraus.
»Na, wie war es?«, fragen die beiden Wartenden.
»Gut, aber ich muss noch mal runter auf die Erde, ich habe etwas falsch gemacht.«
Er wendet sich dem Ausgang zu, und Kardinal Meisner geht in das Zimmer. Es dauert drei Stunden, bis er zurückkommt.
»Na?«, fragt der noch wartende Drewermann.
»Na ja«, antwortet Meisner, »ich muss noch mal runter auf die Erde. Ich habe etwas falsch gemacht.« Und er macht sich auf den Rückweg.
Als Letzter geht Drewermann in das Zimmer. Petrus wartet noch auf ihn. Es dauert zwei Stunden, drei Stunden. Nach sechs Stunden schließlich kommt Jesus aus dem Zimmer geeilt. Petrus fragt überrascht: »Was machst du denn hier?«
»Na ja«, sagt Jesus, »ich muss noch mal runter auf die Erde ...«

Auch der Kölner Weihbischof Friedhelm Hofmann hat friedfertige klerikale Anekdoten gesammelt und in zwei kleinen Büchern veröffentlicht. Er meint dazu: »In ihnen zeigt sich der humorige Grund, aus dem die rheinische Kirche bis heute ihre Liebenswürdigkeit bezieht.« Das gilt sicher auch für Witze.

Warum dürfen Frauen nicht Priester werden? Weil beim letzten Abendmahl keine Frauen dabei waren. Gegenargument: Es waren beim letzten Abendmahl auch keine Polen dabei.

Die Reform der Franziskaner in den Niederlanden läuft unter der Devise: Alle Brüder werden Menschen.

Sagt der Fischer im Boot: »Es ist mir scheißegal, wer dein Vater ist. Solange ich hier angele, läufst du nicht übers Wasser!«

Für den, der es feinsinniger mag und in Pointen auch Nuancen nachschmecken kann, habe ich mich noch an ein besonderes Stück erinnert. Wer darüber nicht lachen kann, soll schnell weiterlesen.

Es ist die Geschichte von einem Bauern, dem bei einem heftigen Unwetter 15 Kühe vom Blitz erschlagen werden. Nun hadert der Betroffene mit seinem Schicksal, beklagt, dass allein er von diesem Unheil betroffen sei und wie ungerecht es in der Welt zugehe. Noch drei Wochen nach dem Blitzschlag kann er sich nicht beruhigen.
Der Pastor redet darum eindringlich auf ihn ein: »Sieh mal, du hast doch sonst immer Glück gehabt, bist zu Wohlstand gekommen, jetzt musst du solch einen Rückschlag auch mal hinnehmen. Wie es im Buch Hiob steht: ›Der Herr hat's gegeben, der Herr hat's genommen.‹«
Da wehrt sich der Bauer. »Sie haben gut reden. Ich möchte nicht hören, was der Herr sagen würde, wenn ihm 15 Cherubim erschlagen worden wären, und acht davon hoch tragend.«

Den folgenden Witz hat laut Professor Rink kürzlich der neue Bischof von Trier erzählt. Er beschäftigt sich mit der Geschichte vom Beginn des Lebens:

Drei Geistliche reden als Folge der §-218-Diskussion über das ungeborene Leben über die Frage: Wann beginnt das Leben?
Der katholische Geistliche meint: »Das ist doch wohl keine Frage mehr, selbst die Wissenschaft ist sich einig: Das Leben beginnt mit der Zeugung!«
Der evangelische entgegnet: »Trotzdem sind wir da etwas großzügiger. Aber spätestens beginnt das Leben mit der Geburt.«
Der Rabbi bewegt nachdenklich den Kopf hin und her und sagt:

»Also, nach allem, was ich aus meinem Bekanntenkreis und auch selber darüber weiß, beginnt das Leben, wenn die Kinder aus dem Haus sind, und der Hund tot ist.«

Manfred Rommel, von 1974 bis 1996 Stuttgarter Oberbürgermeister, gibt in der kleinen Sammlung seiner Lieblingswitze dieses Beispiel zum Besten:

Was ist Philosophie? – Die Suche mit verbundenen Augen in einem abgedunkelten Raum nach einer schwarzen Katze.

Was ist Metaphysik? – Die Suche mit verbundenen Augen in einem abgedunkelten Raum nach einer schwarzen Katze, wenn gar keine Katze da ist.

Was ist Religion? – Die Suche mit verbundenen Augen in einem verdunkelten Raum, wenn gar keine Katze da ist, und der Suchende plötzlich ruft: Ich habe sie gefunden!«

»Dies ist das Kennzeichen des freien Menschen: Er kann über sich selbst lachen«, schrieb Friedrich Heer.

Chris Howland

Zu guter Letzt: Der Blick hinter die Kulissen …

Filmproduktionen und Fernsehsender öffnen ihre Tore oft sperrangelweit, um den Fans einen Blick hinter die Kulissen zu bieten. Die Produzenten sind sogar dazu übergegangen, kurze Filme herzustellen, in denen sie zeigen, wie der eigentliche Film entstanden ist; selbst die Tricks einzelner Stunts werden dabei offen gelegt. Früher hatte die Filmbranche Angst davor, zu viel zu verraten. Die Macher waren der Meinung, zu viel Information könnte zur Zerstörung der Illusion beitragen. Doch mittlerweile ist genau das Gegenteil der Fall: Das Publikum liebt diese Insider-Einblicke offensichtlich.

Warum nicht an dieser Stelle auch Ihnen einen Blick hinter die Kulissen und auf die Entstehung dieses Buches eröffnen?

Wir – das ist ein Trio: Dieter Thoma, ein kleinerer, meist durchaus ernsthaft wirkender Mann mit Brille und buschigen Brauen. Peter Jamin, ein in Düsseldorf lebender Autor, und ich. Peter ist der längste von uns, aber wie es bei vielen hoch gewachsenen Männern der Fall ist, wirkt er, wenn wir uns setzen, genau so groß oder klein wie Dieter und ich. Wir treffen uns in Dieters Wohnung am Gürtel in Köln. Das Zimmer, in dem wir sitzen, ist voller Bücher. An jeder Wand stehen Regale, und das Bemerkenswerteste daran ist, dass Dieter und seine Frau Elke die Bücher alle gelesen haben. Anders als viele Leute, die ich kenne, kaufen sie Bücher nicht zu Dekorationszwecken.

Wieder einmal kam ich zu spät zu einem unserer Treffen, die leidige Parkplatzsuche. Das ist es, was ich an Autos nicht mag: Sie sind super, wenn man irgendwo hinfährt, aber was zum Teufel macht man mit ihnen, wenn man angekommen ist?

»Entschuldigt die Verspätung«, sagte ich nach allgemeinem Händeschütteln. »Monika wird gleich hier sein. Sie versucht, einen Parkplatz zu finden.«

Dieter nickte, griff sich einen Stapel bedruckten Papiers und reichte ihn mir. »So weit bin ich bisher gekommen. Aber du brauchst es nicht sofort zu lesen.« Elke brachte mir einen Kaffee. Ich dankte ihr und setzte mich.

»Wie weit bist du denn?«, fragte Peter.

Ich zog meinen eigenen Papierstapel hervor. »Ich habe noch nichts davon übersetzen lassen, weil ich vorher eure Zustimmung haben möchte«, sagte ich.

Ich schreibe nämlich stets alles auf Englisch, denn mein geschriebenes Deutsch ist noch schrecklicher als mein gesprochenes. »Bis jetzt habe ich drei Themen. Bei einem geht es um Statistik und wie irreführend sie sein kann. Ein Witz über amerikanische Ärzte hat mich darauf gebracht.« Ich blätterte in meinem Manuskript. »Dann habe ich etwas über Euroland und schließlich noch ein Stück über ›Vorsicht Kamera!‹ im Schnee.«

In diesem Moment kam meine Frau Monika herein. Ihr sei es tatsächlich gelungen, einen Parkplatz zu finden, sagte sie, ganz in der Nähe von Aachen.

»Wie gehen wir denn mit den schmutzigen Witzen um?«, fragte Peter, als wir uns wieder hingesetzt hatten. »Es gibt Leute, die hören sich ja einen Witz gar nicht erst an, wenn er nicht unter die Gürtellinie zielt.«

Dieter hob den Blick. An dieser Stelle sollte ich erwähnen, dass Dieter viel Zeit darauf verwendet, nach unten zu schauen. Dann blickt er plötzlich hoch, seine Augen schalten sich ein, erleuchten sein Gesicht wie einen Weihnachtsbaum, und dann erzählt er einen vorzüglichen Witz, der genau zu dem passt, was wir gerade besprochen haben. Er muss über die größte Witz-Datenbank der Welt verfügen. Doch diesmal war es kein Witz, sondern ein Vorschlag: »Wir können ja mal ein paar Beispiele ausprobieren, um zu entscheiden, ob sie druckfähig sind?«

Ich blätterte wieder in meinem Manuskript. »Wie wäre es mit dem hier«, sagte ich. »Ich habe ihn von einem Freund in Köln.«

Eine junge Frau geht im Supermarkt einkaufen und hat an der Kasse folgende Artikel im Korb:
1 Stück Seife, 1 Zahnbürste, 1 Tube Zahnpasta, 1 Pfund Brot, 1 Liter Milch, 1 Backofenpizza und 1 Joghurt.
Der Kassierer sieht die Frau an, lächelt und sagt: »Single, wie?«
Die Frau lächelt schüchtern zurück und fragt: »Wie haben Sie das bloß rausgefunden?«
Er antwortet: »Weil Sie so potthässlich sind!«

Stille. Peter sah mich mit großen Augen an, und Dieter musterte die Tischplatte mit noch größerer Intensität. Peter ergriff als Erster das Wort: »Das meinst du doch nicht ernst?«

Dieter sprach zu seiner Kaffeetasse: »Wir wollen eigentlich unsere Leserinnen behalten.«

Ich seufzte. »Das heißt: nein. Oder?«

Peter meinte: »Wir haben nicht gesagt, dass er uns nicht gefällt – nur, dass wir ihn nicht veröffentlichen können.«

Ich strich den Witz durch. »Okay, jetzt bist du dran«, sagte ich zu Dieter.

Ein Mann kommt morgens mit einem blauen Auge ins Büro. Alle fragen: »Was ist los?«
»Ich bin gestern in der Kirche, und da sitzt vor mir eine tolle Frau. Als sie aufsteht, verklemmt sich ihr Kleid in ihrer Po-Spalte. Ich zupfe es vorsichtig heraus – da knallt sie mir eine.«
Zwei Wochen später ist das andere Auge blau.
Der Betroffene erzählt: »Ich bin wieder in der Kirche, und wieder ist vor mir die Frau mit dem Kleid, das sich verklemmt hat. Dieses Mal hat mein Banknachbar das Kleid herausgezupft.«
»Und wieso hast du das blaue Auge?«
»Na, ich wusste doch, dass sie das nicht so gern hat, und da habe ich es wieder reingeschoben.«

Damit hatte keiner ein Problem. Den können wir nehmen.

Dieter starrte noch einige Sekunden auf seine Tasse, dann setzte er ein breites Grinsen auf und fing an, wie ein Maschinengewehr zu reden:

»Es ist schon erstaunlich, dass wir Ausdrücke wie ›Schlappschwanz‹ ganz selbstverständlich im Sprachgebrauch verwenden, und selbst junge Mädchen sich nichts dabei denken. So kann man auch vieles erzählen, was geschrieben aber den Eindruck erweckt, als betrachte man Pornographie durch ein Vergrößerungsglas. Nicht alles, was man erzählen kann, darf man auch schreiben. Apropos Vergrößerungsglas ...«

Dieters Gesicht erstrahlte noch heller, und prompt hatte er einen Witz zu diesem Thema parat. »Ein betulich harmloser«, sagte er.

Fragt ein älterer Mann in einer Apotheke nach einem Vergrößerungsglas.
Sagt die junge Verkäuferin: »Ich weiß nicht, was Sie damit wollen, aber Sie sollten sich keine Illusionen machen.«

»Und du meinst, dass wir den nehmen können?«, fragte ich.

»Wenn er witzig genug ist – warum nicht? Aber schon bei den nächsten beiden wird es schwierig zu entscheiden, ob wir sie aufnehmen.«

Kommt ein Mann zum Arzt: »Herr Doktor, ich hab'n Anliegen.«
Sagt der Arzt: »Glauben Sie vielleicht, meiner steht immer?«

Oder auch dieser, der wohl zu den bekanntesten gehört.

Ein junges Paar unternimmt eine längere Fahrt ins Blaue. Die Mutter macht sich um ihre junge Tochter Sorgen, da es das erste Mal ist, dass sie allein verreist. Sie bittet: »Ruf' bitte sofort an, wenn ihr irgendwo gut angekommen seid!«
Abends geht das Telefon. Es ist die Tochter: »Mutti. Gerd und ich sind hier in Berchtesgaden!«
»Das ist ja fein«, antwortet die Mutter, »da war ich früher auch mal. Hat er dir denn auch schon den Watzmann gezeigt?«
»O ja,« antwortet die Tochter, »schon am Kamener Kreuz!«

Der brachte uns alle zum Lachen.

»Okay, Peter. Was hast du zu bieten?«, fragte Dieter und wandte sich wieder seiner Kaffeetasse zu.

»Um ehrlich zu sein«, gestand Peter, »ich bin kein so routinierter Witze-Erzähler, aber ich versuch's mal.«

Ein Vater, der während der Woche viel unterwegs ist, unternimmt sonntags mit seinem Töchterchen kleine Ausflüge mit dem Auto. An einem Sonntag hat er aber eine Grippe und kann nicht fahren. Seine Frau springt für ihn ein und kutschiert die Tochter im Auto durch die Gegend.
Als sie zurückkommen, besucht die Tochter ihren kranken Vater.
»Na, wie war die Fahrt mit Mami?«, fragt er.
»Super«, sagt seine Tochter, »aber weißt du was, Papi? Wir haben kein einziges Schwein oder Arschloch gesehen!«

Wir spendeten spontan Beifall und waren uns einig, dass wir diesen Witz aufnehmen könnten.

Und schon waren wieder alle Augen auf mich gerichtet. Also sah ich rasch auf meiner Liste nach, in der Hoffnung, einen Witz zu finden, der akzeptabler als der mit der hässlichen Frau war.

Was haben Dieter Bohlen und Eros Ramazotti gemeinsam? Sie waren beide schon in Verona.

Laute Pfui-Rufe, in die auch die Damen einstimmten, ließen das Zimmer erbeben.

»Schon gut, schon gut«, sagte ich und malte das zweite große Kreuz in meine Liste. Allmählich wurde es albern. Ich musste einen Witz finden, der allen gefiel. »Wie wäre es mit dem«, schlug ich vor.

Drei Leute stehen zusammen und diskutieren über den möglichen Entwickler des menschlichen Körpers.
Der eine sagt: »Das war ein Maschinenbauer. Schaut euch nur mal all die Gelenke an.«
Darauf der Zweite: »Nein, es war ein Elektroingenieur. Das Nervensystem hat Tausende elektrischer Verbindungen.«
Der Letzte: »Ach was. In Wirklichkeit war es ein Beamter. Wer sonst würde eine Abwasserleitung mitten durch ein Vergnügungszentrum leiten.«

Sie lachten. Ich konnte es kaum fassen. Jetzt schaltete sich Elke ein. »Aber wenn ihr diese Witze nicht in das Buch aufnehmt, warum beschäftigt ihr euch überhaupt mit ihnen?«

Dieter blickte hoch und lächelte. »Wir müssen unsere Ansprüche definieren. Die richtig schlechten wollen wir schon jetzt aus dem Weg schaffen, damit sie nicht später plötzlich auftauchen und uns Zeit stehlen.«

»Also wollt ihr den letzten von Chris, den mit dem Vergnügungszentrum, drucken?«

Wir sahen uns an. »Na ja«, sagte Peter, »wir haben gelacht, aber...«

Ich sah meinen Witz schon im Shredder verschwinden, deshalb eilte ich ihm zu Hilfe. »Er ist ganz stubenrein«, sagte ich. »Ihr solltet mal ein paar von denen hören, die wir gestern weggeworfen haben.«

»Stimmt«, sagte Dieter. »Nicht drucken würde ich zum Beispiel diese Geschichte:

In einem internationalen Hotel sitzen drei Männer an der Bar zusammen. ›Ich spiele gern Karten‹, erzählt der Deutsche. ›Ich habe zwei Söhne, die kommen jetzt in das Alter, in dem sie das begreifen, da bringe ich ihnen Skat bei und kann zu Hause spielen.‹
Da meldet sich der zweite, ein türkischer Geschäftsmann: ›Ich habe zehn Söhne. Die wachsen jetzt mit mir zu einer Fußballmannschaft heran, bald ist es soweit!‹
Da rühmt sich der dritte, ein Araber: ›Ich habe jetzt 17 Frauen. Wenn ich noch eine dazunehme, habe ich einen eigenen Golfplatz!‹«

»Komm, wir setzen frischen Kaffee auf«, sagte Elke und nahm Monikas Arm. Die beiden Frauen verließen das Zimmer, aber Sekunden später glaubte ich, leises Lachen aus der Küche zu hören.

»Ich habe auch noch einen«, sagte Peter.

»Ich dachte, du kennst keine schmutzigen Witze«, warf ich ein.

»Der ist nicht schmutzig.«

Ein Mann fragt ein hübsches Mädchen: »Würden Sie für eine Million mit einem wildfremden Mann schlafen?«
»Aber sicher, sofort!«

»Würden Sie für 25 DM mit mir schlafen?«
»Wofür halten Sie mich denn?«
»Das haben wir ja schon geklärt, jetzt verhandeln wir nur noch über den Preis ...«

Wir waren uns einig. Er war wirklich harmlos.

»Ich weiß nicht, ob wir diesen nehmen sollen«, sagte ich. »Er kommt aus Irland, wo die Leute sehr gerne streiten.«

Eine Frau geht zum Arzt. Er bittet sie, am folgenden Tag eine Urinprobe mitzubringen. Sie geht nach Haus und fragt ihren Mann: »Der Arzt sagte, ich soll morgen eine Urinprobe mitbringen. Was ist das?«
»Keine Ahnung,« sagt der Mann.
»Dann gehe ich zur Nachbarin und frage, ob sie es weiß.«
Der Mann warnt. »Aber lass es bloß nicht zum Streit mit ihr kommen! Geh' schnell 'rein, frage und komm sofort wieder 'raus. OK?«
Die Frau verspricht es und geht. Dreißig Minuten später kommt sie zurück, die Haare zerzaust, ein blaues Auge, die Bluse zerrissen. Der Mann ist sauer. »Ich habe dich doch gewarnt, du sollst nicht streiten.«
»Wollte ich auch nicht«, antwortet die Frau.
»Und was ist passiert?«
»Ich habe lediglich gefragt: ›Was ist eine Urinprobe?‹
Sie antwortete: ›Geh', piss in die Flasche!‹
›Und du scheiß in deinen Hut!‹, habe ich darauf gesagt, und dann ging's los!«

»Natürlich geht der«, sagte Dieter. »Völlig unmöglich ist dagegen folgender. Und genau das habe ich vorhin gemeint. Einige Witze wirken viel schlimmer, wenn sie aufgeschrieben werden. Ins Buch kommt er auf keinen Fall.«

Drei Männer unterhalten sich über intime Stunden mit ihren Frauen. Sagt der erste: »Meine wird schon ganz scharf, wenn ich ihre Ohren zärtlich massiere und dann abwärts den Hals. Das macht sie ungeheuer an.«

Sagt der zweite: »Meine wird richtig scharf, wenn ich ihre Beine streichele, vor allem an den Innenflächen, ganz behutsam immer weiter nach oben. Da geht sie ab wie eine Rakete!«
Sagt der dritte: »Also, meine wird eigentlich erst hinterher richtig scharf.«
Die andern beiden wundern sich. »Hinterher?«
»Ja. Wenn ich wieder die Gardine als Handtuch benutze.«

Ich drehte mich um und versuchte, in die Küche zu spähen, wo sich die Damen aufhielten, aber die halb geschlossene Tür versperrte mir den Blick. Vielleicht versteckten sie sich dahinter.

»Hier ist noch ein kurzer, ganz harmloser«, sagte Peter.

Politiker und Kinderwindeln sollten aus demselben Grund öfters gewechselt werden.

Ein raschelndes Geräusch ertönte, als sich einige der Bücher auf ihren Regalen zu schütteln begannen. Vielleicht fürchteten sie, das Buch, das wir schreiben, könnte ihr Nachbar werden.

»Weitere Vorschläge?«, fragte Peter.

Während Dieter weiter in seinem Manuskript blätterte, sagte ich: »Erinnert ihr euch an die ›Er sagte-Sie sagte-Witze‹?«

Dieter nickte. »Welche schlägst du vor?«

»Ich habe drei«, sagte ich.

Sie sagte: »Was fällt dir ein, halb betrunken nach Hause zu kommen?«
Er sagte: »Ist nicht meine Schuld ... Das Geld war alle.«

Er sagte: »Ich weiß gar nicht, wieso du einen BH trägst. Du hast doch gar nichts, um ihn zu füllen.«
Sie sagte: »Und wieso trägst du dann eine Unterhose?«

Er sagte: »Warum sagst du mir nie, wenn du einen Orgasmus hast?«
Sie sagte: »Würde ich ja, aber du bist ja nie da.«

Peter streckte die Hand aus. »Gib sie mir. Vielleicht streicht sie später jemand raus, aber wir können es ja versuchen.« Er blickte in die Runde. »Noch weitere?«

»Diesen finde ich ganz niedlich«, sagte Dieter.

Das Medizin-Seminar für Erstsemester über die ›Fortpflanzung des Menschen‹ ist überfüllt. »Um Ihren offenbar hohen Erwartungen zu entsprechen, meine Damen und Herren«, beginnt der Professor, »möchte ich von ihrem ganz profanen und praktischen Wissensstand ausgehen und fragen: Wie viele Positionen, um diese Fortpflanzung zu betreiben, der Volksmund sagt wohl ›Stellungen‹, kennen Sie?«

Der erste, den er fragend ansieht, sagt: »Fünf oder sechs.«

Der zweite antwortet: »Sieben.«

Da ruft einer aus der letzen Reihe: »Achtunddreißig!«

Der Professor winkt ärgerlich ab, sieht den nächsten Studenten an. »Vier«, sagt der.

Der neben ihm Stehende meint: »Auch sieben.«

Wieder ruft der in letzten Reihe: »Achtunddreißig!«

Der Professor überhört es und sieht eine junge Studentin an. Die wird knallrot und sagt: »Eine!«

»Das ist interessant«, meint der Professor, »eine gute Ausgangsbasis. Würden Sie uns freundlicherweise diese eine beschreiben?«

Das Gesicht der jungen Frau verfärbt sich noch mehr. Dann berichtet sie, vor Verlegenheit immer wieder stockend: »Also, die Frau legt sich auf den Rücken, und der Mann ... er...«

»Was tut der Mann?«

»Der Mann legt sich darüber.«

Ruf aus der letzten Reihe: »Neununddreißig!«

Wir stimmten überein. Diesen Witz können wir aufnehmen.

»Jetzt kommt einer, der richtig übel oder nur ein bisschen übel sein kann«, sagte ich. »Es hängt davon ab, in welcher Gesellschaft man sich befindet und wie man ihn erzählt.«

Dieter grinste. »Und in was für einer Gesellschaft befindest du dich gerade?«

Ich erlegte mir Zurückhaltung auf. »Ich erzähle euch die weniger gefährliche Version.«

Bei Frau B. klingelt es an der Tür. Als sie öffnet, steht ein Mann draußen und fragt: »Haben Sie ein Geschlechtsteil?«
Empört schlägt sie die Tür wieder zu. Am nächsten Tag steht der gleiche Mann vor der Tür und fragt erneut: »Haben Sie ein Geschlechtsteil?«
Die Frau bekommt es mit der Angst zu tun und erzählt die Geschichte am Abend ihrem Mann. Der ist außer sich, schimpft über die Unmoral der Menschen und beschließt, den Sittenstrolch zu überführen. Er bleibt den ganzen Tag zu Hause und legt sich auf die Lauer. Als es wieder klingelt, bezieht er hinter der Tür Stellung. Frau B. öffnet, und wieder fragt der Fremde:
»Haben Sie ein Geschlechtsteil?«
Die Frau nimmt ihren ganzen Mut zusammen und antwortet:
»Natürlich habe ich eins. Warum?«
Meint der Fremde: »Dann bitten Sie doch Ihren Mann darum, Ihres zu benutzen und nicht das von meiner Frau!«

Dieter sah aus, als habe er sich einen Zahn ausgebissen.

»Und du sagst, das sei die weniger gefährliche Version?«, meinte Peter. Ich nahm eine Andeutung von Sarkasmus in seiner Stimme wahr.

»Er gefällt dir also nicht?«, fragte ich. Mein Kugelschreiber verharrte in der Luft, bereit, zuzustoßen und das nächste Kreuz auf meiner Liste zu malen. Aber ich bemerkte ein Funkeln in Dieters Augen.

»Es ist immer besser, mehr Material zu sammeln, als wir tatsächlich benötigen. Das gibt der Lektorin etwas, das sie streichen kann.« Dieter zog ein Blatt aus seinem Manuskriptstapel. »Den hier, zum Beispiel.«

Tünnes geht in die Oper. Vor Beginn sieht er vom Parkett aus im ersten Rang den Schäl und ruft über die Köpfe der Anwesenden: »Lange nicht gesehen. Wo warst du?«
Ruft der Schäl zurück: »Dat kann isch nit sagen.«

»Warum kannste denn dat nit sagen?«
»Ne, dat jeht wirklich nit.«
Ruft Tünnes: »Dann gib mal 'nen Stichwort!«
Ruft Schäl: »Vögeln!«

In diesem Augenblick kamen Elke und Monika zurück, und als sie durch die Tür traten, zuckten wir zusammen wie unartige Schulbuben, die im Obstgarten beim Äpfelklauen erwischt worden waren.

»Also gut«, sagte Peter, sammelte seine Manuskripte ein und steckte sie in seine Aktentasche. »Das wäre alles für heute. Wann treffen wir uns wieder?«

Dieter schob seinen letzten Witz unter den Papierstapel und sah mich dann an. »Ist morgen um die gleiche Zeit okay?«

Ich schaute auf die zerrissenen Seiten, die vor mir lagen, und fragte mich, wie ich um alles in der Welt in vierundzwanzig Stunden einen sauberen Witz finden sollte. »Klar«, sagte ich, »ich werde hier sein.«

Elke begleitete uns zur Tür. Ich war schon fast draußen, als ich glaubte, Dieter singen zu hören. Ich blieb stehen und lauschte.

Lieblich war die Maiennacht,
Silberwölkchen fliegen.
Frisch gebumst steht Mutter auf,
Vater bleibt noch etwas liegen.

Chris Howland

Zugabe I: Unikate im Hotel

Vor ein paar Jahren besaß ich ein Hotel und eine Bar auf Mallorca. In jenen Tagen war der Wettbewerb ziemlich hart. Es war die Zeit, als die ersten großen Discos aufmachten und ihre Glitzerkugeln zum Schwingen brachten. Wenn du wolltest, dass die Leute zu dir kamen, um ein paar Peseten an der Theke zu lassen, musstest du irgendetwas Ungewöhnliches machen. Ich präsentierte damals meine Fernsehshow ›Musik aus Studio B‹, so dass eine Menge Leute kamen, um einen Blick auf »Mr. Pumpernickel« zu werfen. Aber wenn sie mich erst einmal von allen Seiten studiert hatten, gingen sie, ohne einen einzigen Drink gekauft zu haben. Ich merkte bald, dass ich mehr tun musste, als bloß dazustehen (was mich zudem ein wenig verlegen machte). Eines Tages begann ich also, Witze zu erzählen, und von da an war meine Bar jeden Abend voll. Auch ohne Disco-Kugel. Das Erzählen von Witzen wurde bald ein ständiger Programmpunkt – so sehr, dass ich vor jedem »Auftritt« Lampenfieber bekam. Ich lernte eine Menge übers Witzeerzählen.

Natürlich, meine Gäste waren im Urlaub und sie hatten alle schon ein paar bunte Cocktails bei sich geparkt; aber sie wussten, was sie wollten: gute Witze. Es war wie bei den Drinks – je stärker die Geschichte, desto besser. Ein paar Leute kamen jede Nacht, um sie wieder zu hören.

Ich bezeichnete meine Scherze als Unikate und erzählte sie nach dem Motto: Ende gut, alles gut! Wenn die Pointe gut ist, spielt es keine Rolle, wie du dahin gekommen bist.

Nun denken Sie, ich erzähle Ihnen ein paar solcher Witze an dieser Stelle. Falsch. Erstens kann man die Mallorca-Witze nur mündlich erzählen. Zweitens: fast alle würden mir Ärger mit der Sittenpolizei einbringen. Aber steigen Sie nicht aus! Ich habe ein paar beinahe saubere Witze zusammengesucht, die Ihnen, wie ich hoffe, gefallen werden. Auch diese hier sind Unikate.

Ein Einbrecher dringt eines Nachts in ein Haus ein. Er leuchtet mit seiner Taschenlampe umher, auf der Suche nach Wertsachen. Als er einen CD-Player in seinen Sack steckt, hallt aus der Dunkelheit eine dunkle körperlose Stimme und sagt: »Jesus sieht alles.« Dem Einbrecher bleibt fast das Herz stehen. Er schaltet seine Taschenlampe aus und verharrt regungslos.
Als er nach einer Weile nichts mehr hört, schüttelt er seinen Kopf, schaltet die Lampe wieder an und sucht nach weiteren Wertsachen. Als er die Stereoanlage ausbaut, um die Kabel herauszuziehen, hört er, klar wie ein Glockenschlag, die Stimme: »Jesus sieht alles.« Vollkommen außer sich, leuchtet er mit der Taschenlampe ängstlich umher, um zu sehen woher die Stimme kommt.
Schließlich taucht in einer Ecke im Lichtkegel ein Papagei auf.
»Hast du das gerade gesagt?«, zischt er den Papagei an.
»Hm-hm«, gesteht der Papagei, »ich hab' nur versucht, dich zu warnen.« Der Einbrecher entspannt sich. »Mich zu warnen, hm? Wer zum Teufel bist du?«
»Moses«, antwortet der Vogel.
»Moses?«, lacht der Einbrecher. »Was für beknackte Leute nennen einen Vogel Moses?«
»Wahrscheinlich«, antwortet der Vogel, »die gleiche Art von Leuten, die ihren Rottweiler Jesus nennt.«

Ich denke, man muss in der richtigen Stimmung sein, um sich Witze anzuhören. Diesen hier zum Beispiel. Er ist ziemlich albern. Vielleicht sollten Sie vorher ein Glas Bier trinken.

Ein Fahrer hat einen kleinen Unfall und einige Dellen im Auto. Da kommt ein Mann vorbei und sagt ihm:

»Du musst kräftig in den Auspuff blasen, das drückt die Dellen wieder raus.«
Der Mann fährt weiter, und der Fahrer denkt sich, das kann ich ja mal ausprobieren. Er bläst und bläst. Da kommt die Polizei vorbei und fragt ihn, was er da mache. Er antwortet, ein Mann habe ihm gesagt, um die Dellen herauszubekommen, solle er in den Auspuff blasen.
Da fangen die Polizisten an zu lachen und sagen: »Idiot! Wenn das Schiebedach auf ist, kann das ja gar nicht funktionieren.«

Es kann sein, dass Ihnen der nächste Witz nicht gefällt. Ich persönlich finde ihn mehr als beängstigend. Was immer er bei ihnen auslöst, er wird Sie aber bestimmt zum Nachdenken bringen.

Es gab dieses Paar, das bereits zwanzig Jahre verheiratet war. Der Mann bestand darauf, dass, immer wenn sie Sex hatten, das Licht ausgemacht werde.
Nun, nach zwanzig Jahren, findet die Frau, sei das recht lächerlich. Sie versucht ihm diese verrückte Angewohnheit auszutreiben.
Also, eines Nachts, sie verlieren sich in einem wilden, kreischenden, romantischen Liebesspiel, macht sie das Licht an.
Sie schaut nach unten ... und sieht, dass ihr Mann ein batteriebetriebenes Hilfsmittel in der Hand hält ... einen Vibrator!
Die Frau flippt vollkommen aus. »Du impotenter Bastard!«, schreit sie ihn an. »Wie konntest du mich all die Jahre anlügen?! Ich hoffe, du hast eine gute Erklärung!«
Ihr Mann schaut ihr geradewegs in die Augen und erwidert ruhig: »Ich erklär' dir das Spielzeug – aber du erklärst mir die Kinder!«

Hier ist ein logischer Witz, und wenn Sie ihn gelesen haben, werden Sie vielleicht sagen: »Warum nicht?«

Ein Pfarrer, ein Arzt und ein Bankier warten eines Morgens auf eine besonders langsame Gruppe von Golfern.
Der Bankier ist ziemlich sauer: »Was ist los mit denen ... Wir müssen hier seit 15 Minuten warten!«

Der Arzt zustimmend: »Ich weiß nicht, so ein Unvermögen habe ich noch nie gesehen.«
Der Pfarrer sagt: »Da kommt der Platzwart. Lasst uns mit ihm reden.«
»Sag mal Georg, was ist eigentlich mit dieser Gruppe da vor uns? Die sind ziemlich langsam, oder?«
Der Platzwart antwortet: »Ah ja, das ist die Gruppe der blinden Feuerwehrmänner. Sie verloren ihr Augenlicht letztes Jahr, als sie den Brand im Clubhaus löschten. Wir lassen sie immer kostenlos spielen.«
Die drei werden ganz still. Dann sagt der Pfarrer: »Das ist traurig. Ich glaube, ich werde heute Abend ein Gebet für sie sprechen.«
Der Arzt: »Gute Idee. Ich werde mich mal mit meinem Kumpel, dem Augenarzt, in Verbindung setzen. Vielleicht kann der irgendwas machen.«
Der Bankier: »Warum spielen die Jungs nicht nachts?«

Folgendes Funkgespräch fand im Oktober 1995 zwischen einem US-Kriegsschiff und den kanadischen Behörden vor der Küste Neufundlands statt.

Amerikaner: »Bitte ändern Sie Ihren Kurs 15 Grad nach Norden, um eine Kollision zu vermeiden.«
Kanadier: »Ich empfehle Ihnen, ändern Sie den Kurs 15 Grad nach Süden, um eine Kollision zu vermeiden.«
Amerikaner: »Hier spricht der Kapitän eines Schiffs der US-Marine. Ich sage noch einmal: Ändern Sie Ihren Kurs!«
Kanadier: »Nein. Ich sage noch einmal: Sie ändern Ihren Kurs!«
Amerikaner: »Dies ist der Flugzeugträger USS Lincoln, das zweitgrößte Schiff der Atlantikflotte der Vereinigten Staaten. Wir werden von drei Zerstörern, drei Kreuzern und mehreren Hilfsschiffen begleitet. Ich verlange, dass Sie Ihren Kurs 15 Grad nach Norden, das ist eins-fünf Grad nach Norden, ändern, oder es werden Gegenmaßnahmen ergriffen, um die Sicherheit dieses Schiffes zu gewährleisten.«
Kanadier: »Dies ist ein Leuchtturm. Hallo! H-a-a-llo?«

Und noch einer:

Drei alte Damen sitzen in einem Altenheim und kramen in ihren Erinnerungen. Die erste alte Dame erinnert sich, wie sie im Gemüseladen einkaufen geht, und zeigt mit ihren Händen die Länge und den Umfang einer prächtigen Salatgurke an, die damals nur zehn Pfennige kostete.
Die zweite alte Dame nickt zustimmend und fügt hinzu, dass auch die Zwiebeln damals viel billiger gewesen seien. Sie deutet die Größe von zwei Zwiebeln an, die nur fünf Pfennig kosteten.
Die dritte alte Dame schaut sich ihre beiden Freundinnen an und lächelt: »Ich kann leider kein Wort von dem, was ihr sagt, hören«, sagt sie, »aber ich erinnere mich noch gut an den Kerl.«

Die folgenden Zeilen sind ein wenig makaber. Sollten Sie nicht in der richtigen Laune sein, springen sie einfach zum nächsten Witz weiter und heben Sie sich diesen für schlechte Zeiten auf.

Paul kehrt von einem Arztbesuch zurück und erzählt seiner Frau Alma, dass der Doktor gesagt habe, er habe nur noch 24 Stunden zu leben. Er bittet sie, noch einmal mit ihm zu schlafen.
»Natürlich«, sagt sie.
Sechs Stunden später kommt Paul wieder zu ihr. »Schatz, jetzt bleiben mir nur noch 18 Stunden. Könnten wir es nicht noch einmal machen?«
Alma ist wieder einverstanden.
Später, Paul hat nur noch acht Stunden zu leben, berührt er Almas Schulter. »Schatz? Bitte, nur noch einmal.«
Sie ist auch diesmal einverstanden. Danach dreht sie sich auf die Seite und schläft ein.
Paul hört jedoch nur noch die Uhr in seinem Kopf ticken. Er wälzt sich hin und her, bis ihm nur noch vier Stunden übrig bleiben. Er tippt seiner Frau auf die Schulter: »Schatz, ich habe nur noch vier Stunden! Könnten wir…?«
Sie setzt sich ruckartig auf. »Hör mal zu, Paul. Tu mir einen Gefallen. Ich muss morgen sehr früh aufstehen. Du nicht.«

Ich kann Leute, die ellenlange Witze mit einer schlechten Pointe erzählen, nicht ertragen. Deswegen mag ich die kurzen. Wenn sie schlecht sind, sind sie wenigstens schnell vorbei.

Ein Mann sitzt in seinem Sessel und liest in aller Ruhe ein Buch, als seine Frau sich von hinten nähert und ihm mit einer Zeitung auf den Kopf schlägt.
»Wofür war das denn?«, fragt er.
»Das war für das Stück Papier in deiner Jackentasche, auf das du den Namen Mary Lou geschrieben hast«, antwortet sie.
»Vor zwei Wochen bin ich beim Pferderennen gewesen, und Mary Lou war der Name eines der Pferde, auf das ich gesetzt hatte«, erklärt er ihr.
»Oh, das tut mir Leid«, sagt sie.
Drei Tage später, er schaut gerade Fußball, kommt sie herein und schlägt ihn mit einer Bratpfanne k.o.
Als er wieder zu sich kommt, fragt er: »Was zur Hölle sollte das?«
Sie antwortet ihm: »Dein Pferd hat angerufen.«

Es gibt nur ein Wort, mit dem man diesen letzten Witz beschreiben kann: niedlich.

Ein Mann ist ziemlich einsam. Er entscheidet, dass das Leben lustiger wäre, wenn er ein Haustier hätte. Also geht er in eine Zoohandlung und sagt dem Besitzer, dass er ein ungewöhnliches Haustier kaufen wolle. Nach einigem Hin und Her kauft er schließlich einen Tausendfüßler in einem kleinen weißen Karton. Er nimmt ihn mit nach Hause und entscheidet sich, mit seinem neuen Haustier erstmal einen Drink in der Bar zu nehmen. Er fragt also den Tausendfüßler in seiner Box: »Würdest du gerne mit zu Frank's gehen und ein Bier trinken?«
Sein neues Haustier gibt keine Antwort.
Er wartet ein paar Minuten und fragt erneut: »Wie wär's, hättest du Lust, einen trinken zu gehen?« Aber sein neuer Freund gibt noch immer keine Antwort. Er wartet also wieder ein paar Minuten und denkt nach. Er beschließt, ihn noch einmal zu fragen. Diesmal geht er ganz nah an den Karton ran und schreit: »Hallo,

da drinnen! Hättest du Lust, mit zu Frank's zu kommen und einen Drink zu nehmen?«
»Ich hab' dich schon beim ersten Mal verstanden«, antwortet eine kleine Stimme aus dem Innern der Box, »ich zieh mir nur gerade die Schuhe an.«

PETER JAMIN

Zugabe II: Vor dem Abflug

Bei einem Buch und seinem Leser ist es im Idealfall wie zwischen zwei Freunden. Wenn der Abschied naht, redet man weiter, um die Trennung hinauszuzögern. Da erzählt man sich sogar noch schnell einen Witz, um nicht gehen zu müssen. Etwa so, wie es mir kürzlich mit Martin Semmelrogge auf Mallorca erging. Wir treffen uns gelegentlich in dem kleinen Örtchen Sóller zu einem »LiteraTalkMallorca«. Zum Abschied auf dem Flughafen erzählte mir der Schauspieler seinen Lieblingswitz:

Ein Ehepaar sitzt kuschelig zusammen auf der Wohnzimmer-Couch. Sagt er: »Erzähl mal was Schmutziges.«
Sie: »Küche!«

Auch wir bemühen uns hier, mit unseren Zugaben das Ende des Buches ein wenig hinauszuzögern und den Spaß noch ein wenig über die Zeit und die Zeilen zu retten.

Sagt ein Schriftsteller nach einem Jahr des Schreibens glücklich zu seinem Buch: »Endlich! Ich bin am Ende!«
Antwortet das Buch: »Was für dich das Ende, ist für mich ein trauriger Anfang.«
Mischt sich der Buchkritiker Reich-Ranicki ein: »Und fürrr miech errrsttt!«

Sie sehen, liebe Leserinnen und Leser, wir bemühen uns redlich, Sie noch ein wenig zu unterhalten, Ihnen das Ende unseres Buches so schmackhaft wie möglich zu machen, und wir scheuen dabei keine Mühe. Wir erfinden dafür sogar einen Witz wie den vorhergehenden. Wir meinen auch, dass man am Ende noch überraschen sollte – so wie in diesem Lachstück:

Ein LKW-Fahrer fährt über die Landstraße, als er plötzlich ein kleines blaues Männchen am Straßenrand stehen sieht. Er hält an und fragt: »Na, was bist du denn für einer?«
Das kleine blaue Männchen antwortet: »Ich komme von der Venus, bin schwul und habe Hunger!«
Der LKW-Fahrer antwortet: »Tut mir leid, ich kann dir nur ein Brötchen geben, das ist alles, was ich für dich tun kann!«
Er gibt dem blauen Männchen ein Brötchen und fährt weiter, bis er am Straßenrand ein kleines rotes Männchen stehen sieht. Er hält wieder an und fragt: »Na, was bist du denn jetzt für einer?«
Das kleine rote Männchen sagt: »Ich komme vom Saturn, bin schwul und habe Durst!«
Der LKW-Fahrer gibt dem roten Männchen eine Cola und sagt: »Tut mir Leid, das ist alles, was ich für dich tun kann!« und fährt weiter. Schließlich sieht er ein kleines grünes Männchen am Straßenrand stehen. Er hält wieder an und sagt: »Na, du kleines grünes, schwules Männchen, was kann ich dir denn geben?«
Sagt das grüne Männchen: »Führerschein und Fahrzeugpapiere, bitte!«

Was fällt uns noch ein? Eine Anekdote:

»Wann begannen Sie sich für Mädchen zu interessieren?«, fragte der Journalist, der Charlie Chaplin über seine Jugend aushorchte. Darauf der Komiker: »Nachdem ich dahinter gekommen bin, das sie keine Jungen sind.«

Das Ende einer unbeschwerten Zeit verkündet dieser Witz:

In der Stammkneipe erzählt Kollege Mehrhuhn: »Meine Frau hat Erich Kästners Buch ›Das doppelte Lottchen‹ gelesen, und bald darauf haben wir Zwillinge bekommen.«
Kollege Winkelwankel winkt ab: »Das ist noch gar nichts. Meine Frau hat ›Schneewittchen und die sieben Zwerge‹ von den Gebrüdern Grimm gelesen, und neun Monate später bekamen wir Siebenlinge.«
Da wird Kollege Rübenacker kreidebleich und rennt davon mit den Worten: »Ich muss schnell nach Hause, meine Frau liest gerade ›Ali Baba und die 40 Räuber‹.«

Mit der Diskrepanz zwischen öffentlicher Meinung und veröffentlichter Meinung spielt der nächste Witz:

Die hübsche junge Dame sitzt allein im Café. Ein Mann vom Nachbartisch kommt herüber und fragt: »Verzeihen Sie, darf ich Sie zu einem Kaffee einladen?«
»Waas, auf Ihr Zimmer?!«, schreit die Schöne laut auf, so dass sich alle Gäste im Lokal nach dem Paar umdrehen.
»Nein, nein, das ist ein Missverständnis. Ich wollte Sie nur auf einen Drink einladen.«
»Waas, ins Hotel?!«, schreit sie wieder. Hastig verzieht sich der junge Mann an seinen Tisch. Nach kurzer Zeit kommt die junge Dame zu ihm. »Entschuldigen Sie die Szene von vorhin, aber ich studiere Psychologie und untersuche die menschlichen Verhaltensweisen in unerwarteten Situationen.«
Der junge Mann sieht sie an und schreit auf: »Waas?! Zweihundertfünfzig Mark?!«

Bei dem nächsten Beispiel kommt zur Pointe noch die Freude an schrägen Begebenheiten und skurrilen Situationen hinzu.

Drei Freunde spielen Karten. Da unterbricht einer die Stille und sagt: »Ich kenne Brigitte Bardot.«
»Ist klar, Ackermann«, stöhnen die Mitspieler, »die kennen wir auch«. Die drei einigen sich darauf, nach Paris zu fahren, um Brigitte Bardot zu besuchen. Sollte der Star Ackermann kennen,

so wollen die beiden anderen die Reise bezahlen. Wenn Bardot Ackermann nicht erkennt, findet die Reise auf seine Kosten statt.
In Paris angekommen, strebt Karl Ackermann zielstrebig die Metro an, steigt im Marais-Viertel aus, rennt in einem Haus die Treppen hoch und klopft an eine Wohnungstür. Es öffnet Brigitte Bardot: »Ackermann, mon amour, ça va?«
Die Freunde müssen zahlen. Einige Wochen vergehen, und bei einem erneuten Treffen zum Kartenspielen meint Ackermann: »Ach ja, ich kenne den Bush.«
»Aber sicher, Ackermann, das glauben wir dir!«
Wieder schließen die drei Freunde eine Wette ab und fliegen diesmal nach Washington. Als die drei vor dem Weißen Haus stehen, schaut George W. Bush gerade zum Fenster heraus: »Ackermann, old fellow, come in, let's have a drink!«
Wieder zahlen Ackermanns Freunde die Reise. Es vergehen einige Wochen, und die Freunde treffen sich wieder zum Kartenspielen. Ackermann meint: »Ach ja, ich kenne den Papst.«
»Ja logisch, den kennen wir auch – dass du die Bardot und den Bush kennst, haben wir kaum glauben können, aber den Papst – nein, das kaufen wir dir echt nicht ab!«
Wieder wetten die drei Freunde und fahren nach Rom, wo der Papst gerade eine Messe vor dem Petersdom liest. Plötzlich hält er einen Moment inne und ruft: »Ackermann, du hier? Komm her!«
Die Menschenmenge lässt Ackermann durch, der begibt sich zum Altar. Papst und Ackermann umarmen sich, essen gemeinsam einige Hostien, trinken Messwein, winken dem Volk zu und verabschieden sich wieder. Ackermann geht zu seinen Freunden zurück – die liegen ohnmächtig in der Ecke. Als die beiden wieder zu Bewusstsein kommen, fragt Ackermann, was denn passiert sei. Antworten die Freunde: »Dass du Brigitte Bardot und George W. Bush kennst, war ja schon ein kleines Wunder. Dass du den Papst auch noch kennst, na ja, man sieht, es ist möglich! Aber geschockt hat uns, als du vorhin mit dem Papst vom Altar herunter gewunken hast. Da kamen zwei Japaner vorbei, fotografierten die Szene, und einer fragte den anderen: ›Weißt du, wer der alte Mann mit dem Hut dort neben dem Ackermann ist?‹«

Bevor Semmelrogge und ich in unsere Flugzeuge stiegen, er nach München, ich nach Düsseldorf, tauschten wir noch ein wenig schwarzen Humor aus.

»Doktor, der Simulant von Zimmer 17 ist gestorben!«
»Na, nun übertreibt er aber.«

Die Krankenschwester möchte der Ehefrau den Tod des Mannes möglichst schonend beibringen: »Ihr Gatte ist heimgegangen.«
»Quatsch, der Depp hat doch gar keinen Hausschlüssel dabei.«

Als kleines Abschiedsgeschenk reichen wir diesen Witz noch nach:

Oliver verabschiedet sich im Hausflur von seiner neuen Eroberung. »Ach Liebling«, flötet er, »die große Liebe ist doch etwas ganz Wunderbares, nicht?«
»Sicher, Schatz, aber mit dir ist es auch ganz nett!«

Auf dem Heimflug fand ich dann noch einen Witz, mit dem man oder frau immer gut eine Reisegruppe für sich gewinnen kann. ›Titanic‹-Mitbegründer Peter Knorr erzählt ihn in seinem amüsanten Büchlein ›Mallorca‹:

»Warum sterben Piloten oft sehr bald nach der Pensionierung?«
»Sie verhungern, weil ihre Frauen nicht wissen, dass man ihnen alle zwanzig Minuten etwas zu essen reichen muss.«

Etwa 1996 wurde auch Deutschland von den »Tamagotchis« überschwemmt. Diese niedlichen Spielzeug-Roboter mussten regelmäßig gefüttert und gepflegt werden, sonst gaben sie ihren Geist auf.

Microsoft möchte den Tamagochi-Hersteller verklagen. Warum? Alles, was viel Liebe und Zuneigung braucht und trotzdem irgendwann abstürzt, muss von Microsoft hergestellt sein.

Selbst den Entertainer Harald Schmidt animierten die Tamagotchis zu einer kleinen Blödelei in seiner Show:

»Wenn Japaner nach Hawaii fliegen, um sich dort das neue Potenzmittel Viagra zu kaufen, wäre das eine völlig neue Bedeutung des Begriffs ›Reiseroute‹! Die Japaner haben einen Vorteil, denn durch das Tamagotchi sind sie den Umgang mit künstlichen Eiern gewöhnt!«

Ich besitze vermutlich den einzigen noch intakten Tami auf der Welt. Das aber nur, weil ich ihn nie aus seiner Verpackung befreite und ihn in meinen Tresor legte, wo allerlei unsinnige Spielereien ihrer Wiederentdeckung durch Archäologen in 5000 Jahren harren.

Ich bin gespannt, was sie dann sagen werden, die Archäologen.

Dieter Thoma

Zugabe III: Von Schweinen, Katzen und Löffeln

Die flinken Eichhörnchen gelten als die Witzbolde des Gartens. Die niedlichen Kerlchen ernähren sich, wie der Volksmund meint, mühsam. Aber sie sorgen gut vor: Im Sommer vergraben sie Reserven für den Winter. Deswegen hatte die Bundesregierung Anfang der sechziger Jahre ihre Aufforderung an die Bürger, sich für einen möglichen Notfall Vorräte anzulegen, »Eichhörnchen-Aktion« genannt.

Auch ich bin diesem guten Rat gefolgt. Ich habe einige Witze verwahrt, nicht angerührt, oder nur bei besonderen Gelegenheiten ausgepackt. Sie waren so etwas wie eine eiserne Ration, oder eben ein Eichhörnchenvorrat. Nun habe ich sie ausgegraben.

Es sind vier ganz unterschiedliche Geschichten, die nichts miteinander verbindet, außer dass sie meine Zuneigung besitzen. Sie haben sich schon manches Mal bewährt. Ich hoffe, das werden sie auch hier tun – obwohl: so aufgeschrieben, statt erzählt, kommen sie mir beinahe etwas fremd vor. Vielleicht beginnt man aber auch Wertsachen, die man verschwiegen aufhebt, zu überschätzen. Sei's drum. Hier ist die erste:

Ein Mann kommt zu einem Veranstaltungs-Manager und sagt: »Ich kann Ihnen eine ganz fabelhafte Nummer verkaufen!«
Der Manager wehrt ab: »Was glauben Sie, wie viele da jeden Tag kommen und das behaupten!«
Der Mann lässt nicht locker: »Es ist eine Tiernummer!«
»O je«, stöhnt der Manager, »Tiernummern gibt es wie Sand am Meer, das will doch keiner mehr sehen.«
Der Mann bleibt hartnäckig: »Es handelt sich um ein Pferd, das singt, und ein Schwein, das dazu Klavier spielt.«
»Das gibt es nicht«, sagt der Manager.
»Dann schauen Sie es sich doch wenigstens mal an!«
Der Manager lässt sich überreden und sieht wirklich ein Schwein und ein Pferd, die auf die Bühne kommen. Das Schwein setzt sich ans Klavier, und das Pferd stellt sich an die Rampe und singt.
»Das gibt es doch nicht«, staunt der Manager, »da ist doch ein Trick dabei.«
Der Anbieter der Nummer schweigt.
»Gut«, sagt der Manager, »Sie sind ausnahmsweise engagiert, und hinter den Trick komme ich schon, denn es gibt kein Schwein, das Klavier spielt, und ein Pferd, das singt!«
Die Nummer läuft, und über Wochen und dann Monate sitzt der Manager in den Vorstellungen. Er schimpft: »Ich komme nicht dahinter, aber es muss ein Trick sein! Es gibt kein Pferd, das singt, und ein Schwein, das Klavier spielt!«
Irgendwann ist er so wütend, dass er dem Mann droht: »Also, jetzt bin ich es leid. Entweder Sie verraten mir den Trick, oder ich veröffentliche, dass Sie ein Betrüger sind, und mache die Nummer für alle Zeiten kaputt!«
Der Mann windet sich und sagt: »Also, wenn Sie mich so erpressen, natürlich ist ein Trick dabei ...«
»Sehen Sie«, triumphiert der Manager, »habe ich es nicht immer gesagt, nun raus damit!«
»Es ist so«, sagt der Mann, »das Pferd kann gar nicht singen – das Schwein singt und spielt!«

Der zweite Witz, den ich gehortet habe, weckt bei fast jedem Hörer eigene Erinnerungen an ähnliche Situationen.

Witze über Psychotherapie beschreiben sonst fast immer Patientenbesuche beim Seelenklempner. Besonders anregend fand ich darum eine Art Studie aus dem richtigen Leben, die ich Peter Frankenfeld verdanke. Sie stammt aus frühen Zeiten, den sechziger Jahren, als wir beide uns gelegentlich in Köln trafen.

Ein Student, der im fünften Stock in einer Mansarde wohnt, geht kurz vor Ladenschluss noch ein Kotelett kaufen. Als er etwas atemlos wieder oben in sein Mansardenzimmer zurückkehrt, fällt ihm ein, dass er keine Kartoffeln mehr hat. Na ja, denkt er sich, ich werde zur Hauswirtin gehen und sagen: »Entschuldigen Sie bitte, das kann auch nur mir passieren, aber ich habe ein Kotelett gekauft und ganz vergessen, dass ich keine Kartoffeln habe. Könnten Sie mir vielleicht ein paar leihen?«
Als er vor seiner Zimmertür steht, spricht er zu sich: »Warum muss ich mich eigentlich entschuldigen? Ich habe ihr ja nichts getan. Ich werde schlicht erklären: ›Stellen Sie sich vor, ich habe ein Kotelett gekauft und gar keine Kartoffeln da. Wären Sie so nett, mir drei oder vier zu leihen?‹
Im vierten Stock bleibt er stehen und sagt sich: »Wie das klingt: Wären sie so nett! Diese miese Tante! Das letzte Mal, als ich nur etwas laut Musik gemacht habe, da hat die vielleicht rumgemosert und ein Gesicht gezogen! Also, ich werde lediglich sagen: ›Stellen Sie sich vor, ich habe ein Kotelett und keine Kartoffeln dazu. Können Sie mir vielleicht ein paar leihen?‹
Im dritten Stock hält er wieder ein und fragt sich: »Was geht die das eigentlich an, dass ich ein Kotelett habe? Es müsste ja reichen, wenn ich frage: ›Können Sie mir vielleicht ein paar Kartoffeln leihen‹?« Im zweiten Stock überlegt er: Das ist eigentlich immer noch viel zu devot. Warum ›vielleicht‹? Ich werde einfach nur fragen: »Haben Sie ein paar Kartoffeln für mich?« Basta.
Im ersten Stock bleibt er noch einmal stehen, denkt nach und beschließt: »Das ist alles Quatsch! Ich werde gar nicht fragen. Ich werde nur sagen: »Ich brauche ein paar Kartoffeln!«
Er klingelt schließlich unten an der Tür, die Hauswirtin öffnet. Der Student sieht sie an, hebt abwehrend die rechte Hand und sagt: »Sie können sich Ihre Kartoffeln an den Hut stecken!«

Uns Journalisten wird nachgesagt, dass wir nur von schlechten Nachrichten leben. In vergangenen Zeiten wurden mancherorts die Überbringer schlechter Nachrichten geköpft. Sie sollten darum wenigstens schonend übermittelt werden. »Ihr Mann ist tot und lässt Sie grüßen«, heißt es im ›Faust‹.

Ein Mann hat eine Katze, an der er so hängt, dass er sie nie allein lassen will. Die Verwandtschaft bedrängt ihn, er müsse doch auch mal in Urlaub fahren und sich erholen. Auch sein Chef mahnt ihn, dass ein richtiger Erholungsurlaub eigentlich zur Erfüllung des Arbeitsvertrages gehöre. Schließlich versichert ihm sein Bruder, er werde die Katze so lange verwahren und gut für sie sorgen. Der Mann fährt also in Urlaub, und als er nach drei Wochen zurückkommt, holt ihn der Bruder am Flughafen ab.
Die erste Frage des Heimkehrers ist: »Wie geht es meiner Katze?«
»Ach die«, sagt der Bruder, »die ist tot, tut mir Leid.«
Der Ankömmling schweigt erst, atmet dann tief durch und sagt: »Du hast eine Art, einem so etwas beizubringen!«
»Wieso? Was hätte ich denn tun sollen? Die Katze ist nun mal tot.«
Der Besitzer der toten Katze schüttelt den Kopf. »Weißt du, ich hätte eine Geschichte dazu erzählt, die das etwas schonender vermittelt.«
»Was für eine Geschichte denn?«, fragt der Bruder.
»Ich hätte vielleicht gesagt: Das war so: Die Katze hat auf der Fensterbank gespielt, es war so schönes Wetter, und das Fenster war offen, sie ist dann immer die Gardine rauf und runter geklettert, hat letztlich wohl versucht, draußen in den Apfelbaum zu springen. Es war wirklich nur ein Katzensprung, aber ihrer war zu kurz. Sie ist abgestürzt. Wir haben uns sofort bemüht und den Arzt geholt, aber es war nichts mehr zu machen.«
Der Bruder nickt. »Du hast natürlich recht, das hätte ich so machen sollen, es tut mir Leid.«
Während die beiden im Auto sitzen, fragt der Heimgekommene: »Übrigens, wie geht es denn Mutter?«
»Ja, weißt du,« sagt der Bruder, »sie hat auf der Fensterbank gespielt ...«

Lassen Sie mich zum Schluss eine Geschichte aus dem Jenseits erzählen, die aus einem arabischen Beduinenzelt stammt. Es werden in ihr Himmel und Hölle in Bewegung gesetzt, und sie ist sicher mehr als ein Witz, eher eine Parabel zum Thema Toleranz. Womit wieder mal belegt wäre, was Dichter und Denker schon oft gesagt haben: Beim Witz handelt es sich um eine ganz ernste Sache!

Aber gerade deswegen ist diese Geschichte vielleicht besonders geeignet für die letzen Zeilen dieses Buches. Wir haben uns nun ausgelacht. Sie haben von mir nichts mehr zu befürchten.

Ein Mann kommt nach seinem Tod ins Jenseits und findet einen langen Gang vor, den er hinuntergeht. Nach einer Weile kommt er an eine Gabelung, links weist ein Schild in Richtung »Himmel«, rechts eines in Richtung »Hölle«.

Der Mann überlegt eine Weile und sagt sich dann: Sie werden mich bestimmt kontrollieren, und so wie ich gelebt habe, gewinne ich vielleicht etwas und muss nicht so lange drin bleiben, wenn ich gleich in Richtung Hölle gehe.

Er öffnet also die Tür, an der »Hölle« steht, und sieht ein zunächst fast anheimelndes Bild: An langen Tischen sitzen viele Menschen, auf diesen Tischen stehen dampfende Töpfe mit Fleisch, und es riecht gut. Dann sieht er, dass alle Menschen mit der linken Hand am Tisch festgemacht sind, und in der rechten halten sie anderthalb Meter lange Löffel, mit denen sie zwar die Töpfe erreichen können, aber nicht den Mund.

Da schaudert es ihn, und er sagt sich: Es hat ja niemand kontrolliert, vielleicht klappt es doch auf dem anderen Weg. Er geht vorsichtig zurück zur Gabelung und kommt an die Tür mit der Aufschrift »Himmel«. Er öffnet sie langsam und sieht fast das gleiche Bild: An langen Tischen sitzen Menschen, auf den Tischen stehen dampfende Töpfe mit Fleisch, es riecht gut. Alle, die dort sitzen, sind mit der linken Hand am Tisch festgemacht und haben in der rechten anderthalb Meter lange Löffel. Und mit diesen füttern sie sich gegenseitig.

Danksagung

Die Autoren danken Oliver Hohengarten für die redaktionelle Mitarbeit und die einfühlsamen Übersetzungen von Chris Howlands Texten, Bernd Holzrichter, Wolfgang Kohlhaase, Stefanie Kowalewski, Kathrin Lenzer, Heinz Ungureit, Andrea Wulff für ihre witzigen Anregungen und Kurt Gerhardt, Bonn, für einige »Zwischenrufe« von den Seiten 280, 309, 367 und 448.

Jutta Profijt im dtv

»Jutta Profijt ist *die* Krimientdeckung! Zum Brüllen komisch! Schräger, mit viel Fantasie geschriebener Krimispaß.«
Gong

Kühlfach 4
Roman
ISBN 978-3-423-**21129**-1
ISBN 978-3-423-**40122**-7 (eBook)

Das Leben des Rechtsmediziners Dr. Martin Gänsewein gerät völlig aus den Fugen, als ihm eines Tages die Seele von Autoschieber Pascha sein Leid klagt. Pascha behauptet nämlich, ermordet worden zu sein, und Martin soll ihm helfen, die Wahrheit ans Licht zu bringen. Eine verrückte Mörderjagd beginnt. »Nur zwei Worte: Zum Totlachen!« (Für Sie)

Im Kühlfach nebenan
Roman
ISBN 978-3-423-**21185**-7
ISBN 978-3-423-**40312**-2 (eBook)

Zu seiner Freude hat Pascha geistliche Gesellschaft von Ordensschwester Marlene erhalten, die bei einem mysteriösen Klosterbrand ums Leben kam. Er weiß sofort: Da ist was faul! Dr. Gänsewein ist noch angeschlagen vom letzten Abenteuer, doch Pascha stürzt sich schon Hals über Kopf in die Ermittlungen und in Gefahr…

Dora Heldt im dtv

»Ein Muss, nicht nur für die Ferienzeit, egal ob am Meer oder auf dem Balkon.«
Rhein-Neckar-Zeitung

Ausgeliebt
Roman
ISBN 978-3-423-**21006**-5

Wenn man nach 10 Jahren Ehe mit fast 40 per Telefon verlassen wird, dann ist das ein Schock. Genau das passiert Christine eines schönen Abends auf dem schwesterlichen Sofa in Hamburg. Zum Glück ist Frau nicht alleine – Freundinnen und Schwester sind gleich zur Stelle. Ein wunderbarer Identifikationsroman für alle Frauen um die 40.

Unzertrennlich
Roman
ISBN 978-3-423-**21133**-8

Geht's auch ohne beste Freundin? Für Christine ist die Antwort auf diese Frage ein klares Ja. Und das nicht ohne Grund. Dabei verpasst sie eine Menge, findet ihre Kollegin Ruth und plant für Christines 44. Geburtstag eine grandiose Überraschung.
»Ein launig-gefühlvoller Roman, den man wirklich jeder Freundin schenken möchte.« (The Medical Journal)

Bitte besuchen Sie uns im Internet: www.dtv.de

Dora Heldt im dtv

»Witzige und warmherzige Einstimmung
auf den Sommer.«
Für Sie

Urlaub mit Papa
Roman

ISBN 978-3-423-**21143**-7
ISBN 978-3-423-**25303**-1 (dtv großdruck)

Eigentlich wollte Christine einer Freundin helfen, ihre Kneipe auf Norderney zu renovieren. Doch dann wird sie von ihrer Mutter dazu verdonnert, ihren Vater Heinz (73) mitzunehmen. Schon die Anreise gerät zur Nervenprobe …

Tante Inge haut ab
Roman

ISBN 978-3-423-**21209**-0
ISBN 978-3-423-**25308**-6 (dtv großdruck)

Urlaub auf Sylt! Freudig begrüßt Christine am Bahnhof ihren Johann, da tippt ihr das Unheil auf die Schulter: Hinter ihr steht Tante Inge (64), Papas jüngere Schwester. Was macht sie allein auf Sylt? Noch dazu mit so vielen Koffern?

Kein Wort zu Papa
Roman

ISBN 978-3-423-**24814**-3 (dtv premium)

»Das schaffen wir!« Wie gut, dass Ines nichts schrecken kann. Ohne ihre Schwester wäre Christine (47) sonst ziemlich mulmig zumute. Sie müssen für ein paar Tage eine Pension auf Norderney übernehmen – ein Job, von dem die Schwestern keine Ahnung haben. Rasch stoßen sie an ihre Grenzen. Und das nicht nur, weil sie nicht kochen können …

Bitte besuchen Sie uns im Internet: www.dtv.de

Marina Lewycka im dtv

Kurze Geschichte des Traktors auf Ukrainisch
Roman
Übersetzt von Elfi Hartenstein
ISBN 978-3-423-21101-7
ISBN 978-3-423-25304-8 (dtv großdruck)

Nadias betagter Vater will wieder heiraten – eine üppige Blondine aus der Ukraine. Familienkrise! »Ein Bravourstück.« *Denis Scheck im ›Tagesspiegel‹*

Caravan
Roman
Übersetzt von Sophie Zeitz
ISBN 978-3-423-21201-4

Die Abenteuer einer Handvoll Erdbeerpflücker in England. Sie träumen von Wohlstand, Unabhängigkeit und Liebe. Doch sie haben nicht mit ausbeuterischen Arbeitgebern, bewaffneten Gangstern und regelwütigen Behörden gerechnet. »Dieses Buch singt vor Lebensfreude.« *Sunday Times*

Das Leben kleben
Roman
Übersetzt von Sophie Zeitz
ISBN 978-3-423-24780-1 (dtv premium)

Sie begegnen sich zufällig an einem Müllcontainer: Georgie Sinclair, alleinerziehende Mutter, und Mrs. Shapiro, eine verschrobene alte Dame mit einer Vorliebe für Schnäppchenjagd und einem Geheimnis aus der Zeit des Krieges … »Dieser Roman ist ein Vergnügen – exzentrisch und lebendig.« *The Independent*

Matt Ruff im dtv

»Ruffs Romane sind wie dick gepolsterte Kinosessel, in die man versinkt, um erst wieder aufzutauchen, wenn das Licht angeht.«
Wieland Freund in ›Die Welt‹

Fool on the Hill
Roman
ISBN 978-3-423-**20749**-2
Nicht zu fassen, was an Universitäten alles passiert, wenn man diesem Roman glauben darf, in dem George sich in die schönste Frau der Welt verliebt, der Kobold Puck der Elfe Zephyr nachjagt und Blackjack und Luther in den Katzen- bzw. Hundehimmel aufbrechen. Ein Sommernachtstraum? Eine Love-Story? All das und noch viel mehr!

G.A.S.
Die Trilogie der Stadtwerke
Roman
ISBN 978-3-423-**20758**-4
New York, 2023. Hoch über Manhatten wird an einem neuen Turm zu Babel gebaut, der nach dem Willen seines Schöpfers Harry Gant die menschliche Fähigkeit zum Träumen bezeugen soll. Inzwischen gehen tief unten in der Kanalisation merkwürdige Dinge vor …

Ich und die anderen
Roman
ISBN 978-3-423-**20890**-1
Für Jake Honigpops, für Tante Sam Kräutertee und für Seferis Radieschen: Gar nicht leicht, jeden Tag alle Bedürfnisse zu befriedigen. Aber eigentlich hat der an einer multiplen Persönlichkeitsstörung leidende Andrew Gage sich und seine »anderen« gut im Griff. Bis Andrews Chefin die junge Penny einstellt …

Bad Monkeys
Roman
ISBN 978-3-423-**21179**-6
Las Vegas. Hochsicherheitsgefängnis. Eine Mörderin legt ein Geständnis ab. Sie gehöre einer das Böse bekämpfenden Geheimorganisation an. Mit geheimnisvollen NT-Knarren, die Herz- oder Schlaganfälle verursachen können, habe sie die Welt von Entführern, Pädophilen und Kofferbombern befreit. Ist sie völlig verrückt, lügt sie – oder geht da etwas ganz anderes vor sich?

Alle Titel wurden übersetzt von Ditte und Giovanni Bandini.

Jasper Fforde im dtv

»Schrill, schräg, abgefahren.«
Fuldaer Zeitung

Der Fall Jane Eyre
Roman
Übers. v. Lorenz Stern
ISBN 978-3-423-21014-0

Geheimagentin Thursday Next, Spezialgebiet Literatur, steht vor einer ihrer größten Herausforderungen: Der Erzschurke Acheron Hades hat Jane Eyre aus dem berühmten Roman von Charlotte Brontë entführt, um Lösegeld zu erpressen. Eine Katastrophe für England …

In einem anderen Buch
Roman
Übers. v. Joachim Stern
ISBN 978-3-423-21015-7

Spezialagentin Thursday Next wird schwer in die Mangel genommen: Ihre eigene Dienststelle lässt sie beschatten, bei der Mammut-Herbstwanderung fällt ihr ein Oldtimer fast auf den Kopf, und obendrein geht am 12. Dezember die Welt unter, wenn sie und ihr zeitreisender Vater nicht herausfinden, warum sich plötzlich alles in rosa Soße verwandelt …

Im Brunnen der Manuskripte
Roman
Übers. v. Joachim Stern
ISBN 978-3-423-21049-2

Ihren Mutterschaftsurlaub verbringt Thursday Next im Brunnen der Manuskripte. Doch es ist ein Mörder unterwegs, der sich auf Agenten der Jurisfiktion spezialisiert hat.

Es ist was faul
Roman
Übers. v. Joachim Stern
ISBN 978-3-423-21050-8

Ein schwerer Schock für Hamlet: Er kann nicht zurück in die BuchWelt! Ophelia hat sein Stück umgeschrieben … Wird Thursday Next die Welt retten können? Und wer passt solange auf ihren Sohn auf?

Irgendwo ganz anders
Roman
Übers. v. Joachim Stern und Sophie Kreutzfeldt
ISBN 978-3-423-21257-1

Seit einiger Zeit führt Thursday Next ein gefährliches Doppelleben. Zwischen Teppichhandel, BuchWelt und Käseschmuggel muss sie mit dem Tod von Sherlock Holmes klarkommen und herauskriegen, warum die Romane von Thomas Hardy plötzlich überhaupt nicht mehr lustig sind …

Katinka Buddenkotte im dtv

»Muskelkater vom Dauergrinsen garantiert!«
Jürgen von der Lippe

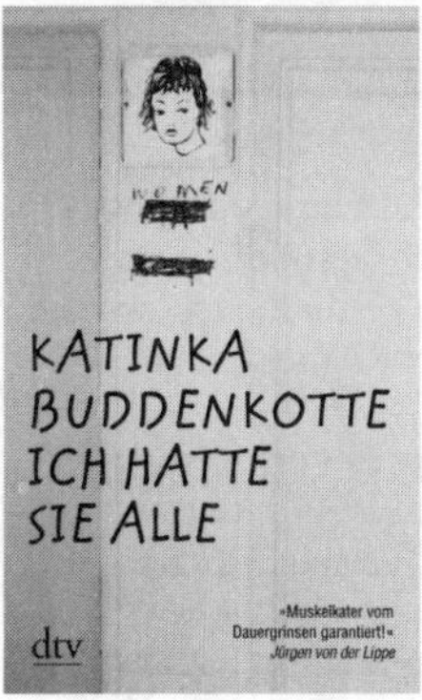

Ich hatte sie alle

Erzählungen

ISBN 978-3-423-**21156**-7

Sie hatte sie alle: die schlimmsten Jobs, die miserabelsten Männer und die grässlichsten Krankheiten. Charmant und fies, urkomisch und lakonisch – und nichts als die Wahrheit.

Mit leerer Bluse spricht man nicht

Erzählungen

ISBN 978-3-423-**21230**-4

Siebzehn neue kleine und große Katastrophen aus dem Leben von Katinka Buddenkotte. Willkommen in der Königsklasse!

Bitte besuchen Sie uns im Internet: www.dtv.de

T. C. Boyle im dtv

»Aus dem Leben gegriffen und trotzdem unglaublich.«
Barbara Sichtermann

World's End
Roman
Übers. v. Werner Richter
ISBN 978-3-423-**11666**-4
In der Nacht seines 22. Geburtstages rast Walter Van Brunt betrunken und bekifft mit seinem Motorrad gegen eine Gedenktafel. Die Vergangenheit holt ihn ein …

Greasy Lake und andere Geschichten
Übers. v. Ditte und Giovanni Bandini
ISBN 978-3-423-**11771**-5
Geschichten voller Action, Witz und Überraschungen.

Grün ist die Hoffnung
Roman
Übers. v. Werner Richter
ISBN 978-3-423-**11826**-2
Drei schräge Typen versuchen in den Bergen nördlich von San Francisco Marihuana anzubauen, um endlich ans große Geld zu kommen. Doch das Leben in der Wildnis ist strapaziös …

Wenn der Fluß voll Whisky wär
Erzählungen
Übers. v. Werner Richter
ISBN 978-3-423-**11903**-0

Willkommen in Wellville
Roman
Übers. v. Anette Grube
ISBN 978-3-423-**11998**-6
Zu Dr. John Harvey Kelloggs Tempel der Gesundheit wallfahrtet die gesundheitsbewusste Oberschicht Amerikas …

Der Samurai von Savannah
Roman
Übers. v. Werner Richter
ISBN 978-3-423-**12009**-8
Als Hiro vor der Küste Georgias von Bord eines Frachters springt, ahnt er noch nicht, was ihm in Amerika blüht … Ein tragikomischer Roman über die dramatische Begegnung zweier Kulturen.

Tod durch Ertrinken
Erzählungen
Übers. v. Anette Grube
ISBN 978-3-423-**12329**-7

América
Roman
Übers. v. Werner Richter
ISBN 978-3-423-**12519**-2 und
ISBN 978-3-423-**19136**-4
(dtv AutorenBibliothek)
»Ein Buch wie ein rasanter Film, in dem Erste und Dritte Welt aufeinander krachen.« (Elke Heidenreich)

T. C. Boyle im dtv

Riven Rock
Roman
Übers. v. Werner Richter
ISBN 978-3-423-12784-4
Der steinreiche Erbe Stanley McCormick leidet unter sexuellen Wahnvorstellungen und kann mit keiner Frau allein gelassen werden – schon gar nicht mit seiner eigenen.

Fleischeslust
Erzählungen
Übers. v. Werner Richter
ISBN 978-3-423-12910-7

Ein Freund der Erde
Roman
Übers. v. Werner Richter
ISBN 978-3-423-13053-0
Mit Sarkasmus und Witz erzählt Boyle von der Zukunft, die längst begonnen hat.

Schluß mit cool
Erzählungen
Übers. v. Werner Richter
ISBN 978-3-423-13158-2

Drop City
Roman
Übers. v. Werner Richter
ISBN 978-3-423-13364-7
Eine Hippiekommune in den 70er Jahren: Sex, Drugs and Rock 'n' Roll – das große Epos der Gegenkultur.

Die Frauen
Roman
Übers. v. Dirk van Gunsteren u. Kathrin Razum
ISBN 978-3-423-13927-4
Er ist genial, exzentrisch und der berühmteste Architekt der Welt. Mit der überlebensgroßen Figur Frank Lloyd Wright porträtiert Boyle einen weiteren mythischen Amerikaner.

Dr. Sex
Roman
Übers. v. Dirk van Gunsteren
ISBN 978-3-423-20981-6
USA 1939: Alfred Kinsey untersucht das sexuelle Verhalten von Männern und Frauen, und zwar empirisch. John Milk wird in Kinseys innersten Zirkel aufgenommen …

Talk Talk
Roman
Übers. v. Dirk van Gunsteren
ISBN 978-3-423-21060-7
»Einen richtigen Thriller hat Boyle da hingelegt, ein rasantes Roadmovie und eine Lovestory.« (Brigitte)

Zähne und Klauen
Erzählungen
ISBN 978-3-423-21194-9